내 생애, 8월 22일

내 생애, 8월 22일

If Tomorrow Comes by Sidney Sheldon

시드니 셸던 지음 | 전민식 옮김

오늘

사랑을 담아 이 책을 배리에게 바친다.

"인간은 그 좁은 본성 속에
사랑과 미움이란 이중의 감정을 필요로 한다.
인간은 낮과 같이 밤을 필요로 하지 않을까?"

_J.W. 괴테 「타소」

"사람은 평범한 사람과 비상한 사람으로 분류된다.
평범한 사람은 항상 복종해서 살아야 하므로 법을 범할 권리를
가지고 있지 않다. 그들은 평범한 사람이기 때문이다.
그러나 비상한 사람은 특히 비상하기 때문에
모든 죄를 범하고 어떤 법도 범할 권리를 가지고 있다."

_F.M. 도스토예프스키 「죄와 벌」

차례

등장인물

앤서니 올사티 :: 뉴올리언스 암흑가를 지배하는 사나이, 마피아의 대부

트레이시 휘트니 :: 미모와 지성을 갖춘 발랄하고 매력적인 여자, 억울한 누명으로 수감되고 난 뒤부터 복수의 화신이 된다.

조 로마노 :: 앤서니 올사티의 심복으로 마피아의 중간 두목

페리 포프 :: 마피아에 매수된 국선 변호사

찰스 스탠호프 3세 :: 필라델피아 거대투자금융회사의 젊은 경영자로 창업자의 손자, 트레이시 휘트니와 결혼을 약속한다.

어네스틴 :: 남 루이지애나 여자교도소 수감자들 중에서 강력한 영향력을 행사하는 수감자 중 한 사람

조지 브래니건 :: 남 루이지애나 여자교도소 소장

제프 스티븐스 :: 트레이시 휘트니와 경쟁도 하고 합작도 하는 최고의 사기꾼

다니엘 쿠퍼 :: 국제보험보호협회(IIPA) 수사원

J.J. 레이놀즈 :: 국제보험보호협회(IIPA) 수사원, 다니엘 쿠퍼의 상급자

헨리 로렌스 :: 조 로마노에게 매수되어 있는 판사

콘래드 모건 :: 보석 장물 전문관리와 장물보석을 재가공하여 판매하는 보석상

아르망 그랑제 :: 비아리츠 지역 조직폭력배의 중간 보스

툰 윌리엄 :: 네덜란드 암스테르담 경찰국 국장

제1부

If Tomorrow Comes

천둥 속에서

도리스 휘트니는 꿈속에 있는 것만 같았다. 울적한 마음으로 입고 있는 것을 하나씩 벗어 나체가 되자, 그녀는 불타는 듯한 진홍색 네글리제를 걸쳤다.

'이 옷이라면 피가 눈에 띄지 않을 거야.'

그녀는 마지막으로 침실을 둘러보고는, 지난 30년 동안 생활해온 방이 깨끗이 정돈되어 있음을 확인했다. 그리고 침대 옆의 탁자 서랍을 열고 조심스럽게 권총을 꺼냈다. 권총은 검게 빛나며 소름이 끼칠 듯한 차가움을 발하고 있었다. 그녀는 전화기 옆에 권총을 내려놓고 필라델피아에 있는 딸에게 전화를 걸었다. 까마득히 먼 곳에서 호출음이 들렸다. 이윽고 부드러운 목소리가 들려왔다.

"여보세요?"

"트레이시……네 목소리가 듣고 싶어서 전화했어."

"어머, 엄마! 깜짝 놀랐어요."

"벌써 자고 있는 건 아니겠지? 잠을 깨웠다면 미안하구나."

"아니에요. 책을 읽고 있었어요. 지금 막 자려던 참이에요. 찰스와 식사하러 나갔었는데 날씨가 좋지 않아서요. 여기는 눈이 굉장히 많이 내리고 있어요. 그곳은 어때요?"

'저런 쯧쯧, 날씨 얘기를 하다니! 내가 할 얘기가 산더미같이 쌓였는데……. 하긴 얘기를 할 수도 없는 것들이지만…….'

"엄마? 내 말 듣고 있어요?"

도리스 휘트니는 창밖으로 시선을 보냈다.

"여긴 비가 내리고 있단다."

그렇게 말하고 그녀는 다시 생각에 잠겼다.

'멜로드라마에 딱 어울릴 것 같은 밤이로군. 꼭 히치콕의 영화 같아.'

"그 시끄러운 소리는 뭐예요?"

트레이시가 물었다.

'아, 천둥이 치고 있었구나.'

너무 깊이 생각에 잠겨 있었는지 도리스는 바깥에서 들리는 소리를 전혀 듣지 못하고 있었다.

뉴올리언스에 폭풍우가 상륙해오는 중이었다. 일기 예보도 폭풍우를 예보하고 있었다.

―뉴올리언스의 기온은 19도, 저녁에는 천둥번개를 동반한 비가 내릴 것입니다. 외출하실 때는 우산을 잊지 마시기 바랍니다.―

그녀에게는 이제 우산도 필요 없게 되리라.

"저건 천둥소리야, 트레이시. 필라델피아 상황을 좀 얘기해줄래?"

도리스는 일부러 명랑하게 말했다.

"나는 동화 속의 공주님이 된 것 같은 기분이에요, 엄마. 나 자신도 믿을 수 없을 정도로 행복하다고요. 내일 밤에 찰스 부모님과 만나기로 했어요."

트레이시가 말했다. 이어서 그녀는 판결문이라도 읽듯이 목소리를 낮쳐서 말했다.

"그 체스트넛 힐의 스탠호프가로 가는 거예요. 그의 가문은 너무 유명해서 기쁘기도 하지만 한편으로는 불안해요."

그녀는 한숨을 내쉬었다.

"걱정할 것 없다. 너라면 마음에 들어 하실 게다."

"찰스도 걱정할 것 없다고 했어요. 그는 나를 사랑하고 있어요. 나도 그를 사랑하고 있고요. 엄마에게도 소개해드리고 싶어요. 그는 정말 매력적인 남자거든요."

"그렇겠지."

도리스는 딸의 약혼자와 만나는 일은 결코 없을 것이다. 손자를 무릎 위에 안아보는 일도 없을 것이다.

'그래, 그런 일은 생각해서도 안 될 일이지.'

"찰스도 너와 결혼할 수 있어서 얼마나 행복하겠니?"

"그에게 항상 그렇게 말해주고 있어요."

트레이시는 웃었다.

"내 얘기는 이제 그만해요. 엄마는 어때요? 건강은 좀 어떠세요?"

'도리스 여사님, 당신은 아마 100살까지는 장수하실 겁니다.'

러쉬 박사의 말이 머릿속에 떠올랐다.

인생이란 얼마나 짓궂은 것인가.

"더할 수 없이 건강하단다."

'네게는 그렇다고 해두겠다만……'

"남자친구는 아직 나타나지 않았어요?"

트레이시가 놀려댔다. 남편이 하늘나라로 간 지 5년이 지났는데, 트레이시의 격려에도 불구하고 그녀는 계속 독신으로 지내왔다.

"그런 사람은 없단다. 직장생활은 어떠냐?"

도리스는 화제를 돌렸다.

“아주 좋아요. 찰스는 결혼해도 직장생활을 하고 싶으면 계속하라고
해요.”

“고마운 얘기로구나. 이해심이 많은 사람 같다.”

“그렇다니까요. 만나보면 엄마도 금세 알 수 있을 거예요.”

그때 천둥소리가 크게 울렸다. 하늘이 가리키는 종말의 신호다. 시간
이 찾아왔다. 이제 작별 인사를 하지 않으면 안 된다.

“그럼 잘 있거라, 내 귀염둥이 딸아……”

도리스는 트레이시가 눈치 채지 못하게 하려고 애써 태연하게 말했다.

“결혼식 때 만나요, 엄마. 찰스와 날짜를 정하면 곧 연락할게요.”

“알았다.”

이제 한 가지 말만 하면 된다.

“너를 사랑해, 너무 너무…, 트레이시.”

그러고는 도로시 휘트니는 못내 아쉬운 듯이 전화기를 내려놓았다.

그녀는 권총을 집어 들었다. 방법은 단 한 가지, 될 수 있는 대로 짧게
끝내는 것이다. 그녀는 총구를 관자놀이에 갖다 대고 방아쇠를 당겼다.

격렬한 감정

필라델피아

2월 21일 금요일, 오전 8시

트레이시 휘트니는 아파트의 로비를 나섰다. 잔뜩 흐린 하늘에서 눈은 어느새 비가 되어 내리고 있었다. 전용 운전사가 운전하고 있는 번쩍번쩍한 리무진 위에도, 북 필라델피아의 빈민가에 뒤죽박죽 늘어선 인기척 없는 초라한 집에도 비는 빠짐없이 내리고 있었다. 비는 리무진의 먼지를 씻어낼 뿐만 아니라 연립주택 앞에 방치된 쓰레기더미까지도 줄기차게 적시고 있었다.

출근 중인 트레이시는 상쾌한 발걸음으로 동쪽에 있는 은행을 향해 체스트넛가를 걸었다. 빗속에서도 그녀의 마음은 큰 소리로 노래를 하고 있었다. 그녀는 노란색 레인 코트에 부츠, 그리고 노란색 모자를 쓰고 있었는데 빛나는 갈색 머리칼이 모자에서 흘러나와 있었다.

그녀는 20대 중반으로, 발랄하고 지성미가 느껴지는 얼굴에 민감해 보이는 입매를 갖고 있었다. 반짝이는 눈동자는 순간적으로 초록빛에서 짙은 비취색으로 변하기도 했다. 온몸이 스포츠로 단련된 듯이 야무지게 균형이 잡혀 있었고, 피부색도 마치 온음계처럼 노여움, 피로, 흥분과 같은 감정의 변화에 따라 반투명한 흰색에서 붉은 장밋빛으로 변했다.

그녀의 어머니가 말한 적이 있다.

"솔직히 말해서 너에 대해서는 잘 모를 때가 많아. 기분에 따라서 온갖 색깔로 변하니 말이다."

지금 트레이시 옆으로 스쳐지나가는 사람들은 그녀의 얼굴에서 넘쳐 흐르는 행복한 표정에 질투를 느끼면서도 자기도 모르게 이끌려 미소를 지었다. 그녀도 마주치는 한 사람 한 사람에게 미소를 보내며 생각했다.

'이런 내가 남들에게는 꽤나 아니꼽게 보일 거야. 난 이제 곧 사랑하는 사람과 결혼을 한다. 그리고 그이의 아이를 낳아야지. 이것 이상의 행복이 있다면 어디 얘기해보라고?'

그녀는 은행이 보이자 손목시계를 들여다보았다. 8시 20분이었다. 필라델피아 신탁은행의 문은 앞으로 10분 후에 열릴 것이다. 지금 막 국제부 담당 수석 부행장인 클라렌스 데스몬드가 바깥의 경보기를 끄고 문을 열려던 참이었다. 트레이시는 매일 아침 이 의식을 즐거운 마음으로 바라보곤 했다. 빗속에 서서 그녀가 지켜보고 있는 가운데 데스몬드는 은행으로 들어가 뒤로 문을 닫았다.

은행은 세계 각국 어디에서나 마찬가지지만 비밀 보안 체계를 가지고 있었다. 필라델피아 신탁은행도 예외는 아니었다. 미리 정해진 수속은 반드시 지켜지고, 경비상의 신호는 매주 바뀌고 있었다. 이번 주의 신호는 블라인드를 절반쯤 올리는 것이었다. 이것은 행원이 밖에서 대기하고 있을 때 감시인이 은행 안에 들어가 침입자가 없는지, 행원을 인질로 잡으려고 잠복하고 있는 자는 없는지, 이것저것 확인중이라는 신호였다.

부행장인 클라렌스 데스몬드는 화장실, 창고, 금고실, 그리고 대여금고 순으로 점검하고 안전을 확인하자, 블라인드를 끌어올려 이상이 없다는 신호를 보냈다.

제일 먼저 입장이 허가되는 것은 고참인 부기계원이었다. 그는 경보기 옆에 서서 동료들이 전부 들어가는 것을 기다렸다가 끝나면 문을 잠그게 되어 있었다.

오전 8시 30분 정각에 트레이시 휘트니는 빠릿빠릿한 몸짓으로 동료 행원들과 함께 화려한 로비로 들어갔다. 그녀는 비옷과 모자를 벗고 부츠를 갈아 신는 동안 동료들이 날씨에 대해 투덜거리는 것을 즐겁게 듣고 있었다.

"지독한 바람 때문에 우산이 못 쓰게 돼버렸다니까. 그래서 흠뻑 젖었지 뭐야!"

출납계원이 불평을 늘어놓았다.

"마케트가는 온통 강이 돼서 오리가 두 마리나 헤엄치고 있더라고."

출납계장이 농담을 했다.

"일기예보로는 앞으로 일주일 동안 이런 식이라더군. 정말 플로리다에라도 가고 싶어."

트레이시는 미소를 지으며 자기 자리로 갔다. 그녀는 전신환 담당계원이었다.

그녀의 업무는 야간에 송금되어온 환수표를 컴퓨터에서 꺼내어 다른 은행으로 보내는 일이었다. 모든 거래는 코드번호화 되어 있었고 불법 침입자를 접근하지 못하게 하려고 정기적으로 바꾸게 되어 있었다. 매일 수억 달러가 자기화(磁氣化)되어 트레이시의 손을 통과하므로 그녀는 보람을 느끼며 일을 했다. 지구상의 비즈니스 동맥에 소위 싱싱한 피를 공급해주는 것이다. 찰스 스탠호프 3세와 만나기까지는 이 업무가 트레이시에게 있어서 최대의 즐거움이었다.

필라델피아 신탁은행에는 강력한 국제부가 있었고, 점심시간이 되면 트레이시는 동료들과 그날의 움직임을 화제로 삼아 이야기했다. 항상 믿을 수 없을 정도로 엄청난 얘기들을 들을 수가 있었다.

"터키에 1억 달러의 협조 융자를 우리 은행도 체결했다는데……."

부기계장인 데보라가 모두에게 가르쳐주었다.

"오늘 아침 중역회의에서 페루의 새로운 융자단에 참가하기로 결정했어. 착수금만 해도 500만 달러가 넘는다니까……."

부행장 비서인 마에 트랜튼이 자못 비밀스러운 얘기를 한다는 듯이 낮은 목소리로 속삭였다.

냉소적인 존 크레이튼이 끼어들었다.

"멕시코인 구제자금으로 5천만 달러를 준비하기로 한 모양인데, 그 밀입국자 녀석들은 한 푼의 값어치도 없다고……."

"웃기는 얘기로군. 미국을 황금의 노예라고 비난하는 나라가 항상 제일 먼저 손을 비비면서 돈을 꾸러 온단 말이야."

트레이시가 말을 이었다.

이 화제야말로 트레이시와 찰스를 만나게 해주었고, 그 토론이 두 사람을 맺어주게 한 셈이었다.

찰스 스탠호프 3세와 처음 만난 것은 그가 내빈으로 초청받은 금융에 관한 심포지엄 회의장에서였다. 찰스는 그의 증조부가 창립한 투자회사를 경영하고 있었으며, 트레이시가 근무하는 은행과 빈번하게 거래를 하고 있었다. 그의 강연이 끝난 뒤에 트레이시는 찰스에게 면회를 요청했다. 제3세계 국가들이 전 세계의 은행들이나 서방측 정부로부터 빌린 천문학적인 돈을 지불할 능력에 대한 그의 분석을 납득할 수가 없었기 때문이었다.

찰스는 처음에는 반농담조로 대꾸했지만 눈앞의 아름다운 여성이 세차게 내뿜는 열렬한 공격에 차츰 빨려 들어갔다. 토론은 오래된 레스토랑인 '북바인더'에서의 점심식사로까지 이어졌다.

처음에 트레이시는 찰스 스탠호프 3세에게서 별다른 매력을 느끼지 못했다. 하기야 그는 독신으로, 그와 결혼하게 되는 여성은 필라델피아 제일의 혼처자리를 잡게 되는 것이라는 것쯤은 알고 있었다.

찰스는 35세로 부호에다 필라델피아에서는 유수한 명문가의 자제였다. 178센티미터의 키에 머리칼은 모래 색이었고, 눈은 짙은 갈색이었으며 고지식한 학자풍이었다. 트레이시는 그에 대해서 그저 따분하고 돈 많은 부자 정도로 생각했다.

트레이시의 마음을 꿰뚫어보기라도 한 듯이 찰스가 테이블 위로 몸을 내밀고 말을 걸었다.

"아버지는 지금까지도 내가 태어났을 때 병원에서 아기가 바뀌었다고 확신하고 있어요."

"네? 뭐라고요?"

"아무튼 나는 우리 집에서는 돌려놓은 자식이죠. 그래서 그런지 내가 생각하기에는 돈이 인생의 전부, 이 세상의 전부가 아닌 것 같습니다. 아참, 내가 이런 말을 했다는 건 아버지에게는 비밀입니다."

그녀는 그의 소탈한 면이 좋아서 약간 마음이 끌렸다.

'이런 남자와 결혼하면 어떨까…. 미국 굴지의 명문 출신 남자와……'

그런 생각이 얼핏 트레이시의 머리를 스쳐 지나갔다.

그녀의 아버지도 일생을 걸고 하나의 기업을 쌓아 올렸지만, 스탠호프 가문에 비한다면 하잘 것 없는 것이었다.

'스탠호프 가문과 휘트니 가문은 한데 섞일 수가 없지. 물과 기름이라고. 스탠호프 가문은 기름인 셈이지. 어머나, 왜 내가 이런 멍청한 생각을 하고 있는 거지! 혼자서 멋대로 생각하는군. 한 남자가 식사에 초대했다고 벌써 결혼 생각까지 하고 있으니 어이가 없어. 두 번 다시 만날 사람도 아닌데……'

트레이시가 이런 생각을 하고 있을 때, 찰스의 목소리가 들려왔다.

"내일 저녁에 혹시 시간이 있으면 함께 식사라도……?"

필라델피아에는 구경할 것과 하고 싶은 일이 눈앞이 어지러울 정도로 많았다.

토요일 밤, 트레이시와 찰스는 발레를 보거나 리카르도 무티가 지휘하는 필라델피아 관현악단의 연주를 들으러 갔다. '제노즈'의 보도 옆 테이블에서 치즈스테이크를 먹고, 필라델피아에서 가장 격식이 높은 레스토랑인 '카페 로열'에서 저녁식사를 했다. 그리고 두 사람은 헤드하우스 스퀘어에서 쇼핑을 즐기고, 또 마음이 내키는 대로 필라델피아 미술관이나 로댕 박물관을 돌아다녔다.

트레이시는 '생각하는 사람' 앞에서 걸음을 멈추고는 찰스를 힐끗 쳐다보고는 장난스럽게 웃었다.

"당신과 꼭 닮았어요."

찰스는 운동에 무관심했지만, 트레이시는 운동을 너무 좋아해서 일요일 아침에는 웨스트 리버 드라이브나 스쿠드킬 강변의 산책로를 조깅했다. 그녀는 토요일이면 태극권 도장에 다니며 완전히 지쳐 쓰러질 정도로 착실하게 한 시간가량 수련을 하고, 상쾌한 기분으로 찰스의 아파트로 갔다.

찰스는 요리의 달인이었다. 또 손님들에게 대접하는 것도 좋아해서 모로코 요리나 중국 요리, 프랑스 요리 등을 트레이시에게 만들어주기도 했다.

트레이시가 지금까지 그런 사람을 본 적이 없을 정도로 찰스는 매우 꼼꼼한 남자였다. 언젠가 그녀가 저녁식사에 15분 늦은 적이 있었는데, 찰스가 그 일로 화를 냈기 때문에 그날 밤의 데이트를 망쳐버린 일이 있었다. 그날부터 트레이시는 그와의 약속시간은 꼭 지켜야겠다고 마음속으로 다짐했다.

트레이시는 섹스는 거의 경험이 없었지만 찰스의 잠자리 매너는 그의 평상시 태도와 마찬가지였다. 여기저기 신경을 쓰면서 실수 없이 적절하게 처신을 했다. 언젠가 침대에서 트레이시는 대담한 행동으로 반응해보았다. 그러자 찰스는 상당히 충격을 받은 것 같았다. 그래서 트레이시는 자기가 변태가 아닐까 하고 생각하기도 했다.

임신은 예상 밖이었다. 그리고 그런 현실에 맞닥뜨리자 트레이시는 불안에 사로잡혔다. 찰스는 그때까지 결혼이란 말을 입에 담은 적이 없었고, 그녀는 아기를 구실로 그에게 결혼을 강요하는 따위의 짓은 조금도 하고 싶지 않았다. 그렇다고 임신 중절은 두려운 일이었다. 그러나 또 다른 하나의 선택도 똑같이 고통으로 생각되었다. 사생아를 잘 키울 수가 있을까? 그리고 그것이 태어나는 아이에게 과연 바람직한 일일까?

그녀는 어느 날, 저녁식사가 끝난 뒤 찰스에게 털어놓기로 했다. 그날은 자신의 아파트에서 스튜를 만들었는데 신경이 너무 곤두서서 요리를 태워버리고 말았다. 그래서 태운 음식을 찰스 앞에 내놓으면서 미리 연습한 대로 서론부터 말하려고 했지만, 서론 같은 것은 완전히 잊어버리고 당돌하게 주워섬기기 시작했다.

"미안해요, 찰스…… 아이가 생겨버렸어요."

긴 침묵이 흘렀다. 더 이상 참을 수 없게 된 트레이시가 뭐라고 말을 하려고 하자, 찰스가 가로막았다.

"결혼합시다, 당연한 일이지만."

그러자 그녀의 가슴에 맺혀 있던 응어리가 단번에 스르르 녹아버렸다.

"책임을 지지 않아도 괜찮아요. 나와 결혼할 의무 같은 건 없다고요."

찰스는 손을 들어서 가로막았다.

"아니, 나는 당신하고 결혼하고 싶어, 트레이시. 당신이라면 내 아내로 나무랄 데가 없어."

찰스는 말을 음미하듯이 덧붙였다.

"하기야 우리 아버지와 어머니는 좀 놀랄 테지만 말이야."

그러고는 싱긋이 웃고 그녀에게 키스를 했다.

트레이시는 조용히 물었다.

"왜 부모님이 놀라시죠?"

찰스는 한숨을 내쉬었다.

"트레이시, 앞으로가 걱정이야. 스탠호프가의 누군가가 결혼할 때는 말이야, 상대방은 으레 같은 계층에서 고르는 것으로 정해져 있다고. 이 도시의 고급 주택가, 메인랜드에 저택을 가지고 있는 사람들 가운데서 말이야."

"그렇다면 당신의 아내는 벌써 정해져 있겠군요?"

트레이시가 넘겨짚고 그렇게 말했다. 그러자 찰스는 트레이시를 끌어안았다.

"그렇게 신경 쓰지 않아도 돼. 내가 선택했다는 사실이 더 중요하니까. 금요일에 우리 부모님과 함께 저녁식사를 하자고. 그냥 부딪쳐보는 거야."

트레이시는 은행 내의 중앙에 일정하게 늘어선 6개의 테이블의 금속 용기에 경비원이 새로운 출납 전표를 넣는 모습을 보고 있었다. 고객에게는 그 사람 전용의 자기(磁氣)부착 코드 번호가 쓰여 있는 출납 전표가 미리 주어진다. 그리고 그것을 사용하면 출입금은 자동으로 그 사람의 계좌로 들어가지만, 이 전표는 그것을 잊어버리고 오는 손님을 위한 것으로 누구든 사용할 수 있었다.

9시 5분 전, 은행 내의 웅성거림이 한층 더 높아졌다. 행원들의 말투가 빨라지고 동작도 기민해졌다. 5분 후의 개점을 앞두고 모든 것이 완벽하게 갖춰져 있어야 한다. 현관의 정면 유리창 너머로 차가운 빗속에서 손님들이 보도에 늘어서 있는 것이 보였다.

경비원은 곁눈질로 벽에 걸려 있는 시계가 9시를 가리키자, 문까지 걸어가서 과장된 몸짓으로 자물쇠를 풀었다. 은행의 하루가 시작된 것이다.

그로부터 몇 시간 동안 트레이시는 컴퓨터에 매달려 다른 것은 아무것도 생각할 여유가 없었다. 전신환은 모든 코드가 옳은지, 그른지를 이중으로 체크하게 되어 있었다. 예금자로부터 지불 의뢰가 있으면 트레이시가 그 예금자의 계좌번호와 금액과 지불선의 은행 이름을 확인한다. 은행은 각각 독자적인 코드번호를 갖고 있었으며, 그 번호는 세계의 주요 은행을 포괄한 비밀 명부에 게재되어 있었다.

오전 중에는 시간이 물 흐르듯이 지나갔다. 트레이시는 점심시간을 이용해서 머리를 손질하려고 미용사인 래리 보트에게 예약을 해놓았다. 그의 서비스 요금은 비쌌지만 그만한 가치는 충분히 있을 것이라고 생각했다. 찰스의 양친에게 자신의 최고의 모습을 보여주고 싶었다.

'그의 부모가 고른 그 약혼자에 대해서는 신경 쓰지 말자. 나만큼 그를 행복하게 해줄 수 있는 여자는 이 세상에 없을 거야.'

트레이시는 생각했다.

오후 1시, 트레이시가 막 비옷을 걸치려고 할 때 클라렌스 데스몬드 수석 부행장으로부터 호출이 왔다. 그는 언제 봐도 빈틈없는 중역다운 모습을 풍겼다. 텔레비전에서 은행 광고를 한다면 데스몬드야말로 은행의 대변인으로 나무랄 데 없는 적격자일 것이다. 단정한 옷차림, 중후하고 양심적이며 권위를 나타내는 분위기, 신뢰할 수 있는 인간의 전형이었다.

"우선 그리 앉아요, 트레이시."

데스몬드는 말했다. 행원 전원의 퍼스트 네임을 알고 있다는 것이 그의 자랑이었다.

"잿궂은 날씨지, 안 그래요?"

"네."

"하지만 날씨가 어떻든 은행 업무는 절대로 차질이 생겨서는 안 되니까……."

데스몬드는 서두를 그렇게 꺼내고, 이야기가 궁해지자 몸을 앞으로 쑥 내밀고는 본론으로 들어갔다.

"그런데 당신은 찰스 스탠호프 씨와 약혼을 했다면서요?"

트레이시는 깜짝 놀랐다.

"우리는 아직 아무한테도 얘기하지 않는데 어떻게 그런……?"

데스몬드는 빙긋이 웃었다.

"스탠호프가의 일은 무엇이든 다 뉴스가 되니까. 참 잘된 일이군요. 앞으로 은행 일은 계속할 생각이죠? 물론 신혼여행을 다녀온 뒤의 일이겠지만. 은행으로서는 당신을 잃고 싶지 않소, 당신은 유능한 행원이니까 말이오."

"그 문제라면 찰스와 의논을 해놓았어요. 제가 원한다면 계속 근무해도 좋다는 결론에 도달했고요."

데스몬드는 만족스러운 듯이 미소를 지었다. 스탠호프 앤드 썬즈 사는 금융계에서도 가장 중요한 투자기관이었다. 스탠호프 기업과의 거래를 데스몬드 지점이 독점할 수 있다면 엄청난 이윤이 굴러 들어올 것은 뻔했다. 부행장은 의자에 다시 몸을 기대며 계속 말을 이었다.

"신혼여행에서 돌아오면 당신을 승진시킬 생각이오. 물론 급료도 상당히 올라갈 것이오."

"감사합니다. 정말 기뻐요."

트레이시는 자신의 지금까지의 업적을 인정받은 것이라고 생각했다. 그래서 자랑스러운 마음이 솟아올랐다.

찰스에게 한시라도 빨리 이 소식을 알리고 싶어서 견딜 수가 없었다. 신들이 마치 공모라도 해서 자신을 행복이라는 것에 압사 당하게 하고 있다고까지 생각되었다.

부친인 스탠호프는 아들과 마찬가지로 찰스라는 이름으로 리텐하우스 스퀘어의 호화로운 저택에서 살고 있었다. 그곳은 그 고장의 명소이기도

해서 트레이시도 몇 번인가 지나치며 바라본 적이 있었다.

'저렇게 호화로운 저택이 지금 내 인생의 일부가 되려 하고 있어.'

트레이시는 생각했다.

그녀는 신경이 날카로워져 있었다. 모처럼 손질한 머리 모양이 습기 때문에 엉망이 되어버린 것이다.

옷도 네 번씩이나 바꿔 입어보았다. 단순한 복장이 좋을까? 정장 좋을까? 트레이시는 돈을 절약해서 '워너 메이커'에서 산 이브 생 로랑 옷을 한 벌 가지고 있었다.

'그 옷을 입으면 낭비벽이 심하다고 생각할 거야. 그렇다고 포스트 본의 바겐세일에서 산 옷을 입고 가면 자기 아들이 신분이 낮은 여자와 결혼한다고 생각할 거야. 그것이 그들의 사고방식일 테니까.'

그녀는 결국 간단한 회색 울 스커트에 흰 실크 블라우스를 받쳐 입기로 했다. 거기에다 어머니가 크리스마스 때 선물로 준 가느다란 금목걸이를 했다.

저택의 현관문은 제복을 입은 집사가 열어주었다.

"안녕하십니까, 트레이시 양?"

'집사가 벌써 내 이름을 다 알고 있군. 이건 좋은 징조일까, 나쁜 징조일까?'

"코트를 맡아드릴까요?"

그녀는 페르시아 융단에 빗방울을 뚝뚝 흘렸다.

집사가 그녀를 대리석 복도로 안내했다. 그곳은 은행의 두 배는 될 정도로 넓어보였다. 트레이시는 정신이 아찔해지며 어찌할 바를 몰랐다.

'아차! 내가 실수했구나! 옷을 잘못 골랐어. 역시 이브 생 로랑을 입었어야…….'

게다가 서재에 들어섰을 때 팬티스타킹에 줄이 가기 시작했다. 마침 그때 눈앞에 찰스의 부모가 나타났다.

부친인 찰스 스탠호프 씨는 60대 중반으로 엄격한 얼굴을 하고 있었다. 공을 이루고 명성을 얻은 성공자의 분위기를 풍기고 있었는데, 그의 아들도 30년 후에는 그런 풍모를 지니게 되지 않을까 생각했다.

눈은 찰스와 똑같은 짙은 갈색이었고, 팽팽한 턱에 가장자리가 희어진 머리칼—트레이시는 당장 그가 좋아졌다.

'이분이라면 내 아이의 이상적인 할아버지가 될 수 있을 것 같아.'

찰스의 어머니도 인상 깊은 용모를 하고 있었다. 몸집은 작고 뚱뚱했지만 어딘지 모르게 위엄이 서려 있었다.

'신뢰할 수 있을 것 같은 외모야. 이분도 틀림없이 훌륭한 할머니가 되어줄 거야.'

트레이시는 생각했다.

스탠호프 부인은 트레이시에게 손을 내밀었다.

"와줘서 기뻐요. 찰스한테 우리 세 사람만의 시간을 조금 얻어놓았어요. 괜찮겠지요?"

"그거야 당연한 일이지 않소?"

찰스의 부친이 쏘아붙였다.

"자, 앉아요. 트레이시라고 했지?"

"네."

양친은 긴 의자에 나란히 앉아 트레이시와 마주보았다.

'왠지 심문을 당하는 것 같은 기분이야.'

그렇게 생각하자 트레이시의 뇌리에 어머니의 목소리가 들려왔다.

'하느님은 말이다, 네가 감당하지 못할 일은 절대로 주시지 않는단다. 한 걸음씩 앞으로 나아가거라.'

그녀의 첫걸음은 우선 나약하게 미소를 짓는 일이었다. 그러나 그 타이밍이 좋지 않았다. 마침 팬티스타킹의 풀린 올이 무릎까지 와 있어서 양손으로 그곳을 가리면서 웃어야 했기 때문이었다.

"그건 그렇고! 두 사람이 결혼하길 원한단 말이지?"

스탠호프 씨는 부드럽게 말했다.

'원한다'는 말이 트레이시의 마음을 흩뜨려놓았다. 찰스는 양친에게 결혼을 하기로 했다고 말했을 것이다.

"네."

트레이시는 대답했다.

"아가씨는 찰스와 사귄 지 아직 얼마 되지 않았죠?"

스탠호프 부인이 물었다.

트레이시는 분한 마음을 억눌렀다.

'생각했던 대로군. 나를 심문하는 것만 같아.'

"분명히 오래되지는 않았지만 우린 서로의 사랑을 확인할 수 있었다고 믿습니다, 스탠호프 부인."

"사랑이라고?"

스탠호프 씨가 중얼거렸다.

이번에는 부인이 다시 말했다.

"솔직히 말하겠어요, 트레이시 양. 찰스한테서 그 얘기를 들었을 때 남편도 나도 굉장히 놀랐어요."

부인은 그렇게 말하고는 의미심장한 웃음을 띠었다.

"물론 샤로트에 대해서 찰스한테 들었겠죠? 네, 그래요. 찰스와 샤로트는 함께 자랐어요. 그 두 사람은 정말 사이가 좋답니다. 솔직히 말하면, 금년에는 약혼 발표가 있을 거라고 모두들 기대하고 있었지요."

부인은 트레이시의 표정을 읽으려고 했다.

샤로트가 어떤 여성인지 묻지 않아도 트레이시는 잘 알 것만 같았다. 그녀가 어떤 여성인지 머릿속으로 그릴 수가 있었다. 스탠호프가의 이웃, 돈이 많고 찰스와 같은 계급에 속해 있으며 승마를 좋아해서 우승 경험이 여러 번 있고……

"가족에 대해서 좀 얘기해주겠소?"

스탠호프 씨가 재촉하듯이 말했다.

'이게 뭐람. 마치 옛날 영화의 한 장면 같아. 나는 리타 헤이워드가 맡은 가냘픈 처녀이고, 케리 그랜트가 부친과의 첫 대면 장면을 연기하고 있는 거야. 그 다음에는 음료수가 필요한데, 옛날 영화에서는 보통 이런 장면에서 집사가 음료수를 들고 들어와서 한숨 돌리게 하지……'

트레이시는 절망적인 생각이 들었다.

"어디서 태어났어요?"

스탠호프 부인이 물었다.

"루이지애나입니다. 아버지는 기계공이셨어요."

그것까지 말할 필요는 없었지만 트레이시는 말하고 싶었다. 이제는 될 대로 되라는 기분이기도 하고, 아버지는 트레이시의 자랑이기도 했기 때문이었다.

"기계공이라고?"

"그렇습니다. 뉴올리언스의 조그만 하청 공장부터 시작해서 그 분야에서는 상당한 회사로 키워놓으셨습니다. 하지만 아버지는 5년 전에 돌아가시고, 어머니가 그 사업을 맡아서 하고 계십니다."

"그 회사에서는…… 그러니까 어떤 것을 만들고 있나요?"

"배기관이라든지 자동차 부품 등 여러 가지입니다."

"과연."

그들의 말투에서 트레이시는 긴장을 느꼈다.

'이 사람들과 친밀해지는 데는 얼마나 시간이 걸릴까?'

트레이시는 자문했다.

그녀는 자기를 비난하는 듯이 응시하고 있는 두 개의 얼굴에 유혹이라도 당한 듯 어리석은 말들을 떠벌이기 시작했다.

"틀림없이 저의 어머니를 좋아하시게 될 거예요. 어머니는 미인인 데

다 총명하고 매력적이니까요. 남부 출신입니다. 키는 작지만, 아마 부인
과 비슷할 거예요⋯⋯."

거기까지 말하고는 더 이상 애기를 계속할 수가 없자, 무거운 침묵이
흘렀다. 트레이시는 바보스럽게도 웃어보였지만 부인의 시선과 마주치
자 미소가 싹 사라져버렸다.

뿌루퉁한 얼굴로 입을 연 것은 스탠호프 씨였다.

"찰스의 말에 의하면 아가씨는 임신을 했다고 하던데?"

'맙소사! 그 사실만은 말하지 않기를 바랐는데!'

그들의 태도는 명백히 임신을 비난하고 있었다. 이 문제에 자기 아들이
아무런 관련도 없는 것처럼⋯⋯.

'그건 수치스러운 일이야!' 하고 그녀에게 다짐을 받는 듯한 태도였다.

'무엇을 입고 왔어야 했는지 이제야 알겠구나. 옛날에 간통죄를 지은
여자가 입던 그 특별한 복장을 하고 올걸 그랬어!'

트레이시는 생각했다.

"최근 일은 나는 잘 모르지만⋯⋯."

스탠호프 부인이 말을 꺼냈지만 거기서 말을 끊었다. 마침 그때 찰스가
방에 들어온 것이다. 트레이시는 자신의 인생에서 이때처럼 누군가가 뛰
어들어주는 것이 반가운 적은 없었다.

"안녕?"

찰스가 빙긋이 웃으면서 말했다.

"환담 분위기는 어땠습니까?"

트레이시는 벌떡 일어나서 그에게 달려갔다.

"좋았어요, 찰스."

그녀는 힘껏 그를 껴안으면서 이렇게 생각했다.

'다행이에요, 찰스. 당신이 부모님을 닮지 않아서요. 절대로 저런 사람
들같이 되어서는 안 돼요. 저 두 사람은 편협하고, 거만을 떠는 차가운 사

람들이에요.'

등 뒤에서 조심스러운 헛기침 소리가 들려왔다. 집사가 음료수를 들고 서 있었다.

'어떻게든 잘 될 거야. 이 영화는 해피엔드로 끝날 테니까.'

트레이시는 자신에게 타일렀다.

저녁식사는 진수성찬이었다. 그러나 트레이시는 신경이 곤두서서 제대로 먹을 수가 없었다. 그들은 은행 업무나 정치, 비참한 세계정세 등을 화제로 삼았으나 겉치레만 꾸미는 식의 겉도는 대화였다.

양친의 본심은 목소리를 높여 이렇게 말하고 싶었을 것이다.

'너는 결혼하기 위해서 우리 아들을 함정에 빠뜨린 거야.'

'이유야 그럴듯하지. 자기 아들의 결혼 상대자가 될 여자를 걱정할 권리야 있겠지. 언젠가는 찰스가 회사를 물려받아야 하고, 그런 오너에게 걸맞은 아내를 만나게 하는 건 중요한 일이니까.'

그래서 트레이시는 자신에게 이렇게 타일렀다.

'내가 그 이상적인 아내가 꼭 되어야 해.'

테이블 밑에서 냅킨을 만지작거리고 있던 그녀의 손을 찰스가 다정하게 잡고 미소를 지으며 살짝 윙크했다. 그러자 트레이시의 마음이 갑자기 밝아졌다.

"트레이시와 저는 조촐하게 결혼식을 올리고 싶어요. 그리고 그 다음에는……."

찰스가 말하자 스탠호프 부인이 얼른 그의 말을 끊었다.

"안 돼! 우리 집안에서는 조촐한 결혼식 같은 건 하지 않는다. 찰스, 네 결혼을 축복하고 싶어하는 친구들이 수십 명이나 있다는 걸 잊지 마라."

부인의 눈길은 트레이시의 부푼 배에 가 있었다.

"어쩌면 결혼식 초대장을 당장이라도 보내야 할 것 같구나."

그리고 생각난 듯이 덧붙였다.

"아가씨가 양해해준다면 말이지만."

"네, 네, 물론입니다."

트레이시가 대답했다.

결혼식은 기정사실인 것이다.

'나에게 이의가 있을 리가 없지 않은가?'

"외국에서도 손님이 올 테니까 너희들은 이 집에서 머물러야 할 거야."

스탠호프 씨가 물었다.

"신혼여행은 어디로 정했지?"

찰스는 싱긋이 웃었다.

"그건 비밀입니다, 아버지."

찰스는 트레이시의 손을 꽉 잡았다.

"그럼 얼마 동안 신혼여행을 가 있을 작정이냐?"

"글쎄요…… 한 50년쯤 가 있을 생각인데요."

찰스가 농담으로 얼버무렸다. 트레이시는 그 말이 무척 마음에 들었다.

저녁식사가 끝나자 네 사람은 서재로 자리를 옮겨서 브랜디를 마셨다. 트레이시는 참나무로 둘러친 멋진 방안을 둘러보았다. 서가에는 가죽 장정의 책들이 있었고, 벽에는 코로의 작품이 2점, 코플리의 조그만 그림, 레이놀즈의 작품 등이 걸려 있었다. 만약 찰스가 한 푼도 없는 거지였다 하더라도 트레이시에게 불만은 없었을 것이다. 그러나 그녀 자신도 지금 인정하지 않으면 안 되는 것은, 역시 이 정도로 유복하다면 앞으로의 생활도 틀림없이 즐거울 것이라는 사실이었다.

찰스가 트레이시를 페어마운트 파크의 조그만 아파트에 데려다준 것은 거의 한밤중이 가까워서였다.

"부모님을 만난 것이 당신을 괴롭히는 일이 아니었으면 좋겠어, 부모님이 워낙 보수적이어서……."

"아니에요. 무척 친절한 분들이었어요."

트레이시는 거짓말을 했다.

"잠깐 들어갔다 가지 않을래요, 찰스?"

그녀는 찰스의 품에 힘껏 안기고 싶었다. 그리고 그에게서 이런 말을 듣고 싶었다.

'사랑해, 트레이시. 이 세상에서 우릴 떼어놓을 수 있는 사람은 아무도 없어.'

하지만 찰스는 이렇게 말했다.

"오늘 밤에는 안 돼. 내일 아침에 해야 할 일이 너무 많아서……."

트레이시는 낙담의 빛을 보이지 않으려고 애썼다.

"물론 그렇겠죠, 찰스"

"그럼, 내일 만나자고."

찰스는 가볍게 키스를 하고는 그녀가 지켜보는 앞에서 현관 입구로 사라져 갔다.

아파트는 불바다였다. 화재경보기의 요란한 음향이 정적을 깨뜨렸다. 트레이시는 벌떡 일어나 몽롱한 머리로 어둠 속에서 연기 냄새를 맡아보았다.

벨은 계속 울려대고 있었다. 그것이 전화의 호출음이라는 것을 차츰 깨닫게 되었다. 침대 옆의 시계는 새벽 2시 30분을 가리키고 있었다.

'찰스에게 무슨 일이 일어난 것은 아닐까?'

당황한 그녀는 전화기를 잡아챘다.

"여보세요?"

남자의 목소리가 멀리서 들려왔다.

"트레이시 휘트니 양입니까?"

그녀는 망설였다. 외설스러운 장난 전화일 수도 있기 때문이었다.

"누구시죠?"

"뉴올리언스 경찰서의 밀러 경사입니다. 트레이시 휘트니 양이시죠?"

"네."

그녀는 심장이 두근거리기 시작했다.

"안됐습니다만, 나쁜 소식입니다."

이 말을 듣자 그녀의 전화기를 쥔 손이 굳어졌다.

"당신의 어머님에 관한 것입니다."

"그래서요……? 어머니가 사고라도 당했나요?"

"돌아가셨습니다, 휘트니 양."

"거짓말 말아요!"

목소리가 날카롭게 울렸다.

'정말로 지독한 장난전화다. 어딘가에서 정신병자가 전화를 걸고 있는 걸 거야. 엄마한테 나쁜 일 같은 것이 일어날 리가 없어. 틀림없이 그런 일은 없어. 사랑해요, 엄마.'

"이런 방법으로 알려드리고 싶지는 않았습니다만."

전화기의 목소리가 말했다.

이것이 바로 현실인 것이다. 악몽과 같은 현실이 지금 여기에 있는 것이다. 그녀는 말이 나오지 않았다. 생각과 혀가 얼어붙어버렸다.

경사의 목소리가 들려오고 있었다.

"여보세요?…… 휘트니 양? 여보세요……?"

"아침 첫 비행기로 가겠습니다."

그녀는 아파트의 조그만 부엌에 앉아서 어머니에 대해 생각했다. 아무리 해도 어머니가 돌아가셨다는 사실이 믿어지지 않았다. 어머니는 어떤 경우에도 굽히지 않고 힘차게 살아왔다. 그들 두 사람은 친밀하고 사이좋은 모녀였다. 트레이시는 어린 시절부터 무슨 일이든 어머니와 의논을 해왔다. 학교나 남자친구에 대해서, 나중에는 연애문제까지도…….

아버지가 돌아가셨을 때, 그 사업체를 인수하겠다는 요청이 많이 들어왔다. 어머니는 여생을 편안하게 살 수 있을 정도의 금액이 제시되었지만 사업체를 양도하는 것을 완강하게 거부했다.

"남편이 이렇게까지 쌓아올린 회사를, 고생한 결정체를 내던지고 싶지 않아요."

그렇게 해서 어머니는 아버지의 사업을 훌륭하게 꾸려나가고 있었다.

'아, 엄마! 내가 가장 좋아하는 엄마, 이젠 찰스와도 만나줄 수가 없게 됐군요. 손자의 얼굴도 볼 수 없겠군요.'

트레이시는 흐느껴 울었다.

그녀는 커피를 끓이고 있었지만 어둠 속에서 생각에 잠겨 있는 사이에 식어버렸다. 트레이시는 찰스가 너무도 보고 싶었다. 전화를 걸어서 당장 와달라고 하고 싶었다. 부엌의 시계를 보니 새벽 3시 30분이었다. 이렇게 이른 시간에 찰스를 깨우고 싶지는 않았다. 뉴올리언스에 가서 전화를 걸기로 하자, 이 일 때문에 혹시 결혼식 예정이 바뀌지는 않을까? 그런 생각을 한 순간, 그녀는 죄책감에 사로잡혔다. 이런 순간에 자기 일만 생각하다니…….

밀러 경사는 이렇게 말했다.

"이곳에 도착하시는 대로 택시를 잡아타고 경찰서까지 와주십시오."

'왜 경찰서로 오라고 하는 걸까? 무슨 일이 일어난 것일까?'

뉴올리언스 공항의 혼잡한 인파 속에 서서 트레이시는 여행가방이 나오기만을 기다렸다. 밀고 당기는 여행자에게 둘러싸여 있으려니 그녀는 숨이 막힐 것만 같았다. 회전대에 놓여 있는 가방을 잡으려고 했지만 움직일 수가 없었다. 이제 곧 직면해야 하는 절망을 생각하자 그녀는 점점 더 신경질적으로 되어갔다. 무슨 착오일 거라고 자신을 타일러보기도 했지만 머릿속에서는 경사의 그 말이 울려 퍼지고 있었다.

'안됐습니다만 나쁜 소식입니다…… 어머님께서 돌아가셨습니다, 휘

트니 양…… 이런 방법으로 알려드리고 싶지는 않았습니다만…….'

가까스로 가방을 찾아들고 택시에 오른 트레이시는 경사에게서 들은 행선지를 알렸다.

"사우스브로드가 715번지까지 부탁합니다."

운전사는 백미러로 그녀를 힐끗 보고는 싱긋이 웃었다.

"경찰서 말인가요?"

대답은 하지 않았다. 지금은 잡담할 정신이 아니었다. 트레이시의 머릿속은 극도로 혼란한 상태였다.

택시는 시내를 향해 달렸다.

"여기는 축제 관광차 오셨습니까?"

운전사는 계속 떠들어댔다. 트레이시는 운전사가 무슨 얘기를 하고 있는지 전혀 머리에 들어오지 않았다. 그녀가 생각하고 있는 것은 단 한 가지뿐이었다.

'어머니가 돌아가시다니!'

운전사의 잡담이 귀에 들려오기는 했지만 말이 되어서 머리에 들어오지는 않았다. 몸이 굳어서 좌석에 앉아 스쳐가는 낯익은 광경들을 공허한 눈으로 바라보고 있었다. 프렌치 쿼터까지 접근해서야 비로소 그녀는 시끄러운 소음을 알아차렸다. 그것은 미쳐 날뛰는 군중의 소음으로, 흡사 폭도의 무리가 큰 소리로 의미를 알 수 없는 고대의 기도문을 외쳐대고 있는 것 같았다.

"더 이상 앞으로 나갈 수가 없겠는데요."

운전사가 그녀에게 말했다.

트레이시는 창밖을 내다보았다. 믿을 수 없는 광경이었다. 가면을 쓰거나 용과 거대한 악어, 이교도 등으로 분장한 수백, 아니 수천 명의 군중이 차도와 보도를 뒤덮은 채 시끄러운 불협화음을 내고 있었다. 음악과 퍼레이드 차와 춤이 혼연일체가 된 난장판이었다.

"자동차가 녀석들한테 뒤집혀지기 전에 내리는 게 낫겠습니다. 말라비틀어진 축제인지 뭔지……."

운전사가 말했다.

그렇구나! 벌써 2월이구나! 마르디 그라 축제, 도시 전체가 수난절의 시작을 축하하는 달이다. 트레이시는 택시에서 내려 모퉁이에 잠깐 서 있었다. 그 순간, 그녀는 미친 듯이 춤을 추는 군중 속으로 말려들어갔다. 어쩐지 기분이 나빴다. 마녀들의 야회—수백 명의 복수의 여신들이 트레이시의 어머니의 죽음을 축하하는 듯한 무시무시한 소동을 일으켰다. 들고 있던 가방은 손에서 낚아채져서 어디론가 사라져버렸다. 그녀는 악마의 가면을 쓴 뚱뚱한 사나이에게 안겨져 키스 세례를 받았다. 사슴이 가슴을 움켜잡고, 판다곰이 등 뒤에서 포용하고는 그녀를 하늘 높이 들어올렸다.

트레이시는 그들을 뿌리치고 도망치려고 몸부림쳤지만 허사였다. 신들린 것처럼 춤을 추는 군중에 둘러싸여서 의식의 함정에 빠진 것이다. 그녀는 눈물을 흘리면서 난장판 집단의 움직임에 몸을 맡겼다. 도망칠 방법이 없었다. 가까스로 조용한 거리로 빠져나온 트레이시는 화가 치밀어 폭발할 것만 같았다. 그녀는 가로등에 기대어 심호흡을 하면서 정신이 평정되기를 기다렸다, 그러고는 잠시 후 경찰서로 향했다.

밀러 경사는 외근으로 수척해진 얼굴에 떨떠름한 표정을 띤 중년 남자였다. 첫눈에 봐도 그가 힘들어하고 있다는 것을 알 수 있었다.

"공항까지 마중을 나가지 못해서 미안합니다."

밀러 경사는 트레이시에게 사과했다.

"도시 전체가 동원된 축제 기간이라서요. 어머님의 유품을 조사한 결과, 연락해야 할 사람이 당신밖에 없었습니다."

"부탁합니다, 경사님. 우리 엄마한테…… 엄마한테 도대체 무슨 일이 있었는지 알려주세요."

"사인은 자살입니다."

그러자 그녀의 몸에 오한이 꿰뚫고 지나갔다.

"그런 일이……. 그런 일이 있을 리가 없어요! 어째서 엄마가 자살을 해야 했죠? 그렇게 건강하셨는데요……."

트레이시의 목소리는 갈라져 있었다.

"당신에게 남겨놓은 편지가 여기 있습니다."

시체 안치소는 썰렁하니 무미건조하고 을씨년스러웠다. 트레이시는 하얗게 칠한 기다란 복도를 지나 넓고 텅 빈 방으로 안내되었다. 하지만 그곳은 사람이 없는 방이 아니라는 것을 깨달았다. 시체로 가득 차 있던 것이다. 어머니의 유해도 있었다.

흰 옷을 입은 직원이 벽 쪽으로 다가가서 핸들을 손으로 잡고 엄청나게 큰 서랍을 끄집어냈다.

"보시겠습니까?"

'싫어요! 그런 상자에 들어 있는 생명이 없는 시신 같은 건 보고 싶지 않아요!'

그녀는 그곳에서 나가고 싶었다. 그리고 화재경보기가 울려 퍼지던 몇 시간 전의 꿈속의 세계로 돌아가고 싶었다.

'저 화재경보기의 벨을 현실로 만들어주세요, 하느님. 그리고 전화가 온 것을 꿈 꾼 것으로 해주세요. 그럼 엄마의 죽음도 꿈이 될 테니까요.'

트레이시는 천천히 걸어서 관으로 다가갔다. 한 걸음마다 마음이 비명을 질러댔다. 드디어 보았다. 자신을 낳고 키우고 웃고 사랑해주었던 영혼이 없는 육체를, 그녀는 몸을 굽혀 어머니의 뺨에 키스를 했다. 뺨은 차갑고 고무처럼 느껴졌다.

트레이시는 속삭였다.

'오, 엄마! 무슨 일이야? 어떻게 하다가 이렇게 됐어!'

"검시 해부를 해야 합니다. 자살 시체에 관한 주법입니다."

직원이 말했다.

어머니의 유서에는 자살의 동기는 적혀 있지 않았다.

사랑하는 트레이시에게

부디 용서해주기 바란다. 큰 실수를 저질렀다. 너에게까지 피해를 입힐 수는 없었는데, 이 길밖에는 방법이 없었어. 너를 진심으로 사랑한다.

어머니로부터.

유서는 서랍 속의 시체처럼 생명감이 없고 의미도 분명치 않았다.

오후 내내 장례식 준비를 하고 난 뒤 트레이시는 택시를 타고 집으로 향했다. 마르디 그라 축제의 요란한 소음이 먼 곳에서 들려왔다. 여러 가지 괴물들이 괴상한 의식을 행하고 있는 것 같았다.

휘트니가의 주택은 고지대의 주택지인 가든 구에 있었으며, 빅토리아 양식의 건물이었다. 뉴올리언스의 대부분의 주택들과 마찬가지로 목조 건물이었다. 지반이 해면보다 낮기 때문에 지하실은 없었다.

트레이시는 그 집에서 자랐다. 지난 몇 년 동안은 살지 않았지만 그곳은 따뜻하고 아련한 추억으로 넘쳐흐르고 있었다. 택시가 천천히 집 앞에서 멈춰 서고, 차에서 내린 그녀는 잔디밭 위에 세워놓은 표지판을 보고 충격을 받았다.

매물: 뉴올리언스 부동산 회사

믿기 어려운 일이었다.

'이 그리운 집을 어떻게 팔 수 있지? 우리 가족의 행복이 가득 담겨 있

는 집인데.'

어머니는 입이 닳도록 말했었다.

뭔가 설렘을 가득 느끼면서 트레이시는 목련나무 밑을 지나 현관 앞에 섰다. 집에 들어갈 수 있는 스페어 키는 아직도 가지고 있었다. 중학교 1학년 때 받은 것을 부적으로, 자신을 언제나 맞아들여주는 이 안식의 장소에 대한 추억으로 줄곧 간직해왔다.

문을 열고 집 안으로 들어서던 그녀는 깜짝 놀라서 그 자리에 우뚝 섰다. 가구가 모두 사라지고 내부가 완전히 텅 비어 있었다. 수많은 아름다운 골동품들이 모두 흔적도 없이 사라지고 없었다.

집은 주인에게 버림받은 알맹이 없는 조개껍질 같았다. 트레이시는 미친 듯이 방에서 방으로 뛰어다니며 믿을 수 없는 광경에 어쩔 줄 몰라 했다. 갑작스러운 재난이라도 닥친 것 같았다. 그녀는 이층으로 뛰어올라가 자신의 인생의 태반을 보낸 침실 입구에 섰다. 텅 빈 방이 공허하게 노려보고 있는 것만 같았다.

'오, 하느님! 도대체 무슨 일이 일어난 건가요?'

그녀는 현관의 초인종이 울렸기 때문에 멍청한 기분으로 계단을 내려갔다. 휘트니 자동차 부품회사의 공장주임인 오토 슈미트가 현관 앞에 서 있었다. 그는 불룩 튀어 나온 배에 몸은 레일처럼 가늘고, 얼굴은 주름투성이인 노인으로 흐트러진 흰 머리칼이 머리의 벗겨진 부분을 둘러싸고 있었다.

"아가씨, 지금 방금 연락을 받았습니다. 뭐라고, 뭐라고 위로의 말씀을 드려야 할지……."

그는 심한 독일어 사투리로 말했다.

트레이시는 그의 손을 힘껏 움켜잡았다.

"오토 씨, 이렇게 와 주셔서 고마워요. 들어오세요."

그녀는 텅 빈 거실로 그를 안내했다.

"미안합니다. 앉을 만한 곳이 없어서요. 마룻바닥에 앉으셔야겠네요."

"네, 상관없고말고요."

두 사람은 마주보고 앉았지만 분노에 찬 나머지, 서로를 보고 있지 않았다. 오토 슈미트는 트레이시가 철이 들기 전부터 아버지 회사에서 일해 온 사람이었다. 아버지가 그를 더할 수 없이 신뢰하고 있었다는 것을 트레이시는 잘 알고 있었다. 어머니가 사업을 인수한 뒤에도 슈미트는 그대로 남아서 일을 해왔다.

"오토 씨, 무슨 일이 있었나요? 경찰에서는 자살이라고 하지만 아저씨께서도 아시다시피 엄마가 자살할 이유가 없잖아요?"

그러자 갑자기 머리를 스쳐 지나가는 느낌이 있었다.

"엄마가 그동안 어디 아프신 곳이라도 있었나요? 지병은 없는데요?"

"아닙니다. 그런 일이 아닙니다. 그런 이유가 아니라고요."

오토 슈미트 공장주임은 뭔가 말하고 싶은 것을 억지로 참고 분한 표정으로 먼 곳을 바라보았다.

트레이시는 한 마디 한 마디 음미하면서 말했다.

"오토 아저씨는 엄마가 이렇게 된 이유를 알고 있죠?"

그는 눈물에 젖은 푸른 눈으로 그녀를 물끄러미 응시했다.

"어머니는 최근에 있었던 일을 아가씨한테 알리지 않았지요. 걱정할까 봐서요."

트레이시는 미간을 찌푸렸다.

"그 일이 뭐죠? 알려주세요. 제발 부탁이에요."

오토 슈미트는 닳아 떨어진 팔소매에서 뻗어 나온 팔을 크게 벌렸다가 다시 오므렸다.

"조 로마노라는 이름을 들어본 적이 있습니까?"

"조 로마노요? 아뇨. 왜요?"

오토 슈미트는 눈을 깜박거렸다.

"6개월 전에 그 로마노가 어머님께 접근해 와서 회사를 사겠다고 제의했습니다. 어머님은 팔 생각이 없다고 거절했지요. 그러자 놈은 실질 가격의 10배를 불렀기 때문에 어머님은 더 이상 거절할 수가 없었답니다. 어머님은 무척 기뻐하셨지요. 받은 돈을 각종 채권에 투자하면 그 이자로 아가씨와 두 분이서 평생 편안하게 살 수 있다면서요. 그것으로 어머님은 아가씨를 놀라게 해줄 생각이었지요. 나도 잘됐다고 기뻐했습니다. 나는 3년 전부터 언제든지 그만둘 마음을 먹고 있었으니까요. 트레이시 양, 그런데 그만두고 뭐고 할 수가 없게 되었답니다. 로마노 그 녀석이……."

오토는 내뱉듯이 말했다.

"로마노는 어머니에게 얼마 안 되는 계약금만 지불했을 뿐인데, 눈덩이처럼 불어난 거액의 부채가…… 지난달 지불 최종 기한이 되어버린 것입니다."

트레이시는 초조해하며 재촉했다.

"계속 얘기해주세요, 오토 아저씨. 그래서 무슨 일이 있었나요?"

"로마노가 부품공장을 인수하고는 직원 모두를 해고시키고 일을 꾸미기 위해서 자기 부하들을 데려왔습니다. 그러고는 회사를 몽땅 팔아먹기 시작한 것입니다. 모든 자산을 매각하고, 수많은 비품을 구입한 뒤 그것들을 팔아먹으면서도 지불은 하지 않았던 거예요. 납품업자들은 지불이 늦는 것에 대해서는 걱정을 하지 않았습니다. 아무튼 업자들은 아가씨의 어머님과 거래를 하고 있는 줄로만 알고 있었으니까요. 밀린 대금의 독촉을 받았을 때, 어머님은 무슨 일이 일어났는지를 비로소 깨닫고, 로마노에게 해명을 요구했지요. 그러자 놈은 어머님에게 더 이상 거래할 생각이 없으니 회사는 다시 돌려주겠다고 말했던 겁니다. 그때는 이미 회사가 자산 가치를 상실하고 있었을 뿐만 아니라, 어머님은 50만 달러의 부채를 떠맡게 되었고, 지불 능력은 없어진 상태였어요. 아가씨, 어머님이 회사를 살리려고 얼마나 애를 썼는지, 나도 내 아내도 차마 눈을 뜨고 볼 수 없을 정도였답니다. 하지만 아무리 몸부림쳐 봐도 헛일이었습니다. 파산 선고를 받았어요. 놈들이 모든 것을 다 빼앗아가 버렸답니다. 회사도, 이 집도, 자동차까지도 말이에요."

"아, 어쩌면 그럴 수가!"

"게다가 또 있습니다. 지방검사가 어머님을 사기죄로 기소해서 실형 판결을 요구하겠다는 사실을 알려왔습니다. 그 통고를 받은 날, 어머님은 돌아가신 것이나 다름없었습니다."

걷잡을 수 없이 치밀어 오르는, 억누를 길 없는 분노가 트레이시를 덮쳤다.

"하지만 어머님이 취조 때 모든 사실을 얘기하고…… 그자가 한 짓을 설명했다면……."

늙은 공장주임은 고개를 흔들었다.

"조 로마노는 앤서니 올사티라는 사람의 심복입니다. 올사티는 뉴올리언스를 지배하고 있는 사나이입니다. 로마노가 이전에도 같은 수법으로 회사를 횡령한 일이 있었다는 것을 내가 알아냈을 때는 이미 모든 것이 끝난 뒤였습니다. 설사 어머님이 로마노와 법정에서 싸운다고 해도 결심까지는 몇 년이나 걸릴 것이고, 실제로 소송을 걸 수 있는 돈도 없었습니다."

"어째서 어머니는 나한테는 한마디도 그런 얘기를 하지 않았죠?"

그것은 비통한 절규이고, 어머니의 고통을 함께 아파하는 절규이기도 했다.

"어머님은 자존심이 강한 분이셨으니까요. 얘기한다고 해서 아가씨가 뭘 어떻게 할 수 있었겠습니까? 아무도 어쩔 도리가 없었을 것입니다."

'그렇지 않아요.'

트레이시는 분개하며 그렇게 생각했다.

"조 로마노를 만나보고 싶어요. 어디로 찾아가면 되죠?"

오토 슈미트는 전적으로 반대했다.

"놈에 대해서는 잊어버려야 합니다. 놈의 세력이 얼마나 큰지 아가씨는 잘 모를 겁니다."

"그의 집이 어디죠, 오토 씨?"

"잭슨 스퀘어에 집이 있는데, 가봤자 아무런 도움이 되지 않을 겁니다. 트레이시 양, 내 말을 믿으셔야 합니다."

트레이시는 듣고 있지 않았다. 그녀는 지금까지 겪어보지 못한 격렬한 감정에 사로잡혔다. 그것은 바로 '증오'였다.

'조 로마노에게 꼭 어머니를 죽인 대가를 치르게 하고 말 테다.'

트레이시는 마음속으로 맹세했다.

32구경

시간이 필요하다. 어떻게 행동해야 할지 작전을 세울 시간이 필요한 것이다. 트레이시는 약탈당한 집에서 더 이상 머물고 싶지 않아서 매거진가에 있는 조그만 호텔에 묵기로 했다. 멀리 떨어진 프렌치 쿼터 쪽에서는 아직도 난장판 같은 소동이 계속되고 있었다. 프런트에 있는 접수계원이 여행가방을 들고 있지 않은 트레이시를 보고 의심하는 듯한 어조로 말했다.

"선불로 부탁합니다. 하룻밤 묵는 데 40달러입니다."

트레이시는 호텔 방에서 클라렌스 데스몬드 수석부행장에게 전화를 걸어서 사정이 있어서 2, 3일쯤 직장에 못나가게 되었다고 말했다. 부행장은 소리치고 싶은 것을 필사적으로 참았다.

"걱정하지 않아도 좋아요. 당신이 돌아올 때까지 누군가에게 대신 일을 시킬 테니까 말이오."

그는 자기가 얼마나 친절하게 대해주었는가를 트레이시가 찰스 스탠호프에게 전해주기를 바랐다.

트레이시는 찰스에게도 전화를 걸었다.

"찰스? 오, 찰스……."

"지금 어디에 있는 거야? 어머니가 오전 내내 당신을 찾고 있었어. 둘이서 여러 가지로 의논할 게 많으시대."

"미안해요, 찰스. 난 지금 뉴올리언스에 와 있어요."

"어디라고? 뉴올리언스에서 도대체 뭘 하고 있는 거야?"

"어머니가…… 돌아가셨어요."

그 말이 트레이시의 목에 가시처럼 박혔다.

그의 목소리가 순간적으로 달라졌다.

"아, 저런! 미안해, 트레이시. 너무 갑작스러운 일이었군그래. 어머님께서 아직 젊으실 텐데……."

'너무나 젊었어요.'

억울한 생각이 치밀어 올라서 트레이시는 큰 소리로 말했다.

"네, 그래요. 아직 한창 나이셨다고요."

"무엇 때문이었지? 당신은 괜찮아?"

트레이시는 찰스에게 어머니의 죽음이 자살이었다고는 차마 얘기할 수가 없었다. 놈들이 어머니에게 한 끔찍스러운 짓을 모조리 큰 소리로 외쳐대고 싶었지만 가까스로 참았다.

'이건 나 혼자만의 문제야. 찰스를 말려들게 하고 싶지 않아.'

그녀는 이렇게 말했다.

"걱정하지 마세요, 찰스. 나는 괜찮으니까요."

"내가 그리로 갈까?"

"괜찮아요. 그 마음만으로도 고마워요. 나 혼자서 어떻게든 처리할 수 있어요. 내일 장례식을 치르고 월요일에는 필라델피아로 돌아갈 생각이에요."

그녀는 전화를 끊고 침대에 똑바로 누웠다. 생각이 정리되지 않은 채로 천장의 지저분한 방음 타일을 헤아리기 시작했다.

'하나…… 둘…… 셋 …… 로마노…… 넷…… 다섯…… 조 로마노…… 여섯…… 일곱…… 그에게 대가를 치르게 해야 한다.'

트레이시에게 명확한 계획 같은 것은 없었다. 그러나 조 로마노의 행위를 절대로 용서해서는 안 된다고 생각했다. 그리고 어머니의 원수를 갚을 방법을 어떻게 해서든 찾아내야 한다고 생각했다.

그녀는 오후 늦게 훌쩍 호텔을 나와 캐널가로 가서 어떤 전당포 앞에서 멈춰 섰다. 유행에 뒤떨어진 초록색 차양이 달린 모자를 쓴 혈색이 나쁜 남자가 계산대 위에 쳐진 철망 안쪽에 앉아 있었다.

"어서 오십시오."

"저…… 권총을 한 자루 사고 싶은데요."

"어떤 모델을 원하시죠?"

"저…… 그러니까…… 리볼버를."

"32구경과 45구경이 있는데요."

트레이시는 지금까지 권총 같은 것은 손에 잡아본 적조차 없었다.

"32구경이면 좋겠어요."

"32구경은 229달러이고, 스미스 앤드 웨슨의 좋은 물건이 있습니다. 처터 암스는 159달러고요."

그녀는 현금을 그렇게 많이 가지고 있지는 않았다.

"좀 더 싼 것은 없나요?"

그러자 점원은 어깨를 으쓱해보였다.

"싸구려는 장난감이라고요, 아가씨. 하지만 좋습니다, 32구경을 150달러에 드리지요. 거기다 탄창까지 끼워서요."

"네, 그걸로 주세요."

트레이시가 지켜보고 있는 가운데 점원은 등 뒤의 테이블 위에 있는 무기상자로 가서 권총을 골랐다. 그리고 그것을 계산대로 가지고 왔다.

"사용법은 알고 있나요?"

"그냥…… 방아쇠를 잡아당기기만 하면 되지 않나요?"

점원은 투덜거렸다.

"탄환을 장전하는 법도 가르쳐드릴까요?"

트레이시는 아니, 괜찮다, 그것을 사용할 의도는 없으며 누군가를 겁내주고 싶을 뿐이라고 말하려고 했지만, 그런 말을 하면 오히려 이상하게 생각할까 봐 그만두기로 했다.

"네, 부탁합니다."

그녀는 점원이 탄창에 총알을 집어넣는 것을 보고 있었다.

"고맙습니다."

트레이시는 지갑을 꺼내서 돈을 세었다.

"당신의 이름과 주소가 필요합니다. 경찰에 신고를 해야 하니까요."

이름, 주소, 경찰, 그런 말을 들으니 트레이시는 한순간 아연해졌다. 조 로마노를 총으로 위협하는 것은 범죄 행위인 것이다.

'하지만 범죄자는 그쪽이지 내가 아니라고.'

초록색 차양 때문에 눈이 노랗게 보이는 점원이 말했다.

"이름은요?"

"스미스예요. 조안 스미스."

점원은 카드에 기록했다.

"주소는요?"

"도먼가, 도먼가 30의 20번지예요."

얼굴도 쳐들지 않은 채 점원이 말했다.

"도먼가에는 30의 20번지는 없습니다. 그렇게 되면 강 한가운데가 되어버리니까요. 50의 20번지로 해둡시다."

점원은 영수증을 그녀 앞으로 밀었다.

트레이시는 '조안 스미스'라고 서명했다.

"이젠 다 되었나요?"

"네, 좋습니다."

점원은 조심스럽게 권총을 철망 밖으로 내밀어주었다.

트레이시는 총을 한참 동안 응시하고 있다가 이윽고 그것을 핸드백 속에 쑤셔 넣고는 방향을 바꿔 서둘러 점포 밖으로 나왔다.

"아가씨, 지금 그 권총에는 총알이 들어 있습니다. 그걸 잊지 마세요!"

점원이 뒤에서 소리쳤다.

잭슨 스퀘어는 프렌치 쿼터의 중심에 있었는데, 그곳에는 장엄한 세인트루이스 대성당이 축복이라도 하듯이 우뚝 솟아 있었다. 성당은 광장에 있는 고풍스러운 양식의 아름다운 건물이었고, 정원은 높은 생나무 울타리와 우아한 목련나무로 가려져 있어서 바깥 거리의 교통 소음에서 차단되어 있었다. 조 로마노는 광장에 접한 저택들 중 한 곳에 살고 있었다.

트레이시는 주위가 어두워질 때까지 기다렸다. 문제의 축제 소동은 찰스가를 이동 중이었다. 트레이시의 귓속에서 그녀가 뉴올리언스에 도착하자마자 말려들어간 대혼란이 멀리 산울림처럼 울려 퍼졌다.

트레이시는 목표로 하는 집을 관찰하며 어둠 속에 서 있었다. 핸드백에 들어 있는 권총의 무게가 자꾸만 마음에 걸렸다. 그녀가 세운 계획은 아주 단순했다. 조 로마노에게 어머니의 누명을 벗기도록 설득하는 것이었다. 거절하면 총으로 위협해서 자백서를 쓰게 하는 것이다. 그녀가 그것을 밀러 경사에게 가지고 가면 로마노는 체포당하고, 어머니의 명예는 회복될 것이다.

트레이시는 찰스가 옆에 있어 주었으면 얼마나 마음이 든든할까 하고 생각했다. 그러나 혼자서 결행하는 것이 최상인 것이다. 찰스는 제외시켜두어야 한다. 모두 다 해결되고 조 로마노가 투옥당하고 난 다음에 모든 것을 그에게 얘기해주기로 했다.

통행인이 한 사람 다가왔다. 트레이시는 그 사람이 지나가고 도로가 텅 비기를 기다렸다.

그녀는 한 집으로 다가가서 현관의 초인종을 눌렀다. 반응이 없었다.

'로마노는 아마 마르디 그라 축제 동안에 어딘가의 무도회에라도 갔나 보군. 좋아, 기다려 주지. 네놈이 집에 돌아올 때까지 기다려주마.'

트레이시가 그런 생각을 하고 있을 때 현관의 불이 켜지고 문이 열리더니 입구에 한 남자가 나타났다. 그 남자의 용모에 트레이시는 당황했다. 그녀는 사악한 인상을 뚜렷하게 새기고 있는 전형적인 갱의 얼굴을 마음속에 그리고 있었던 것이다. 그러나 그녀가 지금 보고 있는 사람은 전혀 그런 인상이 아니었다. 마치 대학교수로 착각할 정도로 온화한 표정을 지닌 매력적인 남성이었다. 목소리도 낮고 상냥했다.

"어서 오십시오. 무슨 일로 오셨는지요?"

"조셉 로마노 씨인가요?"

트레이시는 자신의 목소리가 떨리는 것을 느낄 수 있었다.

"그렇습니다만, 무슨 일인지요 아가씨?"

그의 태도는 정말 친절하고 매력적이었다.

'어머니가 이 남자한테 사기를 당한 것도 무리는 아니구나.'

트레이시는 생각했다.

"저…… 잠시 얘기를 나누고 싶은데요, 로마노 씨."

로마노는 그녀의 용모를 한참 동안 관찰했다.

"좋습니다, 들어오시죠."

트레이시는 번쩍번쩍 빛나는 아름다운 장식품이 가득 들어찬 거실로 안내되었다. 조셉 로마노는 호화로운 생활을 하고 있었다.

'어머니한테서 훔쳐낸 돈으로 이렇게 호화스럽게 살고 있는 거야.'

트레이시는 쓸쓸한 생각이 들었다.

"한잔 하려고 생각하던 참이었소. 아가씨도 들겠소?"

"아뇨, 괜찮아요."

로마노는 신기하다는 듯한 눈초리로 그녀를 바라보았다.

"어떤 용무로 나를 만나러 오셨죠?"

"나는 트레이시 휘트니입니다. 도로시 휘트니의 딸입니다."

로마노는 멍청한 표정으로 트레이시를 응시하고 있다가 한참만에야 그의 얼굴에 알겠다는 듯한 표정이 떠올랐다.

"아, 알겠습니다. 어머님 얘기는 들었습니다. 참 안됐습니다."

'안됐다고!'

어머니의 죽음을 불러일으킨 장본인의 말이 '안됐다'는 한마디라니!

"로마노 씨, 지방검사는 어머니가 사기를 쳤다고 믿고 있습니다. 당신은 그것이 진실이 아니라는 것을 잘 알고 있을 겁니다. 어머니의 혐의를 벗겨주세요."

로마노는 어깨를 으쓱해보였다.

"마르디 그라 축제 중에는 일을 하지 않는 주의라서요. 내 신앙에 위배된단 말씀이오."

로마노는 바로 걸어가서 술을 두 잔 섞기 시작했다.

"아가씨도 좀 마셔봐요. 기분이 좋아질 테니까."

트레이시에게는 이미 선택의 여지가 없는 것 같았다. 그녀는 핸드백을 열고 권총을 꺼내들었다. 그리고 총구를 로마노에게 겨누었다.

"무엇이 나를 기분 좋게 만들어주는지 말해드릴까요, 로마노 씨? 당신이 우리 어머니한테 한 짓을 정확하게 고백하는 일이에요."

로마노는 뒤를 돌아다보고는 자기를 겨냥하고 있는 권총을 보았다.

"그것을 저쪽으로 돌려요, 아가씨. 총이 오발하는 경우도 있으니까 말이오."

"오발이 아니라 정통으로 불을 뿜는다고요. 내가 말하는 대로 회사를 어떻게 도산시켰는지 솔직하게 적어요. 우리 어머니를 자살로 몰아넣은 경위를 있는 그대로 쓰라고요!"

트레이시가 지켜보는 가운데 로마노의 눈에 경계의 빛이 떠올랐다.

"아, 그래? 내가 거절하면 어떻게 할 생각이지?"

"그런 짓을 하면 당신을 죽이겠어요!"

트레이시는 손에 들고 있는 권총이 떨고 있는 것을 보았다.

"당신은 사람을 죽일 것처럼 보이지는 않아, 휘트니 양."

로마노는 글라스를 든 채 트레이시에게 다가가 성실한 듯한 상냥한 목소리로 말했다.

"나는 전혀 관계가 없다니까……. 아가씨, 어머니의 죽음과는 말이야. 믿어줘, 나는……."

로마노는 글라스에 든 술을 트레이시의 얼굴에 뿌렸다.

눈에 알코올이 따갑게 스며드는 것을 느낀 순간, 권총은 트레이시의 옆으로 뿌리쳐졌다.

"아가씨의 어머니가 나한테 숨기고 있던 것이 있었구먼. 이런 매력적인 딸이 있다고는 한마디도 하지 않았거든."

로마노가 말했다.

로마노가 그녀의 양팔을 붙잡고 뒤로 졸랐기 때문에 눈이 보이지 않게 된 트레이시는 공포에 떨었다. 도망치려고 몸부림쳤지만 로마노가 뒤에서 끌어안은 채 그녀를 벽에다 힘껏 밀어붙였다.

"배짱이 좋군. 마음에 들었어. 정말 흥분시켜주는 아가씨야."

로마노의 목소리가 갈라졌다. 트레이시는 상대의 몸에 힘이 넘치는 것을 느끼고 발버둥을 치려고 했지만 점점 더 조여드는 통에 꼼짝도 할 수가 없었다.

"그럴듯한 자극을 구하러 찾아온 거지. 응? 알겠어. 이 조 아저씨가 만족시켜주지."

트레이시는 비명을 지르려고 했으나 나온 것은 신음소리뿐이었다.

"놔줘요!"

로마노는 블라우스를 잡아 벗겼다.

"야, 이거 굉장한 유방이로군 그래!"

로마노는 쉰 목소리로 말하고는 젖꼭지를 주무르기 시작했다.

"자, 좀 더 몸부림을 치라고, 아가씨! 온몸이 오싹오싹해지는군."

"비켜요!"

로마노는 더욱 강하게 끌어안았다. 통증이 느껴졌다. 그리고 트레이시는 마루에 넘어졌다.

"넌 진짜 남자와 섹스해본 적 없지?"

그렇게 말하면서 로마노는 그녀 위에 걸터앉아 체중을 가해 꼼짝 못하게 하고는 트레이시의 넓적다리를 손으로 더듬어 올라갔다. 트레이시가 최후의 저항으로 손과 발을 버둥거리고 있을 때, 어느 순간 손가락이 권총에 닿았다. 그녀가 그것을 꼭 움켜쥐자 갑자기 커다란 소리가 났다.

"앗! 빌어먹을!"

로마노가 소리치더니 그녀를 움켜잡고 있던 힘이 갑자기 느슨해졌다. 희뿌연 안개 속에서 트레이시는 로마노가 옆구리를 움켜쥐고 자신의 몸 위에서 마루로 굴러 떨어지는 무서운 광경을 지켜보았다.

"나를 쏘았어…… 이 미친년이 나를 쏘았어……."

트레이시는 그 자리에 얼어붙은 것처럼 꼼짝도 할 수가 없었다. 기분이 나빠지면서 눈도 무엇에 찔린 듯한 아픔으로 보이지 않게 되었다.

다리를 질질 끌면서 방의 끝 쪽까지 비틀비틀 걸어가서 문을 밀어 열었다. 욕실이었다. 그녀는 휘청거리면서 세면대를 손으로 더듬어 찾아서 차가운 물을 가득 받아 얼굴을 씻으면서 눈의 아픔이 가시고 시력이 돌아오기를 기다렸다. 거울을 들여다보니 눈은 충혈된 채 광기에 차 있었다.

'큰일이야. 내가 살인을 저질렀어!'

트레이시는 거실로 뛰어 돌아왔다. 조 로마노가 바닥에 누워 있고 피가 새하얀 융단을 물들이고 있었다. 트레이시는 핏기 없는 얼굴로 그를 내려다보았다.

"미안해요. 그럴 생각은 전혀 없었어요……."

방심한 듯이 그녀는 말했다.

"구급차를……."

숨을 헐떡거리면서 로마노가 중얼거렸다.

트레이시는 책상 위의 전화로 달려가서 교환수를 불렀다. 말을 하려고 했지만 목이 잠겨서 말이 나오지를 않았다.

"교환수, 구급차를 좀 빨리 보내주세요. 주소는 잭슨 스퀘어 4의 21번지입니다. 중년남자가 총을 맞았습니다!"

그녀는 전화기를 내려놓고 조 로마노를 내려다보았다.

'오, 하느님, 제발 죽지 않게 해주세요. 저는 죽일 생각은 전혀 없었습니다.'

트레이시는 기도를 하고 로마노가 살아 있는지 확인하기 위해서 그의 옆에 무릎을 꿇고 앉았다. 로마노의 눈은 감겨 있었으나 호흡은 아직 있었다. 그런 그에게 트레이시는 말했다.

"구급차가 지금 여기로 오고 있으니까 걱정 마세요."

그러고는 그녀는 그곳을 나왔다.

트레이시는 사람들의 눈에 띄는 것이 두려워서 애써 뛰지 않으려고 했다. 찢겨진 블라우스를 감추기 위해 재킷으로 가슴께를 가렸다. 로마노의 저택으로부터 4블록 떨어진 곳에서 그녀는 택시를 잡기로 했다. 대여섯 대 지나쳐 간 택시는 모두 미소를 머금은 행복해 보이는 손님들을 태우고 있었다. 멀리서 사이렌 소리가 들려오더니 눈 깜짝할 사이에 구급차는 트레이시 앞을 지나쳐 로마노의 저택 쪽으로 질주해갔다.

'여기서 빨리 도망쳐야 돼.'

트레이시는 생각했다.

그녀의 앞쪽 길모퉁이에서 택시가 멈추고 손님이 내렸다. 트레이시는 놓치지 않으려고 그 택시 쪽으로 달려갔다.

"타도 되나요?"

"가는 장소에 따라서요. 손님은 어디로 갑니까?"

"공항까지요."

그녀는 숨을 죽이고 대답을 기다렸다.

"타시오!"

공항으로 가는 도중에 트레이시는 구급차 생각을 했다. 구급차가 너무 늦게 도착해서 로마노가 죽어버리면 어쩌나. 그러면 나는 살인자가 된다. 총을 놓아둔 채로 도망쳐 나왔으니 지문이 남아 있을 것이다. 로마노가 강간을 하려고 해서 저항하는 사이에 권총이 발사되었다고 설명할 수도 있다. 하지만 믿어주지 않을 것이다. 조 로마노 옆에 내버리고 온 권총은 트레이시가 산 물건인 것이다.

그로부터 어느 정도의 시간이 경과했을까? 30분? 한 시간? 어쨌든 한시라도 빨리 뉴올리언스로부터 탈출하지 않으면 안 된다.

"축제는 재밌었나요?"

운전사가 물었다.

트레이시는 입 안에서 우물거렸다.

"네에?…… 아, 네."

그녀는 손거울을 꺼내어 옷매무새를 고치려고 했다.

조 로마노에게서 자백을 얻어내려고 한 것은 어리석은 짓이었다. 모든 것이 빗나가버린 것이다.

'찰스에게는 어떻게 얘기하면 좋을까?'

그는 충격을 받겠지만 알아듣도록 설명하면 이해해줄 것이다. 어떻게 해야 좋을지를 찰스라면 알고 있을지도 모른다.

택시가 뉴올리언스 국제공항에 도착하자 트레이시는 기묘한 생각이 들었다.

'여기에 내린 것이 정말로 오늘 아침이었을까? 모든 일이 단 하루 사이에 일어났단 말인가?'

어머니의 자살…… 축제 행렬에 말려들어 갔을 때의 공포…… 남자의 신음소리…… '나를 쏘았어…… 이 미친년이…….'

트레이시는 대합실 쪽으로 걸어가면서 모든 사람으로부터 비난의 시선을 받고 있는 것만 같은 느낌에 온몸이 떨려왔다.

'이것이 바로 양심의 가책이라는 것이로구나.'

트레이시는 생각했다. 그녀는 조 로마노의 상태가 마음에 걸렸다. 그러나 그가 어느 병원으로 옮겨졌는지도 알 수가 없었다. 또 알아볼 방법도 없었다.

'틀림없이 살아날 거야. 나와 찰스는 어머니의 장례식에 갈 것이고, 조 로마노도 무사하겠지.'

트레이시는 새하얀 융단 위에 로마노가 쓰러지고 흘러나오는 피가 융단을 빨갛게 물들이고 있는 광경을 자신의 뇌리에서 떨쳐버리려고 애썼다. 한시라도 빨리 찰스에게로 돌아가야지.

트레이시는 델타 항공의 카운터로 다가갔다.

"필라델피아 행 다음 편 한 장, 2등으로 부탁합니다."

여직원이 컴퓨터에 입력하면서 말했다.

"다음 편은 304편입니다. 운이 좋으시군요. 마침 좌석이 하나 남아 있네요."

"출발은 언제입니까?"

"20분 후입니다. 지금 마침 탑승 수속 중입니다."

트레이시가 지갑을 막 열려고 할 때였다. 제복 차림의 경찰관 두 명이 그녀의 양쪽으로 다가오는 것을 깨달았다. 그중 한 사람이 말했다.

"트레이시 휘트니 양?"

한순간 그녀의 심장이 딱 멈추는 것 같았다.

'이 자리에서 거짓말을 하는 것은 어리석은 짓이야.'

"네, 그렇습니다만……."

"당신을 체포하겠소."

곧바로 트레이시의 손목에 차가운 강철 수갑이 채워졌다.

모든 일은 슬로우 템포의 영화처럼 전개되었다. 공항에서 만인이 주시하는 가운데 경찰관에게 연행되어 가는 자신의 모습을 트레이시는 마치 타인을 보듯이 객관시하고 있었다. 운전석과의 사이가 철망으로 가로막힌 흑백의 순찰차 뒷좌석에 그녀는 태워졌다.

경찰차는 시동을 걸고 빨간 램프를 점멸시키면서 사이렌을 요란스럽게 울려대며 질주했다. 트레이시는 바깥에서 보이지 않도록 좌석에 몸을 파묻었다. 나는 살인자다. 조 로마노는 죽은 것이다.

그러나 그것은 우발적인 사고였다. 어떤 식으로 사건이 발생했는지를 설명해줘야 한다. 믿어줄 것이다. 아니, 믿게 만들어야 한다.

트레이시가 연행된 경찰서는 뉴올리언스의 서쪽에 해당하는 알저지구에 있었으며, 꿈도 희망도 가질 수 없을 것 같은 위압감을 느끼게 하는 건물이었다. 취조 대기실은 초라한 복장을 한 사람들로 붐비고 있었다. 매춘부, 뚜쟁이, 날치기, 그리고 그 피해자들이 우글거렸다.

트레이시는 경사의 책상 앞으로 끌려 나가고, 그녀를 체포한 경관이 보고를 했다.

"트레이시 휘트니. 용의자입니다, 경사님. 도망치려는 것을 공항에서 체포했습니다."

"난 도망치려고 한 것이 아니에요……."

"수갑을 벗기게."

수갑이 벗겨짐과 동시에 트레이시는 떠들기 시작했다.

"그건 사고였습니다. 죽일 생각은 꿈에도 없었어요. 그 사람이 강간하려고 해서……."

그녀는 자제를 할 수 없어서 히스테리를 일으키며 악을 썼다.

경사는 그녀의 말을 무시하고 무뚝뚝하게 질문했다.

"당신 이름이 트레이시 휘트니가 맞소?"

"네, 그렇기는 합니다만……."

"집어넣어!"

"안됩니다! 잠깐만요!"

그녀는 애원했다.

"전화를 걸어야겠어요. 나에게도…… 나에게도 전화를 할 권리는 있잖아요!"

경사는 투덜거렸다.

"허허, 꽤나 많이 알고 계시는군그래. 교도소는 몇 번째지, 아가씨?"

"그렇지 않아요. 이건……."

"한 번 정도는 괜찮지. 3분 이내야. 상대방의 전화번호를 말해 봐요."

그녀는 신경이 곤두서 있었기 때문에 찰스의 전화번호가 입에서 잘 나오지 않았다. 필라델피아의 국번이 머리에 떠오르지 않았던 것이다. 0-54였던가?

아니다. 그게 아니다. 그녀는 마구 몸이 떨려왔다.

"이봐요, 아가씨, 빨리 말하라니까. 밤새껏 나를 기다리게 할 셈이야?"

'2-1-5다. 그래, 맞아.'

"215의 555의 9301입니다."

경사는 번호를 돌리고 전화기를 트레이시에게 건네주었다. 호출음이 울렸다. 계속해서 울리고 있었지만 응답이 없었다.

'찰스가 집에 없을 리는 없는데.'

그때 경사가 말했다.

"벌써 시간이 다 됐소."

경사는 그녀에게서 전화기를 빼앗으려고 했다.

"제발 부탁입니다. 조금만 더 기다려주세요!"

트레이시의 목소리는 비명에 가까웠다. 그때 갑자기 생각나는 것이 있었다. 찰스는 깊이 잠들기 위해 밤에는 호출음을 끊어놓는 것이다. 공허한 호출음을 들으면서 그녀는 찰스에게 연락할 방법이 두절되었다는 것을 깨달았다.

경사가 물었다.

"끝났소?"

트레이시는 그를 올려다보며 멍청하게 대답했다.

"네, 끝났어요."

셔츠 차림의 경관이 트레이시를 별실로 데려가서 지문과 조서를 받고는 유치장에 그녀를 넣고 자물쇠를 잠갔다. 안에는 트레이시뿐이었다.

"심문은 내일이오."

경관은 그렇게 말하고 트레이시를 혼자 남겨두고 떠나갔다.

'모든 것이 악몽인 거야. 오, 제발 부탁합니다, 하느님. 이것이 전부 꿈이라고 해주세요.'

트레이시는 기도를 했으나 악취가 풍기는 간이침대도, 유치장 구석의 칠이 벗겨진 변기도, 쇠창살도 모든 것이 현실이었다.

고뇌의 밤은 느릿느릿 언제까지나 계속되고 있었다.

'찰스와 연락만 닿는다……'

그를 만난 이후로 오늘까지 지금처럼 그가 절실하게 필요로 한 적은 없었다.

'처음부터 그와 의논을 해야만 했어. 그랬더라면 이런 일은 일어나지 않았을 텐데.'

아침 6시에 교도관이 귀찮은 얼굴로 아침식사를 가져왔다. 커피는 미지근하고 오트밀은 차가웠다. 트레이시는 음식에 손을 댈 수가 없었다. 가슴이 꽉 막혀 있었던 것이다.

9시에 여교도관이 나타났다.

"자, 나갈 시간이야, 아가씨."

그러고는 여교도관이 유치장 문을 열었다.

"전화 좀 걸게 해주세요. 매우 중요한……."

트레이시가 부탁했다.

"나중에 해."

여교도관이 가로막았다.

"판사를 기다리지 않게 하는 게 좋을걸? 심술 사나운 작자니까 말이야."

트레이시는 여교도관을 따라 법정으로 들어갔다.

나이가 지긋한 판사가 판사석에 앉아 있었다. 그의 머리와 손이 가늘게 떨고 있었다. 판사 앞에 서 있는 것은 지방검사인 에드 토퍼였다. 그는 반백의 곱슬머리를 짧게 깎은 40대의 호리호리한 사나이로, 차가워 보이는 검은 눈을 하고 있었다.

트레이시는 의자에 앉혀지고, 한참 뒤에 정리가 큰소리로 낭독했다.

"트레이시 휘트니, 그리고 원고들!"

그러자 트레이시는 어느 틈엔가 판사석 쪽으로 걸어가고 있었다. 판사는 머리를 상하로 흔들면서 눈앞에 놓여 있는 서류를 들여다보고 있었다.

'바로 이때다!'

사건의 진상을 누군가에게 설명하려면 지금 이 순간을 놓치면 영영 불가능하다. 트레이시는 떨지 않도록 양손을 꽉 움켜쥐었다.

"재판장님, 이것은 살인이 아닙니다. 그 사람을 쏜 것은 사고였습니다. 겁을 주려고 한 것뿐입니다. 그 사람이 나를 겁탈하려고 했기 때문에……."

지방검사가 가로막았다.

"재판장님, 나는 재판시간을 공연히 낭비하고 싶지 않습니다. 이 여성은 32구경 권총으로 무장하고 로마노 씨 댁에 침입해서 50만 달러 상당의 르누아르 그림을 훔쳤습니다. 로마노 씨가 현장을 덮치자 그녀는 무자비하게 권총을 쏜 다음 뒤도 돌아보지 않고 도망쳤습니다."

트레이시의 얼굴에서 핏기가 싹 가셨다.

"무…… 무슨 당치도 않은 말을 하고 있는 거예요?"

트레이시는 뭐가 뭔지 도통 알 수가 없었다.

지방검사가 딱 잘라서 말했다.

"로마노 씨에게 상처를 입힌 권총을 압수해놓았습니다. 그녀의 지문도 그 권총에 묻어 있습니다."

'상처를 입혔다니!'

그렇다면 조 로마노는 살아 있는 것이다! 나는 살인을 저지른 것은 아니다.

"그녀는 그림을 훔쳐가지고 도주했습니다. 그것은 이미 장물아비의 손에 들어가 있을 것입니다. 따라서 트레이시 휘트니에게는 살인 미수와 무장 강도죄가 적용되어야 할 것이고, 보석금으로 50만 달러를 요청합니다."

재판장은 완전히 동요한 채 우두커니 서 있는 트레이시를 바라보았다.

"당신은 대리인을 세우겠습니까?"

트레이시의 귀에는 그 소리가 전혀 들어오지 않았다.

재판장은 목청을 돋우었다.

"변호사가 있습니까?"

트레이시는 고개를 저었다.

"아닙니다. 이 사람이 말하고 있는 것은 진실이 아닙니다. 나는 절대로……."

"변호사를 고용할 돈이 없습니까?"

은행에 자기 명의의 직원 적립예금이 있었다. 그리고 찰스도 있다.

"저는…… 아닙니다. 재판장님. 그리고 무슨 말인지 전혀……."

"당 법정에서 당신에게 변호사를 선임해주겠습니다. 50만 달러의 보석금을 낼 수 없으면 당신은 수감됩니다. 그럼 다음 소송."

"잠깐만 기다려주세요! 이건 모두 오해예요. 나는 절대로……."

트레이시는 자기가 어떻게 법정을 나왔는지 전혀 기억이 없었다.

관선 변호인은 페리 포프라는 사나이였다. 나이는 30대 후반으로 다소 딱딱해보였지만 머리가 좋아 보이는 얼굴이었다. 푸른 눈에는 동정을 담고 있었다. 트레이시는 한눈에 그가 마음에 들었다.

변호사는 유치장으로 들어와서 간이침대에 걸터앉았다.

"알겠습니다. 이 도시에 와서 불과 24시간 사이에 엄청난 소동을 일으킨 여성이 바로 당신이군요."

변호사는 빙긋이 웃었다.

"하지만 당신은 행운아인 셈이오. 형편없는 사격 솜씨 덕분에 총알이 급소를 벗어나서 로마노 씨는 살아 있으니까 말이오."

그는 담배를 꺼냈다.

"피워도 괜찮겠습니까?"

"물론이에요."

변호사는 담배연기를 뿜으면서 트레이시를 관찰했다.

"당신은 목숨을 내걸고 범죄를 저지르는 타입으로는 보이지 않는군요, 휘트니 양?"

"물론 아닙니다. 맹세코 죽이려고 한 것이 아니에요."

"그렇다면 나를 좀 납득시켜 주십시오. 무슨 일이 있었는지 자세히 얘기해주세요. 처음부터 차근차근 말이오. 서두를 필요가 없으니까요."

변호사가 말했다.

트레이시는 말하기 시작했다. 모든 것을. 페리 포프 변호사는 그녀의 얘기를 한 번도 중단시키지 않고 열심히 들었다. 그녀가 자초지종을 끝까지 얘기하고 나자 변호사는 유치장의 벽에 등을 기대고 근엄한 표정을 지었다.

"저런 죽일 놈을 봤나!"

페리 포프 변호사는 조그만 소리로 욕설을 퍼부었다.

"나는 검사가 하는 말이 무슨 얘긴지 도무지 알 수가 없습니다."

트레이시의 얼굴에는 혼란된 표정이 생생하게 떠올라 있었다.

"그림 같은 것은 전혀 모르는 일입니다."

"그건 뻔한 일이지요. 조 로마노는 어머님을 이용한 것과 같은 방법으로 당신을 또 봉으로 잡은 겁니다. 당신은 보기 좋게 녀석의 함정에 빠진 거지요."

"아직도 뭐가 뭔지 전 잘 모르겠는데요."

"그렇다면 상황을 설명해드리지요. 로마노는 50만 달러의 보험을 걸어놓은 르누아르의 그림을 어딘가에 감춰버리고, 시치미를 뚝 떼고 보험금을 청구할 것입니다. 보험회사는 로마노가 아니라 당신을 추궁하겠지요. 모든 것이 잠잠해진 다음, 그는 개인 수집가에게 그 그림을 팔아서 또 50만 달러를 챙기려는 속셈입니다. 당신은 아무것도 모르는 아마추어인 데다 자기 발로 찾아들어 왔으니 놈은 지금 회심의 미소를 짓고 있겠지요. 그건 그렇고 권총으로 위협해서 자백을 받아냈다 해도 그것이 법적으로 무효라는 것을 모르고 있었습니까?"

"그건 그렇겠군요. 다만 내가 그에게 진상을 고백시킬 수 있다면, 누군가가 조사에 착수할 것이라고 생각했어요."

담뱃불이 꺼져서 변호사는 다시 불을 붙였다.

"당신은 어떻게 그의 집안으로 들어갔나요?"

"현관의 초인종을 눌렀습니다. 그러자 로마노 씨가 나와서 들어오라고 했습니다.”

“그의 얘기와는 좀 엇갈리는군요. 그의 말로는 당신이 집의 뒤쪽 창문을 깨고 그곳으로 침입했다고 하더군요. 실제로 창문이 깨져 있었답니다. 그리고 그는 경찰서에서 이렇게 증언하고 있습니다. 르누아르의 그림을 몰래 훔쳐가려고 하는 당신을 붙잡으려고 했더니 당신이 총격을 가하고 도주했다고요.”

“모두 새빨간 거짓말이에요! 나는…….”

“하지만 거짓말이라고 해도, 그가 그렇게 주장하고 있고, 사건은 그의 집에서 일어난 데다 당신의 총이 사용되었습니다. 그런데 당신이 상대로 하고 있는 인간의 정체를 알고 있습니까?”

트레이시는 말없이 고개를 저었다.

“그렇다면 당신에게 현실적인 상황을 얘기해드리겠소, 휘트니 양. 이 도시는 올사티 패밀리한테 완전히 장악되어 있습니다. 앤서니 올사티의 승낙 없이는 아무것도 할 수 없습니다. 빌딩 건축, 도로 포장, 매춘, 도박 행위, 마약에 이르기까지 무슨 일을 하려고 해도 올사티의 허가가 필요합니다. 조 로마노는 올사티의 살인대원으로 고용되어 지금은 그 조직의 두목 격으로 승진해 있습니다.”

변호사는 기가 막히지 않느냐는 표정을 짓고는 얘기를 계속했다.

“그런데 당신은 로마노의 집으로 제 발로 찾아가 그를 저격했습니다.”

트레이시는 피곤해서 녹초가 된 채 멍하니 듣고 있었다. 그러다 간신히 이렇게 말했다.

“내 얘기를 믿지 않는 건가요?”

그러자 변호사는 빙긋이 웃었다.

“너무 바보스러워서 오히려 거짓말이 아니라는 것을 알 수가 있어요.”

“나를 도와주시는 거죠?”

변호사는 조심스럽게 말했다.

"해봅시다. 그들을 투옥시킬 수 있는 모든 방법을 강구해봅시다. 이 도시는 그들이 제멋대로 움직이고 있고, 판사도 대부분 그들의 말대로 움직입니다. 만일 재판이 열린다면 당신은 두 번 다시 햇빛을 보지 못하도록 매장당하고 말 것입니다."

트레이시는 영문을 알 수 없다는 표정으로 그를 바라보았다.

"만일 재판이 열린다면…… 이라니요?"

포프는 침대에서 일어나더니 좁은 유치장 안을 왔다 갔다 했다.

"나는 배심원들 앞에 당신을 세우고 싶지 않습니다. 왜냐하면요, 잘 들으세요. 악인들의 조종을 받는 배심원들이기 때문입니다. 올사티한테 매수당하지 않은 판사가 딱 한 사람 있습니다. 헨리 로렌스 판사입니다. 당신의 사건이 로렌스 판사의 귀에 들어가도록 조치를 취하면 반드시 당신을 위해 유리한 거래를 할 수 있을 것입니다. 이것은 그다지 정당한 수단이라고는 할 수 없지만 내가 개인적으로 판사에게 얘기를 해보겠습니다. 그분도 나와 마찬가지로 올사티를 미워하고 있습니다. 그러니까 로렌스 판사를 우리 편으로 끌어넣을 수 있도록 전력을 기울이는 것이 선결 문제입니다."

페리 포프 변호사는 트레이시가 찰스에게 전화를 걸 수 있도록 주선해주었다. 전화 저쪽에서 찰스의 비서의 낯익은 목소리가 들려왔다.

"스탠호프 사무실입니다."

"해리어트 양, 트레이시 휘트니예요. 저……."

"어머! 스탠호프 씨는 당신과 연락을 취하려고 무척 애쓰셨어요. 당신의 연락처도 모르고 해서……. 스탠호프 부인이 결혼식 준비 건으로 꼭 의논할 일이 있다고 합니다. 될 수 있는 대로 빨리 부인에게 전화를 걸어주세요."

"해리어트 양, 스탠호프 씨를 바꿔주시겠어요?"

"죄송합니다, 휘트니 양. 그분은 회의가 있어서 휴스턴으로 가고 있는

중입니다. 연락처를 알려주시면 연락이 닿는 즉시 당신에게 전화를 드리
도록 하겠습니다."

"나는……."

교도소로 전화를 해달라고 할 수는 없다. 어쨌든 무엇보다 사정을 설명
하지 않으면 안 된다.

"내가…… 다시 전화하겠어요."

트레이시는 천천히 전화기를 내려놓았다.

'내일이다. 내일이 되면 꼭 찰스에게 모든 것을 설명해야지.'

트레이시는 힘없이 그렇게 생각했다.

오후가 되자 트레이시는 전보다 넓은 유치장으로 옮겨졌다. 따끈따끈
하고 맛있는 저녁식사가 밖으로부터 들어오고, 조금 뒤에 싱싱한 꽃다발
이 배달되었다. 꽃다발에 딸려 온 카드를 펼쳐보니 이렇게 쓰여 있었다.

〔힘을 내서 악당들을 때려눕힙시다. ―페리 포프〕

페리 포프는 다음 날 아침 면회를 왔다. 변호사의 얼굴이 밝았기 때문
에 좋은 소식이 있을 것 같았다.

"운이 좋았습니다."

변호사는 설명했다.

"로렌스 판사와 토퍼 지방검사의 사무실을 다녀오는 길입니다. 토퍼
검사는 울상을 짓고 있었습니다. 하지만 거래는 성립되었습니다."

"거래라니요?"

"당신의 모든 사정을 로렌스 판사에게 얘기했습니다. 판사는 당신이
죄를 인정하면 형을 가볍게 하겠다는 데 동의해주었습니다."

트레이시는 충격을 받은 채 변호사를 응시했다.

"죄를 인정하다니요? 하지만 나는 아무것도……."

변호사는 손을 들어 제지했다.

"내 얘기를 끝까지 들어요. 죄를 순순히 시인함으로써 당신은 유리한 위치를 차지할 수 있습니다. 판사는 당신이 그림을 훔치지 않았다는 것을 믿고 있습니다. 로렌스 판사는 조 로마노가 어떤 인간인지 알고 있기 때문에 내 얘기를 믿은 것입니다."

"하지만…… 내가 죄를 인정한다면 나는 어떤 형벌을 받게 되나요?"

트레이시는 쭈뼛거리며 물었다.

"로렌스 판사는 당신에게 징역 3개월의 판결을……."

"징역이라고요!"

"잠깐만요! 하지만 판결에는 집행유예가 붙게 될 것입니다."

"하지만 그렇게 되면 전과…… 전과가 생기는 것 아닌가요?"

페리 포프는 한숨을 쉬었다.

"로마노 측이 당신을 무장 강도와 살인미수 두 가지 죄목으로 고소를 한다면 우선 10년 징역은 면할 수가 없을걸요?"

'10년씩이나 갇혀 있게 된다니!'

페리 포프는 인내심 있게 트레이시를 지켜보았다.

"당신의 결단에 달려 있습니다. 내가 할 수 있는 것은 최선의 조언을 하는 것뿐입니다. 여기까지 진전시킨 것도 기적에 가까운 일입니다. 판사도 검사도 즉답을 기다리고 있습니다. 거래에 응해야만 합니다. 하기야 누군가 다른 변호사를 부탁한다면……."

"그런 짓은 하지 않아요."

이 남자는 성실하다. 보통 사람으로서는 도저히 상상할 수 없는 미친 짓을 한 나를 위해 최선을 다해서 모든 일을 해준 것이다. 찰스에게 연락이 닿을 수만 있으면 좋을 텐데. 하지만 지금 당장 결정하지 않으면 안 된다.

집행유예가 붙은 3개월 형으로 이 사건이 끝난다면 오히려 행운이라고 할 수 있을지도 모른다.

"난…… 난 거래에 응하겠어요."

트레이시는 말했다. 한마디 한마디가 쥐어짜내는 것처럼 그녀의 입에서 나왔다.

변호사는 고개를 끄덕거렸다.

"상당히 머리 회전이 빠르군요."

법정에 나갈 때까지 전화 통화가 금지되었다.

트레이시 옆에는 에드 토퍼 검사가, 그 반대쪽에 페리 포프 변호사가 서 있었다. 판사석에 앉아 있는 50대의 근엄해 보이는 재판관은 매끈하게 주름살이 없는 얼굴에 더부룩한 머리칼이 단정하게 손질되어 있었다.

헨리 로렌스 판사가 트레이시에게 말했다.

"당 법정에서는 피고의 주장의 번복, 즉 무죄로부터 유죄를 인정한다는 보고를 받았다. 틀림없습니까?"

"네, 재판장님."

"당사자는 전원 동의합니까?"

페리 포프가 고개를 끄덕였다.

"네, 재판장님."

"검찰 측은 동의합니다, 재판장님."

지방검사가 말했다.

로렌스 판사는 잠시 침묵했다. 그러고는 몸을 앞으로 내밀고 트레이시의 눈을 똑바로 들여다보았다.

"우리의 위대한 국가가 병들어 있는 이유 중 하나는 법의 눈을 피해서 천벌을 받아 마땅한 인간들이 으스대며 활보하고 있기 때문입니다. 법을 조소하는 자들도 상당수가 있습니다. 국가 재판 제도의 몇 가지가 범죄자를 방자하게 만들고 있는 것입니다. 그러나 이곳 루이지애나 주에서는 그와 같은 방자한 행위는 결코 방치해두지 않습니다. 설사 미수로 끝났다 하더라도 냉혹한 살인계획을 감행했다면 그자는 당연히 중죄범으로 벌해져야 한다고 믿는 바입니다."

트레이시는 온몸에 소름끼치는 공포감을 느꼈다. 페리 포프에게 시선을 보내자 변호사의 눈은 재판장을 노려보고 있었다.

"피고는 이 도시의 선량한 시민, 유능하고 박애주의자로서 널리 알려져 있는 인물을 살해하려고 했던 것을 인정했습니다. 피고는 50만 달러에 상당하는 미술품을 훔치는 도중에 그를 저격한 것입니다."

판사의 목소리가 더욱 신랄함을 더해갔다.

"따라서 본 법정은 피고가 미술품을 전매해서 얻은 돈을 사용하지 못하도록 조치하겠습니다. 앞으로 15년간은 그와 같은 부정한 돈을 쓰지 못하도록 할 것입니다. 즉 향후 15년간 피고는 남 루이지애나 여성교도소에 수감될 것입니다."

트레이시의 머릿속에서 법정이 빙글빙글 돌기 시작했다. 질 나쁜 농담이 진행되고 있는 것이다. 재판관은 안성맞춤의 배우가 연기했지만, 그는 다른 대본을 잘못 읽은 것이다. 그런 말을 해서는 안 되는 것이다.

트레이시는 잘못을 정정하려고 페리 포프를 보았다. 그러나 그 관선 변호사는 시선을 피해 서류가방 속의 서류를 만지작거렸다. 트레이시는 문득 깨달았다. 그러나 이미 늦었다. 포프의 마수가 꼼짝할 수 없게 트레이시를 옭아매고 있는 것이다.

로렌스 판사는 일어나서 서류를 챙기기 시작했다. 트레이시는 뭐가 뭔지 영문을 모르는 채 망연히 서 있었다.

정리가 트레이시 옆으로 와서 팔을 움켜잡았다.

"따라와요."

"싫어요!"

트레이시는 절규했다.

"싫어요 부탁이에요! 너무합니다. 잘못된 것입니다. 모든 것이 속임수입니다. 재판장님, 저……."

그녀는 판사석을 올려다보았다.

정리가 더욱 힘을 주어 팔을 잡아당겼다. 잘못된 것은 아무것도 없는 것이다. 정당한 수속에 따른 재판에 의해서 트레이시는 유죄를 선고받은 것이다. 함정에 빠진 것이다. 파멸 당하려 하고 있는 것이다.

어머니와 마찬가지로 함정에 빠져버린 것이다.

오류

트레이시 휘트니의 범죄와 판결에 대한 뉴스는 『뉴올리언스 쿠리에』 지의 1면에 얼굴 사진과 함께 보도되었다. 전국적인 통신망이 이 사건을 문제 삼아서 특종으로 각 신문사에 전송했기 때문에 트레이시는 텔레비전 방송 기자들의 열띤 취재대상이 되었다.

법정에서 주립 교도소로 이송되었을 때 취재진이 몰려들었다. 굴욕감에 카메라를 피하느라 얼굴을 가렸지만 카메라는 집요하게 그녀를 쫓았다. 조 로마노만으로도 뉴스가 되는데, 미모의 무장 강도가 곁들여져서 사건은 더욱더 센세이셔널하게 되었다.

트레이시는 자기를 둘러싼 인간이 모두 적으로만 여겨졌다.

'찰스가 구해줄 거야. 아, 부탁합니다, 하느님. 찰스가 저를 구출하도록 해주십시오. 아기를 교도소에서 낳을 수는 없습니다.'

이튿날 오후가 되어서야 비로소 경사는 전화사용을 허가했다.

여비서 해리어트의 목소리가 들려왔다.

"스탠호프 사무실입니다."

"해리어트 양, 트레이시 휘트니입니다. 스탠호프 씨 좀 바꿔주세요."

"잠깐만 기다려주세요, 휘트니 양. 저……스탠호프 씨가 계신지 알아보겠습니다."

비서의 말투에서 낭패감이 느껴졌다.

숨이 넘어갈 정도로 오랫동안 기다린 뒤에야 트레이시는 겨우 찰스의 목소리를 들을 수 있었다.

트레이시는 목이 메어 말이 잘 나오지 않았다.

"찰스……."

"트레이시? 트레이시?"

"네. 그래요. 아, 얼마나 연락을 하고 싶었는지 몰라요……."

"나는 미칠 것 같았어, 트레이시! 이곳 신문에는 당신을 형편없이 깎아내리는 기사가 대문짝만하게 나와 있다고. 난 그런 것은 한 마디도 믿지 않지만……."

"그건 모두 사실이 아니에요. 사실은 하나도 없어요……."

"왜 내게 연락을 하지 않았지?"

"전화했어요. 하지만 연락이 닿지 않았어요, 나는……."

"지금 어디서 전화를 걸고 있는 거야?"

"나는…… 지금 뉴올리언스의 유치장에 있어요. 찰스, 나는 아무 잘못도 하지 않았는데 교도소로 보내지려 하고 있어요."

공포로 인해 그녀는 울기 시작했다.

"정신을 똑바로 차려. 알겠어? 내 말을 잘 들으라고. 신문에는 당신이 사람을 권총으로 쐈다고 나와 있어. 그건 사실이 아니겠지?"

"쐈어요, 하지만 그것은……."

"그럼 사실이군."

"보도된 것과는 상황이 달라요. 사실은 그렇지가 않아요. 진실을 설명하겠어요, 나는……."

"트레이시, 당신은 그림 도둑과 살인 미수죄를 시인한 거야?"

"네, 하지만 거기에는 그럴 만한 이유가……."

"무슨 짓이야! 그렇게 돈이 필요했으면 내게 의논해주었으면 좋았을 텐데…… 살인까지 해가면서…… 믿을 수가 없군! 우리 부모님은 대체 어떻게 생각하겠어? 필라델피아 데일리뉴스 조간에 톱기사로 다루어졌어. 스탠호프 가문이 이런 천박한 추문에 말려든 것은 처음 있는 일이야."

자제하는 목소리에도 불쾌감이 엿보여서 그가 얼마나 당황해하고 있는지를 알 수 있었다. 트레이시는 그를 최후의 희망으로 삼고 있었는데 하필이면 찰스까지도 적대적인 발언을 하고 있었다. 그녀는 소리치고 싶은 것을 필사적으로 참았다.

"당신을 만나고 싶어요. 제발 이곳으로 와 주세요. 당신이라면 모든 것을 해결할 수 있을 거예요."

미칠 것만 같은, 길고 긴 침묵이 이어졌다.

"내가 그곳에 가 봤자 해결방법 같은 건 없을 것 같군. 당신이 그렇게 여러 가지 죄를 시인한 이상, 우리 가문은 이런 추문에 더 이상 말려들고 싶지 않아. 당신도 그 점은 잘 알고 있을 거야. 충격이 너무 크군. 지금이니까 한마디 하겠는데, 아무래도 나는 당신이라는 사람을 잘 모르고 있었던 것 같아."

한마디 한마디가 망치로 내려치는 것 같았다. 눈앞이 캄캄해졌다. 이토록 깊은 고독을 느낀 것은 난생 처음이었다. 그녀를 걱정해주는 사람은 이제 이 세상에 단 한 사람도 없는 것이다.

"하지만…… 어떻게 해요, 아기는?"

"어떻게든 최선의 방법을 찾아서 당신이 처치해주지 않겠소? 나쁘게 생각지 말아요, 트레이시. 자업자득이니까."

찰스는 냉랭하게 내뱉었다. 그리고 전화는 뚝 끊겨버렸다.

트레이시는 말없는 전화기를 움켜쥔 채 우두커니 그 자리에 서 있었다.

등 뒤에서 다른 죄수의 목소리가 들렸다.

"얘기가 끝난 거야, 아가씨? 나도 변호사한테 전화를 걸어야 한다고."

유치장으로 돌아온 트레이시에게 여교도관이 알렸다.

"내일 아침에 이곳을 나갈 거예요. 새벽 5시에 출발이니 준비를 해요."

면회인이 있었다. 오토 슈미트였다. 불과 하루 만에 대하는 얼굴인데도 그는 굉장히 늙어보였고, 몸의 상태도 좋지 않아 보였다.

"아내 몫까지 위로해드리러 왔습니다. 무슨 일이 있었더라도 당신의 잘못이 아니라는 것만은 잘 알고 있습니다."

'찰스에게서 그런 말을 듣고 싶었어!'

"아내와 둘이서 내일 어머님의 장례식을 치르겠습니다."

"아, 고마워요. 부탁합니다, 오토 씨."

'내일 장례식은 우리 모녀의 장례식이기도 하구나.'

트레이시는 그런 생각이 들자 억울해서 견딜 수가 없었다.

그녀는 그날 밤, 유치장의 비좁은 침상에 누워서 천장을 노려보며 한숨도 이루지 못했다. 머릿속에서 찰스와의 대화를 몇 번씩 곱씹어 보았다.

'그는 내게 변명의 기회도 주지 않았다.'

뱃속의 아기에 대해서 생각하지 않으면 안 되었다. 교도소에서 출산한 여자의 얘기를 들은 적이 있는데, 그런 것은 자기와는 동떨어진 다른 먼 혹성에서의 일처럼 생각하고 있었다. 그런데 지금 자기가 그 당사자가 된 것이다.

'어떻게든 최선의 방법을 찾아서 처치해주지 않겠소?'

찰스는 비정하게 내뱉었다.

트레이시는 아기를 낳고 싶었다.

'하지만 낳는다 해도 내가 키우게 해주지 않겠지. 15년의 징역을 이유로 내게서 아이를 빼앗아갈 거야. 아이에게도 엄마에 대해서는 일체 말해

주지 않을 테지.'

이런저런 일을 생각하노라니 트레이시의 눈에서는 눈물이 하염없이 흘러내렸다.

새벽 5시, 트레이시의 유치장에 남자 교도관이 여자 교도관을 대동하고 들어왔다.

"트레이시 휘트니?"

"네."

트레이시는 자신의 목소리가 아주 이상하게 들렸기 때문에 놀라지 않을 수 없었다.

"루이지애나 주 형사법원의 명에 의해 당신은 남 루이지애나 여자 교도소로 이송된다. 자, 출발이다."

유치장 속의 기나긴 복도를 걸어가자 유치인들이 양쪽에서 야유를 보내며 놀려댔다.

"멋진 여행이 되기를 빌겠어, 아가씨."

"그림을 숨겨놓은 곳을 가르쳐줘, 트레이시. 나랑 절반씩 나누자고."

"교도소에 가거든 꼬마 어네스틴을 찾아봐. 뒷바라지를 잘 해줄 거야."

어제 찰스와 얘기를 나눈, 전화가 있는 곳을 지나칠 때 트레이시는 찰스에게 작별을 고했다.

'안녕, 찰스!'

트레이시는 앞마당으로 나갔다. 창에 쇠창살을 댄 노란색의 죄수 호송 버스가 시동을 걸어놓은 채 멈춰 서 있었다. 차에 올라타자 이미 6명의 여죄수가 앉아 있었고, 무장한 두 사람의 교도관이 지키고 있었다. 트레이시는 동승자들의 얼굴을 찬찬히 살펴보았다. 반항적인 얼굴, 지겹다는 표정의 얼굴, 절망적인 얼굴 등 제각기 다른 표정을 하고 있었다. 그녀들이 살아온 지금까지의 인생은 일단 여기서 끝난 것이다.

이제부터는 모두가 사회로부터 추방되어 동물처럼 우리 안에 감금되는 것이다. 트레이시는 이 사람들은 어떤 죄를 범한 것일까. 나같이 무고한 사람도 있을 것이다, 내 얼굴 표정은 그녀들에게 어떤 식으로 비치고 있을까 하고 생각했다.

버스는 한없이 달렸다. 차 안은 무덥고 불쾌한 냄새가 떠돌고 있었지만 트레이시는 상관하지 않았다. 다른 동승자에 대해서도, 창밖으로 펼쳐지는 초록색의 전원 풍경도 그녀의 의식 밖이었다. 트레이시는 다른 시간과 공간을 여행하고 있었다.

그녀는 아득한 어린 시절로 달리고 있었다……. 양친과 함께 바닷가에 있다, 아버지가 그녀를 끌어안고 바다로 들어간다, 물이 트레이시의 어깨까지 왔다. 비명을 지르자 아버지는 말했다.

'무서워하지 마, 트레이시.'

그리고 아버지는 차가운 바닷물 속으로 그녀를 던져 넣었다. 얼굴이 물속에 잠겨 숨을 쉴 수 없이 공포감에 사로잡힌 트레이시를 아버지가 끌어올렸다. 그러고는 또다시 바다 속에 던져지고, 끌어 올려지고…… 그 순간부터 트레이시는 물에 대한 공포심을 갖게 되었다…….

대학의 강당은 학생과 그 부모, 친척들로 꽉 들어차 있었다. 졸업생 대표였던 그녀는 15분간 연설을 했다. 선인의 지혜를 찬양하면서 꿈이 넘치는 미래에 대하여 언급하고 고매한 이상주의를 부르짖었다. 학장으로부터 트레이시에게 전 미국대학에서 성적이 우수한 졸업생만이 가입할 수 있는 '파이 베타카파 클럽'의 열쇠가 증정되었다.

'이것을 맡아주세요.'

트레이시가 그렇게 말하며 어머니에게 열쇠를 건네주었을 때 어머니의 자랑스러웠던 그 표정…….

'필라델피아로 가기로 했어요, 엄마. 은행에 취직이 결정되었어요.'

친구인 앤 말러가 나타났다.

'필라델피아는 마음에 들 거야, 트레이시. 문화 시설이 여러 가지로 갖추어 있고, 경치도 좋고, 게다가 여성이 부족하단다. 이곳에 오면 여성의 몸값이 올라간다는 얘기야. 어때, 우리 은행에 취직하지 않을래?'

트레이시는 출렁이는 천장의 그림자를 응시하면서 몽상을 계속했다.

'어떤 여자라도 내 혼처를 부러워할 거야.'

찰스만한 신랑감은 좀처럼 구할 수가 없다. 그러나 다음 순간 자신이 생각하고 있는 것이 부끄러워졌다. 그녀는 찰스와 사랑을 나누고 있었다. 사랑의 장면이 눈앞에 선하게 떠올랐다.

"이봐! 너한테 말하고 있는 거야. 귀가 멀었어? 빨리 내리라고!"

트레이시는 고개를 들었다. 그녀는 노란색의 죄수 호송차 안에 있었다. 버스는 음울한 석벽이 둘러쳐진 곳에 멈춰 서 있었다. 기다란 담벼락이 500에이커나 되는 농장과 산림을 둘러싼 채, 남 루이지애나 여자 교도소를 형성하고 있었다.

"내려! 이곳이 새로운 너희들의 집이야."

교도관이 말했다.

이곳이야말로 이 세상의 산지옥이었다.

교도소에서

무표정한 얼굴에 머리칼을 흑갈색으로 물들인 뭉툭한 체격의 교도감 독관이 새로 들어온 여죄수들에게 훈시를 했다.

"너희들 중에 몇 사람은 상당히 오랫동안 이곳에 있게 될 것이다. 훌륭하게 복역하는 유일한 방법은 바깥 세상에 대한 미련을 깨끗이 버리는 것이다. 좋고 나쁜 것은 자기 마음먹기에 달린 거야. 이곳에는 규칙이 있으니 그것에 따라야 한다. 기상, 노동, 식사, 화장실에 가는 것 등 모두 지시대로 행동해야 한다. 규칙을 위반했다가는 죽는 것이 나을 거라고 깨닫게 될 것이다. 우리는 이곳에 평화가 유지되기를 원하고 있기 때문에 말썽꾸러기 취급법은 충분히 알고 있다는 것을 경고해두겠다."

여감독관은 죄수들을 둘러보다가 트레이시에게 시선을 멈췄다,

"지금부터 신체검사를 실시하겠다. 그것이 끝나면 샤워를 하고, 각자에게 방이 배정되어진다. 내일 아침 작업 분담이 통고될 것이다. 이상."

여감독관은 휙 하고 몸을 돌려 걷기 시작했다.

트레이시의 옆에 서 있던 소녀가 몸이 아픈 듯이 얼굴이 새파랗게 질린

채 말했다.

"실례지만 저……."

여감독관은 당장 제자리로 돌아왔다. 분노 때문에 얼굴이 일그러져 있었다.

"닥쳐! 그 입을 찢어놓기 전에 닥치지 못해! 허가를 받았을 때 외에는 아가리를 벌리면 안 된다! 알겠나? 모두들 마찬가지야, 이 병신들아!"

그 서슬이 시퍼런 태도와 말투에 트레이시는 충격을 받았다. 여감독관은 방 한구석에서 대기하고 있던 두 사람의 여교도관에게 손짓을 했다.

"이 병신들을 데리고 나가."

트레이시는 다른 죄수들과 함께 기다란 복도로 끌려 나가 흰 타일을 바른 커다란 방으로 인도되어 갔다. 지저분한 가운을 입은 뚱뚱한 중년 남자가 진찰대 옆에 서 있었다.

여교도관 하나가 "정렬!" 하고 구령을 외치고는 죄수들을 일렬로 늘어서게 했다.

가운을 걸친 사내가 말했다.

"나는 의사인 글라스코다. 빨리 옷을 벗어라!"

죄수들은 영문을 몰라서 서로의 얼굴을 쳐다보았다. 그중 한 사람이 질문을 했다.

"어디까지 벗어야……."

"벗으라는 말의 의미도 모르는 거야? 입고 있는 것을 벗는 거야. 모조리 말이다."

죄수들은 느릿느릿 벗기 시작했다. 타인을 의식하는 사람이 있는가 하면, 화를 내고 있는 사람도 있었고, 될 대로 되라고 자포자기하는 사람도 있었다. 트레이시의 왼쪽에 서 있는 40대 후반의 여자는 분노로 몸을 떨고 있었다. 오른쪽에 있는 사람은 애처로울 정도로 말라빠진, 여드름투성이의 17세가량 된 소녀였다.

의사는 열의 선두에 있는 죄수에게 명했다.

"진찰대에 누워서 다리를 등자에 올려놔."

죄수는 망설이고 있었다.

"자, 빨리! 뒷사람들이 기다리고 있잖아."

그녀가 말한 대로 하자, 의사는 검시경을 여죄수의 음부에 삽입하고 속을 들여다보면서 질문을 했다.

"성병에 걸린 적이 있나?"

"없는데요."

"흐음, 그래? 결과는 금세 아니까 거짓말을 해도 소용없어."

두 번째 죄수가 진찰대에 올라갔다. 의사가 같은 검시경을 삽입하려고 했기 때문에 트레이시가 엉겁결에 소리쳤다.

"잠깐만요!"

의사는 손을 멈추고 깜짝 놀란 듯이 트레이시를 쳐다보았다.

"뭐야?"

전원이 응시하는 가운데 트레이시는 말했다.

"선생님은 검사기를 소독하지도 않았잖아요?"

글라스코 의사는 트레이시를 아래위로 핥듯이 훑어보고는 차갑게 웃었다.

"허허! 여기에 산부인과 의사가 있었구먼. 병균이 걱정돼서 그러는 거겠지? 그렇다면 줄의 맨 끝에 가서 서 있어."

"뭐라고요?"

"귀가 먹었어? 응? 뒤에 가서 서라니까!"

트레이시는 영문을 모르는 채 맨 마지막에 가서 섰다.

"자, 그럼 다시 계속하겠다."

의사는 그렇게 말하고 역시 같은 검시경을 진찰대 위의 죄수에게 삽입했다. 그 순간 트레이시는 자기가 줄의 맨 마지막에 세워진 진의를 깨달왔다. 전원에게 사용한, 소독하지 않은 검시경으로 그녀를 마지막으로 진찰할 속셈이었다. 트레이시는 화가 불끈불끈 치밀어 올랐다.

'이 의사는 우리를 개별적으로 진찰하면 되는데도 일부러 벌거벗겨 놓고 모욕을 주고 있는 것이다. 그런데도 모두들 꿀 먹은 벙어리처럼 아무 말도 못하고 의사의 비인간적인 대우를 감수하고 있다. 만일 모두가 함께 항의를 하면 어떨까……'

트레이시의 차례가 왔다.

"진찰대에 올라가시지, 여의사 선생."

트레이시는 망설였지만 따를 수밖에 없었다. 진찰대에 올라가 눈을 감았다. 다리가 양쪽으로 벌려지고 차가운 검시경이 그녀의 내부를 후비고 돌아다녔다. 난폭하게 다루는 바람에 통증이 심했다. 고의로 아프게 하고 있는 것이다. 트레이시는 이를 악물고 통증과 굴욕을 참았다.

"매독이나 임질에 걸린 일은?"

의사가 질문했다.

"아뇨, 걸린 적 없습니다."

임신 중이라는 사실을 이 의사에게 알리고 싶지는 않았다. 이런 비인간적인 의사가 뭘 알겠는가. 이곳 교도소장에게 이놈의 극악무도한 행동을 고발해야 한다.

검시경이 난폭하게 뽑혀나갔다. 글라스코 의사는 양손에 장갑을 끼면서 말했다.

"이것으로 앞쪽은 끝났다. 다시 한 번 정렬해서 몸을 앞으로 굽혀라. 이번에는 너희들의 똥구멍 검사야."

트레이시는 자신도 모르게 질문이 입 밖으로 나왔다.

"무엇 때문에 그런 짓을 하는 건가요?"

글라스코 의사는 트레이시를 노려보면서 말했다.

"그 이유를 가르쳐주지, 여의사 선생. 똥구멍은 말이지, 최고의 은폐처란 말이다. 지금까지 너희들 같은 여자들로부터 마리화나와 코카인을 산 더미처럼 찾아냈다고. 자, 빨리 앞으로 몸을 숙여!"

그러고는 의사는 죄수들의 항문에 손가락을 쑤셔 넣기 시작했다. 트레이시는 속이 메슥거리고, 담즙이 목구멍까지 치밀어 올라서 당장이라도 토할 것만 같았다.

"여기서 토하기만 해봐라. 그랬다가는 네 얼굴을 구토물 속에다 처박아줄 테니까."

의사는 교도관들에게 명령했다.

"샤워실로 데리고 가. 이것들 냄새 때문에 견딜 수가 있어야지."

여죄수들은 벌거벗은 채 옷과 속옷을 들고 다른 복도를 지나서 콘크리트를 바른 커다란 방으로 끌려갔다. 그곳은 샤워실로, 칸막이도 없이 12개의 샤워 꼭지만 달려 있었다.

"옷은 방구석에 놓아둬."

교도관이 지시했다.

"샤워를 해라. 소독 비누를 써서 머리부터 발끝까지 깨끗이 씻어야 한다. 머리도 깨끗이 감아."

트레이시는 꺼끌꺼끌한 시멘트 바닥을 걸어가서 샤워장으로 내려갔다. 물줄기가 피부를 찌를 듯이 차가웠다. 그녀는 몸을 힘주어 문지르면서 생각했다.

'아무리 깨끗이 씻어봤자 나는 이제 두 번 다시 깨끗한 몸이 될 수 없어. 이곳에 있는 이들은 어떤 종류의 인종들일까? 다른 사람들에 대해서도 이런 식으로 대할까? 이런 곳에서 15년 동안을 어떻게 지낸단 말인가?'

한 교도관이 성난 목소리로 명령했다.

"이봐, 너! 시간이 됐어. 나와!"

트레이시가 나오자 다른 죄수가 샤워를 하기 시작했다. 너무 오래 사용해서 닳아빠진 타월을 건네받아 트레이시는 그것으로 젖은 몸을 닦았다.

죄수 전원이 샤워를 끝내자 벌거벗은 그대로의 모습으로 의복 공급실로 끌려갔다. 선반에는 옷들이 개어져 있었고, 라틴 아메리카계의 죄수가 그곳을 지키고 있었다. 이 라틴 아메리카인이 죄수 한 사람 한 사람에게 사이즈에 맞는 회색 죄수복을 건네주었다. 죄수복은 두 벌로 팬티, 브래지어, 양말, 잠옷이 두 벌씩, 그리고 생리대, 헤어브러시, 세탁자루가 지급되었다. 여교도관들의 감시를 받으면서 죄수들은 옷을 입었다. 그것이 끝나자 사진 촬영실로 이동했다. 삼각대 위에 카메라가 장치되어 있었고, 모범수가 사진을 찍었다.

"저곳에 서요, 벽을 등지고."

트레이시는 벽까지 걸어갔다.

"얼굴을 좀 더 들고."

그녀는 카메라를 응시했다. 찰칵.

"이번에는 얼굴을 오른쪽으로 돌리고."

그녀는 이번에도 지시대로 따랐다. 찰칵.

"왼쪽으로."

찰칵.

"다음에는 저쪽 테이블로 가요."

테이블 위에는 지문 채취용 도구가 갖춰져 있었다. 트레이시의 손가락에 잉크가 묻혀 하나씩 흰 카드에 찍혀졌다.

"왼쪽 손, 이번에는 오른쪽 손, 그곳에 있는 걸레로 잉크를 닦아내. 당신은 끝."

'그렇다. 그 말대로다. 나는 끝이다. 있는 것은 번호뿐, 이름도 없고 얼굴도 없다.'

트레이시가 멍하니 그런 생각을 하고 있으려니 남자교도관이 그녀를 손가락으로 가리켰다.

"네가 휘트니지? 소장이 너와 얘기를 하고 싶다고 하신다. 따라와!"

트레이시는 갑자기 희망으로 마음이 설레기 시작했다.

'찰스가 드디어 손을 써준 것이다! 당연한 일이다. 내가 믿고 의지했던 대로 그는 나를 버리지 않았다. 찰스는 너무도 갑작스러운 사건으로 충격을 받고 전화로는 지독한 소리를 했던 거야. 하지만 시간이 지나고 깊이 생각해보니 역시 나를 사랑하고 있다는 것을 깨달은 거야. 찰스는 교도소장을 면회하고 나에 대한 판결이 터무니없는 오해였다는 것을 설명해주었을 것이다. 나는 석방되는 것이다.'

트레이시는 또 다른 복도로 끌려가서 남자와 여자교도관이 배치되어 있는 육중한 2개의 문을 통과했다. 두 번째 문을 통과했을 때, 그녀는 놀라서 까무러칠 뻔했다. 그곳에 있는 죄수는 트레이시가 지금까지 본 적이 없을 정도로 몸집이 큰 여자였다. 키가 아무리 작게 잡아도 180센티는 되어 보이고, 체중도 100킬로 이상은 나갈 것 같았다. 펑퍼짐한 얽은 얼굴에 잔인해 보이는 노란색 눈을 번뜩이고 있는 그녀는 트레이시의 양팔을 꽉 잡고 움직이지 못하게 한 다음 유방을 밀어 붙여왔다.

"이봐요."

덩치가 큰 여자가 교도관을 불렀다.

"귀여운 신참인걸, 나하고 같은 방을 쓰게 해주지 않겠어?"

지독한 스웨덴 사투리였다.

"유감스럽게도 이 계집애의 방은 이미 배정되어 있다고, 바사."

괴력의 소유자인 그 죄수는 트레이시의 얼굴을 손가락으로 더듬었다. 트레이시가 얼굴을 돌리자 그녀는 껄껄 웃기 시작했다.

"좋았어, 좋았어. 귀여운 것 같으니라고. 빅 바사님과는 나중에 만나자. 시간은 얼마든지 있으니까 말이야. 게다가 도망갈 곳도 없고."

이윽고 소장실에 닿았다. 트레이시는 기대감으로 머리가 어찔어찔했다. 찰스가 와 있을까? 아니면 대신 고문 변호사를 보냈을까?

소장 비서가 교도관을 보고 고개를 끄덕였다.

"소장님이 만나보고 싶어하시니까 여기서 기다려요."

조지 브래니건 소장은 여기저기 흠집투성이의 책상에 서류를 펼쳐놓고 열심히 들여다보고 있었다. 나이는 40대 중반의 마른 체격으로 신경질적인 얼굴에 연한 갈색 눈이 움푹 들어가 있어서 일에 지쳐 있는 것처럼 보였다.

브래니건 소장은 남 루이지애나 여자교도소에 취임한 지 5년이 되고 있었다. 근대교도소 관리학자이고 동시에 이상주의자이기도 했던 그는 취임하자 교도소의 개선에 착수했다. 그러나 그 의욕은 금세 꺾이고 말았다. 전임자들이 모조리 좌절했던 것처럼.

교도소는 본래 한 감방에 두 사람씩 수용하도록 만들어져 있었는데, 그것이 지금은 4명에서 6명까지 수용하고 있었다. 어느 교도소에서나 비슷한 수용상황이라는 것을 그는 알고 있었다. 미국의 교도소는 어디나 죄수들로 흘러넘치고 교도인원 부족의 악순환이 계속되고 있는 것이다. 수천 명의 죄수가 아무것도 하는 일 없이 그저 감금되어 있었다. 이것은 증오를 증대시키고, 음모를 발전시키고, 복수심을 심어줄 뿐인 대책 없는 제도가 아닌가. 그러나 한심스럽게도 그것이 현실이었다.

소장은 인터폰으로 비서에게 일렀다.

"알았소. 안으로 들여보내요."

교도관이 소장실의 문을 열고 트레이시를 방안으로 데리고 들어왔다. 브래니건 소장은 눈앞에 있는 여성을 쳐다보았다. 칙칙한 색깔의 죄수복을 입고 심신의 피로로 얼굴은 수척해 있었지만 그래도 여전히 그녀는 아름답게 보였다. 이 사랑스럽고 정직해 보이는 얼굴을 얼마나 오래 유지해 나갈 수가 있을까 하고 브래니건 소장은 생각했다.

소장은 지금 눈앞에 서 있는 죄수에게 특별한 관심을 갖고 있었다. 그녀의 사건은 신문에서 읽었으며 전력도 조사해놓고 있었다. 초범인 데다 살인을 한 것도 아닌데 징역 15년은 지나치게 무겁다고 느껴졌다. 고소인이 조셉 로마노라는 사실도 이 판결에 의문을 품게 했다.

그러나 사실이야 어떻든 소장은 단순한 신병의 보관자에 불과했다. 제도를 위반할 수는 없었다. 그는 제도라는 커다란 톱니바퀴의 일개 부품에 불과한 것이다.

"자, 우선 앉아요."

소장은 트레이시에게 말했다.

트레이시는 의자에 앉을 수 있다는 것이 기뻤다. 무릎이 매우 쇠약해져 있었기 때문이었다. 이 사람이 찰스가 여러 가지로 손을 써준 것을 내게 얘기해주고, 언제 석방되는지를 가르쳐 줄 것이라고 그녀는 생각했다.

"당신의 기록 문서를 조사해보았소."

소장은 얘기하기 시작했다.

'찰스가 그렇게 하도록 요청한 것이구나.'

"무척 오랫동안 이곳에 있어야 하겠더군. 당신의 판결은 15년으로 되어 있으니까."

소장의 말을 이해하는 데 한참 시간이 걸렸다. 뭔가가 잘못되고 있는 것이다.

"저, 저…… 차, 찰스를 만나보신 것이 아닙니까?"

긴장한 나머지 그녀는 말을 더듬었다.

소장은 어안이 벙벙해진 채 그녀를 쳐다보았다.

"찰스라니?"

이 면회는 찰스와는 아무런 관계가 없는 것이다. 온몸의 기운이 쭉 빠져버렸다.

"제발, 소원입니다. 꼭 제 말을 들어주세요. 저는 무고합니다. 저는 이곳에 감금당할 이유가 없는 사람이에요."

소장은 이 말을 몇 번이나 들었을까? 수백 번? 아니 수천 번?

'나는 무고합니다.'

소장은 말했다.

"법정은 당신을 유죄라고 판결했소. 당신에 대한 최선의 조언은 되도록 마음 편하게 지내도록 노력하라는 것뿐이오. 판결을 받아들이고 나면 정신적으로 훨씬 편해질 게요. 교도소에 시계는 없소. 있는 것은 달력뿐이오."

'이곳에 15년간이나 갇혀 있을 수는 없어.'

트레이시는 절망적으로 생각했다.

'오히려 죽어버리는 것이 나을 거야. 아, 하느님! 죽게 해주세요. 하지만 죽을 수도 없겠군요. 아기까지 죽여 버리는 것이 되니까요. 아, 찰스! 당신의 자식이에요. 왜 나를 구하러 오지 않는 거죠?'

이 순간 트레이시는 찰스가 밉다는 생각이 들었다. 그녀는 처음으로 찰스를 미워했다.

"특별히 어려운 일이 생기면, 그러니까 우리가 도울 수 있는 일이 있으면 만나러 와요."

브래니건 소장은 말했다.

그렇게 얘기하면서도 자신의 입에서 나오는 말이 얼마나 공허한 것인가를 소장 자신도 잘 알고 있었다. 이 아가씨는 젊고, 아름답고, 발랄하다. 교도소 안의 동성연애자들이 굶주린 야수처럼 그녀를 덮칠 것이다. 그녀를 집어넣을 만한 안전한 감방은 없다. 대부분의 감방에서 완력이 강한 여죄수가 남자 역할을 맡으며 방을 지배하고 있는 것이다.

브래니건 소장은 신참 죄수가 야간에 강간당한다는 소문을 들은 일이 있었다. 샤워실이나 화장실, 심지어는 복도에서 추행이 벌어지고 있다는 것이다. 그러나 그것들은 소문의 영역을 벗어나지 못했다. 무슨 일을 당했어도 희생자는 침묵을 지키기 때문이었다. 그렇지 않으면 죽음이 기다리고 있었다.

브래니건 소장은 부드럽게 말했다.

"착실하게 복역을 하도록 해요. 복역 태도에 따라서 12년, 혹은……."

"싫어요!"

그 비명은 절망과 자포자기의 몸부림이기도 했다.

소장실의 벽이 사방에서 다가와 자신을 깔아뭉개버릴 것 같은 느낌이 들어서 트레이시는 느닷없이 벌떡 일어나 악을 쓴 것이다. 교도관이 황급히 달려와서 그녀의 양팔을 꽉 움켜잡았다.

"너무 거칠게 다루지 말게."

브래니건 소장이 교도관에게 명했다. 그리고 부하가 끌고 나가는 여죄수의 뒷모습을, 무력감을 느끼면서 멍하니 지켜보고 있었다.

트레이시는 감방의 복도를 몇 개씩이나 지나가야만 했다. 양쪽의 감방에는 흑인, 백인, 황인종 등 온갖 여자들이 수용되어 있었다. 그녀들은 트레이시가 지나가자 각양각색의 악센트로 아우성을 쳐댔다. 무슨 소리인지 트레이시는 전혀 알아들을 수가 없었다.

"피시 나이트……."

"프렌치 메이트……."

"플래시 미트……."

할당된 감방에 도착했을 때 트레이시는 겨우 여죄수들의 아우성 소리의 의미를 알 수 있었다.

"플래시 미트……."

신선한 고기, 맛있어 보이는 신참 죄수.

내일이 오면

C옥사에는 60명의 여죄수가 수용되어 있었다. 한 감방에 4명씩이었다.

악취가 풍기는 기다란 복도를 걸어가는 트레이시를 쇠창살 너머로 바라보는 얼굴은 가지각색이었다. 무관심한 사람이 있는가 하면, 욕정에 불타는 사람, 증오를 노골적으로 드러내 보이는 사람······, 트레이시는 어딘지 모르는 이상한 나라의 물 바닥을 걷고 있는 듯한 기분이었다.

조금씩 깨어나는 먼 꿈속의 다른 세계에 속한 기분이었다. 한껏 소리친 절규 때문에 상한 목구멍의 상처가 쓰라려 왔다. 소장실에서의 호출은 헛된 희망이었다. 그러나 지금은 그것마저 끊기고 아무것도 남아 있지 않았다. 있는 것은 이 지옥 같은 곳에서 앞으로 15년 동안 갇혀 지내야 한다는 미칠 것만 같은 현실뿐이었다.

여교도관이 감방 문을 열었다.

"들어가!"

트레이시는 눈을 깜박거리면서 감방 안을 둘러보았다. 등 뒤에서 문이 철커덕하고 잠기는 소리가 났다. 이제 이곳에서 살게 되는 것이다.

감방은 침대 4개를 겨우 놓을 수 있을 정도로 비좁았고, 깨진 거울이 달린 작은 탁자가 한 개, 4인용의 조그만 캐비닛, 그리고 방 구석에 좌판이 없는 변기가 있었다.

죄수들이 뚫어질 듯이 트레이시를 응시하고 있었다. 푸에르토리코인 죄수가 입을 열었다.

"신참이 하나 들어왔군."

그 목소리는 낮고 쉬어 있었다. 이마에서 목에 걸쳐 검붉은 칼자국이 없었다면 이 여자는 미인으로 보였을 것이다. 또한 눈을 보지 않으면 14세 정도로도 보였다.

체격이 땅땅한 중년의 멕시코 여인이 말했다.

"만나서 반갑군. 무슨 짓을 하고 들어왔지?"

트레이시는 온몸이 움츠러들어서 대답조차 할 수가 없었다.

마지막 한 사람은 흑인 여자였다. 신장은 족히 180센티는 될 것 같았고, 미간이 좁고 조심성이 많아 보였으며, 차고 매서운 얼굴을 하고 있었다. 머리를 밀어버렸기 때문에 어두운 감방에서 그 머리 가죽이 빛나고 있었다.

"저쪽 끝이 네 침대야."

트레이시는 침대로 가보았다. 매트리스는 지독하게 더러웠다. 몇 사람인지 모를 이전 사용자들의 배설물이 배어 있어서 만져볼 엄두조차 나지 않았다. 자신도 모르게 그녀는 자제력을 잃고 소리를 질렀다.

"난…… 난 이런 침대에서는 잘 수 없어요!"

뚱뚱한 멕시코 여자가 히죽히죽 웃었다.

"싫다면 그곳에서 자지 않아도 괜찮아. 나와 함께 자고 싶어서 그래, 아가씨?"

트레이시는 이 감방 속에 떠돌고 있는 공기를 깨닫자 오싹 소름이 끼쳤다. 몸에 고통을 느낄 정도의 충격이었다. 3명의 죄수가 그녀의 몸을 애무하듯이 바라보고 있었다.

'맛있어 보이는 신참, 신선한 고기'

트레이시는 온몸을 부들부들 떨었다.

'나의 오해일 거야. 아, 하느님! 이것이 오해이기를 바랍니다……'

트레이시는 생각했다.

"저…… 누구에게 말하면 새로운 매트리스를 얻을 수 있을까요?"

트레이시는 당황해서 말했다.

"하느님! 하긴 요즘은 이 근처에서는 통 찾아볼 수가 없지만 말이야."

흑인 여자가 웅얼웅얼 말했다.

트레이시는 다시 한 번 매트리스를 보았다. 몇 마리의 거무튀튀한 커다란 바퀴벌레가 함부로 기어 다니고 있었다.

'이런 곳에 있을 수는 없어. 미쳐버리고 말 거야.'

트레이시의 마음속을 읽기라도 한 듯 흑인 여자가 말을 걸었다.

"따르는 수밖에는 방법이 없어."

소장의 말이 귀를 윙윙 울려왔다.

'당신에 대한 최선의 조언은 되도록 마음 편하게 지내도록 노력하라는 것뿐이다……'

흑인 여자가 말했다.

"나는 꼬마 어네스틴이야."

그리고 커다란 흉터가 있는 여자 쪽을 턱으로 가리켰다.

"저것이 로라이고, 푸에르토리코인이지. 이 뚱보가 멕시코인인 파우리타, 네 이름은?"

"나…… 나는 트레이시 휘트니예요"

하마터면 이렇게 말할 뻔했다. '트레이시 휘트니였습니다'라고.

자신의 몸으로부터 지금까지의 트레이시 휘트니가 빠져나가버리는 악몽을 꾸는 것 같았다. 다음으로 실제로 구토증과 발작이 엄습해왔다. 그

녀는 도저히 서 있을 수가 없어서 침대 가장자리를 힘껏 움켜쥐고 쓰러지
지 않으려고 애썼다.

"어디서 왔지?"

멕시코 여자가 물었다.

"미안합니다, 나는…… 지금 얘기할 기분이 아니어서요."

트레이시는 더 이상 서 있을 수가 없었다. 그대로 더러운 침대에 쓰러
져서 얼굴에서 흘러내리는 차가운 땀방울을 닦아냈다.

'임신 탓이다. 아기를 가졌다는 것을 소장에게 얘기했어야 했다. 깨끗
한 방으로 옮겨줄 것이다. 어쩌면 혼자 쓰는 곳으로 옮겨줄지도 모른다.'

가까이 다가오는 발소리가 복도에서 울려왔다. 여교도관이 감방 앞을
지나가고 있었다. 트레이시는 서둘러 문 쪽으로 갔다.

"저, 죄송하지만 소장님을 뵙고 싶습니다만, 저는……."

"찾아오라고 전해주지."

교도관은 눈 하나 까딱하지 않고 대답했다.

"급한 용건입니다, 저는……."

트레이시는 주먹을 입에 갖다 대고 비명을 억눌렀다.

"어디 아픈 거 아니야?"

푸에르토리코인이 물었다.

트레이시는 말을 할 수가 없어서 그냥 머리를 끄덕였다. 그리고 자신의
침대로 돌아가서 한동안 매트리스를 노려보다가 이윽고 천천히 몸을 뉘
였다. 그것은 절망의 행위이며 항복의 몸짓이었다. 트레이시는 눈을 감
았다. 눈에서 쉴 새 없이 눈물이 쏟아져 내렸다.

트레이시의 열 번째 생일은 가슴이 울렁거리는 흥분의 날이었다.

"앙트와느로 식사하러 가자."

아버지가 말했다.

'앙트와느' —그것은 마법의 이름을 가진 별세계로 아름다움과 매혹과 부의 상징이었다. 아버지가 그곳에 갈 수 있을 정도로 부유하지 않다는 것을 트레이시는 알고 있었다.

"내년에는 가족 여행을 떠날 수 있을 게다."

그런 말은 몇 번씩이나 되풀이된 상투어였다. 그런데 지금 이렇게 앙트와느로 향하고 있는 것이다. 어머니는 새로 맞춘 초록빛 드레스를 입고 있었다.

"두 사람을 보고 있으면 나는 너무 자랑스러워. 뉴올리언스 최고의 미인 두 사람을 동반하고 있으니까 말이야. 모두가 나를 부러워할 거야."

앙트와느에서의 하룻밤은 모든 것이 꿈, 아니 그 이상으로 멋진 순간이었다. 우아한 동화의 나라라고 하면 좋을까. 새하얀 식탁보와 냅킨, 황금색과 은색으로 채색된 반짝반짝 빛나는 식기류—모든 것이 우아했다.

'이곳은 궁전일 거야. 임금님과 여왕님이 계시는 곳 말이야.'

트레이시는 그렇게 생각하며 흥분한 채 주위를 두리번거리며, 화려하게 차려입은 남성과 여성을 넋을 잃은 채 바라보았다. 그리고 자신에게 맹세했다.

'어른이 되면 매일 저녁 이런 레스토랑에서 식사를 할 수 있는 신분이 되어야지. 물론 아빠와 엄마도 동반할 거야.'

"전혀 먹지를 않는구나, 트레이시?"

어머니가 말했다.

어머니를 기쁘게 하려고 트레이시는 입 안 가득 음식을 퍼 넣었다. 케이크에 10개의 초가 세워지고, 웨이터가 축가를 틀어주었다. 다른 손님들도 일제히 돌아보고 박수를 쳐주었기 때문에 트레이시는 진짜 공주님이 된 것 같은 기분이었다.

식당 밖을 전차가 땡땡 울리면서 지나갔다.

요란스럽고 끈질긴 벨이 울렸다.

흑인인 어네스틴이 기다렸다는 듯이 말했다.

"저녁 시간이야."

트레이시는 눈을 떴다. 동 전체의 감방 문이 차례차례로 꽈당꽈당 하며 열리고 있었다. 그녀는 그대로 침대에 누운 채 계속 꿈을 꾸고 싶었다.

"아! 식사 시간이라니까."

푸에르토리코인이 말했다.

먹는다는 생각을 하자 속이 메스꺼웠다.

"난 배가 고프지 않아요."

뚱보인 멕시코 여인 파우리타가 말했다.

"상관없어. 너의 사정과는 관계없는 거야. 그놈들이 음식을 가져오면 누구나 모두 나가지 않으면 안 돼."

죄수들은 감방에서 복도로 나가 줄을 서고 있었다.

"이봐, 나가는 것이 좋을 거야. 그러지 않으면 혼쭐이 날 테니까."

어네스틴이 충고했다.

'움직이고 싶지 않아. 여기에서 이대로 누워 있고 싶어.'

트레이시가 그렇게 생각하고 있는 사이에 그녀들은 문 밖으로 나가 두 줄로 늘어섰다. 키가 작고 옆으로만 살이 붙고, 머리칼을 금발로 염색한 여교도관이 침상에 누워 있는 트레이시를 발견했다.

"이봐, 너! 벨소리가 안 들렸어? 그곳에서 나오지 못해!"

"저는 배가 고프지 않아요. 실례를 용서해주시지 않겠습니까?"

여교도관은 믿을 수 없다는 듯이 눈을 크게 뜨고, 거친 발걸음으로 감방 안으로 들어오더니 쿵쾅거리면서 트레이시의 침대로 다가왔다.

"너는 네가 누군 줄 알고 있기나 한 거야? 룸서비스라도 기다리고 있는 거냐? 빨리 나가서 줄서지 못해! 이번 일은 보고하지 않겠지만 다음번에 다시 한 번 그랬다가는 독방에 처넣을 테니 그리 알아. 알겠어?"

트레이시는 도통 무슨 말을 하고 있는지 이해할 수가 없었다. 그래서 할 수 없이 침대에서 몸을 일으켜 죄수들의 줄 쪽으로 걸어갔다. 옆에 서 있는 것은 흑인 여자였다.

"어째서 내가……."

"입 닥쳐! 정렬 중에는 잡담 금지라고."

꼬마 어네스틴은 입 가장자리만 움직여서 트레이시에게 경고했다.

죄수들은 좁고 음침한 복도를 지나고 두 군데의 방호 문을 지나 대식당으로 갔다. 그곳에는 나무로 만든 커다란 테이블과 의자가 가득 놓여 있었다. 기다란 서비스 카운터에는 음식을 타려고 차례를 기다리는 죄수들의 행렬이 늘어서 있었다.

그날의 메뉴는 다랑어 스튜, 시들어 빠진 완두콩, 색깔이 나쁜 커스타드 케이크, 그리고 양자택일을 할 수 있는 재탕한 커피와 합성주스였다. 줄을 따라 움직여 가자 양철 그릇에 정말로 맛없어 보이는 음식이 주걱으로 내던져지듯이 담겨졌다. 급사 역을 맡은 죄수는 같은 말을 주워대고 있었다.

"줄을 흩뜨리지 말고 자, 다음…… 줄을 흩뜨리지 말고 자, 다음……."

트레이시는 식사를 받아들고 나서 한동안 우두커니 서 있었다. 어디에 앉아야 좋을지 알 수가 없었다. 꼬마 어네스틴을 찾아보았지만 그녀는 눈에 띄지 않았다. 트레이시는 푸에르토리코인인 로라와 뚱보인 멕시코 여자 파우리타가 있는 자리로 걸어갔다. 테이블에서는 20명가량의 죄수들이 게걸스럽게 음식을 먹고 있었다. 트레이시는 자신의 그릇을 내려다보고는 그것을 옆으로 밀어버렸다. 담즙이 목구멍까지 치밀어 올라왔다.

파우리타가 재빨리 트레이시의 그릇을 붙잡고 말했다.

"먹고 싶지 않지? 그럼 내가 먹을게."

그러자 로라가 말했다.

"이봐, 먹어둬. 그렇지 않으면 여기서 살아남을 수가 없어."

'그래, 오히려 그게 좋겠어. 죽는 게 차라리……. 여기서 이렇게 식사를 하고 있는 사람들은 어떻게 이런 생활을 견뎌내는 걸까? 얼마나 이곳에 있었을까? 몇 개월? 몇 년? 저 악취가 풍기는 감방에서, 저 바퀴 벌레가 들끓는 매트리스 위에서…….'

그렇게 생각하자 비명이 터져 나올 것 같아서 트레이시는 턱을 누르고 필사적으로 참았다.

멕시코 여자가 말했다.

"네가 먹지 않았다는 걸 알게 되면 놈들은 너를 독방에 처넣을 거야."

트레이시가 잘 이해하지 못하는 것 같아 보였는지 그녀는 다짐을 하듯이 말했다.

"움막을 말하는 거야. 그곳에 혼자 갇히게 되는 거라고. 설마 그곳에 가고 싶은 건 아니겠지?"

멕시코 여자는 자신의 얼굴을 가까이 대고 말했다.

"이런 곳이 처음인 모양이군. 그렇다면 좋은 걸 가르쳐주지. 꼬마 어네스틴은 이곳을 지배하고 있어. 그러니까 그녀와 친해두면 지내기가 훨씬 편할 거야."

죄수들이 식당에 들어가고 나서 30분 후, 벨 소리가 요란스럽게 울려 퍼지고 전원이 일제히 자리에서 일어났다. 파우리타는 자기 옆의 식기에서 재빨리 완두콩을 훔쳤다. 트레이시도 줄을 서고, 얼마 뒤 죄수들은 각자의 감방으로 돌아갔다. 저녁식사가 끝난 것이다. 오후 4시였다. 소등까지 앞으로 5시간이나 참지 않으면 안 된다.

트레이시가 감방에 돌아가 보니 꼬마 어네스틴이 먼저 돌아와 있었다. 트레이시는 막연하게 식사시간 동안에 그는 어디에 가 있었을까 하고 생각했다.

트레이시의 눈에 좌판이 없는 변기가 들어왔다. 그것을 사용하고 싶었지만 세 사람의 눈앞에서 볼일을 볼 수가 없었다. 소등 때까지 참기로 하고, 트레이시는 침대 가장자리에 걸터앉았다.

꼬마 어네스틴이 말했다.

"넌 저녁식사를 안 했다면서? 바보스러운 짓이야."

'어떻게 알았을까? 그리고 그것이 자기와 무슨 상관이람?'

"소장님과 면회를 하려면 어떻게 하면 되나요?"

"종이에 써서 신청하면 되지. 어차피 그런 것은 교도관 화장실의 화장지밖에 되지 않겠지만 말이야. 놈들은 소장을 만나고 싶어 하는 죄수는 모두들 말썽꾸러기라고 믿고 있으니까."

흑인 여자는 트레이시에게 다가왔다.

"이곳에는 말썽거리가 우글우글하다고. 네게 필요한 것은 그 말썽거리를 해결해주는 친구야."

흑인 여자는 금니를 내보이며 싱긋이 웃었고, 상냥한 목소리가 되었다.

"교도소 안을 잘 알고 있는 사람 말이야."

트레이시는 히죽히죽 웃고 있는 흑인 여자를 올려다보았다. 얼굴만 천장에 떠올라 있는 것같이 보일 정도로 키가 컸다. 그렇게 키가 큰 사람은 지금까지 본 적이 없었다.

"저것이 기린이라는 동물이야."

아버지가 가르쳐주었다. 트레이시의 가족이 오스본 공원에 갔을 때였다. 트레이시는 공원을 무척 좋아했다. 일요일이면 종종 가족 셋이서 외출을 하곤 했는데, 취주악 연주회나 수족관, 동물원에도 곧잘 갔다. 셋은 우리 속의 동물을 천천히 구경하며 다녔다.

"아빠, 저 동물들은 갇혀 있는 것을 싫어하지 않을까? 응?"

"그렇지 않을 거야, 트레이시. 나름대로 이곳에서의 생활을 즐기고 있을 거야. 시중을 들어주고 있고, 먹이도 주고 있고 게다가 습격해오는 적들도 없으니까 말이야."

아버지는 웃으면서 그렇게 말했지만 그녀는 동물들이 불쌍하다는 생각이 들었다. 그래서 우리를 열고 도망치게 해줄까 하고 생각하곤 했다.

'저렇게 갇혀 있는데 즐거울 리가 없어. 나 같으면 싫을걸?'

오후 8시 45분, 옥사 내에 예보 벨이 울려 퍼졌다. 같은 방의 세 사람의 죄수가 옷을 벗기 시작했다. 트레이시는 아무것도 하지 않았다.

"15분 안에 잠잘 준비를 하는 거야."

푸에르토리코인인 로라가 말했다. 여자들은 벌거벗고 잠옷으로 갈아입었다.

블론드의 여교도관이 감방 앞을 지나갔다. 트레이시가 침대에 드러누운 채 꼼짝도 하지 않는 것을 목격하자 그녀는 멈춰 섰다.

"옷 벗지 않을 거야!"

여교도관은 소리를 치고 나서 어네스틴에게 고개를 돌렸다.

"아직 가르쳐주지 않았어?"

"아니, 얘기했어."

여교도관은 트레이시에게 시선을 옮겼다.

"말썽꾸러기에게 본때를 보여줄 방법은 모두 준비되어 있어. 여기서는 규칙에 따르는 것이 자신을 위해서 좋을걸? 그렇지 않으면 걸어 다니지 못하게 해줄 거야."

경고를 남기고 여교도관은 가버렸다.

멕시코 여자인 파우리타가 충고했다.

"저것이 시키는 대로 하는 것이 좋을 거야. 늙은 강철팬티(죄수들이 심술궂은 교도감독관에게 붙인 별명)는 심술궂은 여자니까."

트레이시는 침대에서 일어나 동료 죄수들에게 등을 돌리고 천천히 옷을 벗었다. 팬티 외에는 전부 벗고 꺼끌꺼끌한 잠옷을 머리에서부터 뒤집어썼다. 세 사람의 시선이 자신에게 쏠려 있는 것을 느낄 수 있었다.

"넌 아주 멋진 몸매를 갖고 있구나."

파우리타가 감탄하듯이 말했다.

"흠, 홀딱 반할 만한 몸매군."

로라도 맞장구를 쳤다.

트레이시는 소름이 꽉 끼쳤다. 어네스틴이 다가와서 트레이시를 내려다보았다.

"우리는 친구니까 내가 네 뒤를 돌봐주겠어."

흑인 여자의 목소리는 흥분으로 떨리고 있었다.

트레이시는 몸을 획 돌리고 거친 목소리로 말했다.

"내버려둬요! 당신들 모두, 나는…… 나는 그런 것과는 관계없어요."

흑인 여자는 킬킬거리고 웃었다.

"때가 되면 너도 우리가 원하는 역할을 맡게 될 거야."

멕시코 여자도 말했다.

"시간은 충분히 있으니까 말이지."

그때 불이 꺼졌다.

어둠은 트레이시의 큰 적이었다. 그녀는 온몸을 긴장시키면서 침대 가장자리에 앉아 있었다. 당장이라도 습격을 당할 것 같은 살기가 느껴졌다. 지나친 신경과민일까? 과도한 긴장 탓으로 모든 것에 강박관념이 뒤따랐다. 그냥 위협만 할 생각이었을까? 어쩌면 세 사람은 트레이시와 사이좋게 지내고 싶었을 뿐인지도 모른다. 그러나 오늘 그녀들의 행동에서는 불길한 조짐이 엿보였다.

트레이시는 교도소에서는 동성애가 성행한다는 얘기를 들은 적이 있었지만 그런 것은 특수한 예에 지나지 않을지도 모른다고 생각했다. 교도소 측이 그 같은 행위를 묵과할 리 없지 않은가.

자신에게 타일러보았지만 의혹은 계속 남았다. 트레이시는 밤새 깨어 있기로 결심했다. 가령, 누군가가 유혹해오면 큰 소리로 도움을 청하자.

간수가 달려오면 이 여자들도 내게 손을 댈 수는 없을 것이다. 아무것도 걱정할 것 없다고 자신에게 타일렀다. 방심만 하지 않으면 되는 것이다.

트레이시는 암흑 속에서 침대 끝에 앉아서 주위의 소리에 귀를 기울였다. 세 사람의 여자가 각기 한 번씩 변기로 갔다가 볼일을 보고 자기 침대로 돌아갔다. 트레이시도 더 이상 참을 수가 없어서 변기를 사용했다. 물을 흘려 보내려고 했지만 고장이 나서 작동하지 않았다. 견딜 수 없을 정도로 악취가 심했다. 트레이시는 서둘러 자기 침대로 돌아와 앉아 있던 자리에 다시 앉았다.

'이제 조금만 참으면 밝아질 거야. 아침이 되면 소장을 만나는 거야. 임신했다는 얘기를 해야겠어. 그러면 다른 개인용 방으로 옮겨주겠지.'

트레이시의 몸은 긴장감으로 뻣뻣하게 굳어 있었다. 이따금 침대에 누우면 금세 무언가가 목 위를 기어 다녔다. 그녀는 숨을 죽이고 비명이 새어나가는 것을 억제했다.

'아침까지는 무슨 일이 있어도 참아야지. 아침이 되면 모든 근심거리가 사라질 거야.'

트레이시는 1분마다 계속 같은 생각을 했다.

새벽 3시, 트레이시는 더 이상 눈을 뜨고 있을 수가 없었다. 그리고 쓰러지듯이 잠이 들었다.

트레이시는 잠에서 퍼뜩 깨어났다. 한 개의 손이 입을 틀어막고 두 개의 손이 트레이시의 유방을 움켜쥐고 있었다. 일어나서 소리치려고 하자 잠옷과 팬티가 찢겨져 나갔다. 넓적다리 사이에 몇 개의 손이 기어 들어와서 그녀의 가랑이를 벌렸다. 트레이시는 손을 뿌리치려고 필사적으로 발버둥을 쳤다.

"무서워하지 마."

어둠 속의 목소리가 속삭였다.

"상처는 입히지 않을 테니까 말이야."

트레이시는 소리가 나는 쪽을 발로 걷어찼다. 발이 근육질의 몸에 부딪쳤다.

"아이쿠! 이 빌어먹을 년 같으니라고! 이년을 바닥으로 끌어내려!"

헐떡이는 목소리가 말했다.

맹렬한 펀치가 트레이시의 안면을 구타하고, 뒤이어 다시 한 방이 명치 끝을 강타했다. 누군가가 몸 위에 올라타 트레이시를 바닥에 고정시켰다. 그 사이에도 몇 개의 손이 그녀의 음부를 계속 주물러대고 있었다.

트레이시는 여자들의 손에서 잠시 벗어날 수 있었지만, 곧 누군가에게 붙들려서 쇠창살에 힘껏 머리가 부딪쳐졌다. 코에서 피가 흘러나왔다. 트레이시는 콘크리트 바닥에 내동댕이쳐지고 또다시 손발이 꼼짝 못하게 고정되어졌다. 그래도 굴하지 않고 미친 사람처럼 저항했으나 결국은 세 여자의 상대가 될 수는 없었다. 차가운 손과 뜨거운 입술이 그녀의 신체 구석구석을 기어 다니고 있었다.

트레이시의 다리가 크게 벌려지고 딱딱하고 차가운 물체가 그 사이로 삽입되었다.

도움을 청하려고 필사적으로 몸을 비틀어 보았지만 아무런 효과도 없었다. 입 가까이에 누군가의 팔이 있어서 트레이시는 그것을 덥석 물고 힘껏 물어뜯었다.

억누른 비명 소리가 났다.

"이 죽일 년이!"

펀치가 또다시 안면에 퍼부어지고…… 트레이시는 고통 속으로 깊이 가라앉아 갔다. 그리고 마침내는 아무것도 알 수가 없게 되었다.

커다란 벨소리에 트레이시는 의식을 되찾았다. 그녀는 벌거벗은 채 감방의 차가운 시멘트 바닥에 쓰러져 있었다. 세 사람의 동료 죄수는 각자의 침대에서 자고 있었다.

복도에서 '강철팬티'가 고함을 질렀다.

"기상! 모두들 일어나!"

감방 앞을 지나가던 여교도관이 바닥에 쓰러져 있는 트레이시를 발견했다. 여기저기에 핏자국이 묻어 있고, 얼굴은 얻어맞아서 부어오르고, 한쪽 눈은 떠지지 않을 정도로 퉁퉁 부어 있었다.

"도대체 너희들 무슨 짓을 한 거지?"

여교도관은 문을 열고 감방 안으로 들어왔다.

"침대에서 굴러 떨어졌겠지."

어네스틴이 시치미를 떼고 말했다.

여교도관은 트레이시의 옆으로 와서 그녀를 발로 툭툭 걷어찼다.

"이봐! 일어나! 일어나라니까!"

트레이시는 아득히 먼 곳으로부터 부르는 소리를 들었다.

'네, 알겠습니다. 일어나겠습니다. 여기서 나가겠습니다.'

그러나 그것은 생각일 뿐, 몸이 말을 듣지 않았다. 온몸이 고통의 비명을 질러대고 있었다.

여교도관이 트레이시의 팔을 잡고 상체를 안아 올렸다. 너무도 심한 격통으로 의식이 다시 흐려졌다.

"무슨 일이 있었지?"

떠지는 한쪽 눈을 통해서 동료들이 긴장해서 자신의 대답을 기다리고 있는 모습이 희미하게 보였다.

"나는…… 나는…….."

트레이시는 말을 하려고 했지만 좀처럼 말이 나오지를 않았다. 정신을 가다듬고 입을 열었을 때는 동물적인 방위 본능이 작용하고 있었다.

"침대에서 떨어져서…….."

여교도관은 채찍질하듯이 말했다.

"건방진 인간은 딱 질색이야. 그것을 깨달을 때까지 독방에 처넣을 수밖에 없겠군."

독방은 망각의 공간이며, 어머니의 태내로 회귀하는 시간이기도 했다. 트레이시는 어둠 속에서 혼자 남겨졌다. 지하 방은 비좁고 아무것도 없었으며 차가운 시멘트 바닥에 얇은 매트리스가 깔려 있을 뿐이었다. 그리고 악취를 풍기는 변소용 구멍이 뚫려 있었다.

트레이시는 암흑 속에 누워서 먼 옛날에 아버지가 가르쳐준 포크송을 흥얼거렸다. 발광 직전에 있다는 것을 그녀 자신은 깨닫지도 못하고 있었다. 자기가 어디에 있는지도 잘 알 수가 없었지만, 그런 것은 문제가 아니었다. 상처받은 몸의 통증을 어떻게 하지 않으면 안 되었다.

'나는 침대에서 떨어져서 부상을 입은 거야. 엄마가 치료해줄 거야.'

트레이시는 조그맣게 어머니를 불렀다.

"엄마……."

대답이 없었기 때문에 트레이시는 그대로의 자세로 그곳에서 잠이 들었다.

그녀가 잠이 깬 것은 48시간 뒤였다. 격통은 가까스로 아픔이 되고, 아픔은 상처만을 남기고 가벼워져 있었다. 트레이시는 눈을 떴다. 그러나 주위에 아무것도 보이지 않았다. 주위가 온통 캄캄해서 방의 윤곽조차 파악할 수가 없었다.

기억이 한꺼번에 밀려왔다. 의사에게 업혀갔을 때의 아득한 이야기 소리가 생각났다.

"……늑골이 부러지고 손목에도 금이 갔어. 단단히 테이프를 감아 고정시켜…… 타박상이나 열상도 심하군. 이건 자연히 낫겠지…… 유산을 했군……."

아, 그렇다.

"불쌍한 내 아기, 그년들이 죽인 거야. 내 아기를."

그녀는 중얼거렸다.

트레이시는 훌쩍훌쩍 울기 시작했다. 잃어버린 아기를 위해, 그리고 지옥에 떨어진 자신을 슬퍼하면서……. 불합리한 일이 버젓이 통하는 저주스러운 이 세상을 원망하면서…….

트레이시는 오싹오싹 추운, 시커먼 어둠 속에서 얇은 매트리스 위에 누워 자신을 이런 꼴로 만든 인간들에 대한 증오로 온몸을 부들부들 떨고 있었다.

증오의 감정이 활활 불타오르며 모든 것을 녹여버리고 단 한 가지 것에 집중되었다. 복수였다. 그것은 자신에게 직접 상처를 입힌 같은 방에 있는 세 사람의 여죄수에 대한 것이 아니었다. 오히려 그녀들도 자기와 같은 희생자인 것이다. 자신의 인생을 파멸로 몰아넣은 사나이들에게 복수를 해야 한다.

조 로마노, "네 어머니가 숨기고 있는 것이 있었군. 이런 매력적인 딸이 있다는 말은 한 번도 하지 않았다고……."

앤서니 올사티, "조 로마노는 앤서니 올사티라는 사나이의 심복 부하입니다. 올사티는 뉴올리언스를 지배하고 있는 인간입니다……."

페리 포프, "유죄를 인정하면 당신에게 유리한 판결을……."

헨리 로렌스 판사, "앞으로 15년간 피고는 남 루이지애나 여자교도소에 수감된다……."

이 4명이 증오해야 할 적이다. 그리고 또 한 사람, 찰스도. 그는 나의 변명에 귀를 기울이려고도 하지 않았다.

"그렇게 돈이 필요했으면 내게 의논해주었으면 좋았을 텐데…… 이 기회에 분명히 말해두겠는데, 나는 당신이라는 사람을 잘 모르고 있었던 것 같아…… 어떻게든 최선의 방법을 찾아 알아서 처치해줘……."

그들에게 대가를 치르게 해야만 한다. 한 사람도 빠짐없이. 지금으로
서는 구체적인 계획은 없다. 그러나 복수는 반드시 실행하고 말 것이다.

"내일."

트레이시는 생각했다.

"내일이 온다면."

지옥의 독방

몇 시 몇 분과 같은 시간은 무의미해졌다. 독방에는 빛이 들지 않아서 밤낮의 구별도 할 수 없었고, 자신이 얼마 동안이나 혼자서 감금되어 있었는지 짐작을 할 수도 없었다. 이따금씩 문 밑의 조그만 틈새로부터 차가운 식사가 차입되었다. 트레이시는 식욕은 없었지만 억지로 남김없이 먹었다.

'먹어야 돼. 그렇지 않으면 여기서는 살아남을 수가 없어.'

푸에르토리코인인 로라가 한 말의 의미를 트레이시는 지금 철저히 음미하고 있었다. 살아남는 것이다. 복수를 하기 위해서 지금은 힘을 비축해야 한다.

트레이시가 지금 처해 있는 상황은 누가 봐도 절망적이었다. 15년간의 징역형에 처해지고, 돈도 없고, 친구도 없고, 이 세상에 의지할 수 있는 것이라곤 아무것도 없었다. 그러나 트레이시에게는 밑바닥 깊은 곳으로부터 솟구쳐 오르는 힘이 있었다.

'끝까지 살아남을 테야. 살아남아서 그 원수들과 대결하는 거다. 내 무

기는 단 한 가지, 그것은 용기이다.'

선조들이 지금까지 계속 살아온 것처럼 그녀도 계속 살아나갈 것이다. 트레이시는 영국인과 아일랜드인과 스코틀랜드인의 피를 물려받았고, 각자의 훌륭한 특성을 물려받고 있었다. 지혜, 용기, 의지…….

'나의 선조는 기근이나 전염병이나 홍수에서도 살아남았어. 그러니까 나도 이 산지옥을 극복하고 말겠어.'

지옥의 독방 속에 있는 그녀의 내부에는 양치기와 사냥꾼이 있었다. 농부, 상점주인, 의사, 교사들, 그녀의 신체 일부인 선조들이 모여 있었다.

"당신들을 절대로 배반하지 않겠습니다."

트레이시는 암흑 속에서 속삭였다.

그녀는 탈옥 계획을 짜기 시작했다.

제일 먼저 해야 할 일은 체력을 회복하는 일이었다.

뛰어오르거나 달리거나 하는 운동을 하기에는 독방은 지나치게 좁았지만 태극권을 연습하기에는 충분했다. 이것은 몇백 년 전부터 중국에서 전해 내려오는, 전투 준비를 위한 병사들의 전투술이었다. 훈련하는 것에 장소를 많이 차지하지 않았고, 더구나 전신의 근육을 단련시켜 주었다.

트레이시는 어둠 속에서 일어나 우선 준비운동에 들어갔다. 모든 움직임에 의미와 호칭이 있었다.

전투적인 '악마타도술'로부터 시작해서 다음에는 온건한 '집중의술'로 들어갔다. 그 움직임은 절도가 있었으며 우아하고 매우 완만했다. 그녀는 사범의 구령을 생각해냈다.

'기를 환기하고, 활력을 자극하고, 산처럼 무겁게 시작하고, 새의 깃털처럼 가벼워진다.'

트레이시는 기가 손끝까지 전해지는 것을 느끼고는, 더 나아가 정신을 집중시켜 유선형을 만들며 운동을 이어나갔다.

'새의 꼬리를 잡는다, 황새가 된다, 원숭이를 튕겨낸다, 호랑이와 대치한다, 손을 구름으로 삼아 생명의 물을 순환시킨다, 흰 뱀을 기게 하고 호랑이를 탄다……'

한 바퀴를 도는 데 한 시간이 걸리고, 수련이 끝나자 트레이시는 녹초가 되었다. 이 운동을 오전과 오후에 두 차례씩 반복해서 체력의 회복과 증강에 힘썼다.

몸을 단련하고 있지 않을 때는 정신을 훈련했는데 암흑 속에 누워서 수학의 난해한 방정식을 풀거나, 머릿속에서 은행의 컴퓨터를 작동시키거나, 시를 낭송하거나 학생 시절에 공연한 연극의 대사를 암송했다. 트레이시는 완벽주의자였기 때문에 여러 가지 악센트를 나누어 구사하는 역할을 맡았을 때는 개막 전날까지 몇 주일씩이나 연습에 몰두하곤 했었다. 심지어 영화계의 관계자로부터 할리우드의 스크린 테스트를 받아보지 않겠느냐는 제의를 받은 적도 있었다.

"싫어요. 그리고 싶지 않아요. 무대에 올라가다니, 내 분수를 지켜야죠."

트레이시는 한마디로 거절했다.

찰스의 목소리가 생각났다.

"필라델피아 데일리뉴스 조간에 톱기사로 다루어졌어."

찰스와의 추억은 잊어버리지 않으면 안 된다. 마음의 문은 지금은 닫아두어야 한다. 트레이시는 자신의 머릿속에서 시간을 보내기 위한 문답을 생각해냈다.

"질문…… 가르치려고 해도 절대로 불가능한 것 세 가지를 들어보라."

"답 : 1. 가톨릭과 프로테스탄트의 차이를 자녀에게 가르치는 것
　　　2. 태양의 주위를 지구가 돌고 있다는 것을 벌에게 이해시키는 것
　　　3. 공산주의와 자본주의의 차이를 고양이에게 설명하는 것"

그러나 트레이시가 가장 숙고하지 않으면 안 되는 것은 어떻게 원수를

쓰러뜨리느냐 하는 것이었다. 한 사람씩 차례로 해치우는 것이다. 소녀 시절의 게임을 회상했다. 한 손을 하늘로 뻗어 올리면 태양을 덮어 감출 수가 있다. 적들은 내게 그 게임을 적용한 거야. 한 손을 들어 내 인생을 암흑 속으로 밀어 떨어뜨리려고 했다. 이번에는 너희들이 벌을 받을 차례다.

트레이시는 모르고 있었지만, 지금까지 몇 사람의 죄수가 이 독방에서 감금으로 인해 정신이 돌아버린 적이 있었다. 그러나 그런 것은 그녀와는 관계가 없었다.

7일째 되는 날, 독방의 문이 열리고 갑자기 빛이 방안으로 비쳐 들어와서 트레이시는 이번에는 강렬한 빛 때문에 눈이 보이지 않았다. 교도관이 방 밖에 서 있었다.

"일어섯! 계단을 올라가!"

교도관은 부축을 해주려고 트레이시에게 다가갔지만, 놀랍게도 그녀는 훌쩍 일어서서 자기 발로 걸어 나왔다. 독방에서 나올 때 죄수들은 대부분 쇠약해 있든지, 반항하든지 둘 중 하나였는데 트레이시는 어느 쪽도 아니었다. 이 장소에는 어울리지 않는 분위기, 그렇다. 자신감에 넘친 위엄까지 풍기고 있었다.

트레이시는 빛 속에 서서, 눈이 빛에 익숙해지기를 기다렸다.

'어쩌면 이렇게 예쁘게 생겼을까. 빌어먹을! 조금만 화장을 하면 어디에 내놓아도 빠지지 않겠어. 조금 편의를 제공해주면 어떻게 가능할지도 모르겠군.'

그렇게 생각한 교도관은 큰 소리로 말했다.

"당신 같은 미녀가 이런 곳에 갇혀 있으면 안 되지. 나와 사이좋게 지내기만 하면 이런 고생은 두 번 다시 시키지 않겠어."

트레이시가 교도관을 뚫어질 듯이 노려보았기 때문에 그 눈에 빨려들어 간 듯이 보고 있던 그는 당황해하면서 자신의 음란한 공상을 황급히 포기하기로 했다.

교도관은 트레이시를 위층으로 데리고 가서 여교도관에게 인계했다.

여교도관은 쿵쿵거리며 냄새를 맡았다.

"아이쿠 냄새야! 안에 들어가서 샤워 좀 해! 옷을 불태워 버려야겠어."

차가운 샤워는 기분이 좋았다. 머리를 감고 꺼끌꺼끌한 빨랫비누로 머리에서 발끝까지 말끔히 씻어냈다.

7일간의 독방에서의 때를 깨끗이 씻어내고 새로운 옷으로 갈아입은 트레이시에게 여교도관이 말했다.

"소장이 너를 만나고 싶다고 하더군."

이전에 이 말을 들었을 때 트레이시는 자유의 몸이 될 거라는 헛된 희망을 품었지만, 지금은 그런 풋내기가 아니었다.

트레이시가 소장실로 들어갔을 때 브래니건 소장은 창가에 서 있었다.

"그리 앉아요."

그녀가 지시에 따르자 그는 계속해서 말했다.

"워싱턴에서 열린 회의에 참석하느라 자리를 비우고 있었는데, 오늘 아침에 돌아와서 당신에 관한 보고서를 읽어보았소. 구태여 독방에 집어넣을 만한 일도 아니었던 것 같던데."

트레이시는 소장을 응시하면서 앉았다. 그 표정으로부터 소장도 그녀의 마음의 움직임을 읽을 수가 없었다.

소장은 책상 위에 펼쳐놓은 서류에 시선을 떨구었다.

"보고서에 의하면 당신은 동료에게 성폭행을 당했다고 되어 있는데?"

"그런 일은 없었습니다."

브래니건 소장은 잘 알고 있다는 듯이 고개를 끄덕였다.

"걱정하는 것은 충분히 알고 있어요. 하지만 나는 죄수들이 교도소에서 멋대로 행동하는 것을 용서할 수 없는 입장이오. 당신에게 몹쓸 짓을

110

한 죄수들을 벌하고 싶은데, 그러려면 당신의 증언이 필요하오. 당신에 대한 보호책을 강구해주겠소. 자, 무슨 일이 있었고 누가 그랬는지를 정확하게 얘기해줘요."

트레이시는 소장의 눈동자를 들여다보았다.

"이미 말씀드렸습니다. 침대에서 자다가 굴러 떨어진 것뿐입니다."

소장은 트레이시를 한동안 찬찬히 뜯어보았다. 그의 얼굴에 실망의 빛이 떠올랐다.

"분명히 그렇소?"

"네, 그렇습니다."

"생각이 변하지 않을까?"

"네, 변하지 않습니다."

브래니건 소장은 한숨을 쉬었다.

"좋소, 그것이 당신의 결심이라면. 다른 감방으로 옮겨줄까 하고 생각하고 있는데……."

"저는 다른 감방으로 옮기고 싶지 않습니다."

소장은 설마 하는 듯한 표정으로 트레이시를 바라보았다.

"뭐라고? 이전의 감방으로 돌아가고 싶단 말이오?"

"네, 그렇습니다."

소장은 영문을 알 수가 없게 되어버렸다. 내가 이 여죄수를 잘못 본 것일까? 그렇다면 틀림없이 자신이 원해서 이렇게 된 것이리라. 마조히즘이라는 증세다. 정말 여자 죄수들이 생각하는 것, 행동하는 것은 오로지 신만이 알 수 있다.

소장은 어딘가 좀 더 평범한, 정상적인 남자 교도소에 근무하기를 절실히 원하고 있었지만, 아내와 어린 딸아이가 이곳을 마음에 들어 하고 있었다. 숙소는 쾌적하고 옥사 주위에는 비옥한 농장이 펼쳐져 있었다. 가족들로서는 목가적인 전원에서 생활하는 것 같겠지만 소장 자신은 하루

24시간, 이 정체를 알 수 없는 여죄수들과 얼굴을 맞대고 일하지 않을 수 없었다.

소장은 눈앞에 앉아 있는 젊은 여죄수를 향해 창피스러운 듯이 말했다.

"잘 알았소. 두 번 다시 말썽을 일으키지 않도록 조심하시오."

"네, 알겠습니다."

이전의 감방으로 돌아간다는 것은 사실은 트레이시에게 있어서도 쉬운 일은 아니었다. 감방 내에 발을 들여놓은 순간 이곳에서 저질러진 능욕이 생각나고, 공포로 전신에 소름이 돋았다.

세 사람의 여죄수는 작업에 나가 부재중이었다. 트레이시는 자신의 침대에 드러누워 천장을 올려다보며 작전을 궁리했다. 천장에서 벽, 그리고 바닥을 둘러보고 침대 옆구리에서 시선을 멈췄다. 느슨해져 있는 금속 봉을 빼내어 매트리스 밑에 감췄다. 오전 11시에 점심식사를 알리는 벨이 울리자 트레이시는 제일 먼저 복도로 나가서 줄을 섰다.

식당에 가자 푸에르토리코인인 로라와 멕시코 여자인 파우리타가 입구 가까운 테이블에서 식사를 하고 있었다. 어네스틴의 모습은 보이지 않았다.

트레이시는 모르는 사람들의 테이블에 앉아서 맛없는 음식을 조금씩 씹어 삼켰다.

오후 내내 감방에서 혼자 지내던 그녀는 2시 45분이 되자 세 사람의 동료들과 얼굴을 맞닥뜨릴 수 있었다.

파우리타는 트레이시를 발견하고 약간 놀라는 모습이었지만 곧 싱긋이 웃었다.

"그래, 그래. 내게로 다시 돌아왔구나. 귀여운 새끼 고양이, 요전의 행위가 마음에 들었던 모양이지?"

"좋아, 좋아. 더 멋지게 해주지."

로라가 말했다.

여자들이 던져대는 모욕을 트레이시는 일부러 못 들은 체했다. 목표는 흑인 여자였다. 꼬마 어네스틴이야말로 트레이시가 이 방으로 다시 돌아온 유일한 이유였다. 어네스틴을 신뢰할 이유 같은 것은 없었다. 한순간도 방심할 수 없는 여자였으므로. 그러나 지금 트레이시에게는 그 흑인 여자가 필요했다.

'좋은 것을 가르쳐주지. 꼬마 어네스틴은 이곳을 지배하고 있어……'

그날 밤 소등 15분 전의 예보 벨이 울려 퍼지자 트레이시는 침대에서 일어나 옷을 벗기 시작했다. 이번에는 수치심 같은 것은 전혀 보이지 않았다. 발가벗은 트레이시를 보고 멕시코 여자가 낮고 길게 휘파람을 불었다. 풍부하고 탱탱하게 치솟아 오른 유방, 길게 쭉 뻗은 다리, 그리고 크림색의 넓적다리가 눈이 부셨다. 푸에르토리코 여자도 숨소리가 거칠어지고 있었다. 트레이시는 잠옷을 입고 침대에 누웠다.

불이 꺼지고 감방이 어둠에 감싸였다.

대충 30분이 지나갔다. 트레이시는 암흑 속에서 세 여자의 숨소리에 귀를 곤두세우고 있었다.

건너편에서 파우리타가 속삭여 왔다.

"오늘밤이야말로 엄마가 정말로 귀여워해줄게. 자, 잠옷을 벗어라 아가야."

"그것을 먹는 법을 가르쳐주지. 잘 배워야 해."

로라가 쿡쿡거리며 웃었다.

흑인 여자는 말이 없었다. 더 이상 참을 수가 없게 된 파우리타와 로라가 그녀의 침대로 돌진해오는 것을 알아차리자 트레이시는 반격에 나섰다. 손에 숨겨들고 있던 금속 봉을 있는 힘껏 휘두르자 한쪽 여자의 얼굴에 맞았다. 고통에 찬 비명소리가 들렸다. 또 하나의 그림자에게 옆차기를 가하자 확실한 반응과 함께 그림자는 바닥에 쓰러졌다.

"다시 한 번 다가와 봐. 이번에는 죽여버릴 테니까."

트레이시는 어둠 속의 그림자에게 말했다.

"제기랄!"

두 사람이 다시 다가오는 기척이 들렸기 때문에 트레이시는 금속 봉을 휘둘렀다. 그러자 갑자기 어둠 속에서 어네스틴의 목소리가 들려왔다.

"이제 그만해둬. 내버려두라고."

"어니, 난 피투성이라고. 이년에게……."

"내 말을 안 듣겠다는 거야?"

오랜 침묵이 흐른 다음, 이윽고 두 사람의 여죄수는 숨을 거칠게 내쉬면서 자신의 침대로 돌아갔다. 트레이시는 침대로 돌아가 누우면서도 경계심을 늦추지 않았다.

꼬마 어네스틴이 말을 걸어 왔다.

"너 배짱 한번 두둑하구나."

트레이시는 대꾸하지 않았다.

"소장한테 밀고를 하지 않았더군."

어네스틴은 그렇게 말하고 어둠 속에서 한참 웃다가 다시 계속했다.

"밀고를 했다면 지금쯤 송장이 되어 있겠지."

틀림없이 그랬을 것이라고 트레이시도 생각했다.

"너는 어째서 다른 감방으로 옮겨달라고 소장에게 부탁하지 않았지?"

역시 그런 얘기까지 이 흑인 여자의 귀에 들어가 있었다.

"이곳에 돌아오고 싶었기 때문이죠."

"허허. 그건 또 어째서?"

어네스틴의 목소리에는 영문을 알 수 없다는 울림이 담겨 있었다. 트레이시가 기다리고 있었던 것은 바로 이 순간이었다.

"당신이라면 나의 탈옥을 도와줄 수 있을 테니까요."

다니엘 쿠퍼

여교도관이 와서 트레이시에게 알렸다.

"면회다. 휘트니."

트레이시는 설마 하는 표정으로 여교도관을 쳐다보았다.

"면회라고요?"

도대체 누구일까? 아, 그래. 틀림없이 찰스일 거야. 이제야 겨우 그가 와준 것이다. 하지만 너무 늦었어. 내가 절실하게 도움이 필요했을 때는 오지 않았는걸.

'그래, 난 두 번 다시 그가 필요하지 않아. 다른 누구도.'

트레이시는 여교도관의 뒤를 따라가면서 그렇게 다짐했다.

면회실로 들어갔다. 그런데 전혀 면식이 없는 남자가 작고 거친 나무 책상 앞에 앉아 있었다. 그 남자의 외모는 완전히 추악한 용모의 전형이었다. 남자인지 여자인지 구분이 잘 안 되는 키가 작고 뚱뚱한 체격이었다. 코는 길고 뾰족했으며, 입가에는 빈정대는 듯한 표정이 줄곧 어려 있었다. 이마는 툭 튀어나오고 두꺼운 안경 렌즈가 날카로운 갈색 눈을 더욱 두드러져 보이게 하고 있었다.

남자는 일어나려고도 하지 않고 말했다.

"나는 다니엘 쿠퍼라는 사람입니다. 소장에게 당신과의 면회를 허가 받았습니다."

"무슨 일이시죠?"

트레이시는 의아한 표정으로 물었다.

"저는 IIPA 수사원으로 일하고 있습니다. IIPA란 국제보험보호협회의 약자입니다. 우리의 고객으로 있는 한 보험회사가 조셉 로마노 씨 집에서 도난당한 그림의 보험계약을 맺고 있었습니다."

트레이시는 크게 심호흡을 하고 말했다.

"그 일이라면 드릴 말씀이 없군요. 저는 훔치지 않았으니까요."

트레이시는 더 말할 것도 없다는 듯이 홱 돌아서 나가려고 하는데 쿠퍼의 다음 말이 그녀를 멈추게 했다.

"그 정도는 알고 있습니다."

그녀는 보험 수사원을 돌아다보았다. 순간, 그녀는 모든 신경을 긴장시켰다.

"그림을 아무도 훔치지 않았습니다. 당신은 속은 겁니다. 휘트니 양."

트레이시는 천천히 그를 쳐다보며 면회실 의자에 앉았다.

다니엘 쿠퍼가 이 사건과 관계를 갖게 된 것은 3주 전의 일이었다. 맨해튼에 있는 IIPA 본부에 호출 명령을 받아 갔더니 상사인 J.J. 레이놀즈가 그의 사무실로 그를 불러 말했다.

"부탁이 있네, 댄."

다니엘 쿠퍼는 자신을 댄이라고 격의 없이 부르는 것을 매우 싫어했다.

"설명은 간략하게 하겠네."

레이놀즈는 그렇게 말을 꺼냈는데 그것은 진심이었다. 다니엘 쿠퍼를 대하면 공연히 신경이 곤두서는 것이다. 실은 협회에 있는 모든 사람들이 그와 함께 있으면 신경을 곤두세웠다. 다니엘 쿠퍼는 괴짜였다. 왠지 불쾌감을 주는 남자라고들 입을 모아 평하고 있었다.

다니엘 쿠퍼는 달팽이처럼 자기만의 껍데기 속에 들어가 타인과는 단절된 마음으로 사는 남자였다. 그가 어디에 살고 있는지, 또 아내는 있는지, 자식이 있는지 그런 것조차 아는 사람이 없었다. 마음을 터놓고 얘기를 나누는 친구도 없을 뿐만 아니라, 협회에서 여는 파티나 모임에도 참석하지 않았다.

그런 독불장군을 레이놀즈가 너그러운 마음으로 대하고 있는 것은 이 남자에게는 믿기 어려울 만큼 탁월한 재능이 있기 때문이었다. 부여받은 임무에 관해서는 과감하고 끈덕지게 달라붙는 기질이 있었고, 컴퓨터 같은 명석한 두뇌로 대처해나갔다. 또한 혼자 힘으로 협회의 전 조사원이 한 것보다 더 많은 보험금 사기를 폭로하고 도난당한 상품을 회수하고 있었다. 상사인 레이놀즈는 이 쿠퍼라는 사내의 정체는 도대체 뭘까 하고 생각하곤 했다. 그저 이렇게 책상 맞은편에 앉아 그가 기분 나쁜 갈색 눈으로 쳐다보기만 해도 몹시 불쾌해지는 존재였기 때문이다.

레이놀즈는 말했다.

"단골 회사가 50만 달러짜리 그림의 보험 계약을 맺고 있는데……."

"르누아르의 작품 말씀이군요. 장소는 뉴올리언스, 보험을 계약한 사람은 조 로마노, 훔친 여자는 트레이시 휘트니이고, 그녀는 유죄가 선고되어 징역 15년 판결을 받았다. 그림은 아직 발견되지 않았다. 바로 그 건이죠?"

'정말 소름끼치는 녀석이야! 이것을 다른 녀석이 말했다면 허세라고 생각했을 텐데…….'

레이놀즈는 생각했다.

"자네 말 그대로일세."

레이놀즈는 떨떠름하게 인정했다.

"그 휘트니라는 여자가 분명히 그림을 어딘가에 숨겼을 거야. 그걸 찾아야 해. 조속히 착수해주게."

쿠퍼는 아무런 대답도 하지 않고 사무실을 나왔다. 그의 뒷모습을 지켜보고 있는 레이놀즈는 늘 그렇듯이 생각에 잠겼다.

'저 소름끼치는 녀석의 비밀이 무엇인지 밝혀내고야 말겠어.'

쿠퍼는 50명이나 되는 직원들이 나란히 앉아 컴퓨터를 조작하고, 보고서를 작성하고 전화를 받고 있는 사무실을 성큼성큼 가로질러 걸어갔다. 모두들 분주하게 일을 하고 있었다.

어느 책상 곁을 지나칠 때 한 동료가 말을 걸어왔다.

"로마노 건을 담당할 거라며? 잘됐군. 뉴올리언스에서는……."

쿠퍼는 눈길도 주지 않고 그대로 지나쳐버렸다. 어째서 나를 가만히 내버려두지 않는 걸까. 목소리를 크게 내어 대꾸하고 싶을 만큼 모두가 귀찮게 말을 걸어온다.

그것이 이 사무실의 게임이 되어 있었다. 모두가 쿠퍼의 수수께끼를 해명하여 정체를 밝혀내려 하고 있는 것이다.

"금요일에 저녁식사라도 할까, 댄?"

"댄, 자네가 독신이라면 우리 집사람이 아주 멋진 아가씨를 소개하고 싶다고 하는데, 어때?"

모두들 내가 전혀 필요로 하지 않는다는 것, 어떤 사람과도 사귀고 싶어 하지 않는다는 것을 왜 모르는 걸까?

"딱 한 잔만 하세……"

하지만 다니엘 쿠퍼는 딱 한 잔이 결국 어떻게 되는지 잘 알고 있었다. 가벼운 한 잔이 식사가 되고, 저녁식사를 나누며 우정이라는 것이 움트고, 우정은 자기 신상이나 비밀 등을 털어놓게 하는 마력이 있는 것이다. 그건 정말 위험한 짓이다.

다니엘 쿠퍼는 언젠가 누군가가 자신의 과거를 폭로해내지나 않을까 하며 조마조마하게 살아가고 있었다.

'과거는 죽은 사람과 함께 매장된다는 말은 맞지 않는다. 죽은 사람은 결코 입을 다문 채 매장되어 있지 않다.'

『스캔들』지는 2, 3년에 한 번 꼴로 밝혀지지 않은 채 처리된 사건들을 파헤쳐 보도했다. 그럴 때면 다니엘 쿠퍼는 며칠 동안 자취를 감췄다. 이때만은 술을 퍼 마시고 곤드레만드레로 취하는 것이었다. 다니엘 쿠퍼는 만일 고백할 수만 있다면 정신과 의사에게라도 찾아가 보고 싶었지만, 도저히 자기 과거를 털어놓을 수는 없었다. 먼 옛날의 참극을 보도한 신문 조각을 쿠퍼는 지금까지도 보관하고 있었다. 지금은 색이 바랜 자신의 과거, 즉 물적 증거는 아무에게도 발각되지 않도록 방에 깊숙이 숨겨놓았다. 쿠퍼는 스스로를 징계하기 위해서 때때로 그것을 꺼내보곤 했다. 하지만 기사 한 마디 한 마디가 그의 뇌리 속에서 선명히 빛나고 있었다.

쿠퍼는 적어도 하루에 3번은 샤워를 하든지, 욕탕 물에 몸을 담그는 버릇이 있었다. 그렇게 해도 여전히 말끔한 기분은 될 수 없었다. 사후의 지옥과 지옥불의 응보를 굳게 믿고 있었기 때문에 현세에서의 구원은 속죄하는 데 힘쓰는 수밖에 없다고 믿고 있었다. 뉴욕 시경을 지원했지만 신장이 10센티 부족하다는 결함 때문에 불합격되어 할 수 없이 민간 수사요원이 되었다. 쿠퍼는 자기 일을 법을 무너뜨린 사람을 찾아내는 사냥이라고 생각하고 있었다. 자신은 신의 보복의 사자이고, 악한 일을 하는 사람들의 머리 위에 분노를 떨어뜨리는 신의 사자라고 생각하고 있었다. 그것이야말로 과거에 대한 속죄이고, 내세에 대한 준비였다.

쿠퍼는 서둘러 로마노 사건에 착수하기로 했다. 우선 비행기를 타는 것이다. 하지만 그 전에 샤워를 하지 않으면 안 되었다.

다니엘 쿠퍼는 뉴올리언스로 갔다. 이 도시에 5일간 머물면서 필요한 사항을 전부 조사해두었다. 조 로마노, 그가 대부로 모시는 앤서니 올사티, 페리 포프 변호사, 헨리 로렌스 판사 등에 대한 것이었다. 쿠퍼는 트레이시 휘트니의 법정 심문과 판결문 사본을 읽어보았다. 밀러 경사를 면회하여 트레이시 휘트니의 모친의 자살과 휘트니 상사가 무너지게 된 진상을 알아냈다.

이렇게 정보를 얻어 들으면서 조사하는 동안 다니엘 쿠퍼는 메모는 하지 않았다. 메모하지 않아도 쿠퍼는 모든 대화의 한 마디 한 마디를 빠짐없이 기억할 수 있었다. 그리고 트레이시 휘트니는 99퍼센트 억울한 죄를 뒤집어쓰고 있다는 확신을 갖기에 이르렀다. 그래도 다니엘 쿠퍼는 아직 조사 결과에 만족하지 않는 완벽주의자였다.

그 다음에는 필라델피아로 가서 트레이시 휘트니가 근무하고 있던 은행의 상사인 클라렌스 데스몬드에게 이야기를 들었다. 그러나 찰스 스탠호프 3세에게는 회견을 거절당했다.

이렇게 해서 지금 마주앉아 있는 여성을 만나게 되었고, 이 여자는 그림 따위는 훔치지 않았다는 100퍼센트의 확신을 갖게 되었다. 이제 보고서의 전문이 완성된 것 같았다.

"로마노는 당신을 계략에 빠뜨린 것입니다. 조 로마노는 그 그림의 도난을 날조할 계획을 갖고 있었을 겁니다. 당신은 그 녀석이 어떤 식으로 일을 꾸밀까 기회를 보고 있던 참에 마침 놈의 집에 찾아가 이 일이 쉽게 이루어지도록 도와준 꼴이 됩니다."

트레이시의 심장이 고동치기 시작했다. 이 사람은 내 억울한 죄를 증명할 수 있다, 내 혐의에 열쇠를 쥐고 있는 조 로마노에 대한 증거를 충분히 잡고 있는 것이다. 이 사람이 이 모든 것을 증언해준다면 나는 이 지긋지긋한 악몽에서 구출되는 것이다. 트레이시는 갑자기 숨이 탁 막혀왔다.

"그럼 저를 구해주시는 겁니까?"

다니엘 쿠퍼는 당황했다.

"구해주다니요?"

"방면되는 것……."

"천만에요."

돌아온 말은 고압적인 거절이었다.

"천만에라고요? 어째서죠? 내가 억울하게 누명을 쓰고 있다는 것을 아신다면……."

'왜 모두들 이렇게 생각이 단순할까?'

"제 임무는 이미 끝났습니다."

쿠퍼는 호텔로 돌아오자마자 곧바로 옷을 벗고 샤워실로 들어갔다. 그리고 머리부터 발끝까지 싹싹 씻어내고는 뜨거운 물줄기를 온몸에 뿌렸다. 30분간의 알찬 입욕이었다. 그러고는 샤워를 끝내고 옷을 입자마자 보고서 작성에 들어갔다.

수신인 : J.J. 레이놀즈

문서번호 : Y-72-830-412

발신인 : 다니엘 쿠퍼

항목 : 르누아르의 '카페 드 드쥬의 두 여인' …캔버스에 그린 유화

트레이시 휘트니는 예의 그림 도난건과 전혀 관련이 없다는 것이 본인의 결론이다. 조 로마노는 애초부터 강도 범행을 날조할 의도를 갖고 보험에 들어 보험금을 교묘하게 가로채고 그 그림을 개인수집가에게 전매한 것으로 생각된다. 따라서 그 그림은 이미 국외로 반출되었을 것으로 추정된다. 이 그림은 잘 알려진 작품이기 때문에 모든 상거래와 법률 등의 조건이 좋은 스위스에 모습을 드러낼 가능성이 크다. 스위스에서는 미술품을 선의로 구입했다고 하면, 설령 그것이 나중에 장물이라는 것이 밝혀져도 정부는 그 소지를

허가하기 때문이다.

　권고 : 로마노의 범죄에는 구체적인 증거가 없으므로 본 협회의 고객은 보험 증권에 기재되어 있는 금액대로 지불해야만 한다. 그리고 트레이시 휘트니에게 그림의 회수나 배상을 기대하는 것은 무익한 일이다. 그녀는 이 그림 건을 알지도 못할 뿐만 아니라, 숨겨놓은 재산 따위도 없기 때문이다. 덧붙여 그녀는 남 루이지애나 여자교도소에 향후 15년간 복역하게 되어 있는 형편이다.

　다니엘 쿠퍼는 잠시 펜을 멈추고 트레이시 휘트니에 대해 생각했다. 남자라면 누구나 그녀를 미인이라고 생각할 것이다. 하지만 쿠퍼는 그녀에 대해 특별한 흥미도 없었고, 지금부터 15년 사이에 그녀가 어떻게 변해버릴까 생각해봤지만, 그건 자신과는 관련이 없는 일이라는 결론을 내렸다.
　그는 보고서에 사인을 하고는 다시 한 번 샤워를 할 시간이 있는지 생각했다.

흑인 여자, 어네스틴

늙은 강철팬티는 트레이시 휘트니에게 세탁반 작업을 할당했다. 교도소에는 35종의 노동 작업이 있었다. 세탁반은 그 가운데에서도 최악의 작업이었다. 세탁실은 항상 숨이 꽉 막힐 만큼 후덥지근했다. 세탁기와 다림질대가 줄지어 나란히 열기를 뿜어대고 있었기 때문이었다.

세탁물은 끊임없이 운반되어 왔다. 따라서 그곳에서의 작업은 세탁기에 세탁물을 넣었다가 빼는 것을 반복하는 것이 끝나면 바구니에 가득 채워서 다림질대까지 운반하는 것으로 몸을 혹사하는 단순노동이었다.

작업 개시는 오전 6시였고, 두 시간에 한번 꼴로 10분간 휴식이 있었다. 하루 9시간의 작업이 끝나면 모든 죄수들이 파김치가 되어 풀썩 쓰러질 정도가 되는 가혹한 작업이었다. 트레이시는 아무와도 이야기를 나누지 않고 묵묵히 기계적으로 이 작업에 임하면서 자기 생각에 의지를 집중시키고 있었다.

어네스틴은 트레이시가 세탁반 일을 할당받자 무의식중에 말을 했다.

"늙은 강철팬티가 너를 노리고 있어."

그러자 트레이시는 대꾸했다.

"그런 여자가 무슨 짓을 하든 이젠 관심 없어."

어네스틴은 다시 한 번 당혹감을 느꼈다. 자기가 지금 상대하고 있는 여자는 바로 3주 전에 이 교도소에 왔을 때만 해도 공포에 질려 있었다. 그런데 지금은 그때의 그 풋내기 모습은 어디에도 없었다. 무엇이 그녀를 이토록 변화시킨 것일까? 어네스틴은 그 원인이 무엇인지 알고 싶었다.

트레이시가 세탁반 일을 한 지 8일째 되는 오후, 교도관이 와서 말했다.

"이곳 작업을 그만두고 취사장 일을 해."

'거긴 모두들 가고 싶어하는 곳인데…….'

교도소에는 두 종류의 식사가 있었다. 죄수들이 먹는 것은 고기와 채소를 잘게 썬 조각과 핫도그와 콩 요리, 그리고 억지로 목구멍에 퍼 넣어야 할 정도로 맛없는 냄비구이 요리였다. 반면에 교도관이나 교도소의 직원들은 직업 요리사가 만든 식사를 했다. 그 메뉴는 스테이크에서부터 신선한 생선, 돼지와 양의 갈비구이, 닭고기 요리, 신선한 채소와 과일, 그리고 맨 마지막에 맛있는 디저트까지 곁들여졌다. 취사 담당 죄수들은 이런 요리를 옆에서 거들어주기 때문에 맛있는 식사를 할 수 있다는 이점이 있었다.

트레이시가 취사장에 들어가자 거기에 어네스틴이 있었다. 트레이시는 역시 그랬구나 하는 생각이 들었다. 트레이시는 어네스틴에게 다가가 인사를 했다.

"고마워."

친근한 척 인사를 하는 것은 그다지 내키는 일은 아니었다.

어네스틴은 입 속으로 중얼거릴 뿐 뭐라고 확실하게 말하지 않았다.

"그 늙은 강철팬티가 어떻게 내가 이곳으로 옮기는 걸 허락했지?"

"그녀는 이제 우리를 지도하거나 할 수 없어."

"그녀가 어떻게 된 거야?"

"우리에게는 탄탄한 조직이 있어. 교도관이 심술궂게 군다거나 문제를 일으키면 얼마든지 갈아치울 수가 있지."

"소장이 우리의 요구를 들어준 거야?"

"흥! 소장 따위는 관계없어."

"그럼 어떻게 해서……."

"간단해. 내쫓고 싶은 교도관이 근무하는 시간에 소란을 일으키는 거야. 불평불만이 터져 나오지. 그러는 사이에 죄수 한 사람이 보고를 하지. 늙은 강철팬티가 자기의 그곳을 만졌다고 말이야. 다음 날이 되면 이번에는 다른 죄수가 그녀의 잔인한 처사를 호소하는 거야. 그러는 동안에 또 다른 죄수가 소란을 피우기 시작하지. 감방에서 라디오 같은 것이 없어졌다고 말이야. 그런데 그 라디오는 늙은 강철팬티 방에서 발견되었다고 할 작정인 거지. 일이 그렇게 되면 늙은 강철팬티는 다른 곳으로 배치가 되는 것은 당연한 일 아니겠어? 다시 말해서 이곳 교도소를 책임지고 관리하는 것은 교도관이 아니고 우리들인 셈이지."

"너는 무슨 일로 여기에 들어오게 된 거야?"

트레이시가 그렇게 물어본 것은 그 일이 궁금해서가 아니었다. 이 고참 여죄수와 친밀한 관계를 구축하고 싶어서였다.

"나는 어설픈 짓은 하지 않아. 정말이야. 예전에 여자애들을 많이 데리고 있었어."

트레이시는 어네스틴을 보며 주저하듯이 물었다.

"그럼 여자애들에게 무슨 일을 시키고 있었지?"

"매춘일 거라고 생각하지?"

어네스틴은 입을 크게 벌리고 낄낄 웃었다.

"틀렸어. 모두 거대한 저택에서 하녀살이를 하는 거였어. 나는 그 소개소를 했지. 그런 여자들이 20명도 넘게 있었어. 부자들이 하녀를 구하는 데 매우 고심하는 세상이었거든. 그래서 나는 일류신문에 호화스런 광고를 많이 냈지. 그것을 보고 전화로 신청해온 사람들에게 나는 여자들을 소개해주었어. 여자들은 그 집 내부 사정을 대충 알게 되면 주인이 출장을 가거나 집을 비울 때를 노렸다가 은그릇과 보석, 그리고 모피, 그밖에 돈이 될 만한 물건들을 싹싹 긁어모아 행방을 감추는 수법을 썼어."

거기까지 말하고 어네스틴은 한숨을 쉬었다.

"그 도난품을 처분한 수입이 어느 정도였는지 알면 기절초풍할걸?"

"그런데 어쩌다 붙잡혔지?"

"운명의 여신이 변덕을 부린 거야. 여자 한 명이 시장의 집에서 점심식사 급사 노릇을 하고 있었어. 그 집에 노부인 한 명이 초대받아 왔는데 그녀가 바로 그 하녀의 전 주인이자 피해자였던 거지. 들통이 나고 붙잡혀서 그녀가 몽땅 불어버린 거야. 그 결과, 여기에 이렇게 어네스틴이 있게 된 거라고."

두 사람은 요리용 스토브 옆에 서서 이야기를 하고 있었다.

"나는 교도소에 오래 있을 수 없어. 담 밖에서 처리하고 싶은 일이 약간 있거든. 탈옥을 도와주지 않겠어? 나……."

트레이시는 소리를 죽여 털어놓았다.

"자, 양파를 자르지 않았어. 오늘 저녁은 아이리시 스튜야."

그렇게 말하고 어네스틴은 자리를 떴다.

교도소의 비밀 정보망은 믿기 어려울 만큼 면밀하게 짜여 있었다. 죄수들은 무슨 사건이든 그 일이 일어나기 훨씬 전부터 정보를 얻고 있었다. '쓰레기 쥐'라고 불리는 그룹이 쓰레기통에 버려진 메모 조각을 줍기도 하고, 전화를 몰래 엿듣기도 하고, 소장 앞으로 온 편지를 훔쳐 읽기도 해서 온갖 정보를 입수해 그것을 꼼꼼히 정리한다. 그렇게 해서 정리된 정보는 유력한 죄수들에게 돌려진다.

어네스틴은 정보 회람 리스트의 선두에 위치하고 있었다. 트레이시는

다른 복역수들만이 아니라 간수들까지도 어네스틴에게는 함부로 대하지
못한다는 것을 알게 되었다. 같은 감방의 죄수인 멕시코 여자와 푸에르토
리코 여자는 어네스틴이 트레이시의 비호자가 되었다고 믿고는 전혀 건
드리지 않게 되었다. 트레이시는 어네스틴이 언제 간교한 목소리로 자기
에게 구애해 올지를 염려했다. 하지만 그 흑인 여자는 일정한 거리를 유
지해주었다.

'이상한 일이군.'

트레이시는 의아스러웠지만 어쩔 도리가 없었다.

신참 죄수에게 배포되는 10페이지 가량의 팸플릿의 규칙 제7조에는 다
음과 같이 쓰여 있었다.

'어떠한 형태로든 성행위는 엄격히 금지된다. 한 감방에는 4명 이상
수용하지 않는다. 2명 이상의 죄수가 한 개의 침대에 같이 올라가면 안
된다.'

그러나 현실과는 너무나 동떨어진 얘기여서 죄수들은 그 팸플릿을 '교
도소 농담집'이라고 부르고 있었다.

몇 주일이 지나가는 사이에 트레이시는 매일 새로운 복역자들, 즉 신출
내기들이 들어오는 것을 보았다. 그리고 매일 같은 일이 되풀이되었다.
성적으로 순진한 초범자들은 잠시도 지탱하지 못한다. 남자역의 동성연
애자들이 오들오들 겁에 질린 신참을 기다리고 있는 것이다. 그렇게 해서
드라마는 무대에서 용의주도하게 연출되었다.

적의에 넘치는 무서운 이 세계에서 우선 다정하게 대해주는 것이 이 남
자역이었다. 남자역의 죄수는 희생자를 오락실로 불러들인다. 그래서 함
께 텔레비전을 보면서 신참의 뒤로 팔을 돌린다. 신참은 유일한 친구를
화나게 하지 않으려고 그것을 허락한다. 그러는 동안 다른 죄수들은 나가
고 그들 둘만이 되면 신참은 적적해져서 그 상태에서 남자역과 더욱 친밀

해진다. 결국에는 신참 쪽이 이 유일한 친구를 잃지 않으려고 무슨 짓이든 하게 되는 것이다.

고분고분하지 않는 사람에게는 다른 죄수들이 여럿이 몰려와 능욕을 보였다. 그렇게 해서 교도소에 들어와 있는 90퍼센트의 여죄수는 좋든 싫든 들어온 지 30일 이내에 동성애 행위를 강요당했다.

트레이시는 등골이 오싹해져 어네스틴에게 물었다.

"교도소 당국은 어째서 묵인하고 있지?"

"그것이 관례니까."

어네스틴은 설명했다.

"어디든 똑같아. 1천2백 명이나 되는 여자들이 사회로부터 격리되어 있는데 오히려 아무 짓도 하지 않는 쪽이 이상한 거지. 하지만 말이야, 우린 성욕만으로 그런 행위를 하고 있는 건 아니야. 힘이라는 걸 보이기 위해서야."

교도소의 내막을 샅샅이 알고 있는 듯한 이 여자의 말에는 설득력이 있었다.

"죄수들만이 그런 게 아니야."

어네스틴은 계속 이야기했다.

"교도관 중에도 악질이 있어. 싱싱한 죄수들 중에는 약물 중독자가 있지. 이따금 그 죄수가 약이 떨어져서 안절부절 못하고 비지땀을 흘리며 온몸을 떨어대지. 그 순간 여교도관이 등장하는 거야. 헤로인을 입수해 주는 대신에 약간의 보답을 원하는 거지. 무슨 말인지 알겠지? 신참은 여교도관이 말하는 대로 하는 대신, 단번에 지위를 얻을 수 있게 되는 거야. 남자 교도관은 더욱 악질이지. 그놈들은 감방 열쇠를 갖고 있으니까 밤이 되면 맘대로 들어와 찍어놓고 있던 여자를 범해. 임신하는 경우도 있지만 그 나름대로의 특전을 얻을 수 있어. 놈들에게 몸을 맡기는 것만으로 이익이 손에 들어오기도 하고, 보이프렌드와 면회할 수도 있지. 이건

물물교환이라고 부르는데, 전국의 교도소 어디에서나 통용되고 있는 일이야."

"두려운 일이군."

"살아남기 위해서들 그러는 거야."

천장에서 들어오는 빛이 어네스틴의 파르스름하게 밀어버린 머리에서 반사되고 있었다.

"여기서는 껌을 씹는 것이 금지되어 있어. 왠지 알아?"

"왜지?"

"그 껌으로 문의 열쇠구멍을 채워서 막아버리기 때문이야. 그러면 열쇠가 잘 걸리지 않게 되어 죄수들은 밤중에 서로의 감방을 왕래할 수 있게 되거든. 우리는 우리가 따르고 싶은 규칙만 따르는 거지. 여기서 고분고분 잘 따르는 여자들은 바보일지도 모르지만 실은 요령이 좋은 여자인 거야."

교도소 안에서 일어나는 정사는 그야말로 화려했다. 연인끼리의 약속은 바깥 세계보다도 더욱 엄밀히 지켜졌다. 이 부자연스러운 세계에서 자연의 섭리에 거역하는 남편과 아내가 탄생하여 그 관계가 계속 연출되는 것이다. 남자역의 죄수는 이름까지 바꾼다. 어네스틴은 어니로, 테시는 텍스로, 바바라는 보브, 캐서린은 켈리로 바꾸는 것이다. 남자역은 머리를 짧게 깎든지 밀어붙이고 거의 모든 일을 하지 않는다. 아내역을 하는 여자는 자기의 남편역을 위해서 세탁과 수선, 다림질을 하는 것이 정해져 있다. 그런 이유에서 트레이시의 같은 방 죄수인 로라와 파우리타는 어네스틴의 마음을 끌어보려고 서로 아내역을 맹렬하게 경합하고 있었다. 질투는 굉장히 격렬해서 폭력 행위로까지 가는 사태도 빈번히 일어났다. 아내역이 다른 남자역에게 반해 있다든가 뜰 같은 곳에서 이야기를 나누고 있는 모습을 목격이라도 한 날에는 남편역은 정신 이상이 아닌가 하고 생각될 정도로 울화통을 터뜨린다.

러브레터라는 애정 표현도 일상적인 일로 '쓰레기 쥐' 여죄수가 배달을 맡고 있었다. 편지는 연 모양의 작은 삼각형으로 여러 번 접어져 브래지어나 구두 속에 숨긴다. 트레이시는 그 연 모양의 편지가 죄수들이 식당에 출입할 때와 작업장에 들어가면서 스쳐 지나칠 때 등에 건네지는 광경을 몇 번인가 목격했다.

여죄수와 교도관의 연애 장면도 몇 번인가 보았다. 그건 절망과 고통과 복종심에서 생성된 비참한 사랑이라고 표현해야 할 것 같았다. 복역자는 교도관에게 모든 것을 의지하지 않을 수 없었다. 먹는 것, 베푸는 것, 게다가 목숨마저도. 트레이시는 결코 누구에게도 특별한 감정은 품지 않겠다고 단단히 마음먹었다.

섹스는 낮밤을 가리지 않고 행해지고 있었다. 샤워실, 화장실, 감방 등 장소 또한 가리지 않았다. 그리고 밤이 되면 철창 너머로 오랄 섹스가 교환된다. 교도관의 애인이 된 여죄수들은 야간에 감방에서 자유롭게 되어 교도관이 숙직하는 곳을 들락거렸다.

소등이 되면 트레이시는 침대에 누워 양손으로 귀를 틀어막고 이 지긋지긋한 사랑의 신음 소리를 차단시켰다.

어느 날 밤의 일이었다. 어네스틴이 침대 밑에서 싸라기 같은 것이 들어 있는 상자를 꺼내어 그것을 감방 밖의 복도 여기저기에 뿌려대기 시작했다. 그러자 다른 감방에서도 같은 행동을 하는 소리가 들려왔다.

"뭘 하는 거야?"

트레이시가 물었다.

어네스틴은 트레이시를 돌아다보며 꾸짖는 듯한 목소리로 말했다.

"너와는 관련 없는 일이야. 침대에 잠자코 누워 있어. 조용히 자고 있으면 돼."

몇 분이 지나자 신참이 들어온 가까운 감방에서 공포의 비명소리가 들려왔다.

"아! 싫어! 그만둬. 잘못했어. 용서해줘! 부탁이야, 제발 저리로 가!"

무슨 일을 당하고 있는지 짐작을 한 트레이시는 기분이 역겨워졌다. 그 절규는 그 후에도 잠시 동안 계속되더니 마침내 단념한 오열로 바뀌어갔다. 트레이시는 눈을 다부지게 감고 증오심을 불태우고 있었다. 여죄수들은 어째서 이렇게 서로를 괴롭히고 있는 걸까? 트레이시는 자신이 교도소 안에서 비정한 인간으로 변신했다고 생각하고 일어나 보니 얼굴에 눈물 자국이 말라붙어 있었다.

트레이시는 자기감정을 어네스틴이 눈치 채지 못하게 해야 한다고 생각했다. 그래서 아무렇지도 않은 듯이 물었다.

"싸라기 같은 것은 왜 뿌렸어?"

"경보 장치야. 그렇게 뿌려두면 교도관이 살금살금 걸어와도 발소리가 들리니까."

범죄자들 사이에서 교도소에서 복역하는 것을 '대학에 간다'고 말하는 이유를 트레이시는 금세 깨닫게 되었다. 교도소 안에서는 여러 가지 일을 배울 수 있었다. 하지만 모두 일상생활과는 전혀 관련이 없는 상식 밖의 일이었다. 교도소는 생각할 수 있는 온갖 타입의 범죄전문가 집단이었다. 그들은 사기, 소매치기, 술에 만취한 사람으로부터 금품을 우려먹는 방법 등의 정보를 서로 교환한다. 그리고 서로 최신의 속임수를 갖고 모여서 밀고자나 미끼로 삼는 수사관에 대한 정보를 교환한다.

안뜰에서 휴식 중이던 어느 날 아침이었다. 트레이시는 선배격인 죄수가 젊은 죄수들 앞에서 우쭐거리며 소매치기 강의를 하고 있는 것을 들었다. 모두 진지한 태도로 듣고 있었다.

"진짜 프로는 콜롬비아에서 온 사람들이야. 수도인 보고타에는 '10개의 방울학교'라고 불리는 강습소가 있는데, 500달러만 지불하면 소매치기에 필요한 모든 것을 배울 수 있다고 하더군. 그곳에서는 천장에 인형을 매달아 가르친대. 인형에게 옷을 입히고 10개의 주머니에 금이나 보석을 감추어놓는 거야."

"어떤 의미가 있는 건가요? 선배님?"

"모든 주머니에는 방울이 달려 있거든. 그 빌어먹을 주머니 전부에서 방울소리를 전혀 울리지 않고 안에 든 것을 훔쳐내야 돼. 그렇지 않으면 졸업할 수가 없는 거야."

푸에르토리코인인 로라가 한숨을 쉬었다.

"나도 한 사람 알고 있지. 그 사람과는 자주 일을 나갔으니까. 오버코트를 입고 양손을 밖에 내놓고 인파 속을 걷는 거야. 그 사이에 그 사람은 스쳐 지나가는 사람의 주머니를 정신없이 뒤져대더군……"

"그 사람은 어떤 수법을 썼지?"

"진짜 솜씨야. 밖에 나와 있는 오른손은 가짜 손이었어. 그 사람은 코트 사이로 진짜 손을 내밀어 그것을 자유롭게 사용해서 통행인의 주머니에 들어 있는 패스포트나 동전 지갑을 빼내더군."

오락실에서도 강의가 열리고 있었다.

"보관함 열쇠를 슬쩍 바꿔치는 수법도 재미있어."

어떤 베테랑이 말했다.

"역 근처를 돌아다니다가 할머니가 여행가방과 큰 짐을 보관함에 넣으려고 애쓰고 있는 광경을 찾는 거야. 그 광경이 어쩌다 눈에 띄면 재빨리 다가가 도와주며 열쇠까지 채워주는 거야. 하지만 상대에게 건네줄 때는 비어 있는 보관함의 열쇠로 바꿔주는 거지. 할머니가 가기를 기다렸다가 보관함에서 물건을 꺼내어 도망가는 수법이야."

어느 날 오후의 일이었다. 매춘과 코카인 소지죄로 교도소에 들어온 2명의 여죄수가 아직 17살도 되지 않은 순진한 신참 소녀와 안뜰에서 이야기를 나누고 있었다.

"현행범으로 잡혔어. 실수를 한 거지."

연상인 여자가 꾸짖고 있었다.

"얼마를 받겠다고 말하기 전에 남자의 몸에 찰싹 붙어서 총을 갖고 있는지를 확인해야지. 그리고 무엇을 해주겠다는 것도 절대로 네가 먼저 말하면 안 돼. 남자에게 무엇을 원한다고 말하게 해야만 해. 그렇게 하면 만일 남자가 경관이라는 것이 밝혀져도 위법인 미끼 수사가 성립되니까, 무슨 말인지 알겠어?"

다른 한 명의 프로가 덧붙였다.

"맞았어, 그리고 남자의 손을 주의 깊게 살펴야 돼. 남자가 노동자인 척한다면 남자 손이 거친지 그렇지 않은지 보는 거야. 그것이 요령이야. 사복 경관은 이 방법 저 방법으로 노동자로 가장하고 나타나지만 매끄러운 손을 보면 당장 정체를 알 수 있지."

시간의 흐름은 느리지도 빠르지도 않았다. 시간은 그냥 째깍째깍 흐르고 있을 뿐이었다. 트레이시는 성 아우구스티누스의 격언을 떠올렸다.

'시간이란 무엇인가? 아무도 내게 질문하지 않는다 해도 그 해답은 명백하다. 하지만 설명해야 한다면 설명할 수는 없다.'

교도소의 일과는 항상 정해져 있었다.

오전 4:40 예보 벨
오전 4:45 기상 및 착의
오전 5:00 아침식사
오전 5:30 감방으로 돌아감
오전 5:55 예보 벨
오전 6:00 작업반별 정렬
오전 10:00 운동장에서 체조
오전 10:30 점심식사
오전 11:00 작업반별 정렬

오후 3:30 저녁식사

오후 4:00 감방으로 돌아옴

오후 5:00 휴식

오후 6:00 감방으로 돌아옴

오후 8:45 예보 벨

오후 9:00 소등

규칙은 매사에 관련되어 있었다. 전 죄수가 동시에 식사하는 것을 의무화해놓았고, 정렬해 있을 때 개인적 잡담은 용납되지 않았다. 화장도구는 감방 내의 작은 사물함에 5개 이상 둘 수 없었고, 침대 정리는 아침식사 전에 끝내야 하며 낮에는 가지런히 정돈이 되어 있어야 했다.

교도소에는 독자적인 음악이 있었다. 요란한 벨소리, 시멘트 바닥을 걸을 때 나는 소리, 철창문의 철컥 하고 닫히는 소리. 낮 동안에 있었던 일에 대한 비밀스런 잡담, 한밤중의 절규…… 교도관이 휴대하고 있는 워키토키의 칵칵대는 금속음, 식사 때 쟁반이 부딪치는 소리, 그리고 높은 담장과 그 안에 감돌고 있는 고독감과 증오심, 이것이 음악의 무대장치가 되었다.

트레이시는 모범수가 되었다. 몸이 교도소의 일과에서 들리는 소리에 자동적으로 반응하게 된 것이다. 점호 시 교도소의 철창이 닫히는 소리와 기상 시 철창문이 열리는 소리, 그리고 작업 개시를 알리는 벨 소리와 작업 종료시의 벨 소리, 트레이시의 몸은 교도소에 갇힌 죄수였지만, 정신은 자유로이 탈옥을 위한 계획에 몰두하고 있었다.

복역수들은 외부로 전화를 걸 수는 없었지만 한 달에 두 번은 5분에 한해 전화를 받는 것이 허용되고 있었다. 트레이시는 오토 슈미트의 전화를 받았다.

"굳이 말해봤자 소용없는 일이겠지만, 꽤나 훌륭한 장례식이었답니다. 장례비용은 제가 그럭저럭 지불했어요, 트레이시 양."

슈미트는 머뭇거리며 말했다.

"고마워요, 오토 아저씨. 대단히 고맙습니다."

두 사람 모두 더 이상 나눌 말이 없었다.

트레이시에게는 그 전화 외에는 걸려온 것이 없었다.

"이봐, 바깥세계의 일 따위는 전부 잊어버려! 이제는 밖에 나가봤자 아무도 없을 테니까."

어네스틴이 충고했다.

'그렇지 않아. 꼭 만나야 할 인간들이 있어. 조 로마노, 페리 포프, 앤서니 올사티, 찰스 스탠호프 3세.'

트레이시는 이를 갈며 그들을 생각했다.

그녀가 빅 바사와 다시 만난 것은 뒤쪽에 있는 운동장에서였다. 뒤뜰은 장방형의 넓은 땅으로 교도소의 높은 벽으로 둘러싸여 있었다. 수형자들은 매일 아침 30분간 이곳에서 운동을 하는 것이 허용되어 있었다. 그곳은 탁 터놓고 뭐든지 이야기할 수 있는 몇 안 되는 장소 가운데 하나로 죄수들이 점심식사 전에 무리를 지어서 최신 뉴스와 소문 등의 정보를 서로 교환했다.

맨 처음 그곳에 나갔을 때 트레이시는 문득 소중한 자유를 얻은 듯한 기분이 들었다. 탁 트인 바깥 공기와 접촉했기 때문이었다. 머리 바로 위에는 그립기만 했던 태양이 밝게 빛나고 푸른 하늘에는 흰 구름이 떠다니고 있었다. 그리고 자유로이 하늘을 날아가는 비행기의 굉음도 들렸다.

"어이! 오랜만이야."

갑자기 등 뒤에서 소리가 났다.

트레이시가 돌아다보니, 교도소에 도착하던 날 만났던 몸집이 큰 스웨덴 여자가 서 있었다.

"너에게 흑인 남편이 붙어 있지만."

트레이시가 재빨리 그녀의 곁을 지나치려고 하자 빅 바사는 트레이시의 팔을 바이스(기계 공작에서 공작물을 끼워 고정하는 기구) 같은 힘으로 붙잡았다.

"내게서 도망칠 수 있는 사람은 아무도 없어. 자, 얌전히 굴어."

스웨덴 여자는 거친 숨을 내뿜었다.

빅 바사는 트레이시를 벽에다 밀어붙이고 그 거대한 몸집으로 서서히 바짝바짝 밀어붙여 왔다.

"징그러워! 떨어져!"

"정말 기분 좋게 누가 혀로 애무해준 적이 있어? 내 말의 의미를 알아들었지? 내가 가르쳐주지. 한 번 해주면 그 다음부터는 나 없이는 못 살겠다고 할걸?"

트레이시의 등 뒤에서 귀에 익은 컬컬한 목소리가 들려왔다. 어네스틴이 온 것이다.

"이 빌어먹을 계집년아, 그 더러운 손 떼지 못하겠어?"

어네스틴이 주먹을 움켜쥔 채 그곳에 딱 버티고 서 있었다. 눈은 분노로 이글이글 타오르고 밀어붙인 대머리가 태양에 눈부시게 반사되고 있었다.

"너는 이 여자를 귀여워해주기엔 모자라는 사내야, 어니."

"아하. 그래? 그럼 진짜 사내 맛을 보여줄까?"

흑인 여자의 분노가 폭발했다.

"다시 한 번 쓸데없이 트레이시를 집적거렸단 봐라. 그땐 그 냄새나는 네 똥구멍을 튀겨 먹어버릴 테니까."

그 자리의 공기가 살벌하게 얼어붙었다. 2명의 체격이 큰 여자가 증오심을 드러내며 노려보고 있었다.

'이 두 사람은 나 때문에 싸우려고 하는 거야.'

트레이시는 생각했다. 그리고 그 생각과 동시에 자신은 아무런 조치도 취할 수 없다는 것을 깨달았다. 그러고는 어네스틴이 전에 했던 이야기가 떠올랐다.

'이곳에서는 싸움을 하든지, 관계를 맺든지, 끝장을 보는 길밖에는 없어. 적은 철저하게 해치우지 않으면 당하고 말지.'

뒤로 물러난 것은 빅 바사 쪽이었다. 그 스웨텐 여자는 분한 듯이 어네스틴을 노려보았다.

"넌 여기에 꽤 오래 있을 거지? 나도 오래오래 있을 거야. 아무튼 나중에 다시 만나자."

그녀는 떠나가기 전에 협박하는 말을 남기고는 휙 몸을 돌려 가버렸다.

어네스틴은 여전히 흥분한 채 그의 뒷모습을 지켜보고 있었다.

"저건 구제할 길 없는 야만인이야. 혹시 시카고에서 환자 전부를 살해한 간호사 사건을 기억해? 청산가리를 가득 섞어서 주사를 맞히고는 사람이 죽어가는 것을 가만히 지켜보고 있었다는 그 사건, 그 자비의 천사가 너에게 성욕을 느낀 거야. 더러운 인간! 휘트니, 너에게는 보호자가 필요해. 저년은 계속 집적거릴 거야."

"내가 탈옥하는 것을 도와주지 않겠어?"

벨이 울렸다.

"식사 시간이야."

어네스틴은 그렇게 대답할 뿐, 탈옥에 대해서는 한마디도 언급하지 않았다.

그날 밤, 침대에 누운 채 트레이시는 어네스틴에 대해서 여러 가지로 생각해보았다. 그 흑인 여자는 결코 트레이시 자신에게 손을 대려고 하지 않았지만 트레이시는 그녀를 믿고 있지는 않았다. 어네스틴과 2명의 같은 방 죄수가 자신에게 한 처사를 그렇게 쉽게 잊을 수는 없었다. 그러나 지금의 트레이시에게는 이 흑인 여자가 절대적으로 필요했다.

저녁식사 후, 한 시간은 오락실에서 보낼 수가 있어서 여죄수들은 텔레비전을 보거나 잡담을 하거나 최신간 잡지나 신문을 읽을 수가 있었다. 트레이시는 잡지를 대충 훑어보면서 엄지손가락으로 그것을 한 장씩 넘기다가 갑자기 한 장의 사진이 나오는 페이지에서 눈이 고정되었다. 그건 찰스 스탠호프 3세의 결혼식 광경을 찍은 사진으로 신랑신부가 팔짱을 끼고 성당에서 걸어 나오며 행복에 겨운 미소를 띠고 있는 장면이었다.

트레이시는 무거운 망치로 한 대 얻어맞은 기분이었다. 얼굴에 행복한 미소를 띤 찰스의 사진을 보자마자 가슴이 오그라들고 숨이 가빠오며 통증이 치밀었다. 마침내 마음속 깊은 곳에서 차가운 분노가 끓어오르기 시작했다. 나는 얼마 전까지만 해도 이 사진의 남자와 인생을 함께 보내려고 했었다. 그런데 이 남자는 나를 배신한 데다 그 사기꾼들이 나를 파멸의 구렁텅이로 몰아넣는 것을 방관하고, 뱃속의 아기까지 외면해버렸다. 왠지 그것은 다른 시간, 다른 장소인 별세계의 일인 것만 같았다.

'그건 분명히 환상이었어. 지금이 현실인 거야.'

트레이시는 탁 소리를 내며 잡지를 거칠게 덮어버렸다.

면회 날이 되면 어느 죄수에게 친척이나 친구가 면회를 오는지 알 수가 있었다. 면회가 있는 죄수들은 샤워를 하고 말끔한 옷을 입고 화장까지 하기 때문이다. 면회실에서 돌아올 때 어네스틴은 항상 만면에 웃음을 머금고 매우 기분이 좋아져 있었다.

"알이 와주었어. 알은 면회를 잊지 않고 꼭 온단 말이야. 내가 석방되는 날이 빨리 오기를 고대하고 있대. 왠지 알아? 난 말이야, 다른 여자가 도저히 할 수 없는 서비스를 그에게 해주거든."

어네스틴이 트레이시에게 그렇게 말하자, 트레이시는 당혹감을 감출 수 없었다.

"그 얘기는…… 섹스 얘기야?"

"당연하지. 교도소 안에서의 일은 바깥세상에서의 일과는 전혀 관계가 없는 일이야. 이곳에서는 말이야, 때로는 온기가 느껴지는 몸이 필요한 거야. 손을 대주고 사랑하고 있다고 말해주는 누군가의 몸, 모두 누군가와 관계를 갖고 싶은 거야. 그것이 진심이 아니더라도 또 오래 계속되지 않는다 하더라도 문제가 되지 않아. 그냥 그 순간만으로 충분한 거야. 난 말이야, 밖에 나가면…… 싹 변신을 해. 매우 섹시한 여자로, 알겠어?"

어네스틴은 호탕하게 웃어 제쳤다.

트레이시는 평소에 궁금한 것이 있었는데, 지금이 그것을 물어볼 기회라고 생각했다.

"어니, 내가 한 말을 비밀로 지켜주었는데, 그 이유가 뭐지?"

어네스틴은 어깨를 으쓱했다.

"시시한 얘기는 집어치워!"

"난 정말 알고 싶어. 네 친구들은 너를 위해서라면 무슨 짓이든 하지. 네가 명령하는 대로 말이야."

트레이시는 신중하게 말을 골라가며 질문을 했다.

"그래 맞아. 모두들 뜨끔한 맛을 보고 싶지 않으니까."

"그런데 왜 내게는 명령하지 않는 거지? 왜지?"

"그래서 불만이다 이거야?"

"아니, 그냥 이유를 알고 싶을 뿐이야."

어네스틴은 잠시 생각에 잠겨 있었다.

"좋아. 그럼 정직하게 가르쳐주지. 너는 내가 갖고 있지 않은 것을 갖고 있어."

어네스틴은 트레이시의 얼굴을 가만히 들여다보았다.

"아니, 이상한 뜻으로 생각하지는 마. 너에게는 품위라는 것이 있어. 진짜배기 기품 말이야. 이건 내 본심인데 '보그'나 '다운 엔드 컨트리' 같은 잡지에나 나오는, 곱게 몸치장을 하고 은주전자에서 홍차를 따르는 맑고 상쾌한 부인 같은 기품이 너에게 있어. 너는 그런 사회에 어울리는 사람이야. 이곳은 네가 있을 곳이 아니야. 네가 바깥세상에서 무엇에 연

루되어 이 지경에 이르렀는지 모르지만, 내 짐작으로는 악당들에게 속은 게 아닌가 하는데……."

어네스틴은 트레이시를 맑은 눈으로 쳐다보다가 멋쩍은 듯이 말했다.

"난 말이야, 태어나서 지금껏 정말 고상한 사람을 만나본 적이 없어. 그런데 넌 정말 품위가 느껴져."

어네스틴이 얼굴을 외면했기 때문에 그 다음 말은 거의 알아들을 수 없었다.

"있잖아…… 너의 아기 건은 내가 잘못했어. 난 정말로……."

그날 밤 소등이 된 후 트레이시는 침대에 누운 채 어네스틴에게 속삭였다.

"어니, 난 탈옥하고 싶어. 도와주지 않겠어? 부탁이야."

"졸려 죽겠어. 부탁이니 입 좀 다물어줄래?"

어네스틴은 트레이시에게 교도소에서 사용되고 있는 초보적인 은어를 가르쳐주었다. 안뜰에서 여죄수들이 한데 뭉쳐 와자지껄 정신없이 떠들어대고 있었다.

"이 남자역이 회색의 여자에게 벨트를 떨어뜨렸어. 그런데 그 이후 그녀를 긴 스푼으로 먹이게 하지 않을 수 없었어……."

"그 여자라면 쇼트였겠지만 눈보라 속에서 붙잡혀서 돌순경이 푸줏간으로 데리고 간 거야. 그래서 그 여자의 성에 대한 발동이 없어져서 굿 바이 루비도라는 이야기야."

완전히 종잡을 수 없는 말이었다. 횡설수설하는 말같이 들려서 트레이시는 화성인의 말을 듣고 있는 것 같았다.

"무슨 얘기인지 도저히 못 알아듣겠어."

트레이시가 말했다.

어네스틴은 재미있어 죽겠다는 듯이 배를 쥐고 웃었다.

"그래, 너는 영어도 못 알아듣니? 남자역이 벨트를 떨어뜨렸다는 말은 여자역으로 전향했다는 뜻이야. 회색이라는 것은 너 같은 백인을 말하는 것이고 긴 스푼으로 먹인다는 말은 애지중지해주지 않으면 안 되니까 접근하지 않는 것이 좋다는 의미야. 쇼트라는 것은 형기가 끝나가고 있다는 말이고, 눈보라 속에서라는 것은 헤로인을 복용하고 있다는 뜻이고, 돌순경이라는 것은 규칙대로 살아가기 때문에 매수할 수 없는 사람…… 그리고 푸줏간은 교도소의 의사라는 뜻이야."

"루비도라든가 성에 대한 발동이란?"

"넌 정말 아무것도 모르는구나. 루비도라는 것은 가석방이고, 성에 대한 발동이란 형기 만료일이란 뜻이야."

트레이시는 그 두 가지 중에서 어느 것도 기다릴 생각이 없었다.

다음 날, 어네스틴과 빅 바사가 안뜰에서 격돌했다. 교도관의 입회하에 여죄수들은 소프트볼에 흥이 나 있었다. 타석에 서 있던 빅 바사는 투 스트라이크에 이어 총력을 다한 3구째를 힘껏 날려 트레이시가 수비하고 있는 1루로 질주했다. 빅 바사는 기를 쓰고 돌진해 트레이시를 들이받아 그녀 위로 넘어졌다. 그리고 트레이시의 사타구니를 손으로 더듬으며 낮은 목소리로 중얼거렸다.

"내가 싫다는 사람은 아무도 없어. 오늘밤 어때, 응? 만족스럽게 사랑해줄게."

트레이시는 온몸에 소름이 돋아 그녀로부터 벗어나려고 혼신의 힘을 다해 버둥거렸다. 그때 갑자기 빅 바사의 몸이 쑥 위로 들려졌다. 어네스틴이 그녀의 목덜미를 움켜쥐고 끌어올려 목구멍을 힘껏 조르고 있었다.

"이 천벌 받을 창녀야! 내가 경고했을 텐데!"

어네스틴은 무시무시한 기세로 고함을 질렀다.

그러고는 손톱으로 빅 바사의 얼굴을 할퀴고 눈도 찔러댔다.

"눈이 안 보여! 아무것도 안 보여!"

빅 바사는 죽는다고 아우성이었다.

스웨덴 여자는 손으로 더듬어서 어네스틴의 가슴을 붙잡자마자 힘껏 비틀었다. 두 사람은 서로 때리고 손톱으로 할퀴며 맹렬히 싸움을 시작해 4명의 교도관이 달려와서 떼어놓을 때까지 격투를 벌였다. 교도관들이 두 사람을 떼어놓는 데는 5분이나 걸렸다. 두 사람 모두 진료소로 옮겨졌다. 어네스틴이 감방으로 돌아온 것은 밤이 이슥해진 뒤였다. 로라와 파우리타가 서둘러 어네스틴의 침대로 가서 위로의 말을 건넸다.

"괜찮아?"

트레이시는 걱정스러운 듯이 물었다.

"멀쩡해."

어네스틴은 활기차게 대답했다. 하지만 그 목소리는 왠지 모르게 불투명하게 흐려져 가고 있어서 어네스틴이 상당히 심한 타격을 받았다는 것을 말해주었다.

"나는 어제 가출소 연락을 받았어. 이 교도소에서 나가는 거야. 한데 네가 문제야. 그 살인마는 너를 가만두지 않을 거야. 도망칠 방법은 없어. 그년은 너를 범하고 난 뒤에 반드시 죽일 거야."

두 사람은 어둠 속에서 침상에 엎드린 채 잠시 입을 다물고 있었다. 마침내 어네스틴이 입을 열었다.

"이제 이럭저럭 의논할 때가 온 것 같군. 네가 이 더러운 지옥에서 어떻게 나가야 하는지를."

가정교사

"내일부터는 가정교사가 오지 않게 될 거야."

브래니건 소장은 아내에게 말했다.

스우 엘렌 브래니건은 깜짝 놀라 남편을 쳐다보았다.

"왜요? 주디는 에미하고 굉장히 잘 지내지 않았어요?"

"그래. 하지만 주디는 형기가 끝났어. 내일 아침에 석방돼."

브래니건 부부는 쾌적한 관사에서 아침식사를 하고 있었다. 그 주거지는 브래니건 소장이 직책으로 얻은 편의 중 하나였다. 그 밖에도 요리사, 가정부, 운전사가 한 명씩 있었고 그리고 다섯 살 난 딸 에미의 가정교사를 맡아줄 사람을 모범수 중에서 고용하는 편의가 제공되고 있었다.

사용인들은 모두 신용을 할 수 있었다. 5년 전 이곳에 부임했을 때 브래니건 부인은 교도소의 부지 내에서 생활하는 것에 신경이 날카로워져서 전과자들을 고용인으로 쓴다는 것에 한층 걱정이 되어 불평을 했었다.

"죄수들이 도둑질을 하지 않는다고 어떻게 보장하죠? 한밤중에 우리의 목을 조르지 않는다는 보장은요?"

부인은 강경하게 버텼다.

"그런 짓은 할 리가 없어. 만일 사건이 생겨서 내가 그들에게 불리한 보고서를 작성해서 올리면 그들에게 좋을 리가 없으니까."

브래니건 소장은 아내를 안심시켰다.

소장은 아내를 납득시킬 수는 없었지만 간신히 설복시켰다. 그녀의 두려움은 근거가 없는 것이었기 때문이다. 모범수들은 좋은 인상을 주려고 무척 고심하여 조금이라도 형기가 단축되기를 바라고 있었기 때문에 실로 성실하게 일했다.

"주디라면 에미의 시중을 안심하고 맡길 수 있다고 생각했는데……."

브래니건 부인은 불만을 주절주절 늘어놓았다. 주디의 갱생을 바라고 있기는 했지만 그래도 막상 떠나게 되자 아쉽다는 생각이 들었다. 에미의 다음으로 올 가정교사가 정직한 사람이라는 보증은 없었다. 어린애의 목을 조르는 악녀의 이야기를 숱하게 들어오기도 했다.

"여보, 주디의 후임자로 적당히 점찍어둔 사람이라도 있나요?"

소장은 그 문제에 대해 고심하고 있었다. 딸을 잘 돌봐줄 모범수는 얼마든지 있었지만 소장은 트레이시 휘트니가 머릿속에서 떠나지 않았다. 트레이시의 범죄에 관해서는 아무래도 수긍이 가지 않았기 때문이다. 15년의 경험을 쌓아온 범죄학자로서 죄수들의 성격을 꿰뚫어보는 재능이 있다는 것이 그의 자랑거리였다. 그가 지금까지 접해온 죄수들의 절반 이상은 상습범이었고, 그 외에는 격정에 치우쳐 죄를 범했다거나 유혹을 물리치지 못해 투옥된 사람들이었다.

그러나 트레이시 휘트니는 그 어느 쪽에도 속하지 않았다. 억울하다는 그녀의 주장에 감정이 흔들려서 그런 것은 아니었다. 범죄자는 모두가 자신을 정당화하기 때문이다. 소장이 마음에 걸린 것은 트레이시 휘트니를 교도소로 보낸 사람들의 존재였다. 브래니건 소장은 정치와의 관계는 완강하게 거부하고 있었지만 주지사가 회장을 맡고 있는 뉴올리언스 시민위원회의 임원직을 맡고 있었기 때문에 트레이시를 교도소로 보낼 음모에 가담한 전원을 알고 있었다.

조 로마노는 마피아이고, 두목인 앤서니 올사티의 자식과도 같은 존재였다. 트레이시 휘트니의 담당 변호사인 페리 포프는 놈들에게 매수되어 있었고, 헨리 로렌스 판사도 마찬가지였다. 트레이시 휘트니의 판결은 정당하지 못한 냄새가 짙게 풍겼다.

브래니건 소장은 드디어 마음을 정했다. 그래서 아내에게 말했다.

"응, 적임자가 있어."

교도소의 취사장에는 골방이 하나 있었다. 그곳에는 작은 식탁과 4개의 의자가 놓여 있어서 웬만큼 프라이버시가 지켜질 수 있는 유일한 장소였다. 어네스틴과 트레이시는 10분간의 휴식시간이 되자, 그 방에서 커피를 마셨다.

"그렇게 서둘러서 여기서 나가려고 하는 데는 이유가 있을 텐데, 그걸 말해주지 않겠어?"

어네스틴이 재촉하자 트레이시는 주저했다. 어네스틴을 믿어도 될까? 하지만 선택의 여지는 없었다.

"그건…… 내 가족과 내게 처참한 짓을 한 악당들이 있어. 그놈들에게 복수를 해야만 해."

"그래? 어떤 일을 당했는데?"

트레이시는 천천히 이야기를 털어놓았다. 한마디 한마디에 고통을 되씹으면서…….

"우리 어머니를 죽였어."

"누구지? 그 악당이?"

"이름을 대도 모를 거야. 조 로마노, 페리 포프, 헨리 로렌스 판사, 그리고 앤서니 올사티."

어네스틴은 기가 막혀서 입을 벌린 채 트레이시를 바라보았다.

"그럴 수가! 나를 놀리고 있는 건 아니겠지?"

"아는 사람들이야?"

트레이시는 놀라서 물었다.

"알고 있느냐고? 그런 게 아니라, 그 망할 놈의 뉴올리언스에서는 올 사티와 로마노의 허락 없이는 아무 일도 할 수가 없어. 그놈들에게 손을 대서는 안 돼. 쥐도 새도 모르게 사라져버리고 마니까."

트레이시는 억양이 없는 목소리로 말했다.

"나는 이미 이렇게……."

어네스틴은 주위를 획 돌아보고는 귀를 기울여 듣고 있는 사람이 없는 지 확인했다.

"넌 미쳤든지 아니면 바보든지 둘 중 하나야. 암흑가의 두목들을 상대 로 싸우려는 거라고!"

어네스틴은 머리를 설레설레 흔들었다.

"그놈들 짓은 잊어버려. 그게 현명한 일이야."

"아니, 잊을 수 없어. 절대로……. 어쨌든 이곳에서 나가야 돼. 그게 가 능할까?"

어네스틴은 한동안 입을 다물고 있다가 마침내 입을 열어 선언하듯이 말했다.

"그 문제에 대해서는 밖으로 나가서 이야기하자."

밖으로 나온 트레이시와 어네스틴은 다른 사람으로부터 멀리 떨어진 한쪽 구석으로 가서 이야기를 했다.

"지금까지 탈옥을 시도한 사람은 모두 열두 명이었어. 두 사람은 사살 되었고, 나머지 열 명은 붙잡혀서 다시 돌아왔지."

어네스틴은 말했다.

트레이시는 잠자코 듣고 있었다.

"관제탑에서는 기관총으로 무장한 교도관이 24시간 감시하고 있는데, 놈들은 비정하기 짝이 없어. 도망치는 죄수가 있으면 놈들은 일의 수고를 덜기 위해서 발견하는 즉시 사살해버리지. 담장에는 전기가 흐르는 철조망이 둘러쳐져 있고 겨우 돌파해서 기관총을 피했다 해도 사냥개를 끌고 모기의 방귀소리까지 뒤쫓을걸? 수마일 떨어진 곳에는 경찰서가 있어서 탈옥수가 있다는 연락이 들어오면 총과 서치라이트를 탑재한 헬리콥터를 띄우게 돼. 그리고 발견되어 데리고 돌아올 때는 죄수가 살아 있든지 죽어 있든지 그들에게는 상관이 없지. 놈들은 오히려 죽이고 싶어할 거야. 그게 탈옥을 기도하는 다른 죄수에 대한 본보기가 되니까."

"하지만 그런 걸 다 알면서도 여전히 탈옥을 시도하는 사람이 있지?"

트레이시는 완강히 버텼다.

"외부에서 안내하는 친구가 있어서 총이나 돈이나 옷 같은 것을 몰래 받은 경우도 있었지. 도주용 차량까지 준비되기도 했었어."

어네스틴은 다음 효과를 노려 잠시 말을 중단했다.

"하지만 붙잡혔지."

"나는 붙잡히지 않아."

트레이시는 자신에게 맹세하듯 말했다.

여교도관이 다가왔다. 트레이시와 시선이 마주치자 말을 전했다.

"브래니건 소장이 부르신다. 무척 급한 일이라고 하셨어."

"내 딸을 돌봐주었으면 좋겠는데, 하지만 좋을 대로 해요. 하고 싶지 않으면 거절해도 괜찮으니까."

브래니건 소장이 말을 꺼냈다.

'딸을 돌봐달라고?'

트레이시는 재빨리 머리를 굴렸다. 탈옥할 기회가 생기지 않을까? 소장의 관사에서 일을 하면 교도소 내의 사정에도 더 밝아지게 될 것이다.

"하겠습니다. 그 일을 시켜주세요."

트레이시는 대답했다.

조지 브래니건 소장은 기뻐했지만, 동시에 눈앞의 여성에게 뭔가 낯선 광채가 스치고 지나가는 것을 느꼈다.

"좋소. 시간당 60센트로 계산해서 월말에 교도소의 당신 계좌에 입금 시키겠소."

죄수는 돈을 사용할 수가 없었고, 저축한 돈은 석방 시에 지급되었다.

'월말까지 여기에 있을 생각은 조금도 없어.'

트레이시는 그렇게 생각했지만 소장에게 활기차게 대답했다.

"알겠습니다, 고맙습니다."

"지금 당장이라도 일해 주시오. 교도감독관에게 작업표를 받도록 하고……."

"감사합니다, 소장님."

브래니건 소장은 트레이시에게 뭔가 말하고 싶었지만, 그것이 무엇인지 자기도 확실히 모른 채 그냥 이렇게 말을 끝냈다.

"용건은 그것뿐이오."

트레이시가 소장 딸의 가정교사가 되었다는 뉴스를 어네스틴에게 전하자, 그 흑인 여자는 생각에 몰두해 있다가 마침내 말했다.

"소장이 너를 모범수로 간주하고 있다는 의미야. 교도소 내의 사정도 보다 잘 알 수 있게 될 거야. 거기서 일하면 조금은 네 계획을 실행하기가 쉬워질지도 몰라."

"어떻게 하면 잘할 수 있을까?"

트레이시는 물었다.

"방법은 세 가지가 있어. 어느 쪽이든 모두 위험하기는 하지만, 첫째는 살짝 빠져나가는 방법인데, 밤에 껌을 감방과 복도의 열쇠구멍에 꽉 채워서 막아버려. 그렇게 하고 안뜰로 나가 철조망에 모포를 두툼하게 씌워서 뛰어 넘어가서는 무조건 쏜살같이 내빼는 거야."

사냥개와 헬리콥터로 추격당할 것이다. 경비원이 발포한 탄환이 자신의 몸을 찢으며 관통하는 것을 느끼며 트레이시는 무의식중에 몸을 부르르 떨었다.

"다른 방법은?"

"두 번째는 위협 탈옥이야. 총으로 인질을 위협해서 인질을 방패로 삼아 탈옥을 시도하는 것이지. 이 방법은 붙잡혔을 때 다시 시합이 속행돼."

트레이시가 이해가 안 되는 듯한 표정을 짓자, 어네스틴은 그 뜻을 설명했다.

"그러니까 너의 형기가 2년에서 5년가량 더 추가된다는 뜻이야."

"그럼 세 번째 방법은?"

"도보 탈출이야. 이 방법은 야외 작업을 하는 모범수만이 할 수 있는 방법이지. 일단 밖으로 나가서 무작정 계속 걸어가면 돼."

트레이시는 이 방법을 생각해보았다. 하지만 돈도, 자동차도, 숨을 장소도 없으므로 이 방법도 가능성은 없을 것 같았다.

"점호 시에 내가 없다는 것을 발견하고 금방 수색을 시작할 텐데?"

어네스틴은 한숨을 쉬었다.

"그래, 완벽한 탈옥 계획 따위는 있을 리가 없어. 그러니까 지금까지 여기서 탈주한 사람이 없지. 그렇지 않겠어?"

'나는 꼭 성공하고 말겠어. 기필코 해내고야 말겠어.'

트레이시는 마음속으로 굳게 맹세했다.

트레이시가 브래니건 소장의 관사에 들어간 날 아침은 마침 그녀가 이 교도소에 들어온 지 5개월째가 되는 날이었다. 어떤 일이 있어도 이 일을 놓치고 싶지 않던 트레이시는 소장 부인과 아이를 만나는 데 무척 신경을 썼다. 가정교사직은 자유세계로의 열쇠를 쥐는 것이 되기 때문이었다.

트레이시는 넓고 정갈하고 분위기가 좋은 브래니건 소장의 집으로 가서 잠자코 기다렸다. 흥분과 긴장 탓으로 구슬 같은 땀이 겨드랑이 아래로 흐르는 것이 느껴졌다. 엷은 장밋빛 홈드레스를 입은 여자가 입구에서 인사를 하며 다가왔다.

"안녕하세요."

"안녕하세요."

여자는 의자에 앉으려다 도중에 마음이 변했는지 다시 일어섰다. 브래니건 부인인 스우 엘렌은 30대 중반의 밝은 얼굴을 한 금발의 여인이었다. 하지만 그녀의 태도는 차분해보이지 않았다. 그녀는 예민하고 신경질적인 타입으로, 여죄수를 다루는 데 자신이 없었다. 가정교사를 맡아줄 여죄수에게 감사를 해야 할지, 그냥 간단히 지시만 하면 될지, 친구같이 대해야 할지, 죄수로서 취급해야 할지 몰라서 그녀는 허둥거렸다. 그녀는 마약 상습 복용자나 도둑, 살인자들과 생활해가는 방식에 아직도 익숙해 있지 않았다.

"내가 브래니건의 아내예요. 딸 에미는 다섯 살입니다. 그 나이 때는 매우 분주하지요. 한시도 눈을 떼지 말고 지켜주세요."

부인은 빠른 어조로 말했다. 그리고는 트레이시의 왼쪽 손가락을 눈여겨보았다. 결혼반지를 끼고 있지 않음을 알 수 있었다. 하지만 요즘에는 그런 것이 특별한 의미가 없을지도 모른다고 생각했다. 특히 하층 계급에서는……

그녀는 잠시 사이를 두고 있다가 조심스럽게 물었다.

"혹시 아이가 있나요?"

트레이시는 유산해버린 아기를 생각했다.

"아뇨, 없습니다."

"그래요."

스우 엘렌은 눈앞의 젊은 여성을 보며 완전히 혼란스러웠다. 자신이 예상하고 있던 가정교사와는 전혀 다른 타입이었기 때문이었다. 이 여죄수는 우아한 분위기마저 자아내고 있었다.

"에미를 데리고 올게요."

부인은 서둘러 밖으로 나갔다.

트레이시는 두리번거리며 주위를 둘러보았다. 별장풍의 큰 집에 아름다운 가구가 가지런히 배열되어 있었다. 트레이시는 사람이 사는 집에 발을 들여놓은 것이 마치 몇 년 만의 일인 것처럼 느껴졌다. 이곳이야말로 세계의 일부인 것이다. 그 자유로운 세계의…….

스우 엘렌은 아이의 손을 잡고 방으로 들어왔다.

"에미야, 이분은……."

죄수를 부를 때 이름과 성의 어느 쪽을 말해야 할까? 부인은 망설이다가 대충 불렀다.

"이분은 트레이시 휘트니야."

"으응."

에미가 말했다. 엄마를 빼닮은 용모에 영리한 엷은 갈색 눈이 귀여워 보였다. 티 없이 해맑은 귀여운 아이였다.

'나를 따르게 해서는 안 돼.'

"나를 돌봐주러 새로 온 사람이야?"

"너의 엄마를 거들어주고 너를 돌봐줄 거야."

"주디는 석방되어 나갔어요. 알고 있죠? 당신도 금방 석방되나요?"

'나는 다른 방법으로 곧 나가게 된다.'

트레이시는 그렇게 생각했지만 에미에게는 다른 말을 했다.

"난 여기에 오랫동안 계속 있을 거란다."

"그것 참 다행이네요."

스우 엘렌은 기쁜 듯이 말했다. 하지만 곧 실수를 깨닫고는 얼굴을 붉히며 입술을 물었다.

"말하자면 그러니까……"

부인은 말꼬리를 흐리면서 부엌 쪽으로 돌아가 트레이시가 해야 할 일을 설명하기 시작했다.

"에미의 식사를 도와주세요. 아침식사를 만들어 주고 오전 중에는 놀이상대가 되어 주시고, 점심식사는 요리사가 만든 것을 여기서 먹여주세요. 점심식사가 끝나면 에미는 낮잠을 잡니다. 그 뒤에 농장을 산책해야 하고요. 식물이 자라는 것을 아이에게 보여주는 것은 좋은 교육이겠죠?"

"그렇습니다."

농장은 옥사의 반대 방향에 있었고, 20에이커의 토지에 채소와 과수가 모범수에 의해 정성껏 재배되고 있었다. 그리고 관개용의 커다란 인공 연못이 있었고, 주위는 돌담으로 둘러싸여 있었다.

그곳에서 일한 지 5일이 되었다. 트레이시에게 있어서 완전히 새로운 생활이었다. 트레이시는 황량한 옥사의 담장에서 해방되어 자유로이 농장을 거닐고, 전원의 신선한 공기를 마음껏 마시며 즐겼다. 그러나 머릿속은 탈옥에 대한 생각으로 가득 차 있었다.

에미의 시중을 들고 있지 않을 때는 교도소 내에서 지내야 했다. 매일 밤 교도관이 감방으로 데려다주고 열쇠를 잠그고 떠났다.

교도소 취사장에서의 아침식사가 끝나자마자 트레이시는 소장의 관사로 가서 에미의 아침식사 준비를 했다. 트레이시는 찰스로부터 여러 가지 요리를 배웠기 때문에 그리 당황스럽진 않았다. 하지만 소장 집의 식료품 보관소에는 솜씨를 발휘할 수 있는 재료가 얼마든지 준비되어 있었지만, 에미는 오트밀이라든가 과일을 넣은 시리얼 같은 간단한 아침식사를 좋아했다. 식사가 끝나면 트레이시는 게임을 하기도 하고 책을 읽어주기도

했다. 어려운 것은 아무것도 없었다. 자기 엄마가 해주었던 놀이를 에미에게 그대로 하면 되었다.

에미는 인형극 놀이를 좋아했다. 그래서 트레이시는 소장의 낡은 양말로 여러 가지 인형을 만들어 보았는데 막상 만들어놓고 보니 모양이 형편없었다. 그러나 에미는 "와, 예뻐요."라며 좋아했다.

트레이시는 인형 속에 손을 집어넣고 다양한 악센트를 넣어 인형극을 했다. 프랑스어나 이탈리아어, 또는 독일어로 하기도 했는데 그중에서 에미가 가장 재미있어한 것은 파울리타 식의 명랑한 멕시코어 발음이었다. 트레이시는 즐거워서 어쩔 줄 모르는 에미의 얼굴을 바라보면서 이렇게 생각했다.

'이 아이와 너무 깊이 정이 들면 안 된다. 이 아이는 내가 탈출하기 위한 수단에 불과하다.'

에미가 오후의 낮잠에서 깨어나자마자 두 사람은 상당한 거리를 산책했다. 그리고 트레이시는 지금까지 몰랐던 교도소 부지를 샅샅이 관찰했다. 모든 출입구를 두루 살펴보고 감시탑 경비의 근무상황과 교대시간 등을 저쪽에서 눈치 채지 못하도록 신중히 체크했다. 그렇게 해서 명백해진 것은, 어네스틴과 둘이서 검토한 탈옥계획 중에는 아무것도 가능성이 있는 방법이 없다는 결론이었다.

"이 교도소에 물건을 반입하는 서비스 트럭이 있을 거야. 거기에 숨어서 탈주를 시도한 사람이 있을까? 우유나 식료품을 운반하는 트럭이 가끔 보이던데……."

"몰랐어? 모든 반입차량은 출입할 때 정문에서 철저하게 검문을 한다는 걸?"

어네스틴은 냉정하게 말했다.

어느 날, 아침식사를 하면서 에미가 말했다.

"난 트레이시 아줌마가 참 좋아요. 우리 엄마가 되어주지 않을래요?"

그 말을 듣자 트레이시는 양심에 가책이 되어 가슴이 아팠다.

"엄마는 한 사람으로 충분해. 두 사람은 너무 많단다."

"난 두 사람이 있으면 좋겠어요. 내 친구 샐리의 아버지는 두 번 결혼했어요. 그래서 샐리에게는 엄마가 둘이 있어요."

"너는 샐리와는 다르단다. 빨리 먹어야지?"

트레이시는 차갑게 말했다.

에미는 머쓱해진 채 트레이시를 쳐다보았다.

"나 별로 배고프지 않아요."

"알았어. 그럼 책을 읽어줄까?"

트레이시가 책을 읽기 시작하자, 에미가 작고 고사리 같은 손을 그녀의 손에 갖다 댔다.

"무릎 위에 앉아도 돼요?"

"안 돼."

'사랑은 부모에게서나 실컷 받으렴. 나를 좋아하면 안 된다. 그렇게 되면 내가 곤란해진단다.'

트레이시는 생각했다.

교도소 내에서의 일과로부터 해방되어 편안한 나날을 보내고 있는 동안, 어쩐 일인지 밤을 지내기가 고통스러워졌다. 그녀는 감방으로 돌아와 동물처럼 우리 속에 갇혀버리는 것이 싫었다. 어둠 속의 옆 감방에서 들려오는 수상쩍은 신음소리에는 아직도 무감각해질 수가 없었다. 그 소리가 들려오면 트레이시는 턱이 바스러질 만큼 이를 악물고 참아야 했다.

'오늘 밤만, 하룻밤만 더 참자.'

트레이시는 자신에게 타일렀다.

밤에는 좀처럼 잠을 이룰 수가 없었다. 이런저런 생각에 몰두해 있었기 때문이었다.

제1단계는 교도소에서 도망쳐 나가는 것, 제2단계는 조 로마노, 페리 포프, 헨리 로렌스 판사, 앤서니 올사티를 어떻게 단죄하느냐 하는 것, 제3단계는 찰스를 어떻게 단죄하느냐 하는 것, 하지만 그것은 생각만으로도 고통 그 자체였다.

'때가 오면 반드시 실행하고 말겠어.'

트레이시는 마음속으로 맹세했다.

빅 바사의 마수에서 도망치는 것이 불가능하다는 사실이 점점 확실하게 다가왔다. 거대한 그 스웨덴 여자는 스파이를 풀어서 트레이시의 행동을 감시하고 있는 듯했다. 트레이시가 오락실로 들어가면 몇 분 후에 빅 바사가 모습을 나타내고, 안뜰로 나가면 금방 뒤따라오는 식이었다.

어느 날, 빅 바사가 트레이시에게 가까이 다가와 말했다.

"오늘은 유난히 예뻐 보이는군, 아가야. 함께 지낼 수 있는 날이 무척이나 기다려지는걸?"

"날 좀 내버려둬."

트레이시는 모질게 그녀를 밀쳤다.

완력이 세어 보이는 거대한 몸집의 여자는 빙긋이 웃었다.

"후후, 이제 곧 너의 흑인 창녀는 석방되어 나갈 거야. 그렇게 되면 나와 같은 방을 쓰도록 준비해놓겠어."

트레이시는 그 소름끼치는 스웨덴 여자를 쏘아보았다.

빅 바사는 끄덕였다.

"알겠어? 나는 그렇게 할 수 있단 말이야. 아마 알아두는 게 좋을걸?"

트레이시는 이제는 시간의 여유가 없다는 것을 깨달았다. 어네스틴이 석방되기 전에 탈옥에 성공해야 한다.

에미가 좋아하는 산책은 갖가지 들풀들이 흩어져 있는 목초지를 거니는 것이었다. 산책로 옆에 관개용의 커다란 인공 호수가 있었다. 호수의 주변은 낮은 콘크리트 담으로 둘러싸여 있었고, 찰랑찰랑 넘치도록 담겨진 물이 수문에서 꽤 깊은 곳으로 폭포가 되어 떨어지고 있었다.

"수영하고 싶어요. 아줌마, 괜찮죠?"

에미가 물었다.

"이곳에서는 수영을 하면 안 된단다."

트레이시는 딱 잘라 말했다.

그 차갑고 왠지 오싹하는 느낌의 인공 호수를 보자 트레이시는 부르르 몸이 떨려왔다.

아버지가 그녀를 어깨에 태워 바다 속에 들어갔기 때문에 트레이시는 무서워서 비명을 질렀었다. 그러자 아버지는 '무서워하지 않아도 돼.' 하며 차가운 물속으로 그녀를 집어넣었다. 얼굴이 물에 잠겨 숨을 쉬기가 어려워지고, 뭐가 뭔지 모르게 되어…….

예상하고 있던 일이었지만 그 소식을 듣는 순간, 트레이시의 마음속엔 역시 큰 동요가 일었다.

"이번 토요일로부터 일주일 후 난 이곳을 나가게 돼."

어네스틴이 말했다.

그 말은 트레이시의 전신에 얼음물을 끼얹은 것 같은 충격을 주었다. 어네스틴에게 스웨덴 여자가 자신에게 한 말을 아직 하지 않았지만, 어쨌든 이제는 어네스틴은 트레이시를 지켜줄 수 없게 되는 것이다. 그 스웨덴 여자는 트레이시를 자기 감방으로 옮기게 할 수 있는 충분한 영향력을 갖고 있을 것이다. 그것을 피하는 유일한 방법은 브래니건 소장에게 호소하는 방법뿐인데, 만약 그렇게 했다가는 교도소 내의 전 죄수가 자기에게 달려들어 죽이려 들 것이라는 사실을 트레이시는 알고 있었다.

'교도소에서는 싸워서 이기든지, 관계를 맺든지, 아니면 탈옥하는 수

밖에는 없어.'

그녀는 이미 최후의 방법을 선택하고 있었다.

트레이시와 어네스틴은 다시 탈출 계획의 검토에 들어갔다. 하지만 실행 가능한 의견은 좀처럼 떠오르지 않았다.

"자동차도 없고, 밖에서 안내해주고 도와주는 사람도 없다면 붙잡히는 것은 시간문제야. 그렇게 되면 상황이 더욱 나빠지지. 머리를 식히면서 상황이 좋아지기를 기다리는 수밖에 없지 않을까?"

하지만 머리를 식힐 여유 따위는 없었다. 그러면 빅 바사에게 쫓기게 된다. 그 거대한 여자가 꾸미고 있는 일을 생각하면 트레이시는 당장이라도 미쳐버릴 것 같았다.

어네스틴이 석방되기 일주일 전 토요일 아침, 브래니건 부인이 에미를 데리고 뉴올리언스로 주말을 보내기 위해 떠났기 때문에 트레이시는 임시로 교도소 취사장 작업에 배치되었다.

"오늘은 일하러 안 나가는 거야?"

어네스틴이 물었다.

"오늘은 쉬어."

"나도 그 애를 본 적이 있어. 정말 귀여운 아이더군."

"착한 아이지."

트레이시는 무관심하게 대답했다.

"여기서 나갈 수 있다는 것이 솔직히 말해서 너무 기뻐. 절대로 이곳으로 돌아오지는 않을 거야. 알과 내가 담 밖에서 네게 해줄 수 있는 일이 있다면……."

그때 웬 남자 목소리가 들렸다.

"비켜!"

트레이시가 뒤를 돌아보자 세탁실의 한 남자가 교도관의 제복과 시트

등을 산더미처럼 쌓은 짐수레를 밀며 다가왔다. 남자가 출입구로 가는 것을 트레이시는 이상한 듯이 쳐다보고 있었다.

"그러니까 말이야, 내가 바깥세상에 나가면 알과 둘이서 너에게 해줄 수 있는…… 알겠지? 뭔가 보내줄 것이 있으면……."

"아니, 세탁실 트럭이 여기서 뭘 하고 있지? 여기엔 세탁실이 없잖아."

"응, 그건 교도관들의 세탁물이야."

어네스틴은 웃었다.

"전에는 교도관들이 죄수들에게 세탁물을 맡겼는데 단추가 전부 떨어져버리고, 솔기는 터지고, 욕지거리가 수놓아져 있고, 셔츠는 오그라들고, 천에는 이상한 칼자국들이 나 있었지. 그래서 참다못한 교도관들이 외부 세탁소에 옷을 맡기게 됐어."

어네스틴은 킬킬거리며 웃었다.

트레이시는 이미 그녀의 말을 듣고 있지 않았다. 탈출 방법이 발견된 것이다.

탈옥

"여보, 더 이상 트레이시에게 에미를 맡기는 것은 고려해봐야겠어요."

브래니건 소장은 신문에서 눈을 때고 얼굴을 들었다.

"왜? 무슨 일이 있었어?"

"분명하게 말할 수는 없지만 트레이시가 에미를 별로 좋아하는 것 같지 않아요. 어린애 보는 걸 별로 좋아하지 않나 봐요."

"에미한테 심술이라도 부렸나? 때렸다든가 소리를 질렀다든가……."

"아뇨. 그게……. 어제 말이에요. 에미가 달려가 트레이시에게 안기려고 했는데 트레이시가 에미를 밀쳐냈어요. 내가 마음에 걸리는 것은 에미가 트레이시에게 너무 달라붙어 있으려고 한다는 거예요. 솔직히 말하면 내가 질투를 하고 있는지도 몰라요."

브래니건은 껄껄 웃었다.

"분명히 당신이 질투를 하고 있는 것 같군. 난 에미의 가정교사로 트레이시 휘트니가 적임자라고 생각해. 그녀가 정말 문제가 되는 행동을 하면 그때 내게 알려줘. 즉시 해결해줄 테니까."

"알았어요."

하지만 스우 엘렌은 여전히 트레이시 휘트니에 관해 의문을 지울 수 없었다. 그녀는 바늘을 들어 하고 있던 자수를 다시 시작했다.

문제는 여전히 해결되지 않은 상태였다.

"힘들겠다니, 뭐가 문제지?"

"전에도 내가 말했지? 정문을 통과하는 어떤 트럭이든 경비원들의 철저한 조사를 받는다고."

"하지만 트럭은 바스켓 가득히 세탁물을 싣고 있어. 세탁물을 몽땅 내려서 하나하나 검사를 하지는 않을 거 아냐?"

"그렇게 할 필요는 없겠지. 빈 바스켓이 세탁실에 운반되면 교도관의 입회하에 세탁물이 넣어지니까."

트레이시는 딱 멈추어 선 채 생각에 잠겼다.

"어네스틴, 누가 5분간만 교도관의 주의를 돌려줄 수 없을까?"

"그럼 어떻게 하려고?"

어네스틴은 말을 중단하고 마침내 빙긋 웃으며 아이디어가 떠오른 듯 환한 얼굴이 되었다.

"누군가가 교도관의 눈앞에 맛있는 음식을 놓아주는 사이에 너는 그 세탁물 속에 숨어들어간다는 생각이군. 그래, 그 방법이라면 성공할 수 있을지도 몰라."

"그럼 도와주겠어?"

"알았어. 도와주지. 빅 바사의 허를 찌를 최후의 기회야."

트레이시가 탈주를 기도한다는 정보는 삽시간에 죄수들 사이에서 퍼져 나갔다. 탈옥은 모든 죄수의 관심사이고 동경의 대상이었다. 누군가가 시도할 때마다 죄수들은 자신에게도 그런 용기가 있다면 얼마나 좋을까 하고 긴장한 채 지켜봤다. 그러나 경비원이 있고, 사냥개가 있고, 헬리콥터가 뜬다. 그리고 결국 탈옥수는 원래 자리로 되돌려지고 만다.

어네스틴의 지도 아래 탈주 계획은 착착 준비가 진행되었다. 어네스틴은 트레이시의 몸 치수를 재고, 로라는 장신구실에서 옷감을 슬쩍해오고, 파우리타는 다른 옥사의 봉제반 죄수에게 옷을 만들어줄 것을 부탁했다. 구두 한 켤레가 의류실에서 반출되고 옷에 어울리는 색으로 염색되었다. 모자와 장갑, 그리고 핸드백까지 마치 마술이라도 부린 것처럼 어디에선가 모여들었다.

"이젠 신분증명서를 만들어야 돼. 크레디트 카드가 두 개쯤 필요하고, 운전면허증도 필요해."

어네스틴이 트레이시에게 말했다.

"어떻게 하면……."

어네스틴은 싱긋 웃어보였다.

"이 베테랑 어네스틴에게 맡겨둬."

다음날 저녁 무렵, 어네스틴은 트레이시에게 제인 스미스라는 명의로 된 세 종류의 유명한 크레디트 카드를 건네주었다.

"자, 다음은 운전면허증이야."

어느 날 밤, 트레이시는 감방 철문이 열리는 소리를 들었다. 누군가가 감방에 침입해오고 있었다. 트레이시는 침대에서 발딱 일어나 공격 자세를 취했다. 그때 속삭이는 소리가 났다.

"휘트니? 따라와."

그것은 모범수 릴리안의 목소리였다.

"무슨 일이야?"

트레이시가 묻자 어네스틴의 목소리가 어둠 속에서 날아왔다.

"엄마가 깨우는데, 이유를 묻는 멍청한 애가 어디 있어? 조용히 해. 아무것도 묻지 마."

릴리안이 부드럽게 말했다.

"빨리 끝내고 싶어. 잡히면 나도 혼날 테니까. 빨리 와."

"어디로 가는데?"

릴리안의 뒤를 따라가면서 트레이시는 물었다. 두 사람은 어두운 복도를 따라 계단 쪽으로 향했다. 계단을 다 내려가자마자 교도관이 있는지 없는지 확인하고 서둘러 복도를 내려가 어떤 방에 도착했다. 그곳은 트레이시가 이 교도소에 처음 왔을 때 지문을 채취하고 사진을 찍은 방이었다. 릴리안이 문을 열고 속삭였다.

"들어가."

트레이시가 릴리안의 뒤를 따라 방으로 들어가자, 안에는 다른 복역수가 기다리고 있었다.

"벽 쪽으로 등을 돌리고 서."

신경질적인 목소리가 날아왔다.

트레이시는 위가 꽉 조여지는 느낌으로 벽을 등지고 섰다.

"카메라를 봐. 찍는다! 편안히 있어."

'이상한 기분이 드는걸.'

트레이시는 지금까지의 인생에서 이렇게 긴장한 적은 없었다. 찰칵, 셔터를 누르는 소리가 났다.

"사진은 내일 나와."

사진반 복역수가 말했다.

"운전면허증 사진이야. 자, 이제 가자. 빨리."

트레이시와 릴리안은 처음 온 길을 되돌아갔다. 돌아가는 길에 릴리안이 말했다.

"너, 방을 옮긴다면서?"

트레이시는 심장이 얼어붙는 듯한 느낌이 들었다.

"뭐라고?"

"몰랐어? 빅 바사의 방으로 옮겨진다고 하던데."

어네스틴과 로라, 그리고 파우리타가 트레이시가 돌아오기를 기다리고 있었다.

"어떻게 됐어?"

"잘 됐어."

'몰랐어? 빅 바사의 방으로 옮겨진다고 하던데.'

"옷은 토요일에는 완성될 거야."

파우리타가 말했다. 그날은 어네스틴이 석방되는 날이었다.

'그날까지는 꼭 나가야 한다.'

트레이시는 생각했다. 그때 어네스틴이 낮게 속삭였다.

"모든 것이 순조로워. 세탁물을 가지러 오는 것은 토요일 오후 2시야. 너는 1시 30분에는 세탁실에 들어가 있는 것이 좋겠어. 교도관은 걱정하지 마. 로라가 다른 방에서 적당히 시간을 끌 테니까. 파우리타가 세탁실에서 너를 기다리고 있을 거야. 옷도 거기서 건네주고, 핸드백 속에는 신분증명서와 그 밖의 것들이 들어 있을 거야. 네가 숨은 트럭이 교도소 정문을 빠져나가는 것은 2시 15분쯤일 거야."

트레이시는 숨 막히는 기대와 불안으로 흥분되었다. 탈출 이야기를 하기만 해도 몸이 바들바들 떨렸다.

'되돌아올 때는 네가 죽어 있든, 살아 있든 그들에게는 상관없어…… 그들은 일을 쉽게 하려고 죽이고 싶어할 거야……'

앞으로 2, 3일 후, 트레이시는 자유에로의 탈주를 결행하게 된다. 그녀는 아무런 환상도 품고 있지 않았다. 성공할 가망은 없었다. 결국은 발견되어 되돌아올 것이다. 그러나 여하튼 실행해보지 않을 수 없었다. 자신과 단단히 약속을 했던 것이다.

어네스틴과 스웨덴 여자 빅 바사가 트레이시를 둘러싸고 서로 반목하고 있다는 것은 모든 죄수가 다 알고 있었다.

트레이시가 빅 바사의 감방으로 옮겨진다는 것도 절반쯤은 알고 있었다. 그런데도 트레이시의 탈주 계획을 빅 바사에게 밀고한 사람이 없는 데는 이유가 있었다. 스웨덴 여자는 나쁜 소식을 싫어했다. 게다가 나쁜 소식과 나쁜 소식을 전해준 사람을 혼동해서 일부러 전해준 사람을 괴롭혔다. 그래서 빅 바사는 트레이시의 탈주 계획을 결행하는 날이 되어서야 그 사실을 알게 되었다. 그 비밀을 말해준 것은 트레이시의 운전면허증 사진을 찍어준 모범수였다.

빅 바사는 기분이 나쁜 만큼 아무 말도 없이 그 소식을 듣고 있었다. 그러는 사이에 스웨덴 여자의 거대한 몸뚱어리는 풍선처럼 더욱더 부풀어 오르는 것 같았다.

"몇 시에 나가지?"

빅 바사가 한 말은 그것뿐이었다.

"오늘 오후 2시, 세탁실에서 세탁물을 넣는 바스켓 바닥에 숨을 거야."

빅 바사는 한참 동안 생각에 잠겨 있었다. 그러고는 비틀거리며 여교도관에게 가서 말했다.

"브래니건 소장을 만나야겠어. 지금 당장."

트레이시는 밤새도록 눈 한번 붙일 수 없었다. 너무 긴장한 나머지 불쾌하기까지 했다. 교도소에서 지낸 이 몇 개월은 하염없이 길고 긴 나날이었다. 침대에 누운 채 어둠을 응시하자 지난 일들이 주마등같이 뇌리를 스치고 지나갔다.

'난 동화 속의 공주가 된 기분이야, 엄마. 이렇게 행복한 사람이 또 있을까?'

'그래! 너와 찰스가 결혼한다니!'

'신혼여행은 어디로 갈 예정이니?'

'속였군! 이 빌어먹을 년.'

'당신 어머니는 자살하셨습니다……'

'난 너를 잘 몰랐어……'

찰스가 신부에게 웃음을 띠고 있는 결혼식 사진…….

그것은 몇만 년 전의 일이었을까? 몇 광년 전의 다른 세계의 일일까?

아침을 알리는 벨이 충격파같이 옥사 안에 울려 퍼졌다. 트레이시는 오래전부터 침대에서 일어나 있었다. 어네스틴이 그런 트레이시의 모습을 보고는 말했다.

"기분은 어때, 응?"

"좋아."

트레이시는 거짓말을 했다. 입 안은 바짝 마르고 심장은 불규칙하게 고동치고 있었다.

"자, 우리 두 사람은 오늘 여기서 나가는 거야."

트레이시는 침을 삼키기도 힘들었다.

"응."

"소장 관사에서 1시 30분에 나올 수 있는 것은 틀림없지?"

"그건 문제없어. 에미는 항상 점심식사 후에는 낮잠을 자곤 하니까."

파우리타가 말했다.

"늦으면 안 돼. 모든 것이 다 물거품이 되고 말아."

"시간 안에 꼭 돌아올게."

어네스틴은 자신의 매트리스 아래로 손을 넣어 뭉친 돈다발을 꺼냈다.

"밖에 나가면 움직이는 데 돈이 필요할 거야. 200달러밖에 안 되지만 조금은 도움이 될 거야."

"어네스틴! 뭐라고 고마움을 전해야 할지……."

"그런 말은 하지 않아도 돼. 갖고 있어."

트레이시는 아침식사를 억지로 입에 쑤셔 넣었다. 머리는 욱신거리고,

몸의 온갖 근육들도 긴장되어 있었다.

'오늘 하루를 잘 버틸 수 있을까? 오늘은 어떻게든 끝까지 견뎌내야 할 텐데⋯⋯.'

트레이시는 생각했다.

식당 안은 어색한 침묵 속에 긴장이 맴돌고 있었다. 그것이 자기 때문이라는 것을 트레이시는 알아차렸다. 사정을 알고 있다는 표정들과 속삭임이 모두 자신을 둘러싸는 듯했다. 탈옥이 현실로 이루어지려 하고 있고, 그 드라마를 연기하는 히로인은 자신인 것이다. 몇 시간이 지나면 그녀는 자유의 몸이 되는 것이다. 아니면 시체가 되든지⋯⋯.

아침식사를 먹다 남긴 채 일어난 트레이시는 브래니건 소장의 관사로 향했다. 교도관이 복도 문을 열기를 기다리고 있는데 빅 바사와 딱 얼굴을 마주치게 되었다. 그녀는 트레이시를 보면서 싱긋 웃었다.

'이 여자는 간이 떨어질 만큼 놀랄걸?'

트레이시는 생각했다.

한편 빅 바사는 '이 귀여운 것이 드디어 내 것이 되는 거야.' 하고 생각하고 있었다.

오전 시간은 거북이걸음처럼 느릿느릿 지나갔다. 트레이시는 안절부절 못하고 있었다. 시간은 왜 이리도 끝없이 계속되는 것일까. 트레이시는 에미에게 책을 읽어주었지만 자신이 무엇을 읽고 있는지 의식하지 못했다. 창문 너머로 브래니건 부인이 두 사람을 바라보고 있었다.

"트레이시 아줌마, 우리 숨바꼭질해요."

신경이 흥분되어 게임 따위를 할 여유가 없었지만 소장 부인의 의혹을 사지 않기 위해서는 보통 때와 다름없이 행동해야 할 것 같았다. 트레이시는 억지로 미소를 지었다.

"좋아, 네가 먼저 숨으렴, 에미."

두 사람은 방갈로 앞의 정원에 있었다. 아주 멀리 세탁실이 있는 건물이 보였다. 오후 1시 30분 정각에 저곳으로 가는 거다, 외출용 옷으로 갈아입고 1시 45분에 커다란 세탁용 바구니 바닥에 누우면 그 위로 제복과 내의류가 덮여질 것이다. 2시에 세탁소 점원이 와서 바구니를 트럭에 실을 것이고, 2시 15분에 트럭은 교도소 정문을 통과하여 세탁소가 있는 마을 근교로 갈 것이다.

'운전수에게는 발견되지 않아. 운전석에서 트럭 뒤는 보이지 않으니까. 트럭이 마을에 도착해 신호대기로 정차했을 때를 엿보아 뒷문을 열고 밖으로 나오는 거다. 침착하게 행동하는 거야. 그러고는 어떤 버스든 올라타는 거야.'

"나를 찾을 수 있어?"

에미가 불렀다. 꼬마는 목련나무 뒤에 절반쯤 몸을 숨기고 있었다. 입가에 손을 대고 자못 이상한 듯이 킥킥거리며 웃었다.

'이 아이와 헤어지기는 싫다. 내가 여기서 나가도 다시 만나고 싶은 두 사람이 있다. 머리를 밀어버린 흑인 여자 어네스틴과 에미.'

트레이시는 생각했다.

이 말을 듣는다면 찰스 스탠호프도 놀라서 눈이 휘둥그레질 것이다.

"자, 찾으러 간다. 에미."

트레이시는 말했다.

브래니건 부인은 집 안에서 두 사람이 숨바꼭질을 하고 있는 것을 지켜보고 있었다. 트레이시의 동작이 어쩐지 어색하게 느껴졌다. 오늘 오전 내내 트레이시는 누군가를 기다리고 있는 사람처럼 시계만 쳐다보고 에미에게는 전혀 신경을 쓰지 않았다.

'남편에게 알려야겠어. 점심식사 때 말해야지. 다른 여자로 바꿔달라고 해야겠어.'

스우 엘렌은 결심했다.

정원에서 트레이시와 에미는 돌차기와 공기를 하며 놀았다. 그러다 싫증이 나자 트레이시는 다시 책을 읽어주었다. 그리고 마침내 기다리고 기다리던 12시 30분이 되고, 에미의 점심식사 시간이 왔다.

트레이시의 행동 개시 시간이 된 것이다. 트레이시는 에미를 집 안으로 데리고 들어갔다.

"그럼 저는 옥사로 돌아가겠습니다, 사모님."

"뭐라고요? 아참! 내가 얘기하지 않았나요? 트레이시, 오늘은 중요한 손님들을 접대해야만 해요. 일행이 우리 집에서 식사를 하기 때문에 에미는 점심식사를 할 수 없어요. 오늘은 당신이 에미 시중을 들어줘요."

트레이시는 그 자리에 얼어붙은 채 튀어나오려는 비명을 필사적으로 억눌렀다.

"저…… 곤란한데요, 사모님."

브래니건 부인의 태도가 싹 바뀌었다.

"뭐라고요? 곤란하다니, 그게 무슨 뜻이죠?"

트레이시는 부인의 얼굴에 떠오른 분노를 보자, 당황스러웠다.

'이 사람의 기분을 상하게 해서는 안 된다. 남편을 불러 나를 감방으로 되돌려 보내게 할 거야.'

트레이시는 공포를 억누르며 미소를 지었다.

"저, 제 얘기는 에미가 아직 점심을 안 먹었기 때문에 배가 고플 거라는 말씀입니다, 사모님."

"요리사에게 준비시켜 두었어요. 2인분 도시락을요. 목초지에서 즐거운 산책을 할 수 있을 거예요. 그것을 갖고 가서 들어요. 에미, 너 피크닉 좋아하지? 그렇지, 아가야?"

"응, 피크닉 좋아해요, 엄마."

에미는 트레이시를 올려다보며 재촉했다.

"갈 수 있죠, 트레이시 아줌마? 가는 거죠?"

'안 돼! 그럴 수 없어! 아냐 아냐, 갈 수 있어. 침착해야 돼. 아직은 여유가 있으니까.'

'1시 30분에 꼭 세탁실로 와야 돼. 늦으면 안 돼.'

트레이시는 브래니건 부인의 얼굴을 보았다.

"저, 몇 시에 에미를 데리고 오면 되죠?"

"아, 대략 3시 경이에요. 그때쯤에는 손님들이 돌아가고 없을 거예요."

'트럭도 돌아가고 없을 거야.'

하늘이 트레이시의 머리 위에서 무너져 내렸다.

"저는……."

"괜찮아요? 어째 안색이 안 좋군요."

'그래, 그렇게 말하자.'

아프다고 말하면 된다. 그리고 병원에 가면, 하지만…… 그렇게 하면 거기서 붙잡혀서 이것저것 검사를 받을 것이다. 그렇게 되면 지정된 시간까지 풀려나지 못할 것이다. 다른 방법을 찾아야 한다.

브래니건 부인은 트레이시를 응시하고 있었다.

"저는 아무렇지도 않습니다만."

'아무래도 거동이 수상하군. 가정교사를 바꿔달라고 조지에게 딱 부러지게 충고해야겠어.'

소장 부인은 결심했다.

에미의 눈동자는 기쁨으로 반짝반짝 빛나고 있었다.

"제일 큰 샌드위치를 아줌마한테 줄게요. 재미있게 놀아줄 거죠?"

트레이시는 대답하지 않았다.

요인들 일행의 방문은 예상 밖의 일이었다. 윌리엄 하버 주지사 스스로

가 이곳 여자교도소를 복역수갱생위원회 멤버에게 안내를 하며 돌아다녔다. 그것은 브래니건 소장이 1년에 한 번 치러야 하는 채무이기도 했다.

"내부를 깨끗이 청소해두고 여죄수들에게도 밝은 표정을 지으라고 얘기해두게나, 소장. 그렇게 하면 예산이 증액될 테니까."

지사는 설명했다. 그리고 오늘 아침 무렵, 교도관장으로부터 죄수들에게 명령이 하달되었다.

"마약, 칼 종류, 그리고 자위 도구들은 모두 제거해버릴 것."

하버 주지사와 그 일행은 오전 10시에 도착할 예정이었다. 맨 처음에는 교도소 내부를 시찰하고, 그 다음에 농장을 보고 돌아와 소장 관사에서 점심식사를 하기로 되어 있었다.

빅 바사는 무척 초조해져 있었다. 소장에게 면회 신청을 했더니 비서가 이렇게 말한 것이다.

"소장님은 오늘 아침 굉장히 바쁘세요. 내일이라면 어떻게든 해보겠지만……."

"내일이라고? 엿이나 먹어라. 난 지금 당장 만나야 돼. 매우 중요한 사안이라고!"

빅 바사는 분노를 터뜨렸다.

교도소에는 무시할 수 없는 죄수가 항상 몇 명쯤은 있었는데, 빅 바사가 그중 한 명이었다. 교도소 직원들은 이 스웨덴 여자의 영향력을 충분히 알고 있었다. 빅 바사는 폭동을 선동한 적도 있었고, 동시에 진압한 적도 있었다.

전 세계 어느 교도소든지 복역수 리더의 협력 없이는 정상적인 운영을 할 수 없었다. 빅 바사는 그런 리더 가운데 한 사람이었다. 그녀는 소장실 옆방의 의자에 앉아서 거대한 몸집을 쑥 내밀고 1시간이 넘게 기다리고 있었다.

'완전히 추악한 동물이군. 보는 것만으로도 소름이 끼쳐.'

소장의 비서는 그녀를 보며 생각했다.

"앞으로 얼마나 걸리지?"

빅 바사가 재촉했다.

"오래 걸리지는 않을 거예요. 이곳을 시찰중인 일행과 동행하고 있으니까요. 오늘 아침은 유난히 바쁘시네요."

"내 용건은 그보다 더 급한 일이야."

혼잣말처럼 중얼거리며 빅 바사는 시계를 보았다. 12시 45분이었다.

'아직 시간은 충분하군.'

구름 한 점 없이 따뜻하고 쾌청한 날씨에 속삭이는 듯한 미풍이 향기로운 냄새를 나르고 있었다. 트레이시는 인공호수 옆의 잔디 위에 식탁보를 펼쳤다. 에미가 즐거운 표정으로 달걀 샐러드 샌드위치를 맛있게 먹기 시작했다. 트레이시는 손목시계를 보았다. 1시를 가리키고 있었다. 믿을 수가 없었다. 오전 시간은 답답할 정도로 느리게 지나갔는데 오후에는 질풍처럼 시간이 빨리 지나갔다. 그녀는 뭔가 방법을 빨리 생각해내야만 했다. 그렇지 않으면 자유세계를 향한 절호의 기회를 빼앗겨버리는 것이다.

1시 10분, 소장실의 대기실에서 소장 비서는 전화기를 놓자마자 빅 바사에게 말했다.

"미안합니다만 소장님은 오늘은 아무래도 시간을 내기가 무리라고 하시는군요. 다른 날로 약속을……."

빅 바사는 거칠게 일어섰다.

"나를 만나지 않으면 위험해, 그 이유는……."

"내일 면회 준비를 해놓겠습니다."

빅 바사는 기세 좋게 말하기 시작했다.

"내일이면 이미 늦는다고!"

그러나 빅 바사는 말을 멈추었다. 소장 본인에게만 털어놓을 수 있는 정보였다. 밀고자는 반드시 사고를 당할 운명에 놓인다. 그건 복역수의 리더라고 해도 피할 수 없는 불문율이었다. 그것을 알면서도 빅 바사는 포기할 수가 없었다. 트레이시 휘트니가 자기로부터 도망치는 것을 뻔히 알면서 부러운 듯 방관하고 있을 수는 없었다. 빅 바사는 옥사 내의 도서실에 가서 긴 테이블 한쪽에 앉아 종이에 갈겨썼다.

여교도관이 다른 여죄수의 용건을 처리하려고 통로 저쪽으로 걸어가는 것을 곁눈으로 보고는 빅 바사는 그 메모를 테이블에 놓아둔 채 도서실을 나왔다.

다시 되돌아온 여교도관은 메모를 발견하고 그것을 집어 들었다. 그녀는 내용을 두 번 읽었다.

'오늘 세탁실 트럭을 엄중히 점검해보시오.'

서명은 없었다.

'이게 무슨 못된 장난이람?'

여교도관으로서는 조사할 방법이 없었다. 그녀는 전화기를 들었다.

"교도관장님께 연락하고 싶은 것이 있습니다……."

1시 15분,

"왜 먹지 않아요, 트레이시 아줌마?"

에미가 말했다.

"내 샌드위치를 먹고 싶어서 그래요?"

"아냐! 내버려둬."

트레이시의 말투는 생각 외로 쌀쌀해져 있었다.

에미는 먹는 것을 중단하고 물었다.

"화났어요, 트레이시 아줌마? 화내지 말아요. 난 아줌마가 좋아요. 내가 화나게 한 건 아니죠?"

에미의 둥글고 귀여운 눈에 눈물이 가득 고여 있었다.

"화내지 않았어."

이 아이는 악마다.

"아줌마가 먹지 않으면 나도 먹지 않을래요. 우리 공놀이해요."

그렇게 말하자마자 에미는 자기 주머니에서 고무공을 꺼냈다.

1시 16분, 가야 할 시간이다. 세탁실까지 적어도 15분은 걸린다. 서두르면 아직 가능성이 있다. 저 멀리서 추수 중인 모범수들의 모습이 눈에 들어왔다. 순간, 트레이시는 어떻게 행동해야 할지 머릿속이 반짝 트였다.

"공놀이하고 싶지 않아요, 아줌마?"

트레이시는 일어섰다.

"좋아, 새로운 공놀이를 하자. 누가 더 멀리 공을 던질 수 있는지 시합하는 거야. 먼저 내가 던질게. 그 다음은 네가 던져."

그녀는 딱딱한 고무공을 쥐자 작업 중인 사람들 쪽으로 힘껏 던졌다.

"와아, 대단해요. 저렇게 멀리까지 날아갔어요."

에미가 좋아서 날뛰면서 말했다.

"내가 공을 갖고 올 테니 여기서 기다리고 있어."

트레이시는 말했다.

그렇게 말하자마자 트레이시는 달리기 시작했다. 하늘에 운을 맡기고 최후의 기회를 타고 날아가듯 들판을 달렸다. 1시 18분이 되어 있었다. 등 뒤에서 에미의 부르는 소리가 들렸지만, 더 이상 상대해줄 시간 따위는 없었다. 추수 작업을 하는 사람들은 이제 다른 방향으로 이동 중이었다. 트레이시가 큰 소리로 외치자 모범수들은 멈춰 섰다. 그들에게 다다랐을 때 트레이시는 숨도 쉴 수 없을 정도였다.

"어떻게 된 거야?"

작업 중이던 사람이 물었다.

"저…… 아무것도 아니에요."

트레이시는 헐떡이는 숨을 조절했다.

"저기 어린애가 보이죠? 저 여자애를 어느 분이 좀 돌봐주세요. 저는 아주 중요한 일이 있어서요."

멀리서 자기 이름을 부르는 소리가 나서 트레이시가 뒤를 돌아다보니 에미가 인공 호수를 둘러싼 콘크리트 담 위에 서 있었다. 아이는 손을 흔들었다.

"나 좀 봐요, 트레이시 아줌마."

"안 돼! 내려와!"

트레이시는 큰 소리로 외치며 공포에 질린 채 에미를 지켜보았다.

소녀는 담 위에서 두세 발짝 걷다가 갑자기 발을 헛디뎌 인공 호수에 빠지고 말았다.

"어머나!"

트레이시의 얼굴에 핏기가 사라졌다. 어떻게 하면 좋지? 하지만 선택의 여지는 없었다.

'저 애를 구하러 갈 수는 없어. 지금은 할 수 없어. 누군가가 구해주겠지. 나는 나 자신을 구해야만 한다. 이 지옥에서 탈출하지 않으면 나는 죽고 말 거라고!'

1시 20분,

트레이시는 휙 돌아서서 미친 듯이 달리기 시작했다. 작업 중인 사람들이 등 뒤에서 뭐라고 소리치고 있었지만 트레이시의 귀에는 들려오지 않았다. 공중을 날아갈 듯이 달려 신발이 벗겨지고 울퉁불퉁한 지면에 발이 찢겨지는 것에도 전혀 신경 쓸 여유가 없었다.

심장의 고동이 무섭게 뛰고 폐는 부풀어 터질 것 같았지만 그래도 트레이시는 열심히 달렸다.

인공 호수를 둘러싼 담에 도착하자 트레이시는 그 위로 뛰어올랐다. 저만치 아래쪽에서 에미가 수면에 얼굴을 내밀려고 필사적으로 발버둥 치고 있었다. 1초도 헛되이 보낼 수는 없다. 트레이시는 소녀를 향해 뛰어들었다. 그리고 몸이 물에 잠기기 시작했을 때 트레이시는 퍼뜩 정신이 들었다.

'어머나! 어떻게 하지? 난 수영을 못하는데!'

제2부

If Tomorrow Comes

복수의 시작

뉴올리언스 제일상업은행의 출납계원인 레스터 토렌스는 평소에 자부하고 있는 것이 두 가지 있었다. 여자를 유혹하는 실력과 고객의 질을 평가하는 능력이었다.

레스터는 1마일쯤 떨어진 곳에서도 창녀를 식별해낼 수 있었는데, 창녀를 구워삶아 공짜로 놀아나는 것을 각별한 기쁨으로 여겼다. 고독한 미망인들은 특히 다루기가 쉬웠다. 미망인들은 나이와 외모와 재산 정도가 천차만별이었으며, 고독한 정도도 각기 큰 차이가 있었다.

그녀들은 일단 레스터가 던진 미끼에 걸려들면 곧 그의 창구에 모습을 나타냈다. 만약 예금 잔액 이상의 수표를 끊었을 경우, 레스터는 그런 미망인에게 친절을 베풀어 부도가 나지 않도록 결제일을 연기시켜 주는 경우도 있었다. 그렇게 되면 신세를 진 미망인들은 대부분 레스터에게 조용한 곳에서 저녁식사를 대접하겠다고 초대해왔다.

레스터의 여성 고객들의 대부분은 그에게 도와줄 것을 호소했고 비밀 이야기까지도 서슴없이 털어놓았다. 여성 고객들이 그의 도움을 필요로 하는 이유는 가지각색이었다. 남편 몰래 돈을 빌려 쓰는 여성이 있는가 하면, 부도를 막기 위해 뛰어다니는 여성, 이혼에 관해 고민하는 여성, 그런 여성들의 고민을 풀어주는 것은 그로서는 아주 쉬운 일이었다. 레스터는 뭔가에 굶주린 그녀들을 만족시켜주는 것이 너무나도 재미있었다. 또한 자신 역시 그들을 통해 욕구를 충족시켰다.

문제의 금요일 아침, 레스터는 터무니없이 입을 크게 벌렸다. 그 여자가 은행에 발을 들여놓았을 때, 그는 재빠르게 목표물을 노렸다. 기가 막히게 아름다운 미인이었다. 윤기 있는 머리카락을 어깨까지 늘어뜨리고 스웨터에 타이트스커트를 입은 모습은 라스베이거스의 무용수도 부러워할 정도로 훌륭한 몸매였다.

은행에는 4개의 창구가 있었는데, 그 미녀는 그 창구들 하나씩에 시선을 보내며 어떤 창구로 갈까 망설이고 있었다. 그녀와 시선이 마주치자 레스터는 고개를 끄덕이며 유혹하는 듯한 미소를 보냈다. 그녀는 암시라도 받은 듯이 레스터의 창구 앞으로 걸어갔다.

레스터는 친절한 목소리로 말했다.

"무엇을 도와드릴까요?"

캐시미어 스웨터를 비집고 튀어나온 젖가슴을 힐끔거리면서 레스터는 생각했다.

'귀여운 아가씨, 내가 해주고 싶은 것은 말이야.'

"저어, 저에게 곤란한 일이 생겼는데요⋯⋯."

미녀는 작은 목소리로 말했다. 레스터가 지금까지 들은 것 중에서 가장 듣기 좋은 남부 악센트였다.

"그것 때문에 제가 여기 있는 것이랍니다. 곤란한 일을 도와드리기 위해 말입니다."

레스터는 성실하게 보이도록 노력하면서 말했다.

"네, 제발 도와주셨으면 좋겠어요. 저어⋯⋯ 제가 어처구니없는 실수를 저지르고 말았지 뭐예요."

레스터는 매우 보호자다운, 무엇이든 의뢰해도 좋다는 미소를 띠었다.

"당신처럼 아름다운 분이 실수를 저지르다니 믿어지지 않는군요."

"아뇨, 정말이랍니다."

미녀의 아름다운 갈색 눈은 당황해서 크게 벌어졌다.

"저는 조셉 로마노의 비서예요. 실은 일주일 전에 새로운 당좌예금 수표첩을 만들어 놓으라는 지시를 받았는데 까맣게 잊고 있었지 뭐예요. 그런데 오늘 마침내 수표가 떨어졌어요. 이 일이 그분께 알려지면 저는 어떻게 될지 몰라요……."

그녀의 목소리는 작았지만 부드럽게 술술 나왔다.

레스터는 조셉 로마노의 이름을 그냥 알고 있는 정도가 아니었다. 로마노는 은행의 고액 거래 선이었다. 그의 공식적인 공공연한 예금액은 많지 않았지만 다른 사람의 명의로 된 뒷돈은 신음이 나올 정도로 엄청난 액수였다.

'로마노라는 놈, 비서 취미는 꽤 괜찮구먼.'

레스터는 그렇게 생각하면서 다시금 상냥한 미소를 떠올렸다.

"그래요? 하지만 걱정하실 필요 없습니다. 미세스……?"

"아뇨, 미스입니다. 하트포드라고 합니다. 루린 하트포드요."

'호오, 싱글이라!'

운이 꽤 좋은 날이었다. 레스터는 일이 잘 풀려나가리라는 것을 예감할 수 있었다.

"당신을 위해 지금 곧 새로운 수표첩을 주문해드리겠습니다. 2, 3주 내에는 받아보실 수가……."

미녀는 희미하게 한숨을 쉬었다. 레스터에게 있어서는 무한한 희망을 안겨주는 기분 좋은 음악소리였다.

"안 돼요. 그때가 되면 너무 늦어요. 로마노 씨는 다른 일로도 제게 매우 화가 나 있어요. 이런 상태로는 도저히 일을 계속할 수 있을 것 같지가 않아요. 이해할 수 있으시겠어요?"

미녀는 상체를 앞으로 굽혀 풍만한 유방을 창구에 닿게 누르면서 간절한 목소리로 말했다.

"새로운 수표첩을 급히 서둘러 준비해주신다면 급행료라도 기꺼이 드리겠습니다만."

레스터는 애석하다는 듯이 말했다.

"흐음…… 미안합니다만 루린, 그건 불가능에 가까운……."

레스터의 앞에 서 있는 미녀는 당장이라도 울음을 터뜨릴 것 같은 모습이었다.

"솔직히 말씀드리면 이 일로 해서 전 해고당할지도 몰라요. 부탁드립니다…… 저, 무슨 일이라도 하겠어요."

그 말은 레스터의 귓가에 달콤한 음악처럼 울렸다.

"그럼 내가 하는 말을 잘 들으세요. 급히 서둘러 작성하도록 전화로 신청해두겠습니다. 그럼 월요일에는 입수하실 수 있을 겁니다. 그러면 되겠습니까?"

레스터는 또박또박 말했다.

"어머나, 됐어요!"

미녀의 목소리는 기쁨에 넘쳐 있었다.

"작성되면 신속하게 사무실로 우송해드리도록 하지요."

"아뇨, 제가 직접 받으러 오겠어요. 로마노 씨에게 저의 과실을 드러내 보이고 싶지 않거든요."

레스터는 관대하게 미소 지었다.

"과실 같은 것이 아니지요, 루린. 인간은 누구든 깜빡 잊어버리는 수가 있는 거니까요."

미녀는 사랑스럽게 미소 지었다.

"감사합니다. 그럼 월요일에 다시 찾아뵙겠어요. 그때 계실 거죠?"

"전 언제나 이 창구에 있습니다."

레스터는 죽지 않는 한 월요일에는 출근하지 않으면 안 된다.

미녀는 레스터에게 눈부신 미소를 던지며 은행에서 천천히 나갔다. 그 뒷모습도 충분히 감상할 만한 가치가 있었다. 레스터는 콧노래를 흥얼거리며 수납 캐비닛에 가서 조셉 로마노의 계좌번호를 찾아보고는 전화로 새로운 수표첩을 긴급으로 신청했다.

칼멘가에 면한 그 호텔은 뉴올리언스에 있는 다른 수백 개의 호텔들과 거의 다를 것이 없었다. 흔해빠진 평범한 호텔이기 때문에 트레이시는 그곳을 선택했다. 트레이시가 일주일 동안 머물고 있는 방은 싸구려 가구로 장식된 작은 방이었지만 그래도 감방에 비하면 궁전 같았다.

은행에서 호텔로 돌아온 트레이시는 검은 머리칼의 가발을 벗고 손가락으로 자신의 풍부한 머리를 풀어헤친 다음, 콘택트렌즈를 빼고 마지막으로 두꺼운 화장을 지웠다.

트레이시는 등걸이 의자에 앉아 크게 한숨을 쉬었다. 지금까지는 순조로웠다. 로마노의 거래 은행을 찾는 것은 간단했다. 어머니의 유품 속에서 조 로마노가 발행한 수표를 찾기만 하면 되었던 것이다.

"조 로마노라고? 놈에겐 손댈 수 없어."

어네스틴은 그렇게 말했었다.

어네스틴이 틀린 거야. 조 로마노가 제일 먼저야. 그리고 그 다음으로 한 사람씩 차례로 해치워 나가는 거야.

트레이시는 조용히 눈을 감고 자신이 여기까지 이르게 된 기적과도 같은 상황을 회상했다.

차갑고 캄캄한 물이 머리 위를 덮었다. 트레이시는 물에 빠져 공포에 떨었다. 물속에서 손이 에미에게 닿았으므로 그녀를 붙잡고 수면으로 끌어 올리려고 했다. 그러나 에미가 물에 빠지지 않으려고 필사적으로 발버둥치는 바람에 오히려 두 사람은 물속으로 빠져들어 갔다. 트레이시의 폐는 파열돼버릴 것만 같았다. 소녀가 필사적으로 달라붙는 바람에 좀처럼 수면으로 올라갈 수가 없었다. 체력이 한계에 달한 것을 깨달았다.

'살아나갈 수가 없어. 이렇게 죽는구나.'

그런 생각이 언뜻 스쳐지나갔다.

그때 어디선가 희미한 소리가 들리고 에미의 몸이 트레이시에게서 떨어졌기 때문에 그녀는 힘껏 외쳤다.

"안 돼! 안 된다고!"

힘센 팔이 트레이시의 허리를 감았고 남자의 목소리가 들려왔다.

"이젠 괜찮아요. 마음을 편히 가져요. 살려줄 테니까."

트레이시가 반 광란 상태가 되어 둘러보니 에미는 남자의 팔에 안겨 있었다. 곧 두 사람은 물에서 끌어올려졌다. 그리고······.

그 정도의 사건은 조간에 조그맣게 실리고 그냥 묻혀버릴 사건일 텐데 헤엄도 칠 줄 모르는 여죄수가 자기 목숨도 돌보지 않고 물에 빠진 아이를 구했고, 그 아이의 부친이 교도소장이라는 사실로 인해서 하룻밤 사이에 신문과 텔레비전의 해설자들이 트레이시를 히로인으로 만들어버리고 말았다. 하버 주지사가 친히 브래니건 소장을 대동하고 교도소 병원을 방문하여 트레이시를 문병했다.

"당신은 정말 용기 있는 행동을 보여주었소. 아내와 내가 얼마나 당신에게 감사하고 있는지 알아주었으면 좋겠소."

소장의 목소리는 감동으로 목이 메는 듯했다. 트레이시는 이 끔찍한 경험의 충격에서 빠져 나오지 못해 아직 기력을 회복하지 못하고 있었다.

"에미는 어때요?"

"그 애는 곧 회복될 거요."

트레이시는 눈을 감았다.

'에미의 신상에 무슨 일이라도 일어난다면 난 견딜 수 없을 거야.'

아이는 사랑을 원한 것뿐인데 자신은 그 아이에게 전혀 상냥하게 대해 주지 않았다는 것을 생각하면 트레이시는 부끄럽기 짝이 없었다. 모처럼의 탈주 기회가 이 사건으로 인해 물거품이 되어 버렸지만 그녀는 같은 일이 또다시 일어난다 해도 마찬가지 행동을 취할 것이라고 생각했다.

그 사건에 관한 간단한 상황 조사가 있었다.

"제가 나빴어요, 아빠. 공놀이를 하고 있었어요. 그러다가 트레이시 아줌마가 공을 주우러 뛰어갔어요. 기다리고 있으라고 했는데 제가 멋대로 벽에 올라가 트레이시 아줌마를 보려고 하다가 연못에 빠져버린 거예요. 그런데 트레이시 아줌마가 살려주었어요, 아빠."

에미는 아버지에게 말했다.

그날 밤은 건강 상태를 체크하기 위해 병원에서 묵었고, 다음 날 아침 트레이시는 소장실로 호출되어 갔다. 보도진들이 트레이시를 기다리고 있었다. 보도관계자들은 사람들의 관심을 끌 수 있는 미담이라고 판단했던 것이다. UPI와 AP 등의 통신사는 특파원을 파견했고 지방 텔레비전 방송국은 취재팀을 보냈다.

그날 저녁에는 트레이시의 영웅적 행위가 세세하게 보도되어 전파를 타고 전국으로 퍼져나갔다. 「타임」과 「뉴스위크」, 「피플」 같은 일류 주간지들은 물론, 미국 전역의 일간지들이 그 사건을 크게 보도했다. 매스컴에서 계속 이 사건이 보도되자 트레이시 휘트니를 특별 사면하라는 내용의 편지와 전보가 거대한 파도처럼 교도소로 밀어닥쳤다.

하버 주지사는 그 문제에 대해 브래니건 교도소장과 의논을 했다.

"트레이시 휘트니는 장기수로 복역 중입니다."

브래니건 소장이 설명하자 주지사는 신중하게 말했다.

"하지만 그녀에겐 전과가 없지 않소, 소장."

"그렇습니다, 주지사님."

"여기서는 어떤지 모르겠지만, 그녀를 풀어주라는 압력이 이만저만이 아니야지."

"아, 여기서도 마찬가지입니다. 주지사님."

"물론 우리는 일반 대중에게 떠밀려 교도소를 운영해서는 안 되지."

"물론 그건 그렇습니다."

"하지만 말이오, 휘트니는 실로 훌륭하게 용기를 발휘해서 정말로 영웅이 되었소."

주지사는 공평함을 강조하는 어조로 말했다.

"동감입니다."

브래니건 소장은 동의했다.

주지사는 잎담배에 불을 붙이고 한 모금 피운 다음 말했다.

"당신 의견은 어떻소, 소장?"

조지 브래니건은 신중하게 말을 꺼냈다.

"지사님도 아시다시피 이번 사건은 저와는 매우 개인적인 관계가 있습니다. 도움을 받은 것은 바로 제 딸입니다. 그러나 그 문제를 제쳐두더라도 트레이시 휘트니는 범죄자 타입으로는 보이지 않습니다. 그녀가 사회에 나가도 사회에 어떤 해를 끼치리라고는 생각되지 않습니다. 저의 진정한 요망은 그녀에게 특별 사면을 허락해주었으면 하는 것입니다."

그 말을 듣고 주지사에게 멋진 아이디어가 떠올랐다. 그는 차기에도 주지사에 입후보할 심산이었다.

'이 사건을 선거 전략에 이용해먹을 수 있을 것 같군.'

정치는 전적으로 타이밍에 의해 좌우되는 것이다.

트레이시 문제를 남편과 상의한 뒤, 브래니건 부인이 트레이시에게 말했다.

"트레이시, 남편과 의논해봤는데요. 이곳 관사에서 우리와 함께 살면 어떻겠어요? 예비 침실도 있고 언제라도 에미의 뒷바라지를 부탁할 수도 있으니까요."

"감사합니다. 그런 말씀을 듣게 되다니 정말 꿈만 같군요."

트레이시는 진심으로 감사를 담아 승낙했다.

소장 부인의 제안은 순조롭게 진행되었다. 트레이시는 매일 밤 감방에 틀어박혀야 하는 굴욕에서 해방되었을 뿐만 아니라 에미와의 관계도 완전히 달라졌다. 에미는 더욱더 트레이시를 따랐고 트레이시도 전과는 달리 정성껏 에미를 돌봐주었다. 실은 트레이시 자신도 이 활발하고 사랑스러운 소녀와 함께 있는 것이 즐거웠다. 게임을 하거나 텔레비전으로 디즈니 영화를 보거나 함께 책을 읽는 등 정말 한 가족과 같은 생활이었다. 하지만 트레이시가 일이 있어서 옥사로 가면 아무래도 빅 바사와 맞닥뜨리게 되었다.

"넌 운이 좋은 계집애야. 하지만 너도 곧 보통 죄수 취급을 당해 이곳으로 돌아오게 될 거야. 그렇게 만들고 말 테니 두고 봐."

빅 바사가 이를 갈았다.

에미를 구조해낸 사건이 있은 지 3주일 후 트레이시와 에미가 정원에서 술래잡기를 하고 있는데 브래니건 부인이 집에서 급히 뛰어나오더니 트레이시에게 말했다.

"트레이시, 남편에게서 방금 전화가 왔는데요. 소장실에서 당장 만나고 싶다는군요."

트레이시는 갑작스런 공포에 떨었다.

'나를 감방으로 다시 돌려보내려는 것은 아닐까? 빅 바사가 영향력을 행사한 걸까? 아니면 브래니건 부인이 나와 에미가 너무 친밀한 것을 질

투라도 낸 것일까?'

"알겠습니다, 부인."

트레이시가 소장실로 들어가자 브래니건 소장은 입구에 서서 맞아주었다.

"자, 그곳에 앉아요."

트레이시는 소장의 말투에서 자신의 운명이 어떻게 될는지 읽어내려 애썼다.

"당신에게 들려줄 긴급 뉴스가 있소."

소장은 흥분된 모습으로 한 호흡 쉰 다음에 계속했다.

"나도 지금 막 연락을 받은 참이오. 루이지애나 주지사로부터의 명령서를 말이오. 당신에게 특별사면이 내려왔소. 그것도 즉시 집행되는 것이오."

'이게 꿈일까? 내가 지금 소장의 말을 제대로 들은 걸까?'

"당신에게 분명히 해둘 점이 한 가지 있소. 당신이 구출한 것이 마침 내 딸이었다는 이유에서가 아니오. 모범 시민이 취할 행동을 본능적으로 해낸 것에 대한 조치인 것이오. 모든 상황을 상정해봐도, 당신이 출옥하더라도 사회에 나가서 해를 끼치리라고는 생각하기 어렵소."

소장은 마지막으로 미소 띤 얼굴로 덧붙였다.

"당신이 떠나면 에미가 쓸쓸해할 것이오, 우리도 그렇지만."

트레이시는 입이 얼어붙은 듯 말이 나오지 않았다. 만약 소장이 진상을 알았더라면 어떻게 되었을까. 사고가 일어나지 않았다면 트레이시는 도망자가 되고, 소장은 무장한 부하들을 시켜 나를 추적했을 것이다.

"당신은 내일 아침 출감이오."

'내게도 햇빛이 드는 날이 찾아온 거야!'

트레이시는 자신이 자유의 몸이 된다는 것을 실감할 수가 없었다.

"저어, 저…… 뭐라고 말씀드려야 좋을지……."

"아무 말도 하지 않아도 돼요. 이곳의 모두가 당신을 자랑으로 여기고 있어요. 출감하게 되면 훌륭한 행동을 하는 시민이 되리라고 아내와 함께 기대하고 있겠소."

역시 석방은 사실인 것이다. 나는 자유로운 몸이 되는 것이다. 트레이시는 맥이 탁 풀려 의자의 등받이에 겨우 몸을 기대고는 입을 열었다. 그 목소리는 너무나도 확고했다.

"전하고 싶은 얘기가 참 많습니다, 소장님."

트레이시가 교도소에서의 마지막 날을 보내고 있는데, 동료 한 사람이 그녀를 만나러 왔다.

"내일 출소한다면서?"

"덕분에."

그녀의 이름은 베티 프란시스라고 했다. 갓 40대가 된, 아직 아름답고 자존심이 강해보이는 여자였다.

"밖에 나가서 누군가의 도움이 필요하게 되면 뉴욕에 가서 이 남자를 만나봐. 콘래드 모건이라고 하는 사람이야."

그렇게 말하며 베티는 트레이시에게 이름이 적힌 메모지를 살그머니 건네주었다.

"전과자들의 갱생사업을 하고 있는 남자야."

"고마워요. 하지만 내게는 필요 없을 것 같군요."

"만일을 위해서야. 이 주소를 갖고 있어."

2시간 후, 텔레비전 카메라의 조명 세례를 받으며 트레이시는 교도소 문을 나섰다. 기자들의 질문에 대답할 생각은 조금도 없었지만, 에미가 브래니건 부인의 손을 뿌리치고 달려와 트레이시의 품안에 뛰어드는 해프닝이 벌어졌기 때문에 카메라는 기다렸다는 듯이 일제히 소리를 내며 돌기 시작했다. 이 순간이 영상이 되어 저녁 뉴스에서 보도되었다.

자유! 그것은 트레이시에게 있어서는 단순히 추상적인 단어로 끝나는 것이 아니었다. 그것은 현실이고 손에 닿는 것이며 즐기고 씹을 수 있는 것이었다. 자유라는 것은 신선한 공기를 마시는 것, 식사 때 줄을 서지 않아도 되는 것, 벨의 명령에 따라 움직이지 않아도 되는 생활이었다. 그리고 따뜻한 목욕, 맛있는 수프, 감촉이 부드러운 속옷, 아름다운 드레스를 입고 하이힐을 신을 수 있는 것이었다. 게다가 번호가 아닌 자기 이름을 사용할 수 있었고, 빅 바사로부터 도망칠 수 있었고, 집단 폭행의 공포로부터도, 또 죽고 싶을 정도로 지루한 교도소의 일과에서도 벗어날 수 있는 것이었다.

트레이시가 새로 발견한 자유였지만 그것을 실제로 누리기에는 약간의 시간이 필요했다. 길을 걸을 때에도 트레이시는 다른 통행인에게 부딪히지 않도록 신경을 썼다. 교도소 안에서는 다른 여죄수와 부딪히는 것이 대소동의 시작이기 때문이었다. 트레이시가 좀처럼 잘 적응할 수 없었던 것은 적이 없다는 이 자유로운 사회의 상황이었다. 협박하는 자가 아무도 없는 것이다. 따라서 트레이시는 아무에게도 방해받지 않고 자기 계획을 실행할 수 있을 것 같았다.

트레이시는 4명의 남자들에 관한 정확한 정보를 될 수 있는 대로 풍부하게 수집했다.

필라델피아에서 찰스 스탠호프 3세는 트레이시의 석방 소식을 전하는 텔레비전 뉴스를 보고 있었다.

'여전히 아름답군.'

찰스는 생각했다. 그녀를 보고 있자니 그러한 범죄를 저질렀다고는 도저히 상상하기 어려웠다. 찰스는 거실의 소파에 앉아서 뜨개질에 골몰하고 있는 아내를 보았다.

'나의 선택이 잘못되었을까?'

189

다니엘 쿠퍼도 뉴욕에 있는 그의 아파트에서 트레이시의 석방을 알리는 텔레비전 뉴스를 보고 있었다. 쿠퍼는 트레이시의 석방에 조금도 관심이 없었다. 텔레비전의 스위치를 끄고는 거의 완성되고 있는 서류에 다시금 매달렸다.

로마노는 크게 웃으면서 텔레비전 뉴스를 보고 있었다.

'휘트니라는 계집년은 운이 좋았군. 저 계집애에겐 교도소 생활이 좋은 경험이 되었겠지. 아마 틀림없이 지금쯤은 더 요염하게 변했을 테지? 아무튼 언젠가 만나게 될지도 모르지.'

로마노는 너무도 만족스러운 상태였다. 르누아르의 그림은 이미 취리히의 개인 수집가에게 넘어갔다. 보험회사가 50만 달러를 지불했고, 게다가 그림 중개상으로부터 20만 달러가 들어왔다. 당연한 일이지만 로마노는 앤서니 올사티에게 배당금을 상납했다. 올사티와의 관계에는 세심한 배려가 필요했다. 그와의 거래에서 속여먹은 자들의 신상에 일어난 일을 로마노는 잘 봐왔기 때문이었다.

월요일 정오, 루린 하트포드로 변장한 트레이시는 뉴올리언스 제일상업은행에 다시 나타났다. 은행은 그 시간이 가장 고객이 많이 몰려 혼잡했다. 레스터 토렌스의 창구 앞에는 5, 6명이 열을 지어 있었다. 트레이시가 줄을 서자 레스터가 그녀를 발견하곤 반가운 듯이 인사를 했다. 이날의 트레이시는 지난 금요일보다 더 아름다워 보였다.

트레이시의 순서가 되자 레스터는 들뜬 어조로 말했다.

"자, 쉽지는 않았지만 당신을 위해서 이렇게 준비해놓았습니다, 루린."

루린의 얼굴이 빛나며 행복에 찬 표정이 되었다.

"당신은 이 세상에서 최고로 멋진 분이에요!"

"그렇습니까? 아, 이것이 부탁하신 수표입니다."

레스터는 서랍을 열어 안에서 신중하게 수표가 든 상자를 꺼내어 트레이시에게 건네주었다.

"이것입니다. 400장 정도 됩니다. 이 정도면 되겠습니까?"

"어머나, 충분해요. 로마노 씨가 엉망으로 쓰시지만 않는다면요."

트레이시는 레스터를 가만히 쳐다보면서 한숨을 지었다.

"당신은 생명의 은인이라고 해도 좋을 정도예요."

그 말을 듣고 레스터의 다리 사이에서 그의 남성이 불끈 고개를 들었다.

"루린, 인간이란 서로에게 베풀며 사는 것이 중요하지 않겠어요?"

"정말 그래요, 레스터."

"어때요, 당신 자신의 계좌를 만드는 것은. 제가 잘 관리해드리겠습니다. 진심이에요."

"무슨 말씀이신지 잘 알겠어요."

트레이시는 부드러운 목소리로 말했다.

"어때요. 어딘가 조용한 장소에서 식사라도 하면서 이야기하지 않겠어요?"

"좋아요."

"어디로 연락하면 될까요, 루린?"

"아녜요. 제가 연락을 드릴게요, 레스터."

트레이시는 창구에서 물러났다.

"저, 잠깐만!"

다음 손님이 창구에 나타나 당황한 레스터 앞에 동전꾸러미를 왕창 내려놓았다.

은행 대합실 중앙에는 테이블이 4개 있고 입금전표와 출금전표가 테이블의 용기 안에 들어 있었다. 매일 이 시간이면 많은 사람들이 테이블에 몰려들어 열심히 전표에 써 넣는다. 트레이시는 레스터의 눈길에서 벗어나자 앞의 손님이 써 넣고 비워진 테이블에 끼어들었다. 레스터가 트레이시에게 건네준 상자에는 8권의 수표첩이 들어 있었다. 그러나 트레이시에게는 수표 그 자체는 아무래도 좋았다. 수표첩 뒤에 붙어 있는 입금전표가 목적이었다.

트레이시는 수표첩에서 주의 깊게 입금전표를 떼어냈고, 금세 80장의 입금전표를 손에 쥘 수 있었다. 그녀는 다른 사람들의 눈에 띄지 않도록 신경 쓰면서 20장의 입금전표를 테이블 위의 용기 안에 집어넣었다. 같은 방법으로 다음 테이블에도 20장의 입금전표를 놓았다. 몇 분이 채 되지 않아 나머지 입금전표를 전부 각 용기에 집어넣었다. 입금전표는 백지였지만 종이 끝에 코드 번호가 자기화(磁氣化)되어 있어서 컴퓨터가 자동적으로 그 번호를 읽어내고 고객의 이름을 추정하게 되어 있었다.

따라서 이때 불특정다수의 손님이 조셉 로마노의 코드번호가 기록된 전표로 예금하게 되므로 돈은 모두 컴퓨터에 의해서 조셉 로마노의 계좌에 넣어지게 된다. 은행에서 일한 경험으로 봐서 트레이시는 자신이 뿌린 80장의 입금전표가 이틀 내에 전부 사용되고 이 이상 사태가 발각되기까지는 적어도 5일은 걸릴 것이라고 계산했다. 그 정도의 시간이면 계획을 실행하는 데는 충분했다.

호텔로 돌아가는 도중에 트레이시는 백지 수표첩을 휴지통에 던져 넣었다. 이제 조셉 로마노는 수표첩을 필요로 하지 않게 될 것이다.

트레이시는 다음으로 뉴올리언스 홀리데이 여행사로 찾아갔다. 카운터 안에 있던 젊은 여자가 응대하러 나왔다.

"어서 오세요. 무슨 일로 오셨나요?"

"저는 조셉 로마노의 비서입니다. 로마노 씨 명의로 리우데자네이루행 항공편을 예약하고 싶은데, 금요일에 출발하는 것으로요."

"한 사람입니까?"

"네, 통로 측 일등석으로 흡연석으로 해주십시오."

"돌아오는 편은 어떻게 하시겠습니까?"

"편도로 해주세요."

그 여직원은 자기 책상의 컴퓨터를 향해 돌아앉았다. 몇 초도 되지 않아 그녀는 말했다.

"예약되었습니다. 팬 아메리카 항공의 일등석 한 사람. 금요일 오후 6시 35분에 출발하는 728편입니다. 마이애미를 경유하게 됩니다."

"로마노 씨도 만족해하실 것 같군요."

트레이시는 대리점 직원에게 감사를 표했다.

"요금은 192달러가 되겠습니다. 현금 지불입니까, 아니면 크레디트 카드입니까?"

"로마노 씨는 언제나 현금 결제예요. 목요일에 티켓을 로마노 씨의 사무실로 보내주시면 그 자리에서 지불해드릴 겁니다."

"바쁘시다면 내일이라도 보내드릴 수 있는데요."

"아뇨. 로마노 씨는 내일은 계시지 않습니다. 목요일 오전 11시에 괜찮을까요?"

"알겠습니다. 그러지요. 주소를 말씀해주시겠습니까?"

"조셉 로마노, 포이드라스가 217번지, 408호실입니다."

여직원은 메모했다.

"알겠습니다. 목요일 오전 중에 도착할 수 있도록 책임지고 배달해드리겠습니다."

"11시 정각예요. 부탁드립니다."

트레이시는 한 번 더 강조했다.

그 거리를 반 구획 정도 걸어간 곳에 아크메 가방 가게가 있었다. 진열장에 진열되어 있는 가방을 바라보면서 가게 안으로 들어갔다.

점원이 곧 다가왔다.

"어서 오세요. 어떤 가방을 찾으시는지요?"

"남편의 여행가방을 사고 싶어서요."

"마침 잘 오셨습니다. 할인판매 중인 상품이 있어요. 품질이 좋으면서도 가격이 싼 제품들이 다량……."

"아뇨. 싸구려는 안돼요."

트레이시는 딱 잘라 말했다.

벽에 진열되어 있는 비톤 여행가방 앞에서 트레이시는 멈춰 섰다.

"이게 좋을 것 같군요. 부부가 함께 가는 거예요."

"아, 그러세요? 이 가방이라면 남편께서도 마음에 들어 하실 겁니다. 사이즈는 세 종류 있습니다. 어떤 것으로 드릴까요?"

"하나씩 세 개 주세요."

"네, 알겠습니다. 카드로 하실 건가요 아니면 현금으로?"

"배달해주시면 그 자리에서 지불하겠어요. 이름은 조셉 로마노입니다. 목요일 오전 중에 남편의 사무실로 배달해주실 수 있겠어요?"

"물론이죠, 부인."

"정확히 오전 11시예요."

"제가 책임지고 배달시키겠습니다."

갑자기 생각난 듯이 트레이시는 덧붙였다.

"저…… 그리고 말예요. 금장으로 이니셜을 넣어주시겠어요? JR이라고 넣어주세요."

"알겠습니다. 그런 일쯤이야 얼마든지 해 드리죠, 미세스 로마노."

트레이시는 밝게 웃어보이며 점원에게 로마노의 사무실 주소를 말해주었다.

가방 가게를 뒤로 하자, 곧 가까이에 있는 웨스턴 유니온 우체국에 가서 리우데자네이루 코파카바나 해안에 면한 리오 오슨 팔레스 호텔 앞으로 전보를 쳤다.

'금주 금요일부터 2개월간 특실을 예약함. 수신인 지불 전보로 답신을

원함. USA 루이지애나, 뉴올리언스, 포이드라스가 217번지 408호실 조셉 로마노.'

3일 후, 트레이시는 은행에 전화를 걸어 레스터 토렌스를 부탁했다. 그의 목소리가 들려오자 트레이시는 달콤한 목소리로 말했다.

"당신은 기억하지 못하실 거예요, 레스터. 저는 루린 하트포드라고 하는데요. 로마노 씨의 비서인……."

'기억하지 못할 거라고?'

레스터는 헛기침을 했다.

"천만의 말씀입니다. 기억하지 못하다니요 루린, 나는 매일……."

"정말이세요? 어머나 기뻐요. 당신은 매일 많은 고객들을 상대하시는 분이라 기억하지 못하실 줄 알았어요."

"당신은 특별한 분이니까요."

레스터는 어떻게 해서든 그녀를 유혹하려고 필사적이었다.

"함께 식사하기로 한 약속을 잊고 있는 건 아니신지요?"

"잊다니요. 고대하고 있답니다. 다음 주 화요일에 시간이 어떠세요, 레스터?"

"좋아요!"

"기대하고 있겠어요. 아참! 전 정말 멍청한 여자예요. 당신과 얘기하다 보면 용건을 까맣게 잊는다니까요. 로마노 씨가 예금 잔고를 조사해달라고 하시던데 잠깐 조회해주실 수 있겠어요?"

"당신을 위해서라면 기꺼이, 곧 조사해드리겠습니다."

평소 같으면 레스터는 계좌 명의인의 생년월일을 물어보거나 조회인에게 신분 증명 서류를 제시해 받지만 지금의 경우에는 그런 것이 필요 없었다. 그녀와의 데이트를 위해서라면 못할 것이 없었다.

"그대로 기다려줘요, 루린."

레스터는 한껏 부드러움을 담아 전화기에 대고 말했다.

그는 컴퓨터로 조셉 로마노의 예금 잔고를 확인했다. 레스터는 명세표를 보고 깜짝 놀랐다. 최근 며칠 사이에 로마노의 계좌에는 막대한 금액이 입금되어 있었다. 로마노는 지금껏 자기 명의의 계좌에는 그렇게 거액의 예금은 갖고 있지 않았었다. 레스터는 대체 어떻게 된 것일까 하고 의아스럽게 생각했다.

'이건 커다란 거래가 얽혀 있군. 루린과의 식사 때 슬쩍 물어봐야지. 사소한 비밀 정도라면 그녀도 숨기려 들지 않겠지.'

레스터는 전화기로 돌아왔다.

"당신은 보스에게 여러 가지 일로 시달리는 것 같군요. 로마노 씨의 계좌에는 30만 달러가 조금 넘는 금액이 입금되어 있습니다."

그는 트레이시에게 말했다.

"네, 맞아요. 제게 말씀하신 액수와 일치하는군요."

"차라리 정기예금이나 다른 것으로 바꾸는 것이 어떻겠습니까? 이 상태로 두면 이자도 붙지 않으니까요."

"그럴 필요 없어요. 그대로 두고 싶어 하세요."

트레이시는 부드럽게 거절했다.

"알겠습니다."

"신세를 많이 졌어요, 레스터. 정말 고마워요."

"잠깐만요! 화요일 데이트 건인데, 장소 문제 같은 건 제가 사무실로 연락을 드릴까요?"

"아뇨, 제가 다시 전화 드릴게요."

트레이시는 그렇게 말하고 전화를 끊었다.

앤서니 올사티 소유의 근대적인 고층 사무실 빌딩은 포이드라스가에 우뚝 솟아 한 면은 강에, 또 한 면은 거대한 루이지애나 슈퍼 돔에 면해 있어서 4층 전체를 올사티의 회사인 퍼시픽 무역상사가 사용하고 있었다. 이 4층 제일 안쪽에는 올사티 개인 사무실이, 그 옆쪽으로 로마노의 사무실이 위치해 있었다. 두 사람의 사무실을 연결하는 객실에는 보통 4명의 젊은 접수원 아가씨가 대기하고 있었다. 올사티의 친구와 거래 상대를 접대하기 위해 고용되어 있는 것이다. 올사티의 사무실 정면 입구에는 보스를 지키기 위해서는 목숨도 아까워하지 않는 거대한 체구의 두 사나이가 지키고 있었다. 두 사람은 때에 따라서 보스의 운전사가 되기도 하고, 마사지사가 되기도 하고, 심부름꾼이 되기도 했다.

이 목요일 아침, 올사티는 자신의 집무실에 앉아 비밀 도박장과 외설 인쇄물, 매춘 등 퍼시픽 무역상사가 경영하는, 엄청나게 큰 이득을 보는 돈벌이에서 모아진 경리 서류를 보고 있었다.

올사티는 60대 후반의 추악하게 생긴 남자였다. 상체는 엄청나게 크고 뚱뚱한 데 비해 하체는 기묘하게 빈약해서 서 있는 모습이나 앉아 있는 모습이 개구리처럼 보였다. 얼굴은 상처투성이인 데다가 술 취한 거미가 비틀거리면서 거미줄을 친 것 같은 상흔이 잔뜩 뒤덮여 있었으며 입은 이상하게 컸고, 눈은 까맣고 동그랬다.

머리는 15살 때 탈모증으로 벗겨진 이후로 검은색 가발을 쓰고 있었다. 가발 장착도구는 매우 나빴지만 마피아의 보스에게 그것을 직접 대놓고 진언하는 사람은 한 사람도 없었다.

올사티는 냉철한 도박꾼의 눈을 하고 일체의 감정을 드러내지 않았다. 얼굴 표정도 눈과 마찬가지로 끔찍이 귀여워하는 5명의 딸들을 볼 때 외에는 무표정했다.

이 마피아 보스의 감정을 조금이나마 엿볼 수 있는 것은 그의 목소리였다. 삐거덕거리는 듯한 탁한 목소리로, 이것은 그가 스물한 살의 생일에 철사로 목이 졸려 숨이 끊어질 뻔했던 때의 결과였다. 그러나 올사티가 겨우 숨을 돌이키게 되자 두 사람의 보디가드는 그 다음 주에 시체 안치소에 누워 있는 처지가 되었다. 올사티는 화가 나면 날수록 목이 쉬어 낮고 컬컬한 목소리가 되었기 때문에 부하들은 알아듣는 데 곤혹을 치러야 했다.

올사티는 뇌물과 총과 협박으로 자기 영지에 군림하는 암흑가의 왕이었다. 그는 뉴올리언스의 암흑의 세계를 지배하고 있었다. 그 결과 엄청난 부를 수중에 장악하고 있었다. 국내의 다른 패밀리 보스들도 그에게는 경의를 표하며 무엇이든 조언을 구하곤 했다.

그날 그 순간 앤서니 올사티는 만족스런 기분에 젖어 있었다. 그는 비스터 호반에 위치한 아파트에 숨겨놓은 애인과 아침식사를 같이 하고 사무실로 막 들어온 참이었다. 올사티는 1주일에 세 번쯤 애인의 아파트에 들르고 있었는데, 오늘 아침은 그야말로 최고였다. 애인이 다른 여자라면 꿈에도 생각지 못할 일을 침대에서 해주었으므로 올사티는 자기를 굉장히 사랑하기 때문에 그런 행위를 해주었을 거라고 생각하고 감격해했다.

올사티의 조직은 기가 막히게 잘 짜여 있어서 문제는 거의 일어나지 않았다. 문제가 커지기 전에, 아예 작은 싹일 때 뽑아버리면 일은 간단하게 해결된다는 철학을 올사티는 적용하고 있었다. 올사티는 자신의 철학을 조 로마노에게 피력한 적이 있었다.

"어떤 작은 문제라도 방치해두면 안 돼. 반드시 큰 일이 되고 마니까. 눈사람처럼 점점 불어나서 힘에 부치게 된다고. 조장들 중에서 가장 많은 배당을 원하는 녀석이 있으면, 곧바로 잘라버려. 알았지? 눈사람처럼 커지기 전에 말이야. 시카고에서 어떤 수완가가 찾아와서 뉴올리언스에서 조그만 장사를 하고 싶다고 자네에게 허가를 구한다면, 그 조그만 장사가 곧 커져서 네 벌이를 잡아먹고 말 거야. 그러니까 승낙해놓고 그가 다시 나타나면 없애버리라고. 눈사람은 위험해. 알았지?"

로마노는 올사티의 충고를 명심했다.

올사티는 로마노를 무척 아껴서 친자식처럼 생각하고 있었다. 올사티가 로마노를 발견했을 때 로마노는 뒷골목에서 술꾼들에게 공갈을 치며 붙어먹고 사는 깡패였다. 올사티가 인물을 알아보고 그를 조직에 끌어들이자 로마노는 두드러지게 두각을 나타내기 시작했다.

로마노는 민첩하고 머리가 좋은 데다 무엇보다도 정직했다. 로마노는 불과 10년 만에 올사티의 오른팔로 급성장했으며, 지금에 이르러서는 '패밀리'의 모든 사업에 손을 대고 있었고, 보스의 명령에만 복종하고 있었다.

올사티의 개인 비서 루시가 노크를 하고 사무실로 들어왔다. 그녀는 24살의 대학 출신으로 지방의 미인 콘테스트에서 여러 번 우승한 경력이 있는 미녀였다.

올사티는 젊은 미녀를 주위에 거느리는 것을 취미로 삼고 있었다.

올사티가 책상의 시계를 보니 10시 45분이었다. 정오까지는 아무에게도 방해받고 싶지 않다고 루시에게 말해두었었다. 올사티는 불쾌한 듯이 말했다.

"뭐야!"

"방해해서 죄송합니다, 사장님. 지지 듀프레라는 여자에게서 전화가 와 있습니다. 매우 화가 나 있는 것 같습니다만 무슨 용건인지 제겐 말하지 않습니다. 사장님께 개인적으로 얘기하고 싶다고 합니다. 목소리를 들으니 뭔가 중대한 용건인 것 같습니다만."

올사티는 그대로 앉은 채 두뇌 컴퓨터에서 그 이름을 찾았다.

'지지 듀프레라는 여자라고? 전에 라스베이거스에서 방으로 불렀던 여자인가? 아냐, 지지 듀프레라는 이름이 아니었는데?'

아무래도 기억이 나지 않았다. 기억력이 좋은 것은 올사티가 자랑으로 삼는 것 중 하나였기 때문에 그는 고개를 갸웃했다. 호기심이 생긴 그는 전화기를 받아들고 루시에게 나가라고 손을 흔들어 신호했다.

"여보세요, 누구시죠?"

"앤서니 올사티 씨이신가요?"

프랑스 악센트가 섞인 목소리였다.

"그렇소만."

"아, 당신에게 연락이 닿아서 다행이에요, 올사티 씨!"

루시가 말한 대로였다. 이 정신 나간 여자는 완전히 신경질적으로 떠들어댔다. 올사티는 흥미를 잃고 전화기를 내려놓으려고 했다. 그러자 전화의 목소리가 부르짖었다.

"그 사람을 막아주세요, 제발. 부탁이에요!"

"아가씨, 지금 누구 얘기를 하고 있는 거요? 난 바쁜 몸이오."

"그러니까 조, 조 로마노 말이에요. 그가 저를 데리고 가준다고 약속을 해놓고는 글쎄…… 알고 계시죠?"

"뭐라고? 당신은 조에게 불만이 있는 거로군. 그렇다면 조에게 얘기하시오. 나는 그를 지키는 사람이 아니니까."

"그 사람은 제게 거짓말을 하고 있는 거예요! 나를 내버려두고 브라질로 가버린다는 걸 방금 알게 되었어요. 그 30만 달러의 절반은 제 것이었는데……."

올사티는 갑자기 흥미를 느끼기 시작했다.

"30만 달러라니, 그게 뭐요?"

"은행 계좌에 숨겨놓은 돈 말이에요. 그 돈은…… 그러니까 빼돌린 돈이라고 할까……."

앤서니 올사티의 흥미는 더욱 커졌다.

"부탁이에요. 조에게 얘기해주세요! 브라질에 나도 데리고 가달라고 부탁이에요! 전해주시는 거죠?"

"알았소. 잘 말해주겠소."

앤서니 올사티는 약속했다.

조셉 로마노의 사무실은 뉴올리언스에서도 유행의 최첨단을 걷는 실내장식가가 장식한 것으로, 백색과 크롬으로 이뤄진 초현대적인 것이었다. 색채 비슷한 것이라고는 벽에 걸려 있는 프랑스 인상파 화가가 그린 값비싼 3점의 그림뿐이었다.

로마노는 취미가 고상하다는 것이 자랑거리였다. 뉴올리언스의 빈민가에서 태어나 악전고투하는 과정에서 여러 가지를 몸에 익혔다. 그는 그림을 보는 눈을 키웠으며, 음악 감상도 좋아했다. 레스토랑에서 식사를 할 때는 소믈리에와 길게 얘기를 나눌 수 있을 정도로 포도주에 관한 지식도 가지고 있었다. 그렇다, 조셉 로마노가 자신을 자랑스럽게 여기는 데는 나름대로의 이유가 있었다. 동료들이 완력을 이용해서 살아남았다면, 로마노는 머리를 사용해 성공을 거둬왔다. 앤서니 올사티가 뉴올리언스를 좌지우지하고 있는 것이 사실이라면 조셉 로마노는 그것을 대행하고 있는 것이 사실이었다.

로마노의 비서가 사무실로 들어왔다.

"미스터 로마노, 리우데자네이루 행 비행기 표가 배달되어 왔습니다. 대금을 지불하기 위해 수표를 끊어도 될까요? 대금과 교환으로 인도하도록 되어 있는데요."

'리우데자네이루 행 비행기라고?'

로마노는 고개를 저었다.

"뭔가 잘못된 것이겠지. 배달원에게 그렇게 말해요."

제복을 입은 배달원이 사무실 입구에 서 있었다.

"저는 이 주소의 조셉 로마노 씨에게 이것을 전해드리라는 지시를 받고 왔습니다."

"그렇소? 그렇다면 그 지시를 한 사람이 실수한 것이겠지. 도대체 어떻게 된 일이오? 항공회사의 신식 PR 방법인가?"

"아닙니다. 저는……."

"어디 구경이라도 합시다."

그는 배달원에게서 비행기 표를 받아들고 자세히 살펴보았다.

"금요일에 출발이군. 내가 무엇 때문에 리우데자네이루에 가야 하는 거지?"

"꽤나 멋진 질문이군."

앤서니 올사티의 쉰 목소리가 울려 퍼졌다. 어느 틈엔가 배달원 뒤에 올사티가 와 있었다.

"무엇 때문에 가는 거지, 조?"

"어떤 얼간이가 실수를 했나 봐요."

로마노는 배달원에게 비행기 표를 돌려주었다.

"썩 챙겨가지고 돌아가라고, 그리고……."

"서두를 필요 없네."

앤서니 올사티는 비행기 표를 배달원에게서 낚아채더니 내용을 살펴보았다.

"1등석에다 통로 쪽의 흡연석이라……. 금요일의 리우데자네이루 행, 편도뿐이군."

로마노는 웃었다.

"누군가가 착각을 한 거라고요."

로마노는 비서를 돌아보며 말했다.

"여행사에 전화를 걸어서 당신들이 잘못 알았다고 야단을 쳐둬요. 덕택에 비행기 표가 없어서 난리를 치는 녀석이 어딘가에 있겠군."

그때 비서 보조인 조린이 방으로 들어왔다.

"실례합니다, 로마노 씨. 여행가방이 배달되어 왔습니다. 사인을 해도 좋겠습니까?"

조셉 로마노는 어안이 벙벙한 채 비서 보조를 응시했다.

"무슨 가방? 난 가방 같은 건 주문한 적이 없는데."

"그것을 이리로 가져와 봐."

앤서니 올사티가 말했다.

"도대체 어떻게 된 일이지? 누군가 미쳐도 단단히 미친 모양이군."

조셉 로마노는 말했다.

배달원이 고급 여행가방을 3개씩이나 들고 들어왔다.

"이건 또 뭐야? 난 주문하지 않았다고."

배달원은 배달 전표를 점검했다.

"조셉 로마노 씨 앞. 포이드라스가 217번지 408호로 되어 있습니다만."

조셉 로마노는 화를 벌컥 냈다.

"뭐라고 적혀 있건 내가 알게 뭐야! 난 주문을 한 적이 없다고. 모두들 챙겨가지고 썩 꺼지지 못하겠어?"

올사티는 가방을 조사해봤다.

"허허, 이것은 자네 이름의 머리글자가 아닌가, 조?"

"뭐라고요? 이게 어찌된 일이지? 잠깐만 기다려주세요. 누군가의 선물일지도……."

"자네 생일이라도 됐나?"

"아닙니다만…… 여자들이란 무턱대고 선물 같은 걸 좋아하잖아요. 사장님도 잘 알지 않습니까?"

"그건 그렇고 브라질에 무슨 볼일이라도 있나?"

앤서니 올사티는 물었다.

"브라질이라고요?"

조셉 로마노는 어처구니가 없다는 듯이 웃었다.

"누군가가 장난을 치고 있는 겁니다."

올사티는 희미하게 미소를 지으면서 비서와 두 사람의 배달원 쪽으로 얼굴을 돌렸다.

"모두들 이 방에서 나가게."

두 사람만을 남겨두고 문이 닫히자 올사티가 입을 열었다.

"자네 은행잔고가 얼마나 되지, 조?"

조 로마노는 얼떨떨한 얼굴로 두목을 쳐다보았다.

"정확하게는 모르지만 1천5백 달러에서 2천 달러 사이겠죠. 왜 그러십니까?"

"아니, 그냥 생각이 나서 물어본 걸세. 하여간 은행에 전화를 걸어서 확인해보게나."

"무엇 때문에요? 저는……."

"조회해보란 말이야, 조."

"알겠습니다. 그래서 당신의 속이 편하다면요."

로마노는 인터폰으로 비서를 불렀다.

"제일상업은행의 고객 부장에게 전화를 걸어줘요."

1분 후에 여자 행원의 목소리가 전화기로부터 들렸다.

"여보세요? 난 조셉 로마노요. 내 당좌예금의 현재 잔고가 얼마나 되죠? 내 생일은 9월 14일이오."

앤서니 올사티는 또 하나의 전화기를 집어 들었다. 얼마 뒤 고객부장이 전화를 받았다.

"기다리셨습니다, 미스터 로마노. 오늘 아침 현재 선생님의 당좌예금의 잔고는 31만9백5달러 35센트입니다."

로마노는 자기 얼굴에서 핏기가 싹 가시는 것을 느낄 수 있었다.

"얼마라고요?"

"31만9백5달러……."

"야, 이 미친놈아! 내 계좌에 그런 거금이 들어가 있을 리가 없어! 너희들이 잘못 안 거야. 책임자와 얘기를 해야겠어……."

로마노는 큰 소리로 악을 썼다.

앤서니 올사티가 전화기를 내려놓자 로마노는 자신의 손에서도 전화기가 떨어져 나간 것처럼 느껴졌다.

"그 돈들은 어디서 긁어모은 거지, 조?"

조셉 로마노의 얼굴색이 새파랗게 변했다.

"하, 하느님에게 맹세코…… 토니! 나는 그 돈에 대해서 전혀 아는 바가 없습니다."

"허허, 전혀 아는 바가 없다고?"

"저, 정말로 믿어주셔야 합니다. 이건 보통 일이 아닙니다. 누군가가 나를 함정에 빠뜨리려고 하는 겁니다."

"자네에게 홀딱 반한 누군가겠지."

올사티는 실크를 씌운 팔걸이의자에 깊숙이 몸을 파묻고 조셉 로마노를 오랫동안 뚫어지게 바라보았다. 그러다가 을씨년스러울 정도로 온화한 목소리로 말을 걸었다.

"준비가 모두 끝났다는 얘긴가? 리오까지의 편도 비행기 표에다 새 여행가방…… 새로운 생활을 시작할 생각이었군그래?"

"아닙니다!"

로마노의 목소리는 공포에 떨고 있었다.

"제발 부탁입니다. 나에 대해서는 누구보다도 잘 알고 계시지 않습니까? 나는 지금까지 당신의 명령대로 따라왔고, 당신을 친아버지처럼 존경해왔습니다."

로마노의 얼굴은 어느새 땀으로 뒤범벅이 되어 있었다. 노크 소리가 들리고 비서가 방으로 들어왔다. 비서는 봉투를 손에 들고 있었다.

"방해를 해서 죄송합니다, 미스터 로마노. 국제전보가 와 있는데요. 사인이 필요하답니다."

함정에 빠진 동물적인 본능으로 조셉 로마노는 말했다.

"지금은 안 돼. 바빠서 손을 놓을 수가 없어."

"이리 줘봐."

앤서니 올사티는 그렇게 말하고 비서가 방을 나가 문을 닫기 전에 의자에서 일어났다. 올사티는 전문을 읽고 나서 로마노의 눈을 뚫어지게 응시했다. 그 목소리는 쉬어 있었고 무척 낮았기 때문에 로마노로서도 알아듣기가 힘들 정도였다. 올사티의 목소리가 귀에 울려왔다.

"전문을 읽어주겠네, 조. '이번 주 금요일부터 2개월간 저희들의 팔레스 호텔 특실을 예약하신 것을 확인합니다. 리우데자네이루 코파카바나 해안, 리오 오슨 팔레스 호텔'이라고 적혀 있군. 몬탈반드라는 지배인의 사인까지 되어 있는걸? 조, 이것은 자네의 예약문의에 대한 답전이군. 하지만 이제는 필요 없게 되었지, 안 그런가?"

그녀를 위하여

요리사인 앙드레 길리언은 주방에서 알라 카르보나라 스파게티와 이태리 풍 샐러드, 토르테 등의 요리를 만들고 있었다. 그때 쾅쾅 하는 커다란 기계소리가 나는가 싶더니 얼마 뒤 실내 에어컨의 기분 좋은 소음이 점점 작아졌고, 마침내는 아무런 소리도 나지 않게 되었다.

앙드레는 발로 쿵쿵 마루를 구르고는 자신도 모르게 투덜거렸다.

"빌어먹을! 하필이면 모임이 있는 날에!"

앙드레는 배전판이 설치되어 있는 창고로 서둘러 가서 전원 스위치를 차례로 건드려보았다. 아무런 반응도 없었다.

'아, 포프 씨가 화를 내겠군. 그것도 엄청나게!'

앙드레는 그의 주인이 금요일 밤마다 즐기는 주 1회의 포커 게임을 얼마나 고대하고 있는지를 잘 알고 있었다. 그것은 이미 몇 년 전부터 관례가 되어 있었는데, 매회 같은 멤버의 엘리트들이 한곳에 모였다. 에어컨이 작동하지 않으면 이 저택의 더위는 견디기가 어려웠다. 아니, 도저히 견딜 수가 없었다! 뉴올리언스의 9월은 문명인에게는 어울리지 않았다.

해가 진 다음에도 열기와 습기로 숨이 막혔다.

앙드레가 주방으로 돌아가 시계를 보니 오후 4시였다. 손님들이 오는 것은 오후 8시였다. 앙드레는 주인인 페리 포프 변호사에게 전화를 걸어 에어컨 고장을 보고하려 했다. 그러나 그의 주인이 오늘은 종일 법정에 매달려 있다는 것을 상기했다.

'주인님은 항상 바쁘시지. 그래서 오늘 같은 휴식이 필요한 거야. 그런데 일이 이 지경이 되었으니!'

앙드레는 주방 서랍에서 검은 표지의 조그만 전화번호부를 꺼내어 번호를 확인한 다음 전화를 걸었다. 세 번의 호출음 뒤에 금속성의 억양이 없는 목소리가 들려왔다.

"여기는 에스키모 에어컨디셔닝 서비스센터입니다. 지금은 수리기사가 모두 출장 중입니다. 이름과 전화번호와 용건을 알려주시면 될 수 있는 한 빨리 연락드리겠습니다. 삐 소리가 나면 말씀해주십시오."

'이거 뭐야! 기계에 대고 얘기를 하는 나라는 이 미국밖에는 없을 것이다. 젠장!'

귀에 거슬리는 삐ー 하는 금속음이 앙드레의 귀에 들려왔다. 그는 전화기에 대고 얘기를 했다.

"여기는 페리 포프의 자택입니다. 주소는 찰스가 42번지, 에어컨이 고장 났습니다. 가능한 한 빨리 기사를 파견해주십시오. 최대한 빨리요!"

앙드레는 전화기를 쾅 하고 내려놓았다.

'알겠어, 바쁘겠지. 이 정도의 무더위라면 시내 전체의 에어컨이 고장 났을걸. 이 염병할 놈의 열기와 습기를 제거하려면 에어컨도 보통 힘든 일이 아니겠지. 아무튼 빨리 와주었으면 좋겠는데……'

포프 씨는 신경질이 심했다. 그것도 남을 못살게 달달 볶는 스타일이었다. 앙드레 길리언은 이 저택의 요리사로 일한 지 3년이 되는데, 주인의 그런 마음속을 구석구석까지 잘 알고 있었다.

'놀라운 일이야. 그 젊은 나이에 이렇게 출세를 하다니!'

페리 포프는 모든 사람들을 쉽게 생각했다. 어찌된 일인지 그가 손가락을 탁 하고 튕기면 누구나가 벌떡 뛰어 일어났다.

이런저런 생각을 하고 있는 동안에도 집 안의 온도는 쑥쑥 상승해갔다.

'허허, 무더워지는군. 빨리 고치지 않으면 큰일 나겠는걸.'

앙드레는 다시 자신의 할 일을 시작했다. 샐러드용 살라미와 치즈를 종이처럼 얇게 썰기 시작했지만 오늘 밤의 모임이 비참한 결과로 끝나지나 않을까 하는 두려운 생각이 머리에서 떠나지를 않았다.

30분 후에 뒷문의 벨이 울렸을 때, 앙드레의 옷은 땀으로 흠뻑 젖어 있었고, 주방은 오븐 속과 같았다. 요리사는 서둘러 뒤쪽의 문을 열었다.

작업복 차림의 수리 기사 2명이 도구상자를 들고 문 앞에 서 있었다. 한 사람은 키가 큰 흑인이고 또 한 사람은 아주 키가 작은 백인으로, 낮잠을 자다가 온 듯한 졸린 얼굴을 하고 있었다. 두 사람의 뒤쪽 차도에 작업 트럭이 주차해 있었다.

"댁의 에어컨이 고장 났다면서요?"

흑인이 물었다.

"네! 당신들이 와줘서 살았어요. 빨리 수리를 시작해줘요. 곧 손님들이 들이닥칠 테니까요."

흑인은 찌는 듯한 주방으로 가서 토르테 굽는 냄새를 킁킁 하고 맡았다.

"냄새가 기가 막히군요."

"빨리 고쳐줘요!"

앙드레가 재촉했다.

"그럼 에어컨실로 가봅시다."

앙드레는 두 사람을 데리고 종종걸음으로 에어컨이 설치되어 있는 창고까지 안내했다.

"이건 꽤나 고급 장치인걸, 랄프."

흑인이 동료에게 말했다.

"그렇군, 알. 이런 건 요즘엔 안 만들지."

"왜 고장이 난 거요?"

앙드레 길리언이 물었다.

두 사람은 그를 돌아다보았다.

"우리도 방금 도착한 길이라고요."

백인인 랄프가 비난하듯이 말했다. 랄프는 무릎을 꿇고 바닥 부분의 작은 문을 열고는 회중전등을 꺼내어 엎드린 채 안을 들여다보았다. 한동안 살펴보던 그가 다시 몸을 일으켰다.

"여기는 고장 난 곳이 없는데요."

"그렇다면 어디가 고장이란 말입니까?"

앙드레가 물었다.

"콘센트의 어딘가가 합선이 되어 있을 겁니다. 그 때문에 에어컨 장치 전체가 합선이 되었겠죠. 에어컨의 통기 구멍은 몇 개나 있습니까?"

"각 방마다 한 개씩이에요. 그러니까 전부 아홉 군데겠지요."

"그것이 고장의 원인이겠군. 아마 변압기에 지나치게 부담이 갔을 겁니다. 그것을 찾아봅시다."

세 사람은 다시 홀로 돌아왔다. 거실에 들어섰을 때 알이 말했다.

"포프 씨라는 분은 정말로 대단한 저택을 갖고 계시군요."

거실에는 엄청나게 값비싼 서명이 들어간 골동품류가 깨끗이 진열되어 있었고, 마루에는 차분한 색깔의 페르시아 융단이 깔려 있었다. 거실의 왼쪽은 정식 만찬용의 대 식당이었고, 오른쪽에는 커다란 방이 있었으며 녹색의 커다란 게임용 테이블이 놓여 있었다. 그 방의 한 구석에 있는 둥근 테이블에는 이미 저녁식사가 준비되어 있었다. 두 사람의 수리기사가 그 방으로 들어가서 회중전등으로 벽 위쪽에 있는 에어컨의 통기 구멍을 비추었다.

"흐음."

흑인이 중얼거리면서 포커용 테이블 바로 위의 천장을 올려다보았다.

"이 방의 위쪽은 어떻게 되어 있습니까?"

"지붕 밑 방이에요."

"조사해봅시다."

앙드레의 뒤를 따라서 두 사람은 지붕 밑 방으로 올라갔다. 그곳은 세로로 길고 천장이 낮은, 거미줄투성이에다 먼지가 잔뜩 쌓인 방이었다. 알은 벽에 설치해놓은 배전 상자로 다가가 그곳에 뒤엉켜 있는 배선을 꼼꼼히 조사하기 시작했다.

"아!"

"뭘 좀 알아냈습니까?"

앙드레는 빨리 알고 싶었다.

"콘덴서입니다. 습기 탓이군요. 이것 때문에 이번 주에 100건이 넘는 고장이 일어났다고요. 이건 완전히 타버렸군요. 이걸 교환해야겠어요."

"아, 큰일 났군. 교환하는 데 시간이 많이 걸립니까?"

"금방 됩니다. 밖의 트럭에 신품 콘덴서가 실려 있으니까요."

"부탁합니다, 서둘러 주세요. 얼마 안 있으면 주인님이 돌아오신단 말입니다."

앙드레가 애원했다.

"뒷일은 우리에게 맡겨두세요."

흑인이 장담했다.

세 사람이 함께 주방으로 돌아갔을 때 앙드레가 사정 얘기를 했다.

"샐러드 드레싱을 만들어야 해요. 지붕 밑 방에는 당신들 둘이서 갈 수 있겠죠?"

흑인이 손을 저으며 말했다.

"걱정하지 말고 당신은 맡은 일이나 열심히 해요. 우리 일은 우리가 알

211

아서 할 테니까."

"아, 고맙습니다. 이 신세는 잊지 않겠습니다."

앙드레가 보니 수리기사들이 트럭으로 돌아가서 커다란 자루 2개를 안고 오고 있었다.

"무엇이든 필요한 것이 있으면 부르세요. 언제든 나를 불러요."

요리사는 두 사람에게 소리쳤다.

"알겠습니다."

랄프와 알은 지붕 밑 방에 도착하자 자루를 열고 가지고 온 것들을 끄집어내기 시작했다. 접었다 폈다 하는 조그만 캠프용 의자, 강철 날이 달린 드릴, 샌드위치 접시, 맥주깡통 2개, 희미한 곳에서도 멀리 볼 수 있는 12×40배의 망원경, 아세틸, 프로마진액 4분의 3밀리그램을 주사한 두 마리의 쥐였다.

두 사람은 작업에 착수했다.

"어네스틴은 나를 자랑스럽게 여길 거야."

알은 작업을 시작하면서 밝게 웃었다.

처음에 알은 그 아이디어에 완강하게 반대했었다.

"그런 생각은 빨리 잊어버리는 것이 좋아, 여보. 나는 페리 포프 같은 인간과는 관계하고 싶지가 않아. 그 잘난 녀석에게 걸려들어 보라고. 두 번 다시 햇빛 구경하기는 힘들 테니까."

"여보, 그 녀석에 대해서는 걱정할 필요가 없다니까요. 그 변호사 녀석은 앞으로 아무도 괴롭힐 수가 없게 된다고요."

두 사람은 벌거벗은 채 어네스틴의 아파트의 물침대에 누워 있었다.

"이번 일로 당신은 얼마나 벌게 되지?"

알이 물었다.

"돈벌이 같은 것은 아니라고 했잖아요. 내 마음이 후련해질 뿐이라고요. 그 녀석은 이 세상에서 가장 악질적인 놈이니까."

"어이, 이것 보라고. 악질적인 놈은 이 세상에 얼마든지 우글거리고 있어. 그 녀석들을 일일이 어떻게 처치하겠다는 거야?"

"그렇다면 솔직히 얘기하죠. 이번 일은 친구를 위해서 하는 거예요."

"친구라면, 트레이시 말이야?"

"그래요."

알은 트레이시에게 호감을 갖고 있었다. 트레이시가 특사로 석방되던 날, 세 사람이 함께 식사를 했었다.

"그녀는 확실히 좋은 사람이야. 그건 틀림없어."

알은 인정했다.

"하지만 무엇 때문에 그녀를 위해 우리가 위험한 짓을 해야 하지?"

"도와주지 않으면 안돼요. 그렇지 않으면 트레이시는 당신의 절반만큼도 도움이 안 되는 사람에게 부탁을 하지 않으면 안 되게 된다고요. 그래서 붙들리기라도 하면 그 애는 또다시 교도소로 돌아가야 하고."

알은 침대에서 몸을 일으켜 어네스틴을 이상스러운 듯이 바라보았다.

"당신에게는 그 일이 그렇게도 중요한 일이란 말이야?"

"그렇다니까요, 여보."

설명을 해봤자 알로서는 도저히 이해할 수 없었다. 실제로 트레이시가 교도소로 다시 끌려가 빅 바사의 자비에 몸을 맡긴다는 것은 어네스틴으로서는 도저히 견딜 수 없는 일이었다. 그렇기 때문에 트레이시를 걱정한다는 것은 어네스틴 자신을 걱정하는 일이기도 했다. 그녀는 트레이시의 비호자였기 때문에 가령 트레이시가 빅 바사의 손에 넘어간다면 그것은 다름 아닌 어네스틴 자신의 패배를 의미했다.

어네스틴은 다시 한 번 강조하듯 말했다.

"무척 중대한 일이에요, 여보. 해줄 거죠?"

"어쨌든 나 혼자서는 힘들어."

알은 투덜거렸다.

아무래도 어네스틴의 승리인 것 같았다. 그녀는 장신에다 딱 벌어진 보이프렌드의 나체를 위에서 아래로 부드럽게 쓰다듬으며 속삭였다.

"올드 랄프가 2, 3일 전에 석방되었다고 말하지 않았나요……."

두 사람의 수리기사가 땀과 먼지로 뒤범벅이 된 지저분한 모습으로 주방으로 돌아온 것은 6시 30분이 조금 지나서였다.

"전부 고쳤나요?"

앙드레가 걱정스러운 듯이 물었다.

"꽤나 힘이 들었소이다. 당신도 알겠지만 이 집의 콘덴서는 직류와 교류의 스위치가 달려 있어서……."

알이 설명했다.

"그런 것은 아무래도 좋아요. 아무튼 수리가 되었나요?"

앙드레는 짜증스럽다는 듯이 말을 막았다.

"그렇습니다. 콘덴서를 새것으로 바꿨으니 5분만 지나면 신품처럼 작동할 거요."

"그것 참 다행이군요! 여기 식탁 위에 청구서를 놓고 가면……."

랄프가 고개를 흔들었다.

"그런 걱정은 하실 필요가 없습니다. 회사에서 청구서를 보내올 테니까요."

"수고하셨습니다. 그럼 안녕히 가세요."

앙드레는 두 사람이 자루를 들고 뒤쪽의 비상구로 나가는 것을 바라보았다. 요리사의 시계에서 벗어나자 두 사람은 안뜰 쪽으로 돌아가서 에어컨의 콘덴서가 들어 있는 옥외의 문을 열었다. 랄프가 회중전등을 비추고 알이 2시간 전에 끊어 놓았던 전선을 다시 이었다. 에어컨 장치는 즉시 작동하기 시작했다.

알은 콘덴서에 붙어 있는 서비스 증서의 전화번호를 베꼈다. 잠시 후에 알이 그 번호로 전화를 걸자 에스키모 에어컨디셔닝 서비스의 녹음 소리가 들려왔다.

"여긴 찰스가 42번지의 페리 포프 자택입니다. 에어컨은 고쳤습니다. 직원을 파견해주지 않아도 괜찮습니다. 그럼 좋은 하루가 되시기를!"

매주 금요일 밤에 개최되는 페리 포프 자택에서의 포커 게임은 참가자 전원이 고대하는 행사였다. 참가자는 언제나 똑같이 엄선된 그룹―앤서니 올사티, 조셉 로마노, 헨리 로렌스 판사, 시의회 의원 한 사람, 주 의회 상원의원 한 사람, 그리고 물론 이 저택의 주인이었다. 판돈은 높고, 음식은 호화롭고, 모여 있는 전원이 권력을 내세워 못된 짓을 하는, 한마디로 악랄한 인간들이었다.

페리 포프는 침실에서 스포츠 셔츠에 맞추어 흰 실크 바지를 입었다. 이제부터 벌어질 일을 생각하면 공연히 기분이 좋아져서 저절로 콧노래가 흘러나왔다. 요즘에 와서 승운이 계속 따르고 있었던 것이다.

'실제로 내 인생 그 자체가 커다란 승리지.'

변호사는 생각했다.

뉴올리언스에서 법률상의 특혜가 필요할 때 페리 포프는 참으로 믿을 만한 변호사였다. 올사티 패밀리라는 강력한 힘의 배경이 있었기 때문이다. 그는 민완 변호사로 알려져 있었으며 교통위반 딱지부터 마약매매, 심지어는 살인사건에 이르기까지 어떤 일이라도 취급했다. 인생은 참으로 즐거웠다.

앤서니 올사티가 새로운 손님을 데리고 도착했다.

"조셉 로마노는 두 번 다시 포커는 하지 않을 거야."

올사티는 모두의 앞에서 선언했다.

"모두들 알고 있겠지만 이쪽은 뉴하우스 총경이오."

총경은 그들과 악수를 하며 한 바퀴 돌았다.

"마실 것은 사이드보드 위에 있으니 자유롭게 마음에 드시는 것으로 드세요."

페리 포프는 말했다.

"저녁식사는 나중에 하기로 하고, 우선 조촐하게 시작해볼까요?"

그들은 녹색 펠트를 씌운 테이블을 둘러싸고 의자에 앉았다. 올사티는 뉴하우스 총경에게 조셉 로마노의 자리를 가리키며 말했다.

"오늘부터 그 자리는 당신이 사용하도록 하시오."

사나이들 중 한 사람이 새로운 카드의 봉을 뜯고 있는 사이에 포프는 포커칩의 분배를 시작했다. 변호사는 뉴하우스 총경에게 룰을 설명했다.

"검은 칩 한 개가 5달러, 적색 칩 한 개가 10달러입니다. 청색 칩은 50달러이고 흰색은 100달러로 되어 있습니다. 500달러의 칩을 사가지고 시작합니다. 판돈은 세 번까지 올릴 수 있고, 게임의 선택은 선의 권한으로 되어 있습니다."

"좋습니다."

총경은 말했다.

"카드를 나눠요, 시작합시다."

낮게 가라앉은 목소리로 올사티가 재촉했다. 그는 기분이 좋아 보이지 않았다.

페리 포프는 조셉 로마노의 신상에 무슨 일이 일어났는지 알고 싶어서 좀이 쑤셨지만 지금 그 화제를 꺼내는 것은 현명하지 못하다고 판단했다. 올사티는 언젠가 때가 오면 자기에게 의논할 것이기 때문이었다.

올사티는 암담한 심정이었다.

'나는 조셉 로마노를 아들처럼 보살펴주었다. 녀석을 신임해서 내 심복으로까지 삼았다. 그런데도 그 배은망덕한 녀석이 나를 등 뒤에서 찌르다니! 그 녀석의 애인이라는 프랑스 여자가 전화를 걸어주지 않았더라면 녀석은 감쪽같이 돈을 빼가지고 도망쳤을지도 모른다. 하지만 녀석은 이제 두 번 다시 도망칠 수 없어. 바다 속에 있으니 말이야. 녀석은 머리가 좋으니 물고기라도 꼬이고 있을 테지.'

"토니, 설 건가 죽을 건가?"

앤서니 올사티는 게임 쪽으로 주의를 돌렸다. 테이블 위에서는 거액의 돈이 오가고 있었다. 앤서니 올사티는 질 때마다 더욱더 기분이 나빠졌다. 돈을 잃기 때문이 아니라 어떤 일이든 지는 쪽에 있는 것이 견딜 수 없었다.

올사티는 자신은 태어나면서부터 승리자라고 굳게 믿고 있었다. 승리자만이 그와 같은 위치에 오를 수 있는 것이다. 지난 6주일 동안 페리 포프가 지나치게 승운을 타고 있었기 때문에 오늘 밤에야말로 그 흐름을 바꿔보겠다고 앤서니 올사티는 굳게 마음먹고 있었다.

게임의 선택은 선의 권한이었기 때문에 각자가 선이 되었을 때 자기가 잘하는 게임을 선택했다. 각자가 특기로 게임을 해나갔지만 오늘 밤 앤서니 올사티는 무엇을 선택해도 계속 지기만 했다. 그래서 올사티는 판돈을 올리고 우격다짐으로 잃은 돈을 만회하려 들었다.

자정 가까이가 되어 요리사인 앙드레가 준비한 식사를 하려고 잠시 휴식을 취하고 있을 무렵, 올사티는 5만 달러 정도를 잃고 있었다. 승자의 선두는 포프였다.

음식은 훌륭했다. 다른 때 같으면 올사티는 마음껏 먹을 수 있는 이 밤참을 즐겼을 텐데 오늘 밤에는 초조해하면서 곧장 포커 테이블로 돌아가려 했다.

"아직 음식에 전혀 손도 대지 않으셨습니다."

페리 포프가 말했다.

"그다지 배가 고프지 않아서……."

올사티는 그의 옆에 놓여 있는 은제 커피포트에 손을 뻗어 빅토리아 왕조 풍의 도자기 잔에 커피를 따랐다. 그리고 그 커피 잔을 든 채로 포커 테이블에 앉아 재촉하듯이 모두를 바라보았다. 잃은 돈을 만회하려고 초조해하고 있는 것이다. 올사티가 커피를 저으려고 하자 잔 속에 작은 티끌이 들어 있는 것이 보였다. 올사티는 기분이 나쁘다는 듯이 그것을 스푼으로 건져 자세히 살펴보았다. 회반죽이 벗겨져 떨어진 것 같기도 했다. 천장을 쳐다보려고 얼굴을 들자 이마에 뭔가가 떨어져 내렸다. 갑자기 머리 위에서 찍찍거리며 무언가가 뛰어다니는 소리가 들렸다.

"위에서 무엇이 뛰어다니고 있나?"

앤서니 올사티가 물었다.

페리 포프는 뉴하우스 총경을 상대로 한창 우스갯소리를 늘어놓고 있는 중이었다.

"미안합니다만, 뭐라고 말씀하셨소?"

뛰어다니는 소리가 이제는 뚜렷하게 들려왔다. 회반죽 가루가 녹색의 펠트 위에 뽀얗게 떨어지기 시작했다.

"당신은 쥐를 기르고 있소?"

상원의원이 물었다.

"우리 집에는 쥐 같은 것은 없습니다."

페리 포프는 화가 난 듯한 목소리로 말했다.

"그렇다면 무엇이 있는지 똑똑히 알아봐야지."

올사티가 신음소리를 냈다.

이번에는 좀 더 큰 회반죽 파편이 녹색 펠트 위에 떨어져 내렸다.

"앙드레에게 살펴보고 오라고 하겠습니다. 이제 식사가 끝난 것 같으니 게임을 다시 계속할까요, 여러분?"

포프가 말했다.

앤서니 올사티는 자기의 바로 위에 있는 천장의 작은 구멍을 꼼짝하지 않고 노려보고 있었다.

"잠깐만 기다리게. 위에 올라가 보세."

"무엇 때문에요? 앙드레에게 시키면 될 텐데요."

올사티는 이미 의자에서 일어나 계단 쪽으로 걸어가고 있었다. 다른 사람들은 서로 얼굴을 마주보다가 황급히 올사티의 뒤를 쫓아갔다.

"아마 다람쥐가 지붕 밑 방에 숨어들어 갔을 겁니다. 요즘 같은 계절에는 어디에 가든 다람쥐가 있으니까요. 어쩌면 겨울을 대비해서 도토리라도 숨기고 있을 겁니다."

페리 포프의 추측이었다. 그는 자신의 농담에 혼자서 재미있어했다.

지붕 밑 방의 입구까지 도달해서 올사티가 문을 밀쳐 열었고, 페리 포프가 불을 켰다. 방안을 두 마리의 쥐가 미친 듯이 뛰어다니고 있었다.

"이게 뭐야? 쥐가 있잖아!"

페리 포프는 말했다.

앤서니 올사티는 변호사의 탄식 같은 것에는 귀를 기울이지 않았다. 올사티는 방안을 찬찬히 둘러보았다. 지붕 밑 방 한가운데에는 캠프용 의자가 놓여 있고, 샌드위치 접시와 빈 맥주깡통이 얹혀 있었으며 의자 옆의 마루에는 망원경이 놓여 있었다.

올사티는 성큼성큼 다가가서 그것들을 하나씩 집어 들고 꼼꼼하게 살펴보았다. 그러고는 먼지가 쌓인 마루에 무릎을 꿇고, 천장에 뚫어진 작은 구멍을 틀어막고 있는 나무 조각을 빼냈다. 그가 그 구멍에 눈을 갖다 대자, 바로 밑에 카드 테이블이 똑똑히 내려다 보였다.

페리 포프는 지붕 밑 방의 한가운데서 안절부절 못하고 얼어붙은 듯이 서 있었다.

"누가 이런 구닥다리 세간들을 여기다 갖다 놓았을까? 앙드레 녀석에게 따끔하게 물어봐야지."

올사티는 천천히 몸을 일으키고 나서 천천히 무릎에 묻은 먼지를 털어냈다.

"이건 너무한데! 천장에 구멍이 뚫려있는걸. 요즘 공사장 인부들은 엉터리군."

페리 포프는 엎드려서 구멍을 들여다보았다. 그 순간 자신의 얼굴에서 핏기가 싹 가시는 것을 느낄 수 있었다. 일어서서 동료들을 둘러보자 모두들 경멸에 찬 눈으로 변호사를 노려보고 있었다.

"왜들 그러십니까?"

페리 포프가 말했다.

"당신들은 설마하니 내가……? 여러분, 내가 이런 짓을 할 리가 있겠습니까? 제발 부탁입니다. 모두들 절친한 친구들이 아닙니까?"

그렇게 말하면서 변호사는 손을 입으로 가져가서 손톱 끝을 물어뜯기 시작했다.

올사티가 불쌍한 희생자의 팔을 가볍게 두들겼다.

"그렇게 겁먹을 필요는 없네."

마피아 두목의 목소리는 거의 알아들을 수가 없었다. 페리 포프는 오른손 엄지의 살을 필사적으로 물어뜯고 있었다.

도리스 휘트니의 딸로부터

"이제 두 사람을 골탕 먹였지, 트레이시? 거리의 소문으로는 네 친구 페리 포프인가 하는 변호사는 이젠 개업을 할 수 없다고 하더군. 그건 정말 비참한 사고였다나 봐."

어네스틴이 유쾌하다는 듯이 웃었다.

그녀들은 로열가의 보도에 차려놓은 카페에서 카페오레와 스낵을 먹고 있었다.

어네스틴은 낄낄거리는 웃음을 멈출 줄을 몰랐다.

"넌 정말 머리가 좋아. 나랑 같이 장사나 하지 않겠어? 부탁이니 날 도와줘."

"고마워, 어네스틴. 하지만 나에겐 아직 계획이 남아 있어."

어네스틴은 활기를 띠며 물었다.

"다음엔 누구 차례지?"

"로렌스야. 판사인 헨리 로렌스."

헨리 로렌스는 루이지애나 주의 리스빌이라는 작은 도시에서 법률가로서 법조계에서의 첫걸음을 내디뎠다. 법률가로서 재능은 없었지만, 그는 중요한 두 가지 특질을 갖고 있었다. 준수한 외모와 변화무쌍한 윤리관이었다.

법률가 로렌스의 철학은 법률은 가느다란 작은 나뭇가지 같아서 의뢰인의 요구에 의해 어떤 모양으로든지 굽혀질 수 있다는 것이었다. 이 같은 사상의 소유자였으므로 뉴올리언스로 이사 온 지 얼마 안 돼서 헨리 로렌스의 법률사업이 특수한 의뢰인을 모아들여 번창해간 것은 놀랄 만한 일도 아니었다.

그는 경범죄나 교통사고를 다루는 것에서부터 시작해서 중죄나 살인사건까지도 손을 대게 되었다. 거물로 지목될 무렵부터는 로렌스는 배심원을 매수하기도 하고, 목격자의 증언을 의혹적인 것으로 왜곡시키기도 하고, 사건을 유리하게 이끌어가기 위해 뇌물을 바치는 일 등 그 방면에서 베테랑이 되어 있었다. 요컨대 그는 앤서니 올사티와 똑같은 타입의 인간이었으므로 이들 닮은 인간들끼리의 삶이 서로 교차하는 것은 피할 수 없는 일이었다.

그것은 마피아 세계에 있어서 영광스런 결합이었다. 로렌스는 올사티 패밀리의 앞잡이가 되었고, 적당한 시기를 골라 올사티가 그를 판사로 밀어 올렸던 것이다.

"네가 어떤 식으로 로렌스 판사를 덫에 걸리게 할 건지 짐작도 안 가. 놈은 돈도 있고 권력도 있어. 도저히 말도 걸어볼 수 없잖아."

어네스틴이 말했다.

"돈과 권력을 갖고 있는 건 사실이야. 하지만 말도 못 걸어볼 건 없어."

트레이시는 어네스틴의 말을 정정했다. 그녀는 용의주도한 계획을 짜놓고 있었지만, 로렌스 판사의 비서실에 전화를 건 순간 실행 내용을 변경하기로 했다.

"로렌스 판사님과 얘기하고 싶은데요."

비서가 대답했다.

"죄송합니다, 로렌스 판사님은 자리에 안 계십니다."

"언제쯤 돌아오실까요?"

"그건 잘 알 수 없는데요."

"매우 중요한 용건입니다. 내일 아침엔 계실까요?"

"아뇨, 로렌스 판사님은 출장 중이십니다."

"그러시군요. 그렇다면 제 쪽에서 연락할 방법이 있을까요?"

"그것이 불가능합니다. 판사님은 외국을 시찰중이시거든요."

트레이시는 실망했다. 그녀는 그런 감정이 목소리에 나타나지 않도록 조심하며 말했다.

"알았습니다. 어디로 출장가셨는지요?"

"판사님은 국제사법 심포지엄에 참석차 유럽에 가 계십니다."

"그것 참 유감이군요."

트레이시는 말했다.

"누구신지요?"

트레이시는 머리를 재빨리 회전시켰다.

"나는 엘리자베스 로펜 더스틴이라는 사람입니다. 미국변호사협회의 남부지부 의장으로 있습니다. 이 달 20일에 뉴올리언스에서 연례행사인 수상식을 겸한 만찬회를 열게 되는데, 우리는 금년 최고의 인물로 헨리 로렌스 씨를 선정한 것입니다."

"어머나, 굉장한 일이군요. 하지만 판사님은 그날까지는 못 돌아오십니다."

비서는 말했다.

"유감이군요. 우리는 판사님의 그 유명한 연설을 들을 수 있을 것이라고 즐거운 마음으로 기대하고 있었는데, 로렌스 판사님은 우리 위원회에서 만장일치로 선정되었어요."

"판사님도 수상식에 참석할 수 없는 것을 많이 애석하게 생각하실 거예요."

"그렇겠지요. 아시겠지만 이것은 대단히 명예로운 상이랍니다. 과거에도 우리나라에서 가장 고명한 판사들이 선출되어 왔습니다. 아, 좋은 수가 있어요! 좋은 방법이 생각났습니다. 판사님께서 가볍게 수상 소감을 테이프로 녹음해주시면……. 두세 마디 감사의 말씀으로 충분합니다만, 어떻겠습니까?"

"그렇지만, 전…… 저로서는 뭐라고 대답할 수가 없군요. 스케줄이 꽉 차 있어서……."

"전국에 텔레비전으로 방영되고 신문에도 보도될 거예요."

한동안 침묵이 흘렀다. 로렌스 판사의 비서는 판사가 매스컴 취재나 보도를 얼마나 좋아하는지 알고 있었다. 실제로 그가 아는 한에서는 이번 여행도 매스컴의 취급을 겨냥한 것이었다. 비서는 말했다.

"아마도 판사님은 두세 마디 정도라면 녹음할 시간을 마련할 수 있을 겁니다. 제가 전하지요."

"아, 그것 참 다행이에요. 그것만 있으면 완벽한 시상식이 되겠지요."

트레이시는 감격한 듯이 말했다.

"판사님께 코멘트를 부탁하고 싶은 특별한 사항이라도 있습니까?"

"네, 있어요. 우리가 부탁드리고 싶은 말씀은……."

트레이시는 입 속으로 우물거렸다.

"그게 좀 복잡해서……. 직접 판사님께 설명할 수 있으면 좋겠습니다만……."

순간 침묵이 흘렀다. 판사의 비서는 딜레마에 빠졌다. 보스의 여행 일정은 절대로 누설하지 말라는 엄명을 받고 있었다. 그렇지만 한편으로는 이 영광스런 수상식의 수상소감을 발표할 기회를 놓치기라도 하면 틀림없이 자기는 비난을 받을 것이다.

비서는 말했다.

"원래는 아무것도 알려드릴 수가 없습니다만, 이 같은 명예스런 상을 받는 것은 판사님도 바라던 일이라고 생각되어 알려드립니다. 모스크바의 러시아 호텔에 연락해보십시오. 앞으로 5일 간은 그곳에 머무시고 그 후에는……."

"아, 잘 됐군요! 곧바로 연락을 취하겠습니다. 정말 고맙습니다."

"저야말로 고맙습니다. 더스틴 씨."

전보는 모스크바의 러시아 호텔에 체재중인 헨리 로렌스 판사 앞으로 보내졌다. 첫 번째 전문은 이러했다.

〈다음 사법평의회 회합 장소는 요청이 있으면 이쪽에서도 편리하게 정할 수 있음. ─발신인 보리스〉

이튿날 제2신이 배달되었다. 내용은 다음과 같았다.

〈귀하의 면밀한 여행계획서 수령. 동생의 비행기 무사히 앵커리지 경유, 이곳 도착. 여행 중 분실한 패스포트, 돈 회수 안심 바람. 스위스 호텔에 1주일 체재 중, 은행에 가서 차장에게 직접 예금 조건 교섭 예정. ─발신인 보리스〉

최후의 전문은 다음과 같았다.

〈동생은 미국 대사관으로부터 임시 패스포트를 발급 받고, 지중해의 선박 수배 및 승무원을 인선함. 자세한 사항 결정 후, 스위스에서 동생이 즉각 연락함. 러시아 법률서적 입수되면 도서관용으로 구입할 것. ─발신인 보리스〉

소비에트 내무성 인민위원회의 직원은 만반의 준비를 갖추고 다시 전보가 배달되기를 기다리고 있었다. 그 이상의 전보가 오지 않는다는 것을 알자, 러시아 공안당국은 미국인 헨리 로렌스의 체포에 나섰다. 심문은 주야로 쉬지 않고 10일간 계속되었다.

"당신은 누구에게 정보를 전했지?"

"무슨 정보 말이오? 무슨 말을 하고 있는 거요? 도통 영문을 모르겠군."

"우리는 계획서에 대해서 말하고 있는 거야. 당신에게 계획서를 건네준 사람은 누구지?"

"무슨 계획서 말이오?"

"소비에트의 원자력잠수함 계획서."

"당신들은 정신이 돌았군. 소비에트 잠수함에 대해 내가 뭘 알고 있다는 거지?"

"그걸 당신한테서 들으려는 거야. 당신이 몰래 만나는 건 누구지?"

"몰래 만나다니? 무슨 얘기요? 나에겐 비밀 따위는 없소."

"좋아, 그럼 보리스라는 인물에 대해서 말해보시오."

"보리스? 보리스가 누구요?"

"스위스 은행의 당신 계좌에 예금한 남자 말이야."

"스위스 은행의 계좌라니, 무슨 소리요?"

취조를 담당한 러시아 관리들은 격노했다.

"당신은 구제할 수 없는 바보로군!"

러시아인들은 말했다.

"당신을 한번 본보기로 징계해야겠어. 우리의 위대한 조국을 전복시키려고 획책하고 있는 미국 스파이들의 좋은 본보기가 될 거야."

미국 대사가 헨리 로렌스와의 면회를 허가받은 무렵, 판사의 체중은 7킬로그램이나 줄어 있었다.

로렌스 판사는 자기를 체포한 사람들이 잠자게 해준 것이 언제였는지 기억해내지 못할 정도였고, 그의 외모도 이제는 겁먹고 떨고 있는 가련한 포로로 변해 있었다.

"어째서 내가 이런 일을 당해야 한단 말입니까. 나는 당당한 미국 시민이고, 판사요. 제발 부탁이니 나를 여기서 나가게 해주시오."

판사는 초췌해진 목소리로 말했다.

"최선을 다하고 있는 중입니다."

대사는 로렌스를 격려해주었지만 그 모습을 보고 충격을 받았다. 대사는 로렌스 판사를 비롯한 사법위원회 일행이 2주 전에 소비에트에 도착했을 때 마중을 나갔었다. 대사가 그때 본 남자가 지금은 눈앞에서 머리를 조아리고, 아첨하고 겁에 질린 동물로 변해 있었다. 도저히 같은 인물이라고 볼 수가 없었다.

'러시아인은 무슨 목적으로 이런 짓을 하고 있는 걸까? 이 판사를 스파이라고 한다면 누구든 스파이가 될 수 있을 거야.'

대사는 이상스럽기만 했다. 그렇게 생각하고 대사는 마음속으로 혼잣말을 했다.

'본보기로 징계하기에 훨씬 더 적당한 자를 나는 많이 알고 있는데.'

대사는 공산당 정치국 서기장에게 회견을 신청했다. 요구가 받아들여지지 않자 다른 정치국원에게 따졌다.

"나는 정식으로 항의합니다. 우리나라의 헨리 로렌스 판사에 대한 귀국의 조치는 용납하기 어려운 점이 많소. 우리나라에서 명성 있는 인물을 스파이로 칭하는 것은 심히 유감이오."

대사는 강경하게 항의했다.

"말하고 싶은 것은 그뿐입니까? 자, 이것을 봐주시겠습니까?"

정치국원은 냉랭하게 말했다.

대사는 그것을 대충 훑어보더니 당혹한 채 얼굴을 들었다.

"뭐가 어떻다는 겁니까, 이걸 가지고?"

"그럴까요? 그럼 다시 한 번 읽어보시면 어떨까요? 암호는 해독되어 있습니다."

정치국원은 대사에게 해독한 전문의 카피를 건네주었다.

〈다음 사법평의회 회합 장소는 요청이 있으면 이쪽에서도 편리하게 정할 수 있음. ―발신인 보리스〉

〈귀하의 면밀한 여행계획서 수령. 동생의 비행기 무사히 앵커리지 경유, 이곳 도착. 여행 중 분실한 패스포트, 돈 회수 안심 바람. 스위스 호텔에 1주일 체재 중, 은행에 가서 차장에게 직접 예금 조건 교섭 예정. ―발신인 보리스〉

〈동생은 미국 대사관으로부터 임시 패스포트를 발급 받고, 지중해의 선박 수배 및 승무원을 인선함. 자세한 사항 결정 후, 스위스에서 동생이 즉각 연락함. 러시아 법률서적 입수되면 도서관용으로 구입할 것. ―발신인 보리스〉

'나는 형편없는 얼간이가 될 뻔했군.'
대사는 그렇게 믿어버렸다.

보도진과 일반인은 재판정에 접근이 허용되지 않았다. 피고는 스파이 임무를 띠고 소비에트 연방에 파견되어 왔다는 것을 최후까지 완강히 부인했다.

당국은 그에게 보스의 이름을 털어놓기만 하면 관대한 조치를 취해주겠다고 약속했지만 로렌스 판사는 혼을 팔더라도 그런 짓을 할 리가 없었다. 실제로 보스 같은 것은 없으므로…….

다음 날, 프라우다는 사실을 간결하게 보도했다.

'악명 높은 미국인 스파이 헨리 로렌스 판사는 스파이 죄목으로 유죄

를 선고받았다. 시베리아에서 14년간 강제 노동 판결이 내려졌다.'

미국에서 정보 수집을 맡고 있는 각 기관은 이 로렌스 사건에 당혹해했다. CIA와 FBI, 시크릿 서비스, 그리고 재무부 사이에 소문이 엇갈렸다.

"그는 우리 정보국 사람이 아니야."

CIA는 말했다.

"재무부에 소속되어 있는 것이 아닐까?"

재무부는 그 사건과의 어떤 관계도 부정했다.

"당치도 않아. 로렌스는 우리 부에는 협력하고 있지 않아. 그 더러운 손을 쓰는 FBI 사람들이 또다시 우리 영역에 참견하고 있는 것이 아닌가?"

"그런 사람은 모르는데."

FBI는 말했다.

"그는 정부나 국방정보국의 특명이라도 받고 있는 것이 아닐까?"

국방정보국은 다른 기관과 마찬가지로 전혀 아무런 관련도 없어서 아랑곳하지 않기로 했다.

"노코멘트."

각 기관 모두가 자신의 기관 이외의 다른 기관이 헨리 로렌스 판사를 파견한 것으로 확신하고 있었다.

"그렇더라도 그의 근성은 찬양 받을 만하다고. 불굴의 혼이 있어. 자백하기는커녕 관계자의 이름 하나 누설하지 않았으니 말이야. 솔직히 말해서 그런 요원이 우리 기관에 많이 있었으면 좋겠어."

CIA 국장은 말했다.

앤서니 올사티는 매사가 잘 풀리지 않고 있었다. 어째서 일이 이렇게 되었는지 이 마피아 두목은 알 수가 없었다. 그의 생애에서 재수가 없었던 것은 이번이 처음이었다. 조 로마노의 배신을 비롯해서 페리 포프의 배반, 그리고 이번에는 판사까지 사라져버렸다. 스파이라느니, 정보라느니 영문을 알 수 없었다. 모두 올사티의 수족으로 중요한 일부를 감당하고 있는 인물들이었다. 진정으로 신뢰하는 부하들이었던 것이다.

로마노는 패밀리를 관리하는 데는 귀신같은 존재였다. 그러나 그 뒤 올사티는 조직을 관리할 후임자를 아직껏 발견하지 못하고 있었다. 조직의 운영이 해이해졌으므로 이전 같으면 절대로 표면에 나타나지 않았던 불평불만을 공공연히 입 밖에 내는 사람들이 생겨났다. 앤서니 올사티도 나이를 먹었으니 부하를 통솔할 수가 없게 되었다느니, 조직이 붕괴되어 가고 있다느니 하는 소문이 돌게 되었다.

결정적인 것은 뉴저지로부터의 전화였다.

"이봐, 골치 아프게 되었다면서? 도와줄 용의가 있네."

"골치 아픈 일 따위는 없어. 분명히 약간의 말썽이 있기는 했지만 그건 벌써 해결됐어."

올사티는 귀찮다는 듯이 말했다.

"우리가 입수한 정보와는 다른 것 같은데? 소문으로는 자네 동네가 문란해져서 통제할 사람이 없다던데."

"내가 통제하고 있어."

"아마도 자네에게 짐이 너무 무거운 것 같아. 자넨 일을 너무 많이 했어. 슬슬 쉴 때가 되지 않았나?"

"여긴 내 구역이야. 아무한테도 빼앗길 수 없어."

"어이, 앤서니. 당신한테서 빼앗다니, 누가 그런 말을 했어? 우리는 도와주고 싶은 거야. 동부 패밀리의 보스들이 다 같이 협의해서 자네를 돕기 위해 우리 패거리를 보내주기로 한 거야. 서로 오랜 동지들이 아닌가. 나쁜 일이야 일어나겠어? 그렇잖은가?"

앤서니 올사티의 등줄기에 공포의 전율이 뻗쳤다. 다른 패밀리에게 도움을 받으면 한 가지 나쁜 점이 있다.

조그만 도움이 큰 신세를 진 것이 되고, 그것이 이윽고 눈덩이처럼 커지며 엄청나게 불어나는 것이다.

어네스틴이 저녁식사로 준비한 새우 수프가 렌지 위에서 보글보글 소리를 내고 있었다. 어네스틴과 트레이시는 알이 돌아오기를 학수고대하고 있었다.

9월의 더위는 그 누구의 신경도 짜증나게 했다. 알이 작은 아파트에 돌아오자 어네스틴은 큰 소리로 외쳐댔다.

"어디서 뭘 꾸물대고 있었어? 모처럼 마련한 식사가 다 엉망이 돼버렸잖아. 나도, 트레이시도 화가 나 있단 말이야."

느닷없이 잔소리를 듣게 됐는데도 알은 행복감에 넘쳐 있었으므로 신경 쓰지 않았다.

"졸개들 얘기를 들어보고 다녔어. 자, 내 얘기나 들어봐. 조직의 졸개들이 올사티에게 반기를 드는 바람에 뉴저지에서 다른 패밀리가 와서 그의 영역을 인수하게 되었다는군."

알은 환한 웃음을 떠올리며 트레이시에게 말했다.

"당신은 그 악당들을 멋지게 골탕 먹인 거야."

트레이시의 눈을 들여다보던 알의 얼굴에서 웃음이 지워졌다.

"기쁘지 않아, 트레이시?"

'얼마나 기묘한 낱말인가! 기쁘다느니, 행복하다느니 하는 단어.'

트레이시는 생각했다. 그녀는 그 낱말이 의미하는 것을 까마득히 잊고 있었다. 다시 행복해질 수 있을까? 보통 사람들이 갖는 정상적인 감정을 다시 가질 수 있을까?

그날로부터 줄곧 자나 깨나 트레이시가 생각하고 있던 것은 어머니와 자기가 당한 일에 대한 복수뿐이었다. 그리고 복수가 거의 완료된 지금, 트레이시의 마음은 텅 비어 있는 듯했다. 그것은 행복이라는 말과는 한참이나 동떨어져 있었다.

다음날 아침, 트레이시는 꽃집에 들렀다.

"앤서니 올사티에게 꽃을 배달해주었으면 하는데요. 하얀 카네이션으로 장의용 화환을 부탁합니다. 하얀 리본도 달아주세요. 리본에는 이렇게 써주세요. '고이 잠드소서!' 라고."

트레이시는 다음과 같은 사인을 한 카드도 첨가했다.

"도리스 휘트니의 딸로부터."

제3부

If Tomorrow Comes

거절

드디어 찰스 스탠호프 3세를 심판할 때가 되었다. 복수가 끝난 4명은 원래 그녀 자신과 그다지 관련이 없는 사람들이었다. 그러나 찰스는 옛날 애인이며 불행히도 태어나지 못한 아기의 아빠, 자기 형편만 생각하고 아기와 엄마를 버린 비정한 사나이였다.

어네스틴과 알이 뉴올리언스 공항까지 트레이시를 전송 나와 주었다.

"네가 떠나면 쓸쓸해질 거야. 네 덕택에 거리가 밝아졌어. 그럴 수만 있다면 시장으로 입후보시키고 싶어."

어네스틴은 말했다.

"필라델피아에 가면 뭘 할 거지?"

알이 물었다.

트레이시는 사실의 절반쯤만 얘기했다.

"전에 근무했던 은행에서 일을 하게 될 거야."

어네스틴과 알은 서로 눈짓을 교환했다.

234

"그들은…… 그…… 네가 돌아오는 걸 알고 있어?"

"아니, 하지만 나는 부지점장이 잘 봐주었으니까 아무 문제도 없을 거야. 숙련된 컴퓨터 오퍼레이터를 찾는 것은 쉬운 일이 아니거든."

"그렇군. 잘되면 좋겠는데…… 연락 줘. 알고 있지? 앞으로는 귀찮은 일에 말려들면 안 된다는걸."

30분 후, 트레이시는 필라델피아 행 비행기 승객이 되어 있었다.

트레이시는 힐튼호텔에 투숙해 욕실 증기를 이용해서 한 벌뿐인 옷을 다림질했다.

이튿날 아침 11시에 은행에 들어가 클라렌스 데스몬드의 비서에게로 갔다.

"잘 있었어요, 마에?"

비서는 마치 유령이라도 보는 듯 트레이시를 바라보았다.

"트레이시! 저…… 잘 지냈어요?"

비서는 어디에 시선을 두어야 할지 몰라하며 말했다.

"보시는 것처럼 건강해요. 데스몬드 씨는 계신가요?"

"저어…… 그러니까…… 가보고 올게요. 잠깐 실례해요."

비서는 의자에서 일어나 허둥지둥 부지점장실로 들어갔다.

잠시 후 그녀는 돌아왔다.

"들어가 보세요."

트레이시가 부지점장실로 향하자, 비서는 뒤로 물러서며 길을 비켜주었다.

'도대체 저 아가씨는 왜 저렇게 안절부절 못하는 거지?'

트레이시는 자꾸 이상한 생각이 들었다.

클라렌스 데스몬드는 자신의 책상 옆에 서 있었다.

"오랜만입니다, 데스몬드 씨. 이렇게 돌아왔습니다."

"무슨 일로 왔소?"

그의 말투는 냉담했다. 마치 난생 처음 보는 사람을 대하는 듯한 말투였다.

예상치 못한 반응에 트레이시는 당황했다. 준비해온 말도 나오지 않고 흥분된 감정만 입 밖으로 튀어나왔다.

"저…… 저를 최고의 컴퓨터 오퍼레이터라고 말씀하시지 않았습니까, 그래서 다시……."

"직장에 다시 복귀할 수 있다고 생각하고 있는 거요?"

"네, 그래요. 제 능력은 이전과 조금도 달라지지 않았으니까요. 아직도 저는……."

"미스 휘트니."

그는 트레이시라고도 불러주지 않았다.

"유감이지만, 당신이 원하는 것은 전혀 고려해볼 가치가 없소. 당신 자신도 잘 알고 있을 것이오. 우리 은행의 손님이 무장 강도 및 살인 미수 등으로 교도소에서 복역하고 나온 전과자와 거래해주리라고 생각하는 것은 좀 억지가 아니오? 우리 은행의 신용을 손상시키는 일이기도 하고, 당신의 전과 기록으로는 어느 은행에서도 고용하지 않을 것이오. 그러니 당신 자신의 조건에 적합한 일을 찾는 것이 좋을 것 같소. 이렇게 말하는 것에는 사사로운 감정은 일체 없다는 것을 이해해주기 바라오."

트레이시는 부지점장의 말을 들으며 약간의 충격을 받았고, 차츰 분노가 치밀어 올랐다. 이것은 자신을 추방자나 전염병 환자 취급을 하는 것이 아닌가.

'은행으로서는 당신을 잃고 싶지 않아. 당신은 가장 유능한 행원 중 한 사람이니까.'

이 남자는 예전엔 이렇게 말하며 그녀 자신을 치켜세웠었다.

"볼일이 아직 남았소? 미스 휘트니?"

그 말은 퇴거 명령이었다.

반론하고 싶은 말은 태산 같았지만 말해봤자 쓸데없는 짓이라는 것을 트레이시는 깨달았다.

"없습니다. 말씀 고맙습니다."

트레이시는 홱 돌아서서 얼굴이 새빨개진 채 사무실을 나왔다. 전 행원이 자기를 주시하고 있는 것 같았다. 비서인 마에가 소문을 퍼뜨렸을 것이다. 전과자가 돌아왔다고 여기는 것 같아서 수치심이 끓어올랐지만 트레이시는 얼굴을 꼿꼿이 들고 의연하게 출구로 걸어갔다.

'나를 이런 식으로 취급한다고 해도 난 결코 좌절하지 않아. 나에겐 아직 프라이드라는 것이 남아 있어. 이것만은 아무도 빼앗을 수 없어.'

트레이시는 완전히 맥이 빠져 하루 종일 호텔 방에 틀어박혀 있었다. 직장 복귀를 무조건 환영해줄 것으로 믿었던 자신이 어리석었다. 지금의 자신은 악명 높은 범죄자인 것이다.

'필라델피아 데일리 뉴스의 톱기사였어.'

'흥! 필라델피아 따위가 뭐가 대단해!'

트레이시는 생각했다.

'이 도시에는 아직 할 일이 남아 있다. 그것을 끝마치고 이 도시를 떠나는 거다. 그리고 뉴욕으로 가자. 그곳이라면 수많은 낯선 사람들 속에 섞여버릴 수 있다.'

그렇게 결심하자 트레이시는 다소 기분을 진정시킬 수가 있었다.

그날 저녁, 트레이시는 '카페 로열'에서 저녁이나 먹자고 마음을 먹었다. 오전에 부지점장과의 회견으로 기분이 우울했기 때문에 부드러운 불빛 속에서 기분 좋은 음악이 흐르는 우아한 분위기에 젖고 싶었다. 보드카 마티니를 주문해서 웨이터가 테이블로 가져오자 트레이시는 얼굴을 들었다. 그 순간 심장이 덜컥 내려앉았다. 맞은편 좌석에 찰스와 그의 아내가 앉아 있는 것이 아닌가. 그는 아직 트레이시를 알아보지 못하고 있었다. 트레이시가 맨 처음 생각한 것은 자리에서 일어나 재빨리 사라지는 것이었다. 아직은 찰스와 마주할 준비가 되어 있지 않았다. 계획을 실행에 옮길 기회가 올 때까지 만나서는 안 되는 것이다.

"주문하실 요리는 정하셨습니까?"

웨이터가 물었다.

"저…… 글쎄요, 좀 더 기다려 주시겠어요?"

나갈 것인가, 그대로 있을 것인가 결단을 해야 했다.

트레이시는 찰스를 다시 바라보았다. 그녀의 시선에 들어온 찰스는 마치 낯선 타인 같았다. 혈색이 나쁘고 말라빠진, 중년의 대머리 남자가 등을 구부리고 따분하기 짝이 없는 얼굴을 하고 있었다. 믿을 수 없었다. 예전에 자신이 사랑하고, 품에 안기고 장래를 약속했던 사랑스런 모습은 어느 구석에도 없지 않은가. 그의 부인 쪽으로 시선을 옮기니 찰스와 똑같이 따분한 표정을 하고 있었다. 서로를 영구히 가두어놓고 시간 속에 묶여 꼼짝할 수 없는 남녀의 모습 같았다.

부부는 서로 한마디 말도 주고받지 않고 그저 거기에 앉아 있을 뿐이었다. 사랑도 즐거움도 없어 보이는 그들 부부의 앞날에는 끝이 없는 무미건조한 나날만 있을 뿐이라고 트레이시는 확신할 수 있었다. '저것이 찰스가 받은 벌이구나!'

트레이시는 그렇게 생각하자 갑자기 마음이 편해졌다. 그녀를 결박하고 있던 어둡고 깊은 마음의 사슬에서 해방된 느낌이었다. 시간의 경과가 가져온 변화가 트레이시의 복수심마저도 누그러뜨리고 있었다.

트레이시는 웨이터에게 눈짓을 하고 말했다.

"주문하고 싶은데요."

복수는 이것으로 끝났다. 과거는 마침내 매장되어버린 것이다.

트레이시는 그날 밤 호텔로 돌아와 생각해보았다. 은행에 근무할 때 행원 기금을 적립하고 있었으니 자기 몫이 있을 것이다. 그녀는 그 액수를 계산해보았다. 1,375달러 65센트가 되었다.

클라렌스 데스몬드에게 편지를 썼더니 이틀 후에 비서인 마에로부터 답장이 왔다.

친애하는 미스 휘트니,

의뢰하신 사항에 관해 데스몬드 씨의 지시에 따라 다음과 같이 알려드립니다. 행원 기금의 정신에 입각하여 귀하의 적립금은 일반기금으로 흡수되어 있습니다. 귀하에게 아무런 개인적인 악의도 품고 있지 않다는 것을 데스몬드 씨는 전하고 싶다고 합니다.

수석 부지점장 비서 마에 트랜튼

트레이시는 믿을 수가 없었다. 은행이 내 돈을 도둑질하다니, 더구나 그러한 처사를 기금의 정신을 지키기 위해서라는 등 진부한 말로 정당화하려 하고 있다니! 비록 액수는 얼마 안 되지만 용서할 수 없는 일이 아닌가. 트레이시는 격분했다.

'이젠 더 이상 속아 넘어가지 않겠어. 치졸한 놈들!'

트레이시는 필라델피아 신탁은행의 낯익은 입구 밖에 서 있었다. 옅은 화장을 하고 턱에는 붉은 상처자국을 냈으며 길고 검은 가발을 쓰고 있었다. 어떤 불의의 사태에 이르렀을 때 행원들은 붉은 상흔을 상기할 것이다. 변장을 했는데도 불구하고 5년간이나 함께 일했던 낯익은 행원들 앞에서 트레이시는 알몸을 드러내고 있는 것 같은 기분이었다.

'정체가 탄로 나지 않게 조심해야지.'

트레이시는 핸드백에서 병뚜껑을 꺼내어 구두 속에 넣고는 다리를 절룩거리면서 은행으로 들어갔다. 시간을 신중하게 선택한 덕분에 역시 은행 안은 고객으로 붐비고 있었다. 트레이시가 절름거리며 고객 서비스 창구로 가자, 그 안쪽에 있던 남자가 통화를 끝내고 응대하러 나왔다.

"어서 오십시오."

오랜만에 대하는 편협하고 비굴한 존 크레이튼이었다. 이 남자는 유태인과 흑인을 싫어하고, 푸에르토리코인도 아주 싫어했다. 싫어하는 순서는 꼭 이대로는 아니지만 재직 중에 트레이시는 이 남자 때문에 늘 짜증이 났었다. 지금 이렇게 얼굴을 맞대고 있었지만 트레이시를 알아차린 기색은 보이지 않았다.

"안녕하세요, 세뇨르. 지금 곧 당좌예금 계좌를 만들고 싶은데요."

트레이시는 멕시코 사투리로 말했다. 복역 중 몇 개월이나 귀에 익숙하게 들었던 동료 파우리타의 발음을 흉내 낸 것이다.

크레이튼의 얼굴에 금세 경멸의 표정이 떠올랐다.

"이름은?"

"리타 곤잘레스입니다."

"얼마를 예금하실 건가요?"

"10달러 정도."

그 말을 들은 크레이튼의 목소리에 냉소의 울림이 보태졌다.

"수표? 아니면 현금?"

"현금입니다."

트레이시는 핸드백에서 꼬깃꼬깃 구겨지고 절반은 찢어진 10달러짜리 지폐를 꺼내어 크레이튼에게 건네주었다. 행원은 흰 서식용지를 내던지듯이 내주었다.

"이것을 기입해주세요."

트레이시는 자신의 필적을 남겨서는 안 된다는 것을 알고 있었다. 그래서 눈살을 찌푸렸다.

"저, 죄송합니다 세뇨르. 나…… 손을 다쳤답니다. 대신 써주시지 않겠습니까? 미안합니다."

크레이튼은 속으로 비웃고 있었다.

'요 불법 입국한 까막눈아!'

"리타 곤잘레스라고 했던가요?"

"네."

"주소는?"

트레이시는 묵고 있는 호텔의 주소와 전화번호를 알려주었다.

"어머니의 처녀 적 성씨는?"

"같은 곤잘레스예요. 자신의 숙부와 결혼하셨으니까요."

"그래? 생일은? 당신 것 말이오."

"12월 10일입니다."

"태어난 곳은?"

"씨우닷드 드 멕시코입니다."

"멕시코시 말이군. 여기에 사인해줘요."

"왼손밖에 사용할 수가 없는데……."

트레이시는 그렇게 중얼거리며 펜을 들고 서투르게 알아보기 어려운 사인을 했다. 존 크레이튼은 예금전표를 기입했다.

"이것은 임시 수표장이오. 인쇄된 수표장은 3, 4주 이내에 우송해주겠어요."

"참으로 고맙습니다, 세뇨르."

"천만에."

크레이튼은 손님이 은행을 나가는 것을 지겹다는 듯이 바라보았다.

'염병할 멕시코인들!'

컴퓨터에 부정이 침입하는 방법은 여러 가지가 있었다. 트레이시는 컴퓨터 전문가였다. 필라델피아 신탁은행이 안전책을 수립할 때, 그 시스템 작성에 참가했었다. 그 트레이시가 이번에는 안전책을 빠져나갈 쪽으로 돌아선 것뿐이었다.

무엇보다도 먼저 해야 할 일은 컴퓨터 대리점을 찾는 일이었다. 트레이시 정도의 오퍼레이터라면 그곳의 단말기를 사용해 은행의 컴퓨터 정보를 끌어내는 것은 식은 죽 먹기나 다름없었다.

은행에서 몇 구획 떨어진 곳에 컴퓨터 대리점이 있었다. 가게 안에 고객의 모습은 보이지 않았다.

일에 충실한 점원이 트레이시 쪽으로 걸어왔다.

"어서 오십시오. 뭘 도와드릴까요?"

"잠깐 보기만 하려고 왔는데요, 세뇨르."

점원의 눈길은 컴퓨터 게임에 신이 나 있는 10대 소년의 모습에 멈췄다.

"잠깐 실례합니다."

점원은 급히 사라졌다.

트레이시는 눈앞의 컴퓨터 앞으로 갔다.

그것을 이용해 은행의 컴퓨터 시스템으로 침입하는 것은 간단했다. 그러나 정확한 비밀 코드를 알아내야 한다. 더욱이 비밀 코드는 매일 바뀌었다.

비밀코드를 결정하는 회의에는 트레이시도 참석했었다.

"비밀코드는 계속 바꾸어야 합니다. 어느 누구도 침입할 수 없게 말입니다. 다만 그것을 사용하는 사람에겐 역시 간단한 것이 좋을 것입니다."

부지점장은 그 자리에서 그렇게 말했었다.

이런 생각을 바탕으로 최종적으로 결정된 코드는 1년의 4계절과 당일의 날짜를 조합하는 것이었다.

트레이시는 단말기를 향해 필라델피아 신탁은행의 코드를 두드렸다. 삐— 하는 금속음이 났기 때문에 트레이시는 전화 수화기를 단말기에 붙은 변환기 위에 얹었다. 그러자 작은 스크린이 환하게 빛났다.

'코드를 말하시오.'

오늘은 10일이다.

'가을 10'

트레이시는 두드렸다.

'그 코드는 적절하지 않습니다.'

컴퓨터의 화면은 꺼져 있었다.

'은행은 코드를 바꾼 걸까?'

곁눈질로 살펴보니, 아까 그 점원이 다시 이쪽으로 오는 것이 시야에 들어왔다. 트레이시는 다른 컴퓨터로 이동해 아무 일도 없었다는 듯이 들여다보고 통로를 어슬렁어슬렁 걸어 다녔다. 점원은 걸음을 멈췄다.

'어차피 놀러온 손님이겠지.'

그때 잘 차려입은 일행 두 사람이 들어왔기 때문에 그는 서둘러 그쪽으로 갔다. 트레이시는 다시 탁상용 컴퓨터로 갔다.

트레이시는 자신이 저 클라렌스 데스몬드였다면 어떻게 했을까 하고 생각해보기로 했다. 그는 틀에 박힌 관습에 따라 살아가는 인간이므로 그다지 복잡한 코드는 채택하지 않았을 것이다. 그는 아마도 4계절과 날짜를 조합한다는 최초의 생각을 바꾸지 않았을 것이다. 그럼 어떤 식으로 바꿨을까? 코드부호를 완전히 바꿔버리면 모든 것이 복잡하게 되기 때문에 아마도 계절만을 바꿨을 것이다.

트레이시는 다시 컴퓨터를 두드렸다.

'코드를 말하시오.'

'겨울 10'

'그 코드는 적절하지 않습니다.'

또다시 화면은 어두워졌다.

'잘 되지 않는구나.'

트레이시는 낙담했다.

'한 번 더 해보자.'

'코드를 말하시오.'

'봄 10'

화면이 잠시 어두워졌지만, 다음 메시지가 나타났다.

'계속하십시오.'

역시 계절만 바뀌었을 뿐이다. 트레이시는 재빨리 두드렸다.

'국내금전취급'

즉각 은행의 메뉴, 즉 이용할 수 있는 취급 종류가 화면에 나타났다.

'어느 것으로 하시겠습니까.'

A 예금, B 송금, C 보통예금 인출, D 지점 간 송금, E 당좌예금 인출

트레이시는 B를 골랐다. 화면은 어두워지고 다시 새 메뉴가 나타났다.

'전송할 금액은?' '송금할 곳은?' '어떤 계좌에서?'

트레이시는 자판을 두드렸다.

'일반기금에서 리타 곤잘레스 계좌에'

금액을 두드릴 단계에서 약간 망설여졌다.

'유혹에 넘어갈 것 같아.'

컴퓨터 회선이 연결된 지금은 무제한의 액수를 인출할 수 있는 것이다. 수백만 달러도 가능하다. 그러나 나는 도둑이 아니다. 트레이시가 원하는 액수는 정당하게 받을 권리가 있는 금액뿐이었다. 그녀는 1,375달러 65센트라고 두드리고 리타 곤잘레스의 계좌번호도 추가해서 입력했다. 화면이 환하게 빛났다.

'송금이 완료되었습니다. 더 실행할 것이 있습니까.'

'없음'

'업무완료. 감사합니다.'

이것으로 돈은 무사히 송금될 것이다.

똑같은 절차로 은행과 은행끼리 매일 220억 달러나 되는 액수가 오가는 것이다.

점원이 얼굴을 찌푸리고 또다시 트레이시 쪽으로 다가왔기 때문에 그녀는 서둘러 키를 눌러 화면을 꺼버렸다.

"이 기계가 필요하십니까?"

"아뇨, 고맙습니다. 컴퓨터 사용법을 잘 모르겠군요."

트레이시는 사과하듯이 말했다.

컴퓨터 대리점을 나오자 트레이시는 길모퉁이에 있는 약국에서 은행으로 전화해서 출납계장을 부탁했다.

"안녕하세요, 리타 곤잘레스라고 합니다. 나의 당좌예금을 뉴욕의 제일 하노버 은행으로 전송하고 싶은데요. 부탁합니다."

"계좌번호를 말씀해주실까요, 곤잘레스 씨?"

트레이시는 번호를 알려줬다.

1시간 뒤 트레이시는 힐튼 호텔을 나와 뉴욕으로 향했다.

이튿날 아침 10시, 뉴욕의 제일 하노버 은행이 업무를 개시함과 동시에 리타 곤잘레스는 자기 계좌에서 돈을 인출하고 있었다.

"모두해서 액수가 얼마나 됩니까?"

리타 곤잘레스로 분장한 트레이시가 물었다.

창구 직원은 조사하고 나서 말했다.

"1,385달러 65센트입니다."

"아, 틀림없군요."

"은행수표로 드릴까요, 곤잘레스 씨?"

"아뇨, 괜찮아요. 은행을 믿을 수가 있어야지요. 현금으로 가지고 가겠어요."

트레이시는 말했다.

트레이시는 교도소에서 석방될 때 국가에서 지급되는 규정액 200달러와 에미를 돌봐준 급료로 약간의 돈을 가지고 있었다. 거기에다 은행에서 인출한 적립금을 합쳐도 그녀에겐 금전적인 여유 같은 것은 없었다. 빨리 취직을 하지 않으면 안 되었다.

트레이시는 렉싱턴가의 싸구려 호텔에 묵으면서 컴퓨터 오퍼레이터 자리를 얻으려고 뉴욕의 각 은행에 지원 서류를 보내기 시작했다. 그러나 그녀는 오래지 않아 컴퓨터가 그녀의 적이 되었다는 것을 알게 되었다. 트레이시의 인생은 이제는 공적(公的)인 것이 되어 있었다. 컴퓨터의 데이터 뱅크에는 그녀의 과거가 자세하게 입력되어 있어서 정확하게 버튼을 누르기만 하면 누구에게든 그 정보가 전달되었다. 트레이시의 범죄 이력이 노출된 순간, 그녀의 지원은 자동적으로 기각되었다.

'당신의 경력으로는 어느 은행에도 취직하지 못할 것이오.'

클라렌스 데스몬드가 말한 대로였다.

보험회사나 기타 컴퓨터 관련 업종에도 트레이시는 수십 차례 지원해 보았다. 회신에는 매번 같은 문구가 적혀 있었다.

'채용불가'

트레이시는 다른 일이라도 해야겠다고 생각했다.

그녀는 『뉴욕타임스』를 사서 구인 광고를 훑어보았다. 무역회사 비서 직을 구한다는 광고가 게재되어 있었다.

트레이시가 면접실로 들어선 순간 인사부장이 말했다.

"이런, 아가씨는 분명 텔레비전에서 본 얼굴이군. 교도소에서 아이를 구해주지 않았어요?"

트레이시는 뒤돌아서 도망쳐 나왔다.

다음 날 트레이시는 5번가의 삭스 피프스 백화점에 어린이용품 판매원으로 채용되었다. 급료는 은행보다 훨씬 낮았지만 그럭저럭 지낼 만한 액수였다.

일하기 시작한 지 이틀째 되던 날, 트레이시를 알아본 신경질적인 손님이 어린아이를 익사시킬 뻔한 죄수를 채용했다며 현장 주임에게 항의하면서 소란을 피우는 바람에 변명할 여지도 없이 트레이시는 즉각 해고되었다.

분하게도 트레이시가 복수를 한 그 남자들이 역시 트레이시의 운명을 바꿔놓고 만 것이다. 그들 덕분에 트레이시는 만인이 다 아는 죄인으로, 추방자로 되어버렸다. 너무도 불공평한 처사에 트레이시는 몸도 마음도 지칠 대로 지쳐 있었다.

앞으로 어떻게 살아가면 좋단 말인가! 그녀는 교도소 안에서도 경험하지 못한 막막한 절망감을 안게 되었다.

그날 밤, 이제 돈이 얼마나 남았는지 보려고 지갑을 털어보니 구석에서 쪽지가 하나 떨어졌다. 분명히 석방되던 날 여죄수 베티 프란시스가 건네주었던 메모지 같았다.

'콘래드 모건 보석상. 뉴욕시 5번가 640번지'

베티는 이렇게 말했었다.

'전과자들의 갱생사업에 애쓰고 있는 사람이야. 교도소에 있던 사람에게 원조의 손을 뻗치고 싶은 거지.'

콘래드 모건 보석상은 품위가 넘치는 분위기의 점포로, 밖에는 제복 차림의 도어맨이, 안에는 무장한 경비원이 지키고 있었다.

점포 그 자체는 수수한 내장을 하고 있었지만, 진열되어 있는 보석류는 훌륭하고 비싼 것뿐이었다.

안으로 들어간 트레이시는 점원 아가씨에게 말을 걸었다.

"콘래드 모건 씨를 뵙고 싶습니다만."

"약속하셨습니까?"

"아뇨, 저…… 친구에게서 콘래드 씨를 만나라는 권유를 받아서……."

"성함이 어떻게 되시죠?"

"트레이시 휘트니라고 합니다."

"그럼 잠깐만 기다려주세요."

아가씨는 전화기를 들더니 무슨 말인지 트레이시가 알아들을 수 없는 작은 목소리로 말했다. 그리고 전화기를 놓고는 트레이시에게 말했다.

"모건 씨는 지금은 만날 시간이 없답니다. 저녁 6시쯤 오시라고 말씀하십니다만."

"알았습니다, 고마워요."

트레이시는 인사를 하고 보석상을 나왔다.

밖으로 나왔지만 갈 곳도 없어 하염없이 보도에 서 있었다. 뉴욕에 온 것은 잘못이었다. 콘래드 모건 씨가 도와줄 수 있는 일이 무엇이 있단 말인가. 애당초 타인인 것을.

'그는 내게 설교를 늘어놓고 잔돈푼이나 적선해주는 것이 고작이겠지. 그까짓 것 아무러면 어때. 하지만 누구한테든 시혜를 받는 것은 질색이다. 어떻게든 스스로 해봐야지. 콘래드 모건 따위를 알게 뭐야!'

트레이시는 정처 없이 거리를 건들건들하며 돌아다녔다. 5번가의 반짝반짝 눈부신 갖가지 전시장들, 수위들이 지키고 있는 파크가의 고급 아파트들, 렉싱턴가와 3번가의 쇼핑객으로 붐비는 상점가 등을 멍청히 지나쳤다. 그녀는 그렇게 아무런 생각도 없이 하염없이 계속 걷기만 했다. 그러나 오후 6시가 되자 어느새 5번가로 되돌아와 콘래드 모건 보석상 앞에 서 있었다. 도어맨은 없고 문에 자물쇠가 걸려 있었다. 트레이시는 될 대로 되라는 기분으로 쾅쾅 두드리고 나서 거기서 떠나려고 할 때, 놀랍게도 문이 확 열렸다. 온화해 보이는 인물이 입구에 서서 트레이시를 보고 있었다. 그는 귀 언저리에만 머리털이 남아 있는 대머리였으며 호인 타입으로 보이는 붉은 얼굴이었고, 파란 눈이 반짝반짝 생기를 띠고 있었다. 마치 동화에 나오는 귀여운 도깨비 같았다.

"휘트니 양이오?"

"네."

"콘래드 모건이오. 어서 들어오지 않겠소?"

트레이시는 사람이 없는 점포 안으로 들어갔다.

"기다리고 있었소. 내 사무실로 갑시다. 좀 얘기하기가 쉬울 테니."

콘래드 모건은 말했다.

모건은 가게 안을 지나 닫혀 있는 문 쪽으로 트레이시를 안내하고 그 문을 잠갔다. 사무실에는 고급 가구류가 비치되어 있었다. 사무실이라기보다 주택처럼 책상 같은 것은 없었고 침대의자와 일반의자, 그리고 편안하게 배치된 테이블뿐이었다. 벽에는 거장들의 그림들이 즐비하게 걸려 있었다.

"뭘 마시겠소? 위스키, 코냑, 아니면 셰리주?"

콘래드 모건은 말했다.

"아, 괜찮습니다."

트레이시는 갑자기 신경이 날카로워졌다. 이 남자가 뭔가 해줄 거라는 달콤한 생각을 한 번은 버렸지만, 어쩌면 뭔가 해줄 수 있을지도 모른다는 기대가 다시 고개를 들기 시작했다.

"베티가 당신을 찾아가라고 하더군요, 모건 씨. 베티가 그러더군요. 당신은…… 어려운 사람들을 도와주신다고……."

트레이시는 교도소라는 말까지 입에 담지는 못했다.

콘래드 모건은 손을 깍지 꼈다. 그 순간 트레이시는 그의 손톱이 아름다운 색깔의 매니큐어로 칠해진 것을 볼 수 있었다.

"참 안됐어요, 베티는 그렇게도 성품이 좋은 아이였는데 운이 나빴던 거예요."

"운이 나빴다니요?"

"네, 붙잡혀버렸으니까요."

"저…… 저로서는 무슨 얘긴지 잘 모르겠습니다만."

"아니 간단한 거예요, 미스 휘트니. 베티는 내 일을 도와주고 있었습니다. 신변을 충분히 조심하고 있었는데도 말입니다. 가엾은 베티는 뉴올리언스에서 온 어떤 운전사와 사랑에 빠져버린 거예요. 그래서 자기 자신이 일을 시작했다가, 그러다가 그…… 붙잡혀버린 거지요."

트레이시는 그가 무슨 말을 하는지 알 수가 없었다.

"베티가 여기 점원으로 일했나요?"

콘래드 모건은 의자 등받이를 한껏 젖히고는 너털웃음을 웃더니 마침내 눈물까지 찔끔거렸다.

"아니 아니, 그렇지 않아요. 베티는 전혀, 아무것도 당신에게 설명해주지 않은 모양이구려."

모건은 눈물을 닦으며 말했다.

그는 의자에 기댄 채 양손가락을 마주 합쳐 뾰족하게 끝을 세웠다.

"나는 아주 수입이 괜찮은 부업을 하고 있다오. 미스 휘트니. 이익분을 동업자와 절반씩 나누어 갖는 것을 큰 기쁨으로 생각하지요. 그 동업자란, 말하자면 당신 같은…… 아, 이런! 나쁘게 생각지는 말아요…… 교도소를 경험한 사람들을 말하는 건데, 이런 사람들과 일하고 있어서 훨씬 잘돼가고 있어요."

트레이시는 점점 더 이해할 수가 없어서 조심스럽게 보석상의 안색을 살폈다.

"보시다시피 나는 매우 유리한 입장에 놓여 있지요. 나의 단골손님들은 모두 대단한 부자들이에요. 손님들과 나는 친구가 되고 그들은 나를 신용하게끔 되어 있습니다."

모건은 우아한 손가락으로 또닥 소리를 냈다.

"이 손님들이 여행하는 날을 나는 알고 있답니다. 이런 험악한 세상에 보석류를 갖고 여행을 하는 사람은 거의 없지요. 대개가 금고에 넣어 집에 놓아둡니다. 내가 손님들에게 보석 방호대책을 권하고 있는 정도라니까요. 나는 그들이 어떤 보석을 갖고 있는지 정확하게 알고 있습니다. 어떻게 아느냐 하면, 내가 판 보석이니 아는 수밖에 없죠. 그래서……."

트레이시는 무의식중에 자리에서 일어서고 있었다.

"실례했습니다, 모건 씨."

"설마, 벌써 돌아가려는 것은 아니겠지요?"

"더 이상은 듣지 않는 게 좋겠다고 생각되어서요. 혹시 제게 말씀하시고 싶은 것은……."

"그렇소. 당신이 짐작하는 대로요. 내가 말하고 싶은 것은……."

트레이시는 뺨이 화끈거리는 것을 느꼈다.

"나는 범죄자가 아니에요. 취직을 부탁하려고 여기에 온 것뿐이에요."

"그러니까, 일을 부탁하려고 하는 것 아닙니까. 아가씨, 불과 1시간이나 2시간 안에 끝나는 일이에요. 보수는 2만5천 달러를 약속할 수 있어요. 세금 없이 말이오. 당연한 얘기지만……."

모건은 짓궂게 웃었다.

트레이시는 울화가 치미는 것을 가까스로 참았다.

"흥미 없어요. 돌아가겠습니다."

"그렇다면 할 수 없지요."

모건은 일어섰고 트레이시에게 문을 가리켰다.

"이건 알아두기 바랍니다, 미스 휘트니. 아주 조금이라도 잡힐 위험이 있다면 난 이런 일에 손대지 않아요. 나도 신용이 소중한 사람이니까."

"걱정 마세요. 아무에게도 입 밖에 내지 않을 테니까."

트레이시는 냉랭하게 내뱉었다.

모건은 히죽이 웃었다.

"얘기할 것도 없으니까. 그렇지 않소? 결국 당신이 뭐라고 얘기해봤자 아무도 진실로 믿지 않을 것이오. 안 그렇소? 난 콘래드 모건이니까 말이오. 마음이 변하면 그때 연락해요. 가장 좋은 시간은 오후 6시 이후요. 그럼 전화를 기다리겠소."

"헛수고하지 마세요."

트레이시는 그렇게 대꾸하고는 밖으로 나가 땅거미가 지는 저녁의 어둠 속으로 사라져 갔다. 호텔 방으로 돌아온 후에도 그녀의 다리는 분노와 흥분으로 떨리고 있었다.

트레이시는 호텔의 벨 보이에게 샌드위치와 커피를 사오라고 일렀다. 누구와도 얼굴을 마주하고 싶지 않았다. 콘래드 모건과의 면담으로 울화가 가라앉지 않았다. 그 보석상도 역시 나를 죄인 취급한 것이다. 남 루이지애나 여자교도소에 있는 비참하게 내동댕이쳐진 죄수들과 동렬에 놓고 취급한 것이다. 나는 그런 여자 중 한 사람은 절대로 아니다. 트레이시 휘트니인 것이다. 컴퓨터 오퍼레이터이고 법을 준수하는 선량한 시민이다. 그런데도 아무도 나를 고용하려고 하지 않는다.

트레이시는 침대에 누웠으나 앞일을 생각하니 밤새도록 잠을 이룰 수가 없었다. 일할 곳은 없고, 돈은 다 떨어져 가고 있었다. 트레이시는 우선 두 가지 해결책을 생각했다.

아침이 되면 더 싸구려 숙소로 옮길 것, 또 한 가지는 무슨 일이든 찾는 것이었다. 일의 내용은 가리지 않기로 했다.

싸구려 숙소는 로워 이스트사이드에 있는 엘리베이터도 없는 스산한 4층 건물의 방 한 개짜리 아파트였다. 종잇장같이 얄팍한 벽을 통해 옆방 사람들이 귀에 익지 않은 말로 욕지거리를 하며 다투는 소리가 들렸다. 거리에 즐비한 작은 상점가의 창문이나 입구에는 묵직한 철창이 붙어 있었다. 트레이시는 그 이유를 금방 알 수 있었다. 주정뱅이나 매춘부, 그리고 집 없는 여자들이 그 거리의 주민인 것이다.

쇼핑하러 가는 도중에 트레이시는 세 번이나 집요하게 달라붙는 사람들과 실랑이를 해야 했다. 두 번은 남자이고, 한 번은 여자였다.

'얼마 동안은 참고 살 수 있겠지. 하지만 오래 있을 곳은 못 돼.'

트레이시는 자신을 타일렀다.

트레이시는 아파트에서 몇 구획 떨어진 곳에 위치한 작은 직업소개소를 찾아갔다. 뚱뚱하고 관록이 있어 보이는 머피 부인이 경영하고 있었다. 그녀는 이력서에서 눈을 들고는 의아스럽다는 듯이 트레이시를 바라보았다.

"아가씨 같은 사람이 어째서 나한테 왔는지 모르겠군. 당신만한 인재라면 원하는 회사는 얼마든지 있을 텐데."

트레이시는 크게 한숨을 쉬었다.

"저에겐 사정이 있어요."

그렇게 전제해놓고, 머피 부인에게 간단히 사정을 설명했다. 잠자코 듣고 있던 부인은 트레이시가 말을 마치자 무뚝뚝하게 말했다.

"컴퓨터 관계 일은 역시 무리겠군. 요즘엔 어떤 회사도 컴퓨터 범죄를 병적으로 두려워하고 있거든. 전과가 있으면 어느 회사도 고용하려 들지 않아요."

"그렇지만 저는 일을 하고 싶습니다. 저는……."

"다른 직종이라면 있기는 한데, 판매원은 어때요?"

트레이시는 백화점에서 당한 일이 생각났다. 두 번 다시 그런 일은 당하고 싶지 않았다.

"또 다른 일은요?"

부인은 말을 흐렸다. 머피 부인이 생각할 수 있는 직업은 트레이시의 경력과는 너무도 어울리지 않는 것뿐이었던 것이다.

"글쎄……."

부인은 일단 말해보기로 했다.

"당신에게 적합한 일자리는 아니지만, 잭슨 홀이라는 가게에서 웨이트리스를 구하는데, 어퍼 이스트사이드에 있는 햄버거를 파는 가게예요."

"웨이트리스?"

"그래요, 괜찮다면 수수료는 안 받겠어요. 이건 살짝 들은 얘기니까."

트레이시는 자리에 앉은 채 잠시 생각했다. 학생시절에 아르바이트로 웨이트리스를 한 적이 있었다. 그때는 즐거웠었다. 하지만 지금은 사느냐, 죽느냐의 막다른 길이었다.

"해보겠어요."

트레이시는 대답했다.

잭슨 홀은 성미가 급하고 시끄러운 손님들과 잔뜩 짜증이 나 있는 요리사들이 미친 듯이 엉켜 돌아가는 소란스러운 가게였다. 하지만 음식 맛은 제법 좋았고 가격도 웬만했기 때문에 어떤 시간에나 대 혼잡을 빚어냈다. 웨이트리스는 쉴 틈도 없이 일해야 했기 때문에 첫날 일이 끝났을 때는 트레이시는 파김치가 되어 있었다. 그러나 어쨌든 얼마간 수입은 얻을 수 있었다.

이틀째, 점심 때 세일즈맨들이 빽빽이 앉아 있는 테이블에 음식을 가져가자 그중 한 사람이 갑자기 그녀의 스커트를 걷어 올렸다. 트레이시는 엉겁결에 손에 들고 있던 콩 조림 그릇을 그 남자의 머리에 끼얹어버렸다. 그래서 결국 거기서 쫓겨나고 말았다.

트레이시는 머피 부인의 직업소개소에 가서 자초지종을 얘기했다.

"이거라면 괜찮을지도 모르겠군. 웰링턴 암스 호텔에서 객실부의 보조원을 구하고 있어. 거기 한번 가보면 어떨까?"

머피 부인이 말했다.

웰링턴 암스는 파크가에 면한 작지만 우아한 호텔로 부자나 저명인사들을 상대하고 있었다. 트레이시는 담당자와의 면담이 있은 뒤 고용되었다. 함께 일하는 동료들은 명랑했고, 일도 단순하고 힘들지 않았다.

일을 시작한 지 1주일이 되는 날, 트레이시는 객실부 사무실로 호출되었다. 호텔의 부지배인도 그 자리에 있었다.

"당신은 오늘 827호실을 점검했나?"

객실부장이 트레이시에게 물었다. 문제의 방은 할리우드의 여배우 제니퍼 말로가 묵고 있는 방이었다. 트레이시의 임무 중에는 방을 돌며 메이드들이 제대로 일을 잘하고 있는지를 확인하는 일도 포함되어 있었다.

"네, 들어갔었습니다."

트레이시는 대답했다.

"몇 시쯤에?"

"오후 2시였다고 생각합니다. 무슨 문제라도 생겼나요?"

부지배인이 끼어들었다.

"오후 3시에 말로 양이 방에 돌아와 보니 값비싼 다이아몬드 반지가 없어졌다더군."

트레이시는 자신의 몸이 꼿꼿이 굳어져가는 것을 깨달았다.

"당신은 그녀의 침실에 들어갔었소, 트레이시?"

"네, 모든 방을 점검하는 것이 제 임무니까요."

"침실에 반지가 놓여 있는 것을 보지 못했소?"

"아니…… 아뇨, 못 본 것 같습니다."

부지배인은 말꼬리를 물고 따지고 들었다.

"같다는 것은 확실치는 않다는 말이겠군?"

"저는 특별히 보석에 신경을 쓰고 있지 않았기 때문에…… 침대와 타월 확인만 했기 때문에……"

"말로 양은 방을 나갈 때 반지를 화장대 위에 놓아두었다고 하던데."

"저는 그것에 대해서는 아무것도 모릅니다."

"다른 사람은 아무도 그 방엔 접근할 수 없단 말이야. 메이드들은 오랫동안 이곳에서 일한 사람들뿐이고……"

"저는 반지 따위는 훔치지 않았습니다."

부지배인은 한숨을 내쉬었다.

"하는 수 없군. 경찰을 불러 조사하도록 해야지."

"누군가 다른 사람의 소행일 겁니다. 그렇지 않으면 말로 양이 놓은 장소를 착각하고 있든지요."

트레이시는 절규하듯이 말했다.

"당신의 경력에는……."

부지배인은 말머리를 꺼냈다.

또 그거다. 어디까지나 붙어 다니는 '당신의 경력에는…….'

"경관이 올 때까지 경비 사무실에 대기하고 있도록!"

"네, 알겠습니다."

경비원에게 안내되어 사무실로 향할 때 트레이시는 다시 교도소로 들어가는 것 같은 착각에 사로잡혔다. 전과가 있다는 이유만으로 늘 뒤쫓기는 범죄자에 관한 얘기를 그녀는 읽은 적이 있었지만 자신이 그렇게 되리라고는 꿈에도 생각지 못했다. 자신에게는 죄인이라는 딱지가 붙여졌고, 세상 사람들은 자기가 그 딱지대로 사는 것을 보고 싶은 것이다.

'그 흉한 딱지대로 말이야.'

트레이시는 씁쓸하게 생각했다.

30분 후, 부지배인이 싱글싱글 웃음을 띠며 사무실로 들어왔다.

"다행이군. 말로 양의 반지를 찾아냈소. 반지를 둔 곳을 잘못 알고 있었다는군. 착각한 거지."

그는 말했다.

"잘됐군요."

트레이시는 차갑게 말했다.

사무실을 나오자 트레이시는 그 길로 콘래드 모건 보석상으로 갔다.

"어처구니없을 만큼 간단한 일이지. 내 손님 중에 로이스 벨라미라는 사람이 있는데, 그녀는 지금 유럽을 여행 중이야. 집은 롱아일랜드 바닷가의 튀어나온 벼랑 위에 있어. 주말에는 하인들에게 휴가를 주기 때문에 비어 있지. 4시간마다 한 번씩 경비원이 순찰을 돌고 있지만 말이야. 당신은 불과 몇 분 내에 그 저택에 침입했다가 나와야 하는 거야."

콘래드 모건은 말했다.

"경보장치는 다 파악하고 있고 금고의 다이얼도 알고 있어. 당신이 할 일이라고는 그 집안으로 들어가 보석을 갖고 나오는 일뿐이야. 당신이 보석을 나에게 건네주면 나는 그것을 새롭게 다시 커트해서 다른 모습으로 매물로 내놓게 된다는 얘기야."

"그렇게 간단하면 어째서 직접 하시지 않습니까?"

트레이시는 퉁명스럽게 물었다.

모건의 푸른 눈이 번쩍 빛났다.

"일 때문에 시내에서 나가 있어야 하기 때문이지. 그런 작은 사건이 있을 때마다 나는 항상 일 때문에 시내에서 떠나 있는 거라고."

"그렇군요."

"당신이 벨라미 부인의 보석을 훔쳐내는 것에 대해 양심의 가책을 느끼고 있다면 그럴 필요는 없다고 말하고 싶어. 그녀는 정말 탐욕스럽고 무자비한 여자야. 세계 각지에 값비싼 물품으로 가득 찬 저택을 갖고 있어. 게다가 그녀는 보석류에 실제 값의 2배나 되는 액수의 보험을 걸어놓고 있지. 당연히 그 평가는 내가 해주었지만……."

트레이시는 의자 깊숙이 앉아서 콘래드 모건을 바라보며 생각했다.

'내가 머리가 돌아버렸나 봐. 이렇게 태평스럽게 이 남자와 보석 도둑질에 관해 의논을 하고 있다니……'

"나는 교도소에는 다시는 들어가고 싶지 않아요, 모건 씨."

"위험 따위는 없어. 내 일을 도와주고 붙잡힌 사람은 지금까지는 없었어. 나와 함께 일하는 동안에는 말이야. 자, 어떤가?"

명백했다. '노'라고 대답할 작정이었다. 보석을 훔치다니, 미친 짓이지 않은가.

"보수는 2만5천 달러라고 말씀하셨죠?"

"보석과 맞바꾸며 현찰로 지불할 거야."

거액이다. 그 정도만 있으면 앞으로의 인생을 이것저것 생각해볼 여유가 생길 것이다. 트레이시는 자신의 스산한 아파트 생활을 떠올렸다. 거주자들의 아우성소리, '범죄자를 판매원으로 채용하다니!' 하고 외치던 백화점 손님, 경관을 불러 취조해봐야겠다고 위협하던 부지배인의 목소리, 그럼에도 불구하고 트레이시는 선뜻 대답을 할 수가 없었다.

"토요일 밤쯤에 어떨까? 하인들이 토요일 정오에 저택을 나오니까. 당신이 쓸 다른 이름의 운전면허증과 크레디트카드를 마련해두지. 맨해튼에서 차를 빌려 타고 밤 11시에 도착하도록 롱아일랜드까지 운전해가면 돼. 보석을 훔친 뒤에는 뉴욕으로 돌아와서 차를 돌려보내고. 차는 운전할 줄 알겠지?"

콘래드 모건은 말했다.

"네."

"그럼 됐어. 그 다음에는 말이야, 아침 7시 45분에 출발하는 세인트루이스 행 기차가 있어. 그 차에 방을 예약해두겠어. 당신과는 세인트루이스 역에서 만나 거기서 보석과 2만5천 달러를 맞바꾸면 되지."

모건은 별일 아니라는 듯이 덤덤하게 말했다.

거절하려면 바로 지금이 기회다. 못하겠다고 말하고 나가면 그만이다.

'하지만 어디로 간단 말인가?'

"금발 가발이 필요해요."

트레이시는 혼잣말처럼 중얼거렸다.

트레이시가 방을 나가자 콘래드 모건은 어두운 사무실에 앉아서 트레이시에 대해 생각해봤다. 굉장한 미인이었다. 아니, 정말로 너무도 아름다워서 아까울 지경이었다. 그 저택의 경보장치에 관해서는 실은 자신도 그다지 잘 알고 있지 않다고 그녀에게 말해주는 것이 좋지 않았을까 하고 차츰 걱정이 앞섰다.

기막힌 쾌감

콘래드 모건이 선불해준 1천 달러로 트레이시는 블론드 가발 2개를 샀다. 감색 바지와 슈트, 검정색 작업복 그리고 모조 구찌 여행가방 등도 렉싱턴가의 노점상에서 구입했다. 거기까지는 모든 것이 순조롭게 진행되었다.

모건이 마련해주겠다고 약속한 것을 트레이시는 받았다. 엘렌 브란치 명의의 운전면허증, 벨라미 부인 저택의 보안장치 일람표, 침실의 금고를 여는 숫자 맞춤표, 그리고 세인트루이스 행 특실 기차표 등이 봉투에 들어 있었다.

모든 준비를 끝내자 트레이시는 몇 가지 안 되는 소지품을 간추려 싸구려 아파트에서 나왔다.

'두 번 다시는 이런 곳에 살지 않겠어.'

트레이시는 자신에게 다짐했다. 그리고 렌터카를 빌려 롱아일랜드로 향했다. 마침내 도둑으로서의 첫걸음을 내디딘 것이다.

그녀는 자기가 하려고 하고 있는 일에 아무래도 현실감이 느껴지지 않왔다. 그리고 무턱대고 무서웠다. 붙잡히면 어쩐담? 지금부터 하려고 하는 일은 과연 이런 위험을 무릅쓸 가치가 있는 것일까?

'어처구니없을 만큼 간단해.'

콘래드 모건은 그렇게 말했다.

'만약 이것이 위험한 일이라면 모건도 자기 목을 밀어 넣지는 않았겠지. 그는 자신의 사회적 지위를 지키지 않으면 안 되니까. 그러고 보니 나에게도 사회적 지위가 있었지. 기막힌 지위지만 말이야. 아주 보잘 것 없는 보석 한 개만 없어져도 무죄라는 것이 밝혀질 때까지 죄인 취급을 당하는 지위 말이야.'

트레이시는 씁쓸한 생각이 들었다. 그리고 자신에게 타일렀다. 분노에 못 이겨서, 가슴이 끓어올라서 그러는 거라고…….

그러나 그 어떤 이유를 갖다 붙여도 소용이 없었다. 저택이 위치한 벼랑에 차가 닿을 무렵에는 신경이 갈기갈기 찢겨 있었다. 그래서 두 번이나 차를 길 밖으로 벗어나게 할 정도였다.

'경찰관이 난폭 운전으로 나를 잡을지도 몰라. 그렇게 되면 이 일을 해내지 못한 이유를 모건에게 변명할 수 있을 텐데…….'

트레이시는 차라리 그렇게 되기를 간절히 바랐다. 그러나 경찰차 같은 것은 아무 곳에도 보이지 않았다.

'그런 거지 뭐. 필요할 때일수록 경찰은 보이지 않는 거라고.'

트레이시는 자포자기 상태가 되었다.

콘래드 모건의 지시대로 트레이시는 롱아일랜드만 쪽으로 차를 몰아갔다.

'목표인 저택은 해변에 서 있어. 빅토리아조 형식의 건물이지. 지나쳐 버리지는 않을 거야.'

'하느님! 제발 그 집을 지나쳐버리게 해주세요.'

트레이시는 마음속으로 빌었다.

그러나 그 저택은 이미 눈앞에 있었다. 악몽 속의 식인 도깨비의 성채처럼 어둠 속에 우뚝 솟아 있었다. 사람은 없는 것 같았다.

'하필이면 이럴 때 하인들이 휴가중이람. 모두 모가지 시켜버려야 해.'

트레이시는 분개했다.

그녀는 큰 버드나무 뒤에 차를 대고, 길에서 차가 잘 안 보이는 것을 확인하고는 엔진을 껐다. 들려오는 것은 벌레소리뿐, 달리 정적을 방해하는 것은 없었다. 저택은 큰 도로에서 떨어져 있었고, 더구나 깊은 밤이라 지나가는 차도 없다.

'그 저택은 수목으로 뒤덮여 있고, 가장 가까운 이웃집도 몇 에이커나 떨어져 있어. 그래서 누구에게도 들킬 염려가 없지. 사설 경비원들이 도는 순찰은 오후 10시에 있고, 그 다음은 새벽 2시에 있어. 그때까지 당신은 충분히 떠나고도 남지.'

트레이시는 손목시계를 보았다. 두 번째 순찰을 돌 때까지 3시간이나 남아 있었다. 아니 3시간씩은 필요 없어. 3초만 있으면 차를 빙 돌려서 뉴욕으로 돌아가 이런 어리석은 짓을 잊을 수가 있다. 그러나 돌아간다고 한들 무엇이 기다리고 있는가? 트레이시의 뇌리에 또다시 지금까지의 장면이 번갈아 나타났다.

백화점 부지배인의 목소리, '안됐지만 휘트니 양, 우리로서는 손님들의 기분을 상하게 해드릴 수가 없어요……'

'컴퓨터 관계 일은 역시 무리겠군. 전과가 있으면 어느 회사도 고용하려고 하지 않으니까……'

'겨우 한두 시간에 보수는 2만5천 달러. 세금도 한 푼 안 내고 말이야. 양심의 가책을 느낀다면 그럴 필요는 없다고 단언하겠어. 정말 탐욕스럽고 무자비한 여자니까.'

'나는 도대체 지금 무슨 짓을 하고 있는 걸까. 나는 도둑 따위는 아니야. 진짜 도둑과는 달라. 신경이 돌아버린 바보 같은 아마추어지 뭐. 만약 내가 아직도 제정신이라면 시간이 있는 동안에 여기서 도망쳐야 돼. 우물 쭈물하고 있다간 경찰 저격반이 달려와서 나를 겨냥하고 쏴서 구멍투 성이가 된 내 시체를 안치소로 운반하겠지. 신문의 제목이 보이는 것 같아. '가택 침입 중이던 위험한 범인 사살되다'라는 글씨가 말이야.'

트레이시는 생각했다.

나의 장례식에는 누가 와서 울어줄까? 어네스틴과 에미?

트레이시는 시계를 보았다.

'이런! 큰일이네.'

멍청히 생각에 빠져 있는 동안 20분이 지나 있었다.

'행동을 개시해야지. 이곳에 영원히 앉아 있을 수도 없잖아.'

하지만 트레이시는 행동을 개시할 수 없었다. 공포로 온몸이 얼어붙어 버린 것이다.

그녀는 자신에게 말했다.

'그러니까, 좌우지간 가서 집 구경이나 하자고. 잠시 말이야.'

그녀는 크게 숨을 쉬고 차에서 내렸다. 검정색 작업복을 입고 있었지만 무릎이 와들와들 떨렸다. 트레이시는 천천히 저택으로 접근해갔다. 저택 안은 깜깜했다.

'장갑을 잊어버리면 안 돼!'

트레이시는 손을 뻗어 장갑을 꺼내 그것을 두 손에 꼈다.

'아, 어쩌면 좋아. 난 벌써 시작하고 있잖아. 내가 정말로 도둑질을 하러 들어가고 있는 거야.'

트레이시는 생각했다.

심장의 격렬한 고동소리가 들리고, 다른 아무 소리도 트레이시의 귀에 들어오지 않았다.

'경보기는 현관 왼쪽에 있어. 다섯 개의 단추니까 금방 알 수 있지. 빨간 불이 켜져 있을 거야. 경보기가 작동하고 있다는 표시야. 그것을 해제하는 코드는 3-2-4-1-1. 빨간 불빛이 꺼지면 경보기가 끊어진 거야. 현관의 열쇠는 이거. 안에 들어가면 반드시 문을 닫아둘 것. 자, 이 회중전등을 받아. 누군가가 자동차로 지나갈지도 모르니까 집안에서는 어떤 불빛도 켜면 안 돼. 주인의 침실은 2층에 있어. 거기서 왼쪽으로 만이 바라보이고 로이스 벨라미 부인의 초상화 뒤에 금고가 있어. 열기 쉬운 금고야. 이것이 그 숫자 맞춤표이고.'

트레이시는 아무리 희미한 소리도 놓치지 않으려고 흥분에 떨면서 귀를 기울였다. 적막하기 그지없었다. 그녀는 경보기에 손을 뻗어 그것이 작동하지 않기를 빌면서 천천히 단추를 눌러갔다. 빨간 불빛이 꺼졌다. 다음 행동은 트레이시의 인생을 결정하게 된다.

비행기의 파일럿들이 사용하는 말이 머리를 스쳤다.

'귀환불능지점'

트레이시는 열쇠를 사용해 현관문을 열고, 10분 간격을 두고 안으로 들어갔다. 공포로 꼼짝도 못하고 그저 귀를 곤두세운 채 복도에 서 있자 온몸의 신경이 숨 가쁘게 똑딱이는 것을 느낄 수 있었다. 저택 안은 인기척이라곤 없는 정적에 싸여 있었다. 트레이시는 회중전등을 꺼내어 불을 켜고 계단을 비추며 위로 올라갔다. 이제 이렇게 된 이상, 1초라도 빨리 이 일을 끝마치고 어서 빨리 도망쳐버려야 하는 것이다.

2층 복도는 회중전등의 불빛으로 으스스해보였다. 트레이시가 걸으면 광선이 움직이는 데 따라서 벽이 전후좌우로 물결치듯 흔들렸다. 트레이시는 지나치는 방안을 들여다보았다. 모두 적막강산이었다. 주인의 침실은 복도의 막다른 곳에 있었고 모건의 설명대로 거기서 만이 바라다보였다. 멋진 침실이었다. 전체가 밝은 핑크빛이며 거기에 천장이 달린 침대와 핑크빛 장미꽃 장식이 달린 이동식 세면대가 갖추어져 있었다. 2인용 팔걸이의자와 난로가 있고, 그 바로 앞에는 식사를 할 수 있는 테이블이 놓여 있었다.

'나는 이런 집에서 찰스와 아이들과 행복하게 살 생각이었어.'

트레이시는 생각했다.

전망 창으로 걸어가 밖을 내려다보니 저 멀리 만에는 배가 정박되어 있었다.

'하느님! 가르쳐 주십시오. 로이스 벨라미가 이 같은 아름다운 집에서 살고, 나를 여기에 도둑질하러 들어오도록 결정하신 것은 어떤 연유에서 입니까? 어머나, 뭘 이제 와서 감상적이 되는 걸까. 도둑질하는 것도 딱 이번 한번뿐이다. 불과 몇 분 만에 끝낸다고 하지만 아무것도 하지 않으면 언제까지나 끝나지 않을 거야.'

트레이시는 창문에서 떨어져 모건이 가르쳐준 초상화 쪽으로 걸어갔다. 로이스 벨라미 부인이 엄숙하고 오만한 얼굴을 하고 있었다.

'모건이 말한 대로야. 탐욕스럽고 무자비하게 생긴 여자로군.'

그 초상화를 앞으로 당기니 작은 금고가 있었다. 트레이시는 금고를 여는 맞춤번호를 외우고 있었다.

'오른쪽으로 3번 돌려 42에서 정지, 왼쪽으로 두 번 돌려 10에서 정지, 다시 오른쪽으로 한번 돌려 30에서 정지.'

트레이시는 손이 떨려서 두 번이나 다시 돌려야 했다. 찰칵 소리가 나고 금고 문이 열렸다.

금고에는 두툼한 봉투와 서류가 많이 들어 있었는데 트레이시는 그것들을 무시했다. 안쪽에 있는 작은 선반 위에 세무가죽의 보석 주머니가 놓여 있었다. 트레이시는 손을 뻗어 선반에서 보석주머니를 집어 들었다. 그 순간, 도난 경보기가 작동을 시작했다. 트레이시가 난생 처음 듣는 것 같은 큰 소리였다. 그 소리는 저택 내의 모든 방향에서 울려대며, 도둑의 존재를 알리고 있었다. 트레이시는 충격을 받은 나머지 그 자리에 우두커니 서 있었다.

'어떻게 된 거지? 보석에 손을 대면 금고 안의 경보장치가 작동한다는 것을 콘래드 모건은 몰랐던 걸까?'

잽싸게 탈출하지 않으면 안 되었다. 트레이시는 세무가죽 주머니를 바지 주머니에 찔러넣고 계단 쪽으로 달려갔다. 그러자 그 순간 경보기 소리에 겹쳐서 다른 소리가 들려왔다. 멀리서 다가오는 사이렌 소리였다. 트레이시는 경악하여 계단 위에 우뚝 서 버렸다. 심장이 마구 뛰고 입 안은 바싹바싹 타들어 갔다. 서둘러 창가로 달려가 커튼을 젖히고 밖을 내다보았다. 경찰차가 이 저택의 현관 앞에 멎는 참이었다. 트레이시가 보고 있는 동안 제복을 입은 경관 한 사람이 집 뒤쪽으로 돌아가고, 또 한 사람이 현관 쪽으로 달려갔다. 탈출구는 막혔다. 경보 벨은 아직도 울려대고 있었다. 그러자 갑자기 그 소리는 트레이시의 머릿속에서 남 루이지애나 여자 교도소 복도에 울려 퍼지는 그 무서운 벨 소리로 바뀌었다.

트레이시는 생각했다.

'그런 곳으로는 다시는 돌아가지 않겠어.'

현관의 초인종이 힘차게 울렸다.

멜빈 더킨 경장은 이곳 씨 크리프 경찰서에 10년간 근무하고 있었다. 씨 크리프는 조용한 도시여서 경찰의 임무라고 하면 기물 파손이나 드물게 일어나는 자동차 도둑, 그리고 토요일 밤에 이따금 있는 주정뱅이들의 싸움을 처리하는 정도였다. 그러므로 벨라미 저택의 경보장치가 작동한 것은 보통 일이 아니었다. 이거야말로 더킨 경장이 고대하던 본격적인 도둑이었다. 더킨 경장은 로이스 벨라미와 대면한 적이 있었으며 부인이 그림이나 보석 등 값비싼 수집품을 소유하고 있다는 것을 알고 있었다. 경장은 부인이 부재중에 가끔 저택을 순시하곤 했다. 빈집털이들에게는 안성맞춤의 표적이라고 생각되었기 때문이었다.

'아무래도 한 마리 걸린 것 같은데.'

더킨 경장은 생각했다.

경비 회사로부터 호출이 왔을 때, 더킨은 불과 1구역밖에 떨어지지 않은 곳에 있었다.

'요놈이 내 경력에 빛을 내주겠는걸. 굉장한 빛을!'

더킨 경장은 다시 현관의 초인종을 눌렀다. 벨을 3번 울리고 나서 안으로 뛰어들었다고 보고서에 써넣고 싶었다.

동료가 뒷문을 지키고 있으므로 도둑이 탈출할 통로는 없었다. 도둑은 저택 안 어딘가에 숨으려 하겠지만 쓸데없는 짓이라고 생각했다. 이 멜빈 더킨 경장의 눈을 속이고 숨을 수 있는 놈은 있을 리가 없었다.

경장이 세 번째 초인종을 누르려고 손을 뻗자 그 순간, 현관문이 열렸다. 더킨은 놀라서 그 자리에 우뚝 섰다. 현관에는 훤히 비치는 나이트가운을 걸친 여인이 서 있었다. 이건 경장의 온갖 상상을 뒤엎은 것이었다. 팩을 한 얼굴에다 머리에는 캡을 쓰고 있었다.

나이트가운을 입은 여인이 물었다.

"도대체 어떻게 된 일이죠?"

더킨 경장은 기가 막혀서 말이 나오지 않았다.

"저어…… 그…… 당신은 누구십니까?"

"엘렌 브란치예요. 로이스 벨라미의 손님이죠. 그녀는 지금 유럽에 가 있어요."

"네, 그건 알고 있습니다. 벨라미 부인은 손님이 온다는 얘기를 저에겐 하지 않았습니다만."

경장은 굉장히 당혹스러운 표정이었다.

현관 앞의 여성은 그럴 것이라는 얼굴로 고개를 끄덕였다.

"로이스는 그런 사람이에요. 잠깐 실례해요. 이 시끄러운 소음은 정말 참을 수가 없군요."

더킨 경장이 지켜보는 가운데 로이스 벨라미의 손님이 경보기에 손을 뻗어 익숙한 손놀림으로 맞춤번호를 누르자 소리는 멈췄다.

"이제야 됐군. 어쨌든 와주셔서 감사해요."

여성은 한숨을 돌리고 불안한 듯이 웃었다.

"막 침대에 들어가려던 참인데 경보기가 울리기 시작하지 뭐예요. 도둑이 든 줄 알았어요. 그런데 저 혼자뿐이잖아요. 일하는 사람들은 낮에 모두 돌아가 버렸으니까요."

"집안을 수색해도 상관없겠습니까?"

"좋아요. 어서 그렇게 해주세요."

경장과 동료는 저택 안을 살펴보고 아무도 없는 것을 확인하는 데 채 몇 분도 안 걸렸다.

"샅샅이 돌아보았습니다. 경보기가 잘못 작동한 것입니다. 뭔가 잘못되어 울렸겠지요. 이런 전자기기에는 가끔 있는 일입니다. 경비회사에 전화해서 조사해보는 것이 좋으실 것입니다."

더킨 경장은 말했다.

"네, 곧 그렇게 하지요."

"그럼 우리는 철수하는 것이 좋겠군."

경장은 동료에게 재촉하듯 말했다.

"서둘러 와주셔서 정말 고마워요. 이젠 나도 안심하고 잘 수 있겠어요."

'이 여자는 몸매가 꽤 괜찮군.'

더킨 경장은 생각했다. 그리고 또 팩을 벗긴 맨 얼굴은 어떨까 하고 제멋대로 상상해보았다.

"이곳에는 언제까지 계실 겁니까, 브란치 부인."

"1, 2주쯤 더 머물 거예요. 로이스가 돌아올 때까지."

"무슨 일이 있거든 언제든지 연락해주십시오."

"고맙습니다, 그렇게 하죠."

트레이시는 순찰차가 어둠 속으로 사라져가는 것을 바라보고 있었다. 안도한 나머지 잠시 비틀거렸을 정도였다.

순찰차가 완전히 보이지 않게 되자, 트레이시는 급히 계단을 달려 올라가 욕실에서 발랐던 팩을 씻어내고 로이스 벨라미의 컬러 캡과 나이트가운을 벗어던졌다. 그러고는 자신의 검정색 작업복으로 갈아입고 현관을 나와 경보기를 신중히 작동시켰다.

맨해튼으로 돌아가는 길에 절반쯤 와서, 트레이시는 그제야 자기가 취한 대담한 행위를 돌아보았다. 이윽고 웃음이 솟아올랐다. 쿡쿡 나오던 웃음이 커다란 웃음이 되고, 그 웃음을 그칠 수 없게 되었다. 차를 길가에 세우고 그녀는 눈물로 얼굴이 홍건해질 때까지 계속 웃었다. 그것은 1년 만에 웃어보는 마음속 깊은 곳으로부터의 통쾌한 웃음이었다. 그리고 뭐라고 표현할 수 없는 기막힌 쾌감이었다.

첫 번째 도둑질

열차가 펜실베이니아 역을 출발하자 트레이시는 겨우 마음을 진정시킬 수 있었다. 그때까지는 줄곧 완강한 손에 어깨를 붙잡혀 공포에 떨어야 했다.

"너를 체포한다."

트레이시는 열차에 타고 있는 승객을 한 사람 한 사람을 주의 깊게 살펴보았다. 수상해 보이는 사람은 아무도 없었다. 그래도 트레이시의 어깨는 긴장이 풀어지지 않고 굳어 있었다. 그 저택에서의 도둑질이 이렇게 빨리 드러날 리는 없다고 자신에게 타일렀다. 만약 들통이 났다 해도 그것과 자신을 연결시켜줄 일은 아무것도 없었다.

콘래드 모건이 2만5천 달러를 가지고 세인트루이스 역에서 기다리고 있을 것이다. 2만5천 달러나 되는 돈을 내 멋대로 쓸 수 있는 것이다. 그만큼의 돈을 가지려면 은행에서 1년간 번 돈을 한 푼도 쓰지 않고 모아야 한다.

'유럽 여행을 해야지. 파리가 좋겠지?'

트레이시는 생각했다.

'아냐, 싫어. 말도 안 돼. 파리는 가지 않겠어. 그곳은 찰스와 신혼여행을 가기로 약속했던 곳이다. 런던으로 가자. 그곳이라면 해방감을 맛볼 수 있을 것이다.'

벨라미 저택에서의 체험은 트레이시의 내면에 변화를 가져다주었다. 마치 다른 인격이 몸 안에 들어온 것 같은, 뭔가 새로 태어난 듯한 신기한 기분이었다.

트레이시는 개인 객실의 문을 잠그고 세무가죽 주머니를 열어 안에 들어 있는 것을 꺼내보았다. 일곱 가지 빛을 발하며 떨어지는 폭포처럼 보석이 그녀의 손 안에 떨어졌다. 커다란 다이아몬드 반지가 3개, 에메랄드 브로치와 사파이어 팔찌, 진주와 루비 목걸이가 각각 한 개씩이었고, 귀고리가 3개였다.

'이 보석을 모두 합하면 100만 달러는 훨씬 넘을 거야.'

트레이시는 경탄했다.

전원지대를 달리는 열차에 흔들리면서 트레이시는 시트에 등을 기대고 지난 밤 이후의 일을 생각하고 있었다. 차를 빌려서…… 씨 크리프의 거리로 달려…… 정적이 감도는 밤…… 경보기를 해제하고 집안으로 잠입해서…… 금고를 여는데…… 경보기가 울리기 시작하자 순식간에 나타난 경찰, 도둑을 잡으러 왔는데 속살이 드러나는 나이트가운을 입은 여자가 팩을 붙인 얼굴로 캡을 쓴 채 나타나리라고는 예상도 하지 못했을 것이다.

세인트루이스 행 열차의 개인 객실에 앉아 있는 트레이시의 얼굴엔 만족스런 미소가 떠올랐다. 경찰을 골탕 먹인 것은 실로 통쾌한 일이었다. 위험에 처했을 때 오히려 뭐라고 형용할 수 없는 쾌감을 맛볼 수 있었다. 자신이 대담하고 영리한 무적의 여인인 것처럼 느껴졌다. 정말이지 절대적으로 훌륭했다고까지 생각되었다.

그때 누군가가 그녀의 객실 문을 노크했다. 승무원인 것 같았다. 트레이시는 서둘러 보석을 세무가죽 주머니에 넣고 여행가방에 넣었다. 그리고 승차권을 손에 들고 문을 열었다.

복도에는 회색 양복을 입은 두 남자가 서 있었다. 한 사람은 30대 초반이고, 또 한 사람은 그보다 10살 정도는 연상인 것 같았다. 젊은 쪽은 호남형의 스포츠맨 타입인 근육질의 남자였다. 그는 억센 턱에 짧은 콧수염을 길렀고, 안경 안쪽에는 이지적인 푸른 눈이 빛나고 있었다. 연장자 쪽은 더부룩한 머리카락과 뚱뚱한 체형에 눈은 차가운 갈색이었다.

"무슨 일이신가요?"

트레이시는 물었다.

"실례합니다."

연장자가 정중하게 대답하면서 검은색 패스포트를 꺼내어 신분증명서를 제시했다.

미합중국 연방수사국 'FBI'

"저는 특별수사관 데니스 트레버이고 이 사람은 특별수사관 톰 바워즈입니다."

트레이시는 갑자기 입 안이 바짝 말랐다. 가까스로 억지 미소를 지었다.

"저…… 그런데 무슨 일이신지요. 뭔가 잘못 아신 것 아닌가요?"

"아닙니다, 잘못 안 것이 아닙니다."

젊은 남자가 말했다. 부드러운 남부 사투리였다.

"몇 분 전에 이 열차는 뉴저지 주로 진입했습니다. 도난품을 다른 주로 운반하는 것은 연방법 위반입니다."

트레이시는 눈앞이 아찔했다. 눈앞에 붉은 안개가 피어올라 모든 것이 흐릿하게 보였다.

연장자인 데니스 트레버가 말했다.

"여행가방을 열어주시겠습니까?"

부탁이 아니라 명령이었다.

이런 경우를 빠져 나가기 위해서는 허세를 부릴 수밖에 없다.

"물론 사절하겠어요! 무슨 권리로 이렇게 남의 객실에 들이닥칠 수 있는 거죠? 당신들은 이렇게 무고한 시민을 들볶는 일밖에는 할 줄 모르나요? 승무원을 부르겠어요."

트레이시는 바르르 떨리는 목소리로 말했다.

"승무원에겐 이미 양해를 구해놓았습니다."

연장자인 트레버가 말했다.

허세는 통하지 않는 것이다.

"수사…… 수색영장이 있나요?"

젊은 남자가 부드럽게 말했다.

"우리에게는 수색영장 같은 것은 필요 없습니다. 휘트니 씨, 현행범 체포입니다."

FBI는 그녀의 이름까지 알고 있었다. 완전히 꼼짝할 수 없게 조여 온 것이다. 벗어날 방법은 없었다. 만사가 끝장난 것이다.

트레버는 트레이시의 여행가방을 열려고 했다. 저지할 방법은 전혀 없었다. 트레이시가 지켜보는 가운데 트레버가 가방에서 세무가죽 주머니를 꺼냈다. 주머니를 열어 상대방에게 보여주며 고개를 끄덕였다. 트레이시는 자리에 주저앉았다. 갑자기 서 있을 힘조차 빠져버리고 만 것이다. 트레버는 주머니에서 증서를 빼내어 물건과 대조해보고는 보석 주머니를 포켓 속에 넣었다.

"전부 들어 있군, 톰."

"어떻게…… 어떻게 알게 되었죠?"

트레이시는 비참한 기분이 되어 물었다.

"수사상의 비밀을 함부로 외부에 누설할 수는 없소. 당신을 체포하겠소. 당신은 묵비권과 뭔가 말하기 전에 변호사를 부를 권리가 있습니다. 당신이 지금부터 말하는 것은 모두 증거로서 사용될 수도 있습니다. 알고 있겠죠?"

트레버가 말했다.

트레이시의 대답은 거의 들리지 않을 만큼 희미했다.

"네."

젊은 쪽인 톰 바워즈가 말했다.

"정말 유감이오. 당신의 경력을 알고 있는 이상 정말 유감이라고 말할 수밖에 없군요."

"쓸데없는 말을 하고 있을 때가 아니야."

연장자인 트레버가 말했다.

"알고 있습니다. 하지만……."

트레버가 수갑을 꺼내며 트레이시의 얼굴을 보았다.

"자, 양 손목을 나란히 내놓으시오."

트레이시는 너무 괴로워서 심장이 튀어나올 것만 같았다. 뉴올리언스 공항에서 수갑이 채워져 끌려나오자 주위 사람들이 흘끔흘끔 돌아다보던 때의 광경이 생생하게 떠올랐다.

"죄송합니다만, 꼭 그래야 하나요?"

"그렇습니다."

젊은 쪽의 남자가 말했다.

"잠시 둘이서 얘기하고 싶은데요, 데니스."

"좋아."

두 남자는 복도로 나갔다. 트레이시는 절망감에 빠져 멍청하게 맥없이 자리에 앉아 있었다. 두 사람의 대화가 단편적으로 들려왔다.

"부탁해요, 테니스. 수갑을 채울 것까지는 없잖아요. 저 여자는 어디로 도망갈 수도 없고……."

"자넨 언제까지 보이스카우트 소년처럼 굴 셈인가? 나처럼 수사국에 오래 있으면……."

"그렇게 거칠게 다루지 않아도 괜찮을 것 같은데요. 저 여자는 너무 충격을 받아서……."

"그런 정도는 앞으로의 그녀의 운명에 비하면……."

이 대화의 뒷부분은 트레이시로서는 더 이상 듣기 괴로운 것이었다. 듣고 싶지 않았다.

잠시 후, 두 사람은 객실로 돌아왔다. 연장인 남자는 화가 나 있는 것 같았다.

"좋소, 수갑은 채우지 않기로 하겠소. 다음 역에서 당신을 내려주겠소. 무선으로 수사국의 차를 불러낼 테니 이 객실에서 꼼짝 말고 계시오. 알겠소?"

연장자가 말했다.

트레이시는 끄덕였다. 너무 낙담해서 대답할 기운조차 나지 않았다.

젊은 남자인 톰 바워즈가 어깨를 으쓱해 보이며 동정을 표했다.

'뭔가 좀 도와주고 싶소.' 라고 말하고 싶어하는 것 같았다.

아무것도 도와줄 것이 없었다. 이제 와서는 아무것도 필요 없다. 너무 늦었다. 나는 현행범으로 잡히고 말았다. 어떻게 된 일인지 경찰은 나를 미행하여 FBI에 알린 것이다.

수사관은 복도로 나가 승무원에게 이야기하고 있었다. 바워즈가 트레이시를 가리키며 뭐라고 말하고 있었다. 승무원이 끄덕이자 바워즈는 객실의 문을 닫았다. 트레이시에겐 감방 문이 탁 닫힌 것처럼 느껴졌다.

달리는 열차의 창을 액자로 한 평온한 전원풍경이 점차로 사라져 갔다.

그러나 트레이시에겐 풍경을 감상하고 있을 여유가 없었다. 그녀는 공포에 떨며 넋이 나간 채 앉아 있었다. 열차가 내는 소리와는 다른 굉음이 트레이시의 귀에서 울렸다. 이번에 들어가면 이젠 끝장이다. 두 번째 범행인 것이다. 무거운 판결이 떨어질 것이다. 이번에는 소장의 딸을 구조한다는 우연도 일어나지 않을 것이다. 다시는 기회가 오지 않을 것이다. 절망적이고 끝도 없는 기나긴 교도소 생활을 보내야 한다. 빅 바사가 기다리고 있는 그 지옥 같은 곳에서!

'어디에서 범행이 탄로 난 것일까?'

이번 도난 사건을 알고 있는 것은 콘래드 모건 단 한 사람뿐이었다. 그가 그녀를 함정에 빠뜨릴 까닭은 없었다. 보석을 FBI에게 내줄 이유도 없을 것이다. 그녀가 생각할 수 있는 가능성은 모건 보석상의 누군가가 계획을 알아차리고 경찰에 밀고했을 가능성 정도였다.

'이제 와서 그런 생각을 해봤자 이제 와서 무슨 의미가 있겠는가? 나는 체포되고 말았다. 열차가 멈추면 다시 교도소로 끌려 돌아가게 된다. 취조 받고, 재판을 받고, 그리고……'

트레이시는 눈을 꼭 감고 그 이후의 일은 생각하지 않기로 했다. 볼을 타고 뜨거운 눈물이 줄줄 흘러내렸다.

열차가 속도를 떨어뜨렸다. 트레이시는 충분한 공기를 마시려고 깊이 숨을 들이켰다. 아까의 두 사람이 그녀를 데리러 곧 들어올 것이다. 역이 시야에 들어오고 이윽고 열차는 덜커덩 흔들리며 정차했다. 일어날 시간이다. 트레이시는 여행가방을 잠그고 코트를 입고 앉았다. 닫힌 상태인 문 쪽에 눈길을 주고 그것이 열리기를 기다렸다. 몇 분이 지났다. 두 사람의 수사관은 나타나지 않았다. 무엇을 하고 있는 걸까? 트레이시는 그들이 한 얘기를 다시금 떠올려보았다.

'다음 역에서 내려주겠소. 무선으로 수사국의 차를 불러낼 테니 이 객

실에서 꼼짝 말고 있으시오.'

그때 트레이시는 승무원의 목소리를 들었다.

"전원 승차……."

트레이시는 갑자기 가슴이 뛰었다. 한 수사관은 플랫폼에서 기다린다고 말했던가.

'틀림없이 그런 것 같아.'

이대로 열차 안에 있으면 FBI는 도피 죄로 나를 몰아세워 상황이 더욱더 불리하게 되고 말 것이다. 트레이시는 여행가방을 들고 객실 문을 열고 복도로 뛰어나갔다.

승무원이 다가왔다.

"당신도 이 역에서 하차하십니까, 아가씨?"

승무원이 물었다.

"그렇다면 서둘러야죠. 도와드릴게요. 당신 같은 분은 짐을 들지 않는 편이 좋으니까요."

트레이시는 승무원을 바라보았다.

"나 같은 사람이라뇨?"

"이상하게 생각하실 것 없어요. 아가씨의 오라버니께서 여동생이 임신 중이니 잘 보살펴 달라고 내게 부탁했으니까요."

"저의 오라버니요?"

"좋은 분들이시더군요. 두 분 모두 다. 당신을 정말로 걱정하고 계시더군요."

세계가 빙글빙글 돌기 시작했다. 뭐가 뭔지 하나도 알 수 없었다.

승무원은 가방을 차량 출구까지 옮겨주고 트레이시가 내려서는 것을 도와주었다. 열차는 움직이기 시작했다.

"오빠들이 어디로 갔는지 혹시 아시나요?"

트레이시는 소리를 높여 물었다.

"아뇨, 모르겠습니다. 두 분은 열차에서 내려 급히 택시를 타고 가시더군요."

그들은 100만 달러 상당의 보석을 갖고 도망친 것이다.

트레이시는 즉시 공항으로 향했다. 공항 외에는 그들이 갈 만한 장소가 생각나지 않았다. 택시를 탔다는 것은 그들이 자동차도, 비행기도 준비해 놓지 않았다는 것을 의미한다. 게다가 두 사람은 한시라도 빨리 이 도시를 벗어나고 싶어할 것이다.

트레이시는 택시에 올라탔으나 억울하고 화가 나서 어쩔 줄을 몰랐다. 왜 그렇게 쉽게 속아 넘어갔는지 자기 자신이 부끄러웠다. 그들은 정말 멋지게 사기를 쳤다. 두 사람 모두 능수능란했다. 그래서 자신도 모르게 빨려 들어간 것이다. 딱 들어맞는 엄격한 수사관 역할과 동정하는 역할의 수사관 연극에 걸려든 자신이 부끄러워서 트레이시의 얼굴은 빨갛게 상기되었다.

'부탁해요, 데니스. 수갑을 채울 것까지는 없잖아요. 저 여자는 어디로 도망갈 수도 없고……'

'자넨 언제까지 보이스카우트 소년처럼 굴 셈인가? 나처럼 수사국에 오래 있으면……'

수사국? 흥! 그들도 법에 쫓겨 다니는 인간들임에 틀림없다. 그렇다면 그 보석을 도로 찾는 거다. 이렇게 속아 넘어가고 나서 울면서 포기할 수는 없어. 100만 달러 상당의 보석인 것이다. 빨리 가자. 어떻게 해서든지 공항에서 따라잡아야 한다.

트레이시는 좌석에서 몸을 내밀며 운전사에게 재촉했다.

"좀 더 빨리 갈 수 없어요? 부탁이에요. 몹시 바쁘거든요."

두 사람은 공항 탑승구 줄에 서 있었다. 트레이시는 두 사람을 얼른 알아보지 못했다. 톰 바워즈라고 이름을 댔던 젊은 남자는 안경을 벗어버렸고 눈빛은 푸른색에서 회색으로 바뀌어져 있는 데다 콧수염도 온데간데 없었다. 데니스 트레버라고 한 남자는 더부룩한 머리가 지금은 반들반들한 대머리로 되어 있었다. 하지만 그래도 두 사람을 보고 그냥 지나치지는 않았다. 그들은 옷을 갈아입을 시간이 없었던 것이다. 두 사람이 탑승구에 거의 다다른 순간 트레이시가 뒤쫓아 갔다.

"여보세요, 잊으신 것이 있잖아요."

트레이시는 뒤에서 말을 걸었다.

두 사람은 뒤돌아보고 트레이시의 모습을 발견하고는 깜짝 놀랐다. 젊은 남자가 얼굴을 찌푸렸다.

"당신이 왜 여기 있지? 당신을 연행하기 위한 수사국의 차가 역에 대기하고 있었을 텐데."

기차에서 쓰던 남부 사투리가 아니었다.

"그럼 지금이라도 돌아가서 차를 찾아보시면 어떨까요?"

트레이시가 비꼬며 말했다.

"그럴 수가 없소. 다른 사건이 발생했다는 연락을 받았소, 그쪽으로 가려고 이 비행기를 타는 것이오."

트레버가 설명했다.

"얘기는 나중에 하고, 제게 보석을 돌려줘요."

트레이시는 요구했다.

"그건 무리한 요구요. 이건 증거품이오. 나중에 수령서를 보내주겠소."

톰 바워즈가 말했다.

"필요 없어요, 수령서 따위는. 보석을 돌려줘요."

"미안하지만 압수한 물건을 되돌려줄 수는 없는 것이오."

트레버가 말했다.

두 사람은 탑승구에 도달했다. 트레버가 안내계에 탑승권을 건넸다.

다급해진 트레이시가 주위를 둘러보자 공항 경찰의 모습이 눈에 들어왔다. 트레이시는 큰 소리로 불렀다.

"경찰아저씨! 경찰아저씨!"

두 남자는 깜짝 놀라 서로 마주보았다.

"이봐, 무슨 짓을 하려는 거야, 응? 다 같이 체포되고 싶어서 그래?"

트레버가 기겁을 하며 말했다.

경찰관이 그들 쪽으로 다가왔다.

"무슨 일입니까? 무슨 문제가 생겼나요?"

"저, 별로 문제랄 것은 없고요. 여기 친절하신 두 분이 제가 잃어버렸던 매우 소중한 보석을 찾아주셨거든요. 그것을 건네주시려고 하는 순간이었어요. 전 이 건으로 FBI에까지 조사를 의뢰해야 되는 것이 아닌가 하고 생각하고 있었거든요."

트레이시는 경쾌한 목소리로 말했다.

두 남자는 극도로 당황한 눈으로 서로를 보았다.

"이 두 분은 제가 경찰에게 택시까지 안내해달라고 부탁하면 안심하겠다고 하시는데, 그렇게 해주시겠어요?"

"별로 어렵지 않은 부탁이군요. 기꺼이 모셔다 드리겠습니다."

트레이시는 두 남자를 돌아다보았다.

"이젠 그 보석을 제게 건네주셔도 괜찮아요. 이렇게 든든한 경찰 아저씨가 저를 지켜주시니까요."

"아니, 그건 별로, 우리가 호위하는 편이……."

톰 바워즈가 항변했다.

"아뇨, 그건 안 돼요. 그렇게까지 신세를 질 수는 없어요. 당신들이 얼마나 이 비행기를 타고 싶어 하시는지 전 알고 있거든요."

트레이시는 말했다.

두 남자는 경찰관을 슬쩍 보고는 체념한 듯이 서로의 얼굴을 보았다. 이 경우 두 사람이 취할 방법은 하나밖에 없었다. 마지못해 톰 바워즈가 포켓에서 세무가죽 주머니를 꺼냈다.

"그거예요!"

트레이시는 상기된 목소리로 말했다. 그녀는 바워즈로부터 주머니를 받아 주머니를 열어 안을 들여다보았다.

"어머나, 고마워요. 전부 있군요."

톰 바워즈가 마지막 저항을 시도했다.

"우리가 목적지까지 보관했다가……."

"그렇게까지 걱정하지 않으셔도 괜찮아요."

트레이시는 명랑하게 말을 가로막았다. 핸드백을 열어 보석을 집어넣고 5달러짜리 지폐를 두 장 꺼냈다. 트레이시는 두 사람에게 한 장씩 건네주었다.

"이건 제가 드리는 아주 보잘 것 없는 답례예요. 친절에 정말 감사드립니다."

다른 승객들은 이미 탑승을 끝내고 있었다. 탑승구의 담당직원이 두 남자에게 재촉했다.

"이미 마지막 안내방송이 끝났습니다. 여러분, 빨리 탑승해주십시오."

"그럼 택시 정류장까지 부탁드립니다."

트레이시는 웃는 얼굴로 경찰관에게 말하며 그 자리를 떠났다. 걸으면서 그녀는 경찰관에게 즐거운 듯이 말했다.

"요즘 보기 힘든 정직한 분들이에요."

제프 스티븐스는 누구인가?

남자 톰 바워즈, 본명 제프 스티븐스는 창가의 좌석에 앉아 이륙하는 비행기에서 밖을 바라보다가 갑자기 손수건을 꺼내 눈에 대고는 어깨를 들먹이기 시작했다.

연장자인 데니스 트레버, 본명 브랜던 히긴스가 그의 옆자리에 앉아 그 모습을 놀란 채 바라보았다.

"어이, 이봐! 그까짓 것 가지고 울 건 없잖아."

브랜던 히긴스가 말했다.

제프 스티븐스는 눈물로 얼룩진 얼굴로 히긴스를 쳐다보았다. 놀랍게도 제프는 터져 나오는 웃음을 주체하지 못하고 있었다.

"도대체 왜 그래? 웃고 있을 때가 아니지 않나."

히긴스는 말했다. 하지만 제프로서는 도저히 참을 수가 없었다. 트레이시 휘트니가 공항에서 그들을 빼돌린 수법은 제프의 사기 인생에서 목격한 가장 멋진 수법이었다. 속임수 중의 속임수, 최고의 사기였다. 보석상 모건은 그들에게 여자가 아마추어라고 얘기했었다.

'이것 참 큰일났군! 저 정도가 아마추어라면 프로가 되면 어떻게 될까.'

제프는 생각했다. 또한 트레이시 휘트니는 제프 스티븐스가 지금까지 만났던 여자 중에서 가장 매력적인 여자였다. 그리고 머리가 좋았다. 사기꾼 계에서는 최고의 사기꾼이라고 자부하고 있던 자신이 그녀에게 감쪽같이 당하고 만 것이다.

'그녀라면 윌리 삼촌이 눈에 넣어도 아프지 않았을 거야.'

제프는 생각했다.

그를 교육시킨 사람은 숙부인 윌리였다. 제프의 어머니는 농기구 사업으로 성공한 사람의 재산 상속인이었지만, 재혼한 남자가 나빴다. 일확천금만 꿈꾸며 함부로 경박한 사업에 손을 대는, 아첨에 약한 남자였다. 성공한 사업은 한 가지도 없었다. 그러나 외모는 매력적인 사나이였다. 연한 갈색의 피부에 미남이었으며 얘기도 시원스럽게 잘했다. 하지만 결혼해서 5년쯤 되었을 무렵, 아내가 상속받은 재산을 거의 탕진해버렸다. 따라서 제프가 철이 든 후의 기억이라면 돈 아니면 부친의 바람기 때문에 말다툼을 하던 양친의 모습밖에는 없었다.

그런 비참한 결혼생활을 본 소년은 마음에 상처를 받았다. 그는 남몰래 마음속으로 맹세했다.

'난 결코 결혼 같은 건 하지 않겠어. 절대로!'

윌리 삼촌은 작은 순회 흥행 카니발에서 한 자리를 맡고 있었는데, 제프가 사는 오하이오 주 마리온 가까이에 올 때는 언제나 제프의 집에 들르곤 했다. 윌리 삼촌은 밝은 성격의 소유자로 장밋빛 미래를 믿는 낙천가였다. 그리고 제프의 집에 올 때는 언제나 제프에게 가슴 설레는 선물을 안겨주었고, 신기한 마술의 비밀도 가르쳐주었다.

윌리 삼촌은 처음에는 마술사로서 그 카니발에 소속되어 있었는데, 오락장의 한 자리가 파산하자 그것을 이어받게 된 것이다.

제프가 14살 때 어머니가 교통사고로 세상을 떠났다. 그리고 2개월 후에 새아버지는 19살의 술집 여종업원과 결혼했다.

"남자 어른이 독신으로 사는 것은 부자연스런 일이란다."

새아버지는 그렇게 설명해주었지만, 소년 제프는 도저히 납득할 수가 없어서 적개심을 품었다. 새아버지의 냉담함에 배신감을 느꼈던 것이다.

제프의 새아버지는 세일즈맨으로 일하고 있었는데 1주일에 3일은 집을 비웠다. 어느 날 밤 계모와 두 사람만 있게 되었을 때 침실 문이 열리는 소리에 제프는 잠이 깼다. 잠시 후 제프는 부드러운 나체가 피부에 닿는 것을 느꼈다. 제프는 깜짝 놀라 상반신을 일으켰다.

"안아줘, 제프. 나 천둥이 무서워."

계모가 속삭였다.

"지금 천둥 같은 건 치지 않잖아요."

제프는 말을 더듬었다.

"천둥이 칠 것 같아. 일기예보에 비가 올 거라고 했거든."

계모는 몸을 점차 접근시키며 밀착시켜 왔다.

"자, 좋은 걸 가르쳐줄게, 제프."

제프는 너무 당황했다.

"알았어요. 아버지 침대로 가는 게 어때요?"

"좋아."

계모는 웃었다.

"그렇게 하는 것이 재미있겠지?"

"곧 갈게요."

제프는 약속했다. 계모는 제프의 침대에서 빠져나가 아버지의 침실로 갔다. 그 사이 제프는 재빨리 옷을 주워 입고 창으로 빠져나가 캔자스 주의 시메론으로 향했다. 윌리 삼촌의 카니발이 거기서 흥행 중이었기 때문이었다. 제프는 가는 동안 한 번도 뒤돌아보지 않았다.

윌리 삼촌에게 가출한 이유를 추궁 당하자 그는 단지 이렇게 말했을 뿐이었다.

"새엄마와 사이좋게 지낼 수가 없어서요."

삼촌은 제프의 새아버지에게 전화를 걸어 꽤 오랫동안 얘기를 나누었지만, 결국 제프는 카니발에 남게 되었다.

"어쩌면 학교에 가는 것보다도 여기에 남는 것이 너에게 좋은 교육이 될 거야."

윌리 삼촌은 그렇게 보증했다.

카니발은 그것 자체가 하나의 세계였다.

"우리는 고지식한 흥행은 하지 않아. 우린 사기 연예단이야. 하지만 잘 기억해둬, 꼬마야. 손님들이 탐욕스러운 마음을 갖기 전까지는 엉터리로 해서는 안 돼. 우리의 대선배인 힐즈의 히트한 영화에도 그런 제목이 있었지. '욕심 없는 자는 속일 수 없다'라고 말이야."

윌리 삼촌은 제프에게 설명했다.

제프는 카니발에서 일하는 사람들과 사이좋게 지냈다. 카니발에는 한창 나이의 여자들도 꽤 있어서 모두 제프에게 눈독을 들이고 있었다. 제프는 모친을 닮아 품성이 착했고 부친을 닮아 용모가 수려했다. 그래서 주위의 여자들은 제프의 동정을 둘러싸고 암투를 벌였다.

결국, 제프를 맨 처음 남자로 만든 것은 귀여운 아크로바트 곡예사였다. 덕분에 그녀는 몇 년간이나 다른 여성들에 대해서 우월감을 가질 수 있었다.

윌리 삼촌은 제프가 카니발의 모든 일들을 체험할 수 있도록 해주었다.

"언젠가는 이것이 전부 네 것이 될 거야. 그러니 너는 다른 누구보다도 이 일을 잘 알아야 해."

삼촌은 소년에게 말했다.

제프는 우선 멋진 여섯 마리 고양이의 엉터리 맞추기 게임을 배웠다. 그것은 돈을 낸 손님이 나무 대에 올려놓은 여섯 마리 고양이에게 볼을 맞추어 망 위로 떨어뜨리는 게임으로, 물론 고양이는 세공된 모조 고양이였다. 오퍼레이터(사기꾼을 지칭하는 용어)가 얼마나 간단하게 고양이를 떨어뜨릴 수 있는지를 직접 시범해 보인다. 그러나 손님이 직접 공을 던질 때는 조각된 고양이 뒤에 숨어 있는 보조원이 버팀목으로 단단하게 받친다. 명투수가 쳤다고 해도 고양이는 도저히 떨어뜨릴 수 없도록 조작이 되어 있는 것이다.

"아, 안타깝게도 위치가 약간 낮았군요. 손님, 힘보다 먼저 정신통일을 해야 하는 거예요."

오퍼레이터는 말한다.

'힘보다 먼저 정신통일을' 하는 것이 암호로 되어 있어서 오퍼레이터가 그 말을 한 순간, 숨어 있는 보조원이 버팀목을 내린다. 거기서 다시 오퍼레이터가 시범을 해 보인다.

"자, 잘 떨어지죠?"

그 말이 또 보조원에게 하는 암호로, 다시금 버팀목을 받치라는 의미가 된다. 그리고 여자 친구에게 자기 실력을 자랑하고 싶어 하는 시골뜨기가 매번 봉이 되어준다.

어느 날 윌리 삼촌은 제프에게 말했다.

"넌 정말 무엇이든 잘 기억하는구나. 솜씨가 좋아. 이젠 슬슬 스킬로를 배워도 되겠구나."

'스킬로'를 조작하는 사람은 재주꾼 중의 재주꾼으로 불리고 있었으며 카니발 내에서 실력을 인정받았다. 제일 돈을 잘 벌기 때문에 고급 호텔에 묵고 번쩍번쩍하는 자동차를 타고 다니기도 했다.

스킬로 게임의 조작은 간단했다. 커다란 시계를 대 위에 올려놓은 것이라고 생각하면 되는데, 문자판은 몇 개의 블록으로 나뉘어져 있고, 각 블록에는 번호가 붙어 있었다. 손님은 돈을 내고 시계 바늘을 돌린다. 바늘이 멈춘 블록의 번호가 지워진다. 손님은 또 돈을 걸고 돌린다. 바늘이 멈춘 블록의 번호가 또 지워진다. 이렇게 블록의 번호가 모두 지워지면 손님에겐 막대한 상금을 지불하게 되어 있었다. 손님이 이제 조금만 더해서 블록을 모두 지우는 순간, 바람잡이 한 사람이 주위를 둘러보며 살짝 손님에게 속삭인다.

"당신의 운이 좋으니 나도 한 몫 끼게 해줘요."

그렇게 말하고 바람잡이는 손님에게 5달러 내지 10달러를 건넨다.

"이것을 내 몫으로 해서 같이 걸어줘요. 질 리가 없으니까."

그런 얘기를 듣게 되면 손님은 공모자를 얻은 기분이 되어 자신감이 솟는다. 제프는 손님을 선동하는 데는 명인이었다. 나머지 블록이 얼마 남지 않아 승리가 가까워지면 손님의 흥분은 고조된다.

"손님, 당신은 이제 따 놓은 당상이군요!"

제프가 그렇게 큰 소리를 지른다. 그러면 손님은 흥분해서 더 많은 돈을 건다. 그리고 결국 블록이 하나만 남게 되면 흥분은 최고조에 달한다.

이때, 손님은 대체로 가진 돈 모두를 걸거나 집에 돌아가서 있는 돈을 긁어모아 온다. 그러나 손님이 이긴 적은 한 번도 없었다. 이유는 간단했다. 배후 조종자가 바늘을 '꽝' 블록에서 정지하도록 조작하는 것이다.

제프는 카니발 특유의 은어를 곧 익혔다. '손톱'이라는 것은 봉이 이기지 못하도록 한다는 뜻이었다. 구경거리 앞에 서서 손님들을 불러 모으는 사람들을 일반적으로 '유객꾼'이라고 부르고 있었지만 동료들끼리는 '수다쟁이'라고 했다. 이 '수다쟁이'는 모인 손님의 매상 10퍼센트를 배당받는다.

'슬램'은 가져가버린 상금을 말한다. '우편배달'은 잔돈으로 부탁을 들어주는 경찰관을 의미한다.

제프는 '허풍선이'로도 인정을 받고 있었다. 손님들이 구경거리를 보려고 입장료를 낼 때 제프는 줄줄줄 멋들어지게 지껄여댄다.

"자자, 신사숙녀 여러분! 참 잘 오셨습니다. 입장료의 50퍼센트만 더 내면 바깥에 있는 사진과 그림과 글 그대로를 몽땅 이 텐트 안에서 볼 수 있습니다. 뿐만 아니라 전기의자에 꽁꽁 묶인 젊은 여성이 5만 와트의 전류가 몸에 흘러 고통에 발버둥치는 즉시 그 쇼와는 전혀 관계없는, 간판에서도 선전하지 않은 특별한 쇼를 함께 구경하실 수 있습니다. 이 텐트 안에 들어가면 머리털이 곤두서는 끔찍한 것을 볼 수 있습니다. 그것들은 감히 밖에서는 선전하고 있지 않습니다. 순진한 아이들과 감수성이 예민한 여성들에게는 보이고 싶지 않기 때문입니다."

그 말에 넘어간 사람들이 특별 요금을 지불하면 제프는 허리가 없는 소녀와 머리가 두 개 있는 갓난아기를 보여주러 안으로 안내한다. 물론 그것은 거울을 사용한 트릭이었다.

가장 벌이가 잘 되는 카니발 사기 중 하나는 '달리는 쥐'였다. 살아 있는 쥐 한 마리를 테이블 중앙에 놓고 그 위에 그릇을 덮는다. 테이블 가에는 10개의 구멍이 나 있고 그릇을 들어 올리면 쥐가 그 구멍 어딘가로 들어가게 되어 있었다. 손님은 각각 구멍의 번호에 내기를 건다. 쥐가 달려 들어간 구멍을 고른 사람이 상금을 타게 되는 것이다.

"저건 어떤 조작이 되어 있죠, 삼촌?"

제프는 윌리 삼촌에게 물었다.

"쥐를 훈련시켜 놓았나요?

윌리 삼촌은 배를 움켜쥐고 웃어댔다.

"쥐를 훈련할 시간이 어디 있니? 간단해. 배후 조종자는 아무도 걸지 않은 구멍을 잘 봐두었다가 그곳을 기름 묻힌 손가락으로 슬쩍 만지기만 하면 돼. 쥐는 항상 기름이 묻은 구멍으로 달려가거든."

귀여운 나체 댄서인 카렌이 '열쇠 속이기'를 제프에게 제안했다.

"토요일 밤 선전을 할 때 당신에게만 특별히— 하고 말하면서 호색가처럼 보이는 손님에게 내 침대차 열쇠를 팔아줘. 한 사람씩 비밀스럽게 말이야."

카렌은 제프에게 말했다.

그 열쇠는 한 사람에게 5달러씩에 팔렸다. 한밤중에는 10여 명의 호색가들이 카렌의 숙소 주위를 맴돌고 있게 된다. 그 시각, 카렌은 시내의 호텔에서 제프와 함께 재미를 보고 있었다. 다음날 아침 속은 것을 알아차린 봉들이 카니발에 복수하러 몰려가면 카니발은 이미 그곳을 뜬 후가 된다.

그럭저럭 4년을 보내는 동안 제프는 인간의 본성이라는 것에 대해 많은 것을 배우게 되었다. 인간의 탐욕을 자극하는 것이 얼마나 쉬운 것인가, 그리고 인간이 얼마나 속기 쉬운 존재인가 하는 것을 알았다. 아무리 의심스러운 것이라도 인간의 강한 탐욕은 그 의심을 떨쳐버리고 믿게 만드는 것이다.

18살이 되자 제프는 눈에 띄는 미남이 되었다. 우연히 그를 스쳐 지나가는 여성이라도 그에게서 눈을 떼지 못하고 회색의 아름다운 눈, 훤칠하게 큰 키, 그리고 검은 곱슬머리에 반하고 말았다. 남자들은 제프의 기지에 넘친 얘기와 소탈한 분위기에 마음을 열었다. 아이들조차 그에게서 마음이 통하는 친구를 발견해낸 것처럼 제프를 금방 좋아하는 것이었다.

또한 제프에게 반한 여자 손님들도 줄줄이 끊어지지 않고 쫓아다닐 정도였다. 그럴 때면 윌리 삼촌은 곧잘 설교를 하곤 했다.

"요조숙녀에게 손대면 안 돼. 모두 보안관 아버지가 있다고 생각해라."

나이프 던지기 전문가의 아내 때문에 제프는 카니발을 떠나지 않으면 안 되게 되었다.

윌리 삼촌의 카니발은 조지아 주의 밀리지빌에 도착해 텐트를 설치하고 있었다. 이번 흥행에서는 위대한 조르비나라고 불리는 시실리인인 나이프 던지기가 매력적인 금발의 아내와 함께 새롭게 쇼를 공연하게 되었다. 그 위대한 조르비니가 텐트에서 장비를 손질하고 있는 사이에 그의 아내가 자기들 부부가 묵고 있는 호텔로 제프를 초대했다.

"조르비니는 하루 종일 바빠. 잠깐 들르지 않겠어? 즐겨보자고."

금발의 여자는 제프에게 말했다. 그럴 듯한 얘기였다.

"1시간 쯤 뒤, 내 방으로 와."

그녀는 말했다.

"왜 1시간씩이나 기다려야 하죠?"

제프가 묻자 그녀는 웃으며 말했다.

"여러 가지 준비를 하려면 그 정도는 걸린다고."

제프는 호기심을 잔뜩 갖고 기다렸다. 그리고 그가 마침내 호텔 방에 도착하자 그녀는 거의 벌거벗은 몸으로 문을 열어주었다. 제프가 안으려고 하자 그녀는 그의 손을 잡고 속삭였다.

"이리로."

욕실에 안내된 제프는 믿을 수 없는 광경을 보았다. 욕조에 가득 찬 물 속에 여러 가지 맛과 향의 젤리가 들어 있었다.

"이게 뭐죠?"

제프는 물었다.

"디저트지 뭐겠어. 자, 옷을 벗어. 얼른."

제프는 그대로 했다.

"자, 안으로 들어가."

제프는 욕조로 들어가 몸을 담갔다. 그러자 이것이 어떻게 된 일일까. 말할 수 없는 감촉이 제프의 몸 전체를 간질이기 시작했다. 미끌미끌하고 부드러운 젤리가 제프의 몸을 애무했다. 금발의 여자도 욕조로 들어왔다.

"자, 점심을 먹어야지."

그녀는 말하고는 젤리를 핥으면서 제프의 가슴께부터 아랫부분을 향해 조금씩 혀를 이동시켜갔다.

"흠, 정말 맛있어. 딸기향이 가장 좋아……."

그녀의 튀는 듯한 혀의 움직임과 따뜻하고 자극적인 젤리의 감촉이 제프를 말로 다할 수 없는 열광의 도가니로 몰아넣었다. 애무가 한창일 때, 욕실의 문이 꽝 하고 열리더니 위대한 조르비니가 성큼성큼 들어왔다. 시실리인은 꼴사나운 아내의 모습과 당황한 제프를 발견하곤 외쳤다.

"뚜 세이 우나 쁘따나! 비 아마조 튜티에 듀에! 드베 소노 이미에이 코르테리?"

제프는 무슨 말인지 한마디도 알아들을 수가 없었다. 위대한 조르비니가 나이프를 가지러 방으로 달려가자 제프는 욕조에서 뛰어나와 자기 옷을 움켜쥐었다. 그의 몸은 달라붙은 오색 젤리로 무지개처럼 빛났다. 그는 창을 타고 넘어 벌거벗은 채로 골목길을 무작정 달렸다. 등 뒤에서 분노에 찬 목소리가 들리고 나이프가 윙윙거리며 머리를 스치고 날아갔다.

"피융… 피융…!"

그러다 간신히 사정거리에서 벗어날 수 있었다.

사람들의 눈에 띄지 않도록 다리 밑에서 찐득거리는 젤리와 싸우면서 셔츠와 바지를 꿰어 입고 제프는 사람들 속으로 파고 들어가 가장 가까운 버스 정류장으로 서둘러서 갔다. 그는 어디로 가는 것이든 상관없이 맨 처음에 온 버스를 타고 그대로 마을을 떠났다.

6개월 후, 제프는 베트남 전쟁터에 가 있었다.

이 전쟁에 종군한 병사들의 생각은 각양각색이었다. 제프의 베트남 전쟁은 결국 관료주의에의 한없는 경멸과 전쟁수행 책임자들에 대한 원망으로 막을 내렸다. 전혀 이길 것 같지 않은 전쟁에서 2년을 허비하면서 제프는 막대한 돈과 물자와 인명이 헛되이 낭비되는 것에 대단히 놀랐으며 변신이 빠른 장교들과 정치가들의 배반과 속임수에 진력이 나 있었다.

'우리는 아무도 원치 않은 전쟁에 내몰린 거야. 이건 사기야, 그것도 세계 최대의 사기 행위야.'

제프는 생각했다. 그는 제대하기 일주일 전, 월리 삼촌의 사망 소식을 들었다. 카니발은 거의 폐업 직전까지 가 있었다. 과거는 막을 내렸다.

그로부터 수년간은 손에 땀을 쥐는 모험의 연속이었다. 제프에게 있어서는 지금이야말로 세상 모두가 카니발이었고, 거기에 사는 모든 사람들이 그의 봉이었다. 제프는 자신만의 독자적인 사기술을 고안해냈다. 어느 때는 대통령의 컬러 사진을 1달러에 판다는 광고를 신문에 내고 1달러를 보내온 마음씨 좋은 사람들에게 대통령의 얼굴이 박힌 10센트짜리 우표를 엽서에 붙여 보내주었다.

또 언젠가는 잡지에 광고를 내어 5달러를 보내는 데 앞으로 60일밖에 남지 않았다는 것, 그 후로는 너무 늦다는 취지의 경고 광고를 냈다. 그 광고에는 5달러를 보내면 무엇을 얻을 수 있는지는 명시하고 있지 않았지만 돈은 전국에서 엄청나게 모여들었다.

배를 좋아했던 제프는 타히티로 향하는 스쿠너 선에 일자리가 있다는 것을 친구가 이야기하자 곧바로 승무원 계약서에 사인을 했다.

배는 165피트의 갈색 스쿠너로, 돛을 전부 하나 가득 팽팽하게 하면 태양에 반짝반짝 빛나 매우 아름다웠다. 갑판에는 티크재가 붙여지고 선채는 광택이 있는 긴 전나무재로 덮여 있었다. 또한 메인 살롱에는 12명이나 앉을 수 있고 주방에는 전기 오븐도 있었다.

승무원의 침실은 뱃머리의 방이 사용되었다. 선장에다 접객원과 요리사가 1명씩, 갑판원이 5명 있었다. 제프의 임무는 돛을 올리는 것을 돕고, 놋쇠로 된 의장품을 닦고 마스터에 올라가 돛을 다는 일이었다. 승객은 8명이었다.

"주인은 홀랜더라는 이 사람이야."

제프의 친구가 가르쳐주었다.

홀랜더는 루이즈 홀랜더라는 25살의 금발 미인이었고, 부친은 중앙아메리카의 반을 소유하고 있을 정도의 대부호라는 것을 알게 되었다. 다른 승객은 모두 루이즈 홀랜더 양의 친구이고 승무원들은 그들을 한데 묶어 '광대 세트'라고 빈정거렸다.

항해를 떠난 첫날, 제프가 뜨거운 햇살 아래에서 갑판의 놋쇠를 닦고 있는데 루이즈 홀랜더가 그의 곁으로 다가왔다.

"당신은 새로 들어온 사람이군요."

제프는 올려다보았다.

"네 그렇습니다."

"이름은?"

"제프 스티븐스"

"좋은 이름이군요."

제프는 아무런 대꾸도 하지 않았다.

"내가 누군지 알아요?"

"모릅니다."

"루이즈 홀랜더, 이 배의 주인이죠."

"아, 그러세요. 그럼 제가 이렇게 일하고 있는 것은 당신을 위해서라는 말이 되는군요."

그녀는 제프를 빤히 쳐다보다가 이윽고 킥킥거리며 웃었다.

"그렇다고 할 수 있겠군요."

"그렇다면 제 일을 방해하면 당신이 지불하는 급료가 낭비되는 셈이겠군요."

제프는 다음 놋쇠로 옮겨갔다.

밤이 되면 승무원들은 자기들 방에서 승객들의 행동을 야유하거나 그

들에 대한 유치한 농담을 하면서 시간을 보내곤 했다. 그러나 사실은 제
프는 손님들이 부러웠다. 그들의 가문, 학벌, 여유 있는 태도, 그 모든 것
들이 부러웠다. 그들은 자산가로 태어나 일류 교육을 받은 것이다. 그에
비해 자신의 학력은 윌리 삼촌의 카니발이 전부였다.

카니발에서 일하고 있는 사람 중에 원래는 고고학 교수였다는 사람이
있었다. 근무하던 대학에서 값비싼 발굴품을 훔쳐내어 팔아 목이 잘린 남
자였다. 그 전직교수와 제프는 곧잘 오랫동안 얘기를 나누곤 했다. 그의
말에 귀를 기울이고 있으면 고고학에 완전히 매료되어 버리는 것이었다.

"과거를 보면 인류의 미래를 읽을 수 있어."

교수는 말했다.

"생각해보렴, 꼬마야. 몇천 년 전의 오랜 옛날에 우리의 선조들도 너와
나와 똑같은 꿈을 꾸며 오랜 시간 얘기하고 인생을 살았다는 사실을."

교수의 눈은 훨씬 먼 곳을 바라보고 있었다.

"카르타고─나는 그 땅을 발굴하러 가고 싶어. 그리스도 탄생 훨씬 이
전에 그곳은 위대한 도시였지. 고대 아프리카의 파리라고 할 수 있는 곳
이야. 시민들은 게임에 흥분하고 목욕을 즐기고 이륜전차 경주에 열광했
었지. 대 원형경기장은 축구장의 5배나 될 만큼 넓었어."

교수는 소년의 눈에서 관심의 빛을 읽을 수 있었다.

"너, 고대 로마의 정치가 카토가 원로원에서 연설할 때 언제나 같은 문
구로 연설을 끝맺었다는 걸 아니? 그 사람은 이렇게 말했었단다. '카르타
고는 멸하지 않으면 안 된다.' 그 소원은 결국 현실화되었지. 로마인은 그
땅을 폐허로 만들어버리고 그로부터 25년 후에 다시 그곳으로 찾아와 폐
허 위에 위대한 도시를 건설했어. 언젠가 너와 거기서 발굴 작업을 할 수
있었으면 좋겠구나, 꼬마야."

그런 얘기를 하면서 1년 후에 교수는 알코올 중독으로 죽었다. 그때 제
프는 마음속으로 맹세했다. 언젠가 반드시 카르타고에 발굴을 하러 가겠

어요, 교수님. 당신 대신에.

스쿠너가 타히티에 도착하기 전날 밤에 제프는 루이즈 홀랜더의 특별실로 호출되어 갔다. 루이즈는 훤히 비치는 실크 가운을 걸치고 있었다.

"무슨 일이십니까? 사장님."

"당신은 호모인가요, 제프?"

"그것이 사장님과 무슨 상관이 있나요? 그러나 대답은 '노'입니다. 단지 여자를 취향에 따라 고르기는 하지만요."

루이즈 홀랜더의 입이 굳게 다물어졌다.

"어떤 종류의 여성을 좋아하는데요? 매춘부?"

"때에 따라 다르죠."

제프는 솔직하게 말했다.

"다른 용건이 또 있으십니까?"

"으음, 그래요. 내일 밤에 저녁 파티를 열 거예요. 괜찮다면 들러줘요."

제프는 잠시 동안 그녀를 지그시 응시하다가 입을 열었다.

"그러죠. 구태여 거절할 이유는 없으니까요."

루이즈 홀랜더는 스물한 살이 되기 전에 이미 두 번의 결혼 경력이 있었고, 그녀의 변호사가 세 번째 남편과의 이혼소송을 마쳤을 때, 이렇게 제프와 만나게 된 것이다.

파페티 항에 닻을 내리고 이틀째 되던 날 밤, 승객과 승무원들이 육지에 올라가버리자 제프는 루이즈 홀랜더의 선실에 또 불려갔다. 그녀는 선명한 색깔의 실크 파레우를 입고 있었다. 타히티 특유의 허리에 두르는 그 옷은 발목까지 터져 있었다.

"이것을 벗고 싶은데 지퍼에 문제가 생겼어요."

루이즈는 말했다.

제프는 다가가서 옷을 살펴보았다.

"지퍼 같은 건 붙어 있지 않는데요?"

루이즈는 제프에게 얼굴을 돌리며 의미심장한 미소를 떠올렸다.

"알고 있어요. 그게 문제라고요."

두 사람은 갑판에서 사랑을 나누었다. 열대의 산들바람이 두 사람의 몸을 축복하듯이 부드럽게 쓰다듬으며 지나갔다.

한때의 쾌락의 폭풍이 지나가자 두 사람은 나란히 누워 서로의 얼굴을 바라보았다.

"당신 아버지가 보안관은 아니겠지?"

제프가 팔꿈치로 상체를 일으켜 루이즈를 내려다보며 물었다. 그러자 루이즈는 깜짝 놀라 몸을 일으켰다.

"뭐라고요?"

"당신은 내가 처음으로 안은 요조숙녀거든. 윌리 삼촌에게 귀에 못이 박히도록 잔소리를 들었어. 요조숙녀의 아버지는 모두 보안관이라고 생각하라고."

그로부터 두 사람은 매일 밤 잠자리를 함께했다. 루이즈의 친구들은 그 일을 아주 재미있어했다.

"그는 루이즈의 장난감이야."

모두들 그렇게 생각하고 있었다. 하지만 루이즈가 제프와 결혼할 생각이라고 말하자 주위 사람들은 놀라서 야단법석을 떨었다.

"부탁이야, 루이즈. 그는 어디 출신인지 내력도 모르는 사람이야. 카니발에서 일하던 남자잖아. 기왕이면 보다 나은 뱃사람과 결혼하는 게 낫지 않겠니? 그는 핸섬해. 그것은 두말 않고 인정하겠어. 게다가 체격도 훌륭해. 하지만 섹스 상대 외에는 전혀 가치가 없잖아."

"루이즈, 제프는 아침식사로서는 좋지만 저녁식사 타입은 아냐."

"너에겐 사회적 지위라는 것이 있어."

"노골적으로 말해서 그는 우리와 신분이 너무 다르지 않니?"

그러나 친구들의 어떤 말도 루이즈의 마음을 바꿀 수는 없었다. 제프는 루이즈가 지금까지 만난 사람 중에 가장 매력 있는 남자였다. 그녀의 경험으로 보면, 한마디로 멋지게 생긴 남자는 질릴 정도로 멍청하든가 견디기 어려울 정도의 얼간이였다. 그러나 제프는 지성과 유머를 겸비하고 있었으며 그 조화가 너무나도 매력적이었다.

루이즈가 제프에게 결혼 얘기를 꺼내자, 친구들과 마찬가지로 제프 자신도 깜짝 놀랐다.

"왜지? 내 몸이라면 이미 주었잖아. 나에겐 더 이상 줄 것이 아무것도 없어."

"그 이유라면 너무 간단해, 제프. 난 당신을 사랑하게 된 거예요. 앞으로의 인생을 당신과 보내고 싶어요."

결혼 같은 것은 자기와는 전혀 인연이 없다고 생각하고 있었는데 갑자기 그 반대가 되고 말았다. 루이즈 홀랜더의 겉모습은 세련된 사교가였지만 그 그림자 뒤에는 상처받기 쉬운 연약한 소녀의 모습이 엿보였다.

'그녀에겐 내가 필요해.'

제프는 그렇게 생각했다. 안정된 가정생활과 자식들에게 둘러싸인 광경이 갑자기 멋지게 느껴졌다. 철이 든 이후로는 계속 달려오기만 한 것 같은 기분이 들었다. 이제 슬슬 멈추어도 괜찮을 때가 되지 않았는가.

사흘 후, 두 사람은 타히티의 시 청사에서 결혼식을 올렸다.

두 사람이 뉴욕으로 돌아오자, 제프는 루이즈 홀랜더의 고문 변호사인 스코트 포가티의 사무실로 들러 달라는 부탁을 받았다. 변호사는 빈틈이 없고 야무져 보이는 사람이었다. 그 작은 입을 보자 제프는 엉덩이 구멍도 작겠구나 하고 생각했다.

"사인해주셨으면 하는 서류가 있습니다만."

변호사는 말했다.

"사인이라니요?"

"권리포기 증서입니다. 당신이 루이즈 홀랜더와의 결혼을 파기했을 경우의 사항이 간단하게 적혀 있습니다."

"루이즈 스티븐스겠죠?"

"루이즈 스티븐스와 헤어질 경우 그녀의 재산분할의 권리를 포기한다는 것을……."

제프는 턱의 근육이 딱딱해지는 것을 느꼈다.

"어디에 사인합니까?"

"내가 읽는 것을 끝까지 듣지 않아도 괜찮겠습니까?"

"괜찮소. 이봐요, 사람 잘못 보았소. 나는 재산이 탐나서 결혼한 것이 아니오!"

"아, 그러시겠죠, 스티븐스 씨! 저는 다만……."

"사인을 해주기 바라는 거요, 아니오?"

변호사는 제프 앞에 서류를 내놓았다. 제프는 소정의 위치에 휘갈겨 서명을 하고 의자를 박차고 사무실에서 나왔다. 루이즈의 리무진과 운전사가 계단을 내려오는 그를 기다리고 있었다. 제프는 차에 올라타면서 씁쓸한 기분이 들었다.

'이렇게 머리끝까지 피가 올라오도록 화를 낼 필요가 어디 있지? 나는 철이 들고 지금까지 계속 사기꾼 노릇을 해왔어. 그리고 이젠 꽤 커다란 정식 벌이를 할 수 있게 되었는데, 주일학교 선생처럼 진지하기 짝이 없는 사람이 되었다니…….'

루이즈는 제프를 맨해튼에서도 최고급 양복점으로 데리고 갔다.

"디너 재킷을 입으면 정말 멋질 거예요."

루이즈가 권했다. 완성된 디너 재킷을 입은 제프는 정말 훌륭했다.

두 사람이 결혼하고 2개월 동안에 5명이나 되는 루이즈의 친구들이 이 매력적인 남자를 유혹하려 들었다. 그러나 제프는 그 하나하나를 모두 무시했다. 결혼을 망쳐버리지 않겠다고 결심하고 있었기 때문이었다.

루이즈의 오빠인 버지 홀랜더가 제프를 최고급 뉴욕 필그림 클럽의 회원으로 추천해주었기 때문에 그는 입회를 허락받았다.

처남의 이름 '버지'는 실은 별명으로, 그가 하버드대학 풋볼 팀에서 라이트 태클을 지키고 있을 때, 적이 아무리 밀어도 꼼짝도 안하고 버텼다고 해서 붙여진 이름이었다. 그는 건장한 체격의 중년남자로 해운업, 바나나 농장, 소의 방목장, 정육회사 등 제프가 셀 수 없을 정도로 많은 사업에 손을 대고 있었다. 버지 홀랜더는 다소 거만한 남자로, 노골적으로 제프를 깔보았다.

"자넨 우리와는 출신 계급이 달라. 하지만 침대에서 루이즈를 즐겁게 해주기만 한다면 그걸로 족해. 난 이래 돼도 무척 동생을 사랑하거든."

그런 얘기를 들을 때마다 제프의 자제심은 당장이라도 폭발해버릴 것 같았다.

'난 이 더러운 놈과 결혼한 것이 아니야. 루이즈와 결혼한 거지.'

필그림 클럽의 다른 회원들도 한결같이 속물들뿐이었다. 그들은 모두 제프를 깔봤다. 점심식사는 항상 클럽에서 하는 것으로 정해져 있었는데 그때마다 모두 제프가 싫어하는 것을 알면서도 카니발 시절의 이야기를 해달라고 졸랐다. 제프는 일부러 과장되게 이야기를 만들어 그들에게 들려주었다.

제프와 루이즈는 맨해튼 이스트사이드 지구에 방이 20개나 되는 저택에서 많은 사용인들과 함께 지냈다. 루이즈는 롱아일랜드와 바하마 제도에도 저택을 갖고 있었고 이탈리아의 사르디니아에는 별장이, 파리의 포치아메뉴에는 커다란 아파트가 있었다. 그리고 요트 외에 마세라티, 람보

르기너, 크라이슬러 등의 고급 승용차도 여러 대 갖고 있었다.

'굉장해! 멋져!'

제프는 생각했다.

'하지만 난 바보 같아. 비열해.'

제프는 그렇게 결론을 내렸다.

어느 날 아침, 18세기 풍의 4기둥식 침대에서 잠이 깬 제프는 가운을 걸치고 루이즈를 찾았다. 아내는 식당에 있었다.

"슬슬 일자리를 찾아봐야겠어."

제프는 아내에게 말했다.

"어머 왜요? 돈 같은 건 필요 없어요."

"돈과는 상관없어. 난 하루 종일 빈둥대며 먹을 것을 입에 넣어주는 걸 좋아하는 남자가 아니야. 일하고 싶어."

루이즈는 잠시 생각하더니 대답했다.

"알았어요, 여보. 오빠에게 얘기해볼게요. 오빠는 주식중개업도 하고 있거든요. 당신 주식중개업 할 생각 있어요?"

"무슨 일이든 좋아."

제프는 중얼거렸다.

그는 처남의 회사에서 일하게 되었다. 지금까지는 정해진 시간에 맞춰 직장을 다닌 적이 없었다.

'정해진 시간의 일도 익숙해지면 재미있어지겠지.'

제프는 생각했다.

그러나 역시 좋아지지가 않았다. 그래도 일은 계속했다. 그 수입을 아내에게 준다는 형식을 유지하고 싶었던 것이다.

"우리 아기 소식은 아직 없나?"

어느 일요일, 여유 있게 아침 겸 점심을 먹으며 제프는 루이즈에게 물었다.

"곧 생기겠죠, 뭐. 저도 기다리고 있어요."

"그럼 노력이 부족하다는 얘기군. 좀 더 열심히 해볼까? 자, 침대로 가실까요, 부인."

제프는 필그림 클럽의 점심식사 테이블에 앉았다. 처남과 그의 동료 5, 6명의 실업가들이 예약해둔 자리였다.

버지가 자랑하듯이 말했다.

"정육회사의 연차 보고서를 막 마쳤다네. 이보게들, 우리 회사는 작년에 비해 수익이 40퍼센트 상승했다네."

"당연한 얘기 아닌가?"

동석하고 있던 한 사람이 웃으면서 말했다.

"검사관들을 매수해두었으니 당연하지. 우리의 노련한 버지 씨는 수상쩍은 고기에 최상품 고기의 도장을 찍어 톡톡히 주머니를 부풀리고 있거든."

남자는 다른 멤버를 둘러보았다.

제프는 충격을 받았다.

"사람이 먹는 고기에 그런 일을 하다니. 어린아이들도 그 고기를 먹고 있을 텐데. 농담이겠죠, 형님?"

버지는 능글맞게 웃으며 악담을 늘어놓았다.

"요즘은 도덕이란 놈이 한물갔잖아."

3개월 정도 지나자 제프는 클럽의 회식 동료들의 소행에 대해 훤히 알게 되었다. 에드 젤러는 리비아에 공장을 건설하기 위해 100만 달러의 뇌물을 지불하고 있었다. 다국적기업의 사장인 마이크 퀸시는 회사 매매만을 전문으로 하는 탈취꾼으로 친구들에게 위법적으로 정보를 흘려주고 주식을 매매시키고 있었다. 회식 동료 중에서 가장 부자인 알란 톰슨은 자기 회사의 운영 방침을 자신만만하게 불어댔다.

"저 더러운 법률이 개정되기 전에는 우리 회사는 연금지급 개시 1년 전에 늙은이들을 모두 모가지시켜 버렸지. 그래서 쓸데없이 낭비할 뻔한 돈을 꽤나 건졌다고."

모두들 세금을 속이고, 보험금 사기를 해먹고 이중장부를 만들어 주머니를 채우고 있었다.

'어처구니가 없군. 이놈들은 겉으로 보기엔 멋쟁이 신사 같지만 카니발의 사람들과 다를 게 하나도 없어. 하고 있는 짓이 꼭 엉터리 사기 게임 같아.'

제프는 생각했다.

그들의 아내들도 똑같이 행동거지가 나빴다. 손에 넣을 수 있는 것이라면 무엇이든 탐욕스럽게 갖고 싶어하고 남편의 눈을 속이며 바람을 피우고 돌아다니기에 바빴다.

"쳇! 여편네들이 하고 다니는 짓이 '열쇠 속이기'와 똑같군."

제프는 그들의 짓거리에 기겁을 할 정도로 충격을 받았다. 그래서 자기가 느낀 것을 루이즈에게 얘기하자 그녀는 웃었다.

"어린애 같은 소리 하지 말아요, 제프. 당신 생활이나 즐기세요."

사실 제프는 하나도 재미가 없었다. 루이즈와 결혼한 것도 그녀가 제프를 필요로 하고 있다고 믿었기 때문이었다. 그러다가 자식이 생기면 생활이 즐거워지겠지 하고 제프는 생각했다.

"아들과 딸이 하나씩 있었으면 좋겠어. 이젠 결혼해서 1년이나 되었으니 생길 때도 됐잖아."

"여보, 인내심을 가져요. 의사선생님께 진찰을 받았는데 나는 정상이라고 하더군요. 당신도 진찰을 받아보는 게 좋겠어요."

제프는 병원에 갔다.

"틀림없이 건강한 아기를 가질 수 있습니다."

의사는 보장을 해주었다. 그러나 루이즈에게는 여전히 아무런 징후가 없었다.

암흑의 월요일이 찾아오고, 제프의 세계는 산산조각으로 깨졌다. 그날 아스피린을 찾으려고 루이즈의 약이 들어 있는 서랍을 뒤진 것이 화근이었다. 제프는 피임약인 필이 가득 들어 있는 서랍을 보고만 것이다. 거의 빈 통에 가까운 필 케이스도 있었다. 필 케이스 옆에는 하얀 가루가 들어 있는 약병과 금 스푼이 놓여 있었는데, 그것이 무엇을 의미하는지는 너무나도 명백한 일이었다. 그러나 이것도 그 월요일의 아주 사소한 시작에 지나지 않았다.

정오에 제프가 필그림 클럽의 등걸이 의자에 푹 꺼진 채 앉아서 처남이 오기를 기다리고 있는데, 등 뒤쪽 좌석에서 두 남자가 얘기하는 소리가 들려왔다.

"그녀는 계속 우겨댔어. 지금 상대하고 있는 이탈리아인 가수의 물건은 25센티가 넘는다고 말이야."

쿡쿡거리는 웃음소리가 들려왔다.

"그렇겠지. 루이즈는 언제나 큰 것을 좋아하니까."

'저 사람들이 화제로 삼고 있는 여자는 같은 이름을 가진 다른 사람이겠지.'

제프는 자신에게 그렇게 타일렀다.

"아마 그것 때문에 루이즈는 카니발 출신과 결혼한 걸 거야. 아무튼 그것이 첫 번째 이유일 거라고. 루이즈는 그 녀석과의 추태를 재미삼아 얘기해주더군. 들어도 못 믿겠지만, 일전에 그 남자가……."

제프는 벌떡 일어나 뒤도 돌아보지 않고 클럽에서 나왔다. 그가 이렇게 격노한 것은 생전 처음이었다. 죽여 버리고 싶었다. 생전 본 적도 없는 이탈리아 놈을 죽이고 싶었다. 루이즈는 지금까지 몇 명의 놈팽이들과 놀아 났을까? 모두들 그것을 알면서 나를 비웃고 있었던 것이다. 네드 젤러, 그리고 마이크 퀸시, 앨런 톰슨과 그 여편네들은 내 인생에 균열이 일어나는 걸 얼마나 재밌게 즐기고 있었을까? 둘도 없이 소중하게 여겼던 아내 루이즈마저…….

제프는 곧장 짐을 챙겨 떠나고 싶었다. 그러나 그렇게 하면 속이 끓어 올라 견딜 수 없을 것 같았다. 그놈들에게 마지막으로 웃음거리를 제공해 준다는 건 생각조차 하기 싫었다.

저녁때 제프가 귀가해보니 루이즈는 없었다.

"마님은 아침에 외출하셨습니다. 약속이 많이 있다고 하면서 나가셨습니다."

집사인 피켄즈가 말했다.

'알고 있어. 그 25센티짜리 이탈리아 놈과 놀러간 것이 틀림없구나. 어처구니없는 노릇이군!'

제프는 생각했다.

루이즈가 귀가할 때까지 제프는 가까스로 분노를 삭이고 있었다.

"오늘은 재미있었어?"

제프가 물었다.

"아뇨. 언제나처럼 따분한 일뿐이에요, 여보. 미용실에 가고 쇼핑도 하고…… 당신은 어땠어요?"

"결실이 많은 하루였어."

제프의 말은 사실이었다.

'여러 가지 사실을 알게 되었거든.'

"오빠가 당신이 일을 아주 잘한다고 칭찬하시더군요."

"당연하지. 이제부터는 더 잘해나갈 생각이야."

제프는 잘라 말했다.

루이즈는 남편의 손을 잡았다.

"나의 멋진 남편, 오늘 밤은 일찌감치 침대로 들어갈까요?"

"오늘 밤은 그만두지. 머리가 아파서 말이야."

제프가 거절했다.

제프는 그 다음 일주일 동안 계획을 짜는 일에 전념했다.

대충 계획의 구도가 잡혔을 때, 클럽에서의 점심식사 도중에 그가 말을 꺼냈다.

"여러분들 중에서 컴퓨터 사기에 대해 상세히 아는 분 있습니까?"

제프는 물었다.

"왜?"

에드 젤러가 그 이유를 알고 싶어했다.

"이번에는 컴퓨터를 사용해서 한탕 할 셈인가?"

그렇게 말하자 일동은 침을 튀기면서 웃어 제쳤다.

"아뇨. 그런 것이 아니고 진지한 얘기입니다. 실은 이것이 큰 문제입니다. 요즘엔 약아빠진 놈들이 다른 사람의 컴퓨터에 침입해서 은행이나 보험회사나 일반회사 등에서 돈을 몰래 훔치고 있습니다."

제프는 강조하며 말했다.

"자네가 자세히 아는 것 같군."

버지가 중얼거렸다.

"내가 소개받은 인물은 절대로 침입할 수 없는 컴퓨터 장치를 만들기 시작했답니다."

"그래서, 자네는 그 컴퓨터에 침입해보고 싶다는 건가?"

탈취꾼 사장인 마이크 퀸시가 빈정대듯 말했다.

"아뇨. 실은 이 신제품이 전망이 있어 보여서요. 그래서 그 사람을 후원해주기 위해서 자금을 모으는 것을 도와주고 싶습니다. 그래서 혹시 이

중에 컴퓨터를 잘 아는 분이 계시는가 물어본 겁니다."

"여기엔 그런 사람 없어. 그래도 컴퓨터 범죄를 돕는 일이라면 해도 좋아. 그렇지, 모두들?"

버지가 음흉하게 웃자, 일동은 폭소를 터뜨렸다.

이틀 후, 클럽에서 제프는 항상 앉는 테이블을 지나면서 버지에게 변명 조로 말했다.

"죄송합니다. 오늘은 여러분과 합류하지 못하겠습니다. 손님과 점심을 같이 하기로 되어 있어서요."

제프가 다른 테이블로 옮기자, 갑부인 앨런 톰슨이 빈정대며 말했다.

"녀석은 서커스에서 면회 온 털이 난 여자와 식사라도 하려는 거로군."

약간 등이 굽은 희끗희끗한 머리의 남자가 식당에 들어오고, 제프의 테이블로 안내되었다.

"놀랍군!"

다국적 기업의 사장인 마이크 퀸시가 말했다.

"저 사람은 애커맨 교수잖아?"

"애커맨 교수가 누군데?"

"아니, 뭐야. 자넨 회계 보고서 말고는 아무것도 읽지 않는군, 버지? 바논 애커맨이라면 지난달 『타임』지 표지를 장식한 인물이야. 그는 대통령 자문 국가과학평의회의 의장이지. 미국 제일의 두뇌야."

"그런 엄청난 인물이 내 매제에게 무슨 용건이 있지?"

제프와 교수는 점심식사 시간 내내 대화에 열중해 있었다. 버지와 그 회식 동료들의 호기심은 점점 더 부풀어 갔다. 교수가 돌아가자 버지는 제프를 자기들의 테이블로 불렀다.

"어이, 제프. 아까 손님은 누구야?"

제프는 송구스럽다는 듯한 표정을 지었다.

"누구라뇨…… 바논 말씀입니까?"

"그래, 둘이서 무슨 얘기를 했나?"

"우리는…… 저어…… 별로……."

제프가 대답을 얼버무리려는 것을 동석자 전원이 알아차렸다.

"저는…… 저…… 그에 관한 책을 한 권 쓰려고요. 매우 홍미로운 인물이어서요."

"자네가 작가라는 건 몰랐군."

"아닙니다, 이것이 제 처녀작이 될 겁니다."

3일 후, 제프는 또 다른 손님과 점심식사를 했다. 이번에는 버지도 아는 인물이었다.

"굉장하군! 저건 시모어 자레트야. 자레트 인터내셔널 컴퓨터 회사의 회장이지. 제프 녀석에게 무슨 용건이 있는 걸까?"

이번에도 제프와 그 손님의 대화는 더욱 활기차 보였다. 점심식사가 끝나자 버지는 제프에게 나눈 얘기를 실토하라고 했다.

"자, 제프. 시모어 자레트와 무슨 얘기를 했는가?"

"별 얘기 아닙니다."

제프는 말하고 싶지 않은 듯 심드렁하게 대꾸했다.

"잠시 수다를 떨었을 뿐이죠."

그렇게만 말하고 그 자리를 뜨려고 했기 때문에 버지가 붙잡았다.

"그렇게 서두르지 않아도 되잖아. 같은 동지인데. 시모어 자레트는 보통 바쁜 사람이 아냐. 아무것도 아닌 수다를 떠느라 그렇게 오랫동안 시간을 허비할 리가 없지 않은가."

제프는 열을 내며 대답했다.

"알겠습니다. 사실을 말하죠. 시모어는 우표를 수집하는데 아주 열심이죠. 그래서 제가 입수할 수 있는 우표에 대해서 이것저것 얘기하고 있었습니다."

'아직도 거짓말을 하는구나, 이 녀석!'

307

버지는 그렇게 생각했다.

다음 주에 제프는 실업계의 거물인 찰스 바트레트와 점심식사를 함께 했다. 그는 세계 최대의 민간투자그룹인 바트레트 앤드 바트레트의 대표 이사였다.

테이블 4인조인 버지, 에드 젤러, 앨런 톰슨, 마이크 퀸시는 제프와 바트레트가 이마를 맞대다시피 하고 얘기하는 것을 넋이 나간 듯이 쳐다보고 있었다.

"자네 매제는 아무래도 최근에 멋진 프로젝트를 구상하고 있나 보군."

젤러가 중얼거렸다.

"녀석이 무슨 꿍꿍이가 있는 건가, 버지?"

버지는 퉁명스럽게 대답했다.

"알게 뭐야. 무슨 일인지 추궁해봐야겠어. 자레트와 바트레트가 흥미를 가질 만한 것이라면 거금이 얽힌 얘기인 것이 틀림없어."

4인조는 바트레트가 일어서서 제프와 굳게 긴 악수를 나누고 나가는 것을 지켜보고 있었다. 제프가 4명이 앉아 있는 테이블 곁을 지나치려고 하자 버지가 그의 팔을 잡았다.

"앉아, 제프. 얘기 좀 하자고."

"사무실에 돌아가 봐야 하는데요?"

제프는 잡힌 손을 뿌리치려고 했다.

"자네가 일하고 있는 곳은 내 회사야. 그렇지? 자, 앉게."

제프는 못이기는 척하고 자리에 앉았다.

"자네 누구하고 점심식사를 했지?"

제프는 망설였다.

"특별한 사람은 아닙니다. 옛날부터 사귄 친구죠."

"바트레트가 옛 친구라니?"

"그렇습니다."

"그럼 자네 옛 친구인 찰스와는 어떤 얘기를 했나, 제프?"

"저…… 차…… 자동차…… 얘기입니다. 찰스는 골동품 가치가 있는 자동차를 매우 좋아한답니다. 그래서 4도어 1937년형 패커드에 관한 정보를……."

"꾸며대지 말게!"

버지가 날카롭게 말을 막았다.

"자넨 우표수집도 하고 있지 않고, 자동차 세일즈맨도 아니야. 더군다나 책 따위를 쓴다는 건 말도 안 돼. 도대체 무슨 꿍꿍이가 있는 건가? 뭘 감추고 있지?"

"아무것도 감추고 있는 것은 없습니다. 저는 다만……."

"자네 무슨 자금을 모으고 있는 거지? 그렇지?"

에드 젤러가 물었다.

"아니에요. 아무것도."

제프의 대답은 뭔가 숨기고 있습니다, 라고 하는 것처럼 들렸다.

버지는 통나무 같은 팔을 제프에게 얹었다.

"이봐 매제. 난 자네 아내의 오빠야. 가족이잖아. 그렇지 않은가?"

버지는 마치 제프를 끌어안을 듯한 기세였다.

"그러고 보니 자네 지난주에 절대로 침입당하지 않는 컴퓨터인가 뭔가 하는 얘기를 했었지? 그 얘기 아니야?"

제프의 표정이 싹 변했으므로 핵심을 딱 들어 맞추었다는 것을 모두가 알 수 있었다.

"네에, 실은 그렇습니다."

네 사람은 주저하는 제프를 몰아세웠다.

"그때 애커맨 교수가 관여하고 있다는 걸 왜 말해주지 않나?"

"별로 흥미가 없는 것 같아서요."

"단단히 착각하고 있군. 자금이 필요할 때는 친구에게 부탁하라는 걸

모르나? 우린 친구잖아."

"교수나 저나 지금 같은 건 필요 없습니다. 자레트와 바트레트 두 사람이 충분히……."

"자레트나 바트레트는 악독한 고리대금업자야! 자네 뼈까지 갉아먹으려 들걸?"

거부인 앨런 톰슨이 소리쳤다.

에드 젤러가 말을 받았다.

"제프, 친구와 거래하면 손해 볼 일도 없지."

"모든 준비가 끝났어요. 바트레트 씨가……"

제프는 네 사람에게 말했다.

"하지만 아직 정식 계약은 하지 않았잖아?"

"아뇨, 아직 하지는 않았지만 구두로 약속을……."

"그러니까 준비가 아직 안 된 거야. 잘 생각해, 제프. 비즈니스 세계에서는 간단하게 말이 변하는 게 상식이야."

"저는 이 건에 대해서는 누구에게도 얘기해서는 안 되는 입장에 있어서요."

제프는 뻗대며 말했다.

"특히 애커맨 교수 이름은 입 밖에 낼 수 없습니다. 교수는 정부의 어느 부처와 계약을 맺어서 거기에 제약을 받고 있으니까요."

"그런 것 정도는 알고 있어."

톰슨이 가볍게 받아 넘겼다.

"교수 자신은 이 장치가 성공하리라고 믿고 있나?"

"그렇게 생각할 정도가 아니라 틀림없다고 확신하고 있습니다."

"애커맨 교수가 보장하는 것이라면, 우리도 믿을 수 있지. 그렇지 않은가, 여보게들?"

모두들 똑같이 동의했다.

"곤란합니다. 저는 과학자가 아니니까요. 다른 보증도 할 수 없습니다. 제가 말할 수 있는 것은 이 신제품은 어쩌면 아무런 가치도 없을지도 모른다는 것입니다."

제프는 말했다.

"그래, 무슨 말인지 알겠어. 그렇지만 만일 가치가 있으면 어떻게 되는 거지, 제프? 엄청난 돈을 긁어모을 수 있는 거야? 어느 정도인가, 큰가?"

"버지, 이 상품의 시장은 전 세계입니다. 그것만으로는 어느 정도의 가치가 있는지 짐작할 수 없습니다만, 단지 세계 어디에서나 필요로 할 제품이라는 것만은 확실합니다."

"어쨌든 사업개시 자금으로 어느 정도가 필요한가?"

"200달러는 있어야 하겠지만 지금 당장 필요한 것은 현금으로 25만 달러입니다. 그건 바트레트가 지원해주기로……."

"바트레트는 잊어버려. 그 녀석은 푼돈밖에 내놓지 않을 거야. 우리가 돈을 내겠어. 자, 그렇지 여보게들?"

"암, 그렇고말고"

버지는 머리를 들어 탁 하고 손가락을 울렸다. 그러자 급사장이 급히 테이블로 다가왔다.

"도미니크, 스티븐스 씨에게 종이와 펜을 갖다 주게."

계약은 즉석에서 이루어졌다.

"이 거래는 여기서 끝내는 거야."

버지가 제프에게 말했다.

"이 서류에 자네가 써 넣고 우리의 권리를 명시해주게. 그리고 우리 전원이 그것에 사인을 하고 나서 내일 아침에 25만 달러 수표를 자네에게 건네주겠네. 그렇게 하면 되겠지?"

제프는 곤란하다는 듯이 아랫입술을 깨물었다.

"버지, 저는 바트레트 씨와 계약을……."

"바트레트 같은 놈이 대수야!"

버지는 화를 냈다.

"자넨 놈의 여동생과 결혼했나? 아니잖아. 내 여동생하고 결혼했지? 자, 쓰게."

"우리는 특허권도 아직 따지 못했고 게다가……."

"괜찮으니까 써! 꾸물거리지 말고!"

버지는 억지로 제프의 손에 펜을 쥐어주었다.

내키지 않는 기분으로 제프는 쓰기 시작했다.

'SUCABA라고 명명된 연산용 컴퓨터에 관한 나의 권리, 상표권 및 이익금을 도널드 버지 홀랜더, 에드 젤러, 앨런 톰슨 및 마이크 퀸시에게 양도함. 이상의 권리에 대한 지불 총액은 25만 달러로 하고 계약과 동시에 상기 4명의 권리 취득자가 제프 스티븐스에게 25만 달러를 지불하는 것으로 한다. SUCABA는 광범위한 테스트 결과, 값이 저렴하고 고장이 없으며 현재 시장에 출하되고 있는 어떤 컴퓨터보다도 전력을 필요로 하지 않는다는 것이 증명되어 있다. SUCABA는 최저 10년간은 정비도, 부품 교환도 필요 없다.'

4명은 제프의 어깨 너머로 그가 쓰는 것을 내려다보고 있었다.

"뭐라고!"

에드 젤러가 감탄의 소리를 질렀다.

"10년이라고! 그런 견고한 컴퓨터는 아직 시장에 출하된 적이 없어!"

제프는 계속 써내려갔다.

'권리 인수자들은 애커맨 교수와 내가 그 SUCABA의 특허를 보유하고 있지 않음을 알고 있고…….'

"특허권 문제는 우리에게 맡기게. 특허의 신과 같은 변호사를 알고 있으니까 말일세."

앨런 톰슨이 안절부절못하며 재촉했다.

제프는 계속해서 써 내려갔다.

'SUCABA는 아무런 가치도 없는 것일지도 모르고, 또한 바논 애커맨 교수도 나도 이상에 기재된 이외에 SUCABA에 관한 책임과 보증을 서지 않는다는 것을 구입자에게 설명했음.'

제프는 사인을 끝내고 서류를 들었다.

"이러면 되겠습니까?"

"보증기한이 10년이라는 것이 사실인가?"

버지는 물었다.

"보증이 되어 있는 것입니다. 이것을 복사해둡시다."

제프가 말했다.

버지는 제프의 손에서 서류를 채가듯이 빼내어 그것에 사인을 했다. 젤러, 퀸시, 톰슨의 순으로 사인을 마쳤다.

버지가 싱글벙글 웃으며 말했다.

"한 장은 우리가 보관하지. 또 한 장은 자네가 갖고 있게나. 저 시모어 자레트와 찰스 바트레트는 달걀을 얼굴에 맞은 듯한 기분이 들겠군. 그렇지 않은가? 이 계약에서 따돌려진 놈들의 찌그러진 얼굴을 빨리 보고 싶네."

다음 날 오전에 버지는 제프에게 25만 달러의 수표를 건네주었다.

"컴퓨터는 어디에 있지?"

버지는 물었다.

"정오에 클럽으로 배달하도록 준비시켜 두었습니다. 우리 모두가 한 자리에 있을 때 받아보는 것이 좋을 것 같아서요."

버지는 제프의 어깨를 톡톡 쳤다.

"그래, 제프. 자넨 정말 똑똑하구먼, 점심식사 때 보세."

12시 정각에 상자를 안은 심부름꾼이 필그림 클럽의 식당에 나타났다. 배달원은 버지가 앉아 있는 테이블로 안내되었다. 젤러, 톰슨, 퀸시도 동석하고 있었다.

"이것이 그거로군!"

버지가 쾌재를 외쳤다.

"이런, 굉장하군. 휴대용이잖아!"

"제프가 올 때까지 기다려야 하나?"

톰슨이 물었다.

"아무려면 어때, 이건 이제 우리 거야."

버지가 상자를 싸고 있던 포장지를 뜯어냈다. 상자 안에는 보리 짚이
채워져 있었다. 버지는 조심스럽게 안에 들어 있는 물건을 들어올렸다.
네 사람은 숨을 죽이고 그것을 가만히 지켜보고 있었다. 그것은 발바닥
크기 정도의 정방형 나무틀에 상하로 가는 봉이 붙어 있고, 그 봉에 일정
한 수의 구슬이 연결되어 있었다. 잠시 동안 한 사람도 입을 열지 않았다.

"이게 뭐지?"

퀸시가 침묵을 깨고 물었다.

앨런 톰슨이 말했다.

"주판이야. 동양인들이 계산할 때 사용하는."

갑자기 톰슨의 안색이 변했다.

"당했어! SUCABA는 영어 ABACUS, 즉 주판을 역으로 쓴 거잖아."

앨런 톰슨은 버지를 돌아보았다.

"이게 무슨 장난인가?"

젤러가 침을 튀기며 말했다.

"고장이 없고, 시장에 나와 있는 어떤 컴퓨터보다도 전력을 필요로 하
지 않고…… 제기랄! 수표 지불을 정지시켜야 해!"

네 사람은 일제히 전화기로 달려갔다.

"발행해달라고 하신 수표 말씀입니까?"

은행의 출납원은 말했다.

"그 건이라면 걱정 마십시오. 오늘 아침 스티븐스 씨가 현금으로 바꿔 가셨으니까요."

집사 피켄즈는 당연히 죄송스럽다는 듯한 얼굴을 했지만, 때는 이미 늦었다. 스티븐스는 이미 짐을 챙겨 길을 떠난 후였다.
"장기 여행을 하시겠다고 했습니다."

저녁이 되어 반미치광이가 된 버지는 바논 애커맨 교수와 겨우 연락이 닿았다.
"아, 제프 스티븐스 말입니까? 꽤 재미있는 젊은이더군요. 그래요? 당신의 매제였어요?"
"교수님, 당신은 제프와 무슨 얘기를 하셨는지요?"
"별로 비밀로 할 만한 것은 아니었습니다. 제프는 제 얘기를 책으로 쓰고 싶어했어요. 세상 사람들은 과학자의 인간적인 측면을 알고 싶어한다고 열심히 말하더군요."

시모어 자레트는 입이 무거운 편이었다.
"스티븐스 씨와 제가 얘기한 내용을 알고 싶다고요? 당신도 우표 수집가인가요?"
"아닙니다. 저는……."
"이곳저곳 냄새 맡고 다녀도 소용없다고 생각하지만 말이야. 단 한 장밖에 현존하지 않는 우표가 있어서 그것을 입수하면 내게 팔아주겠다고 스티븐스 씨가 약속해주었소."
그렇게 말하고 나서 시모어 자레트는 전화를 탁 끊었다.

바트레트의 설명도 거의 예상했던 대로였다.

"제프 스티븐스와 얘기한 내용 말이오? 아, 그건 말이지, 나는 골동품 가치가 있는 자동차를 수집하고 있거든. 제프는 4도어 1937년형 패커드를……."

이번에는 이야기 도중에 버지 쪽에서 전화를 끊어버렸다.

버지는 동료들을 달랬다.

"걱정하지 말게. 그 사기꾼에게서 돈을 도로 찾고, 죽을 때까지 콩밥을 먹게 할 테니. 이것은 엄연히 사기죄가 성립되니까."

일행은 다음으로 포가티 변호사 사무실에 들렀다.

"놈은 25만 달러를 등쳐먹고 도망쳤소!"

버지는 변호사에게 말했다.

"놈을 남은 일생을 계속 교도소에 처넣어두고 싶단 말이오. 체포영장을 발부할 수 있도록……."

"계약서를 보여주시겠소, 버지?"

"이거요."

버지는 변호사에게 제프가 쓴 서류를 건네주었다.

변호사는 그것을 한 번 쓱 훑어보고 나서 다시 한 번 천천히 읽어갔다.

"이 서류에 있는 당신의 사인은 그가 위조한 것입니까?"

"아니, 그렇지 않소."

마이크 퀸시가 말했다.

"우리의 자필 사인이오."

"당신들은 이 서류를 미리 한 번 훑어봤습니까?"

에드 젤러가 짜증을 내며 말했다.

"물론 읽었지. 우리가 그 정도로 바보는 아니니까."

"정신 차리고 들어보세요. 이 계약서에 의하면 특허도 취득하지 않았고, 또 무가치할지도 모르는 물건을 25만 달러의 보증금으로 구입한다고 되어 있는 취지의 설명을 받은 것으로 되어 있습니다. 제 옛 은사님의 말을 빌리자면 당신들은 합법적으로 사기를 당한 것입니다."

제프는 네바다 주의 리노에서 이혼 수속을 했다. 그곳에 정착해 살기로 했을 때 우연히 콘래드 모건을 만나게 되었다. 모건은 윌리 삼촌의 카니발에서 만나 알게 된 사람이었다.

"제프, 자네에게 부탁하고 싶은 일이 있는데 말이야."

콘래드 모건은 얘기를 꺼냈다.

"뉴욕에서 세인트루이스로 가는 기차여행을 하고 있는 젊은 여성이 있어. 그녀는 많은 보석을 갖고 여행을 하는데……."

제프는 지금 비행기의 창을 통해 밖을 바라보며 트레이시에 대한 생각을 하고 있었다. 그의 얼굴에는 아직도 미소가 남아 있었다.

뉴욕에 돌아온 트레이시는 맨 먼저 콘래드 모건 보석상으로 갔다. 콘래드 모건은 트레이시를 자기 사무실로 불러들이고 문을 닫았다. 그리고 양손을 한없이 비벼대면서 말했다.

"이런…… 정말 걱정하고 있었어. 세인트루이스 역에서 당신을 기다리고 있었는데……."

"당신은 세인트루이스 역에는 가지도 않았어요."

"뭐라고? 무슨 말이야?"

모건의 푸른 눈은 당황하여 바삐 움직였다.

"당신은 세인트루이스 같은 곳에 갔을 리가 없다는 거죠. 나와 만날 생각 따위는 전혀 없었을 테고요."

"말도 안 돼. 갔었어! 당신이 보석을 가지고 올 것이기 때문에 나로서는……."

"당신은 두 남자를 고용해서 내게서 보석을 탈취해가려고 했어요."

모건의 얼굴이 동요하고 있었다.

"뭐가 뭔지 모르겠군."

"처음에는 이곳 직원 중 누군가가 정보를 흘려보냈는가 하고 생각했어요. 하지만 그런 일이 있을 리가 없잖아요. 당신이었으니까. 당신은 기차표를 직접 준비하겠다고 내게 얘기했어요. 그렇다면 내 개인 객실의 번호를 알고 있는 사람은 당신밖에 없다는 얘기죠. 나는 가명을 쓰고 있었고 변장도 하고 있었어요. 그런데 당신이 고용한 남자들은 곧장 나를 알아봤거든요."

시치미를 떼고 있던 모건의 얼굴에 놀란 표정이 떠올랐다.

"당신은 누군가에게 보석을 빼앗겼다고 말할 셈인가?"

트레이시는 방긋 웃었다.

"그런데 당신의 하수인은 보석을 빼앗는 데 실패했다고 말했겠죠?"

모건의 얼굴에 나타난 이번의 놀란 표정은 진짜였다.

"당신은 보석을 갖고 있나?"

"그래요. 당신의 동지들은 비행기를 탈 때 너무 당황해서 보석을 두고 가버리더군요."

모건은 잠시 살피듯이 트레이시의 얼굴을 쳐다보았다.

"잠깐 실례."

그는 전용 문으로 나갔고, 트레이시는 긴 의자에 몸을 파묻고 앉아 충분히 편하게 쉬고 있었다.

콘래드 모건은 거의 15분간이나 나가 있었는데, 돌아왔을 때는 완전히 낙담한 표정을 하고 있었다.

"뭔가가 잘못된 모양이구먼. 아가씨는 매우 영리하군. 2만5천 달러의 보수를 받을 자격이 있소."

모건은 미소까지 띠며 칭찬해주었다.

"보석을 주시오. 그것과 교환하는 데에……."

"5만 달러를 받겠어요."

"아니, 지금 뭐라고 했소?"

"난 이 보석을 두 번이나 훔치지 않으면 안 되었어요. 그러니까 두 번의 보수로 따지면 5만 달러가 되는 것 아닐까요, 모건 씨?"

보석상의 눈은 완전히 빛을 잃고 있었다.

"그런 거금을 당신한테 지불할 수는 없소."

트레이시는 일어섰다.

"그래요. 그렇다면 어쩔 수 없죠. 라스베이거스에 가면 이 보석의 가치를 알고 있는 사람을 찾을 수 있을 테니까요."

트레이시는 문으로 다가갔다.

"5만 달러만 받으면 되겠소?"

콘래드 모건은 물었고, 트레이시는 끄덕였다.

"보석은 어디 있소?"

"펜실베이니아 역의 보관함 안에 있어요. 당신이 현금으로 돈을 건네주고 나를 택시에 태워주면 그때 보관함 열쇠를 드리죠."

콘래드 모건은 패배를 자인하듯 한숨을 쉬었다.

"하는 수 없지."

"고마워요. 당신과의 일은 매우 재미있었어요."

트레이시는 경쾌하게 말했다.

추적

다니엘 쿠퍼는 J.J. 레이놀즈의 방에서 열리는 아침회의 내용에 대해서 예상을 하고 있었다. 일주일 전에 로이스 벨라미 저택에서 한밤중에 발생한 도난 사건에 관한 메모가 어제 전 조사원들에게 전달되어 있었기 때문이었다.

다니엘 쿠퍼는 원래 회의라는 것 자체를 혐오하고 있었다. 자리에 앉아서 쓸데없는 수다를 듣고 있으면 견딜 수 없을 정도로 짜증스러워졌다.

쿠퍼는 45분이나 늦게 J.J. 레이놀즈의 방으로 갔다. 상사가 한창 연설을 하고 있을 때였다.

"참석해줘서 정말 고맙구먼."

레이놀즈는 빈정거렸다. 하지만 아무런 대답도 없었다.

'이 녀석과 대화를 하려고 해봤자 시간 낭비지.'

레이놀즈는 그렇게 생각하기로 했다.

쿠퍼에게는 빈정거림이 통하지 않았다. 레이놀즈가 알고 있는 한, 다른 어떤 경우에도 이 남자는 자기가 지금 비난당하고 있다는 사실을 모르는 것이다. 다만 범인을 체포한다는 것 외에는. 범인을 추적하는 일에 관해서는 이 쿠퍼란 남자는 칭찬받을 만한 천재였다. 부장실에는 3명의 우수한 조사원이 참석하고 있었다. 데이비드 스위프트와 로버트 쉬퍼, 그리고 제리 데이비스였다.

"벨라미 저택에서 한밤중에 일어난 도난사건에 관한 보고서는 모두 대충 훑어봤을 걸세. 거기에 새롭게 덧붙일 사실이 있네. 로이스 벨라미는 치안본부장의 사촌이라는 사실일세. 그는 매우 화가 나 있어."

레이놀즈 부장은 말했다.

"경찰은 뭘 하고 있었답니까?"

데이비스가 물었다.

"보도진을 피하고 있어. 알 수 없는 일이지만 경찰은 허둥지둥 희극 같은 짓을 하고 있었던 거야. 경찰은 도둑과 실제로 얘기도 나누었던 거지. 그 저택에서 범인과 마주쳐 뻔히 눈앞에 보면서 놓치고 만 거야."

"그럼 경찰은 범인의 특징을 잘 기억하고 있겠군요."

스위프트가 지적했다.

"그들은 여자 범인의 나이트가운 모양만큼은 정말 상세하게 기억하고 있지."

레이놀즈는 내뱉듯이 대답했다.

"그들은 도둑의 몸매에 매료되어 뼈가 녹아버리고 만 것 같아. 녀석들은 여자의 머리카락 색깔조차 기억하지 못하고 있어. 머리에는 컬러 캡을 두르고 있었고 얼굴은 팩으로 덮여 있었다는 거야. 그 멍청이들이 제공한 진술에 의하면 여자는 20대 중반이고 만지고 싶은 엉덩이와 가슴을 지니고 있다고 하더군. 이래가지고는 눈곱만큼의 단서도 잡히지 않지. 즉 정보 없이 조사해나가지 않으면 안 돼. 완전 제로에서 말이야."

"아뇨, 단서가 있습니다."

전원이 일제히 놀란 표정으로 쿠퍼를 돌아보았다.

"그게 무슨 말이지?"

레이놀즈가 힐문했다.

"저는 도둑이 누군지 알고 있습니다."

전날 아침 보고서를 읽은 쿠퍼는 자신의 논리의 제1단계로 먼저 벨라미 저택을 봐두기로 결심했다. 다니엘 쿠퍼에게 있어서 추론의 방법은 신의 계시에 따르는 것이었다. 어떤 사건에서나 그것이 기본적인 해결 방법이었다. 사건의 시작에서부터 순서를 세워 생각해가는 것이다. 쿠퍼는 벨라미 저택이 있는 롱아일랜드로 직접 차를 몰고 가서 저택 부근을 한번 훑어보고는 차에서 내리려고도 하지 않고 그대로 맨해튼으로 돌아왔다. 필요한 것은 모두 알 수 있었기 때문이었다. 저택은 인적이 드문 곳에 위치해 있었고, 가까이에 공공 교통수단이 없기 때문에 도둑은 차가 없으면 접근할 수 없었을 것이다.

쿠퍼는 레이놀즈의 방에 모인 남자들에게 자기의 추리를 설명했다.

"여자는 아마 증거가 남을 만한 짓을 하지 않기 위해 자기 차를 사용하지 않고 렌터카나 도난 차량을 사용했을 것이 틀림없습니다. 저는 먼저 렌터카 회사를 조사해보기로 했습니다. 여자는 맨해튼에서 렌터카를 빌렸을 것입니다. 슬그머니 종적을 감추기에 안성맞춤인 곳이니까요."

제리 데이비스는 납득이 가지 않는다는 표정으로 반론했다.

"농담하는 건가, 쿠퍼? 맨해튼에서는 하루에도 몇천 대나 되는 렌터카가 대여되고 있어."

쿠퍼는 그의 말참견을 완전히 무시하고 하던 얘기를 계속했다.

"렌터카는 전부 컴퓨터로 관리되고 있습니다. 더구나 여성이 빌리는 경우는 비교적 드뭅니다. 문제의 여성은 웨스트 23번가 부두 61번지에 있는 버제트 렌터카 회사에서 세비 카프리스를 빌렸습니다. 범행이 있던 날 밤 8시에 빌렸다가 새벽 2시에 돌려주었더군요."

"그것이 범행에 사용된 차라는 걸 어떻게 알 수 있지?"

레이놀즈가 회의적으로 물었다.

쿠퍼는 어리석은 질문에 완전히 질렸다는 듯이 말했다.

"주행거리를 조사해봤지요. 로이스 벨라미 저택으로 가는 거리가 50킬로미터이고 돌아오는 것도 마찬가지로 똑같은 50킬로미터입니다. 그 거리는 카프리스의 타코메타와 딱 일치하는 것입니다. 차는 엘렌 브란치란 명의로 대여되었습니다."

"가명이겠지."

스위프트가 아는 척하며 말했다.

"그래, 본명은 트레이시 휘트니지."

그곳에 있던 네 사람의 시선이 쿠퍼에게 쏠렸다.

"도대체 어떻게 그 이름을 떠올린 건가?"

쉬퍼가 입을 삐죽이며 말했다.

"그녀는 가명을 사용하고 가짜 주소를 쓰고 있지만, 계약서에 사인은 해야 했습니다. 나는 그 계약서를 빌려다가 지문검출을 의뢰했지요. 트레이시 휘트니의 지문이 묻어 있더군요. 그녀는 남 루이지애나 여자 교도소에 복역한 적이 있습니다. 기억하고 계실 겁니다. 나는 도둑맞은 르누아르의 그림 건으로 1년 전에 그녀와 만난 적이 있습니다."

"기억하고 있고말고. 그 건에 대해서는 자넨 그녀가 무고하다고 하지 않았나."

레이놀즈는 말했다.

"그 건에서는 그랬지요. 그러나 이번에는 벨라미 저택 도난 사건을 저지른 장본인입니다."

'이 후줄근하고 땅딸막한 별 볼일 없는 놈이 이번에도 또 성과를 올렸군! 그것도 힘도 들이지 않고 손쉽게 해결해버렸다.'

레이놀즈는 질투하는 기색을 보이지 않으려고 기를 쓰며 말했다.

"진짜 멋지게 처리했네, 쿠퍼. 자넨 정말 훌륭해. 그녀를 체포하도록 경찰에 통보하세."

"무슨 죄목으로 말입니까? 차를 빌린 죄로 말입니까? 경찰은 그녀를 범인이라고 단정할 수 없습니다. 증거의 꼬투리가 되는 것이 조금도 없으니까요."

쿠퍼는 나직한 목소리로 말했다.

"그럼 어떻게 해야 하지? 그냥 모르는 척 내버려두어야 하나?"

쉬퍼가 물었다.

"이번에는 그럴 수밖에 도리가 없지. 하지만 그녀가 무슨 짓을 할지는 알고 있어. 다시 무슨 일인가를 저지르겠지. 그때 그녀를 붙잡는 거야."

쿠퍼는 말했다.

회의가 마침내 끝났다. 쿠퍼는 샤워를 하고 싶어서 참을 수가 없었다. 그는 검은 표지의 수첩을 꺼내어 거기에 매우 정성스럽게 이렇게 적었다.

'트레이시 휘트니―.'

세상을 사는 방법

'난 이미 지금까지의 내가 아니야. 앞으로는 새로운 길을 걸을 수밖에 없어. 하지만 어떤 인생을 걸어가야 하지? 무고한 죄로 울었던 연약한 희생자로 출발해서…… 최후에는 어떤 길을 걸어가게 될 것인가…… 결국은 도둑질…… 그 길밖에는 없는 걸까?'

트레이시는 곰곰이 생각했다.

조 로마노, 앤서니 올사티, 페리 포프, 로렌스 판사, 이들과의 일을 회상해보았다.

'아니야, 도둑은 아니야. 나는 복수자인 거야. 그리고 여성 모험가라고 할 수도 있지.'

경찰과 2명의 천재 사기꾼, 그리고 배신자인 보석상을 골탕 먹이지 않았던가. 트레이시는 어네스틴과 귀여운 에미를 생각해보았다. 가슴이 아팠다. 그녀는 거의 충동적으로 완구점에 들러 인형극 세트를 사서 그것을 에미에게 우송했다. 그 소포 뭉치에 곁들인 카드에는 이렇게 적었다.

〔너의 새로운 친구로 삼아줘. 너무너무 네가 그립다. ─너를 사랑하는 트레이시가〕

다음에는 매디슨가의 모피점을 찾아가 청여우 목도리를 사서 200달러짜리 수표와 함께 어네스틴에게 우송했다. 카드에는 짤막하게 이렇게 적었다.

〔정말 고마웠어, 어네스틴. ─트레이시가〕

'이젠 마음의 빚을 갚은 셈이군.'
트레이시는 그렇게 생각하자 기분이 많이 좋아졌다. 이젠 자신이 좋아하는 곳에 갈 수도 있고, 하고 싶은 것은 무엇이든 할 수 있는 것이다.
트레이시는 자신의 새로운 인생의 출발을 축하하면서 헬무스레이 팰리스 호텔의 객실을 계약했다. 47층의 방에서는 성패트릭 성당이 내려다보였고 좀 멀리로는 조지 워싱턴교가 바라다보였다. 돌아보면 불과 몇 마일밖에 떨어지지 않은 곳에 최근까지 살았던 음산한 싸구려 여인숙 거리가 있었다.
'이제 두 번 다시는 그런 곳에서 살지 않겠어.'
트레이시는 굳게 맹세했다.
호텔의 매니저가 가져다준 샴페인 뚜껑을 따서 느긋한 기분으로 마시면서 맨해튼의 마천루에 지고 있는 석양을 바라보았다.
달이 뜰 무렵, 트레이시의 마음은 굳어져 있었다.
'런던으로 가자, 이제부터는 인생의 참다운 즐거움을 맛볼 차례다. 대가는 이미 치렀으니, 나에게도 행복해질 권리가 있어.'
트레이시는 마음속으로 그렇게 생각했다.

트레이시는 침대에 드러누워 밤늦게까지 텔레비전 뉴스를 보고 있었다. 두 사나이가 인터뷰를 하고 있었다. 땅딸막한 남자는 보리스 메르니코프라는 러시아인으로 몹시 어울리지 않는 다갈색 양복을 입고 있었다. 또 한 남자는 그와는 반대로 키가 훤칠하게 크고 호리호리한 몸매에 우아한 매무새로 피에트르 네글레스코라고 했다. 저 두 사람은 무엇으로 결부되어 있을까, 트레이시는 갑자기 호기심이 생겼다.

"체스 시합은 어디서 하게 됩니까?"

뉴스 캐스터가 물었다.

"아름다운 흑해 연안의 소치에서 열립니다."

메르니코프가 대답했다.

"국제적으로 초일류급 체스 선수인 두 분이 서로 타이틀을 주거니 받거니 하고 있는데, 지난번의 승부는 무승부였습니다. 네글레스코 씨에게 묻겠습니다. 현재로서는 메르니코프 씨가 타이틀을 갖고 있는데 그로부터 타이틀을 되찾을 수 있다고 생각하십니까?"

"물론입니다."

루마니아인인 네글레스코는 대답했다.

"그에게는 이길 가망성이 없습니다."

러시아인인 메르니코프도 승리를 장담했다.

트레이시는 체스 경기 따위에는 전혀 문외한이었지만 두 사람이 몹시 교만하게 느껴졌다. 그들의 태도가 못마땅했던 트레이시는 텔레비전을 끄고 잠자리에 들었다.

다음 날 아침 일찍 트레이시는 여행사에 들러 퀸엘리자베스 2세 호의 호화로운 객실을 예약했다. 마치 여객선으로 처음 여행하는 아이처럼 흥분되었다. 그녀는 그로부터 3일 동안 여기저기 돌아다니며 옷과 여행가방을 사들였다.

출항하는 날 아침, 트레이시는 리무진을 빌려 타고 부두로 갔다. 퀸엘리자베스 2세 호가 정박하고 있는 부두에 도착해보니 부두는 카메라맨과 기자들로 들끓고 있었다. 트레이시는 잠시 어리둥절했다.

잠시 후 그녀는 그 혼잡의 이유를 알게 되었다. 매스컴 관계자들은 세계를 대표하는 체스의 명인인 메르니코프와 네글레스코의 인터뷰를 위해 몰려들었던 것이다. 트레이시는 두 사람 옆을 빠져나와 트랩에 있는 출구에 패스포트를 제시하고 배에 올랐다. 트레이시의 방은 위치가 좋은 데다 전용 테라스도 있었다. 엄청난 비용이 들었지만 그만한 값어치는 있을 거라고 생각하고 트레이시는 기대를 갖고 있었다.

그녀는 짐을 풀고 나서 선실을 나와 복도를 산책했다. 어느 선실에서나 샴페인을 터뜨리는 소리, 떠들며 웃는 소리가 흘러나와 송별 파티가 벌어지고 있음을 알 수 있었다. 그런 광경을 보고 있자 그녀는 견딜 수 없는 적막감에 사로잡혔다. 자신을 전송해주는 사람도 없거니와 사랑할 사람도, 사랑해줄 사람도 없었다.

'하지만 꼭 그렇다고만은 할 수 없지. 스웨덴 여자인 빅 바사가 죽기 살기로 나를 쫓아다녔잖아.'

트레이시는 자신에게 타이르듯이 말했다. 그러고는 소리 내어 웃었다.

그녀는 갑판으로 올라갔다. 남자들의 추파도, 여자들의 질투어린 눈길도 그녀로서는 안중에 없었다.

나지막한 기적소리가 울려 퍼졌고, 이어서 커다랗게 외치는 소리가 들려왔다.

"전송 나온 분들께서는 내려주시기 바랍니다."

그 목소리에 트레이시의 흥분은 고조되었다. 이제부터 완전히 미지의 세계를 향해 출발하려는 것이다. 예인선이 퀸엘리자베스 2세 호를 항구에서 끌어내리고 움직이기 시작하자 거대한 배는 크게 몸을 떨었다. 트레이시는 다른 승객들 속에 섞여 갑판에 서서 자유의 여신상이 시계에서 멀어지는 것을 응시했다. 그러고 나서 배 안을 둘러보며 돌아다녔다.

퀸엘리자베스 2세 호는 길이가 약 270미터에 13층으로 되어 있었는데, 그 자체가 하나의 작은 소도시였다. 레스토랑이 4개, 술집이 6개, 댄스홀이 2개, 나이트클럽이 2개, 그리고 바다의 온천인 '골든도어'가 있었다. 또한 다수의 매점이 있었고 4개의 수영장과 체육관, 골프 연습장, 조깅용 트랙도 설치되어 있다.

'이 배에서 떠나고 싶지 않을 것 같아.'

트레이시는 경탄을 금치 못하며 그렇게 생각했다.

트레이시는 규모가 작기는 하지만 메인 레스토랑보다 우아한 레스토랑인 프린세스 그릴의 위층을 예약했다. 좌석에 앉으려고 하는데 어디선가 낯익은 듯한 목소리가 들려왔다.

"이런, 이런 곳에서 다시 만나게 될 줄은 몰랐군요."

고개를 들어보니 FBI를 사칭하던 사나이인 톰 바워즈가 그곳에 서 있었다.

'미치겠군! 저 남자와 만나려고 비싼 돈을 들여 이 배를 탔단 말인가?'

트레이시는 그를 보는 순간 불쾌하기 이를 데 없었다.

"정말 기이한 인연이로군요. 함께 앉으면 실례가 될까요?"

"대단히요."

가짜 FBI 사나이는 뻔뻔스럽게도 트레이시의 바로 앞좌석에 앉아 상냥한 미소를 머금었다.

"우리는 사이좋게 지낼 수 있을 것 같군요. 똑같은 목적으로 이 배에 탄 것이니까요."

트레이시는 그가 무슨 말을 하고 있는지 도무지 알 수가 없었다.

"무슨 소리죠, 바워즈 씨?"

"스티븐스요. 제프 스티븐스가 본명이오."

남자는 격의 없는 목소리로 말했다.

"이름이 무엇이든 나와는 상관없어요."

트레이시는 자리에서 일어서려고 했다.

"잠깐만! 지난번 만났을 때의 일을 해명해야겠소."

"해명하고 뭐고 할 것도 없잖아요. 바보 멍청이나 어린애라도 알 수 있는 줄거리잖아요. 그래요, 실제로 바보인 나도 알 수 있었으니까요."

트레이시는 빈정거리며 말했다.

"나는 콘래드 모건에게 빚이 있었죠. 하지만 그를 실망시키고 말았소."

제프는 자조적인 미소를 지었다.

그의 태도에는 순진무구한 장난꾸러기 소년 같은 매력이 있었다.

'부탁해요, 데니스. 수갑을 채울 것까지는 없잖아요. 저 여자는 어디로 도망갈 수도 없고……'

트레이시는 냉담하게 말했다.

"나는 당신과 함께 있는 것이 조금도 즐겁지 않아요. 무엇하러 이 배에 탄 거죠? 나룻배 쪽이 더 어울릴 것 같은데?"

"맥시밀리언 피아폰트가 타고 있으니 이건 나에게 안성맞춤인 나룻배가 아니겠소?"

제프는 웃었다.

"그 사람이 누군데요?"

제프는 깜짝 놀라 트레이시를 응시했다.

"저런, 당신은 정말로 그를 모른단 말이오?"

"뭘 모른단 말예요?"

"피아폰트는 세계 최대의 갑부예요. 경쟁상대회사를 밀어내는 것을 취미로 삼고 있는 남자지요. 놈은 굼벵이 같은 말에만 돈을 거는 주제에 재빠른 여자를 좋아하죠. 그 양쪽 모두를 잔뜩 소유하고 있지만 말이오. 금세기 최후의 낭비가라고 할 수 있을 것이오."

"그리고 당신은 그의 남아도는 돈을 축내서 어느 정도 홀가분하게 해주려는 속셈이란 말인가요?"

"사실 그렇게 해줄 생각이지만, 우리 두 사람이 해야 할 일이 있지 않겠소?"

제프는 트레이시의 반응을 알아보려고 지그시 그녀를 응시했다.

"있겠죠, 스티븐스 씨. 안녕을 해야겠죠."

그렇게 말하고 일어나 레스토랑에서 나가는 트레이시를 제프는 멍하니 눈으로 전송할 뿐이었다.

트레이시는 선실에서 저녁식사를 했다. 자기 인생 항로에 제프 스티븐스라는 남자가 다시 나타나다니, 너무나도 불행한 일이라는 생각이 들었다. 트레이시는 기차 안에서 그들이 '당신을 체포하겠소'라고 말했을 때의 그 공포감을 털어버리고 싶었다.

'이건 정말 말도 안 돼. 저 남자 때문에 모처럼의 여행을 망쳐버릴 수는 없어. 앞으론 일체 모르는 척해야지.'

저녁식사를 마치고 갑판으로 나오니, 하늘은 비로드에 별을 뿌려놓은 것 같았다. 마법의 천막을 머리에 이고 있는 것 같은 기가 막히게 매혹적인 밤이었다. 트레이시는 달빛을 받으며 난간에 기대어 파도에 반짝이고 있는 야광충을 황홀한 마음으로 응시하며 달콤한 밤바람의 속삭임에 귀를 기울였다. 그때 또다시 제프가 옆에 나타났다.

"그렇게 서 있는 자신이 얼마나 아름다운지 알고 있어요? 항해가 얼마나 로맨틱한지 믿고 있나요?"

"그래요, 믿어요. 그러나 절대로 믿지 않는 것이 있지요. 그건 당신이라는 사람이에요."

트레이시는 그 자리를 뜨려고 했다.

"아, 잠깐만 기다려요. 당신에게 알려줄 뉴스가 있어요. 맥시밀리언 피아폰트가 이 배에 타고 있지 않다는 것을 방금 알아냈어요. 출항 직전에 취소한 모양이오."

"어머나, 그것 참 안되셨군요. 비용만 허비하고 말았으니."

"꼭 그렇다고만은 할 수 없죠. 당신은 이 항해에서 다소 용돈이라도 벌고 싶지 않소?"

제프는 트레이시의 반응을 살폈다.

'정말 치사한 남자군.'

"잠수함이나 헬리콥터를 호주머니에 감춰두지 않는 이상 도망칠 길이 없어요."

"누가 도둑질을 한다고 했나요? 보리스 메르니코프나 피에트르 네글레스코라는 이름을 들은 적 있소?"

"있다면 어쩌겠다는 거죠?"

"메르니코프와 네글레스코는 체스의 왕위 결정전 때문에 러시아로 향하고 있는 중이오. 당신이 나의 주선으로 녀석들 둘을 상대로 체스 시합을 하는 것이오. 우린 거금의 돈을 벌 수 있어요. 우리의 작전은 완벽하니까 말이오."

제프는 열중하여 떠벌리기 시작했다.

트레이시는 어이가 없어서 제프를 멍하니 바라보았다.

"내가 두 사람과 체스 시합을? 게다가 작전이 완벽하다고요?"

"그렇고말고. 하겠어요?"

"재미있겠군요. 다만 약간의 문제가 있어 보여서 탈이지만."

"무슨?"

"내가 체스에 대해서 전혀 모른다는……."

제프는 안심시키듯이 웃었다.

"상관없소. 방식은 가르쳐줄 테니까."

"이봐요, 혹시 당신 머리가 어떻게 된 것 아니에요? 충고 한마디 할까요? 실력 있는 정신과 의사를 찾아가보세요. 그럼 안녕!"

트레이시는 그렇게 내뱉고 돌아섰다.

다음 날 아침, 트레이시는 보리스 메르니코프와 딱 마주쳤다. 갑판을 조깅 중이던 메르니코프가 산책 중이던 트레이시와 커브에서 부딪힌 것이다.

"똑바로 보고 다녀요!"

메르니코프는 호통을 치고 그대로 달려가 버렸다.

트레이시는 갑판에 쓰러져 엉덩방아를 찧은 자세로 그가 사라져가는 것을 쳐다보고 있었다.

"정말 야만인이로군!"

일어나서 먼지를 털고 있는데 승객 담당이 달려왔다.

"다친 곳은 없으십니까, 아가씨? 우연히 보게 되었습니다만……."

"아, 아뇨 괜찮아요. 고마워요."

이 선박 여행은 아무에게도 방해를 받고 싶지 않았다.

트레이시가 선실로 돌아가 보니 제프 스티븐스에게 연락해달라는 메시지가 6통이나 들어와 있었다. 그녀는 전부 무시했다.

오후에는 수영과 독서를 즐기고, 마사지를 받았고, 저녁이 되자 바에 가서 식사 전의 칵테일을 마셨다. 하지만 모처럼의 행복감도 오래가지 못했다. 바에 있던 루마니아인 피에트르 네글레스코가 트레이시를 보자 얘기를 걸어온 것이다.

"한잔 살 수 있게 해주시겠습니까, 아가씨?"

트레이시는 당황해서 애매하게 웃어보였다.

"저, 글쎄요. 고마워요."

"뭘 드시겠습니까?"

"보드카 앤드 토닉으로."

그는 바텐더에게 주문하고 트레이시를 향해 다시 돌아앉았다.

"저는 피에트르 네글레스코입니다."

"알고 있습니다."

"아마 그러시겠죠. 유명인이니까요. 나는 세계 제1의 체스 선수입니다. 고국에 돌아가면 국가의 영웅이지요."

네글레스코는 트레이시에게 몸을 밀착시키고는 자연스럽게 무릎에 손을 올려놓았다.

"난 섹스의 달인이기도 하지요."

트레이시는 너무도 노골적이고 당돌한 그의 말에 잘못 들었나 하고 되물었다.

"무슨 달인이라고요?"

"섹스의 달인."

트레이시는 이 남자의 얼굴에 마시던 술을 끼얹어버릴까 생각했지만 가까스로 자제했다. 그보다 좀 더 좋은 것을 생각해냈다.

"친구가 기다리고 있어서 실례하겠습니다."

트레이시는 제프 스티븐스의 모습을 찾아보았다. 프린세스 그릴에 있는 그를 발견하고 다가가려고 보니, 마침 어떤 여인과 자리를 함께하고 있었다. 멋진 이브닝가운을 입은, 마치 그림에서 빠져나온 듯한 모습의 금발 미인이었다.

'사정을 좀 더 알아봐둘걸 그랬어.'

트레이시는 그렇게 생각하면서 복도로 나와 버렸다. 그때 제프가 바쁘게 쫓아 나왔다.

"트레이시…… 날 찾고 있는 것 아니었소?"

"모처럼 즐거운 만찬을 방해할 생각은 아니었어요."

"그녀는 디저트에 불과해요."

제프는 아무렇지 않게 말했다.

"그런데 무슨 일이오?"

"메르니코프와 네글레스코에 관한 얘기, 진심이었나요?"

"당연하죠. 그런데 왜 묻소?"

"그 두 사람에게 예절을 가르쳐줄 필요가 있어서요."

"동감이오. 녀석들 교육도 시키고, 덕분에 돈도 벌지 않겠소?"

"좋아요. 어떤 계획을 세워놓고 있죠?"

"당신이 체스로 놈들을 때려눕히는 것이오."

"난 진지하게 듣고 있어요."

"나도 진지하게 말하고 있소."

"말했잖아요. 난 체스는 할 줄 모른다고. 킹도 퀸도 몰라요. 나는……."

"걱정할 것 없다고 하지 않았소. 두 번의 연습만으로 녀석들을 해치울수 있소."

제프는 용기를 주었다.

"두 사람 모두?"

"물론이오. 당신은 녀석들 둘을 동시에 상대하는 거요."

제프는 더블다운 피아노 바에서 보리스 메르니코프와 앉아 있었다.

"그 여성은 상당한 실력자예요. 지금 비밀리에 여행을 하는 중이지요."

제프는 메르니코프에게 털어놓았다.

"여자가 체스를 잘한다니 말도 안 되는 소리! 여자들은 생각하는 머리를 가지고 있지 않아서……."

러시아인은 무뚝뚝하게 말했다.

"그녀는 달라요. 당신을 쉽게 해치우겠다고 큰 소리 치던 걸요."

보리스 메르니코프는 큰 소리로 웃었다.

"나를 패배시킬 사람은 없소."

"그녀는 당신과 피에트르 네글레스코 두 사람을 동시에 상대해서 적어도 무승부로 가져갈 수 있다고 장담하고 있어요. 그리고 1만 달러를 걸어도 좋다고 했고요."

보리스 메르니코프는 마시던 음료로 목을 축였다.

"뭐라고? 그런 바보 같은! 우리 둘을 동시에 상대한다고? 그…… 그 여자는 아마추어가 아니오?"

"그래요. 두 분에게 1만 달러씩 걸겠다고 합니다."

"그 바보 같은 여자에게 따끔한 맛을 보여줘야겠군."

"당신이 이기면 그 내깃돈을 어느 나라에서나 지정한 계좌에 불입할 수 있어요."

러시아인의 얼굴에 탐욕어린 표정이 떠올랐다.

"그렇게 센 여자 기사가 있다는 말을 들은 적이 없어. 더구나 우리 둘을 동시에 상대하다니 말도 안 돼! 젠장, 그 여자 혹시 머리가 돈 것 아니오?"

"그녀는 현금으로 2만 달러를 가지고 있어요."

"어느 나라 여자인가?"

"미국인이지요."

"아, 그럼 알겠군. 미국의 부자들은 모두 머리가 돌았어. 여자는 특히 더 그렇지."

제프는 자리를 뜨려고 하면서 슬쩍 말을 흘렸다.

"그렇다면 그녀에게 피에트르 네글레스코 한 사람과 승부를 하기로 되었다고 전해줘야겠군요."

"네글레스코가 그녀와 승부하겠다고 했소?"

"네. 당신에게 말하지 않던가요? 그녀는 당신들 두 사람과 대전하고 싶어하는데 당신이 겁을 낸다면……."

"내가 겁을 낸다고? 이 보리스 메르니코프가 겁을 낸다고? 철저하게 혼을 내줘야겠군. 그 어리석은 승부는 언제 어디서 할 거요?"

러시아인은 목소리가 거칠어졌다.

"그녀는 금요일 밤으로 계획하고 있습니다. 배가 바다 위에 있는 마지막 밤이지요."

보리스 메르니코프는 곰곰이 생각하더니 말했다.

"3회, 승부의 장소는?"

"아뇨, 승부는 단 1회뿐입니다."

"1만 달러나 걸고?"

"틀림없습니다."

러시아인은 한숨을 내쉬었다.

"난 그런 거금은 가지고 있지 않소."

"걱정하실 것 없습니다. 휘트니 양이 원하는 것은 위대한 보리스 메르니코프 명인과 대전할 수 있는 영예뿐입니다. 비록 당신이 진다 해도 당신의 사인이 든 사진을 그녀에게 드리면 되는 겁니다. 당신이 이기면 1만 달러가 들어오게 되지요."

제프는 그를 안심시켰다.

"내깃돈은 누가 맡게 되지?"

러시아인은 의심스러운 듯 물었다.

"이 배의 사무장입니다."

"좋소. 금요일 날 밤 10시 정각에 시작하도록 합시다."

메르니코프는 마음을 정했다.

"그녀가 기뻐할 겁니다."

제프는 러시아인의 곁을 떠났다.

다음 날 아침, 제프는 체육관에서 피에트르 네글레스코에게 말했다.

"그 여자는 미국인인가? 미국인들은 정말 머리가 비었군."

피에트르 네글레스코는 말했다.

"하지만 그녀는 굉장한 실력의 소유자예요."

피에트르 네글레스코는 경멸하듯 말했다.

"굉장한 정도로는 안 되지. 제일 강하지 않고서는. 물론 내가 그 세계에서 제일이지만."

"그러니까 그녀는 당신과 대전하고 싶어하는 겁니다. 만약 당신이 진다 해도 사인이 든 당신의 사진을 주는 것으로 족합니다. 이기면 현금으로 1만 달러가 손에 들어오고요……."

"이 네글레스코는 아마추어 따위는 상대하지 않는다는 주의요."

"……어디라도 원하시는 나라의 계좌에 불입되는 것인데 말입니다."

"논할 거리도 못되는 얘기요."

"정 그러시다면 그녀에겐 보리스 메르니코프 한 사람하고만 대전하기로 되었다고 전해야겠군요."

"뭐요? 그렇다면, 메르니코프는 그 여인과 대국을 승낙했단 말이오?"

"그렇고말고요. 하지만 그녀는 당신들 두 사람과 동시에 대국하고 싶어 하거든요."

"그, 그런 어처구니없는 소리를…… 겁을 모르는 여자군! 세계 명인인 우리 두 사람을 상대해서 이길 수 있다고 지껄여대다니, 대체 그 여자는 어떤 여자요? 어디 정신병원에서 도망쳐 나온 것 아니오?"

네글레스코는 말문이 막힌다는 듯이 침을 튀겼다.

"좀 별난 데가 있긴 합니다만, 돈 얘기는 틀림없습니다. 현금입니다."

제프는 고백하듯 말했다.

"그 여자를 이기면 1만 달러라고 했소?"

"맞습니다."

"보리스 메르니코프도 같은 액수를 손에 넣는 건가?"

"그가 그녀에게 이기는 경우의 얘기지만 말입니다."

피에트르 네글레스코는 기세가 당당하게 껄껄껄 웃어 제쳤다.

"녀석은 이길 거요. 물론 나도 그렇지만."

"물론 그러시겠지요. 당연한 말씀이지요."

"내깃돈은 누가 맡게 됩니까?"

"이 배의 사무장이 맡을 것입니다."

'그녀의 돈을 메르니코프 한 사람이 독차지하도록 그냥 두고 볼 수는 없어.'

피에트르 네글레스코는 그렇게 생각했다.

"준비는 다 되어 있소? 장소와 시간은?"

"금요일 밤 10시에 시작합니다. 퀸즈 룸으로 와주십시오."

피에트르 네글레스코는 입술을 핥으며 웃었다.

"반드시 가겠소."

"두 사람 모두 승낙했다고요?"

트레이시는 자기도 모르게 목소리를 높였다.

"그래요."

"나 열이 좀 나는 것 같아요."

"찬 물수건 가져올게요."

제프는 서둘러 물수건을 가지고 와서 침대의자에 누워 있는 트레이시의 이마에 얹어주었다.

"기분이 어떻소?"

"정말 죽는 줄 알았어요. 갑자기 머리가 아파서……."

"두통이 자주 나곤 했소?"

"아뇨."

"그럼 병은 아니군요. 잘 들어요, 트레이시. 이런 수법의 일을 하려면 신경이 예민해지는 것이 당연한 일이에요."

트레이시는 벌떡 일어나 물수건을 던져버렸다.

"이런 수법이라뇨? 이런 일이 또 있었다는 건가요? 나는 세계 최강의 명인들을 상대로 승부를 하는 거예요. 당신에게서 단 한 번 배워가지고 말예요……."

"두 번, 당신에겐 타고난 체스의 재능이 있소?"

제프가 정정했다.

"아무래도 좋아요. 도대체 왜 내가 이런 일에 말려들게 되었는지 모르겠군요."

"간단하지. 서로 거금이 필요하니까."

"난 거금 따위는 원치 않아요. 이따위 배, 바다 속으로 가라앉아 버렸으면 좋겠어요. 타이타닉 호처럼 말이에요."

갑자기 트레이시는 울음을 터뜨렸다.

"자, 자, 기분을 가라앉혀요. 이제부터……"

제프는 위로하듯 말했다.

"이제부터 재난이 일어나고 말 거예요. 배에 탄 사람들이 전부 구경하러 올 거예요."

"바로 그것이 중요한 거요."

제프는 밝게 웃었다.

제프는 배의 사무장과 함께 모든 준비를 갖춰놓았다. 2만 달러를 여행자 수표로 사무장에게 맡겼으며 금요일 밤에 체스대를 2개 설치해놓으라고 부탁했다. 소문은 순식간에 퍼져 승객들은 제프에게 정말 시합을 할 거냐고 물어왔다.

"그럼요. 이미 확정된 사실입니다. 믿어지지 않는 일입니다. 가엾게도 휘트니 양은 자기가 이길 거라고 믿고 있지 뭡니까. 실제로 그녀는 자신의 승리에 돈을 걸고 있습니다."

제프는 꼬치꼬치 묻는 손님들에게 대답해주었다.

"저, 물어볼 것이 있는데요. 나도 돈을 걸어도 될까요?"

손님 한 사람이 물었다.

"되고말고요. 당신이 원하는 액수만큼 거세요. 휘트니 양은 10대 1의 승률이 되면 만족이라고 말했습니다."

100만 대 1이라고 해야 걸맞은 얘기가 아닐까?

최초의 판돈이 접수된 뒤로 지원자가 봇물처럼 밀려들었다. 승객들뿐만 아니라 고급 선원, 기관사에 이르기까지 배에 탄 모든 사람들이 게임에 말려든 것처럼 보였다. 판돈은 5달러에서 5천 달러까지 다양했으며, 하나같이 러시아인과 루마니아인 쪽에 걸었다.

걱정스러운 나머지 사무장이 선장에게 보고를 했다.

"이런 일은 저 역시 처음 겪는 일입니다. 완전히 선풍을 불러일으키고 있습니다. 승객들 거의 전원이 내기에 열을 올리고 있습니다. 제게 맡겨진 돈이 20만 달러에 이릅니다."

선장은 생각에 잠긴 채 사무장을 응시하고 있었다.

"휘트니 양이 두 사람을 동시에 상대하겠다고 했지?"

"네, 선장님."

"두 남자가 틀림없는 진짜 피에트르 네글레스코와 보리스 메르니코프라는 것을 확인했나?"

"네, 그럼요. 물론입니다."

"두 사람이 일부러 져주거나 하는, 그런 쇼를 하는 내기는 아니겠지?"

"두 사람의 성격과 위치로 봐서도 있을 수 없는 일입니다. 차라리 죽는 것이 낫다고 생각할 겁니다. 그들이 그 여성에게 지기라도 한다면 고국에 돌아갔을 때 어떻게 되는가는 명백한 일입니다."

선장은 곤혹스러운 듯 얼굴을 찡그리며 손가락으로 머리를 긁적였다.

"휘트니 양과 스티븐스 씨에 관해 뭔가 아는 사실은 없나?"

"아뇨, 아무것도 모릅니다. 다만 그저 제가 본 바로는 두 사람은 따로따로 여행을 하고 있는 것 같은 사실뿐이었습니다."

선장은 마음을 결정했다.

"뭔가 사기 냄새가 풍기긴 하는데, 웬만하면 그만두게 하겠지만……. 나도 체스에 대해서는 잘 알지만 체스에서는 절대로 짜고 하는 일은 불가능하지. 내가 목숨을 걸고라도 단언할 수 있어. 시합을 진행시키게."

선장은 자기 책상으로 다가가 검은 가죽지갑을 꺼냈다.

"나는 50파운드를 걸겠네. 명인들 쪽에."

금요일 9시까지 퀸엘리자베스 호의 퀸즈룸은 일등객실 승객들로 만원을 이루었다. 뿐만 아니라 2등, 3등의 객실의 승객과 나아가서는 비번인 선원, 기관사들까지 밀어닥쳤다. 제프 스티븐스의 요청으로 이 시합을 위해 2개의 방이 준비되었다. 체스대 하나를 퀸즈룸 중앙에, 또 하나를 인접한 담화실에 설치하도록 했다. 두 체스실은 커튼으로 구분되어 있었다.

"기사들이 신경을 쓰지 않게 하고 싶으니, 관전객들은 어느 쪽이든 좋아하시는 시합을 택하시고, 이동하지 않도록 해주세요."

제프는 모여든 사람들에게 설명했다.

체스대 주위에는 어느 곳도 관객이 접근하지 못하도록 비로드의 로프가 쳐져 있었다. 관객들은 결코 두 번 다시 볼 수 없을 대국을 바로 눈앞에서 목격하고 싶어했다. 누구나 알고 있는 사실 한 가지는 이 젊고 아름다운 미국 여성으로서는—아니, 다른 그 누구라 해도—체스의 명인인 네글레스코와 메르니코프 두 사람을 동시에 상대해 양자 모두 물리친다는 것은 불가능하다는 것이었다.

제프는 게임이 시작되기 직전에 트레이시를 두 사람의 명인에게 소개했다. 한쪽 어깨가 드러난 연한 녹색 시폰 가운을 입은 트레이시는 그리스 시대의 인물화 바로 그것이었다. 얼굴은 창백하고 신비로운 표정이 감돌았다.

피에트르 네글레스코는 위에서 아래로 그녀를 샅샅이 훑어보았다.

"그동안 출장한 모든 국내 대회에서 승리를 거두기라도 했소?"

"네, 그렇습니다만."

트레이시의 대답에 거짓말 같은 구석은 전혀 없었다.

네글레스코는 어깨를 으쓱했다.

"당신의 이름은 들은 적이 없는데?"

보리스 메르니코프도 마찬가지로 무례했다.

"당신네 미국인은 돈의 용도를 모르는 것 같군. 미리 고맙다는 인사를 해두겠소. 이기면 우리 가족들도 기뻐할 테니까."

트레이시의 눈은 짙은 비취색으로 변했다.

"당신은 아직 이기진 않았어요, 메르니코프 씨."

메르니코프는 온 방안이 떠나갈 듯한 소리로 말했다.

"말씀 잘하시는군요, 부인. 나는 당신의 실력은 잘 모르지만 내 실력만은 알고 있으시오. 나는 명인인 보리스 메르니코프라는 것을 말이오."

10시가 되자 제프는 빙그르르 둘러보고는 양쪽 살롱이 모두 관전객으로 만원이 된 것을 확인했다.

"게임 개시 시간입니다."

트레이시는 테이블을 가운데 두고 마주앉아서 어째서 자신이 이런 지경까지 되었는지 그것만 생각하고 있었다.

"절대로 어렵지 않소. 날 믿어요."

제프는 그렇게 말했다. 그리고 어리석게도 그를 믿어버리고 만 것이다.

'내가 머리가 좀 이상해진 모양이야.'

트레이시는 그렇게 생각할 수밖에 없었다. 어쨌든 세계에서 내로라하는 체스의 명인 두 사람을 상대하려 하고 있는데, 자신은 체스에 대해서 전혀 문외한인 것이다. 겨우 4시간 동안 제프에게 코치를 받은 것 외에는······.

막이 올랐다. 트레이시의 무릎이 달달 떨려 왔다. 메르니코프는 앞으로의 결과에 기대를 모으고 있는 군중들을 둘러보며 여유 있는 웃음을 보여주었다. 그러고는 승무원에게 큰 소리로 말했다.

"브랜디를 갖다 주게. 나폴레옹으로."

제프가 메르니코프에게 말했다.

"페어플레이로 진행시키고 싶습니다. 당신이 백으로 선수, 그리고 네글레스코 씨와의 게임에서는 휘트니 양이 백으로 선수입니다만."

명인들은 제안을 받아들였다.

관객들이 숨을 죽이고 응시하고 있는 가운데 보리스 메르니코프가 최초의 말을 놓았다.

'흠, 이 여자를 패배시키는 것만으로는 부족하지. 철저하게 몰아붙여야겠어.'

메르니코프는 힐끗 트레이시를 쳐다보았다. 체스판을 보고 있던 그녀는 슬쩍 끄떡이고 나서 자기 말은 움직이지 않고 자리를 떴다. 관객 사이를 뚫고 트레이시는 또 한쪽의 대전자 피에트르 네글레스코가 기다리고 있는 또 하나의 살롱으로 갔다. 거기에도 100명 정도의 관객이 몰려들어 있었다. 트레이시는 네글레스코의 맞은편 의자에 앉았다.

"여어, 머리 좋은 아가씨. 보리스를 아직 해치우지 않았나?"

"시합 중이에요, 네글레스코 씨."

트레이시는 조용히 말했다.

그녀는 체스판에 손을 내밀어 보리스 메르니코프가 놓은 것과 똑같이 말을 움직였다. 네글레스코는 트레이시를 올려다보고는 싱긋 웃었다. 그는 1시간 후에, 마사지 예약을 해놓았는데 어쩐지 시합이 좀 더 일찍 결말이 날 것 같았다. 네글레스코는 체스 판에 손을 내밀어 즉석에서 대항하는 수를 썼다. 트레이시는 몇 초 동안 체스판을 응시하고는 일어났다. 그녀가 보리스 메르니코프와의 대국장으로 돌아가는 것을 승무원이 에스코트했다.

메르니코프와의 체스판에서 트레이시는 피에트르 네글레스코가 쓴 수를 이번에는 그곳에서 되풀이했다. 멀리 있던 제프가 살며시 고개를 끄덕이는 것이 보였다.

2분 후, 네글레스코와의 체스판에서 트레이시는 메르니코프의 수를 재현했다.

네글레스코의 다음 수를 천천히 확인한 다음, 트레이시는 보리스 메르니코프가 기다리고 있는 방으로 돌아왔다.

'이 여자는 과연 아마추어는 아니군. 이 여자의 실력을 좀 탐색해봐야겠어.'

메르니코프는 내심 놀라고 있었다.

사실 두 사람의 명인에게는 놀라움의 연속이었다. 그들은 자신들이 만만치 않은 적과 대국하고 있다는 것을 점점 깨닫기 시작했다. 아무리 교묘한 수를 놓아도 이 풋내기는 자유자재로 응전해오고 있는 것이다.

각기 다른 방에서 대전하고 있었기 때문에 두 사람의 명인으로서는 알 수 없었지만 사실은 이 두 사람의 대전이었던 것이다. 메르니코프가 트레이시에 대항해서 쓴 수는 모두 고스란히 네글레스코와의 승부에서 놓아졌고, 네글레스코의 응수는 그대로 메르니코프에게 향해져 있었던 것이다.

대전이 중반에 이르렀을 즈음에 와서는 두 사람의 명인들도 이미 거드름을 깡그리 내던지고 말았다. 명예를 걸고 싸우고 있는 두 사람은 다음 한 수를 두기 위해 방안을 어슬렁거렸고, 초조하게 담배를 피워 물었다. 냉정해 보이는 건 트레이시뿐이었다.

게임은 4시간이나 계속되었는데도 관객들은 손끝 하나 까딱하지 않고 체스 판을 주시하고 있었다.

체스의 명인들은 각자 몇백 개의 정석을 머릿속에 그리면서 대전하는 상대의 계파와 격식과 싸우고 있는 것을 깨달았다.

'이런, 이 여자는 네글레스코의 유파를 연구하고 있었군그래. 녀석이 개인적으로 코치를 한 것이 틀림없어.'

게임이 팽팽해짐에 따라 명인들은 두 사람 모두 트레이시를 해치울 가망이 없다는 것을 알았다. 비길 가능성이 높아지고 있었던 것이다.

대국이 시작된 지 6시간 후인 새벽 4시, 쌍방 모두 승산은 없게 되었다. 메르니코프는 체스판을 쳐다보며 숙고한 뒤 크게 숨을 쉬고는 쥐어짜듯 말했다.

"비긴 것을 인정하겠소."

웅성대는 소리를 압도하듯 트레이시는 대답했다.

"알겠습니다."

군중은 떠들썩해졌다.

트레이시는 일어나 옆방으로 갔다. 자리에 앉으려고 하자, 네글레스코가 침착하지 못한 목소리로 말했다.

"비긴 것을 인정하겠소."

그 순간, 이 방에서도 같은 웅성거림이 번져나갔다. 군중들에겐 자신들이 목격한 일이 믿어지지 않아서 놀라는 표정들이 역력했다. 어디선지 모르게 한 여성이 나타나 세계 제일을 다투는 두 사람의 체스 명인을 동시에 꼼짝 못하게 만든 것이다.

제프가 트레이시의 옆에 나타나 싱긋 웃었다.

"자, 가요. 둘이서 한잔 합시다."

트레이시와 제프가 사라진 다음에도 보리스 메르니코프와 피에트르 네글레스코는 의자에 깊숙이 몸을 묻은 채 넋을 잃은 듯 체스판을 응시하고 있었다.

트레이시와 제프는 갑판 위로 바로 올라가 2인용 테이블에 자리 잡고 앉았다.

"훌륭했소. 메르니코프의 얼굴을 보았소? 심장 발작을 일으키는 게 아닌가 걱정이 되더구먼."

제프가 웃었다.

"난 내가 심장 발작을 일으키는 줄 알았어요. 그런데 수입은 얼마나 돼요?"

트레이시는 내뱉듯이 말했다.

"거의 20만 달러, 그 판돈은 배가 서점프톤에 정박하는 아침에 사무장에게서 받기로 하지. 자, 그럼 아침식사 때 식당에서 만납시다."

"좋아요."

"방으로 돌아가 쉬고 싶군. 선실까지 바래다주겠소."

"난 아직 자고 싶지 않아요. 마음이 진정되질 않아요. 먼저 가세요."

"당신은 챔피언이니까 그렇겠죠."

제프는 그렇게 말하며 일어섰고, 몸을 구부려 트레이시의 뺨에 가볍게 키스를 했다.

"잘 자요, 트레이시."

"잘 자요, 제프."

트레이시는 제프가 바에서 나가는 것을 보고 있었다.

'잠을 자라고? 도저히! 나에게 있어 가장 자극적인 밤이었는걸. 러시아인도 루마니아인도 자만심에 가득 차 있었으니 이런 꼴이 되었지. 제프가 '날 믿어요'라고 해서 나는 그대로 따랐을 뿐이야. 제프가 좋아서 이런 일을 한 건 아니야. 제프는 사기의 천재야. 유쾌하고 재미있고 영리하고 함께 있으면 마음이 편해지는 사람, 하지만 남자로서의 그에게 흥미가 있는 것은 아니라고.'

선실로 돌아갈 때 제프는 직위가 높은 선원 한 사람과 마주쳤다.

"볼 만한 시합이었어요, 스티븐스 씨. 이 명승부에 관한 소식은 이미 무선으로 사방으로 퍼져나가고 있습니다. 서점프톤에서 보도진이 당신들 두 분을 기다리고 있을 겁니다. 당신은 휘트니 양의 매니저입니까?"

"아뇨, 그렇지 않소. 이 배에서 알게 된 것뿐이오."

제프는 가볍게 대답하긴 했어도 마음은 분주히 설레고 있었다. 자기와 트레이시가 한데 어울리게 되면 체스의 대국이 짜고 한 것이 아니었는가 하는 의심을 사기 쉬웠다. 조사에 착수할 가능성도 컸다. 그는 조금이라도 의심을 사기 전에 판돈을 받아두기로 했다.

제프는 트레이시에게 메모를 남기기로 했다.

'돈은 내가 맡고 있겠소. 축하의 조찬은 사보이 호텔에서 들기로 합시다. 당신은 정말 멋있었소. ―제프로부터.'

그는 그 메모를 봉투에 넣어 승객 담당에게 부탁했다.

"이걸 아침 일찍 휘트니 양이 받아볼 수 있게 해주게."

"알겠습니다."

제프는 사무장의 사무실로 향했다.

"일찍 실례합니다."

제프는 이른 아침의 실례를 사과했다.

"이제 몇 시간 후 배가 입항하게 되면 당신은 바빠지실 테니, 괜찮으시다면 지금 그 판돈을 정산 받고 싶습니다만."

"아, 상관없습니다. 그런데 그 젊은 부인은 마법이라도 쓰는 건가요?"

사무장은 빙그레 웃었다.

"네, 그런지도 모르겠군요."

"괜찮으시다면 좀 물어보고 싶은데요, 스티븐스 씨. 그녀는 대체 어디서 그런 훌륭한 체스 실력을 쌓았습니까?"

제프는 실토하듯이 상대에게 가까이 다가가 속삭였다.

"전미국 선수권자인 보비 피셔 밑에서 사사받았다고 들었습니다만."

사무장은 금고에서 커다란 마닐라 봉투를 꺼냈다.

"이런 많은 현금을 가지고 다니는 것은 부담이 될 텐데요. 같은 액수의 수표를 써 드릴까요?"

"아뇨, 괜찮습니다. 현금 그대로 좋습니다."

제프는 싱끗 웃었다.

"부탁이 하나 있습니다. 배가 잔교에 계류되기 전에 우편선이 오게 되 겠죠?"

"네, 오전 6시에 올 예정입니다."

"그 우편선에 제가 탈 수 있도록 주선해주시면 대단히 고맙겠습니다. 어머니가 위독하시다고 해서 한시라도 빨리 달려가고 싶습니다."

제프는 소리를 낮추었다.

"아, 그것 참 안되셨군요, 스티븐스 씨. 알겠습니다. 어떻게 손을 써보 겠습니다. 세관 쪽도 수배해놓겠습니다."

오전 6시 15분, 제프 스티븐스는 현금이 든 2개의 마닐라 봉투를 여행 가방에 넣고 배의 사다리를 내려 우편선에 올라탔다. 그는 돌아보며 눈앞 에 솟아 있는 거대한 배의 외관에 마지막 눈길을 보냈다. 이 정기선의 승 객들의 대부분은 깊이 잠들어 있었다. 제프는 퀸엘리자베스 2세 호가 해 안에 닿기 훨씬 전에 상륙할 수 있을 것 같았다.

"그야말로 참으로 멋진 선박 여행이었소."

제프는 우편선의 승무원 한 사람에게 말을 걸었다.

"그래요, 대단히 멋있었지요?"

동의하는 목소리가 들려 제프는 그쪽을 쳐다보았다. 트레이시였다. 그 녀는 감아놓은 로프 위에 걸터앉아 머리카락을 바닷바람에 휘날리고 있 었다.

"트레이시! 어떻게 여기에 와 있지?"

"글쎄요, 왜 그랬을까요?"

제프는 트레이시의 얼굴에 떠오른 표정을 보았다.

"잠깐! 설마 내가 독차지하고 도망칠까 봐 그런 건 아니겠지?"

"어머나, 그럴 작정이었나요?"

트레이시는 신랄한 어조로 말했다.

"믿어줘, 트레이시. 당신에겐 전갈을 남겼어. 사보이 호텔에서 만나자고……."

"흠, 그랬어요? 당신은 양심도 없어요?"

트레이시는 비꼬는 투로 말했다.

제프는 항변을 하려고 했지만 트레이시의 얼굴을 보자 무슨 말을 해도 소용이 없다는 것을 깨달았다.

사보이 호텔의 객실에서 그녀는 제프가 돈을 헤아리는 것을 지켜보고 있었다.

"당신 몫은 10만 하고 1천 달러요."

"고마워요."

트레이시는 싸늘하게 말했다.

"트레이시, 내 얘기 좀 들어봐요. 당신은 나를 오해하고 있소, 설명할 기회를 줘야 하지 않겠소? 오늘 밤 식사를 함께 하면서 얘기하면 어떻겠소?"

트레이시는 잠시 생각하더니 고개를 끄덕였다.

"좋아요."

"잘됐군. 8시에 데리러 오겠소."

제프 스티븐스가 그날 저녁 호텔로 가서 트레이시를 찾자 객실 담당이 말했다.

"죄송합니다. 미스 휘트니는 오늘 오후 일찍 체크아웃 하셨습니다. 행선지는 남기지 않았군요."

에메랄드 유혹

어느 날 트레이시는 낯모르는 인물로부터 자필 초대장을 받았다. 훗날이 되어서야 안 일이지만 그것이 트레이시의 인생을 바꿔놓아 버렸다.

제프 스티븐스한테서 자신의 몫을 나누어 받은 트레이시는 사보이 호텔을 나와 파크가에 있는 다른 호텔로 옮겼다. 그곳은 주거용의 조용한 호텔로 방은 넓고 쾌적했다. 무엇보다도 서비스가 최고였다.

런던에 머문 지 이틀째 되던 날, 보이가 그 초대장을 트레이시의 방까지 전하러 왔다. 서식이 훌륭한 자필의 멋진 초대장이었다.

'내 친구가 우리가 서로 알고 지내는 것이 득이 될 거라고 권하더군요. 오늘 오후 4시에 리츠에서 차라도 한 잔 어떻겠습니까? 흔해빠진 것 같아 멋은 없지만, 나는 가슴에 빨간 카네이션을 달고 가겠습니다.'

편지 마지막에 '군터 하르토크'라고 서명이 되어 있었다.

그녀로서는 난생 처음 듣는 이름이었다. 처음에는 그 글의 내용을 무시할 작정이었는데 점점 호기심이 생겨 트레이시는 4시 15분에는 리츠 호텔의 우아한 대 식당 입구에 가 있었다.

상대방은 곧 알아차릴 수 있었다. 나이는 60살쯤으로, 갸름하고 빈틈이 없어 보이는 얼굴에 유쾌한 분위기의 남자였다. 아무리 봐도 특별히 맞춘 듯한 고급스러워 보이는 회색 양복을 입고, 옷깃에는 빨간 카네이션을 꽂고 있었다.

트레이시가 남자의 테이블로 다가가자 그는 자리에서 일어나 가볍게 인사를 했다.

"초대를 받아주셔서 참으로 영광입니다."

남자는 고전적 매너에 따라 의자를 당겨 그녀가 앉는 것을 도와주었기 때문에 트레이시는 완전히 기분이 들뜰 수밖에 없었다. 마치 다른 세계의 인간을 만난 것 같은 기분이었다. 그의 저의가 무엇인지 트레이시는 짐작조차 할 수 없었다.

"호기심에 이끌려 이곳에 왔습니다. 그런데 혹시 잘못 아신 것은 아니신지요. 다른 트레이시 휘트니와 혼동하신 건 아닌가요?"

트레이시는 정직하게 말하자, 군터 하르토크는 싱끗 웃었다.

"내가 듣고 아는 바로는 트레이시 휘트니 양은 당신 외에는 없습니다."

"솔직히 말씀해주세요. 저에게서 무엇을 듣고 싶으십니까?"

"우선 차라도 마시면서 얘기하지 않겠소?"

차를 주문하자 얇게 썬 달걀과 오이, 치킨을 끼운 소형 샌드위치가 나왔다. 그 다음에는 갓 구워낸 페스추리에 고형 크림과 잼이 발라져 홍차와 함께 나왔다.

두 사람은 음식을 먹으면서 얘기를 나누었다.

"공통의 친구라고 하셨는데……."

트레이시가 먼저 말을 꺼냈다.

"콘래드 모건 말입니다. 가끔 그와 함께 일을 하지요."

'난 딱 한번 그와 함께 일을 했지요. 그리고 그는 나를 속이려고 했고.'

트레이시는 씁쓸하게 생각했다.

"모건은 당신의 찬미자예요."

군터는 얘기를 계속했다.

트레이시는 다시 세밀하게 사나이를 관찰했다. 차림새는 귀족적이고 품위가 흘렀다. 경제적으로도 풍족해보였다.

'나에게 무슨 용건이 있는 걸까?'

트레이시는 궁금해서 견딜 수가 없었다. 그래서 남자가 용건을 꺼내기만을 고대했다. 그런데 상대방은 좀처럼 핵심에 접근하려 들지를 않았다. 콘래드 모건에 관해서도 그 이상은 언급하지 않았고, 트레이시와 자신의 공통의 이익이란 건에 대해서도 언급하지 않았다. 그러나 트레이시에게는 이 만남이 즐겁고 흥미로운 것이었다. 군터는 자신의 성장과정을 설명했다.

"태어난 곳은 뮌헨이에요. 아버지는 은행가였지요. 상당히 유복했기 때문에 나는 미술품이나 골동품에 둘러싸여 응석을 부리면서 자랐어요. 어머니가 유태인이었는데 히틀러가 정권을 잡았을 때 아버지가 어머니를 버리기를 거부했기 때문에 전 재산을 몰수당했지요. 그리고 양친은 폭격으로 인해 돌아가셨어요. 나는 친구의 도움을 얻어 독일을 탈출해 스위스에 밀입국했죠. 그리고 전쟁은 끝났지만 독일로 돌아가지 않겠다는 결심을 했소. 그러고는 런던으로 이주해 마운트가에서 작은 골동품상을 열었지요. 일간 나의 가게에 들러주지 않겠소?"

'뭐야, 그런 얘기였군. 내게 뭔가를 팔아먹을 생각이군그래.'

예상은 빗나갔다. 트레이시는 착각을 하고 있었다.

군터는 수표로 계산을 하면서 상냥하게 말했다.

"햄프셔에 작은 별장을 가지고 있어요. 주말에 친구 몇 사람이 오기로 되어 있는데 어때요, 합류하지 않겠소?"

트레이시는 잠시 망설였다. 이 남자는 생전 처음 대하는 타인인 것이다. 이 남자가 노리는 것이 무엇인지 짐작이 가지 않았다. 하지만 트레이시에게 잃을 것이란 아무것도 없었다. 초대를 받아들이기로 했다.

매우 화창한 주말이었다.

군터 하르토크는 작은 시골 별장이라고 했지만, 천만에 말씀이었다. 그곳은 30에이커나 되는 영지에 세워진 17세기 왕조 때의 대저택이었다. 군터는 독신으로, 하인을 제외하면 혼자 살고 있었다. 그는 트레이시에게 이곳저곳 집 주위를 안내했다. 외양간에는 6필의 말이 있었고 닭이며 돼지가 사육되고 있었다.

"이러니 우선 굶지는 않지요. 자, 그럼 내 진짜 취미를 보여주겠소."

군터는 그렇게 말하고 비둘기들을 많이 기르고 있는 곳으로 트레이시를 안내했다.

군터는 자랑스럽게 말했다.

"귀엽고 아름다운 비둘기들을 봐요. 푸른 기운이 도는 회색이죠? 저놈이 마고랍니다."

군터는 그 비둘기를 붙들어 안았다.

"넌 정말 난폭하구나. 이 비둘기는 다른 비둘기를 괴롭히지만 제일 영리해요."

군터는 비둘기를 부드럽게 쓰다듬어 주고는 살며시 내려놓았다.

비둘기의 빛깔은 참으로 볼 만했다. 청색과 흑색, 겨자 무늬의 청색과 회색, 전체가 은빛인 것 등 다양했다.

"흰 비둘기는 한 마리도 없군요."

트레이시는 생각나는 대로 말했다.

"전서구는 흰 것이 없지요. 하얀 털은 금방 빠져버리거든. 어쨌든 평균 시속 65킬로미터로 나니까."

트레이시는 군터가 비타민을 배합한 특별한 모이를 비둘기에게 먹이는 것을 가만히 지켜보았다.

"이것들은 훌륭한 혈통들이지요. 전서구는 800킬로미터나 떨어진 자기 집으로 돌아온다는 걸 알고 있소?"

군터가 말했다.

"굉장하군요."

다른 손님들도 마찬가지로 내로라하는 사람들이었다. 장관 부부와 백작, 장군과 그 여자 친구들, 그리고 젊고 아름다우며 상냥한 인도의 왕녀 등이었다.

"나를 V.J.라고 불러줘요."

왕녀는 거의 억양이 없는 어조로 말했다. 그녀는 금실을 짜 넣은 진홍빛 사리를 입고 트레이시가 한 번도 본 적이 없는 멋진 보석을 몸에 지니고 있었다.

"내 보석들 대부분은 금고에 보관해두고 있지요. 요즘 도둑들이 우글거려서 말이에요."

V.J.는 뽐내듯 말했다.

일요일 오후, 런던으로 돌아가려는 트레이시를 군터가 만류하며 서재로 초대했다. 두 사람은 차 쟁반을 사이에 두고 앉았다. 트레이시는 도자기에 차를 따르면서 말했다.

"군터 씨, 어떤 목적에서 저를 초대해주셨는지 짐작이 가지 않는군요. 하지만 이유는 어떻든 굉장히 즐거웠습니다."

"그렇다면 나도 기뻐요, 트레이시."

그렇게 말하고는 군터는 덧붙였다.

"당신을 줄곧 관찰하고 있었소."

"알고 있었어요."

"앞으로 무엇을 하며 살아갈 작정이오?"

트레이시는 대답이 궁했다.

"그, 글쎄요. 어떻게 할지 아직 뚜렷하게 결정하지 못했습니다."

"우리 두 사람이 파트너가 되어 일을 할 수 있다고 생각하는데……."

"골동품 얘기를 하시는 건가요?"

군터는 소리 내어 웃었다.

"아니 아니, 그런 것이 아니오. 그렇게 가만 있으면 당신의 특별한 재능을 썩히는 것이 되지. 당신이 콘래드 모건을 보기 좋게 놀려주었다는 얘기를 들었소. 그야말로 멋진 솜씨였소."

"군터 씨, 그건 모두…… 지난 일입니다."

"그럼 앞으로는? 특별한 계획은 없다고 했는데, 장래의 문제를 생각해야 하지 않겠소? 돈이 좀 있다고 해도 언젠가는 바닥이 나고 마니까. 나와 손잡고 일하지 않겠소? 나는 부호들과의 국제 사교계에 얼굴이 통해요. 자선 무도회나 수렵회, 요트의 선상파티 등에도 자주 참석하고, 부자들의 동향을 잘 알고 있다오."

"그것이 저와 무슨 관련이 있는지……."

"당신을 그 소중한 친구들에게 소개하는 거요. 대단한 친구요, 트레이시. 그리고 나는 당신이 입수하는 보석이나 미술품을 개인적으로 처분할 수 있소. 그러니 남을 착취해서 부를 쌓아올린 놈들을 골탕 먹이는 일이라고 생각해도 좋소. 이익은 모두 절반으로 하고, 어떻겠소?"

"대답은 '노'예요."

"마음이 변하면 언제라도 전화해줘요."

"마음이 변하는 일은 절대로 없을 거예요, 군터 씨."

그날 저녁 트레이시는 런던으로 돌아왔다.

트레이시는 런던이 정말 마음에 들었다. 루 가브로시나 빌 벤트레이즈나 코인 듀 후에서 식사를 즐겼고, 연극을 구경하고 난 후에는 드론즈로 가서 진짜 아메리칸 햄버거나 핫첼리를 마구 먹어치웠다. 국립극장이나 왕립오페라 극장에는 물론, 크리스티나 소더비의 경매장에도 나가보았다. 해로드나 포트넘 메이슨즈에서 쇼핑을 했고, 해처즈나 포일즈, W.H. 스미스 등의 서점에서 책을 훑어보기도 했다. 어느 때는 운전사가 딸린 차를 빌려서 햄프셔에 있는 체튼 그렌 호텔까지 나들이해서 마음껏 주말을 즐겼다. 멋진 서비스, 호화로운 설비가 마음을 즐겁게 해주었다. 하지만 그러한 호화스러운 취미에는 그에 상응하는 비용이 들었다.

'돈이 아무리 있어도 언젠가는 바닥이 나버리지요.'

군터가 충고한 대로였다. 돈은 영원히 남아 있는 것이 아니며, 앞으로의 생활을 위한 계획을 세워야 한다는 것을 트레이시 자신도 깨닫기 시작했다.

트레이시는 그 후에도 몇 번씩이나 주말에 군터의 시골 별장에 초대되어 갔다. 그와의 만남은 부담이 없고 편했다.

어느 토요일 저녁식사 때 하원의원 한 사람이 트레이시에게 말했다.

"나는 진짜 텍사스인을 직접 만나본 적이 없어요, 휘트니 양. 그들의 모습은 어떻습니까?"

트레이시가 즉석에서 벼락부자 부인의 행동을 연출해보이자 모인 사람 모두가 박장대소했다. 그런 다음 잠시 후, 트레이시와 군터 두 사람만이 남게 되자 그가 말했다.

"그 절묘한 연기를 이용해 재산을 좀 모아볼 생각은 없나?"

"난 배우가 아니에요, 군터."

"당신은 자신을 너무 과소평가하고 있어. 런던에 파커 앤드 파커란 보석상회가 있는데 말이야, 그곳은 아주 지독한 곳이야. 말하자면 손님에게 바가지를 씌우는 것이 특기인 보석상이지. 트레이시는 그 텍사스 미망인의 연기로 내게 보석상을 응징할 아이디어를 주었어."

군터는 그 아이디어를 트레이시에게 들려주었다.

"하지 않겠어요."

트레이시는 거절했다. 그러나 그 아이디어에 관해 생각할수록 잘될 것만 같은 생각이 들어 자꾸만 구미가 당겼다. 트레이시는 수개월 전의 모험을 회상해보았다. 롱아일랜드에서는 경찰관을, 퀸엘리자베스 2세 호에서는 체스의 명인을 두 명씩이나, 그리고 배후 조종자인 제프 스티븐스마저도 빼돌렸다. 그 모든 것들이 말로는 다할 수 없는 스릴이 넘치는 일들이었다. 그 자극이 지금은 거의 잊혀져가고 있었다.

"할 수 없어요, 군터."

트레이시는 자신에게 다짐이라도 하듯이 거절했다. 그러나 그 어조는 전처럼 단호하지는 못했다.

런던은 10월이라는 계절에 어울리지 않게 따뜻했고, 영국인들도 여행자와 마찬가지로 빛나는 태양 빛을 받으려고 밖으로 나왔다. 따라서 정오경의 트라팔가 광장, 차링 크로스, 피카디리 서커스 부근은 대단히 교통 체증이 심했다. 그 혼잡 속을 흰색 리무진이 옥스퍼드가에서 뉴본드가로 돌아들어 로렌드 카르티에, 게이거즈, 그리고 로열 스코틀랜드 은행 앞을 빠져나갔다.

이윽고 어느 보석상 앞에 다다르자 그 리무진은 정차했다.

현관 정면에 고급스러워 보이는 느낌의 간판이 걸려 있었다. '파커 앤드 파커'였다.

리무진에서 제복을 갖춰 입은 운전사가 내리더니 재빨리 뒤쪽으로 돌아가 승객을 위해 문을 열었다. 사슨 미용실에서 머리를 매만진 것처럼 보이는 금발의 젊은 여성이 차에서 내렸다. 짙은 화장을 했고, 흑담비 코트 속에 몸에 꼭 끼는 이탤리제 니트 드레스를 입은 것이 날씨와 전혀 어울리지 않았다.

"가게는 어느 쪽이죠, 아저씨?"

그녀가 물었다. 그 목소리는 그야말로 카랑카랑하고 귀에 거슬리는 텍사스 사투리였다.

운전사는 "이 구역을 빙빙 돌아야 할 것 같습니다. 이곳은 주차가 허용되지 않습니다." 하며 입구를 손으로 가리켰다.

"이쪽입니다."

"고마워요, 아저씨. 적당히 시간을 보내고 계세요. 별로 오래 걸리지는 않을 테니까."

텍사스 여인은 운전사의 등을 탁 하고 두드리며 말했다.

"좋도록 해요, 아저씨."

운전사는 질겁했다. 이런 굴욕도 렌터카의 운전사 노릇을 하고 있으니 참을 수밖에 없었다. 운전사는 미국인 모두가 마음에 들지 않았고 특히 텍사스 사람이라면 아주 싫었다. 하는 짓이 야만스럽기 짝이 없었다. 게다가 돈 많은 야만인은 더욱 꼴사나웠다. 그러나 운전사는 자기 승객이 텍사스 주의 깃발인 론 스타도 본 적이 없다는 것을 알게 되면 까무러치도록 놀랄 것이다.

트레이시는 보석상점의 쇼윈도에 비치는 자신의 모습을 점검하고 밝은 미소를 지으며 성큼성큼 큰 발걸음으로 출입문 쪽으로 향했다. 제복차림의 도어맨이 재빨리 문을 열었다.

"좋은 날씨입니다, 마담."

"여어 안녕, 멋쟁이 총각. 이 가게는 보석만 파는 게 아니라 호스트 클럽도 하고 있나 본데?"

텍사스 여인은 자신의 농담에 깔깔대며 웃었다.

얼굴이 파랗게 질린 도어맨을 뒤로하고 그녀는 강한 향수 냄새를 풍기며 보석상 안으로 들어갔다.

모닝코트를 입은 세일즈맨 아더 칠톤이 손님을 맞으러 나왔다.

"어서 오십시오. 마담, 뭘 찾으십니까?"

"그럴지도 모르고, 그렇지 않을지도 모르죠. P.J.가 말예요. 생일 선물을 직접 고르라고 하길래 온 거예요. 뭐가 있죠?"

"특별히 좋아하는 것이라도 있으신가요, 마담?"

"어머, 당신들 영국인들이란 언제나 몹시 성급하군요."

그녀는 요란스럽게 깔깔대며 세일즈맨의 어깨를 탁탁 두드렸다.

모닝코트의 사나이는 간신히 평정을 유지했다.

"그렇군, 에메랄드 정도가 좋겠지. 파파 P.J.는 내가 에메랄드를 사면 기뻐할 거예요."

"그러시다면 이리로 오시죠……."

칠톤은 에메랄드가 가득 진열되어 있는 쪽으로 트레이시를 안내했다. 금발의 여자는 무시하듯 그것을 쳐다보았다.

"아휴, 쪼그맣군. 이런 갓난아기 말고, 좀 더 큰 마마나 파파 같은 건 없어요?"

칠톤은 화가 치미는 것을 간신히 누르며 말했다.

"물론 3만 달러가 나가는 것도 있습니다만."

"미용사에게 주는 팁 정도군. 파파 P.J.는 말예요, 내가 그렇게 작은 것을 사가지고 가면 자기가 모욕당했다며 화를 낸단 말예요."

여자는 깔깔대며 웃었다.

칠톤은 파파 P.J.가 배가 나온 뚱뚱보로, 이 여자와 마찬가지로 아니꼽고 더러운 녀석일 것이라고 멋대로 상상했다. 헌 짚신도 짝이 있는 법이니까.

'돈이란 것은 어째서 가질 자격도 없는 것들에게 몰려가는 걸까.'

"얼마 정도 예산을 잡으셨습니까, 마담?"

"귀찮으니까 큰 것 100으로부터 시작하는 게 어때요?"

칠톤은 어안이 벙벙했다.

"큰 것 100이라면……?"

"아니, 당신들 킹스 잉글리시 '상류층 영어'를 쓰는 줄 알았더니. 큰 것이라면 1,000이잖아요. 그러니 1,000이 100이면 10만이 되죠."

칠톤은 군침을 꿀꺽 삼켰다.

"네에, 그렇군요. 그러시다면 아마 저어~ 지배인과 말씀을 나누시는 게 좋으시리라고 생각됩니다만."

지배인인 그레고리 할스턴은 언제나 고가품의 판매에 관한 한 자기가 맡겠다고 주장을 하고 있었다. 파커 앤드 파커는 매상권장제도라는 것을 취하고 있어서 종업원들에게도 불만은 없었다. 하물며 이와 같은 품위 없는 손님은 더 이상 상대하고 싶지도 않아서 칠톤은 기꺼이 지배인에게 넘기기로 했다. 칠톤이 카운터 뒤쪽에 있는 초인종을 누르자 창백하고 비실비실한 사나이가 허겁지겁 가게 안쪽에서 나왔다. 지배인은 기발한 모습을 하고 있는 금발 여인을 힐끗 쳐다보고, 이 여자가 돌아갈 때까지 단골손님은 제발 오지 말았으면 좋겠다고 마음속으로 빌었다.

칠톤은 소개를 시작했다.

"지배인님, 손님은 저어, …… 뭐라더라…… 미세스……?"

칠톤은 손님 쪽을 향했다.

"베네크예요. 마리 루 베네크, P.J. 베네크의 아내예요. 모두들 베네크는 잘 알고 있겠죠?"

"물론입니다."

그레고리 할스턴은 첫눈에도 천박해 보이는 손님에게 억지 미소를 지었다.

"베네크 부인은 에메랄드를 구하고 있습니다, 지배인님. 손님께서 원하시는 에메랄드는 10만 달러에 상당하는 가격의 것입니다."

지배인인 그레고리 할스턴은 에메랄드 진열대를 가리켰다.

그 말을 들은 순간, 그레고리 할스턴의 얼굴에는 진짜 웃음이 떠올랐다.

'정말 재수가 좋은 날이군.'

"저, 말예요, 내 생일에 P.J.가 말예요. 내 마음에 드는 걸 사라고 했단 말예요."

"그렇습니까? 그러시다면 저와 함께 안쪽으로 가실까요?"

할스턴은 완전히 말투를 바꾸었다.

"어머, 수상해라. 이봐요, 괜찮을까요?"

금발 여인은 낄낄대며 웃었다.

할스턴과 칠톤은 얼굴을 마주 쳐다보며 쓴웃음을 지었다.

할스턴은 자물쇠가 걸려 있는 방으로 손님을 안내해 문을 열었다. 두 사람이 휘황하게 밝게 비치는 작은 방으로 들어가자 지배인은 조심스럽게 안에서 자물쇠를 잠갔다.

"특별히 귀한 손님을 위해 가장 값비싼 보석은 이곳에 보관하고 있습니다."

지배인은 점잔을 빼며 말했다.

방 한가운데에 진열대가 놓여 있고 엄청난 다이아몬드와 루비, 에메랄드 등이 눈부시게 반짝이고 있었다.

"아, 이거라면 훨씬 보석답군요. 이곳은 P.J.의 마음에도 들 것 같군요."

"뭐 마음에 드시는 것이 있으십니까, 마담?"

"글쎄요, 어느 것으로 할지 망설여지는군요."

트레이시는 에메랄드가 들어 있는 보석 케이스 쪽으로 다가갔다.

"이것을 좀 자세히 보여주겠어요?"

할스턴은 또 하나의 작은 열쇠를 호주머니에서 꺼내 진열장을 열고 에메랄드 케이스를 테이블 위에 놓았다. 비로드 케이스에 10개의 에메랄드가 들어 있었다. 할스턴은 손님이 제일 크고 프라티나로 장식한 브로치를 집어드는 것을 주시하고 있었다.

"P.J.라면 이것이 내게 꼭 어울린다고 할 거예요."

"마담은 상당히 눈이 높으시군요. 이건 콜롬비아산 10캐럿짜리입니다. 흠집도 없을 뿐만 아니라……."

"흠집이 없는 에메랄드란 없어요."

할스턴은 깜짝 놀라 잠시 말을 더듬었다.

"마, 마담이 말씀하시는 대로입니다. 제, 제가 말씀드린 의미는……."

할스턴은 손님의 눈빛을 비로소 알아차렸다. 그것은 여인이 지금 손안에 들고 굴리며 음미하고 있는 보석과 완전히 똑같은 녹색이었다.

"좀 더 골고루 갖추고 있습니다만……."

"아, 좋아요. 상관 마세요. 이것으로 정하겠어요."

불과 3분도 채 안 걸린 상담이었다.

"진짜 물건을 보실 줄 아시는군요."

할스턴은 그렇게 말했다. 그런 다음 천천히 덧붙였다.

"달러로는 10만 달러가 되겠습니다. 어떤 방법으로 지불해주시겠습니까, 마담?"

"걱정 마세요, 아저씨. 여기 런던에도 예금해둔 은행이 있어요. 내 개인용 수표를 쓰겠어요. 그럼 P.J.가 내게 다시 지불해주거든요."

"그러시겠지요. 그 보석은 잘 클리닝해서 부인의 호텔로 보내드리도록 하지요."

에메랄드를 클리닝할 필요는 없었지만 손님의 수표를 확인하기까지는 보석을 내놓고 싶지 않았다. 많은 보석상들이 교활한 사기꾼에게 걸려든다는 것을 할스턴은 잘 알고 있었고, 그 자신은 단 한 번도 1파운드라도 속아 넘어간 적이 없음을 자랑스럽게 여기고 있었다.

"에메랄드를 어디로 보내드릴까요?"

"도치의 올리버 메셀 특실을 이용하고 있어요."

할스턴은 다짐하듯 말했다.

"도체스터 호텔을 말씀하시는군요?"

"난 올리버 엉망진창 호텔이라고 부르죠. 아랍인들뿐인 호텔이라 싫다고 하는 사람이 많지만요, P.J.는 그들과 장사를 하고 있거든요. 언제나 이렇게 말하곤 하죠. 석유는 국가다, 라고요. 베네크는 수완가거든요."

텍사스 여인은 큰 소리로 웃었다.

"그러시다마다요."

할스턴은 정중하게 대답했다.

텍사스 여자가 수표장에서 한 장을 뜯어내 사인하는 것을 할스턴은 바라보고 있었다. 그것은 버클리 은행의 수표였다. 안성맞춤이었다. 그곳에는 이 여자의 잔고를 확인해줄 친구가 있었다. 할스턴은 수표를 받았다.

"내일 아침에 제가 에메랄드를 갖고 가겠습니다."

"P.J.도 마음에 들어할 거예요."

텍사스 여자는 생긋 웃었다.

"그러시리라 믿습니다."

할스턴은 정중하게 대답했다. 그리고 출구로 손님을 안내했다.

"랄스턴 씨……."

지배인은 자기 이름을 잘못 말한 것을 고쳐주려고 했지만 곧 마음을 고쳐먹었다. 신경 쓸 것 없지 않은가? 다행히도 이 손님과는 두 번 다시 만날 일도 없을 테니까.

"무슨 일이신지요, 마담?"

"며칠 뒤 오후에 내 방으로 놀러 와요. 당신도 아마 P.J.를 좋아하게 될 거예요."

"그러시겠죠. 대단히 죄송합니다만, 오후에는 일을 해야 해서……."

"그것 참 안됐군요."

텍사스 여자는 가게를 나섰다. 할스턴이 밖을 내다보자 흰색의 리무진이 미끄러지듯 달려오더니 운전사가 안에서 뛰어나왔고, 그녀를 위해 뒤쪽 문을 열었다. 금발의 여자는 할스턴을 돌아보며 엄지를 들어 올려 신호를 하더니 차에 올라타고 떠나버렸다.

할스턴은 자기 사무실로 돌아가 버클리 은행에 근무하는 친구에게 전화를 걸었다.

"여어 피터, 지금 이곳에 10만 달러 수표가 있는데 말이야. 미세스 루베네크라는 여자의 명의로 된 거네. 괜찮겠나?"

"잠깐만 기다리게나."

할스턴은 기다렸다. 요즘은 불경기여서 수표가 진짜이길 비는 마음뿐이었다. 보석상 주인인 파커 형제는 무자비한 녀석들이어서 매출이 나쁜 것이 불황 탓이 아니라 할스턴의 책임이기라도 한 듯이 늘 잔소리를 늘어놓았다. 매상이 많이 떨어진 것은 사실이지만 그래도 다른 보석상에 비하면 짭짤하게 수입을 올리고 있었다. 그것은 파커 엔드 파커는 보석의 클리닝 부문을 보유하고 있었고, 클리닝에 맡겨진 보석이 손님에게 돌려질 때는 원래의 것보다 뒤지는 것으로 되돌려주는 식의 재주를 부리고 있었기 때문이다. 손님들로부터 불평이 많이 나왔지만 그것을 증명할 수 있는 사람은 한 사람도 없었다.

피터의 목소리가 다시 전화기로부터 들렸다.

"문제없어, 그레고리. 수표를 지불하고도 충분히 남을 만한 예금이 되어 있네."

할스턴은 안도의 숨을 내쉬었다.

"고맙네, 피터."

"천만에!"

"다음 주에 점심이라도 어떤가? 내가 한 턱 내겠네."

다음 날 아침 수표는 인출 수납되었고, 콜롬비아산 에메랄드는 신원보증이 되어 있는 배달원에 의해 도체스터 호텔의 P.J. 베네크 부인 앞으로 배달되었다.

그날 저녁, 폐점 직전에 비서가 그레고리 할스턴에게 알렸다.

"베네크라는 분이 와 계십니다, 지배인님."

할스턴의 기분은 침울해졌다. 텍사스 여자는 브로치를 반환하러 온 것이다. 인수를 거절할 수는 없을 것이다.

'제기랄 여자들이란! 미국인은 별수 없다니까, 특히 텍사스 인들은!'

할스턴은 억지로 미소를 떠올리며 나갔다.

"어서 오세요, 베네크 부인. 주인께서 그 브로치가 마음에 안 드신다고 하셨는지요?"

텍사스 여인은 장난기 있게 웃었다.

"당신의 예감은 빗나갔어요. P.J.는 정말 홀딱 반해버렸어요."

할스턴의 기분은 저절로 노래라도 흥얼거릴 정도로 들떴다.

"마음에 드셨습니까?"

"마음에 들었느냐고요? 한 개 더 구해서 한 쌍의 귀고리를 만들라고 하더군요. 그것과 똑같은 것을 사게 해줘요."

그레고리 할스턴의 얼굴이 흐려졌다.

"죄송합니다만 그건 약간 문제가 있습니다, 베네크 부인."

"이봐요, 문제라니요?"

"부인께 판 것은 특별한 보석이었습니다. 똑같은 에메랄드는 없습니다. 좀 다른 스타일이기는 하지만 멋진 세트가 있는데, 그걸……."

"다른 스타일은 필요 없어요. 내가 사고 싶은 건 바로 이 에메랄드 한 쌍이에요."

"솔직히 말씀드리자면 베네크 부인, 10캐럿짜리 콜롬비아산으로 흠이 없는 것은……."

할스턴은 손님의 얼굴을 살피면서 말했다.

"흠집이 없는 것에 가까운 것은 좀처럼 구할 수가 없습니다."

"어떻게 손을 써 봐요. 어딘가에 하나쯤 있을 것 아녜요."

"사실 말입니다만 그 정도의 보석은 저희도 좀처럼 구하기가 힘듭니다. 형태, 빛깔 등 완전히 같은 것을 찾아내는 건 거의 불가능한 일이죠."

"텍사스에서는 이렇게 말하죠. '불가능이란 약간 시간이 걸린다는 것' 이라고. 토요일이 내 생일이에요. P.J.는 내게 에메랄드 귀고리를 해주고 싶은 거예요. P.J.는 마음에 드는 것이라면 무슨 수를 써서라도 손에 넣고 마는 성미거든요."

"사실대로 말씀드리자면 같은……."

"그 브로치는 얼마였죠? 아, 10만 달러였죠? 같은 것을 또 하나 찾아내 주기만 한다면 그이는 20만, 아니 30만이라도 지불해줄 거예요."

그레고리 할스턴은 재빨리 계산해보았다. 그 에메랄드 복제품이 어딘 가에 있을 것이다. 그리고 P.J.가 그 값으로 20만 달러를 지불해준다면 상 당한 돈벌이가 되는 게 아닌가.

'사실 그 이익금을 내 주머니에 쓱싹 집어넣는 것도 가능하지 않는가.'

그렇게 생각한 지배인은 기운차게 말했다.

"어떻게든 찾아보도록 하죠, 베네크 부인. 런던의 다른 보석상점에 현 재 없는 것만은 확실합니다만, 언제 같은 에메랄드가 팔려 나올지도 모르 니까요. 제가 광고를 내볼 테니 결과를 기다려 주십시오."

"주말까지는 어떻게 해봐요. 당신이 날 위해 애써주면 그이는 틀림없 이 35만 달러는 지불해줄 거예요."

금발의 여자는 그렇게 말을 남기고 검은 담비코트를 휘날리면서 물러 가버렸다.

그레고리 할스턴은 마치 백일몽에 젖어 있는 기분으로 사무실에 앉아 있었다. 운명의 여신이 10만 달러의 에메랄드를 35만 달러로 사려는 어리 석기 짝이 없는 금발의 유치한 여자를 자기에게 보내주셨다. 이는 실수입 이 25만 달러나 되는 장사인 것이다. 그레고리 할스턴은 이 거래에 관해 서는 주인인 파거 형제의 손을 번거롭게 할 필요는 없다고 판단했다. 두 번째의 에메랄드를 10만 달러에 판 것으로 기재하고 나머지는 착복해버리면 되는 것이다. 25만 달러의 이득은 앞으로 인생에 윤택한 생활을 보장해줄 것이다.

이제 해야 할 일은 베네크 부인에게 판 것과 똑같은 에메랄드를 찾아내는 것이다. 그러나 이 보석 발굴은 할스턴이 예상한 것보다도 훨씬 곤란한 작업이었다. 동업자인 보석상들에게 여기저기 연락해보았지만 그 물건은 어디에도 없었다. 런던타임스와 파이낸셜 타임스에 광고를 내고 크리스티나 소더비, 그리고 10개 이상의 중매 대리점에도 문의해보았다. 그로부터 며칠 동안이나 할스턴은 조악하든 고급품이든 온갖 에메랄드의 정보 홍수에 맞닥뜨렸지만 그가 구하는 그런 에메랄드는 끝내 나타나지 않았다.

수요일에 베네크 부인에게서 전화가 왔다.

"P.J.가 독촉하고 있어요. 찾아냈나요?"

텍사스 여인은 신경질적으로 말했다.

"아뇨, 아직입니다, 마담. 하지만 맡겨주세요. 어떻게 해서든 힘써보겠습니다."

할스턴은 필사적으로 상대를 달랬다.

이틀 후인 금요일에 또 전화가 걸려왔다.

"내일이 내 생일이에요."

부인은 할스턴에게 다짐하듯 말했다.

"알고 있습니다. 이제 며칠만 있으면 어떻게 될 겁니다."

"그래요? 그렇다면 신경 쓰지 않아도 돼요. 내일 아침까지 에메랄드가 발견되지 않으면 당신한테서 산 것을 돌려주겠어요. P.J.가 말예요…… 전 행복해요. 그 대신 땅을 사주겠다고 하네요. 혹시 서섹스란 곳 알고 있나요?"

할스턴은 식은땀을 흘리면서 큰 소리로 설득하기 시작했다.

"베네크 부인! 당신은 서섹스가 마음에 드실 리가 없습니다. 시골 저택이어서 좋지 않으실 겁니다. 지독한 곳이에요. 중앙난방 설비도 안 되어 있고……."

그는 간청하다시피 말했다.

"당신한테만 고백하겠는데요, 사실 난 토지보다 귀고리가 탐이 나요. P.J.는요, 에메랄드 한 쌍을 만들기 위해서라면 40만 달러를 지불해도 괜찮다고 했어요. 그가 얼마나 완고한 고집쟁이인지 당신은 모를 거예요."

부인이 털어놓고 나섰다.

'40만 달러!'

할스턴은 손가락 사이에서 돈이 흘러내리는 것 같은 느낌이 들었다.

"믿어주십시오, 저는 전력을 다해 애쓰고 있습니다. 조금만 더 시간을 주십시오."

더욱 간청하는 어조가 되었다.

"내가 정하는 일이 아니에요. 그이 마음대로죠."

부인은 그렇게 말하곤 전화를 끊어버렸다.

할스턴은 운명을 저주하면서 멍하니 앉아 있었다. 그와 똑같은 10캐럿짜리 에메랄드를 어디서 찾아내라는 것인가? 이런저런 생각에 잠겨 있던 그는 인터폰이 세 번씩이나 울리는 것도 알아차리지 못했다. 그는 단추를 누르며 호통 치듯 말했다.

"무슨 일이야?"

"마리사 백작부인이라는 분으로부터 전화가 와 있습니다. 지배인님, 에메랄드 광고에 관한 문의입니다."

또 장난 전화라! 할스턴은 아침부터 10통에 이르는 전화를 받았지만, 모두가 엉터리 정보였다. 지배인은 전화기를 들자 퉁명스럽게 말했다.

"여보세요."

이탈리아어 악센트가 섞인 상냥한 여성의 목소리가 들려왔다.

"안녕하세요? 에메랄드를 사고 싶다는 기사를 읽었습니다만."

"조건이 맞는다면 삽니다. 아시겠어요?"

할스턴은 초조함을 끝내 감추지 못했다.

"몇십 년 동안 저희 집안에 내려오는 에메랄드가 있습니다. 대단히 애석하지만 사정이 생겨서 내놓을까 생각하고 있었어요."

그런 얘기엔 이제 신물이 난다. 어차피 또 허탕일 것이다.

'크리스티 가게에 다시 한 번 연락을 취해보자. 소더비에도 물건이 들어왔는지도 모른다. 그렇지 않으면……'

"당신은 10캐럿짜리 에메랄드를 찾으신다고 하셨죠?"

"네, 그렇습니다."

"전 10캐럿짜리 녹색 콜롬비아산을 가지고 있습니다."

할스턴은 말을 하려고 했지만 흥분해서 목이 막혀 소리가 제대로 나오질 않았다.

"뭐, 뭐라고 하셨죠? 다, 다시 한 번 말씀해주십시오."

"그래요, 나는 10캐럿짜리 녹색 콜롬비아산 에메랄드를 가지고 있어요. 관심이 있으신가요?"

"글쎄요. 이쪽으로 오셔서 그 보석을 보여주시면 고맙겠습니다."

할스턴은 빈틈없는 보석상으로 돌아와 주의 깊게 말했다.

"아뇨, 미안합니다. 지금은 너무 바빠서 시간을 낼 수가 없습니다. 남편을 위해 파티를 준비 중이거든요. 그럼 다음 주쯤에 다시……."

천만의 말씀이다! 다음 주라면 이미 때는 늦어버린다.

"그러시다면 저희 쪽에서 실례를 해도 괜찮으시겠습니까? 당장이라도 찾아뵐 수 있습니다만."

할스턴은 탐욕스럽게 들리지 않도록 목소리를 가다듬느라 애썼다.

"그래요? 오후엔 내가 쇼핑을 하러 가야 하는데……."

"어디에 묵으십니까, 백작 부인?"

"사보이 호텔이에요."

"15분 후에, 아니 10분 내로 찾아뵙겠습니다."

할스턴의 목소리는 들떠 있었다.

"좋습니다. 그런데 성함은?"

"할스턴입니다. 그레고리 할스턴이라고 합니다."

택시를 타고 있는 시간이 한없이 길게만 느껴졌다. 할스턴은 천국의 높이에서 지옥의 바닥으로 떨어졌나 했더니 다시 솟아오르는 느낌이었다. 이제 보게 될 에메랄드가 먼저 것과 흡사하다면 자신은 이제 남부럽지 않은 부자가 될 수 있을 것이다.

'그녀는 40만 달러를 지불하겠다고 말했지.'

30만 달러는 고스란히 남길 수 있는 것이다. 리비에라에 토지를 사자, 고급 승용차도 가질 수 있을 것이다. 바닷가에 별장을 사서 마음에 드는 미남자를 몇 명 끌어들여 비밀 취미를 만끽할 수도…….

그레고리 할스턴은 무신론자였지만 사보이 호텔의 26호실로 향하면서 어느덧 신에게 빌고 있었다.

'적어도 그 돌이 P.J. 베네크를 만족시킬 정도로 비슷하기를 빕니다.'

할스턴은 백작 부인의 방 앞에 서서 천천히 호흡을 조절해 기분을 진정시켰다. 그런 다음, 문을 노크했다. 하지만 응답이 없었다.

'아, 일이 어긋났구나! 부인은 외출한 것이다. 기다려주지 않고 쇼핑을 나가고 말았다. 내 꿈도 끝장나버렸다…….'

할스턴은 그렇게 생각했다.

그때 문이 열렸다. 할스턴은 50대의 매우 품위 있는 여성과 얼굴을 마주쳤다. 백작부인은 얼굴에 약간의 주름이 있었으며 눈 색깔은 검었고 흑발에 몇 가닥의 새치가 섞여 있었다.

목소리조차 노래처럼 아름답고 매끄러운 이태리 악센트였다.

"누구시죠?"

"전 그, 그레고리 할스턴이라고 하, 합니다. 저어, 전화로 말씀 드, 드린 사람입니다."

할스턴은 긴장한 나머지 말을 더듬고 있었다.

"아, 그러세요. 내가 마리사 백작부인입니다. 들어오세요."

"고맙습니다."

할스턴은 방으로 들어갈 때 무릎이 떨리지 않도록 발에 단단히 힘을 주었다. 그는 불쑥 말하고 싶었다. '에메랄드는 어디 있습니까?' 라고.

그러나 할스턴은 자신을 억제해야 한다는 것을 알고 있었다. 서두르는 것은 금물이다. 그 보석이 마음에 들면 우선은 가격 협상부터 하도록 하자, 어쨌든 나는 전문가이고 상대는 아마추어인 것이다.

"우선 앉으세요. 미안합니다. 난 영어를 별로 잘하지 못합니다."

백작부인이 의자를 권했다.

"아뇨, 상당히 능숙하십니다. 아름다운 영어입니다."

"고맙습니다. 차는 어떻게 하시겠어요, 커피? 홍차?"

"아, 아뇨, 괜찮습니다. 백작부인."

할스턴은 위의 언저리가 꿈틀꿈틀 떨리기 시작하는 것을 느꼈다. 에메랄드 이야기를 꺼내기에는 너무 이른 것일까? 하지만 그는 1초라도 더 기다릴 수 없었다.

"에메랄드 말씀입니다만……."

백작부인은 말했다.

"아, 네. 그 에메랄드는 할머니께서 주신 것입니다. 딸이 25살이 되면 물려주려고 생각하고 있었습니다만 남편이 밀라노에서 새 사업을 시작하기로 해서 나로서는……."

할스턴은 건성으로 듣고 있었다. 생면부지의 타인의 지루한 신상 얘기 따위에는 조금도 흥미가 없었다. 에메랄드를 어서 보고 싶어서 초조할 뿐이었다. 이 이상 더 애를 태우면 폭발할지도 모를 지경이었다.

"남편의 사업 개시에 도움이 되었으면 해서요. 사실은 팔아서는 안 되는 것이라고 생각하고 있습니다만."

그녀는 염려스러운 듯하면서도 웃는 얼굴을 보였다.

"아닙니다, 그렇지 않습니다. 조금도 걱정하실 것 없습니다, 백작부인. 부군을 돕는다는 것은 아내된 분의 숭고한 임무이시지요. 한데 그 에메랄드는 지금 어디 있습니까?"

할스턴은 성급하게 말했다.

"여기 가지고 있어요."

백작부인은 그렇게 말하면서 자기 호주머니에서 티슈에 싼 보석을 꺼내어 할스턴에게 건넸다. 그것을 본 순간, 할스턴의 마음은 높이 허공으로 날아올랐다. 지금까지 그토록 애태우며 찾던 훌륭한 콜롬비아산 10캐럿짜리 에메랄드인 것이다. 게다가 빛깔과 크기와 모양까지도 베네크 부인에게 판 것과 너무나도 비슷해서 그 차이를 거의 구분할 수 없을 정도였다.

'물론 완전히 똑같은 보석은 아니야. 구별할 수 있는 건 감정사뿐이겠지. 그렇고말고.'

할스턴은 손이 떨려서 평정을 유지하지 않으면 안 되었다. 그는 에메랄드를 뒤집어 아름다운 커트를 바라보며 아무렇지도 않은 척 말했다.

"하아, 굉장한 보석이군요."

"훌륭하죠. 몇십 년 동안 애지중지해온 보석이에요. 내놓는 것은 참으로 괴로운 일이군요."

"부인께서는 올바른 일을 하고 계십니다. 주인어른의 사업이 성공한 다음에 다시 그보다 더 훌륭한 보석을 살 수 있지 않겠습니까?"

할스턴은 자못 이해한다는 투로 말했다.

"나도 그렇게 생각하기로 했어요. 당신은 대단히 친절한 분이시군요."

"친구에게 부탁을 받고 여기저기 찾고 있었습니다, 백작부인. 저희 상점에는 이것보다 훌륭한 보석이 많이 있습니다만 그 친구가 부인이 소유하고 있는 것과 똑같은 보석을 찾고 있어서 말입니다. 이 보석이라면 그는 6만 달러는 내줄 것입니다."

백작 부인은 한숨을 쉬었다.

"만약 6만 달러에 이걸 팔아버린다면 할머니는 무덤에서 부활해 나오실 거예요."

할스턴은 입을 오므렸다. 좀 더 비싼 값으로 사도 아직은 여유가 있었다. 그래서 웃는 얼굴을 해보았다.

"그럼 이렇게 하십시다. 친구를 설득해서 10만 달러까지 내놓도록 하지요. 굉장한 거금이지만 그는 이 보석을 원할 테니까……"

"글쎄요, 그런 정도밖에 안 되나요?"

백작부인은 말했다.

그레고리 할스턴의 가슴은 높이 뛰었고 심장이 빠르게 고동쳤다.

"괜찮으시겠죠? 수표장을 가져왔으니까 당장이라도 지불해드리겠습니다……"

"글쎄요, 그것만으로는 문제가 해결될 것 같지가 않군요."

백작부인의 목소리는 가라앉았다.

할스턴은 그런 부인을 바라보며 물었다.

"문제라면……?"

"저, 설명해드렸듯이 남편이 새 사업을 시작하는데 지금 당장 35만 달러가 필요해요. 10만 달러는 가지고 있지만 25만 달러가 모자란답니다. 그래서 이 에메랄드로 그 나머지를 보충하고 싶었던 거예요."

할스턴은 머리를 저었다.

"백작 부인, 이 세상에 그렇게 값비싼 에메랄드는 없습니다. 믿어주세요. 10만 달러도 정상 가격보다 훨씬 높은 것입니다."

"틀림없이 그렇겠지요, 할스턴 씨. 하지만 그 돈으로는 남편을 도울 수가 없어요."

백작부인은 그렇게 말하고 일어섰다.

"역시 이건 딸에게 주기 위해 남겨두어야겠습니다."

부인은 가늘고 나긋나긋한 손을 내밀었다.

"와 주서서 고마웠습니다."

할스턴은 극심한 갈등을 느끼며 그곳에 버티고 선 채 움직이지 않고 있었다.

"저, 잠깐만요 부인."

그의 내부에서 강한 욕심과 상식이 격렬한 싸움을 벌이고 있었지만 이윽고 마음을 정한 듯이 말했다.

"잠깐만 기다려보십시오, 백작부인. 어떻게든 해보기로 하지요. 저의 손님이 15만 달러를 내놓는 것으로 하시면……?"

"25만 달러가 아니면 안 돼요."

"그럼 20만 달러는 어떠십니까?"

"25만 달러입니다."

부인은 한 푼도 양보하지 않았다. 할스턴은 자기가 꺾이기로 했다. 그래도 15만 달러의 이득은 남길 수 있다. 거래가 깨져 이득이 한 푼도 없어지는 것보다 훨씬 나은 것이다. 꿈에 그리던 바닷가의 별장은 생각보다 작아질 테지만 그래도 그 정도면 한 재산은 된다. 파커 형제에게는 자기를 부당하게 혹사한 보복이 되기도 할 것이다. 하루나 이틀이 지나면 사표를 내던지는 것이다. 그리고 다음 주엔 이미 코트다쥐르 행이다.

"좋습니다."

할스턴은 말했다.

"어머나, 기뻐요. 그러시다면 저도 기꺼이 건네드릴 수 있습니다."

'넘겨주지 않을 리가 없지! 욕심쟁이 여편네 같으니라고!'

할스턴은 그렇게 생각했다. 그러나 그가 불평 따위를 늘어놓을 필요는 없는 것이다. 앞으로의 인생 설계가 되어 있으니……

할스턴은 다시 한 번 에메랄드를 힐끗 쳐다보고 나서 호주머니에 집어넣었다.

"저희 상점의 수표를 써 드리겠습니다."

"좋습니다."

할스턴은 수표에 금액을 써 넣고 사인을 하여 백작부인에게 넘겨주었다. 그는 현금화될 수 있는 40만 달러의 수표를 P.J. 베네크 부인으로부터 수령할 예정으로 되어 있었다. 실수입 15만 달러의 이득이었다.

할스턴은 이미 남프랑스의 따뜻한 햇살을 얼굴에 느끼고 있었다.

택시를 타고 가게로 돌아가는 시간은 눈 깜짝할 사이였다.

할스턴은 이 기쁜 소식을 듣게 되었을 때의 베네크 부인의 기뻐하는 모습이 눈에 선했다. 그는 부인이 원하는 보석을 손에 넣게 해주었을 뿐만 아니라 황량한 샛바람이 모질게 불어대는 서섹스의 시골생활을 체험하지 않아도 되도록 해주었던 것이다.

할스턴이 신바람에 들떠 상점 안으로 발을 들여놓자, 말단 세일즈맨인 칠톤이 기다렸다는 듯이 손님을 소개하려고 했다.

"지배인님, 손님이 오셔서 뭔가 필요한 것이 있다고 하십니다."

할스턴은 기분 좋게 부하를 물리치면서 말했다.

"나중에, 나중에!"

손님 따위를 응대하고 있을 시간이 없었다. 이제는 없는 것이다. 아니, 이제부터 계속 없는 것이다. 앞으로는, 미래에는 자신이 어딘가의 손님이 되는 것이다. 에르메스나 구찌나 랑방에서 쇼핑을 하게 되는 것이다.

할스턴은 허둥지둥 사무실로 들어가 문을 단단히 잠그고, 눈앞에 에메랄드를 펼쳐놓고는 전화를 걸었다.

교환수가 나왔다.

"도체스터 호텔입니다."

"올리버 메셀 특실로 연결해줘요."

"누구와 통화하시겠습니까?"

"P.J. 베네크 부인을 대줘요."

"잠깐만 기다려 주십시오."

할스턴은 상대를 기다리는 동안 휘파람을 불었다.

교환이 다시 나왔다.

"죄송합니다만, 미세스 베네크는 체크아웃 하셨습니다."

"그럼 옮겨간 방으로 연결해줘요."

"베네크 부인은 저희 호텔에서 체크아웃 하셨습니다."

"그럴 리가 없는데, 부인은……."

"프런트를 바꿔드릴 테니 그쪽과 얘기해보세요."

사나이가 나왔다.

"여긴 프런트입니다. 무엇을 도와드릴까요?"

"저, P.J. 베네크 부인은 어느 방에 머물고 계십니까?"

"베네크 부인은 오늘 아침 우리 호텔에서 체크아웃 하셨습니다."

뭐가 뭔지 전혀 알 수가 없었다. 아마도 급한 볼일이라도 생겼을지 모른다고 할스턴은 자신을 타일렀다.

"부인의 연락처를 가르쳐주시오. 나는……."

"죄송합니다, 연락처에 대한 메모는 남기지 않으셨는데요."

"그럴 리가. 전갈을 남겼을 텐데요?"

"아뇨, 제가 직접 확인했기 때문에 틀림없습니다. 연락처를 남겨놓지 않으셨습니다."

그는 머리를 세차게 얻어맞은 듯 정신을 차릴 수 없었다. 할스턴은 천천히 전화기를 내려놓고 우두커니 앉아 있었다. 어떻게든 베네크 부인에게 연락을 취해 에메랄드를 입수한 것을 알려야 한다. 또한 동시에 마리사 백작부인으로부터 25만 달러의 수표를 되찾아놓아야 한다.

할스턴은 서둘러 사보이 호텔로 전화를 걸었다.

"26호실로 연결해줘요."

"누구를 찾으십니까?"

"마리사 백작부인이오."

"잠시만 기다려 주십시오."

그레고리 할스턴은 교환수의 목소리가 다시 들려오기 전에 뭔가 엄청난 재난이 덮쳐오는 것이 아닌가 하는 가공할 예감에 떨고 있었다.

"죄송합니다. 마리사 백작부인은 체크아웃하셨습니다."

전화를 끊자 손가락이 달달 떨리기 시작했다. 간신히 은행에 전화를 걸었다.

"당좌계 계장을 불러주시오…… 급히 부탁합니다! 수표 지불을 정지해야 해요."

하지만 역시 이미 때는 늦었다. 그는 10만 달러에 판 똑같은 에메랄드를 25만 달러에 사들인 것이다. 그레고리 할스턴은 사무실 의자에 쓰러지듯 파묻혔고, 파커 형제에게 어떻게 변명할까 하고 머리가 돌아버릴 지경이었다.

보석을 훔치다

그 체험은 트레이시에게는 새로운 인생의 시작과 같았다.

트레이시는 이튼 광장 45번지의 고풍스럽고 아름다운 조지아 시대의 저택을 구입했다. 낡은 건물이기는 하지만 장엄하고 쾌적한 생활을 즐길 수 있었다. 드넓고 화려한 정원에는 계절마다 수많은 꽃이 어지럽게 피었다. 가구와 정원의 장식품은 군터의 도움으로 갖추어졌다. 이 저택은 완성하기 전부터 이미 런던의 명소의 하나가 될 정도였다.

군터는 사람들에게 트레이시를 대부호의 미망인이라고 소개했다. 죽은 남편은 무역으로 재산을 축적했다는 사전 선전을 해놓았다. 트레이시는 순식간에 사교계의 스타가 되었다. 미인이며 교양이 있고 상냥했기 때문에 때를 놓치지 않고 파티 등의 초대장이 끊임없이 날아들었다.

그런 교제를 즐기며 그녀는 가까운 이웃 나라들을 여행했다. 프랑스, 스위스, 벨기에, 이탈리아 등지를 여행하며 그때마다 군터와 함께 돈을 벌어들였다.

트레이시는 군터의 교육을 받아 전 유럽의 왕족이나 귀족의 가계에 관한 상세한 정보를 제공하는 전문서적을 숙독했다.

또한 그녀는 카멜레온처럼 변장과 분장의 전문가가 되었고 필요한 악센트를 자유자재로 구사할 수 있게 되었다. 패스포트도 6명의 몫을 가지고 있었다. 가는 나라에 따라서 영국의 공작부인으로 변장하거나 프랑스인 스튜어디스가 되기도 했으며, 남아메리카인의 상속인 행세를 하기도 했다. 그와 같은 도둑 여행을 하며 1년쯤 지나자 평생 쓰고도 남을 만큼의 돈이 모아졌다.

트레이시는 여죄수를 구제하는 단체에 익명으로 거금을 기부하거나 어머니 회사의 공장주임이었던 오토 슈미트에게 매월 충분한 액수의 돈이 송금되도록 조치를 취해놓았다. 이미 그녀에게는 이 직업에서 발을 뺄 생각은 털끝만큼도 없었다. 그녀는 다른 사람들의 등을 쳐서 재빨리 성공한 자들에게 도전하기를 좋아했다. 매번 연출하는 누구에게도 털어놓을 수 없는 대담하고 스릴 있는 행동이 마약처럼 작용해서 트레이시는 끊임없이 보다 큰 스릴에 도전하게 되었다.

트레이시에게는 하나의 신조가 있었다. 그것은 죄 없는 사람은 결코 해치지 않는다는 것이었다. 그녀의 덫에 걸려드는 인간은 욕심쟁이거나 부도덕하거나 혹은 그 두 가지 모두에 해당하는 사람들뿐이었다.

'내게 감쪽같이 속았다고 해서 자살하는 사람은 한 사람도 없어.'

트레이시는 그렇게 확신하고 있었고, 그것이 도움이 되기도 했다.

유럽의 곳곳에서 발생하고 있는 대담하고도 엉뚱한 사기 사건에 관한 보도가 신문을 장식하기 시작했다. 트레이시는 여러 가지 분장으로 변신하며 출몰했으므로 경찰은 사기나 교묘한 절도를 자행하고 있는 여자 절도단이 존재하는 것으로 판단했다. 국제경찰도 관심을 갖기 시작했다.

국제보험보호협회의 맨해튼 본부에서 방범부장인 J.J. 레이놀즈가 다니엘 쿠퍼를 불러 말했다.

"귀찮은 일이야. 유럽에서 많은 단골들이 피해를 입고 있네. 여자절도 단의 소행인 것 같아. 보험회사들이 출혈이 너무 심하다고 아우성들이야. 일당을 빨리 붙잡아달라는 거야. 국제경찰도 우리에게 협력을 요청했어. 댄, 자네의 임무일세. 오전 중에 파리로 출발해주게."

마운트 가에 있는 스코트라는 레스토랑에서 트레이시는 군터와 저녁 식사를 하고 있었다.

"맥시밀리언 피아폰트라는 이름을 들어본 적 있나, 트레이시?"

들은 적이 있는 이름이었다. 어디서 들었을까? 그렇다, 제프 스티븐스가 퀸엘리자베스 2세 호 선상에서 이렇게 말했었지.

'우리는 같은 목적으로 이곳에 탄 것 아닌가요? 맥시밀리언 피아폰트라는.'

"그 사람 굉장한 부자죠?"

"피도 눈물도 없는 놈이지. 녀석은 회사를 매수해서 그 회사를 벗겨먹는 데 전문가야."

'조셉 로마노가 회사를 인계받자 놈은 모두를 잘라버리고 자기 수하의 사람들을 끌어들였어요. 그리고 회사를 몽땅 껍질째 벗겨버리고……모두 빼돌려 버렸어요. 회사, 집, 당신 어머니의 자동차마저……'

군터는 이상한 시선으로 트레이시를 쳐다보았다.

"트레이시, 무슨 생각을 하고 있지? 괜찮아?"

"아, 네. 아무렇지도 않아요."

'인생이란 때로는 불공평하게 이루어져 있어요. 그것을 공평하게 만드느냐, 아니냐는 그 사람의 노력 여하에 달려 있어요.'

트레이시는 생각했다.

"맥시밀리언 피아폰트에 관해서 좀 더 얘기해주세요."

"세 번째 아내와 헤어진 지 얼마 안 됐고 지금은 독신이지. 당신이 이

신사와 알고 지내게 되면 유익할 거야. 그는 오리엔트 특급을 예약해두고 있어. 이번 주 금요일에 출발하는 런던 발 이스탄불 행이지."

트레이시는 생긋 웃었다.

"난 오리엔트 특급은 타본 적이 없어요. 재미있을 것 같네요."

군터도 미소로 답했다.

"좋아. 맥시밀리언 피아폰트는 최고의 소장품을 소유하고 있는데, 이 컬렉션은 아무리 적게 평가해도 2천만 달러는 될 거야. 러시아 황제들을 도락에 빠져들게 한 명공(名工) 파바주가 손으로 깎은 달걀형 보석이지."

"나에게 그 달걀 몇 개를 슬쩍 가져오라는 거군요?"

트레이시는 흥미가 솟아 물었다.

"그렇게 해서는 그 다음에 그것을 어떻게 하죠? 너무 유명해서 팔아버릴 수도 없을 것 아니에요?"

"개인 수집가를 알고 있어, 트레이시. 당신이 보석 알을 슬쩍해오면 내가 처리를 한다 이거지."

"괜찮을 것 같군요."

"맥시밀리언 피아폰트는 접근하기 쉬운 남자가 아니지. 그런데 금요일에 출발하는 오리엔트 특급에는 베니스 영화제에 참석할 다른 2명의 봉이 객실을 예약해두었더군. 그들을 속이는 것은 갓난아기의 팔을 비트는 것보다도 쉬울 거야. 실바나 루아디라고 알고 있어?"

"이탈리아의 영화배우 말이에요? 물론 알고말고요."

"그녀의 남편이 알베르토 포르나티지. 이류 대작에만 손을 대는 영화 프로듀서야. 포르나티는 흥행 수입의 몇 퍼센트를 지불해주겠다며 배우나 제작진들을 싸게 혹사시키고! 실제로는 이익을 독점하는 것으로 유명한 사나이지. 따라서 자기 아내에게 값비싼 보석을 사줄 재력은 충분하고도 남을 정도야. 그리고 외도가 탄로 날 때마다 그 무마 조로 값비싼 보석을 와이프에게 선물하곤 하지. 실바나는 보석상을 차려도 될 만큼 여러 가지 보석을 가지고 있어. 어쨌든 재미있을 것같지 않아?"

"즐거운 마음으로 고대하고 있겠어요."

트레이시는 눈을 반짝이면서 말했다.

베니스 심프론 오리엔트 특급은 매주 금요일 오전 11시 44분에 런던의 빅토리아 역을 출발한다. 도중에 브르뉴, 파리, 로잔느, 밀라노, 베니스에 정차한 다음 이스탄불까지 달리는 국제 장거리 열차다. 출발 30분 전이 되면 터미널의 플랫폼 입구에 접수 카운터가 조립되고 제복을 입은 2명의 직원이 붐비는 손님들을 헤치고 빨간 카펫을 깔아 나간다.

오리엔트 특급의 새 경영자는 19세기 말의 철도여행 황금시대를 그대로 재현하려고 영국의 침대 객차, 웨곤 식당차, 바-살롱 차, 침대차 등을 당시대로 복제하여 운행하고 있었다.

1920년대 그대로의 금테두리가 들어 있는 마린 블루의 제복을 입은 승무원이 트레이시의 여행가방 2개와 화장품 케이스를 객실로 운반해주었다. 방은 생각보다 좁아서 약간 실망했다. 꽃무늬로 짠 모헤어 커버가 씌워져 있는 1인용 의자가 놓여 있었다. 카펫도, 침대에 올라가기 위한 계단도 똑같은 녹색의 펠트로 덮여 있어서 마치 과자 상자 속에 있는 것 같은 느낌이 들었다.

트레이시는 은제 양동이에 담긴 작은 샴페인에 곁들여 있는 카드를 집어 들었다.

〔열차 지배인 올리버 '축하용으로 받아두기로 하지요. 맥시밀리언 피아폰트를 골려줄 때까지.' —아우벨트로부터〕

트레이시는 그렇게 작정했다. 제프도 이 수집광을 속이지는 못했다. 그 우쭐대기 좋아하는 사기꾼 제프 스티븐스의 코를 납작하게 해주는 것은 기분 좋은 일이었다. 트레이시는 자신도 모르게 미소를 지었다.

그녀는 좁은 객실에서 짐을 풀고 필요한 옷만 옷걸이에 걸었다. 그녀로서는 여행을 위한 것이라면 기차보다도 팬 아메리칸 항공의 제트기를 좋아하지만 이번 여행은 특별한 자극이 있을 것 같았다.

정각에 오리엔트 특급은 역을 출발했다. 트레이시는 의자에 기대어 창가에 스치는 런던 남부의 풍경을 넋을 잃고 바라보았다.

오후 1시 15분, 포크스턴 역에 닿았다. 승객들은 여기서 페리호로 갈아타고 해협을 건너 브로뉴로 간다. 그곳에서 다시 다른 오리엔트 특급을 타고 남으로 향하는 것이다.

"맥시밀리언 피아폰트 씨도 열차를 타고 있는 걸로 알고 있는데, 어느 분이신지 가르쳐주실 수 있나요?"

트레이시가 승무원에게 묻자, 그는 고개를 저었다.

"가르쳐드리고 싶은 생각은 굴뚝같지만 그럴 수가 없군요. 그분은 객실을 예약하고 요금도 지불해놓으셨는데, 승차하지 않았습니다. 아주 변덕이 심한 분인 것 같군요."

그러나 실망할 필요는 없었다. 여배우인 실바나 루아디와 그 남편 영화 프로듀서가 있었으므로.

페리호로 도버 해협을 건너 프랑스 북부의 브로뉴에 도착하자 승객들은 대륙의 오리엔트 특급으로 갈아탔다. 운이 나쁘게도 이번 열차에서도 트레이시의 객실은 비좁았으며 덜컹거리고 흔들리는 바람에 트레이시는 더욱더 불쾌해졌다. 갈아탄 뒤 줄곧 객실에 틀어박혀 계획을 짜고 있던 트레이시는 오후 8시가 되자 드레스로 갈아입기 시작했다.

오리엔트 특급에서는 정장으로 이브닝드레스의 착용을 권장하고 있었다. 트레이시는 반짝거리는 비둘기 빛 시폰 가운을 택했고, 스타킹과 구두도 같은 회색계열로 통일했다. 몸에 지닌 보석은 옷에 어울리는 진주로만 했다. 그녀는 자신의 모습을 거울에 비추고 오랫동안 찬찬히 점검해보았다. 녹색 눈동자는 순결해보였고, 세상 물정을 모르는 천진난만한 아이

같은 얼굴이었다.

'거울이란 사기꾼이야.'

객실을 나선 트레이시는 핸드백을 바닥에 떨어뜨렸다. 그것을 주우려고 무릎을 구부려 재빨리 문의 핸들을 바깥쪽에서 확인하니 이중 자물쇠였다.

'이것이라면 문제없어.'

트레이시는 식당차로 향했다. 이 열차에는 식당차가 3량이 있었다. 어느 차량이나 좌석에는 깔끔한 커버가 씌워져 있었고 놋쇠 촛대에서는 부드러운 불빛이 비치고 있었다.

트레이시가 처음 들어간 식당차에는 빈자리가 몇 개 있었다. 급사장이 다가와 인사를 했다.

"혼자이십니까, 마드무아젤?"

차 안을 둘러보며 트레이시는 말했다.

"친구가 오기로 했는데, 아직 오지 않은 것 같군요."

트레이시는 이어 다음 차량으로 건너갔다. 아까 그곳보다 붐볐지만 그래도 몇 개의 빈자리가 있었다.

"어서 오십시오. 혼자이십니까?"

급사장이 인사를 했다.

"아뇨, 누군가를 찾고 있어요. 여기도 없군요."

트레이시는 세 번째 식당차로 들어갔다. 테이블이 모두 차 있었다.

급사장이 입구에서 만류했다.

"죄송합니다. 기다려 주셔야 합니다, 마담. 하지만 다른 식당차에는 빈자리가 있습니다."

차 안을 둘러보니 제일 먼 곳의 모퉁이 자리에 목표의 인물이 있었다.

"괜찮아요. 친구를 찾아냈어요."

트레이시는 그렇게 말하고 급사장의 옆을 지나 안쪽으로 걸어갔다.

"저, 실례합니다만, 좌석이 만원이어서요…… 합석 좀 해도 괜찮으시겠어요?"

트레이시는 정말 미안하다는 듯이 말했다. 트레이시의 매력적인 자태를 한눈에 느낀 남자는 자리에서 벌떡 일어섰다.

"네, 어서 앉으십시오. 전 알베르토 포르나티입니다. 이쪽은 아내인 실바나 루아디고요."

"트레이시 휘트니라고 합니다."

이번엔 진짜 여권을 사용하고 있었다.

"오, 미국인이시군요. 난 영어에 능숙한 편이랍니다."

알베르토 포르나티는 키가 작고 대머리에 뚱보였다. 어떻게 실바나 루아디가 포르나티 같은 사나이와 결혼했는지, 두 사람이 결혼한 지 12년이 지난 지금까지 줄곧 로마인들은 그 문제를 화제로 삼아왔다. 실바나 루아디는 고전적인 미인으로 균형 잡힌 몸매를 가지고 있어서 여배우가 되기 위해 태어난 듯한 그런 여성이었다. 오스카와 실버 팜의 수상자이며 언제나 좋은 배역의 출연 교섭을 받고 있었다.

트레이시는 이 여배우가 지금 몸에 지니고 있는 물건의 가격을 평가해보았다. 이브닝 가운은 바렌티노에서 5천 달러쯤 할 것이고, 장식하고 있는 보석은 100만 달러 가까이 되지 않을까 싶었다. 그녀는 군터의 말을 회상해보았다.

'외도가 탄로 날 때마다 녀석은 점점 더 비싼 보석을 아내에게 선물하고 있지. 아내는 보석상을 차릴 만큼 다양한 보석을 수집하고 있을 거야.'

"오리엔트 특급을 타는 것은 처음이신가요?"

트레이시가 자리에 앉자 포르나티가 말을 걸었다.

"네, 그렇습니다."

"그러셨군요. 이 여행은 여러 가지 전설이 얽혀 있는 대단히 로맨틱한 열차여행이지요."

포르나티의 눈은 탐욕스럽게 젖어 있었다.

"재미있는 에피소드가 많이 있답니다. 예를 들어 대 무기상인 바지르 자하로프 경에 얽힌 에피소드는 유명하지요. 그는 오리엔트 특급을 자주 이용했는데 항상 7호실을 좋아했지요. 어느 날, 비명 소리와 함께 다급하게 그의 객실 문을 두드리는 소리가 들렸지요. 열어보니 스페인의 젊은 공작부인이 그의 품으로 쓰러져 들어오는 것이었어요."

포르나티는 거기서 한 번 심호흡을 하고, 로르 팬에 버터를 발라 한 입 베어 물었다.

"남편인 공작이 그녀를 죽이려고 했던 것입니다. 양가의 부모들이 결정한 결혼이었는데 가련한 딸은 자기 남편이 미친 사람이라는 것을 그때서야 비로소 알게 되었던 것이죠. 자하로프 경은 공작의 난폭한 짓을 제지시키고 울부짖는 부인을 다정하게 달랬어요. 이것이 계기가 되어 두 사람의 로맨스가 싹텄고, 그것이 40년이나 계속되었던 것입니다."

"어머나, 멋진 얘기군요."

트레이시는 그렇게 말하면서 이야기에 매료된 듯 눈을 크게 떴다.

"그렇죠? 그로부터 그들은 매년 오리엔트 특급을 이용해 밀회를 거듭했습니다. 자하로프는 7호실, 공작부인은 8호실을 예약했지요. 공작부인의 남편이 죽자 두 사람은 공공연히 결혼식을 올렸어요. 자하로프는 사랑의 징표로 부인에게 선물을 했는데, 그것은 놀랍게도 몬테카를로의 카지노였습니다."

"어머나, 정말 멋진 로맨스군요, 포르나티 씨."

실바나 루아디는 돌덩이처럼 꼼짝 않고 침묵을 지키고 앉아 있었다.

"어서 드십시오."

포르나티는 트레이시에게 권했다.

알베르토 포르나티는 한 접시 한 접시 모두 먹어치우고 아내가 남긴 것까지 먹어버렸다. 물론 먹으면서도 입은 쉴 새 없이 움직이고 있었다.

"당신은 아마도 여배우신가 보죠?"

포르나티는 물었다.

"아녜요, 당치도 않아요. 저는 그저 한낱 여행자에 불과해요."

트레이시가 웃으면서 말하자 포르나티도 미소를 지어보였다.

"아름다워요. 당신은 여배우가 될 수 있을 만큼 아름다워요."

"이분은 여배우가 아니라고 하잖아요."

실바나가 가로막아 대화가 중단되었다. 알베르토 포르나티는 그런 아내의 질투를 무시하고 계속해서 지껄였다.

"나는 영화제작을 하고 있습니다. 아실 줄 압니다만 '용감한 사람들' '타이탄 대 슈퍼맨' 등을 제작했지요."

"저는 영화를 잘 보지 않아서요."

트레이시는 미안하다는 듯이 말했다. 그러자 테이블 아래서 포르나티가 굵직한 다리를 트레이시에게 밀어붙여왔다.

"그러시다면 내 작품을 어디서 한번 보여드리도록 할까요?"

실바나는 화가 머리끝까지 치밀어 얼굴이 창백해졌다.

"당신은 로마에 가본 적이 있습니까?"

포르나티는 트레이시에게 밀어붙이고 있던 다리를 아래위로 움직이면서 물어왔다.

"사실은 베니스에 가본 뒤에 로마로 갈 예정입니다."

"그것 참 멋지군! 그렇다면 모두 함께 저녁식사라도 합시다. 괜찮겠지, 여보?"

포르나티는 실바나를 힐끗 쳐다보고는 얘기를 계속했다.

"아피아 가도를 따라 아담한 별장이 있는데 말예요. 토지가 넓어서 10 에이커나……"

포르나티가 그 넓이를 나타내려고 양손을 벌리다가 그레비소스가 들어 있는 그릇에 부딪쳐 아내의 무릎에 떨어뜨리고 말았다. 고의인지 우연인지 트레이시로서는 알 수가 없었다.

실바나 루아디는 벌떡 일어나 드레스에 묻은 얼룩을 내려다보고는 날카로운 목소리로 떠들어 대며 식당차에서 황급히 나가버렸다. 승객들의 시선은 모두 그녀에게 쏠렸다.

"어머나, 죄송해서 어쩌죠? 그런 멋진 드레스를 망쳐버렸으니."

트레이시는 작은 목소리로 중얼댔다.

자기 아내에게 창피를 준 이 남자에게 트레이시는 뺨을 한 대 올려치고 싶었다.

'이런 치사한 남자라면 아무리 보석을 받는다 해도 위안이 되지 않겠군. 좀 더 긁어내야 하겠어.'

트레이시가 이런 생각을 하는지도 모르고 포르나티는 한숨을 지으며 말했다.

"또 한 벌 사주면 돼요. 아내의 자제력을 잃은 태도를 마음에 두지 말아요. 이 포르나티를 질투하고 있는 거니까."

"화를 낼 만한 충분한 이유가 있었으니 화를 내신 거죠."

트레이시는 야유를 미소로 감추었다.

포르나티는 시치미를 떼고 말했다.

"그래요, 맞아요. 분명히 말해 내가 인기가 있으니 할 수 없는 일이죠?"

트레이시는 눈앞에 있는 땅딸막한 남자의 당치도 않는 말에 웃음을 터뜨리지 않으려고 필사적으로 참아야 했다.

"저도 무슨 말씀을 하시는지 알겠어요."

포르나티는 이번에는 테이블 위에서 트레이시의 손을 쥐었다.

"포르나티는 당신을 좋아해요. 굉장히 말예요. 당신은 무슨 일을 하고 계신가요?"

"나는 변호사의 비서 일을 하고 있어요. 저금을 모두 털어 여행하는 중이지요. 유럽의 어디에선가 재미있는 일을 만날 수 있지 않을까 해서요."

포르나티는 툭 불거진 눈으로 힐끗힐끗 트레이시의 몸매를 탐색했다.

"당신이라면 문제없겠어요. 내가 장담할 수 있어요. 나는 다정한 사람을 돌봐주기를 좋아하기로 유명한 사람이라오."

"어머나, 정말 친절한 분이시군요."

트레이시는 쑥스러운 듯 말했다. 포르나티는 목소리를 낮추었다.

"식사가 끝나면 당신 객실에서 그 문제에 대해 의논해볼까요?"

"그건 좀 어색하지 않을까요?"

"왜요?"

"당신은 유명인이잖아요. 이 열차에 타고 있는 사람이면 누구나 다 알아보지 않을까요?"

"당연한 일이죠."

"당신이 제 객실로 들어가는 것을 사람들이 보면…… 그래요, 분명히 오해가 생길 거예요. 당신의 객실이 저의 객실과 가깝다면…… 몇 호실이에요?"

"E70호 실이죠."

포르나티는 기대에 찬 눈으로 트레이시를 바라보았다.

트레이시는 한숨을 지었다.

"제 방은 다른 차량이에요. 베니스에서 만나면 어떨까요?"

포르나티는 싱긋 웃었다.

"좋겠군. 아내도 함께지만 그녀는 하루 종일 방안에 틀어박혀 있을 테니까. 그녀는 햇빛에 얼굴을 드러내놓을 수가 없어서 말이오. 베네치아에 가본 적은 있소?"

"처음입니다."

"그렇군요. 그럼 둘이서 토르셀로 갑시다. 상당히 아름다운 작은 섬인데 로간다 치프리아나라는 이름의 멋진 레스토랑이 있어요. 그 건물은 작은 호텔로도 사용하고 있지요. 단 둘이서 오붓하게 즐길 수 있는 곳이오."

포르나티의 눈이 반짝였다. 트레이시는 바람둥이 영화 제작자를 응시하고는, 이윽고 알겠다는 듯이 미소를 지었다.

"대단히 재미있을 것 같네요."

거기까지 말하고는 다음은 말하지 않겠다는 듯이 눈을 내리깔았다.

포르나티는 상체를 기울여 트레이시의 손을 단단히 쥔 채 귓가에 대고 젖은 목소리로 속삭였다.

"진짜 흥분을 체험시켜주겠소."

30분 후, 트레이시는 자신의 객실로 돌아왔다.

오리엔트 특급은 승객이 잠들고 있는 동안에 파리, 디존, 바라베로 밤의 어둠을 꿰뚫고 질주했다. 승객들의 여권은 저녁에 승무원이 거두어갔다. 국경을 넘는 수속을 일괄해 대행하는 것이다.

새벽 3시 30분, 트레이시는 소리도 없이 객실에서 나왔다. 타이밍이 가장 중요했다. 열차는 이윽고 스위스 국경에 접어들었고 로잔느에 닿는 것이 5시 21분, 이탈리아의 밀라노에 도착하는 것이 오전 9시 15분 예정으로 되어 있었다.

파자마 위에 가운을 걸치고 스펀지 백을 가지고 트레이시는 주의 깊게 복도를 걸어갔다. 두근거리는 긴장감이 온몸을 감쌌다. 이 열차에는 객실 내에 화장실이 없고, 각 차량의 후미에 마련되어 있었다. 누군가가 물으면 여성용 화장실을 찾고 있는 중이라고 대답할 작정이었다. 그러나 아무와도 맞닥뜨리지 않고 무사히 지나갔다. 승무원이나 포터는 이른 아침을 수면 시간에 할당하고 있는 것이다.

트레이시는 아무런 문제없이 E70호실에 이르렀다. 소리를 내지 않도록 문의 손잡이를 돌려보니 자물쇠가 걸려 있었다. 트레이시는 스펀지 백을 열어 금속의 소도구와 작은 주사기를 꺼내 일에 착수했다.

그로부터 10분 후에 트레이시는 자기 객실로 돌아왔고, 30분 후에는 산뜻하게 씻은 듯한 얼굴에 만족스러운 미소를 지으며 잠을 잤다.

오전 7시, 오리엔트 특급이 밀라노에 도착하기 2시간 전, 귀를 찢는 듯한 비명이 몇 번씩이나 차 안에 울려 퍼졌다. 비명은 E70호실에서 울려 퍼지고 있었는데 너무나 날카로운 절규에 차 안의 모든 사람이 일어나게 되었다. 무슨 일이 일어났는가 하고 승객들이 각 객실에서 머리를 내밀고 있는 속을 헤치며 승무원이 황급히 E70호실로 들어갔다.

실바나 루아디는 반쯤 미쳐 날뛰고 있었다.

"큰일 났어요! 도와줘요. 보석이 모두 없어졌어요! 이 더러운 열차는 도둑놈 투성이야!"

"다른 손님들이……. 조용히 해주십시오."

승무원은 말했다. 그러자 오히려 실바나의 목소리는 한 옥타브 더 높아졌다.

"흥, 조용히 하라고? 이 거지 발싸개 같은 열차 같으니라고! 100만 달러 이상이나 되는 보석을 도난당했단 말이야!"

"이런 일이 일어날 리가 없는데? 문은 자물쇠로 잠겨 있었고, 나는 잠귀가 밝은 편이지. 누군가가 침입했다면 나는 곧 잠을 깼을 거야."

알베르토 포르나티가 말했다.

승무원은 한숨을 쉬었다. 이전에도 똑같은 일이 있었으므로 어떤 수법인지 너무도 잘 알고 있었다. 밤중에 누군가가 복도로 몰래 숨어들어 열쇠 구멍을 통해 에테르를 주사기로 주입시킨다. 자물쇠 따위는 프로의 입장에서는 어린애를 속이는 것이나 마찬가지로 아무런 장해도 되지 않는다. 도둑은 살며시 문을 닫고 객실을 몽땅 뒤져 목표했던 물건을 훔쳐 가련한 희생자들이 깊이 잠들어 있는 동안 자기의 객실로 돌아가는 수법이다. 그러나 이번에는 이제까지와는 다른 점이 한 가지 있었다. 지금까지의 경우에는 열차가 목적지에 도착하기까지 도난되었다는 것이 알려지지 않았기 때문에 도둑은 도망칠 기회가 있었다. 그런데 이번에는 그렇지 않았다. 도난 사건 뒤 하차한 사람은 없었으며 따라서 보석은 아직 열차 안에 있는 것이다.

"걱정하지 마십시오. 보석은 틀림없이 찾을 수 있을 겁니다. 훔친 사람은 아직 이 열차에 타고 있으니까요."

승무원은 포르나티에게 약속했다. 그리고 밀라노 경찰에 전화를 걸기 위해 서둘러 앞쪽으로 이동해갔다.

오리엔트 특급이 밀라노 역에 도착하자 20명 이상의 경찰관과 사복형사들이 플랫폼에서 대기하고 있었다. 경찰관들은 승객도 짐도 열차에서 내리지 말라고 지시했다.

사건 담당인 루이지 리치 경감이 직접 포르나티의 객실에 승차했다.

실바나 루아디의 히스테릭한 모습은 점점 도를 더해갔다.

"내가 가지고 있던 보석은 모두 저 케이스에 들어 있었어요. 그리고 하나도 보험에 들어 있지 않아요."

여배우의 아우성은 그칠 줄 몰랐다.

경감은 텅 빈 보석 케이스를 자세히 점검했다.

"당신은 어젯밤에 확실히 보석을 여기에 넣었단 말씀이죠, 부인?"

"물론이죠, 확실해요. 매일 밤 그 안에 보관해두니까요."

수만 명을 열광시키는 동그란 눈동자에 커다란 눈물방울이 맺혀 있는 모습을 보고 리치 경감은 이 미인을 위해서라면 그 무엇과도 맞서리라고 결심했다.

경감은 객실 문으로 다가가 자물쇠 구멍에 코를 대고 쿵쿵대며 냄새를 맡았다. 에테르 냄새가 희미하게 남아 있었다. 도난이 있었던 것은 확실했다. 괘씸한 무법자는 반드시 체포하고야 말겠다고 생각했다.

리치 경감은 상체를 일으키며 말했다.

"걱정할 것 없습니다, 부인. 이 열차에서 보석을 반출할 수는 없어요.

우리가 반드시 도둑을 찾아내겠습니다."

리치 경감은 모든 면에서 자신이 있었다. 탈출구는 단단히 닫혀 있었으므로 범인이 도망치는 것은 불가능했다.

형사는 승객들을 한 사람씩 역의 대합실로 데려가 꼼꼼히 신체검사를 했다. 사회적 지위가 높은 승객이 많았으므로, 그들은 이 모욕적인 취급에 분노를 터뜨렸다.

"죄송합니다. 100만 달러에 상당하는 보석이 도난당했습니다."

리치 경감은 승객 한 사람 한 사람에게 일일이 해명했다.

승객들이 각자의 객실에서 나가자 형사들은 객실을 샅샅이 조사했다. 한 치도 소홀히 하지 않는 철저한 수색이었다. 이 사건은 리치 경감에게 있어서 공로를 세울 절호의 기회였다.

그는 이 기회를 크게 이용하려고 애쓰고 있었다. 잃어버린 보석이 발견되면 승진과 승급과 연결된다. 경감의 상상력은 불타오르듯이 번지고 있었다. 실바나 루아디는 대단히 고맙게 여기며 틀림없이 나를 초대해서……. 리치 경감은 더욱 힘이 솟아 부하를 다그쳤다.

트레이시의 객실에 형사가 들어왔다.

"실례합니다, 부인. 도난 사건이 발생했습니다. 승객 전원을 조사하지 않으면 안 됩니다. 동행해주시면 좋겠습니다만……."

"도난 사건이라고요!"

트레이시는 깜짝 놀란 듯이 말했다.

"이 열차에서 말인가요?"

"죄송하지만 그렇습니다."

트레이시가 객실을 나서자 두 형사가 재빨리 들어와 여행용 가방을 열었고, 안의 짐들을 꼼꼼히 조사했다.

4시간에 걸친 조사결과 몇 봉지의 마리화나와 코카인이 5온스, 나이프가 1개에 총이 1정 발각되었다. 하지만 실종된 보석은 그림자도 찾을 수 없었다.

"열차를 구석구석 조사했나?"

그는 부관인 경위에게 다짐하듯 물었다.

"경감님, 저희들은 한 치도 빈틈없이 조사했습니다. 기관실, 식당, 그리고 바, 화장실과 침실도 빠짐없이 점검했습니다. 승객뿐만 아니라 승무원의 수하물까지 자세하게 조사했습니다만, 이 열차 안에는 보석이 없다고 저는 맹세할 수 있습니다. 어쩌면 부인이 착각하고 있는 것은 아닐까요?"

하지만 리치 경감은 그들이 연극을 하고 있지는 않다는 것을 알고 있었다. 식당차의 웨이트리스들도 실바나 루아디가 전날 밤 저녁식사 때 눈이 부실 만큼의 보석으로 몸치장을 하고 있었다고 입을 모아 증언하고 있었다.

오리엔트 특급의 대표가 밀라노로 날아왔다.

"이 이상 열차를 붙잡아두면 곤란합니다. 열차시간이 너무 오래 지연되고 있소."

대표는 주장했다.

리치 경감의 패배였다. 더 이상 열차를 잡아둘 수는 없었다. 경감이 할 수 있는 일이란 이미 아무것도 없었던 것이다. 단 하나 생각할 수 있는 가능성이라면 도둑이 밤새 어딘가에서 기다리고 있는 동료에게 열차에서 보석을 던져주는 것이었다. 하지만 그런 마술이 과연 가능한 것인가? 타이밍으로 말하면 불가능할 것이다. 도둑이 미리 복도에서 승무원이나 승객이 없어지는 시간을 알고 인수인계할 수는 없을 것이다.

이것은 진정 경감의 해결 능력을 넘어선 미스터리였다.

"열차를 출발시켜!"

경감은 결국 명령을 내렸다. 그가 원통한 듯 지켜보는 가운데 오리엔트 특급은 천천히 역을 벗어났다. 리치 경감의 승진과 승급의 꿈은 깨지고 말았다. 뿐만 아니라 실바나 루아디와의 눈부신 정사에의 기대도……

아침식사 때의 대화는 도난에 관한 화제로 계속되었다.

"최근에 제일 가슴 떨리는 사건이었어요."

여학교 교사가 점잔을 빼며 실토했다. 그녀는 작은 다이아몬드 알갱이가 붙어 있는 금목걸이를 손가락으로 만지작거리며 말했다.

"이걸 잃어버리지 않아 다행이에요."

"다행이었군요."

트레이시는 무겁게 끄덕였다.

알베르토 포르나티가 식당에 있는 트레이시에게 서둘러 다가왔다.

"무슨 일이 있었는지 물론 알고 있겠죠? 하지만 도난의 쓰라린 괴로움을 당한 것은 이 포르나티의 아내였다는 것을 알고 있나요?"

"어머나, 그래요!"

"그렇소! 정말 어처구니없는 일이었소. 갱들이 객실에 침입해서 나에게 마취가스를 맡게 했소. 이 포르나티는 자고 있는 동안 죽음을 당할 뻔했다오."

"어머나, 무서운 일이군요."

"이거 또 실바나의 보석을 전부 다시 사들여야 하게 됐지 뭐요. 아무리 포르티나라 해도 이건 대단한 낭비가 될 것 같아요."

"경찰이 보석을 찾아내지 못했나요?"

"헛수고였소. 하지만 이 포르나티는 도둑이 어떻게 보석을 숨겼는지 알고 있답니다."

"정말이에요! 어떻게 했는데요?"

포르나티는 주위를 둘러보고 목소리 낮추었다.

"공범이 있어서 말입니다. 밤 사이에 그냥 통과하는 역 하나에서 기다리고 있었던 거죠. 도둑은 그곳을 향해 보석을 던져주고……. 그렇게 성공한 거라오."

트레이시는 감탄한 듯 말했다.

"그렇게 즉석에서 추리를 하시다니 선생님은 참으로 머리가 좋으신 분이로군요."

"보통이죠 뭐. 베네치아에서의 약속을 잊지 말아요."

포르나티는 의미심장하게 눈썹을 치켜 올렸다.

"잊을 리가 있나요."

트레이시는 생긋 웃었다. 포르나티는 다짐이라도 하듯 트레이시의 팔을 꽉 잡았다.

"이 포르나티는 굉장히 기대에 들떠 있어요. 하지만 이제 실바나를 위로해주러 가야겠어요. 굉장한 히스테리 상태여서 말이오."

오리엔트 특급이 베니스의 산타루치아 역에 도착하자 트레이시는 맨먼저 내렸다. 그녀는 여행가방을 공항까지 직접 운반시킨 다음, 비행기로 런던으로 날아갔다. 실바나 루아디의 보석을 휴대한 채로……

군터가 기뻐할 것이다.

예리한 추리

인터폴, 즉 국제형사경찰기구의 본부는 프랑스에 있다. 파리 서쪽 약 6마일, 생 클루 언덕의 중턱, 아르망고가 26번지의 7층짜리 건물이다. 높은 녹색 담장이 건물 주위를 에워싸고 있었으며 거리에 접한 입구의 문은 온종일 열쇠가 채워져 있었고, 내방자는 유선 방송으로 면밀하게 체크한 후에 출입이 허용되었다. 건물 안에 각 계단을 올라갈 때마다 있는 하얀 철문은 밤이 되면 잠겼다. 그것도 모자라 각 층마다 경보 시스템과 유선 방송이 갖추어져 있었다.

이상할 정도로까지 경계가 엄중한 것은 이 건물 안에는 전 세계의 250만 명에 달하는 범죄자에 대한 면밀한 데이터가 보관되어 있기 때문이었다. 인터폴은 78개국, 126개 경찰을 위한 정보교환시설이며 사기꾼이나 위조지폐 제작, 마약 중독자, 밀수업자, 강도 살인자 등을 취급할 때 세계적 규모로 활동을 조정하는 기관이다. 라디오나 전송사진, 위성 통신 등을 이용해 최선의 정보를 전 세계의 관계 기관에 전하고 있었다.

파리의 이 본부에는 프랑스 국가 경찰이나 파리 시경의 전직 형사들이 배속되어 있었다.

5월 초순의 어느 날 아침, 인터폴 본부 담당인 앙드레 트리뇽 경감의 사무실에서 회의가 열렸다. 사무실은 뛰어난 전망에 가구의 배치도 산뜻하고 쾌적한 분위기였다. 멀리 동쪽으로 에펠탑의 철골이 희미하게 보였고, 약간 북쪽으로 눈을 돌리면 몽마르트의 우거진 언덕 위에 사클레 쿨 성당의 하얀 돔이 뚜렷하게 보였다.

경감은 40대 중반의 권위자다운 관록을 겸비한 상당한 호남자였다. 머리칼은 검었으며 검은 뿔테안경 너머로 갈색 눈이 빛나는 지적인 얼굴이었다. 사무실에는 영국, 벨기에, 프랑스, 이탈리아에서 온 형사들이 모여 있었다.

트리뇽 경감이 이야기를 시작했다.

"자, 여러분, 저는 여러분의 나라로부터 다급한 요청을 받고 있습니다. 최근 유럽 각지에서 빈발하고 있는 범죄의 정보에 관해서입니다. 6개국에서 교묘한 사기와 도난사건이 발생하고 있는데, 그 사건들에는 공통점이 있습니다. 피해자는 그다지 평판이 좋지 않은 인물들이고 폭력은 일체 사용하지 않으며 어느 경우에나 여자가 범인이라는 점입니다. 우리는 국제적인 여자 도둑단과 직면하고 있다는 결론에 이르렀습니다. 우리는 피해자들이나 다수의 목격자들의 증언을 토대로 몽타주를 만들었습니다. 보시면 아시겠지만 전부 다른 얼굴입니다. 금발도 있고 검은 머리칼도 있습니다. 보고에 의하면 용의자들의 국적도 제각각입니다. 영국인, 프랑스인, 스페인인, 이탈리아인, 미국인…… 경우에 따라서는 텍사스 여자라는 식이죠."

트리뇽 경감이 스위치를 누르자, 벽의 스크린에 일련의 사진이 비추어졌다.

"이 몽타주 사진은 검은 머리의 숏 헤어입니다."

경감은 계속해서 단추를 눌렀다.

"이것은 펑크스타일의 금발 아가씨…… 이것도 금발이지만 파마를 하고 있어요. 급사로 변장한 검은 머리…… 이건 나이를 먹은 프랑스 매춘부…… 약간의 블론드인 젊은 여자…… 무뚝뚝한 중년 여자……."

경감은 영사기의 스위치를 껐다.

"우리는 여자 도둑단의 두목이 누구인지, 그 아지트가 어디에 있는지 전혀 모르고 있습니다. 도둑은 결코 단서를 남기지 않으며 연기처럼 사라져버립니다. 하지만 늦든 빠르든 그중 한 사람을 잡는다면 전원을 체포할 수 있을 것입니다. 아무튼 여러분, 여러분이 확실한 정보를 가져다주지 않는 한 우리로서는 속수무책입니다."

다니엘 쿠퍼가 탄 비행기가 파리에 착륙했다. 샤를 드골 공항에는 트리뇽 경감의 부하가 마중을 나와 있었다. 곧바로 유명한 조르주 상크 호텔 옆의 프린스 드갈 호텔로 안내되었다.

"트리뇽 경감님과는 내일 만나주십시오. 아침 8시 15분에 모시러 오겠습니다."

마중 나온 형사가 말했다.

다니엘 쿠퍼는 이 유럽 여행을 달갑지 않게 여기고 있었다. 임무가 끝나는 즉시 미국으로 돌아갈 생각이었다. 파리라는 도시가 지닌 화려한 생활상은 익히 알고 있었지만, 자신이 그것에 휩싸일 생각은 털끝만큼도 없었다.

쿠퍼는 호텔 방으로 들어가자 곧바로 욕실로 직행했다. 생각 외로 욕조는 만족스러울 만큼 넓었다. 사실 자신의 아파트의 욕조보다도 크고 여유가 있었다. 쿠퍼는 욕조에 뜨거운 물을 받으면서 침실로 가서 짐을 풀었다. 가방 안의 갈아입을 양복과 속옷 사이에 열쇠가 채워진 작은 금고가 숨겨져 있었다. 쿠퍼는 그것을 꺼내 양손으로 단단히 쥐었다. 작은 상자를 가만히 응시하자 그것이 살아서 맥동하는 듯한 느낌이 들었다. 쿠퍼는 그것을 욕실로 가지고 가서 세면대에 놓았다. 그리고 열쇠고리에 달려 있는 열쇠로 상자를 열었다. 그러자 상자 안의 누렇게 변색한 신문 기사가 그를 향해 절규해왔다.

'살인 사건 소년의 증언'

12살의 다니엘 쿠퍼 소년은 오늘 소년의 어머니 폭행 살인용의자 프레드 짐머의 공판에서 증언했다. 그에 의하면 소년이 학교에서 돌아왔을 때, 이웃에 사는 짐머가 팔과 얼굴에 피를 흠뻑 묻히고 자신의 집에서 나오는 것을 보았다고 한다. 소년은 집에 들어가서 욕조 속에서 어머니를 발견했다. 온몸을 난자당해 죽어 있었다. 짐머는 쿠퍼 부인과 불륜의 관계에 있었던 사실은 인정했지만, 살인에 관해서는 부정하고 있다.

소년은 그의 백부에게 인도되었다.

다니엘 쿠퍼는 떨리는 손으로 신문쪽지를 상자에 담고, 열쇠를 채웠다. 눈에 핏발이 세워진 채 주위를 둘러보는 그의 머릿속에 결코 지울 수 없는 그 공포의 장면과 현실이 어지럽게 뒤섞였다. 호텔 욕실의 벽이나 천장에는 피가 튀어 있었고 어머니의 벌거벗은 시체가 새빨갛게 물든 욕조에 떠올라 있었다. 어지러워서 세면대를 힘껏 잡은 그의 내면으로부터의 절규가 목구멍까지 치밀어 올라서 신음소리가 되었다. 그는 미친 듯이 옷을 벗었고, 피로 따뜻해진 욕조에 몸을 담갔다.

"미리 말씀을 드리겠습니다, 쿠퍼 씨. 이곳에서의 당신의 입장은 매우 미묘합니다. 당신은 경찰이 아니고 비공식적인 존재입니다. 유럽 각국의 경찰당국으로부터 당신에게 전면적으로 협력하라는 요청을 받고 있습니다."

트리뇽 경감은 말했다. 다니엘 쿠퍼는 잠자코 듣고 있었다.

"제가 들은 바에 의하면 당신은 보험회사 단체인 국제보험보호협회의 조사원이라더군요."

트리뇽 경감이 여기까지 말하자 쿠퍼는 입을 열었다.

"유럽에 있는 우리의 고객이 대단한 손실을 입고 있습니다. 실마리가 전혀 없다고 하던데요."

트리뇽 경감은 한숨을 내쉬었다.

"말씀하신 그대로의 상황입니다. 매우 교묘한 여자 도둑들이라는 것은 알고 있습니다만 그 이상은······."

"흘러 들어온 정보는 없나요?"

"그것도 전혀 없어요."

"이상하다고 생각하지 않습니까?"

"어떤 의미에서 말입니까, 선생?"

쿠퍼에게 있어서는 너무나도 명백한 일이었으므로 거침없이 말하기 시작했다.

"도둑단이라면 언제든지 말이 많은 놈이나 주정뱅이, 돈 씀씀이가 헤픈 놈이 한두 명 쯤은 있기 마련이죠. 거느린 식구가 많아지면 비밀 유지가 불가능하고요. 이 도둑단에 관한 자료를 보여주시겠습니까?"

경감은 거부하려고 했다. 눈앞에 있는 다니엘 쿠퍼라는 작자의 용모는 실로 추하기 그지없었으며 같은 남자지만 호감을 가질 수 없었다. 게다가 오만하기까지 했다. 이 사나이는 당분간 입 안의 가시일 것이다. 그러나 경감은 그에게 전면적으로 협력하도록 요청받고 있는 형편이었다. 내키지 않았지만 그는 말했다.

"복사를 해드리죠."

경감은 인터폰을 눌러서 용건을 말했다. 그리고 다니엘 쿠퍼와의 대화로 돌아왔다.

"마침 흥미로운 보고서가 들어온 참입니다. 상당한 액수에 해당하는 보석이 오리엔트 특급에서 도난당했는데…….”

“그 건은 알고 있습니다. 도둑은 이탈리아 경찰을 가지고 놀았더군요.”

“도난이 어떻게 성립되었는지 아무도 해명하지 못하고 있습니다.”

“명명백백한 사실이에요. 지극히 간단한 논리예요.”

다니엘 쿠퍼는 불쑥 내뱉었다. 트리뇽 경감은 그 말에 깜짝 놀라서 안경 너머로 쿠퍼를 보았다.

‘이게 무슨 얘기야. 이 녀석은 돼지만큼의 예의도 모르는군.’

그렇지만 냉정을 유지하며 계속했다.

“이 경우에 논리는 아무래도 좋아요. 열차를 구석구석까지 조사했고 승객, 승무원의 신체검사는 물론, 전원의 짐을 조사했으니까요.”

“아닐걸요?”

다니엘 쿠퍼는 단호하게 부정했다.

‘이 녀석은 머리가 돌았군.’

트리뇽 경감은 확신했다.

“아니라니…… 그게 무슨 말씀입니까?”

“……모두의 짐을 점검하지는 않았을 거라는 뜻입니다.”

“아뇨, 내 말이 맞습니다. 밀라노 경찰의 보고서를 봤거든요.”

트리뇽 경감은 주장했다.

“보석을 도난당한 부인은…… 실바나 루아디였죠?”

“그런데요?”

“그녀는 도둑맞은 보석을 보석함에 넣어두었다고 했죠?”

“바로 그렇습니다.”

“경찰이 루아디 부인의 짐을 조사했나요?”

“부인은 피해자예요. 어째서 부인의 짐을 조사해야 하죠?”

“그것이 논리라는 겁니다. 도둑이 보석을 숨길 수 있는 유일한 장소는…… 부인의 옷가방 바닥밖에 없을 테니까요. 도둑은 부인과 똑같은 옷

가방을 가지고 있었고, 모든 짐이 베니스에 도착해서 플랫폼에 산더미처럼 쌓여 있을 때 바꿔치기해서 사라졌을 겁니다. 자료가 복사되면 저에게 보내주십시오."

다니엘 쿠퍼는 그렇게 말하고는 나가버렸다.

30분 후, 트리농 경감은 베니스의 알베르토 포르나티에게 전화를 걸었다.

"선생님, 좀 물어보고 싶은 일이 있어서 전화를 드렸습니다. 도난 사건이 있던 날, 베니스 역에서 내렸을 때 사모님의 짐 중에 혹시 바뀐 것이 없었나요?"

"그래요, 그랬어요."

포르나티는 생각이 난 것처럼 불평을 해댔다.

"멍청한 포터 녀석이 아내의 짐을 누군가의 것과 바꿔놓았어요, 호텔에 도착해서 아내가 짐을 풀어보니 오래된 잡지밖에 들어 있지 않았어요. 즉각 오리엔트 특급의 사무국에 문의를 했는데, 혹시 옷가방이 발견되었나요?"

"아닙니다. 발견된 것은 아닙니다."

경감은 그렇게 말했고 마음속으로 덧붙였다.

'저라면 찾는 일은 기대도 하지 않습니다. 어쨌든 그 다니엘 쿠퍼라는 사내는 상당히 끼가 있는 자로군.'

전화를 끝내고 경감은 의자에 기대어 생각했다.

실로 예리한 녀석이다. 두려울 정도로……

그녀를 잡아라

이튼 광장에 위치한 트레이시의 저택은 바로 천국이었다. 이 부근은 런던에서도 가장 아름다운 지구로, 녹음이 우거진 사유 공원이 여기저기에 있었으며 그 사이에 오래된 조지아 풍의 집들이 서 있었다. 빳빳하게 풀을 먹인 옷을 입은 유모들이 어린아이를 유모차에 태우거나 자갈이 깔린 산책길을 거닐고 있었고, 아이들은 그 주위에서 발랄하게 뛰놀고 있었다. 그 광경을 볼 때마다 트레이시는 에미를 한번 만나봤으면 좋겠다고 생각했다.

트레이시는 유서 깊은 오래된 마을을 산책하거나 엘리자베스가의 채소가게에서 자주 쇼핑을 했다. 작은 가게들이 바깥에 내놓고 파는 온갖 종류의 선명한 색깔의 꽃들을 넋을 잃고 바라보기도 했다.

군터 하르토크는 트레이시의 현금이 사기꾼의 손에 들어가지 않도록, 또한 그녀가 나쁜 인간과 접촉하는 일이 없도록 이것저것 뒷바라지를 해주었다. 트레이시는 부유한 공작이나 백작들과 데이트를 하기도 하고, 또 많은 사람들로부터 결혼 신청을 받기도 했다. 젊고 아름답고 부유한 트레이시는 순진무구한 여성으로 인식되고 있었다.

"모두들 당신을 완벽한 결혼 상대라고 보고 있어. 당신은 정말로 멋지게 일을 처리해주었어, 트레이시. 이제 인생을 좀 더 즐길 여유가 있어. 평생 놀고먹을 수 있을 만큼의 돈도 있고……."

군터는 웃으면서 말했다.

사실 그랬다. 유럽 각지의 은행의 임대 금고에 금을 보관해놓고 있었으며, 런던에는 저택이 있고, 스위스의 산 모리츠에는 별장이 있었다. 살아가는 데 필요한 것은 무엇이든 갖추고 있었다. 인생을 함께할 반려자를 제외하고는.

트레이시는 한때 이루어질 수 있었던 남편과 아이가 있는 생활을 떠올려 보았다. 그런 생활이 앞으로 과연 가능할 것인가? 진정한 자신의 모습을 내보인다 해도 그것을 이해해줄 남성이 있을 턱이 없었다. 또한 계속해서 자신의 과거를 숨기면서 거짓으로 사는 일도 할 수 있을 것 같지 않았다. 옛날의 자신으로 돌아갈 수 있다는 자신감은 더더욱 없었다.

'까짓것 혼자 살면 어때? 혼자 사는 사람들도 얼마든지 많잖아. 군터의 말이 맞아. 나는 뭐든 가지고 있어.'

트레이시는 마음을 고쳐먹고 자신을 타일렀다.

베니스에서 돌아온 트레이시는 다음 날 밤에 칵테일 파티를 개최하기로 했다.

"기대되는군. 당신의 파티는 런던에서 가장 인기가 높으니까 말이야."

군터가 말했다.

트레이시는 기분이 좋아서 말했다.

"당신의 후원이 있기 때문이에요."

"누가 오지?"

"모두가요."

파티의 주최자가 예정하고 있던 '모두'보다도 손님이 한 사람 늘어나게 되었다. 매력적인 젊은 여상속인 하워즈 남작 부인을 초대했으므로 그녀가 도착하자 트레이시는 마중을 하러 현관까지 나갔다. 인사를 하려다가 트레이시는 깜짝 놀랐다. 남작 부인은 제프 스티븐스를 동반하고 있었던 것이다.

"트레이시, 당신은 스티븐스를 모르실 거예요. 제프, 이쪽이 트레이시 휘트니 부인이에요. 오늘 파티의 주최자죠."

트레이시는 어색하게 인사를 했다.

"처음 뵙겠어요, 스티븐스 씨."

제프는 트레이시의 손을 잡더니, 필요 이상으로 오랫동안 잡고 있었다.

"트레이시 휘트니 부인이라고 하셨죠? 알고 있어요! 나는 당신 남편의 친구였어요. 인도에서 함께 있었죠."

제프는 말했다.

"어머나! 우연이군요."

하워즈 남작부인이 큰 소리를 질렀다.

"이상하군요, 남편은 한 번도 당신 얘기를 한 적이 없었는데."

트레이시는 냉정하게 말했다.

"말하지 않았다니, 정말인가요? 놀랍군요. 재미있는 분이셨어요. 불쌍하게도 그렇게 세상을 뜨시다니……."

"어머나, 무슨 일이 있었군요?"

하워즈 남작 부인은 물었다.

트레이시는 제프를 매섭게 노려보았다.

"별다른 일이 아니에요, 정말로."

"아무 일도 아니라고요! 제 기억이 맞는다면 그는 인도에서 교수형을 당했죠."

제프는 비난하는 투로 말했다.

"파키스탄이었어요. 그래요, 맞아요. 이제야 생각이 나는군요. 분명히 남편은 당신에 관해 이야기한 적이 있어요. 부인께서는 건강하시겠죠?"

트레이시가 되받았다.

하워즈 남작 부인은 제프를 노려보았다.

"당신이 결혼했다는 얘기는 나한테 하지 않았잖아요, 제프."

"세실리와는 이혼했어요."

트레이시는 활짝 웃으면서 말했다.

"난 로즈의 얘기를 하고 있는 거예요."

"어머나, 그럼 두 번이나 결혼했나요?"

하워즈 남작 부인은 경악하듯이 말했다.

"한 번이에요. 로즈하고 저는 약혼을 하고 얼마 안 있어 파혼했죠. 서로 너무 어렸었거든요."

제프는 그 자리를 피하려고 했다. 그러자 트레이시가 쫓아가며 한 방 더 먹였다.

"그런데 쌍둥이 자녀들은 어떻게 됐죠?"

하워즈 남작 부인의 목소리가 높아졌다.

"쌍둥이라고요?"

"아이들은 어머니하고 살고 있어요. 당신과 이렇게 대화를 나누고 있으면 얼마나 즐거운지 도저히 말로는 표현할 수가 없군요, 휘트니 부인. 하지만 저희만이 당신을 독점할 수는 없겠죠."

그렇게 변명하고 제프는 남작 부인의 손을 잡고 도망치듯 사라졌다.

다음 날 아침, 트레이시는 헤로스 백화점의 엘리베이터 안에서 우연히 제프와 마주쳤다. 백화점 안은 매우 혼잡했다. 트레이시는 2층에서 내렸다. 엘리베이터에서 나올 때 트레이시는 몸을 돌려서 제프를 보았고, 목소리를 높여서 뚜렷하게 들리도록 말했다.

"아참, 그 파렴치죄 혐의는 이제 벗겨졌나요?"

엘리베이터는 닫혔고 제프는 이상한 눈초리로 힐끗힐끗 바라보는 손님들 속에 사로잡히고 말았다.

트레이시는 그날 밤, 침대에 누워 제프를 떠올리고는 웃음을 터뜨리고 말았다. 제프는 분명히 사기꾼이고 악당이다. 그렇지만 왠지 미워할 수 없는 면이 있는 남자였다. 트레이시는 제프와 하워즈 부인과의 관계를 이것저것 생각해보았다. 그가 남작 부인과 함께 있는 이유는 한 가지밖에 없었다.

'제프와 나는 같은 종족이야.'

트레이시는 그렇게 생각했다.

두 사람 모두 가정을 꾸미는 일은 없을 것이다. 그리고 둘 다 비슷한 인생을 살아왔다. 스릴이 넘치고 재미있고 보상이 있는 생활이었다.

트레이시의 머리는 벌써 다음 일을 향해 달리고 있었다. 남프랑스로의 출장이었다. 하지만 이번에는 조금 까다로울 것 같았다. 그러고 보니 군터도 경찰이 여자 도둑단을 쫓고 있다고 말했다.

트레이시는 입가에 미소를 떠올리며 조용히 잠에 빠져들었다.

다니엘 쿠퍼는 파리의 호텔 방에서 트리뇽 경감으로부터 받은 보고서를 읽고 있었다. 새벽 4시가 되었는데도 쿠퍼는 몇 시간이나 들여서 서류를 숙독했고, 여러 가지 도난과 사기 행각의 흥미 있는 조합에 관해서 분석하고 있었다.

쿠퍼에게 있어서는 익숙한 수법의 것이 태반이었지만 새로운 사기법도 있었다. 트리뇽 경감도 언급한 바가 있었지만 피해자의 대부분은 평판이 좋지 않은 부류들이었다.

'도둑은 계속 로빈 후드처럼 구는군.'

쿠퍼는 그렇게 생각했다.

대부분의 보고서를 훑어보았고 남은 서류는 3통뿐이었다. 가장 위에 있는 것은 '브뤼셀 경찰'이라고 쓰여 있었다. 쿠퍼는 표지를 넘겨 보고서를 읽기 시작했다. 200만 달러 상당의 보석이 벽 금고에서 도난당했다. 피해자인 반 루이센은 벨기에의 주식 중개인으로 의혹이 얽힌 금융 사건에 관련되어 있는 인물이었다.

집주인은 휴가로 출타 중이었고 집에는 아무도 없었다. 이 줄거리를 읽었을 때 쿠퍼의 가슴은 빠르게 고동쳤다. 첫 번째 페이지로 돌아와서 이번에는 한 글자 한 구절이라도 놓치지 않겠다는 생각으로 정신을 집중시켜서 다시 읽었다.

이것은 한 가지 점에서 다른 보고서와는 달랐다. 도둑은 경보기를 건드리고 말았고 경찰이 현장에 도착하자 현관에서 몸이 훤히 비추는 잠옷을 입은 여자가 경찰을 맞았다. 여자는 머리를 컬러 캡으로 두르고 있었고 얼굴에는 콜드크림을 두껍게 칠하고 있었다. 그리고 반 루이센에게 초대받은 손님임을 자칭했고 경찰은 그 말을 믿고 집주인이 돌아온 후에 확인하려고 했는데, 여자는 보석과 함께 사라지고 없었다……

쿠퍼는 천천히 보고서를 놓았다. 논리, 논리를 세우는 것이다.

트리뇽 경감의 인내심은 한계에 다다르기 시작했다.

"당신은 틀렸어요. 그런 일은 불가능하다고요. 일련의 범죄가 한 여자의 소행이라니!"

"가능한지, 어떤지 확인할 방법이 한 가지 있습니다."

다니엘 쿠퍼가 말했다.

"어떻게?"

"컴퓨터에 입력시켜서 조사하는 거예요. 이런 종류의 도난이나 사기에 관한 일시와 장소 등을 말이에요."

"그건 쉬운 일이긴 하지만……."

"그리고 사건이 일어났을 당시에 그 도시에 있었던 미국인 여성 여행자의 입국 신청서를 입수하고 싶소. 용의자는 가짜 여권을 사용하고 있을 가능성도 있지만 아직 자신의 본명을 사용하고 있을 수도 있으니까요."

트리뇽 경감은 잠시 생각했다.

"선생이 무슨 생각을 하고 있는지 짐작할 수 있을 것 같군요."

경감은 눈앞의 자그마한 사내를 바라보면서 이 추리가 틀리기를 바라고 있었다. 경감에게는 그 나름대로의 긍지가 있다.

"좋아요, 알았소. 컴퓨터에 입력시켜 봅시다."

일련의 범죄가 스톡홀름에서 최초로 발생했다. 인터폴의 스웨덴 지국으로부터 사건이 있었던 주에 스톡홀름을 여행 중이었던 미국인의 리스트가 보내져 왔고, 여성의 이름만을 컴퓨터에 입력시켰다. 이어서 확인한 도시는 밀라노였다. 도난이 일어났을 당시에 밀라노에 있었던 미국인 여성 여행자의 이름을 스톡홀름에서 도난이 있었을 때의 리스트와 겹쳐서 조회해보았다. 55명의 이름이 떠올랐다. 이번에는 그 리스트를 아일랜드에서의 사기사건 때 있었던 미국인 여성의 것과 대조해보았더니 15명으로 좁혀졌다.

트리뇽 경감은 프린트된 명부를 다니엘 쿠퍼에게 건네주었다.

"이들 이름을 베를린에서의 사기사건과 비교해봅시다. 그렇게 하면⋯⋯."

트리뇽 경감의 말에 다니엘 쿠퍼는 명부에서 고개를 들며 상대방의 말을 끊었다.

"더 이상 그럴 필요는 없습니다."

리스트의 맨 위에 '트레이시 휘트니'의 이름이 있었다.

드디어 구체적인 목표를 갖고 인터폴은 행동을 개시했다. 레드 서큘레이션(최우선을 의미하는 신호)이 회원 각국에 보내졌고, 트레이시 휘트니를 추적하라는 지령을 내렸다.

"그런 신호도 동시에 보냈죠."

트리뇽 경감이 쿠퍼에게 설명했다.

"그런 신호라니요?"

"우린 색상 코드 시스템을 채용하고 있어요. 레드 서큘레이션은 최우선을 의미하고 블루는 용의자의 정보문의, 그린은 각 경찰을 통한 특정인물의 감시 명령, 블랙은 신원불명의 시체의 조회라는 신호예요. 또한 X-D라는 암호는 대 긴급 전언을 의미합니다. D만 있으면 단순한 지급이에요. 자, 이제 휘트니 양이 어느 나라에 가더라도 세관을 통관한 순간부터 그녀는 감시 체제하에 놓이게 됩니다."

다음날, 트레이시 휘트니의 사진이 남 루이지애나 여자 교도소로부터 전송되었고 인터폴의 손에 넘겨졌다.

다니엘 쿠퍼는 J.J. 레이놀즈의 자택으로 전화를 했다. 일곱 번째의 호출음이 울리고 나서야 상대방이 나왔다.

"여보세요……"

"정보가 좀 필요하게 됐어요."

"이 목소리는, 쿠퍼인가? 아니 무슨 일이야. 여긴 새벽 4시라고. 나는 지금 기분 좋게 자고 있었어……"

"트레이시 휘트니에 대한 정보라면 뭐든지 좋으니까 보내주세요. 신문기사를 오린 것, 비디오테이프 등 입수할 수 있는 모든 것을."

"뭔가 진전이 있었나?"

쿠퍼는 대답하지 않고 전화를 끊었다.

'이 자식이 까불고 있어! 머지않아 설설 기게 만들어주고 말겠다!'

레이놀즈는 끊어진 전화를 저주하면서 복수를 맹세했다.

지금까지 다니엘 쿠퍼는 그저 아무 생각 없이 트레이시 휘트니에게 흥미를 가지고 있는 정도였다. 그렇지만 이제 그녀는 임무의 대상이 되었

412

다. 쿠퍼는 트레이시의 사진을 호텔의 좁은 방의 벽에 붙였고, 그녀에 관한 모든 신문 기사를 읽었다. 그리고 빌려온 비디오카세트 플레이어로 판결 직후에 법정에서 나왔을 때와 교도소에서 석방되었을 때의 텔레비전 뉴스 장면을 몇 번이고 되풀이해서 보았다. 어두운 방에 몇 시간이나 앉아서 필름을 본 결과, 처음에는 희미했던 의심이 점차 확신으로 변하고 있었다.

"여자 도둑단이란 너 한 사람을 말하는 거야, 미스 휘트니."

다니엘 쿠퍼는 목소리를 높여서 말했다. 그리고 비디오테이프를 앞으로 돌리는 버튼을 다시 한 번 눌렀다.

백작의 저택을 털다

매년 6월의 첫 번째 토요일이 되면 마티니 백작은 반드시 자선무도회를 여는 것이 관례였다. 파리의 소아과 병원에 기부하기 위해서였다. 이무도회의 입장권은 1장에 1천 달러나 하는데도 세계 각지로부터 사교계의 엘리트들이 비행기를 타고 와서 참가했다.

컵 댄티브에 있는 마티니 성은 프랑스의 명소 중의 하나였다. 구석구석까지 손질이 잘된 택지는 공상의 세계처럼 훌륭했고, 성 그 자체도 15세기에 세워진 유서 깊은 건조물이었다.

축하연이 열리는 밤, 이 저택의 대무도실과 소무도실은 아름답게 치장한 참가자들로 넘쳤다. 단정한 제복의 하인들은 계속해서 샴페인을 따르고 있었으며 거대한 테이블이 몇 개나 준비되었고, 조지 왕조풍의 은으로 만든 큰 접시에 산더미처럼 쌓인 고급스러운 오트볼이 손님들의 식욕을 자극하고 있었다.

많은 참가자들 가운데서도 트레이시는 특히 눈에 띄었다. 너무 아름다워서 고민스러울 정도로 치장을 하고 있었다. 하얀 레이스 가운을 입고 높이 묶은 머리에 다이아몬드 왕관까지 장식하고 있었으며, 거기다 이 무도회의 주최자인 마티니 백작을 상대로 춤을 추고 있었다. 백작은 60대 후반의 자그마한 남성으로 근육질의 몸매에 창백하고 섬세한 듯한 얼굴의 홀아비였다.

'백작이 매년 개최하고 있는 소아과 병원 기부를 위한 자선 무도회는 사실 사기극이야. 병원에 기부되는 것은 모인 돈의 10퍼센트뿐이고 나머지 90퍼센트는 백작의 호주머니로 들어가지.'

군터는 트레이시에게 말했다.

"춤을 무척 잘 추시는군요, 공작부인."

백작이 말하자 트레이시는 명랑하게 웃었다.

"리드를 잘 하시기 때문이에요."

"어째서 좀 더 일찍 부인을 알지 못했을까요?"

"남아메리카에서 살고 있었거든요. 정글 속에서 생활했죠. 정말이지 지겨웠어요."

"어째서 그런 곳에!"

"남편이 브라질에 광산을 몇 개 가지고 있거든요."

"그렇군요. 혹시 남편께서도 오늘 밤 참석하셨습니까?"

"아뇨, 아쉽게도 남편은 일손을 놓을 수 없어서 아직 브라질에 있어요."

"남편의 불운이 저에게는 행운이로군요."

백작은 손에 힘을 주어 트레이시의 허리에 팔을 돌렸다.

"가깝게 지내면 좋겠소."

"동감이에요."

트레이시는 백작의 귓가에서 속삭였다.

백작의 어깨너머로 트레이시는 제프 스티븐스의 모습을 발견했다. 그는 햇볕에 새까맣게 그을린 모습이었는데 이상하게도 보기가 좋았다. 진홍색 드레스를 입은 검은 머리의 미녀와 춤추고 있었는데, 여자는 완전히 제프에게 기대어 있었다. 트레이시가 그를 발견함과 동시에 두 사람의 시선이 마주쳤다. 제프는 환하게 웃어보였다.

'저 비열한은 분명히 비웃고 있을 거야.'

트레이시는 씁쓸하게 생각했다. 최근 2주일 동안 트레이시는 두 번이나 허탕을 치고 말았다. 첫 번째 목표물에 침입해 금고를 열어보니 속은 텅 비어 있었다. 바로 직전에 제프가 가져간 것이다. 두 번째의 경우는 트레이시가 노린 저택의 마당으로 침입하려고 하는데 갑자기 엑셀을 밟는 자동차의 엔진 소리가 들렸고 그쪽을 보니 제프가 속력을 내면서 떠나는 것이 일순간 눈에 들어왔다. 또다시 선수를 빼앗긴 것이다.

'지금 또 그가 이 저택에 있다. 내가 여길 노리고 있는데……'

트레이시의 분노는 폭발 직전까지 가 있었다.

"안녕하세요, 백작님."

마티니 백작은 미소 지었다.

"어, 제플리! 어서 오게나. 자네가 와 주어서 기쁘네."

"제가 빠질 리가 없죠."

제프가 팔 안의 요염한 여자를 가리키며 소개했다.

"이쪽은 월레스 양이에요. 이분이 마티니 백작님."

"아름다우시군요!"

백작은 찬사를 보내고 트레이시에게 고개를 돌렸다.

"공작부인, 소개드리겠습니다. 이 두 분은 월레스 양과 제플리 스티븐스 씨입니다. 이쪽은 라로사 공작부인입니다."

제프는 이상하다는 듯이 눈썹을 치켜세웠다.

"저, 죄송합니다. 이름을 잘 듣지 못했습니다."

"드 라로사라고 합니다."

트레이시는 무표정하게 말했다.

"드 라로사…… 아하, 드 라로사."

제프는 트레이시를 가만히 응시했다.

"그 이름을 들은 기억이 있어요. 아, 그래요! 남편을 알고 있어요. 그런데 함께 오셨나요?"

"남편은 브라질에 있어요."

트레이시는 자신이 이를 갈고 있음을 깨달았다.

제프는 환하게 웃었다.

"아, 그것 참 아쉽군요. 둘이서 자주 사냥을 하던 사이예요. 물론 그가 사고를 당하기 전의 일이지만 말입니다."

"사고라고요?"

백작이 물었다.

"그래요."

제프는 비통한 듯한 목소리로 말했다.

"총이 오발되었어요. 남자의 중요한 부분에 맞았죠. 정말이지 멍청한 짓을 했어요."

제프는 트레이시를 쳐다보았다.

"그의 기능이 회복될 기미는 조금이라도 있는 건가요?"

트레이시는 마음을 고쳐먹고는 대답했다.

"머지않아서 그도 당신 정도로는 정상이 될 수 있을 거라고 생각해요, 스티븐스 씨."

"네, 그것 참 다행이군요. 부디 남편께 안부 전해주십시오, 공작부인."

음악이 멈추었다. 마티니 백작은 트레이시에게 양해를 구했다.

"용서해주신다면 저는 오늘 모임의 주최자로서 할 일이 있습니다만……. 잊어서는 안 돼요. 내 테이블에 앉아줘요, 꼭."

백작은 트레이시의 양손을 힘껏 쥐었다.

그리고 백작이 사라지자 제프는 동반한 여자에게 말했다.

"천사 아가씨, 당신의 핸드백에 아스피린이 없을까? 한 알 정도 가지고 와 주지 않겠어? 두통이 심해서 말이오."

"어머나, 큰일이군요. 금방 가지고 올게요."

월레스 양은 애정 어린 눈길로 제프를 바라보았다. 트레이시는 그녀가 급하게 플로어에서 멀어지는 것을 바라보면서 말했다.

"여자가 너무 달콤해서 당신이 당뇨병에라도 걸리는 거 아니에요?"

무의식중에 자신의 입에서 튀어나온 질투 어린 듯한 말에 트레이시는 당혹했다.

"꽤 귀엽잖아. 그런데 최근의 심기는 어떠신지요, 공작부인?"

트레이시는 주위의 눈을 의식해 미소를 지었지만 말투는 냉랭했다.

"그런 일은 당신하고는 상관없는 일이잖아요?"

"그래, 그런데 매우 관계가 있지. 친구로서 충고해두고 싶은데 이 성은 노리지 않는 게 좋아."

"어째서죠? 당신이 먼저 계획을 세웠기 때문인가요?"

제프는 트레이시의 팔을 잡고는 피아노 근처의 사람이 없는 곳으로 데리고 갔다. 그곳에서는 눈동자가 검은 젊은 사내가 슬픈 곡을 연주하고 있었다. 음악이 연주되고 있었으므로 제프의 목소리가 들리는 것은 트레이시뿐이었다.

"사실을 말하자면 말이야, 나도 어떻게 해보려고 계획을 세웠었지. 그런데 불가능한 것은 아니지만 너무 위험하다는 것을 알았어."

"정말이에요?"

트레이시는 제프와의 대화를 즐기고 있었다. 연극을 중단하고 본래의 자신으로 돌아갔으므로 갑자기 마음이 편해졌던 것이다.

'그리이스어에 딱 들어맞는 말이 있지.'

트레이시는 생각했다. 영어의 '위선자'는 그리이스어의 '배우'가 어원이다.

"이봐 잘 들으라고, 트레이시. 이 성을 포기해. 우선 첫 번째로, 여기서 살아서 나갈 수는 없어. 밤이 되면 맹견을 풀어놓으니까 말이야."

제프는 심각한 말투로 말했다.

갑자기 트레이시는 진지하게 듣기 시작했다. 역시 제프도 이 저택을 노리고 있었던 것이다.

"모든 창문과 문에 전선이 장치되어 있어. 경보 장치는 경찰서로 직결되어 있고……. 설령 간신히 저택 내에 침입할 수 있다 하더라도 모든 장소에 눈에 보이지 않는 적외선이 종횡으로 쳐져 있지."

"그런 것 정도는 알고 있어요."

트레이시는 약간 허세를 부리며 말했다.

"그렇다면 적외선은 당신이 발을 들여놓는 순간에는 경보를 울리지 않는다는 것도 알고 있어야지. 적외선은 거기에서 나왔을 때 울리도록 장치가 되어 있다고. 열의 변화에 감응하는 거야. 그걸 울리지 않고 통과할 수는 없어."

트레이시는 그 점에 관해서는 모르고 있었다.

'제프는 어떻게 알았을까?'

"나한테 왜 그런 것을 가르쳐주는 건가요?"

제프는 환하게 웃었다. 이럴 때의 제프는 더할 나위 없이 매력적이라고 트레이시도 인정하지 않을 수 없었다.

"당신이 잡히는 것을 바라지 않기 때문이지, 공작부인. 당신을 언제나 어딘가에서 보고 있고 싶어. 알고 있잖아, 당신하고 나는 좋은 친구가 될 수 있다는 것을."

트레이시는 반론을 하려고 했다. 그러나 그때 제프의 데이트 상대가 오는 것이 보였으므로 마음을 바꾸었다.

"보세요, 당뇨병 양이 오고 있어요. 마음껏 즐기시라고요."

트레이시가 그곳을 떠나려 하자 제프의 동반자의 목소리가 들려왔다.

"약을 먹을 수 있게 샴페인을 가지고 왔어요. 괜찮으세요?"

만찬은 호화롭기 짝이 없었다. 각각의 코스에 맞춘 와인이 준비되어 있었고, 하얀 장갑을 낀 하인이 완벽한 서비스를 맡았다. 첫 번째 코스는 그 고장에서 생산되는 아스파라거스에 하얀 트리프 소스를 얹은 것이었다. 이어서 섬세한 맛의 샷갓 죽순이 든 콘소메, 그리고 양의 등심에 백작 저택의 밭에서 딴 신선한 채소를 곁들인 요리와 바삭바삭한 상치 샐러드가 나왔다. 디저트로는 손님의 기호에 맞추어서 아이스크림이 나왔는데, 은으로 만든 장식 접시에는 컵케이크가 산더미처럼 쌓여 있었다.

그리고 마지막이 커피와 브랜디였다. 남성에게는 담배가 제공되었고, 여성에게는 작은 크리스털 병에 향수인 '조아'가 선사되었다.

식사가 끝나자 마티니 백작은 트레이시에게 말했다.

"당신은 내가 소장하고 있는 그림에 흥미가 있으시다고 했죠? 지금부터 보러 가실까요?"

"꼭 보고 싶어요."

트레이시는 즉각 대답했다.

백작의 화랑은 흡사 개인 미술관을 방불케 했다. 이탈리아의 거장들이나 프랑스 인상파 화가들의 작품이 여러 점 수집되어 있었고 피카소도 있었다. 긴 화랑의 양 옆에는 불세출의 화가들의 불후의 명작이 찬란학 빛나고 있었다. 모네나 르누아르, 카나레토나 과르디스나 틴 토레토의 그림도 있었다. 절묘한 필치의 티에폴로나 게르치노, 그리고 벽에 가득한 사이즈의 세잔느의 역작도 있었다. 컬렉션도 이 정도가 되면 값어치를 따져볼 도리가 없었다.

트레이시는 그 걸작을 한 점씩 찬찬히 바라보며 마음껏 만끽했다.

"경비는 철저하게 하고 계시겠죠?"

백작은 미소 지었다.

"사실은 지금까지 내 보물을 노리고 침입했던 도둑이 세 명이 있었는데 한 사람은 개에게 물어 뜯겨서 죽었고, 다른 한 사람은 불구가 되었고,

세 번째는 남은 인생을 교도소에서 보내는 처지가 되었죠. 이 성은 난공불락의 요새입니다, 공작부인."

"그 말씀을 들으니 안심이 되는군요, 백작님."

바깥에서 섬광이 번득였다.

"불꽃놀이가 시작된 모양이군요. 재미있습니다, 가서 봅시다."

백작이 권했다. 그는 종이처럼 건조한 손으로 트레이시의 부드러운 팔을 잡았고 화랑 바깥으로 인도했다.

"내일 아침에 도빌로 갑시다. 해안가에 별장이 있어요. 이번 주말에는 친구가 몇 명 오기로 되어 있죠. 당신도 함께하시면 어떻겠습니까?"

"꼭 그러고 싶지만 안타깝게도 남편이 짜증을 부릴 것 같아요. 빨리 돌아오라고 성화거든요."

트레이시는 정말로 아쉬운 듯이 말했다.

불꽃놀이가 1시간이나 계속되었으므로 트레이시는 들뜬 분위기를 틈타서 저택 구석구석을 살펴보았다. 제프가 충고했던 그대로였다. 솜씨 있게 훔쳐내기에는 고도의 기술이 필요할 것 같았다. 그렇지만 그렇기 때문에 더욱더 도전하고픈 욕구가 솟아올랐다. 2층의 백작 침실에 200만 달러 상당의 보석과 레오나르도 다빈치 등의 그림이 6점 있는 것을 트레이시는 알고 있었다.

'저 성은 보물의 저택이지. 따라서 대단히 엄중하게 경비를 하고 있어. 만약의 경우에도 절대로 확실한 계획이 설 때까지는 손을 대서는 안 돼.'

트레이시는 군터로부터 그렇게 들었었다.

'그런데 나는 벌써 계획을 완성했어. 만약의 경우가 없는지 어떤지, 내일이면 알 수 있겠지.'

트레이시는 생각했다.

다음날 밤은 구름이 낮게 드리운 무척 추운 날씨였다. 험하고 높은 벽이 성을 둘러싸고 사람들의 접근을 막고 있었다. 그 벽의 그림자 속에 트레이시는 서 있었다. 검은 옷차림에 고무로 바닥을 댄 신발을 신었으며 부드러운 가죽 장갑을 끼고 숄더백을 메고 있었다. 문득 긴장이 풀리자 교도소의 벽이 생각났고 자신도 모르게 치를 떨었다.

트레이시는 렌터카인 밴 트럭을 운전해 이 저택의 뒤쪽의 돌벽을 따라서 달렸다. 담장 안쪽에서 개 짖는 소리가 들려왔다. 그것은 점점 흥분한 울부짖음으로 변했으며 결국에는 벽을 향해 달려들었다.

거대한 몸집의 도베르만이 광폭하게 이빨을 드러내고 있는 모습을 트레이시는 상상할 수 있었다. 그녀는 밴 트럭 안에 있는 사람에게 작은 목소리로 말했다.

"자, 지금이에요."

역시 검은 복장을 한 마른 체구의 중년 남자가 배낭을 짊어지고 암놈 도베르만을 껴안고 나왔다. 그러자 담장 너머의 개 짖는 소리가 갑자기 애원조로 변했다. 이 계절은 개의 발정기이기도 했다.

트레이시는 암놈을 밴 트럭 위로 안아 올렸다.

"하나, 둘, 셋!"

트레이시는 속삭이듯 호령을 붙였고, 두 사람은 벽 너머의 저택 안으로 암놈을 던졌다. 예리한 개 짖는 소리가 두 번 난 후, 쿵쿵거리는 소리가 들렸다. 이윽고 친숙해진 소리가 멀어져가더니 완전한 정적이 감돌았다.

"가요."

남자는 고개를 끄덕였다. 그의 이름은 장 루이라고 하며 트레이시가 앙티브에서 발견한 인물이었다. 좀도둑질을 하다가 체포되어 인생의 태반을 교도소에서 지내온 인간이었다. 머리는 좋지 않았지만 열쇠와 경보기 취급에 관해서는 천재로서 이번 일에는 최적의 인물이었다.

트레이시는 밴 트럭의 지붕에서 돌벽 위로 뛰어올랐다. 줄사다리를 꺼내어 벽에 고정시키고 두 사람은 그것을 사용해서 저택 안의 잔디 위로 뛰어내렸다. 저택은 전날 밤과는 판이하게 달랐다. 휘황찬란하던 조명과 손님들의 웃음소리로 넘치던 어제와는 달리 지금은 칠흑 같았고 황량하기만 했다.

장 루이는 도베르만에게 신경을 곤두세우면서도 트레이시의 뒤를 따라서 걸었다.

성에는 몇 세기나 걸쳐서 담쟁이덩굴이 무성하게 자라고 있었으며 지붕에까지 이르고 있었다. 트레이시는 아무도 모르게 덩굴의 강도를 시험해두었다. 드디어 실전이다. 덩굴에 매달려서 모든 체중을 걸어보았다. 견딜 수 있었다. 트레이시는 덩굴을 타고 성벽을 기어 올라가 아래를 살펴보았다. 개의 모습은 아무 곳에도 보이지 않았다.

'개의 사랑이 오래 지속되길……!'

트레이시는 기도했다.

지붕에 도달하자 트레이시는 장 루이에게 신호를 보내어 파트너가 기어오르는 것을 지켜보았다. 두 사람이 나란히 서게 되자, 회중전등으로 천장을 비춰보았다. 트레이시가 눈짓을 하자 장 루이는 등의 배낭에서 유리 절단기를 꺼냈다. 유리를 제거하는 데에는 10분도 걸리지 않았다.

한눈에 경보기의 전선이 거미줄처럼 쳐져 있음을 알 수 있었다.

"저것쯤이야 어떻게 되겠죠, 장?"

트레이시는 작은 목소리로 말했다.

"문제없어, 맡기라고."

장은 그렇게 대답하고 배낭 안에서 양끝이 집게로 되어 있는 30센티 정도의 전선을 꺼냈다. 조심스럽게 경보 장치 전선의 한쪽 끝을 찾아내고는 선을 까서 집게가 달린 전선에 접속했다. 그리고 이번에는 다른 한쪽의 집게를 경보 장치의 다른 한쪽 끝에 접속했다. 그 위에서 플라이어로 주의 깊게 경보 장치의 전선을 절단했다. 트레이시는 한순간 경보 장치가 울리지나 않을까 긴장했으나 아무 일도 일어나지 않았다. 장 루이는 트레이시를 올려다보고는 환하게 웃었다.

"자, 끝났어."

트레이시는 생각했다.

'지금 막 시작했잖아요.'

두 사람은 줄사다리를 이용해서 천장에서 내려왔다. 여기까지는 아주 좋았다. 무사히 지붕 위의 다락방까지 도달할 수 있었다. 그렇지만 앞으로가 문제였다. 그녀의 심장은 두근거리면서 고동치기 시작했다. 그녀는 빨간 렌즈의 방호 안경 2개를 꺼내어 하나를 장 루이에게 건넸다.

"이걸 써요."

전날 밤에 이것저것 계획을 세울 때 도베르만을 요리하는 방법은 금방 찾을 수 있었지만 적외선을 사용한 경보 장치를 돌파할 방법은 상당히 오랫동안 떠오르지 않았다. 제프의 말대로 이 저택에는 눈에 보이지 않는 광선이 사방팔방으로 장치되어 있었다. 트레이시는 몇 번이고 크게 심호흡을 했다.

'지혜의 에너지를, 기를 집중시켜라. 긴장을 풀어라.'

트레이시는 정신을 수정처럼 투명하게 만들었다. 무아지경이다.

'광선 속으로 사람이 들어가도 아무 일도 벌어지지 않는다. 그렇지만 사람이 그것에서 나온 순간, 센서가 온도의 차이를 감지해서 경보를 울린다. 도둑이 금고의 문을 열기도 전에 울려버린다. 금고에 손도 대기 전에 경찰이 달려온다.'

그렇지만 바로 이점이야말로 이 경보 시스템의 약점이라고 트레이시는 판단했다. 금고를 열고 나서도 경보가 울리지 않도록 해야 한다. 오늘 아침 6시 30분이 되어서야 트레이시의 머릿속에 해결책이 문득 떠올랐다. 그러자 뜨거운 흥분이 트레이시의 몸 구석구석까지 퍼져나갔다.

그리고 지금 실행할 때가 왔다. 적외선용 안경을 끼자 방안의 모든 것이 갑자기 스산해지더니 빨갛게 빛나 보였다. 지붕 뒤 다락방의 문 앞에서 광선이 나오고 있었다. 방호 안경 없이는 안 보이는 빛이었다.

"저 밑으로 기는 거예요. 조심해요."

트레이시는 장 루이에게 경고했다.

광선 밑을 기어서 빠져나오자 두 사람은 마티니 백작의 침실로 통하는 칠흑 같은 복도로 나왔다. 트레이시는 회중전등을 비추면서 복도를 걸었다. 침실에 접근하자 방호 안경을 통해 다시 광선이 보였다. 이번의 광선은 낮게 깔려 있었다. 트레이시는 조심스럽게 뛰어 넘었다. 장 루이가 똑같이 뒤따랐다.

트레이시가 회중전등으로 주위를 비춰보니 숨이 막힐 것 같은 훌륭한 그림이 걸려 있었다.

'다빈치의 그림은 꼭 가져다주겠지? 물론 보석도 말이야.'

군터는 말했었다.

트레이시는 그림을 끌어내리고는 뒤집어서 바닥에 놓았다. 그리고 조심스럽게 그림만을 액자에서 빼내어 둘둘 말아 배낭에 넣었다. 이제 목적의 절반은 달성했다. 남은 일은 금고를 여는 일이었다. 그것은 침실 안쪽의 커튼으로 차단된 작은 방에 있을 것이다.

트레이시는 커튼을 젖혔다. 4개의 적외선이 바닥에서 천장까지 서로 교차하며 비추고 있었다. 어느 광선에도 닿지 않고 금고까지 가는 일은 절대로 불가능했다. 장 루이도 질렸다는 표정으로 그 광선을 바라보고 있었다.

"이건 안 돼. 통과할 수 없어. 밑으로 기어도 안 되고, 위쪽도 저렇게 높은데 어떻게 뛰어넘어요."

"내 지시대로 해요."

트레이시는 그렇게 말하고 장의 뒤에 바짝 붙어서 양손으로 그의 허리를 힘껏 안았다.

"자, 함께 걷는 거예요. 우선은 왼발을 먼저 내밀어요."

장 루이는 겁먹은 소리로 말했다.

"뭐라고? 빛에 닿는다고!"

"맞아요."

두 사람은 그대로 빛 속으로 들어갔고 적외선이 가장 많이 교차되고 있는 중심에서 정지했다.

"자, 잘 들어요. 당신은 금고로 가는 거예요, 아셨죠?"

트레이시는 설명했다.

"하지만 광선이……."

"신경 쓰지 않아도 돼요. 괜찮아요."

트레이시는 자신의 논리가 옳기를 빌었다.

장 루이는 망설이면서 적외선 바깥으로 발을 내디뎠다. 경보기는 울리지 않고 침묵을 지키고 있었다. 장은 깜짝 놀라서 눈을 동그랗게 뜨고 트레이시를 뒤돌아보았다. 트레이시는 광선의 중심에 서서 자신의 몸의 열로 센서가 감응하지 않고, 경보기가 울리지 않게 하려고 꼼짝 않고 서 있었다. 장 루이는 서둘러서 금고로 다가갔다. 트레이시는 자신이 조금이라도 움직이면 경보기가 울린다는 것을 알고 있었으므로 돌처럼 가만히 서 있으려고 노력했다.

목도 움직이지 않은 채 트레이시는 곁눈질로 장 루이의 작업을 바라보고 있었다.

그는 등에 짊어진 배낭에서 도구를 꺼내어 금고의 다이얼을 만지작거리기 시작했다. 트레이시는 똑바로 선 채로 몸이 떨리지 않도록 조심하면서 천천히 심호흡을 했다. 시간이 멈춰버린 것 같았고, 장 루이의 작업은 영원히 계속되는 것만 같았다. 트레이시의 오른쪽 장딴지가 긴장되기 시작했고, 결국에는 경련이 일어났다. 그녀는 이를 악물고 버티면서 움직이고 싶은 것을 필사적으로 참았다.

"앞으로 얼마나 걸리죠?"

트레이시는 속삭였다.

"10분이나 15분."

트레이시는 태어난 후로 계속해서 그곳에 서 있었던 것 같은 생각이 들었다. 왼발의 근육도 저리기 시작했고, 너무 고통스러워서 마음껏 비명을 지르고 싶었다. 적외선이라는 바늘로 온몸이 찔리고 있는 듯한 느낌이 들었다. 그때, 찰칵 하는 소리가 들렸다. 금고가 열린 것이다.

"굉장한데! 이건 은행이야! 전부 가져갈 건가?"

장 루이는 물었다.

"서류는 필요 없어요, 보석만이에요. 현금이 있다면 모두 당신한테 줄게요."

"고맙군."

장 루이는 재빨리 금고를 털어 트레이시에게 다가왔다.

"대단한 수확이군. 하지만 이번에는 어떻게 광선을 속이고 여기서 나가지?"

장은 말했다.

"그건 무리예요."

트레이시가 말하자, 장은 말똥말똥한 눈으로 트레이시를 바라보았다.

"뭐라고?"

"내 곁에 붙어서요."

"하지만……."

"시키는 대로 해요."

몸을 움찔거리면서 장 루이는 광선 속으로 발을 들여놓았다. 트레이시는 잠시 숨을 멈췄다. 아무 일도 일어나지 않았다.

"좋아요, 이번에는 여기서 나가는 거예요."

"그리고?"

장 루이의 눈은 안경 안에서 크게 열렸다.

"그리고 말이죠, 단숨에 도망가는 거예요."

두 사람은 광선 속을 슬금슬금 뒷걸음쳐서 적외선이 끊어지는 커튼 옆까지 왔다. 거기서 트레이시는 호흡을 가다듬었다.

"그래요, 이젠 됐어요. 내가 됐다고 소리치면 온 길을 단숨에 돌아가는 거예요."

장 루이는 침을 꿀꺽 삼켰고, 말없이 고개를 끄덕였다. 그의 몸이 가늘게 떨고 있는 것을 트레이시는 느낄 수 있었다.

"됐어요!"

트레이시는 빙글 몸을 돌려서 문으로 달렸다. 장 루이도 뒤를 따랐다. 두 사람이 광선의 조명에서 벗어나자마자 경보기가 작동하기 시작했다. 고막이 찢어질 듯한 소리가 울려 퍼졌다.

트레이시는 전속력으로 다락방으로 달려가 매달려 있는 줄사다리에 올랐다. 장도 바로 뒤를 이었다. 지붕을 가로질러서 밧줄을 타고 성벽을 내려와 두 번째 줄사다리가 걸려 있는 벽을 향해서 맹렬하게 달렸다. 곧이어 두 사람은 벤 트럭의 지붕에 이르렀고 곧바로 지상으로 미끄러지듯 내려갔다. 트레이시는 운전석으로 뛰어 올랐고, 장도 조수석에 앉았다.

좁은 길을 능숙하게 운전하는 트레이시의 눈에 숲속에 주차돼 있는 검은 세단이 들어왔다. 트럭의 헤드라이트가 일순간 세단 안을 비추자, 핸들을 잡은 제프 스티븐스가 보였다. 조수석에는 커다란 도베르만이 앉아 있었다. 트레이시는 큰 소리로 웃으면서 제프에게 손 키스를 던졌고, 트럭의 속도를 높였다.

경찰차의 사이렌 소리가 먼 곳으로부터 들려왔다.

프로급 도둑

프랑스 남서부에 위치한 휴양지인 비아리츠는 과거만큼의 흥청거림은 없었다. 성황을 이루던 벨르뷰 도박장은 노후화해서 폐쇄되었으며 마자 그란 가의 시영 도박장 쪽도 이제는 작은 가게나 댄스교실 등에 세를 놓는 잡동사니 빌딩으로 변하고 있었다. 언덕 위에 즐비한 별장이 스산하면서도 간신히 위엄을 유지하고 있을 정도였다.

그래도 7, 8월에는 부자나 귀족의 칭호를 지닌 사람들이 유럽 각지로부터 몰려들어 과거를 그리워하면서 도박을 하거나 일광욕을 즐기곤 했다.

자신의 성을 가지고 있지 않은 손님은 임페라트리스가의 1번지에 있는 호화스러운 호텔 드 파레에서 묵었다. 한때 나폴레옹 3세의 여름 주거지였던 이 호텔은 대서양으로 튀어나온 언덕 위에 있어서 풍광이 최고라는 평판을 듣고 있었다. 그곳은 마치 고생대의 괴물이 회색 바다에서 불쑥 튀어나온 것 같은 지형으로, 측면은 울퉁불퉁한 바위 언덕으로 되어 있었으며, 그 한쪽 끝에는 등대가 서 있었고 다른 한쪽 끝에는 판자를 깐 보도가 깔려 있었다.

8월 하순의 어느 날 오후, 프랑스인인 마르게리트 드 샹틸리 남작 부인이 호텔 드 파레의 로비로 힘차게 들어왔다. 남작 부인은 우아하게 보이는 젊은 여성으로 은빛이 도는 금발 머리에 귀여운 모자를 가볍게 쓰고 있었다. 녹색과 백색의 실크로 만든 지방시 드레스로 그 자태가 한층 더 돋보여서 지나가는 여성들은 시샘을 하면서도 뒤돌아보았고, 남자들은 멍하니 입을 연 채로 그녀의 걷는 모습에 넋을 잃고 있었다.

남작 부인은 프런트로 다가갔다.

"제 열쇠 좀 주세요."

매우 아름다운 악센트의 프랑스어였다.

"알았습니다, 남작부인."

프런트 담당은 트레이시에게 방의 열쇠와 몇 통의 전화 메시지를 건넸다. 트레이시가 엘리베이터로 향하자 안경을 긴 볼품없는 풍채의 사내가 에르메스 스카프 매장에서 갑자기 뛰어나와 강하게 그녀와 부딪쳤고, 그 충격으로 트레이시는 핸드백을 떨어뜨리고 말았다.

"아, 실례했습니다. 정말이지 죄송합니다."

사내는 트레이시의 핸드백을 주워서 그녀에게 건네주며 사과했다.

"부디 용서해주십시오."

사내는 중부 유럽 악센트가 섞인 영어로 말했다.

마르게리트 드 샹틸리 남작부인은 부드럽게 고개를 끄덕이고는 그대로 계속해서 걸었다. 가까이에 있던 안내원이 그녀를 엘리베이터로 안내해주었고, 그녀는 3층에서 내렸다. 트레이시는 312호 객실에서 머무르고 있었다. 방을 선택하는 일은 호텔을 결정하는 것과 똑같은 정도로 중요하다는 것을 그녀는 경험으로 알고 있었다. 이탈리아의 카프리 섬에서는 크위시서너 호텔의 방갈로 522호, 스페인의 마조르카 섬에서는 손 비다 호텔의 로열 객실―그곳에서는 산들이나 먼 해안을 한눈에 볼 수 있었다. 뉴욕에서는 헬 무스레이 팔레스 호텔의 타워 4717호, 암스테르담에서는 암스텔 호텔의 325호―그곳에 묵으면 운하의 속삭임을 들으면서 편안하게 잠들 수 있었다.

이곳 바아리츠의 호텔 드 파레 312호실은 바다와 거리의 양쪽 경관이 내려다보인다. 트레이시의 방의 어느 창문으로부터도 마치 물에서 허우적거리는 인간처럼 바다로부터 불쑥 얼굴을 내밀고 있는 바위들에 파도가 부딪쳐 산산이 흩어지는 광경이 보였다. 창문 바로 아래는 사람의 간 모양을 한 거대한 수영장의 밝은 푸른 물빛이 회색의 바다와 좋은 대조를 이루고 있었다. 수영장 옆은 큰 테라스로 되어 있어서 울긋불긋한 파라솔이 여름의 광선을 차단하고 있었다.

방의 벽은 청색과 백색의 실크 벽지로 장식되어 있었고 토대의 측벽은 대리석, 카펫이나 커튼은 핑크빛이 나는 장밋빛이었다. 또 나무문과 셔터에서는 시대를 거쳐 온 오래된 광택이 우러나오고 있었다.

트레이시는 등 뒤로 문을 닫는 금발의 가발을 벗고 두피 마사지를 했다. 남작 부인의 분장은 그녀의 18번이었다. '데브레즈 귀족 연감'이나 '고우서 연감'을 보면 선택할 수 있는 칭호가 몇백 개나 되었다. 20개국 이상에 걸쳐서 왕비, 공작부인, 백작부인, 남작부인, 그 밖의 귀족 부인들이 기재되어 있는 그 책들은 트레이시에게 있어서 더할 나위 없이 소중했다. 몇 세기나 걸친 계보도 실려 있었고 일가친척의 이름이나 출신교, 주거지에 별장의 주소까지 기재되어 있었다. 그 연감에서 저명한 일가를 선택해서 먼 친척, 특히 부유한 먼 친척으로 위장하는 일은 실로 간단했다. 세상 사람들은 작위나 돈에는 약한 것이다.

트레이시는 아까 호텔 로비에서 부딪힌 사내를 떠올리고는 환하게 웃었다. 이제 막 연극의 막이 오르려 하고 있었다.

그날 밤 8시, 마르게리트 드 샹틸리 남작부인이 호텔의 바에 앉아서 술을 마시고 있자, 아까 충돌했던 그 사내가 그녀의 테이블로 다가왔다.

"실례하겠습니다. 아까 그런 실수를 저질러서 정말로 죄송합니다."

트레이시는 우아한 미소로 대답했다.

"신경 쓰시지 않아도 돼요. 사소한 사고였는데요, 뭘."

"죄송합니다. 괜찮으시다면 한잔 대접해도 괜찮겠습니까? 그럼 저의 기분도 좀 편해질 것 같은데요."

그 남자는 머뭇거리면서 말했다.

"좋아요. 그렇게 해서 위안이 되신다면."

남자는 긴장된 표정으로 건너편 의자에 앉았다.

"제 소개를 하겠습니다. 저는 아돌프 주커맨 교수라고 합니다."

"마르게리트 드 상틸리예요."

주커맨은 급사장에게 신호를 했다.

"뭘 마시고 계십니까?"

주커맨은 트레이시에게 물었다.

"샴페인이에요. 하지만."

남자는 손을 들어서 말을 가로막았다.

"그 정도는 저도 지불할 수 있습니다. 사실을 말씀드리자면 저는 세상에서 원하는 것이라면 무엇이든 손에 넣을 수 있는 바로 직전에 서 있죠."

"정말로요? 그것 참 좋은 일이군요."

트레이시는 희미하게 미소 지었다.

"네, 정말이에요."

주커맨은 샴페인을 한 병 주문하고는 다시 트레이시를 바라보았다.

"실로 믿기 어려운 대이변이 저의 신상에 일어났어요. 사실은 이런 일을 처음 보는 사람에게 말해서는 안 되겠지만, 너무 기분이 들떠 있어서 도저히 혼자 가슴 속에만 숨겨놓을 수가 없어서 말입니다."

주커맨은 상반신을 구부린 채 트레이시에게 가까이 다가와 목소리를 낮추었다.

"사실 저는 최근까지 일개 선생일 뿐이었는데……, 역사를 가르치고 있었죠. 하긴 재미있는 과목이긴 하지만 그렇다고 해서 당신도 아시다시피 흥분할 정도는 아니죠."

트레이시는 품위 있는 표정으로 호기심을 떠올리며 그의 이야기에 열중했다.

"다시 말해서 말입니다, 불과 몇 개월 전까지는 몸이 근질거리는 일 따위는 없었다는 말입니다."

"몇 개월 전에 무슨 일이 일어났나요, 주커맨 교수님?"

"저는 스페인의 무적함대인 아르마다에 관해서 조사하고 있었어요. 학생들이 조금이라도 흥미를 가지고 공부할 수 있도록 특이하고 재미있는 자료를 찾고 있었죠. 그런데 지방의 어떤 박물관의 고문서실에서 우연히 다른 서류에 섞여 있는 한 장의 낡은 기록을 찾을 수가 있었어요. 그것은 1588년에 필립 왕자가 함대를 보냈을 때의 비밀 문서였어요. 그 함대 중 한 척에는 금괴를 적재하고 있었는데 흔적도 없이 침몰해버렸다고 되어 있더군요."

트레이시는 상대방을 탐색하듯 살펴보았다.

"침몰해버렸다고 되어 있다고요?"

"바로 그렇습니다. 하지만 제가 발견한 기록문서에 의하면 선장과 승무원들은 인적이 없는 해안까지 배를 몰고 가서 일부러 침몰시켰다고 되어 있었어요. 세월이 지난 후에 돌아와 보물을 회수할 생각이었는데, 그렇게 하기 전에 해적의 습격을 받아서 모두들 살해되었죠. 기록문서만 남은 것은 해적들은 아무도 읽고 쓸 수가 없었기 때문이에요. 녀석들은 자신들이 손에 넣은 것의 진정한 의미를 몰랐던 겁니다."

주커맨의 목소리는 흥분으로 떨리기 시작했다.

"자, 그런데 말입니다."

역사 선생은 더욱 목소리를 낮추어서 주위를 빙글 돌아본 후에 안전을 확인하고는 말을 계속했다.

"제가 가지고 있는 기록문서에는 보물이 있는 장소에 도달하기 위한 상세한 지시가 적혀 있다 이 말입니다."

"정말이지 운이 좋으시군요, 교수님."

남작부인은 진정 부럽다는 듯한 목소리로 말했다.

"그 금괴는 지금 돈으로 대략 5천만 달러 가치는 있을 겁니다. 더구나 어려운 일도 아니에요. 가서 가지고 오기만 하면 되니까요."

주커맨은 말했다.

"그럼 왜 당장 그렇게 하지 않으시죠?"

역사 선생은 당황하며 어깨를 으쓱했다.

"자금 때문이죠. 보물을 수면까지 끌어올리려면 배를 준비해야만 하거든요."

"그렇군요. 얼마나 필요한데요?"

"10만 달러쯤요. 사실 저는 어처구니없는 어리석은 짓을 해버렸어요. 제가 꾸준히 저금한 돈이 2만 달러 정도 있었는데, 그걸 가지고 비아리츠로 와서 필요한 자금을 얻을 수 없을까 하고 카지노에서 도박을 한 거예요."

거기까지 말하자 주커맨의 목소리는 힘을 잃었다.

"그런데, 잃고 말았군요."

그는 고개를 끄덕였다. 안경 안쪽에서 눈물이 반짝이며 빛나는 것이 보였다. 샴페인이 왔고, 급사장이 코르크 마개를 뽑고 황금빛 액체를 2개의 잔에 부었다.

"행운이 있으시길!"

트레이시가 건배했다.

"고맙습니다."

두 사람은 각각의 잔에 입을 댔고, 각각의 생각에 잠겨 잠시 침묵했다.

"쓸데없는 말씀을 드려서 죄송합니다. 아름다우신 부인에게 그만 개인적인 고민을 털어놓고 말았군요."

주커맨은 사과했다.

"괜찮아요, 재미있는 얘기였어요. 당신은 그곳에 금이 가라앉아 있다고 생각하시는군요."

트레이시는 위로하는 투로 말했다.

"털끝만큼의 의심도 없어요. 저는 당시의 선적 명령서의 현물 명세표와 배를 침몰시킨 선장이 그린 지도를 가지고 있어요. 보물이 있는 정확한 위치까지 알고 있습니다."

남작부인은 남자를 찬찬히 바라보면서 잠시 생각에 잠겼다.

"하지만 10만 달러가 없으면 손을 쓸 수가 없다는 얘기군요."

주커맨은 쓸쓸히 미소 지었다.

"그 정도만 있으면 5천만 달러 상당의 보석을 손에 넣을 수 있는데 말입니다."

남자는 그렇게 말하고는 다시 샴페인을 한 모금 들이켰다.

"가능성이 있어요."

남작부인이 프랑스어로 말했다.

"뭐라고요?"

"당신은 공동 출자자를 모집하는 일은 생각해보지 않으셨나요?"

주커맨은 깜짝 놀란 듯이 부인을 바라보았다.

"공동 출자자라고요? 아뇨. 저는 혼자서 할 생각이었어요. 하지만 이젠 돈도 몽땅 털리고……."

그의 목소리는 또다시 꺼질 듯 작아졌다.

"주커맨 교수님, 제가 10만 달러를 제공한다면 어떻게 하시겠어요?"

역사 선생은 고개를 좌우로 저었다.

"그런 터무니없는 얘기는 하지 마십시오, 남작부인. 그런 모험을 하실 이유가 없지 않습니까. 거금을 잃을지도 모르는데요."

"하지만 당신은 보물이 그곳에 있다는 것을 확신한다고 하셨잖아요?"

"그야 물론 저한테는 확증이 있기야 하지요. 하지만 만일이라는 게 있지 않겠어요? 보증이 있는 것은 아니에요."

"이 세상에는 보증할 수 있는 일 같은 것은 그다지 많지 않아요. 당신의 얘기에는 매우 흥미가 당기는군요. 제가 도와드려서 해결할 수 있다면 우리 두 사람에게 매우 유익한 일이 아닐까요?"

"아뇨, 당신이 돈을 잃을 우려가 조금이라도 있게 되면 저 자신이 그걸 용서하지 못할 겁니다."

"저한테는 돈의 여유가 있는 편이에요."

남작부인은 상대방을 안심시켰다.

"그리고 이 투자는 가치도 상당히 크잖아요?"

"물론 그런 면이 있기는 하죠."

주커맨은 인정했다. 의자에 묵직하게 앉아서 사태를 깊이 생각해보고는 이윽고 의심이 풀린 듯이 그는 말했다.

"만약 꼭 투자를 하고 싶으시다면 이익을 절반으로 나누는 것이 어떻겠습니까?"

남작부인은 기뻐서 활짝 웃었다.

"그렇다면 받아들이겠어요, 좋아요."

교수는 재빨리 덧붙였다.

"실비를 제외한 이익이죠, 물론."

"당연한 얘기죠. 언제부터 개시할까요?"

"지금 당장이라도요. 사용할 배는 이미 봐두었습니다. 해저를 탐색할 신식 장비를 탑재하고 있고, 승무원도 네 명이나 딸려 있어요. 물론 그들에게도 인양한 것이 무엇이든 간에 몇 퍼센트의 수수료를 지불해야 하지만 말입니다."

교수는 갑자기 힘이 솟는 듯했다.

"좋아요."

"한시라도 빨리 시작하지 않으면 배를 빌리지 못할지도 몰라요."

"닷새 정도면 돈을 준비할 수 있어요."

"그것 참 굉장하군요!"

주커맨은 외쳤다.

"그동안 모든 준비를 할 수 있을 겁니다. 아, 우연한 만남으로부터 뜻하지 않은 일이 일어나는 법이군요?"

"네, 정말이지 그래요."

"우리의 모험을 위하여!"

교수가 잔을 들었다.

트레이시도 잔을 들어서 건배했다.

"저의 직관이 들어맞기를! 보물이 나오기를!"

두 사람은 소리를 내어 잔을 부딪쳤다. 그 순간 건너편으로부터 어떤 인물을 발견하고는 트레이시는 깜짝 놀랐다. 먼 구석자리에서 제프 스티븐스가 싱글거리며 그녀를 바라보고 있었다. 옆에는 화려하게 보석으로 치장한 부인이 앉아 있었다.

제프는 트레이시와 시선이 마주치자 가볍게 미소 지었다. 트레이시는 마지막으로 그를 본 것이 마티니 백작의 성 근처에서 멋모르는 개를 옆에 태우고 있던 모습이었던 것을 떠올리고는 미소로 답례했다.

'그 건은 나의 승리였지.'

트레이시는 만족스러운 기분으로 그렇게 생각했다.

"용서해주신다면, 저는 여러 가지 준비를 착수하고 싶습니다. 또 연락드리겠습니다."

주커맨이 말했다.

트레이시가 상냥하게 손을 내밀자 그는 손등에 키스를 하고는 바에서 나갔다.

"내가 보기에는 친구 분은 당신을 내버려두고 떠난 것 같군. 무엇이 원인인지 상상조차 할 수 없지만 말이오. 오늘은 또 금발이 썩 잘 어울리는 것이 참으로 아름답군요."

트레이시가 고개를 들자 제프가 테이블 옆에 서 있었다. 그는 넉살좋게 지금 막 주커맨이 앉아 있던 의자에 앉았다.

"축하하오. 마티니 성에서의 솜씨는 실로 훌륭했소, 대단하던걸!"

제프는 말했다.

"당신이 칭찬할 줄을 다 아는군요, 제프?"

"당신이 모르는 사이에 나는 당신 때문에 손해를 보고 있다고."

"곧 익숙해질 거예요."

제프는 자리 앞에 놓여 있는 빈 잔을 만지작거렸다.

"주커맨 교수의 목적은 뭐지?"

"어머나, 당신이 그를 알아요?"

"그렇다고 할 수 있겠지."

"그는…… 저…… 한 잔 샀을 뿐이에요."

"그래, 한 잔 사면서 녀석은 침몰한 보물선 얘기를 했겠지?"

트레이시는 갑자기 경계의 눈빛으로 그를 바라보았다.

"어떻게 그걸 알죠?"

제프는 깜짝 놀란 듯이 트레이시를 보았다.

"설마, 그 얘기를 믿는 것은 아니겠지? 그 얘기는 지금까지 마르고 닳도록 쓰인 수법이야."

"이번에는 그런 게 아니에요."

"당신은 그 녀석 얘기를 믿는다는 건가?"

트레이시는 강경하게 맞섰다.

"다 털어놓고 말할 수는 없지만 교수는 우연히 어떤 비밀 정보를 입수했어요."

제프는 믿을 수 없다는 듯한 표정으로 고개를 가로저었다.

"트레이시, 녀석은 당신을 낚으려는 거야. 침몰한 보물선에 얼마나 투자를 하겠다고 말했지?"

"쓸데없는 참견 말아요. 내 돈을 어떻게 쓰든 그건 내 마음이에요."

트레이시는 마음을 진정시킨 채 말했다.

제프는 어깨를 으쓱했다.

"알았어. 옛 친구인 제프가 당신에게 경고하지 않았다고 나중에 불평이나 하지 말라고."

"설마하니 당신도 사실은 그 금괴에 흥미를 가지고 있는 건 아니겠죠?"

제프는 멋대로 생각하라는 식으로 양 손을 들고는 말했다.

"어째서 당신은 내가 하는 말이라면 항상 의심부터 하는 거지?"

"당연한 일 아녜요?"

트레이시는 지체 없이 말했다.

"당신을 믿지 않기 때문이에요. 그런데 함께 있던 여자는 누구죠?"

그렇게 말해놓고는 그녀는 즉각 어리석은 질문을 하고 말았다고 후회했다.

"수잔 말인가? 그냥 친구야."

"부자겠지요, 물론."

제프는 애매하게 웃었다.

"사실 그녀는 돈이 굉장히 있는 것 같아. 내일 점심을 셋이서 함께 하고 싶은데…… 항구에 정박 중인 그녀의 250피트짜리 요트에 솜씨 좋은 요리사가 있어서……."

"고마워요. 하지만 당신의 즐거운 점심을 방해할 생각은 꿈에도 없어요. 당신은 그녀를 어떻게 요리하려는 거죠?"

"그건 당신과는 관계가 없는 얘기 아닌가?"

"그야 그렇겠죠."

트레이시의 입에서 나온 말은 부자연스러웠고, 목은 약간 가라앉아 있었다. 아무리 의식적으로 자제하려 해도 자신의 목소리 어딘가에 질투가 섞여 있었다.

트레이시는 샴페인을 마시는 척하면서 잔 너머로 제프를 관찰했다. 혐오스러울 정도로 매력적인 남자였다. 청결감이 풍기는 선인의 풍모, 긴 눈썹에 길고 아름다운 눈, 하지만 마음은 뱀이었다. 머리회전이 굉장히 빠른 뱀.

"당신은 지금까지 정상적인 직업을 가지려고 했던 적은 없었나요? 당신은 정상적으로 살았더라도 대성공을 거두었을 거예요."

트레이시가 말했다.

제프는 충격을 받은 듯 트레이시를 응시했다.

"무슨 얘기를 하는 거야? 이 멋진 인생을 포기하라는 얘긴가? 농담이겠지!"

"당신은 지금까지 줄곧 사기꾼으로만 살았나요?"

"사기꾼이라고? 난 사업가야."

제프는 발끈해서 말했다.

"또, 어떻게 사, 사업가가 됐죠?"

"난 열네 살 때 집을 뛰쳐나와서 카니발 극단에 들어갔지."

"열네 살 때?"

그 말에 트레이시의 마음은 희미하게 동요했다. 이 말끔하고 매력적인 사내의 허식의 그림자에 가려진 진실을 처음으로 엿본 것 같은 느낌이 들었다.

"나한테는 무척 좋은 경험이었어. 도망치지 않고 대항하는 법을 배웠으니까. 그 후 베트남 전쟁이 발발해서 그린베레 부대에 입대했고, 거기서 고도의 훈련을 받았지. 거기서 내가 얻은 가장 중요한 교훈은 전쟁이야말로 최대의 사기라는 점이야. 그것에 비한다면 당신이나 나나 절대적으로 미숙한 아마추어라는 얘기지."

제프는 거기까지 말하고는 갑자기 화제를 바꾸었다.

"페로타를 좋아하는지 모르겠군."

"그걸 나한테 사게 하려면 됐어요, 필요 없다고요."

"그건 구기 종목이야. 하이알라이(스페인 바스크지방의 민속경기)를 변형시킨 게임이지. 오늘 밤 티켓이 두 장 있어. 수잔은 갈 수가 없다는군. 어때, 가보지 않겠어?"

트레이시는 어느새 승낙을 하고 있었다.

두 사람은 작은 레스토랑에서 식사를 했다. 이 지방의 특산품인 와인과 로스트 포테이토와 마늘과 함께 끓인 오리고기를 먹었다.

"이 집의 특별 요리지."

제프가 트레이시에게 가르쳐주었다.

두 사람은 정치와 책, 여행한 나라와 지방에 관해 이것저것 얘기를 나누었다. 트레이시는 제프가 놀라울 정도로 박식하다는 것을 알게 되었다.

"열네 살 때부터 자립해서 살게 되면, 여러 가지를 일찍부터 배우게 되지. 우선은 자신이 무엇을 원하는지를 알게 돼. 그리고 남이 무엇을 원하고 있는지도 알게 되지. 사기라는 것은 일본의 유도하고 비슷해. 유도는 이기기 위해서 상대방을 이용하잖아. 사기에서는 상대방의 강한 욕심을 이용하는 거지. 당신은 처음에만 일을 하면 된다고. 나머지는 상대방이 알아서 당신의 일을 마무리지어주게 돼."

제프가 설명하자 트레이시는 미소 지었다. 그들은 어떤 면에서 너무도 흡사한 인간들이었다. 트레이시는 제프와 함께 있으면 즐거웠다. 그렇지만 일단 일이 벌어지면 그는 쉽게 배신할 것이라고 트레이시는 확신할 수 있었다. 제프는 어디까지나 요주의 인물인 것이다. 앞으로도 트레이시는 계속해서 그를 주의해야만 한다고 생각했다.

페로타는 비아리츠의 중턱에 있는 축구장 정도의 커다란 야외 경기장에서 개최된다. 코트의 양끝에는 콘크리트를 녹색으로 칠한 거대한 판이 설치되어 있었고, 중앙이 경기장으로 그 양쪽에 돌로 만든 계단식 벤치가 네 줄로 놓여 있었다. 어둠이 깊어지자 조명이 켜졌다. 트레이시와 제프가 도착했을 무렵에는 거의 만원으로, 양 팀의 팬들이 대거 몰려들고 있었다. 이윽고 선수들은 시합을 개시했다.

양 팀의 선수는 순서대로 공을 콘크리트 판에 때렸다. 그 되돌아온 공을 각자의 팔에 묶은 세스타스라는 길고 좁다란 바구니로 잡는 것이다. 페로타는 움직임이 빠른 위험한 게임이라고 할 수 있었다.

선수가 공을 못 잡으면 관중석으로부터는 술렁임과 비명이 터졌다.

"모두들 열중하고 있군요."

트레이시가 말했다.

"아무튼 이 시합에는 큰돈이 걸려 있으니까. 이 지방의 바스크 인들은 도박을 무척 좋아하거든."

관객들은 계속해서 밀려들었고 벤치는 꼼짝도 할 수 없을 정도로 꽉 메워졌다. 트레이시의 몸은 완전히 제프에게 밀착되어 있었다. 제프는 그것을 의식하면서도 모르는 척했다.

게임은 시간이 지남에 따라 더욱 격렬해져갔고, 그와 함께 관객들의 함성도 격렬하게 밤하늘에 메아리쳐갔다.

"이건 위험하잖아요?"

트레이시가 물었다.

"남작부인, 저 공은 시속 160킬로로 날고 있어요. 머리에라도 맞는다면 즉사라고요. 물론 선수가 실수하는 일은 거의 없겠지만 말입니다."

그렇게 말하면서 제프는 건성으로 트레이시의 손을 두드렸고, 눈은 경기를 주시하고 있었다.

선수들은 역시 경기에 숙달되어 있어서 우아하고 완벽하게, 공을 컨트

롤하고 있었다. 하지만 시합이 중반에 접어들었을 무렵, 한 선수가 갑자기 엉뚱한 각도로 공을 던지고 말았다. 그 치명상을 줄 수 있는 공이 똑바로 트레이시와 제프가 앉아 있는 벤치로 날아왔다. 손님들은 앞 다투어 엎드리려고 했다. 제프는 트레이시를 잡고는 지면으로 밀어붙였고, 자신의 몸을 덮어서 감쌌다. 그러자 공이 소리를 내며 두 사람의 바로 머리 위를 통과해 뒤의 벽을 맞고 되돌아갔다. 트레이시는 지면으로 엎드리면서 자신에게 제프의 우람한 몸이 덮쳐지는 것을 느꼈다. 두 사람의 얼굴은 거의 맞닿을 정도였다.

제프는 잠시 그대로 꼼짝 않고 있었지만, 이윽고 일어나서 트레이시의 손을 잡고 일으켜 세웠다. 두 사람 사이에 어색함이 감돌았다.

"저…… 나는 이제 충분히 즐겼어요. 그만 호텔로 돌아가서 쉬고 싶어요, 괜찮겠죠?"

트레이시는 말했다.

제프는 트레이시의 제안을 받아들였다. 호텔까지 오자 두 사람은 로비에서 헤어졌다.

"오늘 밤은 정말로 즐거웠어요."

트레이시는 제프에게 말했다. 그 말은 진심이었다.

"트레이시, 당신은 주커맨의 보물선 얘기에 정말로 응할 생각은 아니겠지?"

"아뇨, 해볼 거예요."

제프는 트레이시를 천천히 뜯어보며 말했다.

"설마 나도 그 보물선을 노리고 있다고 생각하는 건 아니겠지?"

"아니라고 말할 생각인가요?"

제프의 표정이 굳어졌다.

"그렇다면 잘 해보시라고."

"잘 자요, 제프!"

트레이시는 제프가 호텔을 나서는 것을 지켜보았다. 아마도 수잔 부인을 만나러 가는 것이리라.

'그녀도 머지않아 피해자가 되겠군.'

프런트 담당이 말을 걸어왔다.

"저, 안녕하십니까. 남작부인. 부인께 메시지가 있습니다."

주커맨으로부터의 전갈이었다.

아돌프 주커맨은 궁지에 빠져 있었다. 그것도 진퇴양난의 옴짝달싹할 수 없는 지경에 놓여 있었다. 주커맨은 아르망 그랑제의 사무실에 앉아 있었는데, 너무도 무서워서 그만 속옷을 흠뻑 적시고 있을 지경이었다.

그랑제는 플리아가 120번지의 품위 있는 별장을 소유하고 있었으며, 그곳에서 비합법 도박장을 운영하고 있었다. 공영 도박장이 열려 있든, 닫혀 있든 그랑제에게 있어서는 아무래도 좋았다. 왜냐하면 플리아가의 그의 클럽은 부유한 단골들로 항상 붐비기 때문이었다. 공영 도박장과는 달리 사영 클럽에서는 판돈의 상한선이 없었으므로 돈 씀씀이가 거친 사람들이 자유로이 내기를 즐기러 왔다. 그곳의 단골은 아랍의 왕자, 영국의 귀족, 동양의 실업가, 아프리카의 정부요인 등 다채로웠다.

정말로 송구스러울 정도의 천 조각밖에 걸치지 않은 젊은 여성이 무료로 샴페인이나 위스키 주문을 받으러 방을 돌아다니고 있었다. 이것도 손님을 끌어 모으는 아르망 그랑제의 솜씨로, 부자라는 부류는 오히려 가난한 사람들보다도 뭐든 공짜를 좋아한다는 것을 그는 간파하고 있었다.

사실 음료수 한두 잔 정도는 그랑제에게 있어서 아무것도 아니었다. 룰렛에도, 카드에도 사기를 칠 공작이 준비되어 있었기 때문이었다.

클럽은 항상 돈을 두둑하게 가진 노신사와 그들의 동행인 젊고 아름다운 여자로 가득했다. 그리고 그녀들은 늦든 빠르든 누구나 그랑제에게 홀딱 반하게 되어 있었다. 그의 용모는 완벽한 남자의 전형이라고 할 수 있었다. 갈색 눈은 언제나 촉촉하게 젖어 있었고 관능적인 두툼한 입술이 잘 정돈된 얼굴에 조화를 더해주고 있었다. 신장은 160센티밖에 안 되었는데, 완벽한 용모와 낮은 키의 조화가 오히려 여성들을 매료시켰다. 그랑제는 여성이라면 누구나가 뻔히 아는 공치사를 늘어놓았다.

그는 지하조직과 경찰 양쪽에 연줄을 가지고 있어서 사영 도박장의 영업을 계속하기에 충분한 세력을 유지하고 있었다. 그는 조직의 심부름꾼으로 출발해서 마약 운반책이 되었고, 그리고 드디어 비아리츠에서 작지만 자신의 영지를 지배할 수 있게 되었다. 이 작은 사내가 여기까지 올라온 것을 적대자가 알았을 때는 이미 손을 대지 못할 정도로 세력을 가지고 있었다.

그런데 가짜 역사 교수인 아돌프 주커맨이 그랑제에게 지독한 문책을 당하고 있었다.

"침몰한 보물선 수작으로 네가 한탕하려는 남작부인에 대해 좀 더 상세하게 말해보라고."

그랑제의 분노에 찬 목소리에서 주커맨은 뭔가 실수, 그것도 엄청난 실수를 저질렀다는 정도는 감지할 수 있었다.

가짜 교수는 침을 꼴깍 삼키고는 말했다.

"설명하겠습니다. 그녀는 미망인으로서 남편이 거액의 유산을 남겼다고 합니다. 그래서 내가 보물섬 얘기를 꺼내자 여자가 먼저 10만 달러를 제공하겠다고 말했어요."

주커맨은 자신의 말투에 용기를 얻고는 얘기를 계속했다.

"한 번이라도 돈을 받을 수 있다면 얘기는 끝나는 겁니다. 인양선이 고장 나서 다시 5만 달러가 필요하다고 여자에게 말합니다. 그러고는 다시 10만 달러를 내게 하고… 아시다시피 늘 하던 수법대로 중단하는 거죠."

주커맨은 아르망 그랑제의 얼굴에서 멸시하는 표정을 보았다.

"도대체 뭐가 잘못되었습니까, 두목?"

그랑제는 차가운 말투로 내뱉었다.

"뭐가 잘못되었냐고? 지금 막 파리에 있는 동료한테서 연락을 받았어. 녀석은 말이야, 너의 그 남작부인인가 뭔가의 여권을 위조해주었다는 거야. 여자의 본명은 트레이시 휘트니라는 미국인이라고."

주커맨은 갑자기 입이 바짝 타는 것을 느꼈다. 그는 입술을 혀로 핥아서 적신 후에 간신히 말했다.

"하지만 여자는 정말로 흥미를 갖고 있는 것처럼 보였어요, 보스."

"이런 멍청아! 여자는 사기꾼이라고. 사기꾼을 사기 치는 일을 너 따위가 할 수 있을 것 같아?"

"그렇다면 어, 어째서 제 말에 응했을까요. 왜 거절하지 않았을까요?"

아르망 그랑제는 냉정하게 말했다.

"내가 알게 뭐야. 하지만 곧 밝혀지겠지. 일이 끝나면 그 귀부인은 해안에서 수영을 하게 될걸? 발에다 무거운 추를 달고서 말이야. 이 아르망 그랑제를 웃음거리로 만드는 놈은 아무도 용서하지 않아. 자, 지금 여기서 전화해. 자금의 절반을 제공하려는 자가 나타나서 지금 당신을 만나기 위해 그쪽으로 간다고. 그렇게 남작부인한테 전해. 내가 하는 말을 알겠지?"

주커맨은 아첨하듯 말했다.

"알겠습니다, 보스. 걱정하지 마십시오."

"걱정되는군. 네가 하는 일은 걱정이 돼서 견딜 수가 없어, 실수꾼 교수님."

그랑제는 말했다.

아르망 그랑제는 논리에 맞지 않는 얘기는 싫어했다. 침몰한 보물선 얘기는 몇백 년 전부터 있어온 사기수법으로, 피해자는 언제나 멍청이로 정해져 있었다. 사기의 베테랑이 그런 단순한 속임수에 걸려든다는 것은 말도 안 되었다. 그랑제는 그 점을 납득할 수 없었으므로 어떻게든 해명할 생각이었다. 대답이 나오면 여자는 브루노 비센트에게 인도한다. 비센트는 희생자를 처리할 때까지 여러 가지로 등쳐먹으며 가지고 노는 것을 상식으로 알고 있는 사내였다.

리무진이 호텔 드 파레의 정면 현관에 서자, 아르망 그랑제는 자동차에서 내려서 로비로 들어갔다. 쥬르 베르제락이 즉각 맞으러 나왔다. 그는 13살 때부터 이 호텔에서 일하고 있는 바스크인으로, 이제는 머리가 새하얗게 되었을 정도로 나이가 들어 있었다.

"마르게리트 드 상틸리 남작 부인의 방은 몇 호실이지?"

프런트 담당은 룸 넘버를 입 밖에 내지 않는 것이 철칙으로 되어 있지만, 아르망 그랑제에게 그런 것은 통하지 않는다.

"312호실입니다, 무슈 그랑제."

"고맙네."

"그리고 311호실도 사용하십니다."

그랑제는 발길을 멈추었다.

"뭐라고?"

"남작부인은 옆방도 사용하고 계십니다."

"음, 그랬군. 그런데 거긴 누가 묵고 있나?"

"아무도 안 계십니다."

"아무도? 확실한가?"

"네, 선생님. 그분은 계속 문을 잠가놓고 계십니다. 하녀도 출입시키지 말라고 말씀하셨죠."

그랑제는 이상하다는 듯이 얼굴을 찌푸렸다.

"마스터 키는 있나?"

"물론 있습니다."

프런트 담당은 전혀 주저하는 기색도 없이 마스터키를 꺼내서 아르망 그랑제에게 건네주었다. 쥬르는 그랑제가 엘리베이터를 향해 걷는 것을 지켜보고 있었다. 그랑제 같은 사내에게 거역하는 인간은 있을 수가 없었다.

아르망 그랑제가 남작부인의 방에 가보니 문이 조금 열려 있었다. 문을 밀고 안으로 들어가자 거실에는 아무도 없었다.

"여보세요, 아무도 안 계십니까?"

다른 방에서 여성의 쾌활한 목소리가 들려왔다.

"저는 목욕중이에요. 몇 분이면 나가요. 음료수라도 들고 계세요."

그랑제는 눈에 익은 가구가 비치되어 있는 방을 돌아다녔다. 그는 이미 오랫동안 그의 친구들을 이 호텔에 숙박하도록 안내하고 있었기 때문에 방의 배치에 익숙했다. 침실로 가 보니 값비싼 보석류가 화장대 위에 아무렇게나 놓여 있었다.

"앞으로 1분도 걸리지 않아요."

욕실에서 목소리가 들려왔다.

"천천히 하시죠, 남작부인."

'남작부인이라니! 웃기는군! 잔재주를 부려봤자, 흥! 역효과가 날 게 뻔하지.'

그랑제는 옆방으로 통하는 문으로 다가가서 마스터키를 사용해 문을 열었다. 사용하고 있지 않은 방 특유의 곰팡이 냄새가 풍겼다. 아무도 묵고 있지 않다고 프런트 담당도 말했다. 그렇다면 그녀는 무엇 때문에 이 방이 필요한 걸까? 그랑제의 눈이 그 장소에 어울리지 않는 물건을 포착했다. 육중한 전기 코드가 벽의 소켓에 꽂혀 바닥을 따라서 깔려 있고, 양복을 걸어놓는 작은 방으로 사라지고 있었다. 작은 방의 문은 코드를 지나가게 할 만큼의 간격만 열려 있었다. 이상하게 여긴 그랑제는 서슴지 않고 다가가 문을 열었다.

작은 방에는 철사 줄이 쳐져 있었고, 젖은 100달러짜리 지폐 여러 장이 빨래집게에 집혀 매달려 있었다. 타자기 받침대도 있었는데, 그 위에는 천이 덮여 있었다. 그랑제는 천을 벗겼다. 작은 인쇄기가 드러났고 아직 잉크도 채 마르지 않은 100달러짜리 지폐가 끼어 있었다. 인쇄기 앞에는 미국 지폐의 사이즈로 잘려진 백지 다발과 종이 절단기가 놓여 있었다. 그리고 잘못 잘려진 100달러짜리 지폐 몇 장이 바닥에 흩어져 있다.

책망하는 듯한 분노의 목소리가 그랑제의 등 뒤에서 들려왔다.

"이봐요! 여기서 뭘 하고 있는 거죠?"

그랑제는 빙글 몸을 돌렸다. 욕조에서 막 나온 젖은 머리를 수건으로 감싸고 트레이시 휘트니가 서 있었다. 아르망 그랑제는 부드럽게 말했다.

"위조지폐잖아! 당신은 우리에게 위조지폐를 제공하려고 했군."

그랑제는 트레이시의 얼굴에 차례로 나타난 표정의 변화를 놓치지 않았다. 처음엔 부정, 그리고 분노, 반항의 표정이 교차되었다.

"그래요, 맞았어요. 하지만 그 지폐를 사용해도 조금도 문제는 없어요. 아무도 진짜와 구분할 수 없으니까."

트레이시는 깨끗하게 인정했다.

"이 사기꾼 년이!"

이 여자를 해치운다면 얼마나 기분이 좋을까 하고 그랑제는 생각했다.

"이 지폐는 진짜 돈과 똑같아요."

"허어, 정말인가?"

그랑제는 경멸조의 말투를 숨기려 하지 않고 철사 줄에 매달려 있는 젖은 위조지폐를 집어 들고는 들여다보았다. 앞뒤를 자세히 보고, 나아가 좀 더 접근시켜서 불빛에 비추어 자세하게 점검해보았다. 실로 정교하게 만들어진 것이었다.

"이 원판은 누가 제작했지?"

"누구면 어때요. 그것보다도 말예요. 금요일까지는 이 돈으로 10만 달러를 준비할 수 있다고요."

그랑제는 무슨 말인지 잠시 이해가 안 가서 욕조에서 갓 나온 여자를 쳐다보았다. 이윽고 상대방이 무엇을 생각하고 있는지를 깨닫고는 그녀는 큰 소리로 웃기 시작했다.

"당신도 멍청하군. 보물선 따위가 있을 턱이 없잖아."

트레이시는 당혹한 듯한 모습이었다.

"무슨 얘기예요? 보물선이 없다고요? 주커맨 교수의 얘기로는……."

"당신은 그 남자의 얘기를 믿고 있었나? 곤란한 일이군, 남작부인."

그렇게 말하면서도 그랑제는 손에 들고 있는 위조지폐를 더욱 자세히 들여다보았다.

"이건 맡아두겠어."

트레이시는 어깨를 으쓱해보였다.

"갖고 싶은 만큼 가지세요. 어차피 그저 종잇조각에 불과하니까요."

그는 젖은 100달러짜리 위조지폐를 손에 잡을 수 있을 만큼 쥐었다.

"하녀가 이 방에 들어오지 않는다는 보장이 없을 텐데."

그랑제는 말했다.

"절대로 들어오지 않도록 모두에게 돈을 집어주었죠. 외출할 때는 이 작은 방문을 단단히 잠가두었고요."

'꽤 머리가 좋은 여자군. 그렇다고 해서 살려둘 이유가 되진 않아.'

아르망 그랑제는 생각했다.

"호텔에서 나가지 마. 네가 만나줘야 할 친구가 있으니까."

그랑제는 명령했다.

아르망 그랑제는 여자를 즉각 브루노 비센트에게 인도할 생각이었지만, 뭔가 걸리는 것이 있어서 잠시 나중으로 미루기로 했다. 그랑제는 다시 한 번 지폐를 찬찬히 훑어보았다. 직업의 성격상 자신도 위조지폐라면 수없이 만져보는데, 이렇게 진품과 똑같은 지폐를 본 것은 처음이었다.

이 원판을 만든 녀석은 천재임이 분명했다. 지질의 촉감은 진짜와 똑같았고, 섬세한 선도 뚜렷하게 찍혀 있었으며 색도 선명하고 빈틈이 없었다. 젖어 있기는 하지만 완벽한 벤저민 프랭클린의 초상이었다. 그 사기꾼 여자의 말이 맞았다. 지금 현재 들고 있는 지폐와 진짜 지폐와의 차이를 지적하기는 거의 불가능했다. 그랑제는 이 위조지폐가 진짜 지폐로써 통용이 될지 어떨지를 알고 싶어졌다. 그것은 도저히 거부할 수 없는 유혹이었다.

그는 브루노 비센트에게 여자를 인도하는 것을 보류하기로 했다.

다음 날, 아르망 그랑제는 주커맨을 불러 그 100달러 지폐를 그에게 건넸다.

"은행에 가서 이걸 프랑화로 바꿔와."

"알았습니다, 두목."

그랑제는 부하 사기꾼이 서둘러 사무실을 나서는 것을 지켜보고 있었다. 멍청이에 대한 징벌이었다. 위조지폐 사용죄로 체포당한다 해도 주커맨은 죽고 싶지는 않을 것이므로 절대로 입수 경위를 밝히지 않을 것이다. 만약 위조지폐와 프랑을 제대로 교환해온다면…….

'까짓것, 돌아올지, 어떨지 잠시만 기다리면 알게 되겠지.'

15분 후, 주커맨이 사무실로 돌아왔다. 그는 100달러와 교환한 프랑을 세어서 보스에게 건넸다.

"달리 시키실 일은 없으십니까, 두목?"

그랑제는 귀신에게 홀린 듯한 기분으로 프랑을 바라보았다.

"아무 소리 하지 않던가?"

"네? 무슨 말씀이신지? 무슨 소리를요?"

"그럼 지금 갔던 은행과 똑같은 은행을 다시 한 번 다녀와."

그랑제는 명령했고 얘기를 계속했다.

"은행에 가면 이렇게 말해……."

아돌프 주커맨은 프랑스 은행의 로비로 들어가 출납계장이 앉아 있는 책상으로 다가갔다. 이번 임무가 위험하다는 것은 충분히 알고 있는 그였지만 그 자신의 분노를 사기보다는 이 위험에 직면하는 것이 낫다고 생각했던 것이다.

"무슨 일이십니까?"

출납계장이 물었다.

"저, 저, 사실은 어젯밤에 술집에서 미국인들과 알게 되어서 포커를 하게 되었어요."

주커맨은 어떻게든 긴장감을 드러내지 않으려 애쓰면서 간신히 말했다. 은행의 출납계장은 알겠다는 듯한 표정으로 고개를 끄덕였다.

"돈을 몽땅 털려버렸다, 그래서 약간의 융자를 받고 싶다, 그런 말씀이시죠?"

"그게 아닙니다. 사실은…… 저, 그러니까, 제가 이겼는데요. 마음에 걸리는 것은 저, 저는 녀석이, 그러니까 뭐라고나 할까, 별로 정직한 녀석으로는 보이지 않아서요."

거기까지 말하고는 주커맨은 100달러 지폐 두 장을 꺼냈다.

"녀석들이 내놓은 것이 이 돈인데 말입니다. 제가 생각하기에는, 아무래도 뭐랄까…… 위, 위조지폐 같은 생각이 들어서요."

주커맨은 은행원이 몸을 내밀어서 그 뭉툭한 손가락으로 지폐를 집었을 때, 자신도 모르게 숨을 죽였다. 출납계장은 면밀하게 점검을 시작했다. 앞뒤를 조사하고 그 다음에는 빛에 비추어 보았다.

이윽고 은행원은 다시 주커맨을 보더니 활짝 웃었다.

"다행이군요, 선생, 이 지폐는 진짜입니다."

주커맨은 안도하며 가슴을 쓰다듬었다.

'어휴, 살았다!'

무사히 해냈던 것이다.

"틀림없다고 하더군요, 문제없었습니다. 두목, 은행 직원은 진짜라고 말하더군요."

그것은 믿을 수 없을 정도의 멋진 소식이었다. 아르망 그랑제는 보고를 받고 나서 그대로 앉은 채로 생각에 잠겼다. 그의 머릿속에서는 모종의 계획이 절반쯤 굳어져 가고 있었다.

"이봐, 가서 남작부인을 데리고 와."

트레이시는 아르망 그랑제의 사무실에서 커다란 책상을 사이에 두고 그랑제와 마주앉아 있었다.

"당신과 손을 잡을 생각이야."

그랑제는 트레이시에게 용건을 이야기했다.

트레이시는 일어서려고 했다.

"나는 아무와도 손을 잡고 싶지 않아요. 그리고……."

"앉아!"

트레이시는 그랑제의 눈을 들여다보더니 이윽고 포기한 듯 자리에 앉았다.

"비아리츠는 내 손아귀에 있는 마을이야. 그 지폐를 한 번이라도 써봐. 눈 깜짝할 사이에 체포당하게 해주지, 알겠나? 이 나라의 교소도는 말이야, 아름다운 여성에게는 문을 활짝 열어놓고 있지. 어쨌든 나하고 손을 잡지 않고는 이곳에서는 아무것도 할 수 없을 거야."

트레이시는 그랑제의 진의를 알아내려는 듯이 그를 관찰했다.

"그렇다면 당신에게 자릿세를 내라는 뜻인가요?"

"아니, 틀렸어. 목숨 값을 지불하라는 의미야. 자, 그 인쇄기의 입수 경위를 말해봐."

트레이시는 상대방의 말이 진심임을 깨달았다.

그녀는 망설였다. 그랑제는 그녀가 곤경에 빠져서 고민하는 것을 즐기고 있었다. 사냥감이 항복하는 순간을 바라보는 것은 즐거운 일이었다.

트레이시는 마지못해 말했다.

"스위스에 살고 있는 미국인에게서 샀어요. 그는 합중국의 조폐국에서 제판공으로 25년간 근무했죠. 그런데 말썽을 일으켜서 사직 당했고, 퇴직금도 못 받았어요. 그는 속았다고 생각하고는 응분의 대가를 치르겠다고 결심을 했지요. 그래서 폐기처분하기 직전의 100달러 지폐의 원판을 몰래 가지고 나왔고, 연줄을 이용해서 재무성의 인쇄용지까지 손에 넣은 거예요."

'이제야 상황을 알게 되었군. 그래서 그 지폐가 그렇게 진짜와 똑같은 거로군.'

그렇게 생각하자 그의 욕망은 은밀히 활기를 띠기 시작했다.

"그 기계로는 하루에 몇 장이나 인쇄할 수 있지?"

"1시간에 1장 정도예요. 한 면씩 조심스럽게 인쇄해야만 하고……."

그랑제는 말을 가로막았다.

"좀 더 큰 기계는 없나?"

"있기는 하죠. 8시간에 50매, 그러니까 5천 달러죠. 그만큼 인쇄할 수 있는 기계를 그는 가지고 있지만, 50만 달러를 내지 않으면 팔지 않겠다고 하더군요."

"그걸 사."

그랑제는 말했다.

"난 50만 달러가 없어요."

"내가 내지. 언제 물건을 손에 넣을 수 있지?"

트레이시는 마지못해 말했다.

"금방 연락할 수는 있지만, 하지만 나는 조금……."

그랑제는 전화기를 들고는 거침없이 말했다.

"루이, 당장 프랑스 프랑으로 50만 달러를 준비해. 금고에서 꺼내고 부족한 것은 은행에서 찾아서 내 사무실로 갖고 와. 서둘러!"

트레이시는 긴장한 채 일어섰다.

"저…… 난 가야겠어요."

"당신은 아무 데도 못 가."

"하지만 정말로 난……."

"거기에 얌전히 앉아 있어. 나한테 생각이 있으니까."

그랑제에게는 사업상의 동료가 있었다. 그 친구들도 분명히 이 위조지폐 인쇄기의 거래에 가담하고 싶어할 것이다.

'하지만 녀석들에게 들키지 않는다면 모르는 척해야지.'

그랑제는 그렇게 결심했다.

위조지폐 인쇄기는 자신만을 위해서 구입한 뒤, 그 비용 때문에 은행에서 인출한 도박장 계좌의 돈은 나중에 위조지폐를 인쇄해서 채워 넣으면 만사형통이었다. 여자의 처리는 그런 수속이 끝나면 브루노 비센트에게 맡기면 된다. 어차피 여자는 나와는 손을 잡고 싶어 하지 않는다. 그렇다, 나도 그 누구와도 손을 잡고 싶지 않다.

2시간 후에 돈을 넣은 커다란 자루가 도착했다. 그랑제가 트레이시에게 말했다.

"당신은 호텔 드 파레를 체크아웃 해. 언덕의 중턱에 내 별장이 있어. 모든 일이 끝날 때까지 당신은 거기에 있는 거야."

그랑제는 그렇게 말하고는 대뜸 트레이시에게 전화기를 내밀었다.

"자, 스위스에 있는 친구라는 작자에게 전화해서 대형 인쇄기를 사고 싶다고 말하라고."

"전화번호를 적은 메모장은 호텔에 있어요. 파레로 돌아가서 거기서 전화하겠어요. 당신의 집 주소를 가르쳐주면 인쇄기를 그쪽으로 보내도록 그에게 일러놓기로 하죠."

"안 돼! 난 흔적을 남기고 싶지 않아. 공항까지 보내면 누군가를 내보내지. 오늘 밤 저녁식사라도 하면서 얘기하자고. 그럼 8시에 보자고."

그랑제는 단호하게 말했다.

트레이시는 일어섰다. 그랑제는 돈이 담긴 자루를 턱으로 가리켰다.

"돈을 조심해서 취급해. 그 녀석한테 아무 일도 일어나지 않도록 말이야. 그리고 당신한테도……."

"아무 일도 일어나지 않아요."

트레이시는 그랑제를 안심시켰다. 그랑제는 환하게 웃었다.

"그야 그렇겠지. 주커맨에게 당신을 호텔까지 데려다주라고 하지."

트레이시와 주커맨은 호텔까지 달리면서 리무진 안에서 잠자코 앉아 있었다. 돈을 담은 자루를 사이에 두고 두 사람은 각자 생각에 잠겨 있었다. 주커맨은 사태가 어떻게 되어 가는지 확실하게는 알지 못했지만 자신을 위해서는 상당히 호전되고 있다고 생각했다. 이 여자가 열쇠다. 여자로부터 눈을 떼지 말라고 그랑제는 명령했다. 따라서 주커맨은 그 명령을 사수할 생각이었다.

그날 저녁, 아르망 그랑제는 천국에라도 있는 심경이었다. 지금쯤 대형 인쇄기를 구입할 준비는 모두 끝나 있을 것이다. 휘트니라는 여자의 얘기로는 하루에 5천 달러분이 인쇄된다고 했던가. 홍, 나라면 더 잘 가동시킬 수 있어. 교대제로 하면 24시간 풀로 인쇄가 가능하지 않은가. 그렇게 하면 하루에 1만5천 달러를 벌어들일 수 있다. 1주일이면 10만 달러, 10주일이면 100만 달러가 아닌가. 물론 그런 것은 연습 게임에 불과하다. 오늘 밤에는 그 제판공의 신원을 좀 더 상세하게 알아내어 녀석과 직접 교섭해서 인쇄기를 구입해야겠다. 그럼 한없는 부를 생산할 수 있게 된다.

8시 정각에 리무진이 호텔 드 파레의 정면 현관에 멈췄고, 그랑제가 차에서 내렸다. 로비로 들어가자 주커맨이 입구 근처에서 확실하게 망을 보고 있었으므로 그는 만족스럽게 고개를 끄덕였다.

그랑제는 프런트로 걸어갔다.

"쥬르, 상틸리 남작부인에게 내가 왔다고 연락해. 로비로 내려오라고."

프런트 담당은 고개를 들고는 말했다.

"남작부인은 체크아웃 하셨는데요."

"그럴 리가 있나. 자, 어서 불러."

쥬르는 난처했다. 아르망 그랑제에게 반론하는 것은 위험한 일이었다.

"제가 직접 수속을 했습니다."

'설마…….'

"그것이 언제지?"

"호텔로 돌아온 직후였습니다, 남작부인은 객실로 계산서를 가지고 오면 현금으로 지불하겠다고 말씀하셔서……."

아르망 그랑제는 가슴이 철렁했다.

"현금이라고? 프랑으로 지불했나?"

"잘 아시는군요. 네, 말씀하시는 그대롭니다."

그랑제는 초조해서 다그치듯이 물었다.

"여자는 스위스에서 뭔가 가지고 오지 않았나? 큰 가방이라든가 상자라든가?"

"아뇨. 짐은 나중에 누구를 시켜서 가지고 가겠다고 말씀하셨습니다."

그렇다면 여자는 돈을 가지고 스위스로 가서 단독으로 대형 인쇄기를 구입할 생각인 것이다.

"여자의 방으로 안내해, 서둘러!"

"네, 무슈 그랑제."

쥬르는 서랍에서 열쇠를 꺼냈고, 그랑제에 앞서서 서둘러 엘리베이터로 갔다.

그랑제는 주커맨의 앞을 지나면서 그에게 호통을 쳤다.

"뭘 하고 있는 거야, 이 멍청아! 여자는 가버렸어!"

주커맨은 영문을 모르겠다는 듯이 그랑제를 올려다보았다.

"나갈 리가 없어요. 여자는 로비에는 내려오지 않았으니까요. 제가 계속 망을 보고 있었어요."

"망을 보고 있었어요."

그랑제는 상대방의 말투를 흉내 냈다.

"그렇다면 간호사가 나가는 것은 못 봤나? 백발의 할망구는 어때? 뒷문으로 나가는 하녀는?"

주커맨은 너무 당황스러워서 허둥거렸다.

"그런 것까지는 보지 않았어요."

"도박장으로 가서 기다려. 너를 처분할 방법은 나중에 생각해보지!"

그랑제는 소리쳤다.

남작부인이 사용하던 객실은 그랑제가 몇 시간 전에 왔던 그대로였다. 옆방으로 통하는 문은 그대로 열려 있었다. 힘껏 밀어서 열자, 인쇄기는 아직 그곳에 있었다. 이것이라도 건졌다! 휘트니라는 여자는 서둘러 나가는 바람에 인쇄기는 그냥 두고 간 것이다. 실수를 저지른 것이다.

'아니, 실수를 저지른 것은 이것뿐만이 아니야.'

그랑제는 생각했다.

그녀는 나한테서 50만 달러를 사기쳤어. 보상은 충분히 해주지. 여자를 찾는 일은 경찰의 손을 빌리기로 하자. 그 계집이 잡혀서 교도소에 들어가면 하수인을 써서 어떻게든 요리할 수 있다. 우선은 제판공에 대해서 자백을 받아내고 그 다음에 여자의 입을 막아버리면 된다. 영원히……

아르망 그랑제는 경찰서로 전화해서 듀몽 경감을 불렀다. 상대방이 나오자 3분 정도 열심히 설명하고 나서 이렇게 덧붙였다.

"여기서 기다리겠습니다."

15분 후, 그랑제의 친구인 경감이 기이한 용모의 사내를 동반하고 도착했다. 그 녀석은 그랑제가 지금껏 본 적이 없을 정도의 추남이었다. 이마는 지금 당장이라도 폭발할 것같이 부풀어 있었고, 갈색의 두 눈은 두꺼운 안경에 가려서 거의 보이지 않았으며 표정은 광신도처럼 으스스했다.

"이쪽은 다니엘 쿠퍼 씨. 그랑제 씨, 쿠퍼 씨도 아까 말한 여성에게 흥미를 가지고 있어서 말이오."

듀몽 경감이 소개를 마치자 쿠퍼는 당돌하게 말하기 시작했다.

"당신은 듀몽 경감에게 여자가 위조지폐 제작에 관계되어 있다고 말하셨죠?"

"그렇소, 여자는 지금 이 순간 스위스로 향하고 있을 것이오. 국경에서 체포할 수 있잖아요. 필요한 증거라면 모두 여기에 있어요."

그랑제는 두 사람을 작은 방으로 안내했다. 다니엘 쿠퍼와 듀몽 경감은 안을 들여다보았다.

"저 인쇄기로 여자는 위조지폐를 만들었소."

다니엘 쿠퍼는 기계로 다가가 기계를 점검했다.

"여자가 이걸로 위조지폐를 인쇄했다고요?"

"몇 번이고 똑같은 말을 하게 하지 마시오!"

그랑제는 화가 치밀어 내뱉었다. 그리고 주머니에서 지폐를 꺼냈다.

쿠퍼는 그 지폐를 받아들고 창가로 가더니 빛에 비춰봤다.

"이건 틀림없는 진짜군요."

"그렇게 보일 뿐이지. 필라델피아의 합중국 조폐국에서 일했던 제판공이 훔친 원판을 입수해서 그것으로 인쇄했기 때문에 진짜와 똑같은 것이오. 이 인쇄기로 여자가 인쇄한 거란 말이오."

쿠퍼는 그의 말을 무시하고 말했다.

"당신은 대단한 멍청이군. 이건 단순한 인쇄기요. 고작해야 명함 정도나 인쇄할 수 있는 형편없는 물건이란 말이오."

"명함이라고?"

그랑제의 주위를 방안이 빙글빙글 돌기 시작했다.

"당신은 단순한 종이가 100달러 지폐로 변한다는 거짓말을 정말로 믿었단 말이오?"

"아니야, 실제로 이 눈으로 봤다고⋯⋯."

그랑제의 말은 그 이상 계속되지 않았다. 무엇을 봤다고 말할 수 있는가? 말리려고 매달아 놓은 젖은 100달러 지폐, 인쇄되지 않은 새하얀 종이, 그리고 종이 절단기, 사기의 함정이 희미하게 보이기 시작했다. 위조지폐 제작도, 스위스에 있다는 남자 얘기도 모두가 새빨간 거짓말이었다. 트레이시 휘트니는 침몰한 보물선의 얘기 따위에 걸려든 것이 아니었다. 그 닳아빠진 여자는 그가 짜놓은 연극을 거꾸로 이용해서 보기 좋게 50만 달러를 집어삼킨 것이다. 이 얘기가 소문이 나서 외부로 흘러 나간다면⋯⋯.

두 사내는 그랑제를 가만히 지켜보고 있었다.

"지폐가 진짜라면 여자를 체포해도 소용이 없어. 뭔가 다른 문제를 일으킨 것은 없는가, 아르망?"

듀몽 경감이 물었다.

호소할 길이 없지 않은가. 어떻게 설명할 수 있단 말인가. 위조지폐를 만들려다가 속아 넘어갔다고? 그랑제는 갑자기 으스스해졌다.

"아니, 저⋯⋯ 별로⋯⋯. 더 이상 고소할 것은 없소."

말투도 갈피를 잃었다.

'아프리카로 도망가자. 아프리카까지 도망치면 조직원들에게 발견되지 않을 것이다.'

아르망 그랑제는 필사적으로 머리를 회전시켰다.

한편 다니엘 쿠퍼도 머릿속에서 생각을 펼치고 있었다.

'이번에야말로, 이번에야말로 잡고 말겠어.'

그녀는 혼자였다

마요르카 섬에서 만나자고 군터에게 제안한 것은 트레이시였다. 그녀
는 지중해에 떠 있는 스페인령의 그 섬을 매우 좋아했다. 세계적인 관광
지 중에서도 그림에 그린 듯이 경치가 수려하고 아름다운 곳이었기 때문
이었다.

"그리고 말예요. 그 섬은 옛날 해적들의 은신처이기도 했어요. 우리가
느긋하게 지내기에는 최적의 장소가 아니겠어요?"

트레이시는 군터에게 말했다.

"우리 두 사람이 함께 있는 것을 누구에게도 들키지 않도록 조심해서
만나기로 해요."

군터도 동의했다.

"만사에 안전을 기하도록 할게요."

이 얘기 그 자체는 군터가 런던에서 걸어온 전화에서 시작되었다.

"보통 수단으로는 안 되는 일이야. 어렵긴 하지만 하고 나면 보람은 있

을 거야."

그리고 다음 날 아침, 트레이시는 마요르카 섬의 중심 도시인 팔마로 날아갔다.

군터 하르토크는 세상의 자로 재면 물론 악당이었다. 그러나 트레이시는 그를 신뢰하고 있었다. 최초로 함께 한 일, 즉 파커 앤드 파커 보석상을 상대로 사기 친 이래 군터는 결코 그녀를 배반하지 않았다. 트레이시가 지금까지 만난 여느 남자들과는 달랐다. 약속한 대로 분명히 몫을 반으로 나누어 주었고, 뿐만 아니라 자기에게 불리한 일이 생긴 경우에도 불평을 늘어놓지 않고 트레이시와의 약속은 반드시 지켰다. 정상적으로 살아갈 모든 기회를 박탈당한 트레이시에게 있어 군터 하르토크는 동지이며 선생과도 같은 존재였다.

트레이시의 행동은 인터폴의 '레드 서큘레이션' 명령에 의해 감시되고 있었다. 비아리츠에서의 출발도, 마요르카의 도착도 지방경찰에 연락이 들어가 있었다. 트레이시가 선 비다 호텔의 로열 객실에 투숙했을 때부터 감시팀이 24시간의 경계 태세에 임했다.

"나는 확신합니다. 이 트레이시 휘트니는 혼자서 연속 범죄를 일으키고 있는 장본인일 겁니다."

"그럼 여자도 운이 다한 셈이군요. 이곳 마요르카에서 범행을 저지르게 되면 우리가 얼마나 신속히 일을 처리하는지를 그녀도 알 수 있게 될 것이니 말입니다."

"서장, 마지막으로 한마디 더 덧붙여 두겠습니다."

"아, 뭐든지."

"미국인이 한 사람 그곳으로 찾아갈 것입니다. 다니엘 쿠퍼라는 남자입니다."

미행하고 있는 형사에게는 트레이시는 다만 관광만이 목적인 것처럼 보였다. 감시팀은 섬의 이곳저곳을 여행하며 돌아다니는 그녀를 줄곧 미행했다. 트레이시는 성 프란체스코 수도원이나 선명한 빛깔의 벨베르성, 그리고 이레스터스 해안 등을 돌아다녔다. 투우를 구경하기도 하고 플라자 드 라레느에서 명물 요리를 맛보기도 했는데, 그녀는 언제나 혼자였다.

섬의 최북단인 폴멘토르 곶까지 나가 사원을 이곳저곳 찾아다니는가 하면, 마나코르의 진주 공장을 견학하는 등 발길 닿는 대로 이곳저곳 구경을 하고 있었다.

"서장님, 아무것도 나오지 않습니다. 그 여인은 단순히 관광을 온 것 같습니다."

감시팀 형사들은 에르네스트 마르제 서장에게 보고했다.

"다니엘 쿠퍼라는 미국인이 와 있습니다."

서장 비서가 사무실에 들어와 말했다.

마르제 서장에게는 미국인 친구가 많이 있었다. 그는 미국인을 좋아했다. 트리뇽 경감은 그 남자에 관해 별로 좋지 않게 말했지만 마르제 서장은 다니엘 쿠퍼이건 누구건 미국인이라면 좋아하게 될 것이라고 생각하고 있었다. 그런데 그 예상은 빗나갔다.

"당신들은 멍청이들이야. 모두 똑같아! 그 여인이 그저 보통 관광객일리가 없어요. 뭔가를 꾸미고 있을 겁니다."

다니엘 쿠퍼는 다짜고짜 호통을 쳤다.

마르제 서장은 반박하고 싶은 것을 간신히 억제했다.

"선생, 휘트니라는 여자의 목표는 언제나 뭔가 눈이 확 뜨일 만큼 웅장하고 아름다운 것으로, 뭔가 불가능에 도전해서 성취시키는 것을 즐거워한다고 아까 말했지요. 우리가 꼼꼼하게 조사해봤습니다만 쿠퍼 씨, 이곳 마요르카에는 휘트니 양의 의욕을 부추길 만한 아무것도 없어서 유감입니다."

"여기서 누구와 만나지 않았습니까?⋯⋯ 분명히 만난 사람이 있을 텐데요?"

건방지고 주제넘은 말투였다.

"아뇨, 아무와도 접촉하지 않았습니다."

"그럼 앞으로 만날 겁니다."

다니엘 쿠퍼는 자신만만했다.

'역시 트리뇽의 말이 맞군. 이런 사람들 때문에 미국인들이 욕을 먹는 거라고.'

마르제 서장은 자기에게 타이르듯 말했다.

마요르카 섬에는 200여 개의 동굴이 있었다. 가장 볼 만한 것은 '용의 굴'이라고 불리는 종유굴이었는데, 포르트 크리스트 어항 가까이에 있었으며 팔마에서 1시간 되는 거리에 있었다.

태곳적부터 동굴이 땅속 깊이 뚫려 있었고, 큰 동굴에는 석순과 종유석이 무수하게 널려 있었다. 때때로 굽이쳐 돌면서 땅 속을 흐르고 있는 물소리를 제외하면, 그곳은 마치 적막한 묘지와 같았다. 지하수는 또한 녹, 청, 백의 갖가지 색깔로 비쳐 보여 이곳이 얼마나 깊은지 증명하고 있는 것 같았다.

동굴은 푸른 기운을 띤 상아빛의 동화나라였다. 조명들이 효과 있게 배치되어 끝없이 계속되는 미로를 희미하게 비추고 있었다.

안내인 없이는 아무도 동굴에 들어갈 수 없었고, 일반에게 공개하는 시간이 되면 종유굴은 곧 관광객이 밀어닥쳐 혼잡을 이루었다.

트레이시는 토요일에 이 종유굴을 찾아가기로 했다. 제일 붐비는 날이기도 했는데, 세계 각지에서 몇백, 아니 몇천 명의 관광객들이 몰려들었다. 트레이시는 입구의 작은 카운터에서 입장권을 사서 붐비는 사람들 속으로 사라졌다. 다니엘 쿠퍼와 마르제 서장의 부하 두 사람이 꼭 달라붙어서 미행을 하고 있었다.

안내인 한 사람이 좁은 오솔길에서 발밑을 가리키며 관광객을 인도하고 있었다. 마치 아래를 걸어가고 있는 사람들을 가리키며 비난이라도 하듯이 무수한 종유석의 돌기에서 물방울이 똑똑 떨어져 발밑을 미끄럽게 하고 있었다.

크게 뚫려 있는 구멍 앞에 이르자, 관람객들은 발길을 멈추고 석회석이 만들어 놓은 멋진 조형물에 찬사를 보냈다. 그것은 거대한 새처럼 보이는가 하면, 기묘한 동물이나 수목의 형태를 하고 있는 것도 있었다. 희미하게 비치는 오솔길 옆에는 호수가 몇 개 자리하고 있었다. 일동이 그중 하나를 통과할 때 트레이시의 모습이 홀연히 사라졌다.

다니엘 쿠퍼는 즉시 서둘러 앞으로 가봤지만 트레이시의 모습은 온데간데없었다. 뒤로 돌아가 보려고 하자, 구경꾼들이 계속 들이닥쳐 트레이시를 찾아내는 것은 불가능에 가까웠다. 그녀가 자기보다 앞에 있는지, 뒤에 있는지 짐작조차 할 수 없었다.

'여우같은 계집! 여기서 뭔가 일을 저지를 생각이군! 하지만 어떻게? 어디서? 도대체 무엇을?'

쿠퍼는 자신에게 되물었다.

커다란 호수에 면한 동굴의 제일 낮은 곳은 경기장처럼 광장으로 되어 있고, 그곳에 고대 로마식 극장이 마련되어 있었다. 계단식의 돌로 만든 벤치가 놓여 있고 관광객들은 어둠 속에서 그 의자에 앉아 시간마다 연출되는 쇼가 시작되기를 기다리고 있었다.

트레이시는 돌 벤치를 앞에서 세어 열 번째 줄에 이르자, 이번에는 옆에서 스무 번째로 이동해갔다. 스물한 번째에 있던 사나이가 그녀에게 말을 걸었다.

"별 문제는 없었겠지?"

"잘됐어요, 군터."

트레이시는 가까이 다가가 남자의 뺨에 키스를 했다.

군터가 뭐라고 말했지만 주위가 떠들썩해서 트레이시는 더욱 잘 들으려고 귀를 가까이 가져갔다.

"당신이 미행당하고 있다면 우리가 함께 있는 것을 들키지 않도록 하는 것이 좋을 거야."

트레이시는 사람이 가득 찬 크고 어두운 동굴을 재빨리 둘러보았다.

"이곳이라면 괜찮아요."

트레이시는 흥미진진한 눈으로 군터를 바라보았다.

"대단히 중요한 일인 것 같군요."

"그래."

군터는 트레이시의 귀에 입을 가져갔다.

"어떤 부호가 탐을 내고 있는 그림이 있어. 고야의 그림인데 말이야, '항구'라고 불리는 작품이지. 이 그림을 손에 넣게 해주는 사람에겐 누구에게든 현금으로 50만 달러를 지불하겠다는 거야. 나에게 지불하는 중개료는 따로 주고 말이야."

트레이시는 잠시 생각에 잠겼다.

"다른 사람도 있나요? 이 일을 맡으려고 하는?"

"솔직히 말하면 그래. 내가 보는 한에서는 성공 가능성은 지극히 한정되어 있어."

"그 그림은 어디에 있죠?"

"마드리드의 프라도 미술관."

"프라도라고요?"

그 말을 들은 순간, 트레이시의 머릿속에는 '불가능'이라는 단어가 스쳐갔다.

군터는 쇼를 구경하려고 밀어닥친 관광객들의 얘기소리에 개의치 않고, 다시 트레이시의 귓가에 입을 가져갔다.

"이건 상당한 연구가 필요한 일이야. 그걸 해낼 사람은 트레이시, 당신밖에 없다고 생각해."

"비행기 태우지 마세요."

그녀는 별로 마음이 내키지 않는 것도 아닌 듯 대꾸했다.

"50만 달러라고 했죠?"

"그대로 고스란히 손에 들어오지."

쇼가 시작되고 주위가 갑자기 조용해졌다. 전구가 조금씩 천천히 밝기를 더해갔으며, 그에 맞춰 음악이 거대한 동굴에 울려퍼졌다. 관람석 앞, 즉 무대 중앙은 커다란 호수로 석순의 그늘 속에서 곤돌라가 나타나고 스포트라이트가 일제히 그곳을 비췄다. 곤돌라 위에서 오르간 연주자가 연주하는 멋진 세레나데가 수면에 메아리치고 있었다. 무지개처럼 어둠에 번쩍이는 울긋불긋한 불빛을 관객들이 넋을 잃고 보고 있는 가운데 곤돌라는 천천히 호수를 미끄러지다 이윽고 음악과 더불어 사라져 버렸다.

"브라보! 이 쇼를 보는 것만으로도 이곳에 온 보람이 있군."

군터가 감탄했다.

"그래서 여행이란 좋은 거예요. 내가 지금 제일 가고 싶은 곳이 어디일 것 같아요, 군터? 마드리드예요."

트레이시도 재빨리 속삭였다.

종유굴 출구에서 감시하고 있던 다니엘 쿠퍼의 시야에 트레이시 휘트니가 들어왔다.

그녀는 혼자였다.

24시간 미행

마드리드의 리츠 호텔은 스페인 제일의 호텔이라고 정평이 나 있었다. 100년 이상의 역사를 자랑하는 호텔로, 유럽 각국에서 찾아온 군주들이 이곳에 투숙했다. 대통령과 독재자, 그리고 억만장자들이 다녀갔던 곳이었다.

트레이시는 리츠 호텔에 관한 여러 가지 평판을 들어서 기대에 부풀어 있었기 때문인지 실제로 투숙해보고는 실망감이 들었다. 로비 등도 왠지 모르게 쓸쓸했다.

지배인이 트레이시를 그녀가 요구한 호텔 남쪽 측면 객실인 411, 412호로 안내했다.

"틀림없이 만족하시리라 생각합니다, 미스 휘트니."

트레이시는 창가로 다가가 밖을 내다보았다. 바로 아래로 도로가 나 있었고, 그 도로 맞은편에는 프라도 미술관이 우뚝 서 있었다.

"이 정도면 괜찮군요. 고마워요."

바로 아래 도로의 자동차 소음으로 시끄러웠지만, 그 방은 그녀가 바라던 장소였다. 프라도 미술관이 바라다 보이는 것이다.

트레이시는 객실로 가져온 가벼운 저녁식사를 하고 일찍 잠자리에 들었다. 하지만 좀처럼 잠이 오지 않았다. 소음과 곰팡이 냄새 속에서 잠을 잔다는 것은 고문이었다.

심야에 로비에 붙어 있던 형사가 동료와 교대를 했다.

"그 여자는 방에 틀어박혀 있을 뿐이야. 오늘 밤에는 나가지 않을 것 같아."

마드리드 경찰국은 시내의 한 구획을 점할 만큼의 넓이와 위용을 자랑하고 있었다. 붉은 벽돌이 섞인 회색 건물로, 높이 솟아 있는 시계탑이 돋보였다. 정면 입구 위에 적색과 황색의 스페인 국기가 펄럭였고, 현관에는 언제나 베이지색 제복에 다갈색의 모자를 쓰고 기관총과 경찰봉, 그리고 권총과 수갑을 휴대한 경찰관이 배치되어 있었다. 인터폴과 연락을 취하고 있는 부서도 이 본부 안에 있었다.

며칠 전, 마드리드 경찰국의 산티아고 라미로 국장 앞으로 인터폴로부터 X-D라는 긴급 전문이 들어와서 트레이시 휘트니의 스페인 입국이 가까웠다고 알려왔다. 국장은 전문의 마지막 행을 두 번 읽고 나서 파리 인터폴 본부의 앙드레 트리뇽 경감에게 전화를 걸었다.

"전문의 의미를 이해하기 어려운데요."

라미로 국장은 말했다.

"경찰관도 아닌 미국인에게 최대한으로 협력하라는 말입니까? 그 이유는?"

"국장님, 쿠퍼라는 인물이 유용하다는 것은 곧 알게 될 겁니다. 그는 휘트니에 관해 상세하게 알고 있습니다."

"상세하다고 해봤자야. 어차피 범죄자 아니오? 그것도 일개 사기꾼이지. 하지만 걱정할 것 없소. 스페인 교도소는 우리가 집어넣은 지능범으로 득실거리고 있으니까. 이 여자도 우리 손을 빠져나갈 수 없을 것이오."

"그것 참 다행이군요. 하지만 어쨌든 쿠퍼 씨와도 상의해주시오."

국장은 씁쓸히 말했다.

"당신이 그렇게까지 추천하는 사람이라면 나도 반대는 않겠소."

"감사합니다, 국장님."

"천만에."

라미로 국장은 인터폴의 트리뇽 경감과 마찬가지로 미국인이란 인종을 좋아하지 않았다. 미국인은 야만적이고 물질주의에 잔뜩 물들어 있으며, 게다가 멍청하기까지 하다고 생각했다.

'그런데 쿠퍼라는 녀석은 멍청이는 아닌가 보군. 그렇다면 내가 좋아할 수 있을지도 모르지.'

국장은 그렇게 생각했다. 그러나 실제로는 국장이 다니엘 쿠퍼를 마주 대했을 때, 그는 한눈에 경멸을 느꼈다.

"그 여인은 유럽의 경찰 절반을 멋대로 주물러 왔습니다. 그러니 아마당신네들도 같은 처지를 당하게 되고 말 겁니다."

다니엘 쿠퍼는 국장실에 들어오자마자 인사 대신 그렇게 지껄였다. 국장은 울화통이 터지는 것을 간신히 참았다.

"선생, 우리 일에 재수 없는 소리를 지껄여대지 말았으면 좋겠소. 휘트니라는 여자는 오늘 아침 바라하스 공항에 도착한 순간부터 우리의 감시하에 놓여 있어요. 그녀는 누가 떨어뜨린 핀을 줍기만 해도 곧 수감될 것이오. 스페인 경찰의 솜씨를 그녀에게 보여주겠소."

"그녀는 길가에 떨어진 핀을 주우러 이곳에 온 것이 아닙니다."

"그렇다면 댁은 그녀가 이곳에서 무슨 짓을 하러 온 건지 아시오?"

"구체적으로는 모르지만, 다만 뭔가 엄청난 일을 저지르려고 한다는 것만은 확신할 수 있습니다."

라미로 국장은 시치미를 떼고 말했다.

"엄청날수록 좋지. 그녀의 행동을 일일이 감시하고 있으니까."

전날 밤의 고문과 같은 개운치 못한 잠에서 깨어난 트레이시는 잠시 머리가 멍해졌다. 가벼운 아침식사와 뜨거운 블랙커피를 객실로 가져오라고 주문하고는 창가에 다가가 프라도 미술관을 내려다보았다.

미술관 건물은 마치 요새와도 같았다. 석재와 자연의 흙을 구워 굳힌 붉은 벽돌로 지은 건물 주위에는 잔디와 나무들이 둘러서 있었다. 2개의 도리스식 기둥이 정면에 세워져 있고, 양쪽으로부터 2개의 계단이 2층에 있는 정면 입구로 올라가고 있었다. 그와는 별도로 1층에도 측면에 2개의 입구가 있었다.

전화가 울렸다. 트레이시는 깜짝 놀랐다. 군터 외에는 트레이시가 마드리드에 있다는 것을 알고 있는 사람은 아무도 없었다. 이상하다고 생각하면서 그녀는 전화기를 들었다.

"여보세요?"

"안녕하세요, 부인."

귀에 익은 목소리였다.

"마드리드 상공회의소 의뢰로 전화 드렸습니다. 당신이 이 도시에서 지루하게 지내지 않도록 각별히 신경을 쓰라는 부탁을 받았거든요."

"무슨 말을 하고 있는 거예요. 내가 이곳에 있는 것을 어떻게 알았죠, 제프?"

"부인, 상공회의소는 무엇이든 알아요. 그런데 이곳은 처음이오?"

"그래요."

"그것 참 잘 됐군. 그렇다면 여기저기 안내해드리지. 이곳엔 얼마나 머물 생각이오, 트레이시?"

유도 심문이었다.

"구체적으로 정해놓지는 않았어요. 쇼핑과 관광을 할 뿐이니까요. 당신은 마드리드에 뭘 하러 왔죠?"

트레이시는 덤덤하게 대답했다.

"당신과 마찬가지지."

그는 말투까지 트레이시를 닮아갔다.

"쇼핑도 하고, 관광도 하고."

트레이시는 우연의 일치라고는 생각하지 않았다. 제프 스티븐스도 트레이시와 같은 목적으로 마드리드에 와 있는 것이 틀림없었다. 고야의 '항구'를 훔치러 온 것이다.

제프가 유혹의 손길을 내밀었다.

"저녁식사 함께 하지 않겠어?"

썩 마음이 내키지는 않았지만 트레이시는 승낙했다.

"네, 좋아요."

"좋아. 그럼 재키에 자리를 예약해두지."

트레이시는 제프에게 기대하고 있는 것이 아무것도 없었지만, 엘리베이터에서 내려 로비로 나와 자기를 기다리고 있는 제프의 모습을 보자, 자신도 모르게 무척이나 반가웠다. 제프는 악수를 청해 왔다.

"오늘은 더욱 아름답군."

트레이시는 한껏 멋을 부리고 있었다. 짙은 청색의 바렌티노 의상을 걸치고 어깨에는 러시아산 검은 담비모피를 둘렀으며 한창 유행인 프리존의 펌프스를 신고 있었다. 그리고 손에는 머리글자 H가 들어 있는 감색 헤르메스 핸드백을 들고 있었다.

다니엘 쿠퍼는 로비 한구석의 작은 테이블에 자리를 잡고 글라스를 앞에 놓고 앉아 트레이시가 어떤 남자와 인사하는 것을 지켜보고 있었다. 그는 목구멍에서 커다란 힘이 솟아오르는 것을 느꼈다.

'정의는 우리 편에 있다고 주께서는 말씀하셨다. 나는 그 주님의 칼이요, 주님의 복수의 무기인 것이다. 내 인생은 참회 바로 그것, 그리고 지금 너는 내가 보답하는 것을 돕고 있는 것이다. 이윽고 너를 벌할 것이다.'

쿠퍼는 세계 어느 경찰관도 트레이시 휘트니를 붙잡을 수 없다는 것을 알고 있었다.

'그러나 나는 할 수 있다. 저 여자는 이미 나의 것이다.'

쿠퍼는 확신하고 있었다.

다니엘 쿠퍼는 임무를 떠나서 트레이시에게 완전히 미쳐 있었다. 어디를 가나 트레이시의 사진을 휴대하고 있었고, 밤에 자기 전에 그 얼굴을 열심히 들여다보는 것이 습관이 되어 있었다. 비아리츠에서는 그의 도착이 늦어져 그만 놓쳐버리고 말았고, 마요르카에서는 그녀가 교묘하게 빠져나가고 말았다. 그러나 이곳에서는 인터폴이 뒤쫓고 있으므로 이번에야말로 놓치지 않을 것이다.

또한 쿠퍼는 종종 트레이시의 꿈을 꾸곤 했다. 그녀는 실오라기 하나 걸치지 않은 알몸으로 거대한 우리 안에 갇혀 구해달라고 그에게 간청하는 것이었다.

'사랑하고 있어, 트레이시! 그러니까 절대로 놓치지 않겠어!'

재키는 아담하고 고급스러운 레스토랑이었다.

"이곳은 정말 훌륭하지."

제프가 힘주어 말했다.

오늘밤에는 유난히 그가 핸섬해 보인다고 트레이시는 생각했다. 제프가 자아내고 있는 분위기에는 트레이시를 자연히 녹아들게 만드는 그 무엇인가가 있었다. 두 사람은 장단이 맞는 것이다. 왜 그런지 트레이시는 알고 있었다. 두 사람은 서로 기지를 다투면서 많은 판돈을 놓고 시합을 벌이고 있는 선수들 같았다.

'하지만 승자는 나야. 제프보다 먼저 프라도에서 그림을 훔쳐낼 방법을 연구해내고 말겠어.'

트레이시는 생각했다.

"이상한 소문이 떠돌고 있더군."

제프가 말했다.

트레이시는 그의 얘기에 귀를 기울였다.

"어떤 소문인데요?"

"다니엘 쿠퍼라는 이름 들어본 적 있어? 보험 조사원인데 굉장한 수완가인 모양이야."

"몰라요. 그 사람이 어쨌다는 거예요?"

트레이시는 관심이 없다는 듯이 말했다.

"조심하는 게 좋을 거야. 어쩐지 위험인물이란 예감이 들어. 나는 당신의 신상에 무슨 일이 일어나는 걸 원치 않아."

"걱정할 것 없어요."

"하지만 나는 줄곧 걱정해왔어, 트레이시."

트레이시는 소리 높여 웃었다.

"나를요? 왜요?"

제프는 트레이시의 손에 자기 손을 얹고 정색을 한 모습으로 말했다.

"당신은 소중한 사람이니까 그렇지. 당신이 가까이에 있다는 것만으로도 나는 행복해."

'정말 못 말리겠군. 이 남자의 정체를 모르고 있었다면 저 말을 믿었겠는걸.'

트레이시는 생각했다.

"주문이나 해요. 배고파 죽겠어요."

트레이시는 딴청을 부리며 화제를 바꾸었다.

그날부터 제프와 트레이시는 단둘이 마드리드의 이곳저곳을 돌아다녔다. 그러나 두 사람만은 아니었다. 라미로 국장의 두 부하가 괴상하게 생긴 미국인과 함께 24시간 내내 뒤를 따르고 있었다. 라미로 국장은 쿠퍼가 감시팀의 일원이 되는 것만은 허락했다. 그러는 편이 훨씬 수월할 것 같아서였다. 그 미국인은 머리가 이상하다. 휘트니라는 여자가 경찰관의 코앞에서 엄청난 보물을 훔치려 한다고 생각하고 있다.

'바보 같은 녀석!'

트레이시와 제프는 관광을 하면서 마드리드의 여러 레스토랑에서 식사를 즐겼다.

'호처''프린시페 드 비아나' 그리고 '카사 보탄' 어디를 가나 돋보이게 어울리는 커플로서 환영을 받았다. 제프는 그밖에도 관광객의 발길에 오염되지 않은 시골의 레스토랑을 알고 있었다. '카사 파고''라 체레타''엘 라콘'이라는 곳으로 트레이시를 안내해 명물요리를 소개했다.

두 사람의 행선지마다 다니엘 쿠퍼와 두 형사가 미행하며 유심히 행동을 감시했다. 다니엘 쿠퍼는 들키지 않도록 두 사람을 멀리서 바라보면서 자꾸만 머리를 갸우뚱거렸다. 이 드라마 가운데서 제프 스티븐스는 어떤 역할을 연출하고 있는 걸까? 녀석은 어떤 놈일까? 트레이시의 다음번 희생자? 혹은 두 사람이 공동으로 일을 꾸미고 있는 걸까?

쿠퍼는 라미로 국장에게 문의해보았다.

"제프 스티븐스라는 사나이에 관한 정보가 들어와 있습니까?"

"없소. 전과도 없고, 여행자로서밖에 등록되어 있지 않아요. 녀석은 여자가 낚은 한낱 바람둥이에 불과하다고 생각되오."

쿠퍼는 본능적으로 그건 아니라고 생각하고 있었다. 그렇지만 어쨌든 그가 쫓고 있는 것은 제프 스티븐스 같은 그런 남자는 아니었다.

'나의 사냥감은 트레이시다. 너만을 노리고 있는 거야, 트레이시.'

쿠퍼는 자신에게 다짐했다.

밤이 완전히 깊어져서 두 사람이 리츠 호텔로 돌아왔을 때, 제프는 트레이시를 방문 앞까지 데려다주었다.

"실례지만 한잔 하고 가면 안 될까?"

제프가 슬쩍 유혹해보았다.

트레이시도 그렇게 하고 싶은 심정은 굴뚝같았지만, 그녀는 몸을 기울여 제프의 뺨에 가볍게 키스하며 말했다.

"나를 누이동생이라고 생각해줘요, 제프."

"근친상간에 대해서 당신은 어떻게 생각하지?"

트레이시는 그 말에 대답하지 않고 문을 닫아버렸다.

몇 분이 지난 다음, 제프는 자기 방에서 트레이시에게 전화를 했다.

"내일 하루 세고비아에서 지내지 않겠어? 굉장히 정서적이고 고풍스러운 곳이야. 마드리드에서 두세 시간이면 갈 수 있어."

"재미있을 것 같군요. 오늘밤은 즐거웠어요. 잘 자요, 제프."

트레이시는 침대에 눕기는 했어도 좀처럼 잠을 이룰 수 없었다. 생각해서는 안 될 일로 머리가 가득 차 있었던 것이다. 이미 오랫동안 이성에게 특별한 감정을 품어본 적이 없었다. 찰스와의 연애 이후 그녀의 마음은 깊이 상처받고 말았던 것이다. 이제 두 번 다시 사랑 같은 것은 하고 싶지 않았다. 제프 스티븐스는 확실히 즐거운 친구이긴 했다. 그러나 트레이시는 자신에게 타일렀다. 그와는 절대로 이 이상 깊이 사귀면 안 된다고. 이 남자와 사랑에 빠지는 것은 어렵지 않은 일이긴 하지만, 그건 어리석은 짓이라고……

그것은 곧 파멸이다. 아니야, 즐기기만 하는 것은 괜찮지 않을까?

생각하면 할수록 눈이 말똥말똥해져 트레이시는 좀처럼 잠을 이룰 수 없었다.

세고비아로의 당일치기 여행은 최고였다. 제프가 빌려온 소형차를 이용해 두 사람은 스페인의 아름다운 와인 마을로 즐거움을 만끽하고 다녔다. 두 사람의 뒤를 들키지 않도록 조심하면서 한 대의 세아트가 계속 그들을 미행하고 있었다. 당연히 그것은 평범한 자동차가 아니었다.

세아트는 스페인에서 생산되고 있는 유일한 승용차로 스페인 경찰의 공용차로서도 채택되고 있었다. 시중에 판매되는 모델은 힘이 없어서 100마력밖에 안 되지만 경찰에 반입되는 차종은 150마력까지 힘을 낼 수 있었다. 따라서 다니엘 쿠퍼와 두 형사가 트레이시와 제프에게 따돌림을 당할 염려는 없었다.

트레이시와 제프는 마침 한낮에 세고비아에 닿았으므로 일찍 식사를 하기로 했다. 2천 년이나 지났다는 로마의 송수로 가까이에 아담한 레스토랑을 찾아내어 들어갔다.

점심식사를 마치고 두 사람은 중세의 흔적이 남아 있는 이 거리의 이곳저곳을 천천히 거닐었다. 유서 깊은 산타마리아 대성당이라든가 르네상스 시대 그대로인 타운 홀을 구경했고, 로마 시대의 요새인 알카사르로 차를 몰아 올라갔다. 거리가 내려다보이는 절벽 위에 세워진 그곳에서 보이는 장관은 숨이 헉 하고 멈춰질 만큼 굉장한 것이었다.

"이곳에 이렇게 있으려니, 아래쪽 초원에서 돈키호테와 산초가 말을 타고 뚜벅뚜벅 다가오고 있는 것 같은 착각이 드는군."

제프가 말했다.

트레이시는 제프를 찬찬히 뜯어보았다.

"당신도 창을 들고 풍차와 싸우고 싶어요?"

"풍차의 모양에 따라 다르겠지."

제프는 상냥하게 말하며 트레이시에게 몸을 가까이 기대왔다.

트레이시는 벼랑에서 물러났다.

"세고비아의 거리를 좀 더 안내해주세요."

그 말로 인해 황홀한 분위기가 깨졌다.

제프는 열성적이고 그럴듯한 가이드였다. 역사, 고고학, 건축학에 이르기까지 두루두루 박식했다. 그의 본업이 사기꾼이라는 것을 트레이시가 하마터면 깜박 잊을 뻔할 정도였다. 이날은 트레이시의 생애에서 가장 추억에 남는 즐거운 하루가 되었다.

스페인 경찰의 호세 페레이러 형사가 쿠퍼에게 불평을 늘어놓았다.

"저들이 훔치고 있는 것은 결국 우리들 시간뿐이지 않습니까. 두 사람은 단순한 연인 사이예요. 봐도 모르겠어요? 저 여자가 무슨 일을 꾸미고 있는지 알 것 같습니까? 그녀가 무얼 계획하고 있다는 건 확실합니까?"

"확실하오."

쿠퍼는 딱 잘라 말했다. 어째서 나는 이렇게 초조해하는 걸까. 쿠퍼 자신이 생각해도 이상했다. 내 희망은 트레이시 휘트니를 붙잡아 그 죄에 합당한 벌을 주는 것뿐이다. 어느 때의 임무, 어느 때의 범인 탐색과 같은 일이지 않은가. 그런데 동행한 남자가 트레이시와 팔짱을 끼는 것을 볼 때마다 쿠퍼는 말할 수 없는 노여움에 치를 떨었다.

트레이시와 제프가 마드리드로 돌아오자 제프가 말했다.

"많이 피곤하지 않다면, 저녁식사하기에 좋은 집을 알고 있는데."

"좋아요."

트레이시는 이대로 하루를 끝내고 싶지는 않았던 것이다.

'오늘이란 이 하루에 나를 바치겠어. 오늘만은 평범한 여자이고 싶어.'

마드리드 토박이들의 저녁식사는 늦는 편이어서 9시 이전에 문을 연 레스토랑은 손으로 꼽을 수 있을 정도밖에 없었다. 제프는 바스크 요리로 유명한 '자라카인'에 10시에 예약을 했다. 그곳의 음식 맛은 정말 각별했다. 서비스 또한 매우 훌륭했다. 트레이시는 디저트는 주문하지 않았지만 일급 요리사가 특별히 만든 파이가 나왔다. 부드럽고 폭신폭신한 것이 트레이시가 지금까지 먹어본 파이 중에서 가장 맛이 좋았다. 트레이시는 만족감에 젖어 행복한 기분으로 의자에 등을 기대었다.

"멋진 식사였어요. 정말 맛있게 먹었어요."

"마음에 든다니 기쁘군. 소중한 손님을 대접할 때는 이곳보다 나은 곳이 없지."

트레이시는 제프를 지그시 응시했다.

"내가 소중한 손님이라는 말인가요, 제프?"

제프는 싱긋 웃었다.

"의문의 여지가 없지. 자, 지금부터는 또 다른 재미있는 일이 기다리고 있어."

다음으로 간 곳은 담배 연기가 자욱한 카페였다. 가게 안에는 10여 개의 테이블이 있고 가죽점퍼를 입은 스페인 노동자들이 자리를 차지하고 있었다. 한쪽 구석에 있는 무대에서 두 남자가 기타를 치고 있었다. 트레이시와 제프는 무대 가까이의 작은 테이블에 자리를 잡았다.

"플라밍고에 대해서는 어느 정도 알고 있겠지?"

제프가 물었다. 주위가 소란스러웠으므로 그 목소리는 자연히 커졌다.

"스페인의 댄스라는 정도밖에는 몰라요."

"플라밍고의 원조는 집시지만, 마드리드의 유명한 나이트클럽에 가면 플라밍고의 흉내 정도는 볼 수 있지. 하지만 오늘 밤에는 이곳에서 진짜 플라밍고를 볼 수 있을 거야."

제프의 열성적인 해설을 트레이시는 미소 띤 얼굴로 듣고 있었다.

"고전적인 쿠아드르 플라밍고를 볼 수 있어. 가수와 무희와 기타리스트로 이루어진 팀이지. 처음에는 함께 연출하고 그런 다음 한 사람씩 자기 재주를 보이는 거야."

주방 옆의 구석진 테이블에서 트레이시와 제프를 관찰하고 있는 다니엘 쿠퍼는 두 사람이 무엇을 그렇게 열심히 얘기하고 있는지 수상쩍게 생각하고 있었다.

"춤은 정말 훌륭해. 율동도, 음악도, 의상도, 리듬의 고조도 모든 것이 훌륭하게 조화를 이루지 않으면 안 되는 거야."

"플라밍고에 대해서 어떻게 그렇게 잘 알고 있어요?"

트레이시가 물었다.

"친구 중에 플라밍고 댄서가 있었지."

'그래, 친구였겠지.'

트레이시는 생각했다.

카페의 조명이 어두컴컴한 무대에 스포트라이트를 맞추었다. 그리고 마법이 시작되었다. 스타트는 서두르지 않았다. 연예인 팀이 천천히 무대에 올라갔다. 여자는 선명한 빛깔의 스커트와 블라우스를 입고 있었다. 아름답게 땋은 독특한 안달루시아 머리에 꽃을 장식한 빗을 꽂고 있었다. 남자 무용수도 전통적인 복장―몸에 착 달라붙는 바지와 조끼를 입고 번쩍번쩍 빛나는 코르도바 가죽의 반장화를 신은 모습이었다. 의자에 앉아 있는 여자의 스페인어 노래에 맞춰 기타리스트가 슬픈 멜로디를 울리기 시작했다.

"어떤 내용의 노래예요?"

트레이시가 작은 소리로 물었다.

"번역해주지. 나는 연인과 헤어질 생각이었다네. 하지만 나보다 먼저 이별을 신청한 것은 그였어. 내 가슴은 찢어질 것 같아… 그런 내용이야."

한 무희가 무대 중앙으로 나갔다. 처음엔 발로 구르기만 하다가 스포트라이트가 집중되자 기타 소리에 맞춰 움직임이 빠르고 격렬해졌다. 리듬이 고조되자 춤은 점점 더욱 관능적이 되었고, 스텝은 차례차례로 변해갔다. 100년 전 동굴에서 집시들이 춤을 추며 즐겼던 광경을 방불케 했다.

고전적인 춤의 갖가지 유형을 구사하면서 음악은 격렬함을 더해갔다.

알레그리아에서 판당기요로, 그것에서 삼브라와 시기리야스로 광란성은 절정에 달했고, 드디어 벅찬 감격으로 달아오르자 무대 옆의 연주자들이 고함을 지르기 시작했다.

"올레 투 마드레!"

"올레 투 산토스!"

"안다 안다!"

격려를 포함한 소리에 이끌려 무희는 점점 더 거칠게 광란의 리듬으로 도취되어 가고 있었다.

음악과 춤이 갑작스럽게 그쳤다. 카페 안에 순간 침묵이 흐르고, 이윽고 끌린 듯이 박수갈채가 일었다.

"멋져요!"

트레이시도 흥분해 있었다.

"좀 조용히 하고 있어!"

제프가 트레이시에게 주의를 주었다.

이어서 다른 여성이 무대 중앙에 등장했다. 피부가 까무잡잡한 전형적인 카스티야 미인으로 마치 관객이 전혀 눈에 보이지 않는 듯 먼 곳을 쳐다보며 초연한 표정을 하고 있었다. 기타가 애조 띤 동양풍의 볼레로를 나지막이 연주하기 시작하자 남자 무용수가 그녀에게 가담해 캐스터네츠의 멋진 리듬으로 딸각거리며 반주를 시작했다.

대기 중인 연예인들이 맞춤소리로 흥을 돋우었고 플라멩고에 뒤따르기 마련인 손뼉 박자가 시작되자, 춤도 음악도 계속 고조되어 너울너울 날아올랐고 드디어는 카페 전체가 사파테리아드의 소리에 실려 흔들리기 시작했다. 발끝만의 비트, 뒤꿈치의 비트, 발바닥 전체를 사용한 비트의 연탄에 관객들은 반 최면 상태에 빠져들 정도였다.

남녀의 몸은 떨어졌다가는 가까워지고, 차츰 욕정에 불타 서로 접촉하지 않고도 격렬하게 사랑을 드러내놓고 춤추어 보였다.

드디어 격정의 클라이맥스가 다가오자 관객들은 감동에 벅차 탄성을 질렀다. 조명이 꺼지고 캄캄해졌다. 다시 불이 켜지자 관객들은 자아를 망각한 채 환성을 질렀다. 트레이시도 자신도 모르는 사이에 환성에 가담하고 있었다. 그녀의 몸도 욕정에 불타오르고 있어서 제프의 눈을 똑바로 쳐다볼 수가 없었다.

두 사람 사이의 공기는 긴장으로 떨리고 있었다.

트레이시가 테이블에 눈을 떨구니 햇빛에 그을려 억세 보이는 제프의 손이 보였다. 지금 이 손에 안기고 싶다, 다정하게 그러면서도 격렬하게 안기고 싶다! 트레이시는 자기의 욕정을 드러내 보이지 않으려고 양손을 굳게 무릎 위에 모으고 있었다. 손도, 발도 떨리고 있었다.

호텔까지 돌아가는 차 안에서 두 사람은 별로 말이 없었다. 트레이시의 방문 앞에 이르자 그녀는 돌아보았다.

"오늘은 대단히……."

제프의 입술이 트레이시의 입술을 막았다. 트레이시의 팔은 그의 어깨에 돌려졌고 세차게 힘껏 끌어안았다.

"트레이시!"

입술은 예스라고 대답하고 있었지만 최후의 의지를 쥐어짜 트레이시는 말했다.

"긴 하루였군요, 제프. 난 몹시 피곤해요."

"그럴 테지."

"내일은 하루 종일 방에서 쉬어야겠어요."

제프는 곧 평정을 되찾고는 말했다.

"그거 좋은 생각이군. 나도 쉬어야 할 것 같아."

두 사람 모두 다시 상대의 말과 행동을 믿고 있지 않았다.

프라도 미술관에서

다음 날 아침 10시에 트레이시는 프라도 미술관 입구 앞에 열을 지은 긴 줄에 섰다.

개관하기는 했지만 제복을 입은 경비원이 회전도어를 조작해 한 번에 한 사람씩밖에 입장시키지 않았다.

트레이시는 입장권을 사서 군중의 흐름에 따라 커다랗고 둥근 천장 속으로 들어갔다. 다니엘 쿠퍼와 페레이러 형사도 재빨리 뒤를 쫓았다. 쿠퍼의 흥분은 고조되었다. 트레이시 휘트니가 예사 관람객으로 이곳에 온 것이 아니라고 그는 확신하고 있었다. 여자의 계획이 무엇이든 사냥감이 드디어 행동을 개시한 것이다.

트레이시는 방에서 방으로 천천히 이동했다. 루벤스, 티치아노, 틴토레토, 보슈 등의 작품, 그리고 엘 그레코라는 이름으로 유명해진 도메니코 테오토코풀로스의 그림들이 많이 진열되어 있었다. 고야의 작품군은 1층의 특별 갤러리에 진열되어 있었다.

방 입구마다에는 제복 차림의 경비원이 한 사람씩 배치되어 있었는데,

각자의 손이 닿을 만한 곳에 빨간 경보단추가 있는 것을 트레이시는 발견했다. 경보기가 울리는 순간, 미술관의 모든 출입구는 폐쇄되고 탈출 기회는 일체 사라지고 만다.

트레이시는 18세기 거장들의 작품이 전시되어 있는 방 중앙 벤치에 앉아 바닥 이곳저곳을 찬찬히 살펴보고 있었다. 트레이시가 지금까지 방문한 다른 미술관의 경비원이라면 졸고 있거나 지루해하며 떠들어대느라 관람객의 흐름에는 거의 주의를 기울이지 않는다. 그러나 이곳 경비원은 빈틈이 없어 보였다. 세계 각지의 미술관에서 예술품이 일부의 광신자에 의해 손상되는 일이 종종 있었지만 이 프라도에서는 그런 불손한 행위는 있을 수 없었다.

각 방에서는 아마추어 화가들이 이젤을 세워놓고 거장들의 작품의 모사에 힘을 쓰고 있었다. 프라도 미술관은 그런 것을 허락하고 있었지만 경비원의 시선은 때때로 그들 모사 화가들에게도 멈추곤 했다.

2층의 각 방을 모두 관람한 트레이시는 프란시스코 드 고야의 작품이 전시되어 있는 1층으로 내려갔다.

페레이러 형사가 쿠퍼에게 말했다.

"봐요, 그녀는 별로 이상한 짓은 하지 않잖아요. 감상을 하고 있을 뿐이잖아요. 그녀는……."

"틀렸어."

그렇게 말하고는 쿠퍼는 달리듯이 계단을 내려갔다.

고야의 그림은 다른 그림보다도 엄중한 감시 하에 놓여 있는 것 같았다. 하지만 그것은 당연한 일이었다. 벽이란 벽은 모두 놀랄 만한 작품이 진열되어 있었다. 트레이시가 책을 통해 여러 번 보았던 낯익은 그림의 진품이 이곳에 걸려 있었다. 그 천재가 그려낸 영원한 아름다움에 매료되어 트레이시는 캔버스에서 캔버스로 이동해갔다.

고야의 '자화상'은 중년의 양치기를 생각케 한다…… 정교한 필치의

'카를로 4세의 가족' ······ '옷 입은 마야'와 유명한 '나신의 마야.'

그리고 '마녀의 안식일' 옆에 문제의 그림인 '항구'가 전시되어 있었다. 그 그림 앞에서 멈춰 서서 바라보자니 트레이시의 심장은 자연히 높이 뛰었다. 그림의 정면에는 아름다운 옷으로 단장한 6명쯤의 남녀가 석벽 앞에 서 있었고, 그림의 배경으로는 안개 속에 항구의 등대와 어선이 그려져 있었다. 이것이 표적인 것이다.

'50만 달러!'

트레이시는 주위를 힐끗 둘러보았다. 입구에 경비원이 서 있었다. 다른 쪽의 방으로 통하는 복도에도 경비원이 있는 것이 보였다. 트레이시는 한동안 그곳에 서서 '항구'를 감상하고 있었다. 트레이시가 그곳을 떠나려고 하자 관람객들이 계단을 내려오고 있었다. 혼잡한 사람들 속에 제프 스티븐스의 모습이 한결 돋보였다. 트레이시는 그가 자기를 발견하기 전에 얼굴을 돌려 서둘러 옆의 출구로 향했다.

'왠지 경쟁이 될 것 같군요, 스티븐스 씨. 하지만 내가 이기고 말 걸요?'

"그녀는 프라도에서 그림을 훔쳐내려고 합니다."

다니엘 쿠퍼의 그 말에 라미로 국장은 무슨 소리를 하고 있느냐는 식으로 쿠퍼를 노려보았다.

"바보 같은 소리! 프라도에서 그림을 훔칠 수는 없소!"

쿠퍼는 완강하게 주장했다.

"그 여인은 오전 내내 그곳에 있었어요."

"프라도에서는 이제까지 단 한 번도 도난 사고가 발생하지 않았고, 앞으로도 일어날 수 없을 것이오. 왠지 알겠소? 이유는 간단하지, 불가능하기 때문이야."

"그녀는 결코 흔해빠진 방법으로 훔치지는 않습니다. 가스탄을 쏘았을 경우를 대비해서 환기 장치가 잘 가동되도록 손을 써두세요. 경비원이 근무 중에 마시는 커피에 잠 오는 약이 넣어지면 안 되니 구입하는 곳을 조사해두어야 합니다. 마시는 물도 검사하고……."

라미로 국장의 인내심은 한계에 이르렀다. 이 버릇없고 추악한 미국 놈 때문에 빠듯한 국가 예산 아래서 활동하는 경찰력을 일주일 동안이나 할애해서 트레이시 휘트니라는 여자를 24시간 미행해왔다. 그런데 아직도 이 진드기 같은 녀석은 어떻게 경찰력을 행사해야 하는지를, 그것도 국장인 나에게 가르치려 하고 있다. 참는 데도 한계가 있다.

"내 생각으로는 그 여인은 마드리드에서 휴가를 보내고 있을 뿐인 것 같소. 나는 감시체제의 해제를 명령하겠소."

쿠퍼는 깜짝 놀랐다.

"안 돼요! 그건 절대로 안 됩니다. 그 여자는……."

라미로 국장은 잔뜩 기지개를 켜고 일어섰다.

"내게 이래라, 저래라 하는 것은 이젠 그만두시오. 더 이상 용건이 없다면 난 다른 볼일을 봐야겠소."

쿠퍼는 노여움을 참으며 그곳에 서 있었다.

"그렇다면 난 단독으로 임무를 수행하겠소."

국장은 빙그레 웃었다.

"그 여자의 위협으로부터 프라도 미술관을 지켜주시겠다고? 좋습니다, 쿠퍼 씨. 그렇다면 우리도 편히 잘 수가 있겠군요."

진짜 그림, 가짜 그림

'성공의 기회는 극히 한정되어 있어. 이것은 상당한 연구를 요하는 일이야.'

군터 하르토크는 트레이시에게 말했었다.

'도리어 불가능하다고 말해야 해요.'

트레이시는 그렇게 생각했다. 그리고 호텔 객실의 창가에서 프라도의 천장을 내려다보며 미술관에서 예비 조사한 모든 정보를 머릿속으로 정리해보았다. 미술관은 오전 10시에 개관해서 오후 6시에 폐관하며, 개관하고 있는 동안 경보기는 해제되어 있지만, 모든 방과 출입구에 경비원이 배치되어 있었다.

'만약 어떻게 해서 그림을 떼어낸다 해도 가지고 나올 수가 없다.'

미술관에서 나올 때 입장객의 짐은 출구에서 전부 확인을 하고 있었다.

트레이시는 프라도의 지붕을 꼼꼼히 관찰하면서 밤에 침입할 수 있는지를 생각해보았다. 몇몇 장애가 기다리고 있었다. 우선 첫째로 밖에서 잘 보였다. 밤이 되면 지붕에는 스포트라이트가 비쳐지고 몇 마일 앞에서도 훤히 보이는 것이다. 운 좋게 눈에 띄지 않고 침입할 수 있다 해도 내부엔 적외선 장치가 설치되어 있었고, 게다가 야간 경비원도 있었다.

프라도 미술관은 난공불락의 요새처럼 보였다.

제프는 어떤 계획을 세우고 있을까? 그도 고야의 작품을 훔치러 온 것이 틀림없다고 트레이시는 확신하고 있었다.

'저 교활하고 영리한 머리가 무엇을 생각하는지 어떻게든 알고 싶어. 지금 분명한 것은 그에게 선수를 빼앗기지 말아야 한다는 것이다. 내가 먼저 그림을 빼낼 방법을 찾아내야 한다.'

트레이시는 다음 날 아침, 다시 프라도 미술관을 찾아갔다. 입장객의 얼굴 외에는 아무것도 달라진 것이 없었다. 트레이시는 제프가 와 있지 않나 하고 주의를 기울였지만 그는 결국 나타나지 않았다.

트레이시는 생각했다.

'제프는 이미 훔쳐낼 방법을 생각해냈군. 얄미운 녀석! 다정한 말로 내게 접근해온 것도 내 마음을 들뜨게 해서 일에 집중시키지 못하게 하기 위해서였어.'

그녀는 화가 나는 것을 진정시키면서 냉정하게 문제를 분석해보았다.

트레이시는 다시 '항구'가 전시되어 있는 방으로 가 보았다. 벽에 걸려 있는 그림, 방심하지 않고 눈을 반짝이고 있는 경비원, 이젤을 앞에 놓고 모사에 열중하고 있는 병아리 화가들, 그리고 줄줄이 끊임없이 들락거리는 군중을 둘러보자 트레이시의 가슴은 크게 뛰기 시작했다.

'그래, 생각났어! 어떻게 하면 되는지!'

그랑비아가의 전화박스에서 전화를 걸고 있는 트레이시의 뒷모습을 다니엘 쿠퍼는 가까운 커피숍 입구에 서서 응시하고 있었다.

'젠장! 어디에 전화를 걸고 있는 걸까. 그걸 가르쳐주면 1년 치 봉급을 몽땅 털어넣어도 좋을 텐데!'

다니엘 쿠퍼의 추측으로는 아마도 장거리 전화일 것 같았다. 요금은 수취인 부담일 것이므로 기록을 조사해봐도 헛수고일 것 같았다.

이날의 트레이시는 밝은 녹색 드레스를 입고 있어서 더욱 귀여워보였다. 스타킹을 신고 있지 않은 듯 다리는 눈이 눈부시기까지 했다.

'남자들이 힐끔힐끔 쳐다보는군. 저런 화냥년 같으니라고!'

쿠퍼는 그렇게 생각하면서 노여움을 주체하지 못하고 있었다. 전화박스에서는 트레이시가 대화를 끝내려 하고 있었다.

"그는 정말 민첩하겠죠, 군터? 시간은 2분밖에 없어요. 모든 것은 스피드에 달려 있단 말예요."

수신인 : J.J. 레이놀즈

문서번호 : Y-72-830-412

발신인 : 다니엘 쿠퍼

극비대상 인물 : 트레이시 휘트니

본인의 의견으로는 대상 인물은 모종의 범행을 수행하기 위해 마드리드에 있는 것임.

목표는 프라도 미술관으로 추정됨. 스페인 경찰은 비협조적이지만 본인은 독자적으로 대상 인물을 감시, 적당한 기회에 체포할 작정임.

이틀 후인 오전 9시, 트레이시는 마드리드 중심부에 있는 레티로 공원의 벤치에 앉아서 비둘기에게 모이를 주고 있었다. 레티로 공원은 왕실의 정원 자리로 넓은 부지에 호수가 있었고, 수목과 잔디는 잘 손질이 되어 있었다. 어린이용의 작은 놀이공간도 설치되어 있어서 마드리드 사람들의 휴식 장소로 애용되고 있었다.

흰 머리가 희끗희끗 섞여 있고, 약간 등이 굽은 노인인 세자르 포레타가 공원의 보도를 따라 걸어와 벤치까지 와서 트레이시의 옆에 앉았다. 그러더니 종이봉지를 펼쳐 비둘기에게 빵부스러기를 던지기 시작했다.

"안녕하세요, 아가씨."

"네, 안녕하세요. 뭔가 문제가 있습니까?"

"아무것도 없어요, 아가씨. 알고 싶은 건 언제하는가 라는 것이지."

"아직 정하지 않았어요. 어쨌든 이제 곧 할 거예요."

트레이시는 말했다.

노인은 이가 없는 입을 열어 웃었다.

"경찰은 단단히 화가 날 거야. 이런 일을 한 사람은 지금까지 없었으니까."

"그러니 더 잘 될 것 같아요. 머지않아 연락할게요."

트레이시가 말했다. 그녀는 나머지 빵조각을 비둘기에게 던져주고는 일어나 걸어가 버렸다. 실크 드레스가 그녀의 장딴지를 핥듯이 숨겼다 드러냈다 하며 알맞게 하늘거렸다.

트레이시가 공원에서 세자르 포레타와 만나고 있는 동안, 다니엘 쿠퍼는 그녀의 객실을 수색하고 있었다. 그는 호텔 로비에서 대기하고 있다가 트레이시가 외출하는 기회를 엿보고 있었던 것이다. 룸서비스에게 아무 말도 해두지 않고 나갔으므로 그녀는 아침식사를 하러 나간 것으로 쿠퍼는 짐작하고 있었다. 그는 그녀가 30분은 족히 걸리리라 생각하며 쉽게 방으로 들어갔다. 트레이시가 어떻게 그림을 바꿔치기할 것인지는 알 수 없었지만 계획은 그런 것이리라고 추측할 수 있었다.

침실은 뒤로 미루고, 묵묵히 옷장을 열어 드레스들을 헤집어 보고, 속옷서랍도 뒤져보았다. 팬티와 브래지어, 팬티스타킹이 가득 들어 있었다. 쿠퍼는 핑크빛 팬티를 쥐고 거기다 뺨을 비벼대며 트레이시의 달콤하고 보드라운 살결을 상상해보았다. 갑자기 트레이시의 냄새가 주위에 충만해 있는 느낌이 들었다. 속옷을 제자리에 도로 넣어두고 서둘러 다음 서랍으로 옮겨갔다. 그러나 모사된 그림은 없었다.

쿠퍼는 욕실로 들어가 보니, 욕조에는 아직 물방울이 남아 있었다. 그곳에 더운 물을 가득 채우고 느긋이 목욕을 하고 있었으리라. 그녀가 목욕을 즐기고 있는 광경을 쿠퍼는 상상해보았다. 그러자 그의 남성이 발기하기 시작했다. 쿠퍼는 욕조에 걸려 있는 젖은 수건을 거머쥐고 그것을 자신의 입술에 대보았다.

얼마 후, 침입할 때와 마찬가지의 빠른 동작으로 방을 나온 쿠퍼는 제일 가까운 성당으로 향했다.

다음 날 아침, 리츠 호텔을 나온 트레이시의 뒤를 다니엘 쿠퍼가 철저히 미행하고 있었다. 쿠퍼는 지금 종래 느껴본 적이 없는 친근감을 트레이시에게 품고 있었다. 그녀의 냄새를 알고 있었다. 상상 속에서 알몸인 그녀가 욕탕 속에서 몸을 꿈틀대고 있는 모습도 보았다. 트레이시는 완전히 나의 것이다. 살려두느냐, 죽이느냐 하는 것은 내 마음 먹기에 달렸다.

트레이시가 그랑비아가를 걷고 있을 때 쿠퍼는 알아차리지 못하도록 뒤를 따라 붙었다. 이윽고 그녀는 커다란 백화점으로 들어가서 점원에게 뭔가 묻더니 숙녀용 화장실로 향했다. 쿠퍼는 초조감을 달래며 그 입구 부근에서 기다리고 있었다. 이곳만은 아무리 쿠퍼라도 발을 들여놓을 수 없는 것이다.

만일 쿠퍼가 그 안에 들어갔다면 그는 트레이시가 초중량급으로 살이 찐 중년 여자와 얘기하고 있는 광경을 목격했을 것이다.

"마냐나, 결정했어요."

거울을 보고 립스틱을 바르면서 트레이시는 말했다.

"내일 아침 11시예요."

중년 여인은 머리를 좌우로 흔들었다.

"좋지 않은데. 그 시간은 마음에 들지 않아. 당신은 최악의 날을 선택

491

해버렸어. 내일은 룩셈부르크의 황태자가 마드리드를 방문할 예정으로 되어 있어. 일행은 프라도 미술관을 시찰할 것이라고 신문에 실려 있었어. 미술관은 특별 배치된 경비원과 경찰관으로 북적댈 거야."

"경찰관이 많이 있으면 있을수록 더욱 안성맞춤이에요. 그럼 내일 만나요!"

트레이시가 나가버리자 그 뒷모습을 쳐다보며 중년 여인은 중얼댔다.

"에라, 나도 모르겠다."

황태자 일행은 오전 11시 정각에 프라도 미술관을 방문할 예정으로 되어 있었다. 이를 대비해 마드리드 시경이 프라도를 둘러싼 거리에 로프를 둘러치고 있었다. 그러나 대통령 관저에서의 환영식 행사가 오래 끌었기 때문에 정오 가까이 되어서도 왕실 일행의 모습은 보이지 않았다. 얼마 후 사이렌이 울려 퍼지고 경찰관들의 오토바이에 선도된 6대의 리무진이 달려와 프라도 미술관의 현관에 차를 댔다.

현관에서는 이 미술관의 크리스티안 마챠다 관장이 긴장된 얼굴로 전하의 도착을 지루하게 기다리고 있었다.

마챠다 관장은 아침 일찍부터 관내를 정성껏 점검했고, 경비원에게는 특별히 경계하라고 훈시해두었다. 관장은 이 미술관에 긍지를 가지고 있었으므로 황태자의 마음에도 들기를 바랐다.

'전하의 주선으로 오늘 밤 대통령 관저에서의 만찬에 초대받을지도 몰라.'

마챠다 관장은 들뜬 마음으로 그렇게 생각했다. 그의 유일한 아쉬움이란 오늘 몰려드는 손님들을 쫓아낼 수 없다는 것이었다. 그러나 황태자의 수행원과 미술관의 사설 경비원들이 임무를 수행해줄 것이다. 어쨌든 환영 준비는 완벽하게 갖추어져 있었다.

왕실 일행은 계단을 올라와 2층의 메인 플로어에 닿았다. 관장은 공손하게 환영인사를 했고, 무장한 경호원이 경호하는 전하를 둥근 천장이 있는 홀을 지나 16세기 스페인 화가들의 작품이 전시된 방으로 안내했다.

황태자는 눈앞에 펼쳐진 미의 극치를 천천히 음미하고 있었다. 룩셈부르크 황태자는 미술 애호가로, 화가들을 더없이 경애하고 있었다. 자기 자신에게 특별히 미술에 대한 재능이 있는 것은 아니었지만, 거장들의 번득이는 재치를 자기의 캔버스에 열심히 모사하고 있는 젊은 화가들에게도 따뜻한 시선을 보내고 있었다.

황태자 일행이 살롱에 도착했을 때 크리스티안 마차다 관장은 자랑스럽게 말했다.

"그럼 이번에는 전하께서 허락해주신다면 아래층에 있는 고야의 전시실로 안내해드리겠습니다."

트레이시에게 있어서는 신경이 곤두서는 오전이었다. 예정된 11시가 되었는데도 황태자 일행이 프라도 미술관에 도착하지 않았기 때문에 그녀는 위험한 지경에 놓여 있었다. 트레이시는 초 단위마다 세밀하게 행동 계획을 짜놓았는데, 모든 것을 작동하는 데는 황태자의 도착이 관건이 되어 있었다.

트레이시는 두드러지지 않도록 일반 손님들과 한데 섞여 방에서 방으로 이동해갔다.

'황태자는 오지 않는 것이다. 중지할 수밖에 없어.'

트레이시는 그렇게 결론을 내렸다.

바로 그때, 밖의 거리에서 사이렌 소리가 들려오고 그 소리가 점점 가까워졌다. 옆방의 바라볼 수 있는 지점에서 트레이시를 감시하고 있던 다니엘 쿠퍼의 귀에도 당연히 사이렌 소리는 들리고 있었다. 이 미술관에서 그림을 훔쳐내는 것은 불가능하다고 이성적으로 판단을 내리고 있기는 했어도 트레이시라면 어쩌면 할 수 있을지도 모른다는 육감 같은 것이 있어서 쿠퍼는 그 육감 쪽을 믿고 있었다. 쿠퍼는 붐비는 사람들 속에 섞여 들어 트레이시에게로 다가갔다. 어떤 사소한 움직임도 놓치지 않을 작정이었다.

트레이시는 '항구'가 전시되어 있는 살롱의 옆방까지 와 있었다. 살롱의 입구 쪽에서 등이 굽은 세자르 포레타가 이젤을 앞에 두고 '항구' 옆에 걸려 있는 '옷 입은 마야'를 모사하고 있는 것이 보였다. 그로부터 불과 3피트 떨어진 곳에 경비원이 서 있었다. 트레이시가 있는 방에서는 풋내기 여류화가가 이젤을 앞에 두고 고야의 '볼드의 젖 짜기'를 열심히 모사하고 있었다. 일본인 여행자 일행이 마치 이국의 새의 무리처럼 시끄럽게 조잘대면서 살롱으로 들어왔다.

'자, 이때다!'

트레이시는 자신을 독려했다. 이 순간을 기다리고 있었던 것이다. 심장이 높이 뛰는 고동 소리가 경비원에게 들리는 것이 아닐까 하고 걱정할 정도였다. 트레이시는 다가온 일본인 일행에게 길을 비켜주며 여류화가의 곁에 가까이 붙어 섰다. 일본인 남자 한 사람이 트레이시의 앞을 스치며 지나가는 순간, 트레이시는 마치 떠밀려진 것처럼 뒤로 비틀거리며 여류화가에게 부딪혀 이젤과 캔버스, 유화물감 등을 모두 바닥에 쏟아버렸다.

"어머나, 어떡하면 좋지? 제가 주워 드릴게요."

트레이시는 크게 소리를 질렀다.

그녀는 깜짝 놀라 방심한 화가를 도우려고 하다가 오히려 구두 뒤꿈치로 흩어진 물감들을 짓밟아 바닥에 비벼댄 꼴이 되고 말았다. 다니엘 쿠퍼는 이 소동을 지켜보고 있다가 사소한 움직임 하나라도 놓치지 않으려고 더욱 그녀에게 가까이 다가갔다. 이는 트레이시 휘트니의 계략의 제1보라고 쿠퍼는 확신하고 있었다.

경비원이 달려와서 떠들어댔다.

"뭡니까? 무슨 일입니까?"

이 갑작스러운 사건에 관광객들은 냉소적인 구경꾼으로 바뀌어 너도 나도 쓰러져 있는 여성의 주위를 둘러쌌고, 단단한 나무 바닥은 유화물감을 밟아버려 기묘하게 물들고 있었다. 이런 어처구니없는 사태가 일어나자, 경비원은 황태자 일행이 이 방에 곧 나타나게 되어 있는지라 당황한 채 쩔쩔매며 큰 소리로 외쳐댔다.

"이봐, 큰일 났어! 이리로 좀 와봐! 빨리!"

이웃 방의 경비원이 도우려고 달려오는 것을 트레이시는 보았다. 세자르 포레타는 '항구'가 전시되어 있는 방에 혼자 남게 되었다. 트레이시는 소동의 한복판에 있었고, 두 경비원은 유화물감이 마구 짓밟힌 곳에서 손님들을 물러나게 하려고 정신없이 서둘러 대고 있었다.

"관장님에게 연락해야 돼. 서둘러!"

한 경비원이 소리쳤다.

또 한 사람의 경비원은 정신없이 덤벙대며 2층으로 뛰어 올라가고 있었다.

"무슨 일이야! 큰 실수를 저질렀군!"

2분 후, 크리스티안 마챠다 관장은 대참사를 눈앞에서 보았다. 관장은 공포에 질린 표정으로 주위를 살펴보더니 노발대발했다.

"뭘 꾸물대고 있나! 청소부를 데려와. 서둘러! 대걸레와 마른 걸레, 테레빈유도 가져와. 서둘러!"

젊은 조수가 달려갔다.

마챠다 관장은 경비원을 향해 명령했다.

"자넨 맡은 위치로 돌아가게!"

"네, 관장님."

관장에게 지시를 받은 경비원이 구경꾼들을 헤집고 세자르 포레타가 작업 중인 방으로 돌아가는 것을 트레이시는 지켜보았다.

쿠퍼는 한순간이라도 트레이시한테서 눈을 떼지 않고 그녀의 다음 행동을 기다렸다. 그러나 아무 일도 일어나지 않았다. 트레이시는 어느 그림에도 다가가지 않았고, 공범자 같은 인물과도 접촉하지 않았다. 그녀가 한 일이라고는 이젤을 쓰러뜨리고 유화물감을 바닥에 쏟았을 뿐이었다. 하지만 그래도 쿠퍼는 트레이시의 그 행동은 계획적인 것이 틀림없다고 확신했다. 그러나 목적이 무엇인가? 어쨌든 적의 계획은 실행되었던 것이다. 쿠퍼는 그렇게 확신했다. 그는 살롱의 벽을 빙그르르 둘러보았다. 분실된 그림은 없었다.

쿠퍼는 서둘러 옆방으로 가 보았다. 경비원 한 사람이 지키고 있는 가운데 등이 굽은 노인이 이젤 앞에서 '옷 입은 마야'를 모사하고 있을 뿐이었다. 모든 그림이 있어야 할 곳에 있었다. 하지만 뭔가 이상한 구석이 있었다. 쿠퍼의 직감이었다. 그는 바로 조금 전, 혼란의 한복판에서 보았던 관장에게 서둘러 갔다.

"틀림없는 확신을 가지고 드리는 말씀입니다만 2, 3분 사이에 이곳에서 그림이 분실되었을 겁니다!"

쿠퍼는 앞뒤를 가리지 않고 큰 소리로 관장에게 말했다.

크리스티안 마챠다 관장은 눈을 번뜩이는 미국인을 응시했다.

"당신이 지금 무슨 말을 하고 있는 겁니까? 만약 그렇다면 경비원들이 경보기를 울렸을 것이오."

"어떤 그림이 가짜와 바꿔치기 되었을 것입니다."

관장은 초조함을 참아가면서 미소 지었다.

"당신의 논리에는 한 가지 잘못된 점이 있군요, 선생. 일반에게는 알려져 있지 않지만 각 그림 뒤에는 감지기가 부착되어 있어요. 벽에서 그림을 떼어내고, 가짜와 바꿔치기를 하면 경보기가 울리게 되어 있습니다."

다니엘 쿠퍼는 그래도 납득할 수가 없었다.

"경보 장치가 절단되어 있을 가능성은?"

"바보 같은 소리 마시오! 전원이나 코드가 절단되어도 그 순간에 경보기가 울리도록 되어 있는 장치예요, 선생. 이 미술관에서 그림을 훔쳐내는 것은 불가능해요."

쿠퍼는 조바심이 더해질 뿐이었다. 관장이 말하는 것은 하나하나 지당한 말이다. 확실히 그림의 도난은 있을 수 없는 일로 생각된다. 하지만 그렇다면 트레이시 휘트니는 어째서 일부러 유화 물감을 엎질렀을까?

쿠퍼는 이대로 넘어갈 수가 없었다.

"미술관을 한번 점검해보시지 않겠습니까? 부탁드리겠습니다. 나는 호텔에서 기다리고 있을 테니……."

그날 밤 7시, 크리스티안 마챠다 관장이 쿠퍼에게 연락을 했다.

"내가 직접 조사했습니다, 선생. 모든 그림이 제 장소에 보관되어 있어요. 우리 미술관에서 분실한 것은 아무것도 없습니다."

외견상으로는 하찮은 사고가 일어난 것에 불과했다. 하지만 다니엘 쿠퍼의 사냥꾼으로서의 본능은 사냥감이 도망쳐버렸다고 알리고 있었다.

제프는 트레이시를 리츠 호텔의 주식당에 초대해 저녁식사를 같이 했다.

"오늘 밤의 당신은 유별나게 빛나 보이는군."

제프가 칭찬을 늘어놓았다.

"고마워요. 기분이 꽤 좋은 날이에요."

"오늘의 상대가 나니까 그럴 거야. 다음 주쯤에 바르셀로나에 가보지 않겠어? 굉장히 멋진 도시야. 당신도 틀림없이 마음에 들 거야……."

"미안해요, 제프. 난 이젠 스페인을 떠나야만 해요."

"정말?"

제프의 목소리는 아쉬운 기색이 역력했다.

"언제 떠나지?"

"2, 3일 있으면,"

"그래? 낙심천만이군."

'당신은 더욱 낙심하게 될걸? 내가 프라도 미술관에서 '항구'를 훔친 것을 알게 되면 말이야.'

트레이시는 그렇게 생각했다.

그녀는 제프가 어떻게 그림을 훔쳐낼 작정이었을까 하고 생각해보았다. 이미 그것은 문제가 되지 않지만…….

'나는 이 영리한 제프 스티븐스를 앞질렀어.'

그렇긴 하지만, 그러면서도 뭐라고 설명할 수 없는 이유로 트레이시는 애석한 생각이 들었다.

다음 날 아침, 크리스티안 마챠다 관장은 사무실 의자에 깊숙이 몸을 묻고 앉아 블랙커피를 마시고 있었다. 황태자 일행의 방문도 끝났으므로 혼자 축하를 하고 있었다. 유화 물감이 엎질러진 사건 외에는 모든 것이 예정대로 진행되었다. 혼란이 수습될 때까지 황태자와 그 수행원이 다른 일에 정신이 팔려 있었던 것은 참으로 다행스러운 일이었다. 갑자기 엉뚱한 사나이가 나타나 누군가가 프라도 미술관에서 그림을 훔쳤다며 떠들어대기도 했다.

'어제는 아무 일도 없었다. 내일도 아무 일도 일어나진 않을 것이다.'

관장은 은근한 기쁨을 느끼며 그렇게 생각했다.

비서가 사무실로 들어왔다.

"실례하겠습니다, 관장님. 면회하러 온 분이 있습니다만. 이걸 보여드리라고 했습니다."

비서는 관장에게 한 통의 편지를 건네주었다. 그것은 취리히의 쿤스트하우스 미술관의 편지지에 적혀 있었다.

경애하는 관장님,

우리의 미술 전문가이신 헨리 렌델 씨를 소개해드리겠습니다. 렌델 씨는 세계의 미술관을 견학 여행 중이신데 귀관의 진귀한 컬렉션을 특히 감상하고자 바라고 있습니다. 친절을 베풀어주시기를 부탁드립니다.

소개장에는 미술관장의 사인이 들어 있었다.

'결국은 모두들 우리 미술관에 와보고 싶어 하지.'

마챠다 관장은 더욱더 기분이 좋아졌다.

"손님을 들여보내."

헨리 렌델은 대머리가 돋보이는 키가 큰 남자로, 스위스 악센트가 두드러졌다. 두 사람이 악수를 했을 때 마챠다 관장은 손님의 오른손 인지가 없는 것을 알아차렸다.

헨리 렌델은 말했다.

"시간을 할애해주셔서 고맙습니다. 마드리드를 방문한 것은 처음입니다만, 세계적으로 유명한 이곳 예술작품을 보는 것을 대단한 기쁨으로 기대하고 있습니다."

크리스티안 마챠다 관장은 공손하게 말했다.

"실망하지는 않으시리라 생각합니다, 렌델 씨. 아무쪼록 함께 가보시죠. 제가 안내해드리겠습니다."

두 사람은 플랑드르의 거장들, 루벤스와 그 제자들의 작품이 전시되어 있는 둥근 천장 밑을 천천히 지나 스페인 거장들의 작품으로 가득 찬 중앙 갤러리까지 왔다. 헨리 렌델은 하나하나 작품들을 자세히 관찰하고 있었다. 두 남자는 여러 화가들의 스타일이나 사물의 관찰법과 색채 감각 등에 관해 전문가로서의 의견을 서로 나누고 있었다.

"이제 더욱 훌륭한 작품이 기다리고 있습니다. 우리 스페인의 자랑을 보여드리도록 하지요."

관장은 선언하듯이 말했다. 그러고는 손님을 계단 아래로 인도해 고야의 작품이 가득 전시되어 있는 갤러리로 들어갔다.

"황홀하군요! 정말 대단합니다. 죄송합니다! 잠시 저를 이곳에 서 있게 해주십시오. 여기서 이렇게 바라보고 싶습니다."

렌델은 그림에 압도된 듯 감탄의 소리를 질렀다.

크리스티안 마챠다 관장은 손님이 외경심으로 가득 차 그림을 감상하고 있는 동안 만족해하며 기다리고 있었다.

"이런 멋진 예술품은 처음 봅니다."

렌델은 정중하게 말했다. 그리고 천천히 움직이며 그 살롱의 작품을 차례차례 감상해갔다.

"마녀의 안식일…… 훌륭합니다!"

렌델은 그렇게 말했고, 두 사람은 천천히 이동했다.

"고야의 자화상이군요…… 황홀해요!"

크리스티안 마챠다 관장은 싱끗 웃었다.

렌델은 '항구' 앞에 멈춰 섰다.

"훌륭한 모조품이군요."

렌델은 곧 다음 그림 쪽으로 가려고 했다. 관장은 그의 팔을 붙들고 말렸다.

"뭐라고요? 뭐라고 하셨습니까?"

"훌륭한 모조품이라고 했습니다만."

"당신은 대단한 착각을 하고 계십니다."

"착각 같은 것은 하지 않았습니다."

관장은 상당히 분개한 채로 말했다.

"아니, 아닙니다. 지금 하고 있지 않습니까?"

마챠다 관장은 단호하게 말했다.

"저건 진짜입니다. 내가 보증하겠어요. 저 그림의 출처는 확실한 곳이니까요."

헨리 렌델은 그 그림에 다가가 좀 더 세밀하게 조사했다.

"그럼 출처에서부터 속여먹었군요. 이것은 고야의 제자인 에우헤니오 루카스 파딜라가 그린 것입니다. 당연히 알고 계시겠죠? 루카스가 고야의 모조화를 몇백 점이나 그린 것을……."

"그건 분명히 알고 있습니다. 하지만 이것은 그런 모조품이 아닙니다!"

마챠다 관장은 화를 내며 말했다.

렌델은 어깨를 으쓱해보였다.

"당신의 판단에 맡기도록 하겠습니다."

그렇게 말하고는 그는 다음 그림으로 옮겨가려고 했다.

"나는 이 그림을 직접 보고 판단해 구입했습니다. 분광 사진이나 화구 테스트도 틀림없었고……."

"당연히 하셨겠죠. 하지만 루카스는 고야와 동시대에 같은 재료를 사용해 그렸습니다."

헨리 렌델은 몸을 구부려 그림 아래쪽의 사인을 조사했다.

"원하신다면 간단히 확인할 수 있습니다. 보수실로 보내 사인을 검사하는 것입니다."

렌델은 낄낄거리며 기묘하게 웃었다.

"루카스는 자존심이 강한 사나이로 모조화에 일단 자기 사인을 하기는 했지만, 돈 때문에 그대로 그 위에 고야의 이름을 덧씌웠습니다. 그쪽이 엄청나게 비싸게 팔렸기 때문이지요."

렌델은 손목시계에 눈길을 보냈다.

"아, 이쯤에서 실례하겠습니다. 약속 시간에 늦어질 것 같습니다. 소중한 보물을 보여주셔서 대단히 감사합니다."

"천만의 말씀."

관장은 대수롭지 않게 대꾸했다.

'모자라도 한참 모자라는 놈이군.'

프라도 미술관의 최고 책임자는 그렇게 생각했다.

"만약 제가 어떤 도움이 될 수 있다면 불러주십시오. 나는 빌라 마그나에 머물고 있습니다. 참으로 고마웠습니다, 관장님."

그러고는 헨리 렌델은 물러갔다.

크리스티안 마챠다 관장은 사나이의 뒷모습을 응시하고 있었다. 저 스위스의 바보가 어째서 하필이면 우리의 보물인 고야가 가짜라고 말하는 걸까!

관장은 그 작품을 다시 한 번 자세히 뜯어보았다. 홀륭한 걸작이었다. 그는 몸을 굽혀 고야의 사인을 주시했다. 전혀 이상이 없었다. 하지만 있을 수 있는 일일까? 희미한 의문이 지워지지 않았다. 누구나가 알고 있듯이 고야와 동시대에 살았던 에우헤니오 루카스 파딜라는 몇 백점에 이르는 고야의 가짜 작품을 그려 모조화의 대가로 알려져 있다. 마챠다 관장은 고야의 '항구'에 350만 달러를 지불했다. 만약 가짜를 사들인 것이라면 그건 생각하기조차 견디기 어려운 일이었다. 자신의 생애에 지울 수 없는 오점이 되고 마는 것이다.

헨리 렌델도 타당한 말을 한 가지 했다. 그림이 진짜라는 것을 확인하는 간단한 방법이 있다는 것을 시사해주었던 것이다. 관장은 그림의 사인을 검사하고, 그것이 끝나면 렌델에게 전화를 걸어 좀 더 합당한 직업을 찾으라고 충고해줄 작정이었다.

관장은 조수를 불러 '항구'를 보수실로 옮기라고 명령했다.

명작을 점검하는 것은 섬세함이 요구되는 작업이었다. 무심코 부주의하게 취급하기라도 하면 돈으로는 보상할 수 없는 것을 파괴해버리고 말게 된다. 프라도 미술관의 보수공들은 이 방면에서 숙련공들이었다. 그들 대부분은 화가로서는 성공하지 못한 사람들이지만 보수하는 일에 종

사람으로써 가장 사랑하는 미술의 세계에 남을 수 있었다. 수습으로 출발해 보수의 명인 아래서 수업을 쌓은 뒤 몇 년 뒤에는 조수로 승격하여 선배 숙련공의 감독 하에서 드디어 명작을 취급할 수 있게 되는 것이다.

프라도 미술관의 회화 보수담당자인 얀 델가도는 크리스티안 마챠다 관장이 지켜보는 가운데 '항구'를 특제 나무틀 위에 올려놓았다.

"사인을 검사해보게."

관장은 그렇게 요청했다.

델가도는 갑작스러운 명령에 놀랐지만, 덤덤한 표정으로 말했다.

"네, 알겠습니다, 관장님."

델가도는 작은 솜뭉치에 아이소프로필 알코올을 묻혀 그것을 그림 옆의 테이블에 놓았다. 또 하나의 솜뭉치에는 중화액을 묻혔다.

"준비되었습니다, 관장님."

"착수해주게. 부디 신중히 하기를 바라네!"

마챠다 관장은 갑자기 숨이 가빠졌다. 델가도가 첫 번째 솜뭉치를 들어 올려 그것을 고야의 사인인 G의 부분에 살며시 댔다. 델가도가 곧 또 하나의 솜뭉치를 집어 그 부분을 중화시켰으므로 알코올이 깊이 침투한 것은 아니었다. 두 사나이는 캔버스를 주시했다.

델가도가 눈썹을 찡그렸다.

"저, 죄송합니다, 아직 뭐라고 말씀드릴 수가 없군요. 좀 더 강한 용액을 사용해야겠습니다."

"그렇게 해보게."

관장이 허가를 해주었다.

델가도는 다른 병의 뚜껑을 열었다. 회화 보수담당자는 새로운 솜뭉치에 디메틸 페톤을 묻혀 그것을 고야의 사인의 첫 글자에 다시 댔다.

그러고는 곧 중화제가 묻은 솜뭉치를 사용했다. 화학 약품의 코를 찌르는 듯한 독한 냄새가 온 방안에 퍼졌다. 크리스티안 마챠다 관장은 그림

위에서 믿어지지 않는 현상이 나타나는 것을 보고 있었다. 고야의 사인인 G가 지워져 가고 대신 L자가 뚜렷하게 나타났다.

델가도는 창백한 얼굴로 물었다.

"어떻게 할까요. 계속할까요?"

"하게. 계속해주게."

관장은 쉰 목소리로 말했다.

천천히 한 자씩 고야의 사인은 용액의 작용으로 사라져가고, 대신 루카스의 사인이 떠올랐다. 스펠링이 하나하나 바뀔 때마다 마챠다 관장은 명치끝을 얻어맞는 것 같은 고통을 느꼈다. 하필이면 세계에서 가장 유명한 미술관 관장이 가짜를 인수한 것이다. 이 얘기는 곧 평의원들의 귀에 들어갈 것이고, 스페인 국왕의 귀에도 들어갈 것이다. 온 세계의 웃음거리가 될 것이다. 이미 파멸이 눈앞에 보이는 듯했다.

관장은 비틀거리며 자기 방으로 돌아와 헨리 렌델에게 전화를 걸었다.

"꼭 당신과 상의해야 할 일이 있습니다. 지금 곧 내 사무실에서 만날 수 있을까요?"

두 남자가 마챠다 관장의 사무실에서 마주앉았다.

"당신이 지적하신 대로였습니다. 루카스가 모사한 가짜 작품이었어요. 이 일이 세상에 알려지게 되면 나는 웃음거리가 될 것입니다."

관장이 침울한 목소리로 말했다.

렌델이 위로하듯 말했다.

"우연히도 그의 가짜 작품을 판별하는 것이 제 취미여서 말입니다."

"그 그림에 350만 달러나 지불했습니다."

렌델은 어깨를 으쓱해보였다.

"돈은 돌려받을 수 있습니까?"

관장은 절망적이라는 듯 고개를 저었다.

"그 그림은 내가 직접 나서서 구입했습니다. 가문에 3대에 걸쳐 전해지는 가보라고 주장하는 미망인으로부터 말입니다. 판 사람을 고소해서 그것이 세간의 이목을 끌게 되면 결코 좋은 결과는 얻어질 수 없어요. 이 미술관의 다른 작품까지 의심받는 지경이 되고 말 테니까요."

헨리 렌델은 깊이 생각하는 표정을 지었다.

"세상에 공표할 것까지는 없어요. 적당한 상사에게 보고하고 루카스의 작품을 신속히 제거해버리는 것입니다. 그 후에 가짜 작품을 경매쟁이에게 경매시키면 되는 것입니다."

마챠다 관장은 머리를 좌우로 흔들었다.

"그럴 수는 없습니다. 그렇게 하면 온 세상에 알려지고 맙니다."

갑자기 렌델의 얼굴이 활짝 밝아졌다.

"당신에겐 아직 운이 있군요. 루카스의 작품이라면 기꺼이 사들이는 손님을 나는 알고 있어요. 가짜 작품 수집가인데, 물론 입이 무거운 사람이지요."

"그 그림을 없애버렸으면 좋겠습니다. 이젠 두 번 다시 보고 싶지도 않아요. 명품 속에 가짜가 섞여 있다니, 거저라도 주고 싶은 심정입니다."

관장은 씁쓸하게 덧붙였다.

"그렇게까지 할 필요는 없습니다. 내가 말한 그 손님이라면 아마 5만 달러는 내놓을 겁니다. 전화해볼까요?"

"아, 그렇게 해주시면 고맙겠습니다, 선생."

긴급히 소집된 회의에서 평의원들은 경악한 와중에도 미술관의 보물 중 하나가 가짜 작품이라는 풍문만은 어떤 희생을 치러서라도 피하자고 결의했다. 가능한 한 빨리, 그리고 은밀히 그 그림을 팔아버리자는 합의에 도달했다. 땀을 닦으면서 비참한 모습으로 서 있는 마챠다 관장에게 말을 거는 사람은 아무도 없었다.

그날 오후에 계약이 성사되었다. 헨리 렌델이 스페인 은행에서 5만 달러의 수표를 가지고 돌아왔다. 수수한 마포에 감싸인 에우헤니오 루카스 파딜라의 그림이 그의 손에 넘겨졌다.

"이 일이 세상에 알려지면 그건 정말 치명적입니다."

마챠다 관장은 다짐을 해두듯 말했다.

"하지만 당신이 아는 그런 분별 있는 분이라면, 우리 평의원들에게 설명해두었으니……."

"그건 이미 보증하지 않았습니까."

렌델은 약속했다.

미술관을 나선 헨리 렌델은 택시를 잡아 마드리드 북쪽 교외의 주택지로 향했다. 목적지에 이르자 계단을 올라가 아파트 3층의 문을 노크했다. 문을 연 것은 트레이시였다. 세자르 포레타도 안에서 기다리고 있었다. 트레이시가 궁금한 듯 렌델을 보자 그는 싱긋 웃으면서 말했다.

"녀석들은 이 그림을 내놓고 싶어서 안달이었소!"

헨리 렌델은 만족스럽게 득의의 미소를 지었다.

포레타는 그림을 꺼내 테이블 위에 펼쳐 놓았다.

"자, 보라고."

등이 굽은 남자가 말했다.

"당신들은 기적을 보게 될 거야. 고야가 소생될 거야."

포레타는 알코올 병의 마개를 땄다. 곧 코를 찌르는 냄새가 온 방안에 퍼졌다. 트레이시와 렌델이 주시하는 가운데 포레타는 솜뭉치에 약품을 묻혀 대단히 신중한 솜씨로 루카스의 사인을 한 자씩 솜으로 묻혀 나갔다. 서서히 루카스의 사인이 사라지고 그 밑에서 고야의 사인이 모습을 드러냈다. 렌델은 외경의 눈빛으로 그 작업을 보고 있었다.

"굉장하군요!"

"미스 휘트니의 아이디어였어. 이 사람이 내게 제안해왔어요. 진짜 사인 위에 가짜 화가의 사인을 그리고, 다시 그것을 진짜 사인으로 덮어버리는 것이 가능하냐고 말이오."

포레타가 고백했다.

"그 방법을 포레타가 발견해주었어요."

트레이시는 웃었다.

포레타가 겸손하게 말했다.

"간단해요. 2분도 걸리지 않았어요. 속임수의 재료는 그림물감이지. 우선 고야의 사인을 보호하기 위해 정제된 하얀 프랑스제의 광택제를 씌우지. 그리고 그 위에 빨리 마르게 되어 있는 아크릴 물감으로 루카스의 사인을 그렸지. 다시 그 위에 회화용 유성 화구로 고야의 사인을 그린 거야. 표면의 사인을 제거하면 루카스의 이름이 다시 나타나는 수법이지. 보수담당자가 좀 더 오래했다면 다시 그 밑에 감춰진 고야의 진짜 사인을 발견했을 거야."

트레이시는 두 남자에게 두툼한 봉투를 건네면서 말했다.

"뭐라고 감사해야 할지 모르겠군요."

"미술 전문가가 필요할 때는 언제든지 의뢰해요."

헨리 렌델이 윙크를 했다.

포레타가 물었다.

"어떻게 그림을 국외로 반출할 거요?"

"배달원을 고용해놓았어요. 이곳에 보낼 테니 오면 건네줘요."

트레이시는 두 남자와 악수를 나누고 아파트를 나갔다.

리츠 호텔로 돌아오는 길에 트레이시는 깡충깡충 뛰고 싶을 정도로 기분이 좋았다.

'모든 것은 심리학의 응용이었지.'

트레이시는 그렇게 생각했다. 프라도 미술관에서 그림을 훔쳐내는 일이란 처음부터 불가능한 것으로 알고 있었다. 그래서 미술관 측이 자진해서 목표물인 그림을 내놓게 할 수 있는 심리 상태에 빠지도록 함정을 설치했던 것이다. 트레이시는 따돌림을 당했다는 사실을 알아차린 제프 스티븐스의 얼굴을 마음속에 그려보며 큰 소리로 웃었다.

트레이시는 호텔 방에서 배달원을 기다리고 있었다. 그가 오자 세자르 포레타에게 전화를 했다.

"배달원이 지금 여기에 있어요. 그림을 가지러 보내겠어요. 도착하면 잘 부탁해요."

트레이시는 말했다.

"뭐라고요? 무슨 얘깁니까? 당신의 심부름꾼이라는 사람이 30분 전에 그림을 가져갔어요."

포레타가 반문하며 말했다.

나쁜 꿈

파리

7월 9일 수요일, 정오

뤼 마티뇽가의 교외에 있는 사무실에서 군터 하르토크가 말했다.

"마드리드 건으로 어떤 생각을 하고 있는지 대강 짐작하고 있어, 트레이시. 하지만 착수한 것은 제프 스티븐스 쪽이 먼저였어."

"아니에요. 제가 먼저였어요. 그는 뻔뻔스럽게도 제일 나중에 등장했어요."

트레이시는 정색을 하며 부정했다.

"그렇지만 그림을 보내온 건 제프야. '항구'는 지금 내 고객에게 발송 중이야."

트레이시가 머리를 짜내어 계획하고 실행한 끝에 손 안에 넣은 것을 제프에게 감쪽같이 채이고 말았다. 그는 팔짱을 끼고 앉아서 위험한 일은 모두 트레이시에게 시키고 마지막 마무리 단계에서 감쪽같이 시치미를 떼고 수고료를 가로채려 하고 있었다. 제프는 지금 비웃고 있을 것이다.

'당신은 특별한 사람이야, 트레이시.'

플라밍고 춤을 보러 간 날 밤의 일을 생각하면서 트레이시는 굴욕감에

치를 떨었다.

'말도 안 돼! 내가 이런 멍청한 짓을 하다니!'

"난 이제까지 사람을 죽인다는 생각을 해본 적이 없었어요. 하지만 제프 스티븐스라면 기꺼이 죽여버릴 수 있을 것 같아요."

트레이시는 군터에게 말했다. 그러자 군터는 달래듯이 말했다.

"몹시 험악하군. 이 방에서만은 그런 말을 하면 그만두지 않겠어. 그가 지금 이곳에 오기로 되어 있어."

"그가 뭐라고요?"

트레이시는 튕겨나듯이 일어섰다.

"당신과 새롭게 의논할 일이 있다고 했잖아. 이번 일은 파트너가 필요해. 내 생각으론 그에 합당한 유일한 사람은……."

"천만의 말씀이에요. 그와 일을 함께해야 한다면 차라리 굶어죽는 편이 나을 거예요!"

트레이시는 딱 잘라 말했다.

"제프 스티븐스 같은 비열한 남자와!"

"아니 이런, 제 험담을 하고 있군요."

제프가 싱긋 웃으며 입구에 서 있었다.

"트레이시, 당신은 그 어느 때보다도 아름다워. 군터, 우리의 동지 안녕하셨습니까?"

두 남자가 굳게 악수했다. 트레이시의 노여움으로 불타는 듯한 표정을 보며 제프는 한숨을 지었다.

"아마 당신은 내게 화를 내고 있겠지?"

"화를 내고 있을 거라고요! 나는 말예요……."

"트레이시, 자, 들어봐요. 당신의 계획은 매우 훌륭했어. 만점에 가까웠지. 칭찬해주고 싶어. 한 가지 점을 제외하면 말이야. 결코 믿을 수 없는 스위스인, 그 녀석을 끝까지 믿어선 안 됐다고."

트레이시는 자신을 억제하려고 크게 숨을 들이마셨다. 그리고 군터에게로 향했다.

"군터, 난 이만 실례하겠어요."

"트레이시!"

"싫어요. 어떤 일이든 나는 더 이상 하고 싶지 않아요. 이런 남자와 함께라면 말예요."

군터는 말했다.

"얘기를 듣는 정도는 괜찮겠지?"

"들어봤자 소용없어요. 나는……."

"3일 후에 400만 달러 상당의 드비어스의 다이아몬드 상자가 에어 프랑스의 화물 편으로 파리에서 암스테르담으로 운반돼. 그 보석을 갖고 싶어 하는 손님이 있어."

"왜 비행장으로 운반하는 도중에 가로채려 하지 않죠? 이곳에 있는 당신 친구는 가로채는 데는 전문가 아닌가요?"

트레이시의 목소리에서 신랄한 반응이 좀처럼 사라지지 않았다.

'굉장해! 이 여자는 화를 내니 점점 더 매력적으로 되어가는군.'

제프는 생각했다.

군터가 말했다.

"다이아몬드는 경호가 철저해. 우린 비행 중에 훔쳐낼 생각이야."

트레이시는 놀라 군터를 쳐다보았다.

"비행중이라고요? 화물기 속에서?"

"컨테이너 속에 숨을 수 있는 몸집이 작은 사람이 필요해. 비행기가 날아오른 다음 그가 컨테이너에서 나와서 드비어스의 컨테이너를 열고 다이아몬드 상자를 꺼내서 미리 준비해둔 복제품 상자를 놓아두고 원래의 컨테이너로 돌아가면 되거든."

"즉 컨테이너에 들어갈 만큼 몸집이 작은 사람이 나라는 것이군요."

군터가 말했다.

"당신 체형이 적당하다는 것뿐만이 아니야, 트레이시. 대담하고 총명한 사람이 아니면 안 돼."

트레이시는 그대로 선 채로 생각했다.

"계획은 나쁘지 않군요, 군터. 나쁜 것은 일을 같이 하는 파트너예요. 이 사람은 근본부터가 사기꾼이에요."

제프는 싱긋 웃었다.

"그런 식으로 말하자면 우리 모두가 사기꾼이지. 안 그런가? 멋지게 일을 잘 처리하면 군터는 우리에게 100만 달러를 내놓겠다고 말하고 있어."

트레이시는 군터를 응시했다.

"100만 달러라고요?"

군터는 끄덕였다.

"한 사람당 50만 달러가 되지."

"그 일이 잘 추진될 수 있는 이유가 있어. 그가 우리를 도와줄 거야. 믿을 수 있는 사나이야."

트레이시가 되받아 말했다.

"그럼 실례하겠어요, 군터."

트레이시는 찬바람을 일으키며 방에서 나갔다.

군터는 뒷모습을 눈으로 전송했다.

"트레이시는 마드리드 건으로 정말 화를 내고 있어, 제프. 이번 일에는 끼지 않으려 할 것 같아."

"걱정 말아요. 트레이시의 성격은 내가 잘 알고 있습니다. 그녀는 이 제안을 결국은 받아들일 것입니다. 진심으로 하고 싶어 할걸요?"

제프는 즐거운 듯이 말했다.

"컨테이너는 싣기 전에 밀폐됩니다."

라몬 보반이 설명했다. 그는 프랑스인으로, 나이보다 늙어 보이는 얼굴이었고 눈빛은 탁했다. 에어 프랑스 화물기의 발송부에서 일하는 이 남자가 계획의 성사 여부를 쥐고 있는 것이다.

보반, 트레이시, 제프, 그리고 군터 네 사람은 파리를 돌며 유람하는 센강의 대형 관광선인 바트 무슈의 난간 옆에 앉아 있었다.

"컨테이너가 밀폐되면, 난 어떻게 그 속에 들어가는 거죠?"

트레이시가 날카로운 어조로 물었다.

"밀폐되기 직전에 들어가는 겁니다. 우리 하역인들이 소프트 팔레트라고 부르는 커다란 나무상자가 있어요. 안쪽에 천을 두르고 로프로 묶는 것이지요. 보안상의 이유로 다이아몬드와 같은 귀중품은 항상 맨 나중에 도착해서 짐이 실리고 내릴 때 제일 먼저 내리게 되죠."

보반이 대답했다.

"그럼 다이아몬드는 그 소프트 팔레트에 들어 있는 것이군요?"

트레이시는 말했다.

"그렇습니다, 아가씨. 영리하시군요. 나는 당신이 들어가 있는 컨테이너를 다이아몬드가 들어 있는 소프트 팔레트 옆에 놓아두도록 조치하겠습니다. 화물기가 날아오르면 당신은 다이아몬드가 들어 있는 소프트 팔레트의 로프를 끌러 다이아몬드 상자를 꺼낸 다음 똑같은 상자와 바꿔치기를 하고, 자신이 들어가 있던 컨테이너로 다시 들어가 원래대로 닫아놓는 것입니다."

군터가 덧붙였다.

"비행기가 암스테르담에 착륙하면 경비원이 가짜 다이아몬드 상자를 인수해서 연마업자에게 보낼 거야. 그들이 가짜 물건이라는 것을 알게 될 즈음에는 우리가 당신을 다른 비행기에 태워 국외로 탈출시키고 있을 거야. 믿어도 돼. 차질은 없을 테니까."

마지막 말을 듣자 트레이시는 심장이 얼어붙는 것 같았다.

"그 안에서 얼어죽지 않을까요?"

트레이시가 묻자, 보반이 싱긋 웃었다.

"최근의 화물편 비행기에는 난방이 되어 있습니다. 가축이나 애완동물을 운반하는 일도 종종 있으니까요. 오히려 기분 좋은 여행이 될 것입니다. 약간 좁아서 답답하기는 하겠지만 그걸 제외하곤 쾌적하지요."

트레이시는 드디어 실행 계획을 최후까지 듣기로 동의했다. 몇 시간 정도만 참으면 50만 달러가 손에 들어오는 것이다. 그 계획안을 모든 각도에서 검토해보았다.

'해낼 수 있어. 제프 스티븐스만 없다면 나무랄 데 없이 멋진 계획일 텐데!'

트레이시는 생각했다.

제프에 대한 트레이시의 감정은 여러 가지 생각이 복잡하게 얽혀 있어서 스스로도 갈피를 잡을 수 없게 되어 그 때문에 자기 자신에게 화가 나는 그런 형편이었다. 제프가 마드리드에서 그런 지독한 짓을 한 것도 단지 나를 빼돌리고 재미있어하기 위한 이유에서였다. 이 남자는 나를 배신했고, 속였으며 그리고 지금 이 자리에서도 속으로는 비웃고 있는 것이다.

세 남자는 트레이시를 응시하며 그녀의 대답을 기다리고 있었다.

배는 퐁네프다리 밑을 통과했다. 그것은 파리에 현존하는 제일 오래된 다리인데 외곬인 프랑스인들은 아직도 고집스럽게 '새 다리'라는 이름으로 부르고 있다. 강 건너편의 제방 위에서 연인이 포옹을 하고 있는 모습이 보였다. 소녀는 대단히 행복해 보이는 표정을 하고 있었다.

'바보 같은 소녀야. 남자에게 속아 넘어가고 있군.'

트레이시는 그렇게 생각했다.

이젠 자신의 결심을 말할 시간인 것이다. 트레이시는 제프의 눈을 정면으로 바라보며 말했다.

"좋아요. 하기로 하죠."

그 순간, 네 사람 사이에 흐르는 긴장이 풀렸다.

"시간이 별로 없어요. 형이 운송회사에서 일하고 있어서 말예요. 그곳 창고에서 당신을 컨테이너 안에 실어주게 되어 있어요. 아가씨, 당신은 폐소공포증 환자는 아니겠지요?"

보반은 탁한 눈으로 트레이시를 응시하며 말했다.

"걱정할 것 없어요…… 얼마 동안이나 들어가 있어야 하죠?"

"화물 편으로 실어 넣기까지 몇 분간, 그리고 암스테르담까지의 비행이 1시간 정도지요."

"컨테이너의 크기는 어느 정도인가요?"

"당신이 앉을 만큼은 충분해요. 당신이 몸을 숨길 만한 물건도 들어 있습니다. 만약의 경우를 대비해서 말입니다."

'만약의 경우 같은 것은 일어날 리가 없지.'

그들은 그렇게 보증하고서도 '만약의 경우' 따위의 말을 입에 담고 있는 것이다.

"이건 당신에게 필요한 물건의 목록이오. 모두 준비해놓았어."

제프가 말을 걸어 왔다.

"흥, 웃기는군요."

제프는 트레이시가 이 계획을 받아들여 줄 것으로 믿고 있었던 것이다. 보반이 당신의 여권 절차를 도와줄 거야. 즉 출국이라든가 입국 같은 것의 스탬프가 제대로 잘 찍히도록 말이야. 그래서 네덜란드를 나올 때의 문제는 없을 거야."

관광선이 잔교에 배를 대기 시작했다.

"결행일 아침에 최종 점검을 하기로 하죠. 전 일하러 돌아가야 하니까요. 그럼 다시 만납시다."

보반은 그렇게 말하고 먼저 돌아갔다.

제프가 제안했다.

"사전 축하를 위해 식사라도 하지 않겠어요? 셋이 함께."

"미안하지만 난 선약이 있어서."

군터가 말했다.

제프는 트레이시를 쳐다보았다.

"괜찮으면 둘이서……"

"아뇨, 괜찮아요. 난 몹시 피곤해요."

트레이시는 즉각 거절했다.

제프와 동행하는 것을 피하기 위한 구실이었지만, 그렇게 말하고 나서 정말 자신이 지쳐 있다는 것을 깨달았다. 오랫동안 신경을 곤두세우고 있었기 때문일 것이다. 머리가 빙빙 도는 것 같았다.

'이 일이 끝나면 런던으로 돌아가 잠시 휴식을 취해야겠어. 정말 휴가가 필요해.'

트레이시는 생각했다. 두통이 심해졌다.

"당신에게 선물할 것이 있어."

제프는 그렇게 말하고 화려한 포장지로 싼 작은 상자를 건네주었다. 그 안에는 한구석에 T.W.라는 이니셜이 수놓아진 아름다운 실크 스카프가 들어 있었다.

"고마워요."

'흥, 돈이라면 나도 충분히 가지고 있다고. 나한테서 가로챈 50만 달러로 산 거겠지.'

트레이시는 씁쓸한 심경이었다.

"어때? 식사는 정말 안 될까?"

"거절하겠어요."

트레이시는 파리에서는 고전적인 호텔로 알려진 플라자 아테네에 묵고 있었다. 고풍스럽고 우아한 객실에서 가든 레스토랑이 바라보였다. 이 호텔에는 달콤한 피아노 선율이 흐르는 고급스러운 음식점이 있었지만, 이날 밤의 트레이시는 이미 몹시 지쳐 있어서 옷을 갈아입을 기력도 없었다. 그녀는 호텔의 작은 카페 루레에 들어가 수프를 주문했다. 하지만 반쯤 먹자 접시를 밀어놓고 자리에서 일어나 객실로 향했다.

카페의 안쪽 구석에 자리하고 있던 다니엘 쿠퍼가 트레이시가 나간 시각을 적고 있었다.

다니엘 쿠퍼는 곤란한 입장에 놓여 있었다. 파리에 도착하자 곧 그는 트리뇽 경감에게 면회를 요청했지만, 인터폴의 책임자인 이 경감은 전과는 딴판으로 냉담했다. 경감은 스페인의 라미로 국장으로부터 전화로 장장 1시간이나 이 미국인에 관한 잔소리를 들은 지 얼마 안 되었던 것이다.

"그놈은 미치광이요! 나는 그 녀석 때문에 시간과 노력과 돈을 낭비하고 말았소. 트레이시 휘트니라는 여자가 프라도 미술관을 노리고 있다고 지껄여대서 미행을 붙였소. 그런데 그녀는 전혀 해롭지 않은 여행자에 불과했던 것이오! 내가 애초부터 그렇게 말했듯이 말이오!"

라미로 국장은 잔뜩 격앙된 목소리로 말했다.

스페인의 국장과의 대화에서 트리뇽은 트레이시에게 혐의를 걸게 된 것은 애당초 잘못된 것이 아닌가 하는 결론에 도달해 있었다. 그 여성이 범인이라고 단정할 아주 사소한 증거마저 없었던 것이다. 범죄가 일어났을 때 그 도시를 그녀가 여행 중이었다는 사실만으로는 증거가 성립되지 않았다. 그런데도 여전히 조금도 뉘우치는 기색도 없이 다니엘 쿠퍼는 트리뇽에게 찾아와 이렇게 말했던 것이다.

"트레이시 휘트니가 파리에 있습니다. 24시간 내내 감시 체제를 펴고 싶습니다만."

트리뇽은 되받아 말했다.

"명확한 증거를 제시해주지 않겠습니까? 그 여자가 범행을 계획하고 있다는 확증이 없으면 나로서는 이 이상 협력할 수 없습니다."

쿠퍼는 갈색 눈에 핏발을 세우며 그를 응시하고 있다가 이윽고 말했다.

"당신도 바보군요."

다음 말을 하기도 전에 쿠퍼는 거칠게 인터폴의 건물에서 내쫓기고 말았다.

그때 이후, 쿠퍼는 완전히 혼자 힘으로 트레이시를 감시해왔던 것이다. 트레이시의 뒤에라면 어떤 곳에도 따라붙었다. 쇼핑, 식사, 그리고 그저 거리를 걷고 있을 때도 그는 미행을 했다. 잠도 자지 않고 미행을 하는가 하면 식사도 거르고 하는 적도 있었다. 트레이시 휘트니에게 패배당하는 것을 그로서는 용납할 수 없었다. 그녀를 교도소에 처넣을 때까지 쿠퍼의 임무는 끝나지 않는 것이다.

트레이시는 침대에 누워 다음 날의 임무를 머릿속에서 반복하고 있었다. 두통은 여전히 가라앉지 않은 상태였다. 아스피린을 먹어 보았지만 쿡쿡 쑤시는 통증은 영 낫지를 않았다. 식은땀도 나고 있었다. 방안이 견딜 수 없을 만큼 답답하게 느껴졌다.

'내일까지만 참으면 돼. 그래, 스위스로 가자. 스위스의 시원한 산으로, 나의 성으로.'

오전 5시에 맞추어 놓은 자명종 시계가 울리기 시작했다. 트레이시에게는 그 소리가 교도소의 여자 교도감독관인 '늙은 강철팬티'의 외침처럼 들렸다.

'옷을 갈아입을 시간이야. 자, 빨리 서둘러.'

그리고 복도에서 스산한 벨소리가 메아리친다.

트레이시는 잠에서 깼다. 가슴이 옥죄이는 것처럼 괴로웠고 전등의 불빛이 유난히 눈부시게 느껴졌다. 간신히 욕실까지 가서 거울을 보니, 얼굴이 붉게 상기되어 있었고, 반점마저 있었다.

'이제 와서 병으로 누울 수는 없지. 하필이면 오늘은 안 돼, 할 일이 많다고.'

트레이시는 그렇게 생각했다. 그녀는 쿡쿡 쑤시는 머리를 자극하지 않도록 천천히 옷을 입었다. 깊은 포켓이 달린 검은 작업복을 입고 고무로 바닥을 댄 신을 신었으며 베레모를 썼다. 심장이 불규칙하게 뛰었지만 그것이 흥분 때문인지 진짜 병이 난 탓인지는 알 수 없었다. 트레이시는 허탈감으로 다리가 휘청거렸으며, 목은 열이 올라 쿡쿡 쑤셔댔다.

테이블을 쳐다보자 제프가 준 스카프가 눈에 띄었다. 트레이시는 그것을 목에 감았다.

호텔 플라자 아테네의 현관 정면은 몽테뉴가에 면해 있었지만, 업무용 출입구는 모퉁이를 빙 돌아 보카도르 거리에 면해 있었다. '업무용 입구'라는 작은 표지판이 나붙어 있고 그곳으로 가면 로비의 뒤쪽 복도에서 쓰레기통 따위가 놓여 있는 좁은 복도를 지나 도로로 나서게 되어 있었다.

다니엘 쿠퍼는 정면 현관이 바라보이는 지점에서 감시하고 있었으므로 트레이시가 업무용 출입구로 나가는 것을 볼 수 없었는데도 예감이랄까, 트레이시가 호텔을 벗어난 순간 그는 그것을 감지했다.

쿠퍼는 서둘러 밖으로 나가 거리를 둘러보았지만 트레이시의 모습은 눈에 띄지 않았다.

회색 르노가 호텔 뒷문에서 트레이시를 태우고 에트와르 방면으로 향했다. 그 시간은 교통량도 적었으므로 영어를 제대로 못하는 여드름투성이의 젊은 운전사는 개선문을 중심으로 방사선으로 펼쳐진 열두 가닥의 거리 중 하나를 쏜살같이 달렸다.

'좀 천천히 달려줘.'

트레이시는 쇠약해진 몸이 흔들려 차멀미를 할 것만 같았다.

30분 후, 르노는 어느 창고 앞에서 급정차했다. 도어 위의 간판에는 'BRUCERE ET CIE'라고 적혀 있었다. 라몬 보반의 형이 일하고 있는 회사란 것을 떠올렸다.

젊은 운전기사가 자동차의 문을 열어주며 작은 소리로 중얼댔다.

"서두르세요!"

침착하지 못해 보이는 중년의 사나이가 성큼성큼 다가와 차에서 내린 트레이시에게 말했다.

"이쪽이오, 서둘러!"

트레이시가 휘청대며 뒤를 따라 창고 뒤로 돌아가자, 6대의 컨테이너에 거의 짐이 차 밀봉되어 있었고, 언제라도 공항으로 운반할 수 있도록 준비되어 있었다. 안쪽에 휘장이 쳐진 소프트 컨테이너가 한 대 있었는데, 가구가 반쯤 들어 있었다.

"들어가요. 빨리, 시간이 없어."

트레이시는 현기증이 나려고 했다.

'들어갈 수가 없어. 저런 곳에 들어가면 죽을 것 같아.'

중년의 사나이가 그런 트레이시의 모습을 보고는 의아한 듯이 말했다.

"이봐요, 어디 아픈 것 아니오?"

돌아가거나 그만두려면 지금 이 순간뿐이었다.

"괜찮아요."

트레이시는 중얼대듯 말했다. 곧 끝나는 것이다. 2, 3시간만 지나면 스위스로 향하고 있을 것이다.

"좋소. 이걸 가져가시오."

사나이는 양날의 나이프, 로프를 만 묵직한 두루마리 뭉치, 손전등, 그리고 빨간 리본을 감은 작고 파란 보석상자를 건네주었다.

"당신이 바꿔치기할 가짜 상자가 그것이오."

트레이시는 크게 심호흡을 하고는 컨테이너 안에 들어가 앉았다. 몇 초가 지나자 커다란 천막이 뚜껑을 덮었고 바깥쪽에서 로프를 감아 묶는 소리가 들렸다.

이윽고 천막 너머로 남자의 목소리가 희미하게 들렸다.

"끝났소, 이제부터는 꼼짝 말고 있어요. 담배를 피워도 안 돼요."

"난 피우지 않아요."

트레이시는 그렇게 말하려고 했지만 입을 열 기력도 없었다.

"행운을 빌어요. 상자 옆쪽에 구멍을 몇 개 뚫어 놓았으니까 호흡할 수 있을 거요. 숨을 쉬는 걸 잊으면 안 돼요."

사나이는 자신의 농담에 웃으면서 사라져 갔다. 트레이시는 어둠 속에서 외톨이가 되었다.

나무 상자의 대부분을 식탁 의자가 점하고 있었으므로 안은 좁고 옹색했다. 트레이시는 온몸이 불덩이같이 달아올라 마치 불 속에 있는 것 같은 기분이었다. 살갗이 뜨거웠고 호흡하는 것이 곤란할 정도였다.

'바이러슨가 뭔가에 걸렸나 봐. 하지만 조금만 더 참자, 일을 끝낼 때까지만. 뭔가 다른 것을 생각하며 기분을 달래야 돼.'

트레이시는 그렇게 생각했다.

군터의 목소리가 들려왔다.

'걱정할 필요 없어, 트레이시. 암스테르담에서 짐이 내려지고 당신이 들어가 있는 컨테이너는 공항 옆의 개인 차고로 운송될 거야. 거기서 제프가 기다리고 있을 거야. 보석을 그에게 건네주고 공항으로 되돌아와. 스위스 항공의 카운터에 제네바 행 항공권을 맡겨놓겠어. 가능한 한 빨리 암스테르담을 떠나는 거야. 보석의 도난이 발각되면 경찰은 시내를 봉쇄할 테니까. 아무것도 걱정할 것 없어. 만일의 경우에 대비해 암스테르담의 은신처인 집 주소와 열쇠를 건네주기로 하지. 그곳은 빈집으로 되어 있어.'

트레이시는 꾸벅꾸벅 졸았던 것 같다. 컨테이너가 공중에 쓱 들어올려졌을 때 퍼뜩 잠에서 깼다. 트레이시는 흔들흔들 몸이 흔들려서 곁에 있는 것에 꼭 달라붙어 몸을 지탱해야 했다. 컨테이너는 뭔가 딱딱한 것 위에 놓여져 있었다. 차의 문이 쾅 하고 닫히는 소리가 들렸고, 엔진이 으르렁대는 순간 트럭은 출발했다.

공항으로 향하는 것이다.

계획은 초읽기로 세워져 있었다. 트레이시가 들어 있는 컨테이너가 화물 편에 실리고 나서 수 분 내에 드비어스의 보석이 실려진다. 따라서 트레이시가 들어가 있는 컨테이너를 운반하는 트럭 운전사는 '시속 80킬로를 엄수하도록' 지시를 받고 있었다.

그날 아침, 공항으로 통하는 도로는 여느 때보다도 붐볐지만 운전사는 걱정하지 않는 것 같았다. 시간에 맞추어 컨테이너를 공항까지 대기만 하면 5만 프랑의 보너스를 받기로 되어 있었다. 그것만 있으면 아내와 두 아이를 데리고 여행을 할 수 있게 된다.

'미국으로 가자. 디즈니랜드에 가보자.'

운전사는 그런 생각으로 가득했다.

계기판의 시계를 보자 자신도 모르게 웃음이 흘러나왔다. 시간은 정확했다. 공항까지는 5킬로미터 남았다. 앞으로 10분이면 된다.

예정 시간에 꼭 들어맞게 트럭은 페노르 방면의 표지가 나붙은 도로의 입구에 도달했다. 그곳으로 들어가면 에어 프랑스의 화물편 본부는 바로 코앞이었다. 샤를르 드골 공항의 회색빛 나지막한 빌딩을 지나쳐갔다. 공항의 화물구역은 일반 승객의 입구와는 상당히 떨어져 있었고 가시철망으로 구획되어 있었다. 목표지점은 담장으로 둘러싸인 커다란 창고였다. 그곳은 3킬로 정도의 넓이로 컨베이어에 실린 상태인 상자와 소포, 그리고 컨테이너가 꽉 들어차 있다. 그런데 갑자기 폭발음이 들렸다. 차체가 휘청 기울어지고 운전사는 핸들을 놓쳤다. 동시에 트럭은 덜커덩하고

묘하게 진동을 했다.

'젠장! 펑크군.'

운전사는 혀를 찼다.

에어프랑스 화물 편 747형 점보제트기는 화물을 싣고 있는 중이었다. 기수 부분이 휑하니 위로 열려져 있었고, 안의 화물 수납고가 밖에서도 보였다.

화물을 싣는 일은 거의 끝나가고 있었다. 라몬 보반은 몇 번씩이나 손목시계를 들여다보며 욕지거리를 내뱉고 있었다. 요긴한 트럭이 도착하지 않는 것이다. 드비스의 위탁 화물은 이미 소프트 팔레트에 넣어져 측면에 천막을 씌웠고 로프가 단단히 둘러쳐지고 있었다. 보반은 트레이시가 헛갈리지 않게 다이아몬드가 들어 있는 팔레트를 판별할 수 있도록 빨간색 페인트를 천막에 묻어 놓았다. 그 팔레트가 지금 궤도에 실려 기내로 이동했고, 놓여야 할 장소에 고정되는 것을 보반은 지켜보고 있었다. 그 옆에는 컨테이너를 또 한 대 실을 빈자리가 있었다.

이 비행기에 실릴 나머지 컨테이너는 3대로 되어 있었다.

'이런 젠장! 그 여자가 들어가 있는 짐은 어디로 가 버렸지?'

적하 담당자가 기내에서 소리를 질렀다.

"빨리 서둘러, 보반. 뭘 우물쭈물하고 있지?"

"1분만 기다려주게."

보반은 그렇게 대답하고 화물 집하장 입구로 달려갔다. 트럭의 모습은 아직 보이지 않았다.

"이봐, 보반. 무슨 일인가?"

그가 돌아보자 상사인 책임자가 다가오고 있었다.

"빨리 싣고 비행기가 뜨게 해야지."

"네, 알겠습니다. 조금만 기다려봅시다."

그 순간, 트레이시가 탄 트럭이 질주해 와서 보반 앞에서 멈춰 섰다.

"이게 마지막 적하물입니다."

보반이 알렸다.

"좋아 싣게."

책임자는 큰 소리로 명령했다.

보반은 트럭에서 컨테이너가 내려지고 비행기와 지상을 연결하는 브리지 위에 실리는 것을 감시하고 있었다.

그는 적하 담당자에게 손을 흔들어 신호했다.

"이쪽 임무는 완료야, 이젠 알아서 해."

이윽고 화물은 모두 실렸고, 들어 올렸던 기수는 본래의 위치까지 내려졌다. 이 점보제트기가 활주로로 이동을 시작하는 것을 지켜보던 보반은 이렇게 생각했다.

'자, 이젠 드디어 당신 차례야, 여자도둑님.'

스산한 폭풍이었다. 거대한 파도가 폭포수처럼 덮쳐왔으며 배는 가라앉기 시작했다.

'익사하겠어. 이곳에서 탈출해야 돼.'

트레이시는 겁이 났다.

버둥대며 손을 휘저으려고 하자 뭔가가 손에 닿았다. 구명 보트였다. 파도에 흔들려 전후좌우로 움직이고 있었다. 트레이시는 일어서려고 했다. 그러다가 테이블 모서리에 머리를 부딪치고 말았다. 그 순간, 의식이 명료해졌고 자기가 어디 있는지를 생각해냈다. 얼굴과 머리카락에서 땀이 방울져 떨어졌다. 머리는 어질어질했고 온몸은 불덩어리처럼 뜨거웠다. 얼마 동안이나 의식을 잃고 있었을까? 비행시간은 겨우 1시간 예정이었다. 이미 착륙할 때가 된 것이 아닐까?

'아냐, 그럴 리가 없어. 괜찮아, 나쁜 꿈을 꾸고 있는 거야. 런던 집의

침대에 있는 거야. 의사를 불러야지.'

열에 들떠 트레이시는 다시 꿈속으로 빠져들었다.

트레이시는 숨을 쉬기가 곤란했다. 전화기를 집으려고 몸부림쳐 보았지만 손이 납덩어리처럼 무거워 전화기가 손에서 곧 떨어지고 말았다.

비행기가 난기류에 돌입했으므로 트레이시는 내동댕이쳐져 상자 옆면에 부딪쳤다. 그녀는 누운 채 열에 들뜬 멍청한 머리로 어떻게 해서든 의식을 집중시켜보려고 했다.

'앞으로 시간이 얼마나 남아 있을까? 그래, 다이아몬드였어.'

트레이시는 지옥 같은 꿈과 고통의 현실 사이를 헤매고 있었다.

'어떻게 해서든 다이아몬드를 손에 넣어야만 한다. 하지만 그러기에는…… 그랬지, 로프를 끊는 거야. 이 상자에서 나가야 한다.'

트레이시는 작업복 호주머니에 손을 집어넣어 나이프를 쥐었다. 하지만 작업을 해내기가 굉장히 어려울 것 같은 생각이 들었다.

'산소가 부족해. 산소를 마셔야 돼.'

트레이시는 간절히 생각했다.

그녀는 천막지 끝을 손으로 더듬어서 밖에서 동여맨 로프를 확인하자 천막지와 함께 안쪽에서 잘라보았다. 작업은 영원히 계속될 것처럼 느껴졌다. 천막지가 넓게 열렸다. 그러자 컨테이너 바깥으로 나가는 데 충분한 틈이 생겼다. 상자 밖의 공기는 싸늘했다. 불덩이 같은 몸이 얼어붙을 것 같은 추위였다. 온몸이 떨리기 시작했고 비행기의 끊임없는 진동으로 트레이시는 격심한 구토증을 느꼈다.

'참아야 돼. 난 지금 무엇을 하고 있는 걸까? 무엇이 중요한 일이지… 그래, 다이아몬드……'

트레이시는 눈이 흐릿해지고 모든 것이 흔들려서 초점을 잡을 수가 없었다.

'이래가지고는 아무 일도 할 수 없어.'

비행기가 갑자기 기수를 숙였으므로 트레이시는 바닥에 내던져졌고 울퉁불퉁한 금속면에 손을 비비는 꼴이 되었다. 비행기가 기수를 바로 잡을 때까지 그대로 바닥에 엎드려 있다가 수평비행으로 돌아오자 간신히 다시 한 번 일어섰다. 제트엔진의 굉음이 트레이시의 어지러운 머릿속에 쾅쾅 울려왔다.

'다이아몬드, 다이아몬드를 찾아야 해.'

트레이시는 컨테이너 사이를 비틀비틀 걸어 다니며 빨간색 페인트의 표식을 찾았다. 고마워라. 있다! 세 번째의 컨테이너가 그것이었다. 그 앞에 서서 다음에 해야 할 일을 생각해내려고 했다. 정신을 차리는 데 노력이 필요했다.

'단 몇 분간만이라도 누워서 잘 수 있다면, 틀림없이 기운을 차릴 수 있을 텐데. 아, 좀 누워서 자고 싶어.'

그러나 지금은 그럴 시간이 없었다. 이제 곧 암스테르담에 착륙할지도 모르는 것이다. 트레이시는 나이프를 꺼내 컨테이너의 로프를 잘랐다.

'한번 자르면 바로 풀어질 것이오.'

그는 그렇게 말했었다.

트레이시에게는 나이프를 쥘 힘이 거의 없었다.

'다시 할 수는 없어.'

그녀는 생각했다.

추위와 공포로 다시 온몸이 떨려오기 시작했다. 심하게 떨려왔으므로 나이프를 그만 떨어뜨리고 말았다.

'일이 되지 않는군. 나는 붙잡혀서 다시 교도소로 보내질 거야.'

트레이시는 오락가락하는 정신으로 로프에 달라붙어서 아까까지 들어가 있던 상자에 다시 기어들어가 모든 것이 끝날 때까지 숨어 있고만 싶다는 생각을 했다. 그것이 제일 편할 것 같았다. 그러나 트레이시는 머리가 쿡쿡 쑤시는 것을 참고 견디며 천천히 행동을 개시했다. 나이프를 집어 들었다. 그리고 굵은 로프의 절단에 착수했다.

끝내 잘렸다. 트레이시는 천막지를 헤집고 어두컴컴한 컨테이너 속을 들여다보았다. 아무것도 보이지 않았다. 회중전등을 꺼낸 순간, 트레이시의 귀는 급격한 기압의 변화를 느꼈다.

'서둘러야 해.'

그렇게 생각했지만 마음과는 반대로 몸이 말을 들어주지 않아서 그 자리에 멍청히 서 있었다.

'움직여야 한다.'

머리가 명령했다. 트레이시는 회중전등으로 안을 비췄다. 뭉치와 봉투, 그리고 작은 상자가 가득 들어 있었고 목제의 팔레트 위에 빨간 리본을 두른 2개의 파란 상자가 얹혀 있었다.

'두 개잖아! 하나일 텐데……'

트레이시는 눈을 깜빡였다. 그러자 2개의 상자는 하나로 합쳐졌다. 상자 주위에서 후광이 비춰지는 것처럼 느껴졌다.

트레이시는 그 상자를 집어 들고 대신 호주머니 안에서 가짜 상자를 꺼냈다. 완전히 똑같은 상자 둘을 손에 든 순간, 심한 구토가 일어나 그녀는 몹시 몸을 떨었다. 눈을 꼭 감고 구토를 참았다. 가짜 상자를 팔레트 위에 놓으려고 한 순간, 트레이시는 아연실색했다. 어느 쪽이 가짜였을까? 두 상자를 비교해보았다. 왼손에 든 상자였을까, 아니면 오른손에 든 상자였을까?

비행기는 급한 각도로 기수를 내리기 시작했다. 이제 당장이라도 착륙할 것만 같았다. 어느 쪽인지 결단을 내려야 한다. 트레이시는 둘 중의 하나를 나무틀 위에 놓고 그것이 틀리지 않기만을 빌면서 컨테이너에서 나왔다. 그리고 작업복에서 로프 두루마리를 꺼냈다.

'이 로프를 어떻게 하는 것이었지?'

머리가 멍해져서 사고력이 마비되어 버렸다. 정신을 가다듬자 간신히 생각이 났다.

'자른 로프는 호주머니에 집어넣고 새 로프로 묶는 거야. 어쨌든 의혹을 살 것은 아무것도 남겨둬서는 안 돼.'

대형 관광선의 햇빛 속에 앉아 계획을 들었을 때는 아주 간단한 일처럼 생각되었다. 그러나 막상 실제로 하려니 꽤나 힘들다는 것을 알게 되었다. 이미 거의 힘이 남아 있지 않았다. 이대로는 경비원이 절단된 로프를 발견할 것이다. 그렇게 되면 철저한 수색이 이루어지고 나도 체포될 것이다. 트레이시의 마음속에서 비명이 솟아 나왔다.

'난 싫어! 체포되다니! 교도소는 죽어도 싫어!'

죽을힘을 다해 최후의 힘을 쥐어짠 트레이시는 가져온 새로운 로프를 컨테이너에 감아 묶었다. 비행기의 바퀴가 활주로에 닿자 트레이시의 발밑이 심하게 진동했다. 비행기가 다시 한 번 높이 튀어 오르자 그녀는 뒤쪽으로 내동댕이쳐졌다. 머리를 바닥에 부딪쳐 트레이시는 그대로 실신하고 말았다.

747기는 터미널로 활주로를 이동하고 있었다. 트레이시는 바닥에 축 늘어져 쓰러진 채였다. 흐트러진 머리카락이 핏기를 잃은 얼굴에 달라붙어 있었다. 트레이시가 의식을 되찾은 것은 엔진이 으르렁대는 소리가 갑자기 멎었기 때문이었다. 비행기는 이미 정지해 있었다. 팔꿈치로 몸을 지탱하고 상반신을 일으키자 천천히 무릎을 굽혀 힘을 주었다. 컨테이너를 붙들고 휘청거리며 일어섰다. 새 로프는 지시대로 단단히 짐에 묶여 있었다.

트레이시는 보석함을 가슴에 안았다. 자기가 들어 있던 컨테이너 쪽을 돌아보고는 비틀대며 걸었다. 천막지를 밀어 젖히고 안으로 들어가 그대로 웅크리고 말았다. 몸에서는 구슬 같은 땀이 솟아나고, 숨을 쉬는 것마저 어려울 정도였다.

'해냈어.'

하지만 왠지 못다 한 것 같은 찜찜한 기분이 들고, 대단히 중요한 일을 잊은 것 같았다.

'무엇이었을까? 그래, 내가 들어 있는 컨테이너의 로프를 테이프로 고정시키는 거야.'

작업복의 호주머니에 손을 넣어 테이프를 찾아보았다. 어디로 사라졌을까. 호흡이 힘겨워서 쌕쌕거리며 숨을 몰아쉬느라 주위의 소리에 둔감해졌다. 사람의 목소리가 들린 것 같았으므로 숨을 죽이고 귀를 기울였다. 틀림없다. 사람의 소리가 들렸다. 누군가가 웃었다. 금방이라도 화물실의 문이 열리고 쌓아 놓은 짐들을 부리는 작업이 진행되려 하고 있었다. 하역인들은 절단된 로프를 발견해 컨테이너 안을 들여다보고, 그리고 숨어 있는 나를 발견할 것이다. 어떻게 해서든 로프를 원래대로 보이게 해야 한다. 무릎을 꿇고 손으로 더듬자 테이프의 딱딱한 촉감이 손에 와 닿았다. 난기류 속을 비행 중에 내동댕이쳐졌을 때 호주머니에서 튕겨 나왔던 것이리라.

트레이시는 천막지를 들어 올려 나갈 때 잘랐던 로프의 양끝을 손으로 더듬었다. 간신히 찾아내자 그것에 덕지덕지 테이프를 감아 잇대기 시작했다.

손으로 더듬어가며 하는 작업이었다. 폭포수같이 흘러 떨어지는 땀으로 눈이 똑똑히 보이지 않았다. 목에 감겨 있던 스카프로 얼굴을 닦았다. 그러자 웬만큼 눈이 보였다. 드디어 로프를 모두 잇대어 놓고 천막지를 원래대로 해놓자, 더 이상 할 일이 없었다. 기다리기만 하면 될 뿐이었다. 이마에 손을 대보았다. 열이 좀 더 심해진 것 같았다.

'직사광선을 피해야 돼. 열대의 햇볕을 그대로 쬐는 것은 위험해.'

트레이시의 의식은 카리브 해 해변에서 헤매었다. 제프가 다이아몬드를 가져다주고는 바다로 뛰어들더니 다시는 위로 떠오르지 않았다. 트레이시는 제프를 구하려고 손을 내밀었지만, 그는 그 손에서 미끄러져 떨어지고 말았다. 물이 트레이시의 머리까지 차올랐고 숨을 쉴 수가 없었다. 물에 빠질 것만 같았다.

하역인이 비행기 안으로 들어오고 있는 소리가 들렸다.

"살려줘! 물에 빠져요."

트레이시는 비명을 질렀다. 하지만 그녀의 외침은 너무 약해서 누구의 귀에도 들리지 않았다.

커다란 컨테이너가 화물 편에서 내려지기 시작했다.

트레이시가 들어있는 컨테이너가 트럭에 실렸을 때 그녀는 다시 실신하고 말았다. 화물전용비행기의 바닥에 제프가 트레이시에게 선물한 스카프가 떨어져 남아 있었다.

트레이시는 밝은 빛에 잠이 깼었다. 누군가가 천막지를 걷어올려 트럭 안이 밝아졌던 것이다. 그녀는 천천히 눈을 떴다. 트럭은 이미 창고 안에 있었다.

제프가 옆에 서 있었고, 트레이시와 시선이 마주치자 싱긋 웃었다.

"해냈어! 훌륭했어! 그 상자는 내가 가져갈게."

트레이시는 정신이 몽롱한 가운데 제프가 그 상자를 가져가는 것을 보고 있었다.

"리스본에서 만나기로 해."

제프는 그렇게 말하고 나가려고 하다가 멈춰서며 빙그르르 돌아다보았다.

"몸이 불편한 모양이군, 트레이시. 괜찮겠어?"

트레이시는 말을 할 기력도 없었다.

"제프, 난⋯⋯."

하지만 제프는 그대로 나가버렸다.

트레이시는 그 다음부터의 일은 희미하게만 기억되었다. 창고 뒤쪽에 그녀가 갈아입을 옷이 준비되어 있었고, 처음 보는 여자가 말했다.

"몸이 굉장히 안 좋아 보이네요, 마드무아젤. 의사를 불러올까요?"

"의사는 싫어요."

쉰 목소리로 트레이시는 거절했다.

'스위스 항공의 카운터에 제네바 행 항공권을 맡겨놓겠어. 가능한 한 빨리 암스테르담을 떠나는 거야. 보석의 도난이 발각되면 경찰은 시내를 봉쇄할 테니까. 아무것도 걱정할 것 없어. 만일의 경우에 대비해 암스테르담의 은신처인 집 주소와 열쇠를 건네주기로 하지. 그곳은 빈집으로 되어 있어.'

공항이다, 공항으로 돌아가야 한다.

"택시, 택시를 불러줘요."

트레이시는 말을 더듬었다.

여자는 순간 망설이는 것 같았지만, 이윽고 어깨를 움츠려 보였다.

"알았어요. 불러다 줄게요. 이곳에서 기다리세요."

트레이시는 두둥실 높이 날아올라 한없이 태양에 가까이 다가갔다.

"택시를 불렀습니까?"

남자가 물어왔다.

트레이시는 아무에게도 방해받고 싶지 않았다. 다만 그저 잠을 자고 싶었다. 운전사가 물었다.

"어디까지 가시죠, 마드무아젤?"

'스위스 항공의 카운터에 제네바 행 항공권을 맡겨놓겠어.'

이런 상태로는 도저히 비행기를 탈 수가 없다. 만류당하고 의사를 부를 것이다. 이것저것 질문을 받을 것이 뻔하다. 지금 필요한 것은 몇 분이라도 좋으니 잠을 자는 것이다. 그렇게 하면 기분이 좋아질 것이다.

운전사의 목소리는 초조해져 있었다.

"어디로 가십니까?"

갈 곳은 한군데밖에 없었다. 트레이시는 택시 운전사에게 은신처의 주소를 적은 쪽지를 건네주었다.

경찰은 트레이시를 향해 다이아몬드의 행방을 무섭게 추궁하고 있었다. 트레이시가 부인하자 형사는 불같이 노해 그녀 한 사람만 방에 내버려두고 나른해질 만큼 방의 온도를 높였다. 그것에 견디기 어렵게 되자, 이번에는 벽에 고드름이 달릴 정도로 방의 온도를 내렸다.

트레이시는 추위를 견뎌내며 눈을 떴다. 쉴 새 없이 달달 떨면서 침대 위에 엎드려 있었다. 아래에 담요가 있었지만 그 속에 기어들어갈 여력조차 남아 있지 않았다. 옷은 흠뻑 젖고 얼굴과 목에서도 땀이 솟아나오고 있었다.

'나는 이곳에서 죽는 거야. 이곳은 어디일까? 아, 그래. 만약의 경우에 피신하기 위한 은신처야. 몸을 지키는 곳에서 죽는 셈이군.'

이 풍자적인 조화에 자신도 모르게 웃음이 나왔다. 웃고 있는 동안에 기침이 났다. 참으로 최악의 사태가 되고 말았다. 나는 아직 안전하지 못한 것이다. 지금쯤은 경찰이 암스테르담 안을 수색하고 있을 것이다.

'마드무아젤 휘트니는 스위스 행 항공권을 사용하지 않았어. 그렇다면 아직 암스테르담에 있을 것이다.'

나는 얼마나 이 침대에 누워 있었을까? 손을 들어 손목시계를 보려고 했지만 흐릿해서 숫자를 읽을 수 없었다. 모든 것이 이중으로 겹쳐보였다. 그 작은 방에는 침대가 둘, 장식장도 둘, 의자는 네 개가 있는 것 같았다. 떨림이 멈춰지자 이번에는 몸 전체가 타들어가듯 뜨거워졌다. 창문을 열고 싶었지만 쇠약해진 나머지 몸을 움직일 수가 없었다. 방은 다시 추워지기 시작했다.

몽롱한 의식 가운데 트레이시는 비행기 속으로 돌아가, 상자에 갇힌 채 구조를 호소하고 있었다.

'해냈어! 참 훌륭했어! 그 상자는 내가 가져가겠어.'

제프는 다이아몬드를 가져가고 나의 몫까지 혼자 독차지해 브라질로 향하고 있을 거야. 아마 여자를 동반하고 그 여자에게 웃는 얼굴로 애교를 부리고 있을 것이다. 그는 또다시 나를 패배시켰어. 진심으로 제프를 원망한다. 아니야. 원망하고 있는 것이 아니야. 그래, 멸시하고 있는 것이다. 그는 멸시받아 마땅할 남자다.

트레이시는 열에 짓눌려 착란 상태였다. 페로타의 딱딱한 볼이 그녀를 향해 곧바로 날아왔다. 제프는 트레이시를 붙잡아 지면으로 밀치며 감쌌다. 두 사람의 입술은 닿을 만큼 접근하고 있었다. 그러자 두 사람은 식사 중이었다.

'당신이 얼마나 소중한 사람인지 알아, 트레이시?'

'비겼다는 것을 인정하겠소.'

보리스 메르니코프가 말했다.

트레이시의 몸은 다시 떨려오기 시작했다. 억제하려고 해도 억제할 수가 없었다. 트레이시는 이번엔 어두운 터널 속을 질주하는 급행열차에 타고 있었다. 터널을 빠져나올 때, 나는 죽는 것이다. 승객 전원이 하차하고 알베르토 포르나티만이 남아 있었다. 영화 프로듀서는 몹시 화가 나서 트레이시를 붙잡고 흔들어 대면서 호통을 쳤다.

"정신 차려!"

남자의 억센 목소리가 들렸다.

"눈을 떠야 돼! 쳐다봐, 나야!"

있는 힘을 모두 쥐어짜서 트레이시는 눈을 떴다. 제프가 침대 옆에 서 있었다. 그의 얼굴은 창백했고 목소리는 떨리고 있었다. 물론 이것도 꿈인 것이다.

"얼마 동안 이렇게 하고 있었지?"

"브라질에 간 게 아니었어요?"

트레이시는 중얼댔다.

그 후 트레이시는 아무것도 알 수 없게 되었다.

트리뇽은 에어 프랑스 화물 편에서 발견된 T.W.의 이니셜이 들어있는 스카프를 건네받자, 오랫동안 그것을 주시했다.

잠시 후, 경감은 부하에게 명했다.

"다니엘 쿠퍼를 불러주게."

기쁨, 그리고…

네덜란드의 북서 해안에 위치하여 북해에 면하고 있는 알크마르 마을은 마치 그림엽서를 그대로 옮겨놓은 것 같은 정경이었다. 언제나 관광객들로 붐비고 있었는데, 그중에서도 관광객이 좀처럼 찾아들지 않는 호젓한 한 구역이 있었다. 제프 스티븐스는 자신에게 네덜란드어를 가르쳐준 네덜란드 항공사의 스튜어디스와 몇 번인가 휴가를 같이 왔었기 때문에 그 지역 지리에 밝았다. 또 주민들이 타인에게 무관심하고, 여행객에 관해서도 이것저것 묻거나 알려고 하지 않는다는 것까지 알고 있었다.

몸을 숨기기에는 최적의 장소인 것이다.

제프는 처음에 트레이시를 병원으로 데리고 가야 한다고 생각했지만 그런 짓은 너무 위험한 일이라고 생각되었다. 암스테르담에 1분이라도 더 있으면 트레이시에게는 그만큼 더 위험했다. 제프는 트레이시를 담요로 감싸서 차에 태우고는 혼수상태인 채로 알크마르까지 달려갔다. 그녀의 맥박은 희미하고 호흡도 가냘팠다.

알크마르에 도착하자, 제프는 작은 여인숙으로 들어갔다. 여인숙 주인은 제프가 트레이시를 2층 방으로 데리고 올라가는 것을 의아스런 표정으로 보고 있었다.

"신혼여행 중이랍니다. 아내가 열이 나서요. 숨도 좀 가쁘고 해서, 쉬게 해야겠어요."

제프가 설명했다.

"의사를 불러드릴까요?"

뭐라고 대답할까, 그는 난처했다.

"필요하면 말씀드리죠."

우선 해야 할 일은 트레이시의 열을 내리게 하는 것이다. 제프는 그녀를 방에 있는 큰 더블베드에 내려놓고 옷을 벗기기 시작했다. 땀으로 흥건히 젖어 있는 상반신을 안아 일으켜 머리 쪽으로 옷을 벗겨낸 다음, 구두와 팬티스타킹도 벗겼다. 트레이시의 몸뚱이는 타는 듯이 뜨거웠다.

제프는 찬물에 수건을 적셔 알몸이 된 트레이시의 머리에서 발끝까지 정성을 다해 닦아주었다. 그러고는 다시 담요를 덮어씌우고 침대 곁에 앉아 가쁜 숨결에 귀를 기울이고 있었다.

'내일 아침까지 열이 안 내려가면 의사를 불러야지.'

제프는 그렇게 마음먹고 있었다.

아침이 되자, 시트는 또 흥건히 젖어 있었다. 트레이시는 여전히 의식을 회복하지 못하고 있었지만 호흡은 어느 정도 규칙적이 된 것 같았다. 제프는 여종업원에게 트레이시의 시중을 들게 하고 싶지 않았다. 이것저것 알아보려고 할 것이 틀림없었다. 그래서 여주인에게 연락해서 새 시트를 가져오라고 했다.

제프는 병원에서 간호사가 하던 것을 흉내 내어 트레이시의 몸을 젖은 수건으로 부드럽게 닦아주고 침대 시트를 갈아 끼운 뒤, 다시 담요로 감쌌다.

제프는 '깨우지 마시오.'라는 표시를 문의 손잡이에 걸어놓고 근처 약국까지 나갔다. 아스피린에다 체온계, 스펀지와 마사지용 알코올을 샀다. 방으로 돌아와 보니 트레이시는 아직도 깨어나지 않고 있었다. 체온을 재보니 40도나 되었다. 제프는 싸늘한 알코올을 스펀지에 적셔 그녀의 몸을 닦아주었다. 그러자 조금씩 열이 내리기 시작했다.

1시간이 지나자 트레이시의 체온은 또다시 오르기 시작했다. 의사를 불러야 할 것 같았다. 그러나 의사가 트레이시를 입원시키자고 주장하면 곤란한 일이었다. 이런저런 질문을 받아야겠지, 제프는 경찰이 자기들을 찾고 있는지 여부를 알 수 없었다. 그러나 만약 그렇다면, 병원에 가면 두 사람 모두 체포될 것이 틀림없었다.

먼저 시도해봐야 할 일이 있었다. 아스피린 4정을 잘게 부수어 가루로 만든 것을 트레이시의 입술 사이에 놓고 그녀가 그것을 전부 넘길 때까지 수저로 조금씩 물을 떠넣어주었다. 그리고 나서 다시 그녀의 몸을 수건으로 닦았다. 다소 열이 내린 것 같은 느낌이 들었다. 맥박을 재보니 아까보다 안정되어 있었다. 그녀의 가슴에 머리를 대고 귀를 기울였다. 숨소리가 좋아져 가고 있는 것일까, 그로서는 확신을 가질 수가 없었다. 제프는 기도하는 마음으로 한 가지만을 믿기로 했다. 그리고 그것을 주문처럼 몇 번이고 외웠다.

"괜찮을 거야, 괜찮아."

제프는 트레이시의 이마에 살짝 키스했다.

48시간 동안이나 한잠도 자지 못한 제프는 솜처럼 지쳤고, 눈은 움푹 들어가 있었다.

'졸리지만 지금 잠들면 안 돼. 잠시 눈만 붙여야지.'

그렇게 생각하면서 그는 깊은 잠에 빠져들어 갔다.

트레이시는 눈을 떴다. 흐릿하던 천장의 무늬가 조금씩 눈에 들어오는 것을 보면서 나는 지금 어디에 있는 걸까 하고 생각했다. 의식이 또렷해지기까지 꽤 시간이 걸렸다. 온몸이 몹시 쑤시는 것이 마치 힘들었던 긴 여행에서 돌아온 것같이 피곤했다. 낯선 방안을 휘둘러보던 트레이시는 심장이 멎을 만큼 소스라치게 놀랐다. 제프가 창가의 팔걸이의자에 기대어 깊이 잠들어 있었던 것이다. 설마! 그와 마지막으로 만난 것은 다이아몬드 상자를 건네주었을 때였다. 무엇 때문에 그가 여기에 있는 걸까. 갑자기 가슴이 뛰면서 그 답을 깨닫게 되었다. 그에게 넘겨준 상자는 뒤바뀐 상자, 즉 가짜 다이아몬드가 든 상자였다. 그래서 제프는 트레이시가 가로챈 줄 알고 은신처에 가서 붙잡아 여기까지 데려온 것이리라.

트레이시가 상반신을 일으키자 제프도 꿈틀대더니 눈을 떴다. 그는 트레이시가 보고 있는 것을 발견하자, 기쁜 듯 활짝 웃었다.

"정신이 좀 들어?"

진정으로 기뻐하는 듯한 목소리에 트레이시는 오히려 당혹했다.

"용서해주세요. 나, 상자를 잘못 넘겨준 거죠?"

트레이시는 간신히 말했다. 오랜만에 나오는 목소리는 쉬어 있었고, 기운이 없었다.

"뭐라고?"

"상자가 바뀌었죠, 그렇죠?"

제프는 트레이시 곁으로 다가가 상냥하게 말했다.

"바뀌지 않았어, 트레이시. 당신은 진짜 다이아몬드가 들어 있는 상자를 넘겨준 거라고. 머지않아 군터에게 도착할 거야."

트레이시는 당혹한 채 제프를 바라보았다.

"그렇다면…… 어떻게 된 거죠? 왜 당신이 여기에 있는 거죠?"

제프는 침대 끝에 앉았다.

"다이아몬드를 넘겨줄 때 당신이 금방이라도 쓰러질 것 같아 보였어. 그래서 말이야, 당신이 무사히 비행기를 타는 것을 확인하려고 공항에서 기다리고 있었지. 그런데 아무리 기다려도 나오질 않는 거야. 문제가 생겼구나 싶어서 은신처로 가봤더니 당신이 거기 있더군. 당신을 거기서 죽게 내버려둘 수는 없잖아. 경찰에 단서를 남기게 되니까."

제프는 밝은 목소리로 말했다.

트레이시는 그 설명만으로는 납득을 할 수가 없었다.

"당신이 여기에 있는 진짜 이유를 대봐요. 나한테 되돌아온 이유를 말예요."

"체온을 잴 시간이야."

제프는 씩씩한 목소리로 말했다.

"나쁘지 않군. 37도가 좀 넘는군요. 환자님, 회복되고 있습니다."

"제프!"

"내 말을 믿어. 배고프지 않아?"

제프는 말했다.

트레이시는 갑자기 허기가 느껴졌다.

"네. 꼬르륵거리는군요."

"알았어. 뭐 좀 사가지고 올게."

제프는 먹을 것을 봉지 가득히 안고 돌아왔다. 오렌지주스와 우유, 신선한 과일, 갓 만든 치킨 요리, 여러 가지 치즈와 고기, 생선을 넣은 롤빵 등을 사왔다.

"이건 네덜란드 식 치킨수프 같군. 좌우지간 먹어보자고. 자, 천천히 들어봐."

제프는 트레이시를 안아 일으켜서 음식을 입에 넣어주었다. 제프의 따뜻한 태도, 자상한 배려를 트레이시는 있는 그대로 받아들일 수가 없었다.

'뭔가 꿍꿍이속이 있을 거야.'

함께 먹으면서 제프가 말했다.

"아까 나갔을 때 군터에게 전화를 해봤어. 다이아몬드를 받았다고 하더군. 당신 몫을 스위스은행의 계좌에 넣었대."

신랄한 질문이 트레이시의 입에서 나왔다.

"어째서 독차지하지 않았어요?"

그 대답을 할 때의 제프는 아주 진지했다.

"이유는 간단해. 이젠 슬슬 우리 두 사람의 게임을 그만두는 것이 좋겠어. 트레이시, 그렇게 하지 않겠어?"

'이것도 당연히 덫일 거야.'

그러나 트레이시는 너무 지쳐 있어서 부정할 기력도 없었다.

"네, 그렇게 해요."

"그럼 당신 사이즈를 가르쳐주지 않겠어? 당신 옷을 사러 가려구. 네덜란드 사람들은 꽤 진보적인 편이지만, 당신이 지금 그 모양으로 밖에 나다니면 역시 놀라 자빠질 거야."

제프가 말했다.

트레이시는 그제야 자기가 알몸이란 사실을 깨닫고 침대 시트를 끌어당겼다. 제프가 옷을 벗기고, 몸을 닦아준 것 같은 희미한 기억이 트레이시의 머리를 스쳤다. 그는 자기 몸을 위험에 드러내면서까지 나를 간호해준 것이다. 왜 그랬을까? 그의 성품을 충분히 알고 있다고 생각했는데…….

'역시 모를 일이야. 정말 모르겠어.'

트레이시는 그렇게 생각하면서 다시 스르르 잠에 빠졌다.

오후가 되자 제프는 쇼핑에서 돌아왔다. 잠옷, 나이트가운, 속옷, 게다가 구두, 화장품, 빗, 헤어드라이어, 칫솔, 치약…… 그런 물건들을 2개의 여행가방에 가득 채워가지고 왔다. 제프는 또 자기가 갈아입을 옷과 함께 국제판 『뉴욕 헤럴드 트리뷴』지도 사왔다. 신문의 1면에는 다이아몬드 도난사건이 보도되어 있었다. 보도에 의하면, 경찰은 범행 방법은 알았지만 해결의 실마리는 잡지 못하고 있다는 것이었다.

제프가 기분이 좋아서 말했다.

"우리는 자유롭게 돌아갈 수 있어! 이제 당신이 기운만 차리면 돼."

T.W.라는 이니셜이 박힌 스카프가 범행 현장에서 발견된 것을 보도진에게 발표하지 않은 것은 다니엘 쿠퍼의 제안에 의해서였다.

"스카프의 주인은 알고 있습니다. 하지만 그렇다고 해서 기소할 수 있을 만큼 확실한 증거는 되지 않습니다. 트레이시 휘트니의 변호사는 유럽 내의 같은 이니셜을 가진 여성들의 이름을 늘어놓으며 경찰을 우롱하겠지요."

쿠퍼는 트리뇽 경감에게 말했다.

쿠퍼가 보기에는 경찰은 몇 번이고 스스로 자신을 우롱하는 실책을 저지르고 있었다.

'하느님, 그 여자는 제 손에 맡겨주십시오. 아, 주님이시여, 그 여자를 저에게 주십시오. 그 여자를 벌하도록 저에게 맡겨주신다면 저의 죄는 속죄되는 것입니다. 그 여자에게 깃들여 있는 사악한 마음은 쫓아내어 버리고⋯⋯.'

쿠퍼는 어두컴컴한 작은 성당의 나무벤치에 앉아 기도했다.

알몸이 된 트레이시를 자기 마음대로 다루는 모습을 상상하자 쿠퍼의 남성이 문득 발기했다. 신에게 사심을 들키면 큰일이라는 생각에 쿠퍼는 벌떡 일어나 두려운 표정으로 성당에서 물러나왔다. 더 이상의 벌은 면하고 싶었다.

트레이시가 눈을 떠보니 주위가 어둑어둑해져 있었다. 상반신을 일으켜 사이드 테이블의 전등을 켰다. 방에는 혼자뿐이었고, 제프는 사라지고 없었다.

낯선 도시의 어둠 속에서 외딴집에 홀로 남겨졌다는 생각을 하니, 말할 수 없는 공포가 엄습해왔다. 제프가 상냥하게 대해준다고 그만 마음을 놓고 있었던 자기가 바보였다는 생각이 들었다.

'자업자득이지 뭐. 믿으라고!'

트레이시는 쓸쓸하게 생각했다.

나는 어느새 제프의 말을 믿어버렸다. 그렇지만 제프가 나를 돌봐준 것은 자기 몸을 지키기 위해서였던 것이다. 나는 제프가 내게 호의를 품고 있다고 믿어버리고 있었다. 제프를 믿고 싶었고, 그에게 있어 자신은 특별한 존재라고 믿고 싶었다.

트레이시는 똑바로 누워 눈을 감고 생각에 잠겼다.

'제프가 없으니 정말이지 외롭구나. 하느님, 어떻게 좀 해주십시오. 저는 제프가 없으면 외롭다는 생각을 하게 되어 버렸답니다.'

하느님은 나를 놀리고 계신 거야, 하지만 하필이면 왜 제프지? 왜? 트레이시는 고민했다. 그러나 그런 이유 따위는 아무래도 좋았다.

그런 것보다는 한시라도 빨리 여기서 탈출할 방법을 생각해야지. 그리고 어딘가 안전한 장소를 찾아내어 체력 회복을 도모해야지. '밉살스러운 제프, 바보 같은 나.'

트레이시의 마음은 계속 흔들리고 있었다.

문을 여는 소리가 나더니 제프의 목소리가 들렸다.

"트레이시, 일어났어? 잡지랑 책을 사 왔어. 당신이 따분해할 것 같아서……."

트레이시의 얼굴을 보고 그 표정을 읽어낸 제프는 말을 멈췄다.

"왜 그래! 또 기분이 나빠진 거야?"

"아니에요. 그렇지 않아요. 걱정 말아요."

트레이시는 속삭였다.

다음 날 아침이 되자, 트레이시의 체온은 정상으로 돌아와 있었다.

"나, 밖에 나가보고 싶어요. 산책 나가도 괜찮을까요, 제프?"

두 사람이 로비로 내려오자 모두의 시선이 집중되었다. 여인숙 주인 부부는 트레이시의 회복을 진심으로 기뻐해주었다.

"당신 남편은 참으로 헌신적인 분입니다. 부인의 뒷바라지를 전부 직접 하겠다고 하시더군요. 정말로 걱정 많이 하셨어요. 그토록 사랑해주는 남편이 있으니 부인은 행복하시겠어요."

트레이시가 제프에게 눈길을 돌려보니 어울리지 않게도 그는 얼굴을 붉히고 있었다.

밖으로 나오자 트레이시가 말했다.

"친절한 분들이군요."

"인정이 많은 사람들이지."

제프의 대답은 빈정대는 것처럼 들렸다.

제프는 자기가 쓸 보조 침대를 들여와 트레이시의 침대 가까이에 놓았다. 그날 밤, 침대에 누운 트레이시는 제프가 자기를 어떻게 돌봐주었던가를 생각했다. 상냥하게, 그리고 자상하게 간호해주며 알몸을 닦아주기도 했다. 제프라는 남자의 존재가 크게 다가왔다. 그는 그녀를 감싸서 보호해주는 존재가 되어 있었다.

트레이시는 마음이 약해졌다.

트레이시의 체력이 천천히 회복됨에 따라 그녀와 제프는 이 고풍스럽고 운치 있는 작은 마을을 몇 차례나 산책했다. 알크마르 인공호수에 면한 구불구불한 도로, 중세 때부터 있어온 옥돌을 깐 길을 산책하기도 하고, 튤립 밭에서 몇 시간씩 보내기도 했다. 또 두 사람은 마음이 내키는 대로 치즈 시장에 들러보기도 하고, 오래된 계량소를 찾아가기도 하고 골동품과 회화 수집품이 진열되어 있는 시영 박물관을 구경하기도 했다.

543

트레이시는 제프가 이 고장 사람들과 네덜란드어로 말하는 것을 보고 경탄했다.

"어디서 네덜란드 말을 배웠어요?"

트레이시는 물었다.

"네덜란드 아가씨와 알고 지낸 적이 있어."

괜한 질문을 했군, 하고 트레이시는 후회했다.

날이 갈수록 트레이시의 젊은 몸은 눈에 띄게 건강을 회복해갔다. 이만하면 걱정 없다고 판단한 제프는 자전거를 빌려 둘이서 전원에 여기저기 흩어져 있는 풍차 오두막을 찾아다녔다. 그야말로 하루하루가 즐거운 휴일의 연속이었다. 이런 날들이 언제까지나 계속되었으면 하고 트레이시는 생각했다.

제프의 행동은 항상 트레이시의 마음속을 꿰뚫어보고 있었다. 상냥하게 보살펴주며, 트레이시의 몸을 진정으로 걱정해주는 그의 태도에 트레이시의 경계심은 완전히 사라져버렸다. 그런데도 제프 쪽에서 섹스를 요구해오는 일은 한 번도 없었다. 트레이시에게는 여전히 수수께끼의 사나이였다. 트레이시가 지금까지 봐온, 제프를 상대했던 그 미녀들과 제프는 어떤 관계였을까. 그러면 당연히 어떤 여자든 마음대로 골라잡을 수 있었을 텐데, 그런데 무엇 때문에 이 외진 곳에서 내 곁에 붙어 있는 걸까, 수수께끼는 깊어갈 뿐이었다.

트레이시는 아무에게도 입 밖에 내지 않기로 마음먹고 있던 것을 모두 털어놓고 있는 자신을 발견하고는 스스로도 깜짝 놀랐다. 조셉 로마노와 앤서니 올사티에 대해서, 꼬마 어네스틴과 빅 바사, 귀여운 에미, 교도소장 등에 관해서 모조리 제프에게 털어놓아 버렸다. 얘기를 듣고 있던 제프는 마치 자기 일처럼 분노하고, 탄식하고, 동정해주었다.

제프도 자기의 과거를 털어놓았다. 계모에 대해, 윌리 숙부와 카니발 단체에서의 나날들, 루이즈와 결혼한 일 등을. 트레이시는 타인이 이렇게도 친근하게 느껴지기는 처음이었다.

갑작스럽게 헤어져야 할 순간이 찾아왔다.

어느 날 아침, 제프가 말했다.

"경찰이 더 이상 우리를 수색하지는 않을 거라고 생각해. 트레이시, 슬슬 이곳을 떠나기로 하지."

그 제안은 트레이시의 가슴에 강한 충격을 주었다. 그러나 그녀는 꿋꿋한 체해 보이며 이렇게 대답했다.

"좋아요. 그럼 언제 떠날까요?"

"내일쯤은 어떨까?"

트레이시는 고개를 끄덕였다.

"내일 아침에 짐을 싸도록 하지."

떠나기 전날 밤, 트레이시는 침대에 누웠으나 좀처럼 잠이 오지 않았다. 제프의 존재가 전에 없이 방안을 가득 채우고 있는 것 같았고, 여기서 지낸 날들은 평생 잊을 수 없을 것만 같았다. 그러나 그것도 오늘 밤이면 끝이다. 트레이시는 제프가 누워 있는 침대로 눈길을 돌렸다.

"자요?"

트레이시는 슬쩍 말을 걸었다.

"아니……."

"뭘 생각하고 있어요?"

"내일 일이지 뭐. 여길 떠나는 일, 외로워지겠지."

"나도요, 당신과 헤어지는 것이 섭섭해요, 제프."

제프는 천천히 몸을 일으켜 트레이시를 바라보았다.

"얼마만큼?"

제프는 상냥하게 물었다.

"아주 많이."

다음 순간, 제프는 트레이시의 옆에 다가와 있었다.

"트레이시……."

"아무 말도 하지 말아요. 제프, 안아줘요."

그들은 조금도 서두르지 않았다.

제프는 포근하게 트레이시를 껴안고는 비로드의 감촉처럼 보드랍게 트레이시를 더듬어 나갔다. 두 사람 사이의 선이 끊어져 나갔다. 제프의 손이 트레이시의 가슴을 애무했다. 두 사람의 몸이 하나가 되고 천천히 파도를 치기 시작했다. 파도는 이윽고 격렬한 리듬이 되어 두 사람을 실어갔다. 트레이시는 견딜 수 없는 희열에 한껏 울부짖고 싶었다.

트레이시는 무지개의 한가운데에 있는 것 같았다. 관능의 조류에 높이 떠밀려 올라 마침내 견딜 수 없게 되었을 때, 몸 속 어딘가에서 폭발이 일어나 뭔가가 녹아버리고 온몸이 떨려왔다. 천천히, 넘쳐나던 환희가 가라앉자 트레이시는 눈을 감았다.

제프의 입술이 트레이시의 몸을 아래로 따라 내려가자, 또다시 미칠 듯한 흥분이 온몸을 관통했다.

트레이시는 제프의 몸을 끌어당겨 세차게 껴안았다. 제프의 심장의 고동은 트레이시의 고동에 공명하고 있었다. 트레이시는 제프를 아무리 꼭 껴안아도 모자랐다. 그녀는 침대 아래에 무릎을 꿇고, 제프의 몸에 살며시 입술을 댔다. 그러고는 사르르 녹을 것 같은 따스한 키스를 온몸에 해주었다. 제프는 환희의 신음소리를 냈다. 이윽고 두 몸은 다시 격하게 물결치기 시작했다. 이번에는 좀 전보다 더 격렬하고 참기 어려운 희열에 둑이 터진 봇물 같은 폭발이 찾아왔다. 트레이시는 마음속으로 속삭이고 있었다.

'이런 것이었구나. 알았어. 첫 경험이야. 하지만 이런 희열은 오늘밤만의 것으로 해두어야겠지. 작별의 추억으로 말이야.'

밤이 새도록, 두 사람은 사랑을 나누며 숨길 것이라곤 아무것도 없을 만큼 자기를 온통 드러내놓은 채 이야기를 나누었 다. 오랫동안 막아두었 던 수문이 열려서 갇혔던 물이 소용돌이치며 넘쳐 흘러나온 것 같았다.

동이 트고 알크마르 운하에 아침 해가 반짝거리며 반사되기 시작할 무렵, 제프가 말했다.

"결혼해주지 않겠어, 트레이시?"

트레이시는 잘못 들은 것은 아닌가 하고 자기 귀를 의심했지만, 똑같은 말이 다시 제프의 입에서 나왔다. 그러나 트레이시는 그러한 현실을 정면 으로 받아들일 수는 없었다. 아무리 생각해봐도 있을 수 없는 일이었다. 두 사람의 결혼생활이 잘될 리가 없지 않은가. 하지만 너무 황홀해서 그 녀는 돌아버릴 지경이었다. 즐거우면 됐지 뭐, 어쩌면 잘 해나갈 수 있을 지도 몰라. 틀림없이 잘 될 거야.

트레이시는 작은 목소리로 대답했다.

"네, 좋아요!"

그렇게 말해놓고 트레이시는 울어버렸다. 제프의 힘센 팔에 매달려 하 염없이 울고 또 울었다.

'이제 나는 외톨이가 아니야. 우린 둘 다 외톨이가 아닌 거야, 제프와 둘이서 내일을 나누어 갖자.'

트레이시는 생각했다.

내일이라는 날이 트레이시에게 찾아온 순간이었다.

한참 지나고 나서 트레이시는 물었다.

"제프 언제예요? 나에 대해서 그렇게 생각한 것이?"

"은신처에서 당신을 발견하고, 죽을지도 모른다고 생각했을 때야. 그 때 굉장히 놀랐지!"

"나는 당신이 다이아몬드를 갖고 가버린 줄로만 알았어요."

트레이시는 고백했다.

제프는 그녀를 힘껏 끌어안아 주었다.

"트레이시, 내가 마드리드에서 한 일은 돈이 목적이 아니었어. 그건 게임이랄까…… 그러니까 도전이었던 거야. 그것이 즐거워서 이 일을 하고 있는 것 아니냐? 도저히 풀 수 없을 것 같은 문제가 주어지면 어떻게 해서든 해결책을 찾아보는 것이 즐거움인 거지."

트레이시는 고개를 끄덕였다.

"그래요, 처음에는 돈이 필요했어요. 그런데 어느새 다른 것이 목적이 된 거예요. 돈이라면 지금까지 꽤 많은 액수를 이곳저곳에 나누어주기도 했어요. 뭐랄까, 자신의 재주를 돈벌이에만 사용해서 악랄한 장사에 성공하는 인간들을 비웃어주고 싶었어요. 절벽 끝에 서서 살아가는 것, 그 스릴은 정말 멋진 거예요."

오랜 침묵 뒤에 제프가 말했다.

"트레이시…… 이 생활을 그만두는 것에 대해서 어떻게 생각해?"

그녀는 당혹해하며 그를 바라보았다.

"그만두다니요, 왜요?"

"우리는 지금까지는 각자 혼자서 살아왔어. 하지만 이젠 상황이 달라졌어. 이젠 당신의 신상에 아무 일도 안 일어났으면 좋겠어. 더 이상 위험을 무릅쓸 필요도 없잖아. 앞으로 평생 동안 다 쓸 수도 없을 만큼 돈도 있고, 이 일을 접는 것에 대해 생각해보자고."

"그럼 뭘 하겠다는 거예요, 제프?"

제프는 빙그레 웃었다.

"이제부터 생각해보면 되지."

"진지한 얘기란 말예요, 앞으로의 인생을 어떻게 보낼 거예요?"

"좋아하는 일을 하면 되잖아. 여행을 해도 좋고, 취미에 몰두해도 상관없어. 나는 전부터 고고학에 매력을 느끼고 있었어. 튀니지에 가서 탐험을 해보고 싶어. 예전에 내 친구에게 약속한 일도 있고……. 그만큼의 돈도 갖고 있으니 세계 구석구석을 여행해보자고."

"그래요, 재미있을 것 같네요."

"그럼 은퇴에 대한 당신의 대답을 들어볼까?"

트레이시는 잠시 동안 제프를 바라보았다.

"그것이 당신의 바람이라면 그렇게 하겠어요."

트레이시는 상냥하게 대답했다.

제프는 그녀를 껴안으며 웃었다.

"은퇴한다고 경찰에 정식 통보라도 할까?"

트레이시는 그 말에 깔깔대고 웃었다.

네덜란드의 성당은 어디나 쿠퍼가 지금까지 가봤던 어떤 성당보다도 오래된 것뿐이었다. 어떤 것은 그 옛날 이교도에 의해 세워진 것으로 쿠퍼는 자신이 악마에게 기도하고 있는지, 신에게 기도하고 있는지 모를 지경이었다. 오래된 비긴 코트 성당, 성 바보카크, 피에타스 카크, 그리고 암스테르담 신교회에서 쿠퍼는 머리를 숙이고 끊임없이 기도를 드렸다. 그가 기도하는 내용은 오직 한 가지였다.

'내가 겪고 있는 것을 그녀도 겪게 해주옵소서!'

이튿날 제프가 나가고 없는 사이에 군터에게서 전화가 걸려왔다.

"여어, 건강은 좀 어때?"

군터는 물었다.

"아주 좋아요."

트레이시는 유쾌하게 대답했다.

군터는 트레이시가 병이 난 뒤로 매일 전화를 걸어 왔다. 트레이시는 제프와 자기와의 일을 아직 군터에게는 말하지 않고 있었다. 지금은 가슴 속에 담아두고, 살그머니 꺼내서는 혼자서 기뻐하며 소중히 간직해두고 싶었다.

"제프와는 잘 돼가고 있어?"

트레이시는 무의식중에 빙긋이 웃는 얼굴이 되었다.

"아주 잘 돼가고 있어요."

"또 둘이서 일을 할 건가?"

여기까지 물어오면 이젠 고백하지 않으면 안 되리라.

"군터…… 우린…… 그…… 그만…… 그만둘 작정이에요."

한순간 침묵이 흘렀다.

"무슨 얘기야?"

"제프와 저는요…… 옛날의 제임스 캐그니 영화에 나오는 사람들처럼…… 올바르게 살겠다는 말이에요."

"뭐라고? 하지만…… 어째서, 그런?"

"제프가 먼저 얘기를 꺼냈어요, 물론 나도 동의했지만요. 이젠 위험을 무릅쓰는 일은 하고 싶지 않아요."

"지금부터 얘기하려는 일은, 200만 달러나 되는 보수에다 위험 따위는 전혀 없다고 한다면 어떻게 할 거야?"

"누굴 놀리고 있는 거예요, 군터?"

"농담이 아니야. 우선 암스테르담으로 나와. 당신이 지금 있는 곳에서 한 시간 거리야. 그래서……."

"누군가 다른 사람에게 부탁해야겠네요."

군터는 한숨을 쉬었다.

"이 일도 다른 사람은 안 돼. 적어도 제프와 의논만이라도 해보는 게 어떻겠어?"

"좋아요, 그렇지만 가능성은 희박할 거예요."

"밤에 다시 전화하지."

제프가 외출했다가 돌아오자, 트레이시는 군터와의 대화를 얘기했다.

"그에게 말했더라면 좋았을걸. 우리는 법을 지키는 시민이 됐다는 사실을 말이야."

"그렇게 말했어요. 다른 사람에게 부탁하라고."

"그런데 다른 사람에겐 부탁하고 싶지 않다고 했겠지."

제프가 말했다.

"군터는 우리가 아니면 안 된다는 거예요. 위험은 거의 없는 일인 데다 위험 따위는 없는 일인데, 200만 달러의 보수를 받을 수 있다면서요."

"그가 말하는 위험 따위는 없다는 그것이 바로 문제지."

"미술관처럼?"

트레이시가 짓궂게 웃었다. 제프도 킬킬거렸다.

"그 계획은 정말 훌륭했어. 내가 당신에게 반한 것은 바로 그때였어."

"내가 당신을 미워하기 시작한 것도 바로 그때였어요."

"아닐걸? 그보다 훨씬 전부터 나를 싫어했을걸?"

제프가 반론하고 나섰다.

"호호, 그것보다 어떻게 할 거예요? 군터에게 뭐라고 대답하죠?"

"벌써 거절했잖아. 우리는 이제 그 일에서 손을 씻을 거야."

"그렇더라도 그의 계획만이라도 들어보면 어떨까요?"

"트레이시, 우린 이미 결정했잖아."

"어차피 우린 암스테르담으로 나갈 거잖아요."

"그건 그렇지만……."

"거기에 있는 동안 군터의 계획을 들어보기만이라도 해요."

제프는 의심스럽다는 듯이 트레이시를 응시했다.

"설마, 그 일을 하고 싶은 것은 아니겠지?"

"그렇지 않아요. 그저 그가 어떤 계획을 세우고 있는지 듣기만 해도 손해 볼 건 없잖아요……."

두 사람은 이튿날 암스테르담으로 나가 암스테르 호텔에 투숙했다. 군터는 두 사람을 만나러 런던에서 날아왔다.

세 사람은 보통 여행객처럼 꾸미고 암스텔 강을 순항하고 있는 브라스 모터 런치에 올라타 시침 뗀 얼굴로 서로 옆자리에 자리 잡고 앉았다.

"두 사람의 결혼 소식을 듣고 정말 기뻤네. 진심으로 축하하네."

군터는 축복해주었다.

"고마워요, 군터."

트레이시는 군터가 진심으로 축복하고 있다는 것을 알 수 있었다.

"자네들이 은퇴하고 싶어 하는 기분은 존중하겠어. 그렇지만 좀처럼 보기 드문 멋진 일이어서 말이야. 자네들한테 얘기라도 해보고 싶었어. 최후의 사업으로 딱 어울리는 굉장한 벌이가 되리라고 생각되거든."

"듣고 있어요."

군터는 상반신을 그들 앞으로 구부리고 소리를 낮춰 얘기했다. 그러고는 강조하듯 말했다.

"제대로 해내기만 하면 200만 달러야."

"불가능한 일이에요."

제프는 단호하게 거절했다.

"트레이시도 같은……."

하지만 트레이시는 제프의 말을 듣고 있지 않았다. 어떻게 하면 성공할 수 있을까, 그녀의 머리는 이미 회전을 하기 시작했다.

암스테르담의 경찰본부는 마닉스가와 에란그라프트가에 면해 있었다. 갈색 벽돌로 지은 낡은 5층 건물로 1층에 하얗게 칠한 긴 복도가 있었고, 대리석 계단이 위층으로 이어져 있었다. 2층 회의실에서는 국립 경찰의 회의가 열리고 있었는데, 회의실에 있는 사람은 네덜란드인 형사가 6명에 단 한 사람 외국인이 끼어 있었다. 다니엘 쿠퍼였다.

욥 벤 듀렌 경위는 거구의 위엄이 있는 얼굴로 콧수염을 기르고 깨진 종 같은 저음으로 얘기를 했기 때문에 실제보다도 더욱 우락부락해보였다. 경위는 툰 윌리엄 경찰국장에게 말을 건네고 있었다. 경찰국장은 중키에 적당히 살집이 있고 언뜻 보기에도 유능해보였다.

"트레이시 휘트니라는 여자는 오늘 아침 이 암스테르담에 도착했습니다. 국장님, 인터폴에서는 그녀가 드비어스의 다이아몬드 도난사건과 관련되어 있다고 보고 있습니다. 여기 계신 쿠퍼 씨는 그녀가 우리 네덜란드에서 또 다른 범죄를 저지르려고 와 있다고 하십니다."

윌리엄 경찰국장은 쿠퍼를 바라보았다.

"어떤 증거를 갖고 계십니까, 쿠퍼 씨?"

다니엘 쿠퍼에겐 증거 같은 건 필요 없었다. 트레이시 휘트니에 관해서라면 모든 것을 훤히 알고 있었다. 뻔한 일이 아닌가. 트레이시는 여기에 모여 있는 얼간이 형사들의 빈약한 상상력을 가지고는 도저히 미치지도 못할 만큼 교묘한 범죄를 저지르기 위해서 와 있는 것이다. 쿠퍼는 격앙되는 기분을 억누르고 냉정하게 말했다.

"확증 같은 것은 없습니다. 그러니까 현행범으로 잡을 것입니다."

"그렇지만 어떻게 하면 말씀대로 할 수 있겠습니까?"

"그 여자로부터 우리가 잠시도 눈을 떼지 말아야지요."

경찰국장은 쿠퍼가 말한 '우리'라는 말이 묘하게 마음에 걸렸다. 쿠퍼에 관해서는 파리의 트리뇽 경감으로부터 들어서 알고 있었던 것이다.

"불쾌하기 짝이 없는 남자입니다. 하지만 유능하긴 합니다. 만약 우리가 쿠퍼의 의견에 귀를 기울였더라면 휘트니라는 여자를 현행범으로 체포했을 겁니다."

트리뇽 경감의 고백은 방금 쿠퍼가 한 말을 뒷받침해주고 있었다.

툰 윌리엄 경찰국장은 결정을 내렸다. 그것은 드비어스의 다이아몬드 도난사건에 있어서 프랑스 경찰의 실패가 세상에 널리 알려지고 있다는 사실을 염두에 두고 내린 결정이었다. 프랑스 경찰은 실패했지만, 네덜란드 경찰은 성공할 것이다.

"좋아, 만약 그 여자가 우리 경찰의 능력을 시험해보려고 네덜란드에 왔다면 솜씨를 구경해보자고, 알겠나?"

국장은 그렇게 말하고 듀렌 경위를 향해 명령했다.

"자네가 필요하다고 생각하는 만큼 동원해 수사에 임하도록!"

암스테르담 시는 6개 관할구역으로 나뉘어져 각 경찰서는 자기들 구역만을 관할하고 있었다. 욥 벤 듀렌 경위의 지시로 이 경계선은 제거되었다. 부서가 다른 형사들로 이루어진 혼성팀이 조직되고, 감시태세가 갖춰졌다.

"하루 24시간, 그녀를 감시하라. 절대로 눈을 떼어서는 안 된다."

욥 벤 듀렌 경위는 다니엘 쿠퍼를 향해 말했다.

"이만하면 어떻습니까, 쿠퍼 씨. 만족하십니까?"

"그녀를 체포할 때까지는 만족 같은 것은 당치도 않습니다."

"체포할 것입니다. 아시겠습니까, 쿠퍼 씨? 우리나라 경찰은 세계에서 제일 우수하다는 자부심을 갖고 있답니다."

경위는 자신에 넘쳐 있었다.

암스테르담은 여행자에겐 천국 같은 곳이었다. 풍차 오두막이 있는가 하면 댐도 있었고, 기울어져가는 박공지붕을 한 집들이 이웃을 재미있게 서로 받쳐주며 몇 줄이나 늘어서 있었다. 아름다운 가로수로 꾸며진 운하에는 개인 소유의 조그만 보트들이 무수히 떠 있었다. 그 보트는 제라늄을 비롯한 여러 가지 식물로 아름답게 장식되어 있었고, 선상에 널린 빨래들이 바람에 깃발처럼 나부꼈다.

트레이시는 자기가 아는 한, 네덜란드인이 세계에서 가장 친근해지기 쉬운 사람들이라고 생각했다.

"모두들 행복해보이죠?"

트레이시가 말했다.

"정말 그렇군. 이곳 사람들은 꽃을 좋아하는 민족이니까."

트레이시는 즐거운 듯이 웃으며 제프의 팔을 잡았다. 그와 함께 있으면 행복했다.

'최고의 남성이야.'

제프도 트레이시를 보며 생각했다.

'나는 세상에서 가장 행복한 남자야.'

트레이시와 제프는 일반 여행자의 관광코스를 구경하고 다녔다. 알베르트 퀴프가를 거닐고, 노천 시장을 구경했다. 골동품과 과일, 옷, 꽃, 채소 등의 노점이 몇 구획씩이나 이어져 있었다. 댐 광장을 산책하고 있으려니 거기에는 젊은이들이 모여 유랑극단의 노래와 펑크밴드의 연주에 귀를 기울이고 있었다.

그들은 그림처럼 아름다운 어촌인 볼렘담까지 가보기도 하고, 홀랜드 주까지 나가 네덜란드 각지의 명소들을 25분의 1로 축소해 재현한 동화의 마을 마두로담도 구경했다. 비행기 발착이 빈번한 스키폴 국제공항 옆을 드라이브하면서 제프가 말했다.

"스키폴이라는 말뜻은 선박의 묘지라는 뜻이야."

트레이시는 제프에게 몸을 바싹 붙였다.

"당신은 모르는 척하면서도 뭐든 다 알고 있군요."

"놀라지 마, 네덜란드의 땅의 25퍼센트는 매립해서 얻은 토지야. 이 나라 전체가 해면보다 약 5미터쯤 낮다고."

"어째 기분이 이상해지는데요."

"걱정할 필요 없어. 한스 브링커 소년이 주먹으로 제방을 틀어막고 있는 한, 우리는 안전하다고."

트레이시와 제프가 가는 곳에는 어디든 경찰이 따라 붙었고, 다니엘 쿠퍼는 듀렌 경위가 제출하는 보고서를 매일 밤 꼼꼼히 검토했다.

특별히 주목할 만한 행동은 하고 있지 않았지만, 쿠퍼의 의심은 지워지지 않았다.

'뭔가를 꾸미고 있는 거야, 뭔가 큰일을. 여자는 미행하고 있는 것을 눈치 채고 있을까? 내가 노리고 있다는 것을 알고 있을까?'

감시 팀의 형사들이 보는 한에서는 트레이시 휘트니와 제프는 평범한 관광객이었다.

듀렌 경위가 쿠퍼에게 말했다.

"당신이 잘못 생각하고 있는 게 아닐까요? 우리나라에 그냥 놀러 온 거라고 생각되지 않습니까?"

"그런 엉터리 같은……. 틀림없소. 감시를 소홀히 하지 마시오."

쿠퍼는 완강하게 부정했다. 그는 트레이시 휘트니가 빨리 행동을 개시하지 않으면 또다시 경찰의 감시 태세가 해제될지도 모른다는 불길한 예감이 시달렸다. 감시를 풀어서는 안 되는 것이다. 안절부절못하던 쿠퍼는 스스로 감시팀에 합류했다.

트레이시와 제프는 암스텔 호텔에서 방을 2개 쓰기로 했다.

"이러는 것이 남 보기에도 여러 가지로 좋을 것 같아. 그렇지만 나는 당신을 절대로 떼어놓지는 않을 거야."

제프는 트레이시에게 말했다.

"약속해줘요."

밤마다 제프는 트레이시의 방에서 지내면서 사랑에 지치면 자기 방으로 돌아갔다. 제프는 자유자재로 변신하는 재주가 있어서 밤의 상대로서도 트레이시를 기쁘게 해주었다. 상냥하고 부드럽게 대해주는가 하면, 거칠고 격렬하게 불타오르기도 했다.

"지금까지는 몰랐어요. 남자들은 알 수 있을까요? 이 기쁨을. 모두 당신이 가르쳐준 거예요."

트레이시는 속삭이며 고백했다.

낮이 되면 두 사람은 닥치는 대로 시가지를 산책했다. 델 유럽 호텔의 레스토랑 엑세르시아에서 점심을 먹고, 바우델리에서 저녁식사를 즐겼다. 인도네시아 요리점인 파리에서 22가지 음식이 나오는 호화 코스를 즐기기도 했다.

욥 벤 듀렌 경위에게 제출되는 보고서의 맺는 말에는 매일 밤 똑같은 말이 적혀 있었다.

'수상한 거동 없었음.'

'참아야 한다. 오로지 참고 기다리는 거다.'

다니엘 쿠퍼는 자신에게 타일렀다.

쿠퍼의 채근으로 듀렌 경위는 윌리엄 국장에게 도청장치설치 허가를 신청했다. 두 용의자의 호텔 방에 설치하려는 것이었다. 신청은 기각되었다.

"의혹이 가는 점에 대해 뭔가 입증할 만한 구체적인 사항이 없는 이상은 안 돼. 구체적인 증거를 가지고 와. 그때까지는 도청을 허가할 수 없어. 단지 네덜란드를 여행 중이라는 것만으로는 죄라고 할 수 없는 거야."

국장이 말했다.

경위와 국장 사이에 그 같은 대화가 오간 것은 금요일이었다.

주일이 바뀌어 월요일 아침, 트레이시와 제프는 암스테르담의 다이아몬드 센터가 있는 폴러스 포텔가로 나갔다. 네덜란드의 다이아몬드 공장을 견학하기 위해서였다. 다니엘 쿠퍼는 감시 팀의 일원으로 참가해 미행했다.

다이아몬드 연마 공장은 관광객으로 붐비고 있었다. 영어를 할 수 있는 가이드가 관광객을 인솔해 공장을 돌면서 연마 공정 각각의 작업을 설명했다. 그리고 마지막으로 커다란 진열실로 관광객의 한 무리를 안내했다. 그곳은 벽면 전체가 장식장으로 되어 있었고, 판매용 다이아몬드가 가득 진열되어 있었다. 여행객에게 연마 공장을 구경시키는 궁극적인 이유는 이 방으로 안내하여 다이아몬드를 사게 하는 데 있었다.

방 중앙에는 연출효과 만점인 유리 케이스가 까맣고 높은 진열대 위에 놓여 있었고, 그 안에는 찬사가 절로 나오는 훌륭한 다이아몬드가 장식되어 있었다.

안내원이 자랑스럽다는 듯이 설명했다.

"자, 여기 계시는 여러분, 아마 여러분도 어느 기사에서 읽은 적이 있으리라고 생각합니다만, 이것이 그 유명한 루카란 다이아몬드입니다. 이것은 언젠가 어떤 연극배우가 자기 아내인 유명한 영화 스타에게 선물한 적이 있는 다이아몬드입니다. 현재 가격으로는 1천만 달러에서 조금도 내려가지는 않을 것입니다. 완벽한 보석이기 때문에 세계에서 가장 값비싼 다이아몬드라고 해도 과언이 아닙니다."

"보석 도둑에게 알맞은 표적이 되겠군요."

제프가 큰 소리로 말했다.

그 말을 똑똑히 들어두려고 다니엘 쿠퍼는 앞으로 다가갔다.

"아뇨, 있을 수 없는 일입니다."

그는 진열장 곁에 서 있는 무장경비원을 보며 고개를 끄덕였다.

"이 다이아몬드는 런던탑의 보석보다도 철저하게 경호되고 있으므로 전적으로 안전합니다. 이 유리 케이스를 누군가가 건드리기만 하면 경보기가 울려 퍼지고, 이 방의 창문과 출입문 모두가 닫혀버립니다. 밤에는 전파가 작동하여 사람이 방에 침입하면 경찰본부에서 경보기가 울리도록 장치가 되어 있습니다."

제프는 트레이시를 돌아보며 말했다.

"그렇다면 이 다이아몬드는 아무도 훔쳐갈 수 없겠군."

쿠퍼는 감시팀 형사 한 사람과 얼굴을 마주보았다. 다이아몬드 연마 공장에서의 두 사람의 대화는 그날 오후 중에 듀렌 경위에게 보고되었다.

이튿날, 트레이시와 제프는 레이크스 박물관을 방문했다. 입구에서 제프는 프로그램을 사고 트레이시와 메인 홀을 빠져나가 명예의 방으로 들어갔다. 거기에는 프라 안젤리코, 무릴료, 루벤스, 반다이크, 티에폴로 등의 작품이 진열되어 있었다. 두 사람은 각각의 그림 앞에서 잠시 멈춰 서서 천천히 보며 걸었다. 이윽고 렘브란트의 가장 유명한 걸작인 '야경'이 진열되어 있는 방으로 들어가서 잠시 머물렀다. 두 사람을 미행하고 있던 미인인 일급형사 피엔 하워도 자신도 모르게 중얼거렸다.

"어쩌면 이다지도 훌륭할까!"

그 그림의 정식 제명은 '프란스 반닝 코크와 빌럼 반 루이텐부르크의 민병대'였다. 군복 차림 대장의 명령으로 순찰을 나가려는 병사들의 모습을 분방한 필치와 구도로 그린 근사한 작품이었다. 회화의 둘레에는 비로드로 된 로프가 쳐져 있고 경비원이 서 있었다.

"믿을 수 없는 일이지만, 렘브란트는 이 그림 때문에 엉뚱하게도 가난뱅이가 돼버렸다는군."

제프가 트레이시에게 말했다.

"하지만 왜요? 훌륭한 작품이잖아요."

"그의 후원자가 이 그림 속의 베닝 코크대장이었는데 말이야, 렘브란트가 그의 경쟁상대인 브르프 대장을 더 멋지게 묘사했기 때문에 그만 심술이 나버렸다는군."

제프는 경비원을 보며 말했다.

"이 그림은 엄중히 경비해주십시오."

"네, 걱정하실 것 없습니다. 이 미술관에서 훔치려다가는 전파와 방범카메라로 곧 발각될 뿐만 아니라 밤에는 두 명의 경비병이 개를 데리고 순찰을 하고 있으니까요."

제프는 미소 띤 얼굴로 말했다.

"그럼 이 그림은 앞으로 영원히 이곳에 걸려 있게 되겠군요."

이상의 대화가 그날 저녁 듀렌 경위에게 보고되었다.

"뭐? 이번에는 렘브란트의 '야경'을 노리고 있다고? 바보 같은 소리 마시오! 그걸 훔치는 건 절대로 불가능한 일이오!"

경위는 무심결에 소리쳤다. 다니엘 쿠퍼는 근시인 눈을 깜박거리며 이 거인 경위를 바라볼 뿐이었다.

암스테르담 국제회의장에서 우표 수집가들의 회의가 열렸기 때문에 트레이시와 제프는 맨 먼저 회의장으로 달려갔다. 전시되어 있는 우표는 값비싼 것뿐이었으므로 회의장은 엄중히 경비되고 있었다. 쿠퍼와 네덜란드인 형사는 두 여행객이 희귀한 우표를 구경하고 다니는 것을 단단히 감시하고 있었다. 트레이시와 제프는 가이아나의 우표 앞에서 멈춰 섰다. 그것은 기분이 나빠지는 자주색의 6각형 우표였다.

"어쩌면 이렇게 기분 나쁘게 생긴 우표가 있담?"

트레이시가 무심코 말했다.

"그런 말 하지 마. 이 종류로는 세계에서 단 한 장밖에 없는 우표니까."

"얼마 정도나 가치가 있는 건데요?"

"100만 달러쯤 될걸?"

우표를 지키고 있던 사람이 고개를 끄덕였다.

"맞습니다, 대부분의 사람들은 이것을 그냥 구경만 할 뿐 아무것도 몰라요. 하지만 손님은 다르시군요. 나와 마찬가지로 이 우표의 가치를 알고 계시군요. 세계의 역사가 이 속에 담겨 있답니다."

트레이시와 제프는 다음 진열장으로 이동해 '뒤집힌 제니'라는 우표를 한참 들여다보았다. 그것은 비행기가 뒤집힌 채 날고 있는 도안이었다.

"이건 재미있는 우표군요."

트레이시는 즐겁다는 듯이 말했다.

"이 우표는 값이 얼마나 나갈까요?"

"7만5천 달러보다 싸지는 않을걸?"

제프가 이렇게 말하자 경비원이 맞장구를 쳤다.

"명답이십니다!"

두 사람은 파란 2센트짜리 우표인 '하와이의 선교사'로 이동해갔다.

"이것은 25만 달러쯤 할걸?"

제프가 트레이시에게 가르쳐주었다.

쿠퍼는 혼잡한 인파 속에 섞여 두 사람의 바로 뒤로 따라붙었다.

제프가 다른 우표를 손으로 가리켰다.

"이것도 귀한 거야. 모리서스 우체국의 펜스 우표지. 멍청한 제판공이 '우송료 완불'이라고 해야 할 것을 '우체국'이라고 새겨 넣어버린 거야. 물론 지금은 굉장한 가치가 있지."

"그런데 우표들이 모두 작고 빈약해 보이네요. 사람들이 꺼내가기도 쉽겠어."

트레이시는 말하자, 카운터에 있던 경비원이 빙긋이 웃었다.

"도둑은 멀리 도망가지 못해요, 아가씨. 여기 진열장에는 전류가 통하고 있거든요. 뿐만 아니라, 이 회의장 밖에서는 무장한 경비원이 밤낮을 가리지 않고 순찰하고 있답니다."

"그 말씀을 들으니 안심이 되는군요. 최근에는 조심에 조심을 더하지 않으면 안 될 거예요. 그렇죠?"

제프가 다행스럽다는 듯이 말했다.

그날 오후, 다니엘 쿠퍼와 듀렌 경위는 윌리엄 경찰국장에게 면회를 신청했다. 듀렌 경위는 국장의 책상에 감시보고서를 놓고 국장의 말을 기다렸다.

"여기에는 명확한 것은 아무것도 적혀 있지 않군. 하지만 그들을 수상하다고 보는 당신들의 의혹의 근거는 인정하지. 좋아, 알았네. 경위, 잘해

보게. 두 사람의 호텔에 도청장치를 설치하는 것을 허가하지."

　국장은 보고서를 읽고 나서 그렇게 말했다,

　다니엘 쿠퍼는 기뻐서 사기충천했다. 이젠 트레이시 휘트니에게는 프라이버시란 없다.

　이 시점에서부터 트레이시의 생각, 대화, 하고 있는 일 모두를 훤히 들여다볼 수 있게 되는 것이다.

　쿠퍼는 트레이시와 제프가 같은 침대에 있는 광경을 상상하고, 트레이시의 속옷에 뺨을 비벼댔던 때의 감촉을 다시 한 번 상기해보았다. 너무도 보드랍고 뭐라고 말할 수 없는 향기가……

　그날 오후, 쿠퍼는 다시 성당으로 갔다.

　트레이시와 제프가 저녁식사를 하러 호텔을 나서자 경찰의 공작반이 작업에 착수했다. 트레이시와 제프의 각 방에 들어가 액자 뒤, 램프 속, 사이드 테이블 안쪽에 조그만 와이어리스 송신기를 장치했다.

　듀렌 경위는 바로 위층의 방을 빌려 그곳에서 공작반을 통해 안테나가 붙은 라디오 수신기를 설치하고, 녹음기의 코드를 전원에 꽂았다.

　"이 장치는 소리의 감지로 작동합니다. 여기서 엿들을 필요는 없습니다. 누구든 소리를 내면 자동적으로 녹음을 시작하니까요."

　그러나 다니엘 쿠퍼는 거기에 숨어 엿듣고 싶었다. 아니, 거기에 있지 않으면 안 되었다. 그것이 신의 의지에 따르는 것이므로.

또 다른 열정

도청기를 장치한 이튿날 아침 일찍, 다니엘 쿠퍼와 욥 벤 듀렌 경위, 그리고 젊은 위트캄프 형사 등 3명은 위층에서 아래층 방의 대화에 귀를 기울이고 있었다.

"커피 한잔 더 하겠어?"

제프의 목소리다.

"아니, 괜찮아요. 이 치즈를 먹어봐요, 룸서비스가 갖다 준 건데 아주 맛있어요."

트레이시의 목소리다.

잠시 침묵,

"흐음, 이거 맛있는데? 자, 오늘은 어디를 가고 싶지, 트레이시? 노트르담까지 드라이브나 할까?"

"오늘은 호텔에서 나가지 말고 편히 쉬어요."

"그것도 괜찮겠군."

다니엘 쿠퍼는 두 사람이 합의한 '쉰다'는 의미를 헤아리고는 입을 꾹 다물었다.

"여왕이 새로운 고아원을 지으신대."

"멋지군요. 난 네덜란드인은 세상에서 가장 따뜻하고 대범한 사람이라고 생각해요. 속박하지 않고 무슨 금지사항 같은 것도 안 만들고 말예요."

"동감이야. 그래서 나는 네덜란드인을 좋아해."

웃음소리…….

연인끼리라면 누구나가 주고받는 으레 하는 아침 대화였다.

'저들은 서로 저렇게 허물없이 굴고 있군. 하지만 트레이시에게는 톡톡히 죗값을 보여주고 말 테다.'

쿠퍼는 생각했다.

제프의 목소리.

"따뜻하고 대범한 사람이라면 말이야, 이 호텔에 누가 묵고 있는지 알아? 저 달아나기 잘하는 맥시밀리언 피아폰트 나리야. 나는 그놈을 퀸엘리자베스 2세호로 쫓아갔지만 놓쳤어."

"나도 오리엔트 특급에서 만날 뻔하다 말았어요."

"놈은 여기서 다음 먹이가 될 회사를 노리고 있을 거야. 모처럼 그놈을 발견했으니 우린 그놈을 어떻게든 해야 돼. 천재일우의 기회란 바로 이런 걸 보고 말하는 거야, 트레이시."

트레이시의 웃음소리.

"대찬성이에요."

"내가 아는 바로는 우리 피아폰트 씨는 터무니없이 값비싼 공예품을 갖고 다니는 습관이 있어. 그래서 내 생각인데……."

다른 여자의 목소리가 들렸다.

"실례합니다, 방 청소를 좀 할까요?"

듀렌 경위는 위트캄프 형사를 돌아보았다.

"맥시밀리언 피아폰트에게도 감시팀을 붙이도록. 휘트나 스티븐스가 그와 접촉하는 시간을 알아내야 한다고."

듀렌 경위는 툰 윌리엄 경찰국장에게 보고를 했다.

"그들의 목표는 여러 가지인 것 같습니다만, 아직은 딱히 어느 것이라고 지목할 수는 없습니다. 맥시밀리언 피아폰트라는 미국인 백만장자에게 관심을 보였다가 우표전시장을 둘러보는가 하면 다이아몬드 연마공장을 방문해 루카란 다이아몬드를 주의 깊게 살펴보고 '야경'을 2시간이나 감상하다가……."

"뭐야? 그 '야경'에 눈독을 들이고 있다고? 바보 같은 소리! 그건 불가능해!"

경찰국장은 의자 깊숙이 몸을 묻고는, 자신이 공연히 귀중한 인원과 시간만 낭비하고 있는 것이 아닌가 하고 고민에 빠졌다. 확실한 사실은 무엇 하나 없고, 모든 것이 추측뿐이었다.

"결국 그 두 사람이 무엇을 노리고 있는지 지금까지 파악하지 못했다는 얘기로군."

"맞습니다, 국장님. 그들은 아직 어떤 것으로 할지를 결정하지 못하고 있는 게 아닐까요? 하지만 결정한 순간, 우리도 알 수 있게 되어 있습니다."

윌리엄 국장은 눈살을 찌푸렸다.

"알 수 있다고?"

"도청장치가 되어 있지 않습니까. 놈들은 도청당하고 있는 사실을 모르거든요."

듀렌 경위는 설명했다.

다음 날 아침 9시에 경찰은 정보 수집에 성공했다. 트레이시와 제프는 트레이시의 방에서 아침식사를 마치려는 참이었다. 바로 윗방에는 다니엘 쿠퍼와 듀렌 경위, 그리고 위트캄프 형사가 진을 치고 있었다. 커피를 따르는 소리가 도청장치를 통해 들려왔다.

"이것 봐. 재미있는 기사가 나와 있어, 트레이시. 내 친구 맥시밀리언 피아폰트는 정말 대단해. 자, 읽을 테니 들어보라고. 아무로 은행은 500만 달러짜리 금괴를 서인도제도까지 배로 운반할 예정이다."

위층에 있던 위트캄프 형사가 말했다.

"그걸 훔치겠다고? 무리한 얘기지……."

"쉬……."

세 사람은 열심히 귀를 기울였다.

"500만 달러짜리 금괴는 무게가 얼마나 될까요?"

트레이시의 목소리였다.

"정확하게 말하면 1,672파운드야. 금괴가 67개 정도 되지. 금의 좋은 점은 어느 금괴나 똑같아 보인다는 사실이야. 게다가 녹여버리면 완전히 알 수가 없게 돼. 그렇다고는 해도 금괴를 네덜란드에서 국외로 갖고 나가기는 쉬운 일이 아니지."

"갖고 나갈 수 있다고 해도 우선 손에 넣는 방법은 어떻게 할 거예요? 은행에 소리 없이 들어가서 손으로 거머쥐고 나올 건가요?"

"글쎄…… 대충 그렇게 될 거야."

"농담하지 말아요."

"거금이 걸려 있는데 농담하고 있을 여유가 어디 있어? 우선은 아무로 은행 주변을 좀 어슬렁거리며 정찰해보자고."

"어떻게 할 작정인지 당신 생각을 가르쳐줘요."

"가면서 얘기해줄게."

문 닫는 소리가 나고 목소리는 더 이상 들리지 않았다.

듀렌 경위는 자꾸만 콧수염을 비비 꼬고 있었다.

"어림없는 소리! 그 금괴엔 손댈 수 없게 되어 있어. 내가 직접 나가서 그 경비 절차를 승인했으니까."

다니엘 쿠퍼는 무시하듯이 말했다.

"은행의 경비 장치에 단 한 군데라도 허점이 있을 경우, 트레이시 휘트 니라면 반드시 알아내고 말 것이오."

듀렌 경위는 온몸의 털이 곤두설 만큼 분통이 터지는 것을 필사적으로 참고 있었다. 이 기분 나쁜 용모를 한 미국 녀석에겐 처음부터 비위가 상 했었다. 경위의 선천적인 우월감이 쿠퍼 같은 타이프의 남자를 받아들이 지 못하는 것이다. 그렇긴 하지만 듀렌 경위는 어찌됐든 경찰관인 것이 다. 더욱이 이 기분 나쁜 작은 사나이에게 협력하도록 명령을 받고 있는 것이다.

경위는 위트캄프 형사를 돌아다보았다.

"감시팀 인원을 늘려서 곧 수배해. 놈들이 접촉한 상대의 사진을 찍고, 무슨 얘기를 나누는지 반드시 엿듣도록. 알았나?"

"잘 알았습니다, 경위님. 당장 시행하겠습니다."

"절대로 눈에 띄지 않도록 해야 돼. 이쪽이 감시한다는 걸 놈들이 눈치 채면 곤란하니까."

"알았습니다, 경위님."

듀렌 경위는 쿠퍼 쪽으로 고개를 돌리며 말했다.

"어떻습니까? 이젠 당신도 조금은 마음이 놓입니까?"

쿠퍼는 아무 대답도 하지 않았다.

그 뒤 5일 동안, 트레이시와 제프는 듀렌 경위의 부하들을 마구 끌고 다 녔고, 다니엘 쿠퍼는 하루하루의 보고서를 상세히 검토했다. 밤이 되어 도청실에서 형사들이 다 철수해도 쿠퍼만은 어떤 이유를 대고서라도 남 아 있었다. 그리고 아래층에서 마침내 펼쳐질 사랑의 속삭임에 귀를 곤두세웠다. 실제로는 아무것도 안 들려도 쿠퍼의 마음에는 트레이시의 한숨 소리가 감지되었다.

벅찬 외침소리 뒤에는 한동안 한숨이 계속되고, 그 뒤에는 음악과 같은 정적이 찾아든다…… 쿠퍼의 공상의 즐거움도 여기서 끝나는 것이다.

'이제 조금만 있으면 넌 내 것이 되는 거야. 이젠 아무에게도 널 내주지 않겠어.'

쿠퍼는 생각했다.

낮 동안 트레이시와 제프는 따로따로 행동했고, 각각 미행이 따라 붙었다. 제프가 환락가로 유명한 리더스프레인 광장 옆의 인쇄소에 들어가 그곳 주인과 열심히 얘기하고 있는 것을 목격한 두 형사는 길에서 감시를 하고 있었다. 제프가 그곳에서 나오자 형사 한 사람이 미행을 시작했고, 다른 한 형사는 인쇄소로 들어가 주인에게 자신의 신분증을 제시했다. 사진에 정부 스탬프가 찍혀 있고 적—백—청의 횡선에 플라스틱 코팅이 된, 네덜란드인이라면 누구나 알고 있는 경찰관 신분증명서였다.

"지금 막 여기서 나간 남자 말인데요, 그 사람이 뭘 주문했습니까?"

"명함을 다 썼다면서 그걸 인쇄해달라고 부탁하던데요."

"보여줄 수 있겠소?"

인쇄소 주인은 손으로 쓴 견본을 형사에게 보여주었다.

─암스테르담 보안서비스 주임 조사원 코넬리어스 윌슨.─

그 다음 날, 일급 경관이며 미인인 피엔 하워는 리더스프레인 광장에 면한 애완동물 상점에서 트레이시가 나오는 것을 기다리고 있었다. 그녀는 15분쯤 있다가 나왔기 때문에 피엔 하워는 기다렸다는 듯이 가게로 뛰어 들어가 신분증을 제시했다.

"지금 막 여기서 나간 부인은 어떤 용건으로 왔었습니까?"

"금붕어 한 항아리와 잉꼬 두 마리, 그리고 카나리아와 비둘기를 한 마리씩 샀어요."

묘한 배합이었다.

"비둘기라고 했죠? 보통 비둘기 말입니까."

"네, 하지만 비둘기는 애완동물 상점에서는 취급하지 않는 것이랍니다. 그래서 따로 준비 해두겠다고 손님에게 말했지요."

"그걸 어디로 갖다 줄 건데요?"

"호텔이에요, 그녀가 묵고 있는 암스텔 호텔로……."

시내 반대쪽에서는 제프가 아무로 은행의 차장과 얘기를 나누고 있었다. 차장실에서 30분 정도 용건을 마치고 제프가 은행을 떠나자, 곧바로 한 형사가 그 방으로 들어갔다.

"방금 다녀간 남자, 혹시 여기에 뭘 하러 왔었습니까?"

"윌슨 씨 말입니까? 그는 우리 은행에서 이용하고 있는 보안회사의 주임조사원입니다. 보안 시스템 변경을 의논하려고 온 겁니다."

"그렇다면 현행 보안 시스템에 대해서도 여러 가지로 얘기했겠군요."

"네, 뭐 당연히 그렇지요."

"그럼 당신은 그 사람에게 현재의 시스템에 대해 아주 자세히 알려주었습니까?"

"물론이지요, 하지만 당연한 일이지만 조심은 했습니다. 그의 신임장이 제대로 된 것인지, 어떤지 전화로 확인했으니까요."

"어디로 전화하셨는데요?"

"보안회사지요. 이것 보세요, 그의 신분증에 인쇄되어 있지 않습니까?"

오후 3시, 무장 트럭이 아무로 은행 앞에 멈춰 섰다. 길 건너 지점에서 제프가 그 트럭을 카메라에 담았다. 거기서 수 미터 떨어진 빌딩 입구에서 제프의 동작을 형사가 사진으로 찍고 있었다.

경찰본부에서 듀렌 경위는 속속들이 모여드는 증거서류를 툰 윌리엄 경찰국장의 책상 위에 펼쳐놓았다.

"이 보고서가 무엇을 시사하고 있다는 건가?"

국장은 메마르고 가느다란 목소리로 물었다.

다니엘 쿠퍼가 입을 열었다.

"그녀의 음모를 내가 설명하겠소."

그 어조는 점잖고, 확신에 넘쳐 있었다.

"그 여자는 금괴를 수송 중에 탈취할 생각인 겁니다."

거기에 있던 모든 사람의 눈이 쿠퍼에게로 쏠렸다.

윌리엄 국장이 말했다.

"그럼 당신은 그 여자가 어떤 방법으로 그 기적을 이루려고 하는지 알고 있겠군요, 당연히……."

"네, 잘 알고 있습니다."

쿠퍼는 네덜란드 경찰은 몰라도 자기만은 그것을 알고 있다고 생각했다. 트레이시에 대해서라면 마음도 영혼도 머릿속까지도 모조리 알고 있다고 생각했다.

그는 트레이시의 몸에 옮겨 들어가 그녀의 기호, 계획, 그리고 움직임을 알아내려고 오늘날까지 노력해왔다. 그 성과를 써먹을 때가 온 것이다.

"가짜 보안 트럭을 사용해서 진짜보다 먼저 은행에 도착한 다음, 금을 보기 좋게 가로채서 운반해나갈 셈인 겁니다."

국장은 말했다.

"틀림없소, 쿠퍼 씨?"

듀렌 경위가 끼어들었다.

"계획의 구체적인 내용을 확실히 알고 있는 것은 아니지만, 그들이 저지르려 하고 있는 것만은 확실합니다. 국장님, 여기에 두 사람의 대화를 녹음한 테이프를 갖고 왔습니다."

트레이시와 제프의 대화가 재생되고 있는 동안, 쿠퍼는 멋대로 공상의 세계를 헤매면서 밤의 탄식, 외침, 신음소리를 듣고 있었다. 욕정에 불타는 매춘녀 좀 보라고. 좋아, 두 번 다시 어떤 남자도 만날 수 없는 곳에 널 처넣어버리고 말테니까.

듀렌 경위가 계속 말했다.

"그들은 은행의 보안 체계에 관한 정보를 수집하고 있습니다. 무장 트럭이 몇 시에 은행으로 오는가……."

책상에 펼쳐진 서류에 눈을 주고 있던 국장이 말했다.

잉꼬, 비둘기, 금붕어, 카나리아…….

"뭐야 이건? 이런 것들이 절도와 관계가 있다고 자네들은 생각하나?"

"아뇨, 생각지 않습니다."

듀렌 경위는 대답했다.

"관계가 있다고 생각합니다."

쿠퍼는 힘주어 대답했다.

피엔 하워 일급 여자 수사관은 연한 청록색의 하늘거리는 폴리에스테르 원피스를 입고 트레이시 휘트니를 미행하고 있었다. 트레이시가 프린젠가에서 마헤레 다리를 건너 운하 건너쪽 공중전화 박스로 들어갔기 때문에 여경은 마음속으로 혀를 찼다. 하지만 설령 그녀가 그 대화를 들었다고 해도 무슨 소린지 못 알아들었을 것이다.

런던에서 군터가 말했다.

"마고를 사용할 수 있어. 하지만 시간이 필요해. 적어도 2주는 말이야."

한참 듣고 나서 그는 계속했다.

"알았어. 모든 준비가 갖춰지면 당신에게 연락하지. 부디 조심해. 제프에게도 안부 전하고."

트레이시는 공중전화 박스를 나왔다. 그리고 밖에서 순서를 기다리고 있던 연한 청록색 옷을 입은 여자에게 살짝 고갯짓을 했다.

이튿날 오전 11시에 한 형사가 듀렌 경위에게 보고를 했다.

"월터즈 트럭 대여회사에서 전화하고 있는 중입니다, 경위님. 제프 스티븐스가 방금 트럭을 빌렸습니다."

"어떤 트럭인가?"

"서비스 트럭입니다, 경위님."

"가로, 세로, 높이 등 크기를 알아봐. 이대로 기다리고 있을 테니까."

몇 분 뒤 형사로부터 전화가 왔다.

"모두 조사했습니다. 트럭은……."

듀렌 경위가 말을 막았다.

"길이 20피트, 폭 7피트, 높이 6피트, 이중 액셀이 달려 있는 것, 맞지?"

형사는 경탄하여 숨을 들이켰다.

"네, 말씀하신대로입니다. 어떻게 아셨죠?"

"그보다도 색깔은 뭐야?"

"청색입니다."

"스티븐스는 누가 미행하고 있나?"

"아홉입니다."

"좋아, 돌아와서 보고해."

듀렌 경위는 전화기를 놓았다. 그리고 다니엘 쿠퍼를 바라봤다.

"당신이 말한 대로였소. 하지만 색깔은 청색이라는군요."

"놈은 다음에 차를 도색공장으로 가지고 갈 것이오."

도색공장은 댐라크 가의 수리 공장 안에 있었다. 제프가 서서 지켜보고 있는 가운데 두 사나이가 검게 빛나는 회색 페인트를 트럭에 뿜어대고 있었다. 공장 지붕 밑 다락방에 있던 형사가 천창 너머로 그 광경을 사진에 담았다.

그 사진은 1시간 뒤에 듀렌 경위의 책상 위에 있었다.

경위는 그 사진을 다니엘 쿠퍼의 눈앞에 내밀었다.

"진짜 보안 트럭과 똑같은 색으로 칠하고 있는 중이오. 이 정도면 체포할 수 있지 않겠소?"

"무슨 혐의로 말이오? 가짜 명함을 만들고 트럭에 도색을 했다고 말입니까? 결정적으로 놈들의 덜미를 잡으려면 금괴를 훔치는 현장을 덮치는 것 외엔 방법이 없어요."

'이놈이 경찰 전체를 주무르려고 드는군.'

"그럼 그들의 다음 행동은 뭐라고 생각하시오?"

쿠퍼는 그 사진을 자세히 살펴보았다.

"이 트럭은 금괴의 중량을 견디지 못할 것 같소. 이번에는 트럭 상판을 보강할 것이 틀림없소."

그곳은 무이델 가에서 좀 들어간 약간 한적한 수리 공장이었다.

"어서 오십시오. 무슨 용건으로?"

"이 트럭으로 고철을 운반하려고 하는데요. 그런데 지금 이대로는 트럭의 상판이 중량을 견디지 못할 것 같단 말입니다. 금속 파이프 같은 걸로 보강해주었으면 하는데, 어때요? 가능하겠소?"

제프는 설명했다.

기계공은 트럭의 이곳저곳을 점검했다.

"아, 어려울 것 없겠군요."

"고맙소."

"금요일에나 일이 끝나겠는데요."

"내일까지는 해주었으면 하는데."

"내일요? 그건 무리예요. 아무리 빨리 해도……."

"가공비를 두 배로 지불하겠소."

"목요일이라면 어떻게 해보겠지만."

"내일까지 해주시오. 3배로 지불할 테니."

기계공은 턱을 쓱쓱 문지르며 생각에 잠겼다.

"내일 몇 시까지 필요하십니까?"

"점심때쯤이면 되겠소?"

"좋아요, 해봅시다."

"고맙소. 차질 없이 해주어야 합니다."

제프가 공장을 나간 지 얼마 뒤에 형사가 수리공에게 질문을 던졌다.

같은 날 아침, 트레이시를 담당하고 있던 감시팀은 우스 샨스 운하 쪽으로 그녀를 미행해 갔다. 트레이시는 작은 운반선의 선주와 30분가량 얘기를 나누었다. 그녀가 사라지자 형사 한 사람이 운반선에 올라탔다. 형사는 이 고장에서 생산되는 도수가 높은 진을 한잔 걸치고 얼른히 취해 기분이 좋아진 선주에게 신분증을 보이고 질문했다.

"아까 왔던 부인은 무슨 일로 왔었소?"

"아, 남편과 둘이 운하 일주를 하고 싶다고 하더군요. 일주일쯤 이 배를 전세내고 싶다고……."

"언제부터요?"

"금요일부터요. 부럽죠. 나리, 당신도 부인과 함께, 괜찮다면……."

형사의 모습은 사라지고 없었다.

트레이시가 주문했던 비둘기가 새장에 넣어져 호텔까지 배달되었다. 그리고 다니엘 쿠퍼는 애완동물 가게에 찾아가 주인에게 물었다.

"어떤 비둘기를 갖다 주었소?"

"어떤 비둘기라뇨? 보통 비둘기였어요."

"확실합니까? 전서구가 아니었소?"

"아뇨."

주인은 킥킥 웃었다.

"전서구일 리가 없죠. 그 이유는요, 사실 어젯밤에 내가 폰델 공원에서 몰래 잡은 비둘기니까요."

금괴 1천 파운드에, 비둘기 한 마리의 배합이라……. 뭐야, 이건? 다니엘 쿠퍼는 미궁에 빠졌다.

아무로 은행에서 금괴가 이송되기 5일 전, 듀렌 경위의 책상 위에는 사진이 산처럼 쌓여 있었다.

'이 사진 한 장 한 장이 트레이시를 묶는 쇠고랑인 것이다.'

다니엘 쿠퍼는 그렇게 생각했다.

네덜란드 경찰의 상상력이 모자란다는 것은 쿠퍼의 마음에 안 드는 점이었지만, 일하는 데 있어서 철저하다는 것만은 그로서도 높이 평가하지 않을 수 없었다. 얼마 안 가서 실행될 것이 분명한 범죄에 이르는 온갖 행동이 사진으로 찍히고, 서면화되어 있었다. 아무리 너그럽게 봐도 트레이시 휘트니의 유죄는 결정적이었다.

'그녀에게 과해질 벌은 저에 대한 구원이옵니다.'

새롭게 수리한 트럭을 인수한 제프는 그 차를 암스테르담의 구시가인 우드 지즈 커크 근처에 빌려놓은 작은 차고로 몰고 갔다. 6개의 빈 나무상자도 그 차고로 운반되었다. 나무상자에고 '기계'라는 글자가 찍혀 있었다.

그 나무상자를 찍은 사진을 책상 위에 놓고 바라보면서 듀렌 경위는 녹음테이프에 귀를 기울였다. 제프의 목소리였다.

"은행에서 부두 잔교까지 트럭을 운전할 때는 제한속도를 준수해야 돼. 어느 정도 걸릴 지 정확한 시간을 알고 싶은 거야. 스톱워치를 줄게."

"당신도 같이 가는 거 아녜요?"

"아니, 난 갈 수가 없어. 할 일이 좀 있어서……."

"몬티는 어떻게 되었어요?"

"그 친구는 목요일 밤에 도착하기로 돼 있어."

듀렌 경위는 말했다.

"몬티라니, 누구지?"

"아마도 보안 트럭 조수석에 타고 경비원 행세를 할 놈일 것이오. 이번 엔 경비원 제복을 마련할 테지."

쿠퍼가 말했다.

피에텔 코르네리츠 호프트 가에 있는 쇼핑센터에 옷 가게가 있었다.

"가장 무도회에 참가하는데 말입니다, 제복이 두 벌 필요해요."

제프는 점원에게 설명했다.

"윈도우에 진열된 것과 똑같은 것을 사고 싶은데요."

1시간 뒤, 듀렌 경위는 경비원 제복을 찍은 사진을 보면서 수사관의 설 명을 듣고 있었다.

"놈은 그 복장을 두 벌 주문했습니다. 점원에게는 목요일에 가지러 오 겠다고 말했답니다."

한 벌의 치수는 제프가 입기에는 아주 큰 것이었다.

경위는 말했다.

"이건 몬티인가 하는 남자 것이군. 짐작컨대, 190센티에 체중은 100킬 로쯤 되겠어. 좋아, 인터폴의 컴퓨터에 조회해봅시다."

경위는 다니엘 쿠퍼를 돌아보고는 고개를 끄덕였다.

"그의 신원이 드러날지도 모르지."

제프가 빌린 개인 차고에서는 제프가 트럭의 지붕에 올라가고, 트레이 시는 운전석에 앉아 꼼지락거리며 작업을 하고 있었다.

"준비됐어?"

제프가 신호를 보냈다.

"간다!"

트레이시가 계기판에 있는 단추를 눌렀다. 그러자 트럭 양옆의 포장 천이 단숨에 아래로 늘어져 내렸다. 거기엔 하이네켄 네덜란드 맥주라는 광고 문구가 쓰여 있었다.

"아주 좋아!"

제프가 환성을 올렸다.

"하이네켄 맥주라고? 놀고 있네."

듀렌 경위는 자기 집무실에 모인 형사들을 빙 둘러보았다. 일련의 확대된 사진과 메모가 한쪽 벽 가득히 핀으로 꽂혀 있었다.

다니엘 쿠퍼는 입을 꾹 다물고 그 방의 한구석에 앉아 있었다. 쿠퍼에게 있어서 이 회합은 시간 낭비일 뿐이었다. 그는 오래전부터 여기까지 이르는 줄거리는 읽을 수 있었다. 트레이시 휘트니와 제프 스티븐스 두 사람을 덫에 몰아넣었고, 바야흐로 그 덫의 뚜껑이 덮이려 하고 있었다. 방안에 있는 형사들은 고조되는 흥분에 상기되어 있었지만, 쿠퍼만은 정신이 말짱히 깨어 있었다.

"이젠 모든 것이 아귀가 맞아 떨어지는군요. 용의자들은 진짜 무장 트럭이 몇 시에 은행에 도착하는지를 알고 있다. 그래서 놈들은 보안상 이유니 뭐니 하면서 정각보다 30분 일찍 도착할 작정인 거야. 그래, 진짜 이송 트럭이 은행에 도착했을 때는 놈들은 자취를 감춰버린 뒤가 된다는 얘기겠지."

듀렌 경위가 설명에 나섰다.

경위는 트럭의 사진을 손으로 가리켰다.

"놈들은 이 외관으로 은행에서 출발하겠지만 1구획만 지나면 샛길로 빠져……."

여기서 말을 끊고 하이네켄 맥주의 현수막이 늘어뜨려진 사진을 가리

컸다.

"그 트럭은 갑자기 이런 외관이 되는 거다."

뒤쪽에 있던 형사 한 사람이 질문했다.

"놈들은 어떤 수단으로 금괴를 국외로 반출하려는 겁니까, 경위님?"

듀렌 경위는 운반선에 타고 있는 트레이시의 사진을 가리켰다.

"먼저 운반선에 싣는다. 우리나라는 운하와 수로가 종횡으로 교차하기 때문에 그 속에 숨어들어갈 작정인 거야."

경위는 운하 곁을 달리고 있는 트럭을 하늘에서 찍은 사진을 가리켰다.

"은행에서 부두까지 어느 정도 시간이 걸리는지 보려고 놈들이 주행 테스트를 했을 때 찍은 거야. 도난 사실을 눈치 채이기 전에 금괴를 선적할 시간은 충분히 있다는 얘기야."

듀렌 경위는 벽에 붙어 있는 마지막 사진, 크게 확대한 화물선이 찍혀 있는 곳까지 걸어갔다.

"이틀 전에 제프 스티븐스는 오레스타 호에 화물 선적을 예약했다. 다음 주에 노트르담에서 들어오는 화물선이다. 화물은 기계로 되어 있고, 행선지는 홍콩이다."

경위는 다시 형사들에게 얼굴을 돌렸다.

"그러니까 우리로서는 놈들의 계획을 약간 변경시키자는 얘기다. 은행에서 트럭에 금괴를 모두 실을 때까지는 내버려두는 거다."

경위는 거기까지 말하고 다니엘 쿠퍼에게 시선을 멈추고는 히죽 웃어 보였다.

"현행범이지. 이 머리 좋은 두 분을 현행범으로 체포하는 거다."

트레이시를 미행하고 있던 한 형사는 그녀가 아메리칸 익스프레스 사무실에 가서 중간 크기의 상자를 받아가지고 곧바로 호텔로 돌아가는 것을 지켜보고 있었다.

"소포의 내용물은 확인되지 않고 있소."

듀렌 경위는 쿠퍼에게 말했다.

"놈들이 호텔에서 나가는 것을 기다렸다가 양쪽 방을 수색했지만 새로운 것은 아무것도 발견되지 않았소."

인터폴의 컴퓨터는 체중 100킬로의 몬티라는 남자에 관한 정보는 아무것도 발견하지 못했다.

목요일 밤 늦게 다니엘 쿠퍼, 듀렌 경위, 위트캄프 형사 세 사람은 암스텔 호텔 방에 모여서 아래층의 두 사람의 대화에 귀를 기울이고 있었다.

제프의 목소리였다.

"예정대로 30분 전에 은행에 도착할 수 있다면 금괴를 싣고 흔적 없이 달아날 때까지의 시간은 충분해. 진짜 이송 트럭이 도착했을 때는 선적도 완료되어 있을 거야."

트레이시의 목소리가 뒤를 이었다.

"트럭의 정비 점검은 빈틈없이 했고, 휘발유도 꽉 채워두었어요. 만사 오케이예요."

위트캄프 형사가 무심결에 말했다.

"빈틈없는 작자들이군. 놀랐는걸."

"그런데 대실패로 끝난다는 얘기야."

듀렌 경위가 태연하게 말했다.

다니엘 쿠퍼는 그저 잠자코 있었다.

"트레이시, 이 일이 끝나면 이전에 말했던 발굴 작업에 착수해보지 않겠어?"

"튀니지의 유적 말이에요? 정말 꿈만 같아요, 제프."

"결정된 거야. 그쪽 일도 준비해야지. 이제부터 아무것도 안 해도 되는 거야. 그저 편안히 쉬면서 인생을 즐기기만 하면 된다고."

듀렌 경위는 비아냥거리는 투로 말했다.

"꼬박 20년간 교도소에서 인생을 즐겨보시지."

그렇게 말하더니 일어서서 크게 하품을 했다.

"자, 이제 잠을 자기로 하지. 모든 것은 내일 아침이야. 오늘 밤은 느긋하게 자도 좋아."

다니엘 쿠퍼는 잠을 이룰 수가 없었다. 트레이시가 경찰에 체포되어 거칠게 취급당하는 모습을 그려보았다. 그녀의 얼굴은 공포로 일그러져 있었다. 흥분으로 들뜬 쿠퍼는 욕실로 달려가 뜨거운 물을 욕조에 채웠다. 안경을 벗고, 파자마를 벗은 뒤 김이 피어오르는 욕조에 누웠다. 쿠퍼의 임무는 끝나가고 있었다. 예전에 다른 매춘부를 속죄시켰듯이 트레이시도 속죄시키는 거다. 내일 이 시각쯤에는 귀갓길에 오르고 있을 것이다.

'아니, 집으로 돌아가는 게 아니야. 그냥 아파트로 돌아가는 거지.'

다니엘 쿠퍼는 자기 생각을 바로잡았다.

쿠퍼에게 있어서 집이란 예전에 어머니가 이 세상에서 누구보다도 자기를 사랑해준 따뜻하고 안전한 장소였다.

'너는 나의 삶의 보람이란다. 네가 없는 생활이란 도저히 생각할 수가 없어.'

어머니는 말했다.

쿠퍼의 아버지는 그가 4살 때 어디론가 사라져버렸다. 처음에 그는 자신의 탓인가 하고 생각했지만, 어머니는 다른 곳에 생긴 여자 때문이라고 설명해주었다. 다니엘은 어머니를 울린 그 다른 여자를 미워했다. 그녀를 만난 일은 없었지만 어머니가 매춘부라고 불렀기 때문에 쿠퍼도 그녀를 매춘부라고 생각했다. 나중에 가서 다니엘은 아버지를 데리고 사라진 그녀에게 감사하게 되었다. 어머니가 자기만의 것이 되었기 때문이다.

미네소타 주의 겨울은 추위가 혹독했기 때문에 어머니는 다니엘 소년이 자신의 침대로 파고드는 것을 허용했다. 어머니의 잠자리는 따뜻하고 기분이 좋았다.

'나는 언젠가는 어머니와 결혼할 거야.'

다니엘은 약속했다. 그러자 어머니는 웃으면서 소년의 머리를 쓰다듬어주었다.

그는 초등학교 시절 항상 반에서 1등을 놓치지 않았다. 어머니를 기쁘게 해주고 싶었기 때문이었다.

'영리한 아들을 두셔서 부러워요, 쿠퍼 부인.'

'정말 그래요. 우리 아들만큼 총명한 아이는 없을 거예요.'

다니엘이 7살 때, 어머니는 이웃에 사는 몸집이 크고 털 많은 남자를 저녁식사에 초대했다. 그러자 소년은 목숨이 위태로울 정도로 고열이 나서 1주일 정도 자리에 눕게 되었다. 그래서 어머니는 다니엘에게 이젠 결코 이웃을 식사에 부르지 않겠다고 약속했다.

'이 세상에서 너 이외에는 아무도 필요 없어, 다니엘.'

다니엘은 세상에서 가장 행복한 소년이었고, 어머니는 세상에서 가장 아름다운 여성이었다. 그래서 어머니가 외출하면 다니엘 소년은 어머니의 침실에 숨어들어 옷장 서랍을 열었다. 그리고 어머니의 속옷을 꺼내어 그 보드라운 것을 자기 뺨에 비벼댔다. 머리가 어찔어찔할 만큼 매혹적인 향기였다.

다니엘 쿠퍼는 암스텔 호텔의 따스한 욕조에 몸을 담그고 눈을 감았다. 그러자 어머니가 살해된 그 참극의 날이 뇌리에 되살아났다. 그가 12살 되던 해 생일이었다.

그날 쿠퍼는 귀가 아파 학교를 조퇴했다. 실제로는 대단한 것은 아니었지만, 아픈 척을 하면 어머니는 자기 침대에서 재워주고 이것저것 잘 보살펴주었기 때문이었다.

집에 돌아온 다니엘은 곧장 어머니의 침실로 달려갔다. 어머니는 알몸으로 침대에 누워 있었다. 뿐만 아니라 혼자가 아니었다. 이웃집 남자와 도저히 입에 담을 수 없는 행위를 하고 있었다. 다니엘이 숨을 죽이고 지켜보고 있는 가운데 어머니는 남자의 털이 무성한 가슴께에서 튀어나온 배 아래로 입술을 가져가는 것이었다. 그것을 바라보면서 어머니가 고양이를 어르는 소리로 속삭이는 것을 다니엘 소년은 듣고 말았다.

'아, 내 사랑! 나의 것.'

이 말이야말로 소년에게는 더없이 더러운 것이었다. 속이 뒤집힌다니엘은 욕실로 달려가서 위 속의 것을 모조리 토해버렸다. 다음에 그는 옷을 벗고 몸을 씻었다. 언제 어느 때라도 깔끔해야 한다고 입이 닳도록 말해온 어머니의 가르침을 지킨 것이다. 이젠 정말로 귀가 쑤시기 시작했다. 통증이 욱신거리며 고막을 울렸다.

어머니의 목소리가 들렸다.

'이젠 돌아가는 것이 좋겠어요. 나 샤워하고 옷을 입어야 해요. 이맘때면 다니엘이 학교에서 돌아와요. 오늘은 아들 생일이에요. 축하해줘야죠. 내일 봐요.'

현관문이 닫히는 소리가 나고, 어머니의 욕실에서 물이 흐르는 소리가 들렸다. 이젠 저 여자는 내 어머니가 아니야. 외간 남자와 침대에서 더러운 짓을 하는 매춘부다.

소년은 어머니가 있는 욕실로 들어갔다. 알몸으로 욕조에 들어가 있는 여자는 창부의 미소를 띠고 있었다. 기척을 들은 어머니는 고개를 돌려 아들을 보았다.

'다니엘 아니니? 오, 내 사랑! 그게 뭐니……?'

소년은 크고 무거운 가위를 손에 들고 있었다.

'다니엘!'

어머니의 입은 핑크빛의 '0'형으로 벌어진 채 소년의 격분한 칼날이 유방에 꽂히기까지 소리가 나오지는 않았다. 다니엘은 어머니의 절규에 자신의 분노의 목소리를 겹쳤다.

'이 매춘부! 매춘부! 매춘부!'

아들과 어머니는 서로 비명을 질러댔고, 이윽고 아들의 목소리만이 남았다.

'매춘부…… 매춘부…… 매춘부…….'

어머니에게서 뿜어져 나온 피를 뒤집어쓴 다니엘은 그 욕실의 샤워기로 자기 몸을 껍질이 벗겨지기까지 문지르며 씻었다.

'어머니를 죽인 것은 이웃집 남자야. 그리고 그놈이 속죄해야 돼.'

다니엘은 큰 가위의 지문을 목욕 수건으로 닦아내고 그것을 욕조에 던져 넣었다. 법랑의 욕조에 부딪힌 가위는 쨍그렁 하고 둔탁한 소리를 냈다. 옷을 입고 나서 경찰에 전화를 걸었다. 경찰차 2대가 사이렌 소리를 울리며 도착하고, 형사가 탄 다른 차도 왔다. 다니엘은 형사들의 질문에 대답하면서 학교에서 조퇴한 이유와 뒷문으로 이웃집 프레드 짐머가 도망치는 것을 본 사실 등을 얘기했다.

프레드 짐머는 형사들의 심문에 대해 다니엘의 어머니의 애인이었던 사실은 인정했지만, 살인에 관해서는 부인했다. 짐머를 결정적으로 유죄로 몰아세운 것은 다니엘 소년의 법정에서의 증언이었다.

"학교에서 집으로 돌아왔을 때, 넌 옆집의 프레드 짐머가 뒷문으로 도망치는 것을 봤단 말이지?"

"네, 그렇습니다."

"분명히 그 사람이라는 걸 알아보았나?"

"네, 그렇습니다. 짐머 씨의 손은 피투성이였습니다."

"그러고 나서 넌 어떻게 했지, 다니엘?"

"나…… 나는 아주 무서웠습니다. 어머니에게 무슨 무서운 일이 일어난 것이 아닌가 하고 생각했습니다."

"그래서 너는 집안으로 들어갔단 말이지?"

"네, 그렇습니다."

"그래, 무슨 일이 있었니?"

"나는 큰소리로 엄마— 하고 불렀습니다. 대답이 없었기 때문에 어머니 욕실로……."

여기까지 말하고 소년은 심하게 흐느꼈기 때문에 감정이 가라앉을 때까지 증언대에서 내려놓지 않으면 안 되었을 정도였다. 프레드 짐머는 그로부터 13개월 뒤에 처형되었다.

다니엘 소년은 텍사스에 사는 먼 친척인 마티 숙모에게 가 있게 되었다. 그때까지 그가 만나본 적도 없는 사람이었다. 마티 숙모는 엄격한 성품의 침례교도였다. 정의감이 강하고 모든 죄인에게는 지옥의 업보가 기다리고 있다는 신념에 가득 차 있었다. 사랑도, 기쁨도, 자비도 없는 집에서 엄격하게 양육된 다니엘은 죄의식과 함께 언젠가 내려질 천벌을 두려워하며 성장했다.

어머니를 죽이고 곧바로 다니엘은 시력이 나빠졌다. 의사는 정신적인 것에서 오는 장애라고 진단했다.

"그는 뭔가를 보고 싶지 않은 겁니다. 의식적으로 안 보려고 하고 있는 겁니다."

의사는 마티 숙모에게 말했다.

다니엘 소년의 안경은 두께를 더해갔다.

17살이 되자, 다니엘은 마티 숙모와 텍사스로부터 영원히 도망쳐 나왔다. 그는 뉴욕으로 가서 국제보험보호협회의 배달원으로 고용됐다. 3년도 안 되어 그곳 조사원으로 발탁되었고, 이윽고 필요불가결한 인물이 되었다. 그는 승급도, 대우개선에 관해서도 전혀 입에 담지 않았다. 그 같은 생각은 꿈에도 하지 않았다. 다니엘 쿠퍼는 지금 주님의 오른팔, 악을 응징하는 신의 채찍이 된 것이다.

암스텔 호텔에서 다니엘 쿠퍼는 욕실에서 나와 잘 준비를 했다.

'드디어 내일이다. 내일이야말로 매춘부에게 천벌이 내리는 날이다.'

쿠퍼는 그 현장에 어머니도 와서 봐주었으면 하고 생각했다.

내 생애, 8월 22일

암스테르담
8월 22일 금요일, 오전 8시

다니엘 쿠퍼와 두 형사는 도청실에 틀어박혀 트레이시와 제프의 아침식사 때의 대화를 듣고 있었다.

"스위트 롤을 먹을래요? 커피는 어때요?"

"아니, 이젠 됐어."

'그것이 너희들이 함께 먹는 최후의 아침식사가 될 거다.'

다니엘 쿠퍼는 생각했다.

"오늘 내가 가장 기대하고 있는 것이 뭔지 알아요? 배를 타고 가는 여행이에요."

"오늘은 굉장한 하루가 될 것 같군. 바다여행에 그렇게 기분이 들뜨나? 그건 또 왜 그렇지?"

"둘만의 여행이 될 테니까요. 내 머리가 이상해져버린 걸까요?"

"그래, 이상해. 그래서 더욱 나는 당신에게 빠져버렸지만 말이야."

"키스해줘요."

두 사람이 키스를 하는 소리가 똑똑히 들렸다.

'트레이시 그 친구, 조금도 긴장하고 있지 않군. 대사를 앞두고 있는 만큼 좀 얌전해줬으면 좋겠는데.'

쿠퍼는 생각했다.

"여길 나간다고 생각하니 왠지 아쉬운 생각이 들어요, 제프."

"모든 일은 생각하기 나름이야, 떠남을 되풀이하며 인생 체험을 풍부하게 해가는 거야."

트레이시의 웃음소리가 들렸다.

"그 말이 맞아요."

오전 9시가 되어도 아래층의 대화는 계속되고 있었다.

쿠퍼는 생각했다.

'이상한데? 이제 슬슬 준비에 들어가야 할 시간인데. 마지막 점검시간이 분명한데. 몬티라는 남자는 어떻게 된 거야? 어디서 그놈과 만나기로 한 거지?'

제프의 목소리다.

"체크아웃 하기 전에 컨시에즈에게 팁을 주는 걸 잊지 마. 나는 이것저것 바쁘니까."

"좋아요. 그가 잘 보살펴주었죠. 왜 미국 호텔에는 컨시에즈가 없을까?"

"유럽 고유의 관습이니까 그렇겠지 뭐. 컨시에즈라는 것의 기원을 알고 있어?"

"몰라요."

"1627년에 프랑스의 어느 왕이 파리에 교도소를 만들고 그 관리를 어떤 귀족에게 명했어. 왕은 그 귀족에게 양초 백작—콘트 드 세르쥬라는 칭호를 주었대. 그것이 변해서 컨시에즈가 된 거지. 그 귀족의 보수는 2파운드의 돈과 왕가에서 나오는 재였다는군. 훗날 교도소나 성 같은 것을 관리하는 사람을 컨시에즈라고 부르게 되었고, 그로부터 호텔의 접객 담당도 그렇게 불리게 된 거야."

'시시콜콜한 것을 장황하게 아는 체하며 늘어놓고 있군. 9시 반인데, 출발시간 아닌가?'

쿠퍼는 생각했다.

트레이시의 목소리가 들렸다.

"어디서 배웠는지 얘기하지 않아도 알겠어요. 보나마나 미인 컨시에 즈에게서 들었겠죠?"

그때 이상한 여자의 목소리가 끼어들었다.

"실례합니다."

제프의 목소리였다.

"컨시에즈 중에는 미인이라곤 없어."

여자의 이상하다는 듯한 목소리가 계속되었다.

"아무도 안 계십니까?"

트레이시의 목소리였다.

"한 사람쯤은 있겠죠. 당신 같으면 분명히 찾아냈을 거예요."

새로 끼어든 묘한 여자 목소리가 빠른 네덜란드 어로 떠들었다. 쿠퍼로 서는 뭐가 뭔지 도무지 알 수가 없었다.

"도대체 아래층에서는 일이 어떻게 돌아가고 있는 거지?"

쿠퍼는 소리를 높여서 말했다.

형사들도 영문을 모르겠다는 표정이었다.

"어떻게 된 걸까? 메이드가 지배인과 얘기하고 있어요. 방에 청소하러 왔는데 어떻게 된 건지 모르겠다…… 목소리는 나는데 사람 그림자도 없 다고?"

"뭐라고!"

쿠퍼는 벌떡 일어나 날듯이 계단을 내려갔다. 몇 초 뒤에 쿠퍼와 두 형 사는 트레이시의 방으로 뛰어 들어갔다. 어쩔 줄 모르고 서 있는 메이드만 있을 뿐 방안은 알맹이가 빠진 빈껍데기였다. 긴 의자 앞에 있는 커피 테이블 위에서 녹음기가 돌고 있을 뿐이었다. 제프의 목소리가 녹음기에서 나왔다.

"아무래도 커피를 마셔야겠어. 아직도 뜨거워?"

이어서 트레이시의 목소리가 흘러나왔다.

"그럴 거예요."

쿠퍼와 두 형사는 믿기지 않는다는 듯이 빙글빙글 돌고 있는 기계를 바라보고 있었다.

"어, 어, 어떻게 된 일인지 모르겠군."

형사 한 사람이 더듬거리며 말했다.

쿠퍼는 소리쳤다.

"경찰의 긴급전화는 몇 번이오!"

"22의 2222입니다."

쿠퍼는 다급히 전화를 걸었다.

제프의 목소리가 여전히 녹음기에서 흘러나오고 있었다.

"응, 정말 네덜란드 커피는 맛있는데. 그에 비하면 미국 커피는 맹물이야. 맛이 없어. 왜 그럴까?"

쿠퍼는 전화기에 대고 소리쳤다.

"다니엘 쿠퍼요. 듀렌 경위에게 연락해주시오. 휘트니와 스티븐스가 사라져 버렸다고. 차고를 조사해서 그들의 트럭이 아직 있는지 확인하라고 전해주시오. 나는 은행으로 직행하겠소!"

그렇게 말을 끝내자 쿠퍼는 전화기를 내동댕이치듯 던져버렸다. 녹음기에서는 트레이시의 목소리가 흘러나오고 있었다.

"달걀껍질을 넣고 끓인 커피를 마신 적 있어요? 상당히 진귀한 맛이 나는데……."

쿠퍼는 방을 뛰쳐나갔다.

듀렌 경위가 말했다.

"걱정할 필요 없소. 트럭은 제대로 차고에서 출발했으니까. 이쪽을 향해서 오고 있을 것이오."

듀렌 경위와 쿠퍼, 그리고 두 형사는 아무로 은행의 대각선 건너편 빌딩 옥상에 특설한 경찰대 지휘소에 있었다.

경위가 말했다.

"그들이 도청을 눈치 채고 계획을 앞당기기로 한 것이오. 하지만 침착해요. 이봐요, 이걸 들여다봐요."

듀렌 경위는 그곳에 설치되어 있는 광각 망원경을 가리키며 말했다. 아래 도로에서는 청소부 차림을 한 남자가 유기로 된 은행의 간판을 부지런히 닦고 있었다…… 청소부가 거리를 청소하고 있었고…… 길모퉁이에는 신문팔이가 있었다…… 수리공 3명도 일하고 있었다. 모두가 무전기를 휴대하고 있었다.

듀렌 경위가 자신의 무전기에 대고 말했다.

"포인트 A, 들리는가?"

청소부가 대답했다.

"네, 들립니다, 경위님."

"포인트 B, 그쪽은 어때?"

"네, 잘 들립니다. 경위님."

그 목소리는 도로 청소부의 응답이었다.

"포인트 C, 어때?"

신문팔이가 빌딩을 쳐다보며 고개를 끄덕였다.

"포인트 D, 거의 다 됐다."

수리공들은 일손을 놓고, 그들 중 한 사람이 무전기에 대고 말했다.

"이쪽 준비는 모두 끝났습니다, 경위님."

듀렌 경위는 쿠퍼 쪽을 보았다.

"걱정하지 마시오. 금괴는 아직 은행 안에 안전하게 보관되어 있소 그들이 금에 손을 대려면 여하튼 여기까지 오지 않으면 안 됩니다. 그들이 은행에 도착한 순간, 도로는 앞과 뒤가 봉쇄됩니다. 퇴로가 차단되도록 미리 손을 써놓았습니다."

경위는 손목시계에 눈을 주었다.

"슬슬 트럭이 시계에 들어올 시간이 됐는데……."

은행 안에서도 긴장이 고조되어가고 있었다. 행원들에게는 세세하게 지시가 내려지고, 경비원들도 도착한 무장 트럭에 금괴를 적재하는 것을 도와주라는 명령을 받고 있었다. 전원이 협력하기로 되어 있었다.

은행 밖에서는 갖가지 차림을 한 형사들이 여러 가지 일을 하는 시늉을 하며 거리에 트럭이 나타나기를 기다리고 있었다. 빌딩의 옥상에 진을 치고 있는 듀렌 경위가 다시 한 번 물었다.

"도둑들의 트럭은 아직도 안 보이나?"

"아직입니다."

위트캄프 형사는 손목시계를 보았다.

"예정 시각을 13분이나 지나고 있습니다. 혹시나 놈들이……."

무전기에서 생기에 넘치는 소리가 났다.

"경위님! 트럭이 드디어 시계에 들어왔습니다! 로젠 가를 가로질러 은행으로 향하고 있습니다. 조금 뒤면 그쪽 옥상에서도 보일 것입니다."

공기가 갑자기 쨍하게 팽팽해졌다.

듀렌 경위는 무전기를 향해 지시를 내렸다.

"전원 행동개시 준비! 고기가 그물에 걸린다. 안으로 넣어라."

이윽고 회색 트럭이 은행 입구에 와서 멎었다. 쿠퍼와 듀렌 경위가 뚫어지게 쳐다보고 있는 가운데 경비복을 입은 2명의 남자가 트럭에서 내려 은행으로 들어갔다.

"여자는 어디 있어? 트레이시 휘트니는 어디 있지?"

다니엘 쿠퍼가 당황한 목소리로 말했다.

"그까짓 거 아무러면 어떻소! 어차피 황금에서 그리 멀리 떨어져 있을 그들이 아닌걸."

듀렌 경위가 말했다.

'설사 여기 없어도 그건 중요한 문제가 아니야. 테이프에 녹음한 대화로 그 여자를 충분히 유죄로 만들 수 있을 테니까.'

다니엘 쿠퍼는 생각했다.

긴장한 행원들은 경비복을 입은 두 남자가 금고실에서 운반용 수레로 금괴를 반출해 무장 트럭에 싣는 것을 거들었다. 쿠퍼와 듀렌 경위는 길 건너 빌딩 옥상에서 멀리 사람들의 움직임을 응시하고 있었다.

금괴를 싣는 데 정확히 8분이 걸렸다. 트럭의 뒤쪽 문에 자물쇠가 걸리고 경비복을 입은 남자 2명이 앞쪽 좌석에 타려고 할 때, 잽싸게 듀렌 경위는 무전기에 대고 악을 썼다.

"행동 개시! 포위해! 놓치지 마!"

엄청난 소동이 벌어졌다. 청소부, 신문팔이, 작업복을 입은 수리공, 그리고 다른 형사들도 일제히 행동을 개시하여 무장 트럭으로 밀려들었다. 그리고 권총을 겨누며 트럭을 에워쌌다. 도로에는 비상선이 깔리고 모든 방향이 차단되었다.

듀렌 경위는 쿠퍼를 돌아보며 빙긋이 웃었다.

"현행범으로 체포했소. 만족하시오? 그럼 마무리를 해볼까?"

'마침내 해냈다. 드디어 끝난 것이다.'

쿠퍼는 안도의 숨을 내쉬었다.

두 사람은 서둘러 도로로 내려갔다. 무장한 형사와 경관들이 둘러싼 한 가운데에 경비복을 입은 두 남자가 벽을 향해 양손을 올리고 서 있었다. 다니엘 쿠퍼와 듀렌 경위는 사람들을 헤치며 나아갔다.

듀렌 경위가 말했다.

"좋아. 이쪽을 봐도 좋다. 너희들을 체포한다."

두 남자는 핏기 잃은 얼굴로 형사들 쪽으로 향했다. 다니엘 쿠퍼와 듀렌 경위의 얼굴에 당황한 표정이 스쳤다. 손을 올리고 있는 두 경비원은 본 적도 없는 얼굴의 남자들이었다.

"누구야, 당신은 누구지?"

듀렌 경위가 소리쳤다.

"우리…… 우리는 경비회사의 겨, 경비원입니다."

한쪽 남자가 더듬거리며 말했다.

"쏘지 말아요, 쏘지 마세요."

듀렌 경위는 쿠퍼를 쳐다보았다.

"놈들의 강탈 계획에 파탄이 일어난 거요. 그들은 중지한 것이오."

경위는 신경질적인 말투로 말했다.

다니엘 쿠퍼의 위장에서 녹색의 담즙이 천천히 식도로 거꾸로 넘어오기 시작해서 가슴, 그리고 목으로 치받아와 무슨 말을 하려 해도 목소리가 잠겨버렸다.

"아, 아니오. 중지를 한 것이 아니오."

"무슨 얘기를 하고 있는 겁니까?"

"그들이 노린 것은 금괴가 아니었소. 무장트럭은 실제 범행을 위장하기 위한 것이었소."

"그런 엉터리가 어디 있소! 트럭, 운반선, 경비복…… 사진도 찍었는데……."

"아직도 모르겠소? 그들은 눈치 채고 있었던 것이오. 우리가 미행하고 도청하고 있다는 것을 오래전부터 알고 있었던 거란 말이오."

듀렌 경위의 안색이 순간 창백해졌다.

"우리가 졌군! 그럼 놈들은 도대체 어디에 있는 걸까?"

트레이시와 제프는 네덜란드 다이아몬드 연마공장 바로 가까이까지 접근해 있었다. 제프는 턱수염을 달고, 뺨과 코에는 스펀지를 채워 넣었으며 스포티한 차림에 배낭을 지고 있다.

트레이시는 검은 가발을 쓰고, 부풀린 배에 임신복을 입고 짙은 화장을 하고는 검은 선글라스를 끼고 있었다. 그리고 커다란 서류가방과 갈색 포장지로 감싼 둥근 꾸러미를 안고 있었다.

두 사람은 대합실에 들어가 버스를 타고 와서 가이드의 설명을 열심히 듣고 있는 단체관광객 속에 합류했다.

"…라는 얘기입니다. 이쪽으로 오십시오. 여러분, 다이아몬드를 연마하고 있는 작업공정을 볼 수 있을 뿐만 아니라, 아주 좋은 다이아몬드를 사실 수가 있으며……."

안내원의 안내로 관광객들은 공장 안으로 들어갔다. 트레이시는 다른 손님들의 흐름을 따라가고 있었고, 제프는 단체 관광객의 뒤를 어슬렁어슬렁 걸어가고 있었다. 트레이시 등의 일행이 공장 안으로 다 들어가자 제프는 홱 몸을 돌려 지하실로 통하는 계단을 한달음에 달려 내려갔다.

인기척이 없는 지하실까지 가자 제프는 배낭을 열고 기름때 묻은 작업복과 작은 공구 상자를 꺼냈다. 그는 작업복을 입고, 배전판으로 다가가 손목시계를 보았다. 위층에서 트레이시는 다른 관광객과 함께 방에서 방으로 이동하면서 다이아몬드의 원석이 연마되어가는 과정을 안내원으로부터 듣고 있었다. 트레이시 역시 자기 손목시계에 몇 번이나 눈길을 주고 있었다. 일행의 견학은 예정보다 5분 정도 늦어지고 있었다. 안내원이 좀 더 빨리 해주면 좋겠는데, 하고 트레이시는 초조해했다.

이윽고 관광객들이 마지막으로 다이아몬드 진열실에 도달했다. 안내원이 로프를 두른 진열장으로 걸어갔다.

"이 유리 상자를 봐주십시오. 루카란 다이아몬드입니다. 세계에서 가장 값비싼 보석이지요. 예전에 유명한 연극배우가 아내인 영화배우에게 사준 적이 있습니다. 지금 돈으로는 1천만 달러보다 내려가지는 않을 것입니다. 그리고 최신식 방법으로 경비……."

안내원은 자랑스러운 듯이 설명했다. 그때, 조명이 꺼졌다. 곧바로 경보기가 울려 퍼지고, 창문과 문의 철제 셔터가 철커덕 닫히고 모든 출구가 막혔다. 비명을 지르는 관광객도 있었다.

"조용히 해주십시오! 걱정하실 것 없습니다. 단순한 전기 고장입니다. 곧 긴급용 발전기가 작동하여……."

안내원이 큰 소리로 외쳤다.

조명이 켜졌다.

"그것 보십시오. 아셨죠? 걱정하실 필요가 없습니다."

안내원은 관광객들을 안심시켰다.

독일인 관광객이 철제 셔터를 손가락으로 가리키며 말했다.

"왜 셔터까지 내리는 겁니까?"

"이상이 있을 경우, 안전을 기하기 위한 대비책입니다."

안내원이 설명했다. 그리고 기묘한 모양의 열쇠를 꺼내더니 벽의 구멍에 찔러 넣고 돌렸다. 문과 창문에 내려져 있던 철제 셔터가 올라갔다. 그 순간 책상 위에 있던 전화가 울려 안내원이 전화기를 집어 들었다.

"저는 핸드릭입니다. 고맙습니다, 계장님. 아뇨, 전혀 이상 없습니다. 경보기가 잘못 작동한 겁니다. 퓨즈가 끊어진 것 같습니다. 곧 점검시키겠습니다. 네, 알았습니다."

안내원은 전화기를 놓고 관광객 쪽으로 돌아섰다.

"실례했습니다. 여기에 있는 것은 그야말로 값비싼 보석뿐이기 때문에 철저하게 경계하지 않을 수 없습니다. 그럼 이 훌륭한 다이아몬드 중에서 사고 싶은 분이 계시면……."

또다시 조명이 꺼졌다. 경보기가 울리고 철제 셔터가 내려졌으며 다시 모든 출구가 차단되었다.

관광객 중 한 여자가 날카로운 목소리로 말했다.

"여기서 나가요, 해리!"

"조용히 하고 있어, 다이안."

남편인 듯한 목소리가 말했다.

아래층의 지하실에서는 제프가 배전판 앞에 서서 위층에서 벌어지는 관광객들의 소동에 귀를 기울이고 있었다. 그가 몇 초 정도 간격을 두고 스위치를 접속시키자 위층 조명들이 반짝반짝 점멸했다.

"여러분, 침착해주십시오. 기술적인 고장일 뿐입니다."

안내원이 큰소리로 외치고 있었다. 그는 다시 열쇠를 꺼내어 벽의 구멍에 찔러 넣었다. 철제 셔터가 올라갔다.

전화가 울렸다. 안내원은 급히 전화기를 들었다.

"핸드릭입니다. 아뇨, 그렇지 않습니다, 계장님. 아, 네 그렇습니다. 되도록 빨리 수리시키지요. 고맙습니다."

그 방의 문이 열리더니 작업모를 쓰고 공구 상자를 손에 든 제프가 나타났다.

그는 큰 목소리로 안내원에게 말했다.

"어떻게 된 겁니까? 전기회로의 고장이라는 말을 듣고 왔습니다만."

"조명이 꺼졌다 켜졌다 하는군요. 빨리 수리해주시오. 부탁하오."

안내원은 관광객들을 돌아보며 입가에 가까스로 웃음을 띠고 말했다.

"어떻습니까, 손님 여러분. 여기 있는 훌륭한 다이아몬드를 적당한 가격으로 살 수 있습니다. 사시지 않겠습니까?"

관광객들은 진열 케이스 쪽으로 움직이기 시작했다. 제프는 관광객 속에 섞여 들어가 작업복 속에서 눈에 띄지 않게 핀을 뽑고 루카란 다이아몬드가 진열되어 있는 진열대 뒤쪽으로 조그만 물건을 내던졌다. 그 장치는 불꽃을 토하며 연기를 뭉실뭉실 피우기 시작했다.

제프는 큰 소리로 안내원을 불렀다.

"이것 봐요, 고장은 여기예요. 바닥 밑의 전선에 이상이 생긴 것 같은데요."

관광객 한 사람이 비명을 질렀다.

"불이야!"

"조용히 해주십시오, 손님 여러분! 당황하지 말아주십시오. 침착하세요!"

안내원은 한편으로는 관광객들을 달래고, 또 한편으로는 제프를 재촉하느라 정신이 없었다.

"빨리 수리해줘요."

"알았습니다."

제프는 얼른 대답하고 진열대를 둘러싸고 있는 비로드의 로프 쪽으로 다가갔다.

"가면 안 돼요! 그쪽에 접근하면 안 됩니다!"

안내원이 주의시켰다.

제프는 어깨를 움츠렸다.

"난 상관없소. 그럼 당신이 수리하시구려."

그렇게 말하고 그는 돌아가려고 했다. 검은 연기는 더 심하게 뿜어져 나오고 있었다. 관광객들은 또다시 혼란 상태에 빠졌다.

"잠깐! 잠깐만 기다려요."

안내원은 애원하듯 말하고는 전화로 달려가 전화를 걸었다.

"계장님? 저는 핸드릭입니다. 경보기의 전원을 일시적으로 끊어주실 수 없겠습니까? 네, 약간의 사고가 발생해서요. 네, 알았습니다."

안내원은 제프 쪽을 보았다.

"시간이 어느 정도나 필요합니까?"

"5분쯤."

제프가 말했다.

"5분이라고 합니다."

안내원이 전화기에 대답했다.

"고맙습니다."

안내원은 전화기를 놓았다.

"경보기는 10초 정도면 해제됩니다. 부탁이니 서둘러줘요. 사실은 경보장치는 절대로 끊으면 안 되게 되어 있는 것이오."

"아무리 서둘러 하려고 해도 내 손은 둘밖에 없소."

제프는 10초쯤 기다렸다가 로프 안쪽으로 들어가 진열대로 다가갔다. 안내원인 핸드릭이 무장한 경비원에게 눈짓을 했다. 경비원은 고개를 끄덕이고 제프의 행동을 주시하기 시작했다.

제프는 진열대 뒤쪽에서 일을 시작했다. 안내원은 관광객 쪽을 보더니 틀에 박힌 안내 말을 하기 시작했다.

"자, 여러분. 이 고르고 고른 멋진 다이아몬드를 제법 싼 값에 살 수 있습니다. 신용카드도 좋고, 여행자수표도 괜찮습니다. 현금이 아니면 안 된다는 것은 아닙니다."

안내원은 여유를 되찾은 듯 미소를 지었다.

트레이시는 카운터 바로 앞에 서 있었다.

"저요, 다이아몬드를 팔고 싶은데 여기서 사주시기도 하나요?"

트레이시는 큰소리로 물었다.

안내원은 트레이시를 바라보았다.

"뭐라고요?"

"남편이 채굴업자랍니다. 남아프리카에서 막 귀국했는데, 이 다이아몬드를 나한테 팔아오라고 해서."

트레이시는 거기까지 말하고 서류 가방을 열었는데, 거꾸로 들고 있었기 때문에 번쩍번쩍 빛나는 다이아몬드가 폭포처럼 쏟아져 내려 온 바닥으로 튀어나갔다.

"어머나, 다이아몬드가! 어머나, 어쩌면 좋아!"

트레이시가 외쳤다.

얼어붙은 듯한 침묵이 일순간 지난 후, 순식간에 지옥의 혼란으로 변했다. 예의 바르던 관광객들이 폭도로 변했다. 거의 모든 사람이 팔과 무릎으로 다이아몬드를 차지하려고 한바탕 난리가 벌어졌다.

"주웠다!"

"많이 주워요, 존."

"안 돼요. 그건 내 거예요."

안내원과 경비원도 어떻게 할 방도가 없었다. 그들은 포켓과 지갑에 다이아몬드를 채워 넣으려고 우왕좌왕하며 기어 다니는 욕심쟁이 인간들에게 튕겨 젖혀질 뿐이었다.

경비원이 소리를 질렀다.

"빨리 일어서시오! 그만두시오!"

하지만 다음 말을 하기 전에, 그는 뭇매를 맞고 쓰러졌다.

버스 한 대 분의 이탈리아인 관광객들이 이 혼란스러운 곳에 들어왔다가 상황을 알아차리고는 앞 다투어 가세해 더욱 아수라장이 되었다.

경비원은 일어서서 경보기를 울리려고 했지만 무서운 인파에는 항거할 방법이 없었다. 안내원은 짓밟힌 채로 쓰러져 있었다. 온 세상이 갑자기 미쳐버린 것 같았다. 끝날 것 같지 않은 악몽이었다.

인파에 짓밟혀 머리가 어질어질해진 경비원은 겨우 일어서서 혼란 속을 헤치고 루카란 다이아몬드의 진열대로 갔다. 얼굴을 들고 진열장을 본 그는 자기가 본 것을 믿을 수가 없었다.

루카란 다이아몬드가 연기처럼 사라지고 없었다.

임신한 여자도, 전기 수리기사도 함께.

트레이시는 다이아몬드 연마 공장에서 몇 구획 떨어진 오스테르 공원의 공중 화장실 안에서 변장한 것을 벗었다. 그리고 갈색 포장지로 싼 꾸러미를 갖고 공원 벤치로 갔다. 모든 것이 완벽하게 진행되고 있었다. 거의 아무런 값어치도 없는 모조 다이아몬드를 차지하려고 광분한 무리들을 생각하면 자신도 모르게 웃음이 새어나왔다.

진회색 슈트를 입은 제프가 다가왔다. 턱과 입가에 있던 수염은 깨끗이 지워져 있었다. 트레이시는 튕기듯이 일어섰다. 곁에 다가온 제프가 빙긋이 웃었다.

"사랑해!"

제프는 그렇게 말하고는 포켓에서 루카란 다이아몬드를 꺼내 트레이시에게 건네주었다.

"이걸 당신 친구에게 전해줘. 그럼 나중에 만나!"

트레이시가 바라보고 있는 가운데 제프는 어슬렁어슬렁 걸어서 사라졌다. 트레이시의 눈은 반짝반짝 빛나고 있었다. 두 사람은 일심동체였다. 서로가 다른 비행기 편으로 브라질까지 날아가 그 뒤에는 함께 인생을 보내는 것이다.

트레이시는 주변을 한번 둘러보고는 아무도 자신을 주목하고 있지 않다는 것을 확인하고는 꾸러미를 열었다. 알맹이는 작은 새장이었고, 푸른 기가 도는 비둘기가 들어 있었다. 그것은 3일 전, 아메리칸 익스프레스의 암스테르담 사무소에 도착한 화물에 몰래 넣어져 있던 전서구로 트레이시는 받자마자 호텔방으로 돌아와 애완동물 상점에서 산비둘기와 바꿔치기를 한 것이었다. 애완동물 상점의 비둘기는 창가에서 놓아주자 어색하게 날아가 버렸었다. 그리고 지금 트레이시는 핸드백에서 작은 세무가죽 주머니를 꺼내어 그 속에 다이아몬드를 넣었다. 그러고는 새장 속에서 전서구를 잡아내어 안고서 다이아몬드가 든 주머니를 비둘기 발에 조심스럽게 매달았다.

"착한 아이지? 마고, 집으로 잘 돌아가렴."

어디서인지 제복 차림의 경찰관이 불쑥 나타났다.

"꼼짝 마시오! 당신, 무슨 짓을 하고 있지?"

트레이시는 심장이 멎어버리는 것 같았다.

"뭐…… 도대체 뭐예요?"

경관은 새장에 눈길을 주더니 성난 목소리로 말했다.

"뭐가 나쁜지는 알고 있겠지. 비둘기에게 먹이를 주는 것은 괜찮아. 하지만 붙잡아서 새장에 넣는 것은 법률위반이야. 자, 체포되기 전에 비둘기를 놓아주라고."

트레이시는 꿀꺽 침을 삼키고는 크게 심호흡을 했다.

"말씀대로 하겠어요, 경관님."

트레이시는 양손으로 잡고 있던 비둘기를 하늘 높이 던져 올렸다. 트레이시가 방긋방긋 웃는 얼굴로 배웅하는 가운데 마고는 높이 날아 올라갔다. 공중에서 커다란 원을 그리더니 370킬로 서쪽인 런던으로 향했다. 전서구는 평균 시속 65킬로로 난다고 말한 군터의 말대로라면 마고는 6시간쯤이면 집에 도착할 것이다.

"다시는 그러면 못써요."

경찰관은 트레이시에게 주의를 주었다.

"다시는 그러지 않을게요. 절대로요."

트레이시는 매우 진지하게 약속했다.

그날 저녁의 스키폴 공항, 트레이시는 브라질행 비행기에 탑승하는 출구로 향하고 있었다. 다니엘 쿠퍼가 출구 모서리에 서서 엄중한 시선으로 트레이시를 응시했다. 루카란 다이아몬드를 훔친 것은 트레이시 휘트니가 틀림없었다. 쿠퍼는 다이아몬드 도난을 보고받은 순간 그렇게 확신했던 것이다. 대담하고 상상력이 넘치는 그 솜씨는 트레이시의 방식, 바로 그것이기 때문이었다. 그것을 알고 있으면서도 어쩔 도리가 없었다. 듀렌 경위는 다이아몬드 진열실의 경비원과 안내원에게 트레이시와 제프의 사진을 보여주었다.

"아뇨, 둘 다 처음 보는 얼굴인데요. 남자 도둑은 턱과 입가에 수염을 기르고 있었고, 뺨과 코는 더 부풀어 있었어요. 가짜 다이아몬드를 뿌린 여자는 검은 머리에 임신을 하고 있었습니다."

다이아몬드의 흔적은 어디에도 없었다. 제프와 트레이시는 신체검사를 당하고 짐도 철저히 조사받았다.

"다이아몬드는 아직 암스테르담에 있소. 반드시 찾아내고야 말겠소." 듀렌 경위는 쿠퍼에게 맹세했다.

'아니야, 무리일 거야.'

쿠퍼는 화를 내면서 생각했다. 트레이시는 비둘기를 바꿔치기한 것이다. 다이아몬드는 전서구를 이용해 국외로 반출되었음이 틀림없었다.

쿠퍼는 트레이시 휘트니가 사람들의 흐름을 따라 걸어가는 모습을 분한 마음으로 바라보고 있었다. 쿠퍼를 처음으로 패하게 만든 것이 트레이시 휘트니였다. 그녀 때문에 그는 지옥으로 떨어지는 것이다.

트레이시는 탑승 게이트에 당도했다. 거기서 잠깐 멈추어 되돌아서 쿠퍼를 정면으로 바라보았다. 쿠퍼가 복수의 화신이 되어 전 유럽에 걸쳐 그녀를 추적하고 있다는 것을 트레이시는 벌써부터 알고 있었다. 트레이시가 본 쿠퍼의 얼굴에는 뭐라고 표현하기 어려운 복잡한 감정이 얽혀 있었다. 두려움이 어린 얼굴에 어딘지 모르게 애수가 담겨 있었다. 왠지 그 이유는 알 수 없었지만 트레이시에게는 쿠퍼가 매우 불쌍해보였다. 트레이시는 영원한 작별의 뜻을 담아 쿠퍼에게 살짝 손을 흔들어 보이고는 휙 몸을 돌려 비행기 안으로 들어갔다.

다니엘 쿠퍼는 포켓에 넣어두고 있던 사표를 꽉 움켜쥐었다.

팬 아메리칸 항공의 대형 점보제트기 보잉747 일등실은 호화롭게 내장되어 있었다. 트레이시는 통로 쪽 48에 자리 잡고는 앞으로의 여행에 가슴을 두근대고 있었다. 이제 몇 시간이면 제프와 만날 수 있었다. 두 사람은 브라질에서 결혼식을 올릴 예정이었다.

'이젠 사기놀음과도 안녕이야. 하지만 외롭지 않아. 나는 알고 있어. 제프 스티븐스 부인이 되면 인생은 보다 스릴이 넘치고 즐거울 거야. 이제부터는 다른 사람들과 똑같이 밝은 태양 아래서 정정당당하게 살아갈 거야. 더 이상 운명의 장난에 놀아나는 일도 없겠지.'

트레이시는 생각했다.

"잠깐 실례!"

트레이시는 그를 쳐다보았다. 뚱뚱하고 호색가로 보이는 중년 남자가 바로 옆에 서 있었다. 남자는 창가의 좌석을 가리켰다.

"저기가 내 좌석이어서요, 아가씨."

트레이시는 그가 지나갈 수 있도록 몸을 비틀었다. 스커트가 치켜 올라가 요염한 다리가 엿보였다. 남자는 그것을 금세 훔쳐보았다.

"아주 좋은 날씨군요. 비행에는 썩 좋은……."

짐짓 유혹어린 말투였다.

트레이시는 얼굴을 돌렸다. 함께 탄 여행객과 얘기하는 건 취미에 맞지 않았다. 지금은 생각할 것이 너무 많았다. 혼자이고 싶었다.

'인생을 처음부터 다시 시작할 거야. 어딘가에 정착해서 가정을 꾸리고 모범적인 시민이 되어야지. 손가락질 당하지 않는 제프 스티븐스 부부가 될 거야.'

옆자리의 남자가 팔꿈치로 슬쩍 그녀를 건드렸다.

"모처럼 이렇게 옆자리에 함께 탔으니 어때요, 아가씨, 친구가 되지 않겠소? 나는 맥시밀리언 피아폰트라고 합니다."

옮긴이의 말

이 작품은 전 세계적으로 선풍적인 인기를 끌었던 베스트셀러 작가 시드니 셀던의 출세작 『내 생애, 8월 22일』(If Tomorrow Comes)의 완역본이다.

시드니 셀던을 보통 죄 많은 작가라고 한다. 왜냐하면 그의 작품을 한 번이라도 읽으면 다른 소설은 싱거워서 읽을 수가 없게 되어버리기 때문이다. 미국 제일의 베스트셀러 작가인 시드니 셀던이 우리나라에 번역 출간되자 독자들에게 준 영향은 일찍이 독서계에 없었던 크나큰 충격을 던져주었다. 그리하여 그의 작품은 남김없이 번역 출간되게 되었는데, 그 하나하나가 조금도 뒤지는 작품이 없이 모두 베스트셀러 되었다. 텔레비전 미니시리즈물로 안방극장에 그의 작품이 소개되기도 했지만(물론 원작과는 상이한 점이 많다) 이 작품은 단 한 줄을 읽기 시작하면 절대로 책을 놓을 수가 없는 작품이다.

아름답고 지적이며, 우아한 여주인공 트레이시 휘트니, 그녀의 첫사랑은 달콤하고 황홀한 것이었다. 그러나 결혼식을 며칠 앞둔 어느 날, 그녀의 어머니는 권총으로 자신을 쏘아 세상을 뜨고 만다. 어머니의 숙명적인 자살은 여주인공의 인생을 완전히 뒤바꿔버리고 만다.

결혼 약속은 깨지고 그녀는 살인 미수혐의로 장기 복역수로 투옥되게 된다. 마피아의 음모, 여자교도소의 특수한 사랑 편력, 그리고 특별사면…….

트레이시 휘트니는 원수들을 하나씩 해치우고는 그 뒤로 세계 제일의 사기꾼이 된다. 아름다운 사기꾼, 그녀는 런던과 파리와 암스테르담, 세계 곳곳을 누비며 사기 행각으로 부를 축적하지만 절대로 착한 사람들의 돈을 갈취하지는 않는다.

기상천외한 아이디어와 모사로 꾸며지는 이야기, 이야기들…….

소설은 결국 소설이다. 꾸민 이야기이다. 하지만 이야기를 이토록 완벽하게 꾸며대는 시드니 셀던의 능력에는 경외심을 품지 않을 수가 없다.

독자들은 결코 그의 이야기 속에서 헤어나지 못할 것이다.

전민식

옮긴이 전민식

부산에서 태어나 고신대학을 졸업하고 작가이자 번역 문필가로 활동하고 있다. 저서로 《개척정신》
이 있으며 역서로는 《무엇이든지 협상할 수 있다》, 《너와 나》, 《블랙천사》, 《레드 다이어리》, 《투 페
이스》 등이 있다.

내 생애, 8월 22일

개정중판 1쇄 인쇄 2020년 11월 15일 | **개정중판 1쇄 발행** 2020년 11월 20일

지은이 시드니 셸던 | **옮긴이** 전민식 | **펴낸이** 최효원 | **펴낸곳** (주)오늘
등록일 1980년 5월 8일 제2012-000082호
주소 서울시 영등포구 선유서로 15, 209호 | **전화** (02)719-2811 | **팩스** (02)712-7392
홈페이지 http://www.on-publications.com | **이메일** oneull@hanmail.net

* 잘못 만들어진 책은 바꾸어 드립니다.
ISBN 978-89-355-0564-7 03840